BIRGID HANKE

Helena Rubinstein und das
Geheimnis der Schönheit

GOLDMANN
Lesen erleben

Birgid Hanke

Helena Rubinstein und das Geheimnis der Schönheit

Roman

GOLDMANN

MIX
Papier aus verantwortungsvollen Quellen
FSC® C014496

Penguin Random House Verlagsgruppe FSC® N001967

1. Auflage
Originalausgabe März 2022

Dieses Werk wurde vermittelt durch die
Montasser Medienagentur, München.
Umschlaggestaltung: UNO Werbeagentur GmbH
Umschlagmotiv: halbe U1 (Frau): © George Marks / Gettyimages;
halbe U1 (Paris): © Alexey Merzlikin / EyeEm / Alamy Stock Photo
Redaktion: Beate De Salve
Korrektur der jiddischen Textpassagen: Dr. Evita Wiecki
LS · Herstellung: ik
Satz: KompetenzCenter, Mönchengladbach
Druck und Bindung: GGP Media GmbH, Pößneck
Printed in Germany
ISBN: 978-3-442-49104-9
www.goldmann-verlag.de

Besuchen Sie den Goldmann Verlag im Netz

Für meine Mutter Rosemarie Charlotte Elisabeth,
genannt Rosie.

New York, 31. März 1965

Es klopfte an der Tür. Dreimal, laut und vernehmlich. Tock, tock, tock.

»Komm ruhig herein, Mala!«, rief Helena, ohne den Blick von dem vor ihr liegenden Firmenjournal zu heben.

Das konnte nur ihre Nichte sein, die sich mit dem vereinbarten Zeichen ankündigte. Dreimal Klopfen für die drei Silben ihres Namens. He-le-na. Kein Mensch außer Mala genoss das Privileg, so bei ihr vorzusprechen. Noch nicht einmal Patrick, ergebener Adlatus, Gesellschafter, geduldiger Zuhörer, ja fast so etwas wie ein Seelenfreund seit Jahr und Tag. Getreulich hatte dieser junge Ire »Madame« durch die vielen Höhen und Tiefen des vergangenen Jahrzehnts begleitet. Und das Schicksal hatte ihr einiges abverlangt.

»Nun komm schon, Mala!«, wiederholte Helena ungeduldig und legte den Stift, mit dem sie gerade die Buchungen des Tages kontrollierte, beiseite.

Abends um acht war Geschäftsschluss ihrer New Yorker Niederlassung. Schon am nächsten Morgen, exakt um acht Uhr Ortszeit, hatten ihr die aktuellen Umsatzzahlen vorzuliegen – nicht nur die der hiesigen Salons, sondern die des gesamten Konzerns. In der Buchhaltung im Erdgeschoss der Firmenzentrale tickerten die Fernschreiber unablässig.

Auf Endlospapier spuckten sie die jeweiligen Tagesergebnisse aus, die von beflissenen Buchhaltern rasch ausgewertet, in ein großes Journal übertragen und der Unternehmerin vorgelegt wurden. Pünktlich! Wenn nicht, wurde sie fuchtig.

Und »Madame« konnte sehr fuchtig werden. Das wussten alle ihre Mitarbeiter, von den leitenden Direktoren ihres Konzerns über die wissenschaftlichen Mitarbeiter in den Labors und die Kosmetikerinnen der in der ganzen Welt verstreuten Schönheitssalons bis hinunter zu den Lehrmädchen. Alle zitterten vor ihr, einschließlich ihrer eigenen Söhne, ja aller Familienmitglieder, die Helena im Lauf der Jahrzehnte als gehorsame Arbeitstiere in ihr unablässig wachsendes Weltunternehmen eingegliedert hatte.

Nein, nicht alle. Ihre beiden Ehemänner bildeten die große Ausnahme …

Zeit ihres Lebens war es Helena nicht gelungen, ihre Neigung zum Zetern und Schimpfen zu unterdrücken. Nun ja, wie hätte sie, damals selbst noch ein Kind, ihre sieben jüngeren Schwestern denn sonst zähmen und zügeln sollen, wenn nicht mit lautstarker Stimme?

Doch wenn sie diesen Tonfall als junge Ehefrau gegenüber Edward angeschlagen hatte, war dieser schlagartig verstummt. Selten einmal ließ er sich – zumindest in den ersten glücklichen Jahren ihrer Ehe – zu einer scharfen Replik ihrer Vorhaltungen herab. Stattdessen schaute er sie nur mit großen, wissenden Augen an und verließ schweigend den Raum. Das hatte sich aber später geändert.

Und Archil? Ehemann Nummer zwei? Der georgische

Prinz hatte seine tobende Gattin einfach in seine Arme gezogen und ihre Tiraden unbekümmert weggelacht. Stets war es ihm gelungen, Helena zu besänftigen, meist mit einem Glas Champagner und dem Vorschlag, zur Entspannung doch lieber eine Partie Bridge zu spielen und für eine Weile nicht ans Geschäftliche zu denken. Ja, »Helena« hatte er zu ihr gesagt, manchmal auch »Printsessa«, aber niemals »Madame«.

Helena seufzte bei der Erinnerung an ihn.

»Was ist mit dir, was hast du?«, erkundigte sich Mala besorgt und trat endlich ein. Behutsam zog sie die Bürotür hinter sich ins Schloss.

»Nun ist er schon zehn Jahre tot, mein Archil«, erwiderte Helena traurig. »Gerade mal sechzig Jahre alt ist er geworden. Ich habe ihn schon so lange überlebt.«

»Du wirst uns alle überleben«, behauptete Mala. »Kein Mensch würde glauben, dass du weit über neunzig bist. Was für ein rauschendes Fest wird dein hundertster Geburtstag erst einmal werden.«

»Mala, ich bitte dich! Ich bin nicht weit über neunzig, sondern …«, widersprach Helena aufgebracht. Was ihr tatsächliches Alter anbelangte, reagierte sie sehr empfindlich.

Mala wusste das und machte sich gerne einen Spaß daraus, ihre geliebte Tante, der sie so viel verdankte, ein wenig damit aufzuziehen.

»Ach, Tantchen«, entgegnete sie jetzt nachsichtig. *»Wos sol nischt sajn, mir zwej wejsn beser.«*

Beim Klang der Sprache ihrer Kindheit versiegte Helenas aufsteigender Zorn. »Dann sag schon, was du willst«, forderte sie ihre Nichte auf. »*Sog wos du mejnst*«, bekräftigte sie auf Jiddisch.

Mala griff nach einem Stuhl, zog ihn an Helenas Schreibtisch heran, legte eine schwarze Ledermappe vor sie und nahm Platz.

»Ich wollte unsere nächsten Geschäftsreisen mit dir besprechen. Der harte New Yorker Winter liegt hinter uns, und das Frühjahr steht vor der Tür. Es wird wohl kaum noch weitere Schneestürme und Blizzards geben. Also Zeit, uns wieder einmal auf Tournee zu begeben.«

»Tournee ist gut«, entgegnete Helena. »Ich bin doch keine Künstlerin!«

»Das sehe ich anders.«

»Ich habe niemals gesungen, bin weder Violinistin noch Pianistin, weder Malerin noch Schauspielerin, aber ich liebe die Kunst, das ist wahr. Ja, der Kunst gehört meine ganze Liebe.«

»Und gleich an zweiter Stelle kommt dein Geschäft«, stellte Mala lächelnd fest.

Nachdenklich schaute Helena ihre Nichte an. Was für eine schöne Frau sie doch war ... wie eigentlich alle Frauen der Familien Rubinstein und Silberfeld, außer ihr selbst. Was sie anbetraf, war der liebe Gott bei der Vergabe der natürlichen Schönheit nicht sonderlich großzügig gewesen. Doch sie hatte schon als junges Mädchen, während ihrer Zeit in Wien, Mittel und Wege gefunden, ihre äußeren Vorzüge zu betonen, sie so geschickt herauszustreichen, dass man darüber das weniger Vorteilhafte gar nicht mehr wahrnahm, bis ins hohe Alter nicht. Von Jugend an hatte sie alle von ihr entdeckten Tricks angewandt und alle Möglichkeiten zur Verschönerung ausgeschöpft, die sie später systematisch in die Entwicklung und Vermarktung ihrer kosmetischen Produkte einfließen ließ. Ein Geschenk der Natur war jedoch, dass sie bis heute wesentlich jünger aussah, als sie tatsächlich war.

Helena straffte die Schultern und streckte das Kinn vor. In ihrem Alter hatte sie es wirklich nicht mehr nötig, sich wie ein hässliches Entlein zu fühlen. Die vielen Porträts, die namhafte Künstlerinnen und Künstler in den vergangenen Jahrzehnten von ihr angefertigt hatten, sprachen eine deutliche Sprache.

»Du magst zwar keine schöpferische Künstlerin sein, aber du hast dennoch etwas geschaffen«, griff Mala ihren Gedanken wieder auf. »Du lebst für dein Unternehmen, und du liebst die schönen Künste.«

»Ja, da magst du recht haben. Ich bin mittlerweile mit der Firma verheiratet, und die Kunst ist meine Geliebte«, stimmte Helena ihr zu.

Mala lachte. »Das ist ein passender Vergleich. Dann lass uns jetzt erst einmal die unvermeidlichen Pflichten erledigen, ehe du dich deiner Geliebten widmen kannst. Hast du denn schon wieder neue Kunstwerke im Auge?«

»Erst die Pflicht!«, mahnte Helena.

Einträchtig beugten Tante und Nichte ihre Köpfe über die verschiedenen Reiserouten, die Mala gemeinsam mit der hauseigenen PR-Abteilung ausgearbeitet hatte. Seit Jahren schon besuchten sie zu zweit die vielen auf der ganzen Welt verteilten Schönheitssalons des Helena-Rubinstein-Konzerns, stellten den jeweiligen Mitarbeiterinnen die jüngst entwickelten Produkte vor, wiesen sie in die neuesten Techniken der Gesichts- und Körperpflege ein und unterhielten sich lange mit den Kundinnen. Das Ohr immer dicht an der Kundschaft – das war für Helena von Anfang an unverzichtbar gewesen, konnte sie doch nur durch den direkten Kontakt zu den Damen erfahren, welche Bedürfnisse sie hatten. Seit mehr als sechzig Jahren versprach Helena Rubinstein ihren nach Schönheit und ewiger Jugend dürstenden Kundinnen, ihnen diese Wünsche zu erfüllen – und noch ein bisschen mehr. Ihre Kundinnen glaubten ihr.

»Bleiben wir hier, in den Staaten? Oder magst du vielleicht mal wieder zum Ursprung zurückfliegen? Nach Australien?«, erkundigte sich Mala. Sie schaute ihre Tante erwartungsvoll an, während sie die vor ihnen liegenden Unterlagen glättete. »Welche Route soll ich buchen?«

»Ursprung«, wiederholte Helena nachdenklich. »Der Ursprung lag nicht in Australien. Das war der Anfang, sicher. Aber der Ursprung, der lag ganz woanders …«

Kapitel 1

Krakau 1892

Mit klagendem Ton brach das Signal des Turmbläsers an gewohnter Stelle ab. Chaja zuckte zusammen. Verstohlen duckte sie sich noch etwas tiefer hinter die Schultern ihres Kommilitonen und schob den Schirm ihrer Studentenmütze weiter in die Stirn. Schon wieder so viel wertvolle Zeit vergangen?

Zu jeder vollen Stunde drang der tiefe Glockenklang von der gegenüber der Universität stehenden Marienkirche durch die schmalen Fenster des Audimax herein. Jedes Mal schloss sich unmittelbar das helle Warnsignal der Trompete an, das mittendrin abrupt abbrach. Chaja vermeinte, den Schmerz des Tatarenpfeils direkt neben ihrem eigenen Herzen zu spüren. Dabei war bereits ein halbes Jahrtausend vergangen, seit jener Pfeil den jungen Trompeter getötet hatte, der hoch oben vom Kirchturm aus die Torwächter Krakaus vor den aus allen vier Himmelsrichtungen heranstürmenden Tataren warnen wollte.

»Meine Herren, wir haben den Hejnał gerade alle vernommen. Vielleicht hören ihn auch manche von Ihnen gar nicht mehr. Ich aber möchte diese alte Legende heute einmal bewusst aufgreifen, um über die verschiedenen Arten letaler Verletzungen im Brustbereich zu sprechen.« Professor Rudzinski nahm den Faden seiner durch den dröhnenden Glockenklang unterbrochenen Vorlesung wieder auf. »Waren es in früheren Jahrhunderten noch Pfeil und Bogen, die zum Tode tapferer Krieger führten, sind es mittlerweile die Schussverletzungen von Feuerwaffen, welche …«

Die Studenten, die bislang in den Bänken des dunklen Vorlesungssaals vor sich hin gedämmert hatten, richteten sich interessiert auf. Das versprach spannender zu werden als das, was Professor Rudzinski zuvor über den menschlichen Blutkreislauf doziert hatte.

Sosehr auch sie dieses Thema interessierte, für Chaja war es an der Zeit, sich unbemerkt zurückzuziehen. Schließlich musste sie rechtzeitig zum Abendessen zu Hause sein.

Vorsichtig und widerwillig zugleich erhob sie sich von ihrem Sitzplatz in der letzten Reihe. Im Zwielicht des späten Nachmittags bekam niemand mit, wie sie auf Zehenspitzen zu der hohen Tür direkt hinter ihr schlich. Sie musste sich fast strecken, um die Klinke zu erreichen. Mit aller Kraft stieß sie einen der schweren Flügel auf und schlüpfte hinaus.

Nachdem sie die Tür sachte zugezogen hatte, atmete sie erleichtert auf. Wieder einmal war es ihr nicht nur gelungen, sich am frühen Nachmittag unbeobachtet in eine medizinische Vorlesung der altehrwürdigen Jagiellonen-Universität zu schummeln, sondern auch, sich Stunden später genauso unbemerkt wieder hinauszuschleichen.

Niemand wusste davon.

Nun ja, fast niemand! Denn Chaja hatte einen Komplizen: ihren alten Spielkameraden David, der ihr, so gut er konnte, bei diesen Manövern geholfen hatte, bis er nach Wien gezogen war. Von ihm stammte auch die Studentenmütze, unter der sie ihr volles dunkles Haar, zu einem Knoten gebändigt, versteckte.

In ihrer frühen Kindheit hatten Chaja und David nebeneinander in einer der engen Gassen des Kazimierz gelebt – in unmittelbarer Nähe zueinander, aber unter völlig verschiedenen Bedingungen.

Als die älteste von später einmal acht Schwestern war Chaja schon als Vierjährige erbarmungslos in die familiäre Pflicht genommen worden. Zuerst hatte sie Paulina füttern, wickeln und durch die Gegend schleppen müssen. Ihr war Regina gefolgt, danach Rosa. An fünfter Stelle hatte sich Stella in die Reihe der Schwesternschar gesellt. Da war Regina schon alt genug gewesen, ihrerseits die Aufsicht über die ganz Kleinen – Ceska, Manka und Erna – zu übernehmen, während der Vater Chaja zum Kochen in die Küche beordert oder ihre Mithilfe im Laden verlangt hatte. Es herrschte ein harscher Ton im Hause Rubinstein. Chajas Kindheit war ausschließlich von Arbeit, Pflichten und Verantwortung bestimmt.

Eine Ahnung davon, dass es auch ein anderes Leben geben musste, hatte sie erstmals als Zehnjährige bekommen, als es ihr gelang, einen Blick durch die Fenster der Nachbarn zu werfen. In deren Haus gab es bereits elektrisches Licht. Manchmal vergaßen sie, die dunklen, schweren

Samtvorhänge zuzuziehen. An solchen Abenden bot sich dem kleinen Mädchen von nebenan ein faszinierender Blick auf Bücherregale, große Gemälde an den Wänden, einen riesigen Kronleuchter, offenes Feuer im Kamin und zwei wuchtige Sessel davor. Darin saßen Herr und Frau Steuermann, unterhielten sich miteinander oder widmeten sich ihrer Lektüre. Während er meist hinter einer riesigen Zeitung verschwand, blätterte sie entspannt in einem Buch, ließ es auch ab und an im Schoß ruhen und blickte versonnen in die Flammen.

Einmal konnte Chaja nicht widerstehen. Aus dem Lager der väterlichen Eisenhandlung stibitzte sie einen stabilen Metalleimer, um ihn direkt unter das Fenstersims der Nachbarn zu stellen, daraufzusteigen und ihre Nase an die kalte Scheibe zu pressen. So bot sich ihr eine noch viel bessere Sicht in das Innere des Raumes!

An dessen Stirnseite entdeckte sie eine riesige, frisch eingedeckte Tafel. Das Dienstmädchen rückte gerade die dazugehörigen Stühle mit den hohen Rückenlehnen zurecht, zupfte noch einmal an den Damastservietten und schob das silberne Besteck neben dem glänzenden Geschirr parallel nebeneinander.

In diesem Moment betrat Frau Steuermann den Raum. Sie trug eine festliche Robe aus dunkelgrünem Moiré, die einen wirkungsvollen Kontrast zu den blonden Haaren ihrer eleganten hochgesteckten Frisur bildete.

Was für eine wunderschöne Frau! So ganz anders als ihre verhärmte Mutter, die Chaja nur leidend, zumeist leise jammernd im Bett liegend kannte.

War das aber verwunderlich? Eigentlich befand sie sich, seit Chaja denken konnte, ununterbrochen im Wochenbett. Zurzeit war es wieder einmal ganz schlimm mit ihr. Ein Wunder, dass sie nicht längst am Kindbettfieber gestorben war!

Insgesamt zwölf Kinder hatte Gitel zur Welt gebracht, doch keiner der vier Söhne überlebte. Jedes Mal wenn einer von ihnen gestorben war, legte sich die Trauer wie ein schwerer schwarzer Schleier über das ganze Haus. Dann versorgte Chaja ihre Mutter, die wochenlang das Bett nicht verließ. Schon als Fünfjährige war es ihr gelungen, die abgemagerte Mutter zum Essen zu zwingen. Ja, sie konnte sehr resolut sein, allerdings hätte sie niemals gewagt, gegenüber einer Dame wie ihrer Nachbarin einen solchen Ton anzuschlagen.

Mit vor Staunen weit aufgerissenen Augen beobachtete Chaja, wie Frau Steuermann nach einer Schachtel auf dem Kaminsims griff, ihr ein langes Zündholz entnahm, es anriss und die Kerzen der drei silbernen Leuchter auf der Tafel entzündete. Es dauerte eine ganze Weile, bis sie in ihrer ganzen Pracht erstrahlten und dem glänzenden Haar der Dame einen zusätzlichen Schimmer verliehen.

»Wie schön!«, hauchte Chaja.

Prompt beschlug die Fensterscheibe vor ihr. Hastig wollte sie den entstandenen Fleck mit dem Stoff ihres Ärmels wegwischen, doch dabei verlor sie das Gleichgewicht und plumpste auf die Erde. Der Eimer fiel um und rollte, laut scheppernd, davon.

»Aua!«, klagte sie leise.

Schon wurde über ihr das Fenster aufgerissen, und das rotbäckige Gesicht des Dienstmädchens kam zum Vorschein.

»Was machst du hier, verdammte Göre? Was hast du hier zu suchen? Mach, dass du wegkommst, du verdammtes Judenbalg!«, zeterte sie.

Chaja rieb sich das schmerzende Hinterteil und erhob sich mühsam. Auch wenn sie stand, befand sich die Fensterbank noch weit über ihr. Sie schaute nach oben. Neben dem Kopf des schimpfenden Dienstmädchens erschien nun das Gesicht der schönen Nachbarin.

»Lass gut sein, Euphrosina«, sagte Frau Steuermann begütigend, schob das zeternde Mädchen beiseite und beugte sich noch ein Stückchen weiter nach vorne. »Bist du nicht eine der vielen von nebenan?«, erkundigte sie sich lächelnd.

»Ja«, bestätigte Chaja kleinlaut.

»Welche denn? Es gibt ja so viele kleine Rubinsteine bei euch im Haus!«

»Chaja, die Älteste.«

»Richtig, jetzt erkenne ich dich. Du hast mich schon einmal in eurem Laden bedient. Und was machst du hier bei uns am Fenster?«

»Der Schein des Lichts hat mich angelockt«, gestand das Mädchen. »Da wollte ich einfach mehr sehen und bin auf einen Eimer gestiegen.«

»Und was hast du gesehen?«, erkundigte sich die Nachbarin amüsiert.

»Ein schönes Zimmer, bunte Bilder an der Wand, viele,

viele dicke Bücher, eine fein gedeckte Tafel und eine wunderschöne Frau«, entfuhr es Chaja.

Das Lächeln der Nachbarin vertiefte sich. »Kleine Schmeichlerin«, sagte sie nachsichtig. »Würdest du denn gerne einmal an so einer Tafel sitzen?«

»Oh ja!«

»Jetzt ist es leider nicht möglich, aber warte mal einen Moment.«

Sie drehte sich um und verschwand im Inneren des Raumes. Nur wenige Sekunden später kehrte sie zurück, beugte sich tief aus dem Fenster und streckte Chaja die rechte Hand entgegen.

»Hier, nimm das: eine kleine Wegzehrung für den langen Heimweg.« Sie drückte Chaja ein knuspriges, lauwarmes Teilchen in die Hand. »Vorsicht, dass du sie nicht zerbrichst. Es ist eine frische Pirogge, eine Spezialität unserer Euphrosina. Lass sie dir schmecken.«

»Aber ich wohne doch gleich nebenan und habe keinen langen Heimweg«, protestierte Chaja. Dennoch umschloss sie die kleine, fettige Kostbarkeit vorsichtig mit all ihren Fingern. Einen solchen Schatz würde sie nicht mehr hergeben.

»Das weiß ich doch, Kindchen«, sagte Frau Steuermann lachend. »Das habe ich nicht ernst gemeint, das war Ironie.«

»*Ironie?* Dieses Wort habe ich noch nie gehört. Was ist das?«, fragte Chaja neugierig.

»Ich merke schon, du willst sehr viel wissen. Leider habe ich heute keine Zeit für dich, aber du kannst mich in den nächsten Tagen gerne einmal besuchen. Komm einfach am späten Vormittag bei uns vorbei.«

»Das geht nicht, da stehe ich in der Küche und muss für die Familie kochen«, erklärte Chaja bedauernd.

»Dann am späten Nachmittag«, schlug die Nachbarin vor.

»Da muss ich schon wieder das Abendessen für uns alle vorbereiten. Wir sind immer zehn Personen, wenn nicht mehr, denn wir haben eine große Verwandtschaft, die oft ohne Anmeldung bei uns hereinschneit und nur zu gerne zum Essen bleibt.«

Chaja war ihr klagender Unterton in diesem Moment selbst ein bisschen peinlich, aber es war doch wirklich ein bisschen sehr viel, was da tagtäglich an Arbeit auf ihr lastete.

»Armes Kind! Nichtsdestotrotz, ich erkenne einen starken Willen in dir«, fuhr Frau Steuermann fort. »Wenn du wirklich kommen willst, wirst du auch die Zeit dafür und den Weg zu uns finden. Auf Wiedersehen, Chaja! Hoffentlich sehen wir uns bald!«

Mit einem Knall schloss sie das Fenster und zog den schweren Vorhang zu. Nicht der kleinste Lichtschimmer drang mehr durch den dunklen Stoff nach draußen.

Chaja tastete nach dem umgekippten Eimer, hob ihn auf und stahl sich hinüber auf das elterliche Grundstück. Es gelang ihr, ihn unbemerkt wieder im Lager zu verstauen und ins Haus zu schleichen. Bei der Vielzahl an Personen, die sich jeden Tag hier drängten, war ihre zeitweilige Abwesenheit gar nicht bemerkt worden.

Es wurde sowieso niemals ein großes Aufheben um sie gemacht, geschweige denn, dass sich jemand nach ihrem Befinden erkundigte. Chaja hatte lediglich zu funktionieren.

»Du weißt, Tochter, wenn das Essen nicht *pinktlech* steht auf dem Tisch, gibt es *grimzorn* mit mir«, pflegte der Vater zu sagen.

Häufig fiel er noch in das alte Jiddisch seiner Kindheit zurück, schließlich musste er es auch im Laden oft benutzen, wenn jüdische Kunden aus den umliegenden Landgemeinden bei ihm einkauften. Diese einfachen Menschen beherrschten weder Polnisch noch Russisch oder Deutsch, geschweige denn das Französisch der polnischen Aristokratie. Im Hause Rubinstein hingegen wurde sich mit einem lustigen Gemisch aus den in der Handelsstadt Krakau gebräuchlichen Sprachen verständigt.

Nach dieser ersten denkwürdigen Begegnung gelangen Chaja tatsächlich immer wieder kleine Fluchten zu den Nachbarn, wo sie herzlich willkommen war. So lernte sie David, den fast gleichaltrigen Sohn des Hauses, kennen und freundete sich sogar mit ihm an.

Seine Mutter, eine feine, zurückhaltende Dame, erkannte Chajas unterdrückten Bildungshunger und gewährte ihr großzügig Zugang zu ihrer umfangreichen Bibliothek. Sie lieh ihr so manches Buch aus, das Chaja zu Hause unter dem Kopfkissen versteckte und in wenigen gestohlenen Minuten in der Wäschekammer oder im Lager der väterlichen Eisenwarenhandlung verschlang. Wenn sie es zurückbrachte, stellte Davids Mutter es lächelnd wieder ins Regal zurück und fuhr mit dem Zeigefinger langsam über die mit goldenen Lettern geprägten Buchrücken auf der Suche nach der nächsten Lektüre für die Nachbarstochter.

Frau Steuermann hatte eine Schwäche für die kleine Chaja. Vielleicht, weil sie sich immer eine Tochter gewünscht und nur einen einzigen Sohn bekommen hatte. David war ihr Ein und Alles. Sie vergötterte und verwöhnte ihn nach Strich und Faden, aber eine Tochter fehlte ihr dennoch.

Umso strenger war Davids Vater, ein erfolgreicher Rechtsanwalt, der sich aus einem der Schtetl Galiziens hochgearbeitet hatte. Und noch weiter sollte es eines Tages sein Sohn bringen. Wenn schon nicht zum Offizier der österreichischen k. u. k. Armee, der kaiserlich-königlichen Landwehr, dann zumindest zum bedeutenden Juristen oder Mediziner. Selbstverständlich nicht hier in der Provinz, sondern im fernen Wien, der strahlenden Metropole der Habsburgermonarchie von Österreich-Ungarn.

David hatte die Bücher, die Chaja so gierig verschlang, fast alle schon gelesen. Wie oft gerieten sie in einen Disput, weil sie verschiedener Auffassung über das Gelesene waren.

Als Davids Vater einmal Zeuge solch einer hitzigen Debatte wurde, bat er die beiden Streithähne amüsiert in sein Büro.

»Was Temperament und Überzeugungskraft anbelangt, könntest du dir von dieser jungen Dame eine Scheibe abschneiden«, sagte er zu seinem Sohn.

Chaja straffte die Schultern und funkelte David immer

noch wütend an. Was hatte er eben auch für einen Unsinn über *Anna Karenina* erzählt!

»Und du, meine Liebe, solltest lernen, David ausreden zu lassen und dich ernsthaft mit seiner Argumentation auseinanderzusetzen …«

»Aber, aber, aber …«, fiel Chaja ihm ins Wort.

»Sic!«, protzte David mit seinen Lateinkenntnissen und grinste provozierend.

»Sei nicht so überheblich!«, fuhr ihn sein Vater an und wandte sich wieder Chaja zu. »Es ist wichtig, den Menschen zuzuhören. Zuhören zu können ist eine der Grundvoraussetzungen, wenn du es im Leben zu etwas bringen willst«, dozierte er mit erhobenem Zeigefinger. »Was hast du denn später einmal vor? Was willst du aus deinem Leben machen?«

Was für eine Frage! Niemand in der Familie Rubinstein wäre jemals auf den Gedanken gekommen, sie einer der zahlreichen Töchter zu stellen.

»Ein eigenes Leben? Das habe ich doch nicht. Was kann ich vorhaben? Lernen würde ich gerne etwas. Heiraten werde ich müssen«, erwiderte Chaja mutlos.

Über den Rand seines Zwickers hinweg nahm der Anwalt das junge Mädchen scharf ins Visier.

»Und das willst du auch?«, vergewisserte sich Davids Vater.

»Bleibt mir denn eine Wahl? Die Familie bestimmt, was ich zu tun habe.«

»Darüber müsstest du noch einmal nachdenken. Wenn du zu einem Ergebnis gekommen bist, sollten wir uns in aller Ruhe miteinander unterhalten.« Er zog seine Taschenuhr hervor und warf einen Blick darauf. »Oh, schon gleich fünf Uhr«, stellte er überrascht fest und erhob sich.

»*Teatime*«, sagte David, der aufmerksam zugehört hatte, im feinsten britischen Englisch.

Neben Latein, Griechisch und Französisch – alles Sprachen, die auf dem Gymnasium unterrichtet wurden – lernte er neuerdings auch Englisch bei einem eigens für die kommenden Sommermonate engagierten Hauslehrer. Dass es sich bei Ian Sullivan um einen in der Wolle gefärbten Iren handelte, störte im östlichsten Zipfel der Habsburgermonarchie niemanden. Obwohl nicht gänzlich verpönt, wurde das heimische Jiddisch im Hause Steuermann nicht mehr gerne gehört, in der Küche jedoch nach wie vor gesprochen.

Ein feines Klingeln aus dem Damensalon kündigte den Fünfuhrtee an. Das war für Chaja das Signal, sich zu verabschieden, denn dieses im kleinsten Rahmen zweimal in der Woche zelebrierte Ritual gehörte ausschließlich der Familie Steuermann. Eine Ausnahme bildete neuerdings der Hauslehrer.

Die neuste Ausgabe von *Madame Bovary* unter den Arm geklemmt, verließ Chaja das Haus.

Zu dem angekündigten Gespräch sollte es zu Chajas großem Bedauern niemals kommen, denn der unaufhaltsame gesellschaftliche Aufstieg der Familie Steuermann brachte den unvermeidlichen Umzug in einen anderen Stadtteil mit sich. Wie so viele Familien, die es zu Wohlstand und Ansehen gebracht hatten, zog es auch die Steuermanns hinaus aus den engen Gassen des jüdischen Viertels, hinein in den Grüngürtel rund um die Krakauer Altstadt, wo sich eine prächtige Villa an die andere reihte.

Die offizielle Anerkennung ihrer Bürgerrechte im Jahr 1865 hatte vielen jüdischen Kaufleuten, Viehhändlern und sogar einigen reichen Bauern diesen Aufstieg ermöglicht, doch die Familie Rubinstein war von dieser Entwicklung ausgeschlossen geblieben, sehr zum Unmut der mittlerweile siebzehnjährigen Chaja. Nachdem sie an diesem Vorfrühlingsabend das alte Universitätsgebäude verlassen hatte, überquerte sie den riesigen Marktplatz, um zu ebenjenem parkähnlichen Grüngürtel zu gelangen.

Da standen sie, die repräsentativen Bauten, die längst über elektrisches Licht verfügten, während sich die Rubinsteins immer noch mit Petroleumlampen begnügen mussten. Zahlreiche Fenster leuchteten im Dunkel des Abends und begleiteten Chajas Heimweg. Manche Eigentümer schienen ihre Vorhänge ganz bewusst nicht zu schließen, um Passanten so einen Blick ins Innere ihrer Häuser zu gewähren und ihren neuen Wohlstand zur Schau zu stellen.

»Ganz schön protzig!«, murrte Chaja, als sie den breiten, frisch gepflasterten Bürgersteig der Prachtstraße entlanghastete. Der Neid zwickte sie. Natürlich standen hier auch schon Straßenlaternen!

Nur wenige Gehminuten weiter sah alles ganz anders aus. Das jüdische Viertel lag im tiefen Dunkel. Bislang hatte es der Rat der Stadt Krakau noch nicht geschafft –

oder nicht für nötig befunden –, diesen Stadtteil mit Laternen zu versehen. Es gab hier auch keine befestigten Wege, bloß eine Vielzahl enger und schlammiger Gassen, die von einer einzigen gepflasterten Straße abgingen. Nur weil ihr der Weg so vertraut war, gelang es Chaja, auf den rutschigen Katzenköpfen nicht umzuknicken und hinzufallen. Mit den hohen Absätzen ihrer kleinen Stiefeletten war das ein echtes Kunststück.

Diese ledernen Stiefel waren ihr ganzer Stolz. Sicher, es waren nur wenige Zentimeter, die sie durch sie an Größe gewann, aber dennoch!

Mit dreizehn Jahren hatte Chaja aufgehört zu wachsen, war einfach bei einem Meter siebenundvierzig stehen geblieben. Alle ihre Schwestern wuchsen ihr über den Kopf. Ja, sogar die jüngste, die kleine Erna, überragte sie mittlerweile. Wie Chaja es hasste, zu ihren Mitmenschen aufschauen zu müssen! Und noch mehr, wenn ihre Schwestern mit gutmütiger Nachsichtigkeit zu ihr herabsahen.

Also hatte sie eisern auf diese Stiefeletten gespart, die zu Hause noch niemand zu Gesicht bekommen hatte. Der Vater würde nur brüllen und ihr das Tragen dieser »Hurenschuhe« verbieten, die Schwestern gackernd die Köpfe zusammenstecken und sie auslachen. Deshalb versteckte Chaja ihren Schatz in einem Schuppen des Hinterhofs. Dort schlüpfte sie nach jedem ihrer heimlichen Ausflüge wieder in ihre verhassten hölzernen Pantinen, ehe sie zurück ins Haus schlurfte.

Heute schlich sie besonders langsam. Der Kartoffelauflauf, den sie schon am Vormittag zubereitet hatte, musste inzwischen im Herd gegart sein. Morgen sollte es Heringe geben.

Wann war eigentlich im Hause Rubinstein das letzte Mal Fleisch auf den Tisch gekommen? Chaja erinnerte sich nicht.

Sie war dieses ärmliche Leben so leid!

Wütend stieß sie die Hintertür auf und klapperte extra laut mit den klobigen Pantinen über die Steinplatten des eiskalten Flurs. Die anderen sollten sie ruhig hören. Wer würde heute alles wieder mit am Tisch sitzen? Da die Küche der einzige beheizte Raum des Hauses war, drängten sich hier immer alle zusammen.

Als Chaja die Tür öffnete, wandten die Anwesenden ihr kurz die Köpfe zu, ehe sie ihr lebhaftes Gespräch fortsetzten. Chajas Ankunft war kein Anlass, es zu unterbrechen, ihr gar Aufmerksamkeit zu zollen.

Rasch zählte sie durch. Neun Menschen saßen an diesem Abend um den Tisch, weniger als sonst. Es waren alles vertraute Gesichter, bis auf eine Ausnahme.

Auch dieses Gesicht war ihr nicht fremd. Obwohl die alte Frau nicht zur Familie gehörte, weilte sie oft genug im Hause Rubinstein, nicht zuletzt wegen Chaja – oder, besser gesagt, eigentlich wegen ihr, der ältesten Schwester. Ein Haus mit acht Töchtern war ein gefundenes Fressen für eine engagierte Heiratsvermittlerin. Kaum dass Chaja dreizehn Jahre alt gewesen war, hatte das »Schadchen« das erste Mal an die Tür des Hauses geklopft. Zu ihrem großen Ärger hatten die Eltern der alten buckligen Frau sofort Einlass gewährt: nicht zum ersten und auch nicht zum letzten Mal.

Chaja bemerkte den stechenden Blick, mit dem die alte Zwergin sie musterte. Dass sie das einzige Wesen weit und breit war, das kleiner war als Chaja, half auch nichts, sie konnte sie einfach nicht ausstehen.

Energisch riss sie die Herdklappe auf. Der brutzelnde Kartoffelauflauf roch verheißungsvoll.

»Kochen scheint sie zu können«, stellte die alte Kupplerin wohlwollend fest.

Chaja überging diese Bemerkung.

»Deck den Tisch!«, herrschte sie Paulina an. »Und du bringst heute der Mutter ihr Essen aufs Zimmer!«, befahl sie Rosa.

Dann griff sie nach den über dem Herd hängenden Topflappen, zog die schwere gusseiserne Form heraus und knallte sie auf den Küchentisch.

Hastig riss das Schadchen seine Stricksachen an sich. Auch der Vater brachte das schwarze Kassabuch, in dem er – wie jeden Abend – seine Buchhaltung machte, vor dem spürbaren Furor seiner Ältesten in Sicherheit. Niemand sagte etwas.

Chaja verspürte eine unglaubliche, unbeschreibliche Wut in sich toben und wusste einfach nicht, wohin mit diesem Gefühl.

Kapitel 2

Krakau 1894

Das Schadchen blieb hartnäckig und präsentierte in immer kürzeren Abständen neue Heiratskandidaten, doch nicht für einen von ihnen konnte Chaja sich erwärmen. Sie wollte eines Tages aus Liebe heiraten – so, wie sie es in den vielen Romanen von Frau Steuermann gelesen hatte – und wünschte sich einen Mann, der sie respektierte, von Herzen liebte, auf Händen trug und sie anbetete.

Einmal ließ sie sich hinreißen und fasste ihre Vorstellungen beim gemeinsamen Abendessen in leidenschaftliche Worte. Wie gebannt hingen Paulina, Regina, Rosa und sogar die kleine Erna an ihren Lippen. Und Stella? Die hatte Tränen in den Augen. Warum weinte sie? War sie von den Worten ihrer ältesten Schwester so ergriffen?

In diesem Moment wurde die Küchentür aufgestoßen. Die Schwestern fuhren ertappt auseinander.

Da stand der Vater auch schon mitten im Raum, hochrot im Gesicht.

»Was redest du da für einen Unsinn?«, brüllte er Chaja an. »Setz deinen Schwestern nicht noch mehr Flausen in den Kopf. Das hast du alles aus den verdammten Büchern von nebenan.«

»Steuermanns sind schon vor fünf Jahren aus dem Kazimierz weggezogen, in ihre neue große Villa am Stadtpark«, wagte Chaja anzumerken. »Ich habe damals sämtliche Bücher zurückgegeben.«

»Nun holst du dir andere aus der Bibliothek«, brüllte der Vater weiter. »Meinst du, ich habe nicht mitbekommen, wie du dich immer davonschleichst? Glaubst du wirklich, ich weiß nichts von deinen heimlichen Abstechern zur Universität? Du bist erkannt worden, da hat dir auch deine lächerliche Studentenmütze nichts genutzt. Das Schadchen hat dich gesehen, und zwar nicht nur einmal.«

Erschrocken starrten die jüngeren Schwestern sie an. Von alledem hatten sie nichts geahnt. Außer Stella vielleicht, aber die konnte schweigen. Sie wusste so einiges über Chajas heimliche Wünsche und Sehnsüchte, hatte aber auch längst ihre eigenen.

»Im Schuppen habe ich gerade dein Versteck entdeckt. Schaut mal, was ich da gefunden habe!« Aus dem groben Leinenbeutel, den er über der Schulter trug, zog der Vater die ledernen Stiefeletten und die Studentenmütze hervor. Das Geschenk von David.

Zufällig waren sie sich vor zwei Jahren auf dem Hauptmarkt wiederbegegnet, wo Chaja sich ausnahmsweise an einem Limonadenstand eine Brause geleistet hatte. Sie war gerade, schwer beladen mit Kartoffeln, Kohl und Möhren, von ihrem wöchentlichen Einkauf auf dem Gemüsemarkt gekommen und hatte nur noch zum Fischstand gemusst.

Hoffentlich sind die Maränen noch nicht ausverkauft, dachte sie gerade, da stand er plötzlich vor ihr. Fast drei Jahre hatten sie einander nicht mehr gesehen.

»Groß bist du geworden«, stellte Chaja staunend fest, als sie ihren Freund aus Kindertagen erblickte. »Ein richtiger Mann.«

»Und du eine hübsche junge Frau, Chaja«, erwiderte er lächelnd.

»Aber leider nicht gewachsen! Ich bleibe einfach so klein.« Chaja seufzte kläglich. Der Freund aus Kindertagen lächelte, denn er kannte diese Klage schon von damals.

»Dem könnte man rasch Abhilfe verschaffen«, entgegnete er fröhlich, riss sich seine Studentenmütze vom Kopf und stülpte sie kurzerhand Chaja über.

»Was machst du da?« Es war eine instinktive Geste, mit der sie die Mütze wieder vom Kopf nahm, ihr Haar im Nacken zusammenfasste, es zu einem leichten Knoten drehte, ihn nach oben schob und die Mütze wieder daraufsetzte. »Wie sehe ich aus?«, fragte sie dann, ohne die Antwort auf ihre erste Frage abzuwarten.

David trat einen Schritt zurück und musterte sie von Kopf bis Fuß.

»Der Rock müsste weg, die Jacke geht«, urteilte er. »Also, bis zur Taille könntest du wirklich als ein fleißiger Primaner kurz vor der Matura durchgehen. Für einen Studenten müsstest du dir jedoch vielleicht einen kleinen Bart zulegen«, fügte er scherzend hinzu.

»Mach dich nur über mich lustig. Wie gerne würde ich die Matura machen! Wie gerne würde ich studieren!«, sagte Chaja sehnsüchtig. »Hast du denn deine Matura?«

»Schon längst. Ich habe sogar bereits das Physikum hinter mir und bin jetzt *candidatus medicinae*«, verkündete der Freund aus Jugendtagen und warf sich stolz in die Brust. »Nächsten Sommer geht es endlich nach Wien.«

»Hast du es gut! Wie sehr ich dich darum beneide«, sagte Chaja. »Aber Frauen können ja nicht studieren.«

»Das stimmt nicht mehr«, widersprach David fröhlich. »Hier an der Jagiellonen-Universität sind Frauen schon seit drei Jahren zum Studium zugelassen. Ist das nicht toll? Eine der ältesten Universitäten Europas lässt als eine der ersten das weibliche Geschlecht zum Jura- und Medizinstudium zu.«

»Wie gerne würde ich Medizin studieren! Aber ohne Matura? Mein Vater hat mich ja nur eine Schule besuchen lassen, bis ich dreizehn war«, erinnerte Chaja ihn traurig.

»Eine Schande ist das! Dabei bist du doch so ein kluges Mädchen, das haben meine Eltern immer wieder gesagt.«

»Wirklich?«

David antwortete nicht sofort. Nachdenklich ließ er den Blick über die Fassade des Universitätsgebäudes wandern, vor dem sie standen.

»Die Universität lässt auch Gasthörer zu«, sagte er schließlich.

»Was ist das denn?«, fragte Chaja verständnislos.

Nachdem ihr David das erklärt hatte, begleitete er seine alte Freundin nicht nur bis zum Fischstand, sondern auch noch ein ganzes Stück Richtung Kazimierz und bestand darauf, ihren schweren Weidenkorb zu tragen. In dieser Zeit erörterte er Chaja seinen Plan.

Sie hatten fast zwei Drittel ihres Heimwegs hinter sich, als die Turmuhr der Marienkirche schlug.

»Schon drei Uhr«, stellte David erschrocken fest. »Da muss ich mich aber sputen. In einer Viertelstunde beginnt meine Anatomievorlesung im Audimax. Aber es bleibt dabei: Nächsten Dienstag treffen wir uns um halb vier hinter dem Hauptgebäude. Da steht eine alte Remise, die nicht abgeschlossen ist; darin kannst du dich umziehen. Ich bringe dir eine meiner alten Schuluniformen mit, die Hose müsste dir passen.«

So hatte es begonnen, das Verkleidungsspiel. Riskant und spannend zugleich. Bislang war es gut gegangen. Chaja hatte viel gelernt in dieser Zeit. David lebte mittlerweile in Wien, um dort sein Studium fortzusetzen. Aber auch ohne seine Mithilfe war es ihr immer wieder gelungen, sich in den Hörsaal zu schmuggeln. Inzwischen hatte sie schon einen ganzen Stapel von Heften angesammelt, in denen sich ihre Mitschriften der Vorlesungen befanden. Sie war so stolz auf diesen Wissensschatz!

Und nun stand ihr brüllender Vater vor ihr und hielt ihr wutschnaubend ein Paar Stiefeletten vor das Gesicht.

»Wo hast du diese Hurenschuhe her? Sag es! Wie oft warst du damit in der Stadt? Na los, raus mit der Sprache!«, brüllte er.

Chaja schwieg.

»Leugnen ist zwecklos! Du bist gesehen worden.«

Hinter Chajas Rücken kauerten sich ihre Schwestern ängstlich zusammen.

»Du wirst damit nicht mehr in die Stadt gehen. Du wirst dich überhaupt nirgendwo mehr hinschleichen. Du stehst unter Arrest! Ich verbiete dir, fortan das Haus alleine zu verlassen. Ab sofort bleibst du nur noch in der Küche, auch im Laden will ich dich nicht mehr sehen. Und diese verdammten Hurenschuhe …«

Er riss die Tür des Küchenherds auf, in dem wie gewohnt eine kräftige Flamme loderte, und warf das Stiefelpaar hinein.

»O nein!«, stöhnten die Schwestern hinter Chaja.

»Und diese Kappe gleich dazu«, schrie der Vater und schmiss Davids Studentenmütze hinterher. Die Flammen schlugen höher, es begann zu knistern und unangenehm zu riechen.

»Oh nein!«, stöhnten die Schwestern erneut.

Chaja straffte die Schultern. Hoch erhobenen Hauptes ging sie zum Waschbecken und zog das Fußbänkchen hervor, das sie benötigte, um an die oberen Fächer der Küchenschränke zu gelangen.

Sie hob es hoch, drehte sich um und ließ es mit einem lauten Knall direkt vor die Füße ihres Vaters fallen. Mit angehaltenem Atem verfolgten die jüngeren Schwestern das Geschehen.

Chaja stieg auf das direkt vor ihrem Vater stehende Fußbänkchen. Auge in Auge standen Vater und Tochter sich jetzt gegenüber.

»Du hast meine besten Schuhe verbrannt, du hast mich vor den Augen meiner Schwestern gedemütigt, und du hast mich beleidigt. So lasse ich nicht mit mir umspringen. Das war das letzte Mal, dass ich mich von dir habe anbrüllen lassen«, sagte sie und schaute ihrem Vater fest in die Augen.

Er versuchte, ihrem Blick standzuhalten, hielt es aber nicht lange aus. Stattdessen drehte er sich um und wandte sich zum Gehen.

»Ich werde dich nicht mehr anbrüllen müssen«, sagte er, den Türknauf schon in der Hand. »Das wird in Zukunft ein anderer übernehmen. Ich habe mich mit Levins Eltern arrangiert. Er hat schon vor Wochen um deine Hand angehalten. Du wirst ihn heiraten, ob du willst oder nicht. Die Hochzeit ist am übernächsten Wochenende, am Sonntag.«

»Ich werde nicht heiraten, und den dicken Levin schon gar nicht. Der ist dumm und stinkt!«, kreischte Chaja.

»Du wirst, Tochter, du wirst«, erwiderte Hertzel Rubinstein und verließ türknallend die Küche.

Tatsächlich war die Trauung bereits für den folgenden Sonntag in der benachbarten Synagoge anberaumt.

Als dort gegen vier Uhr nachmittags der Bräutigam mit seiner Familie sowie die ersten Gäste eintrafen, stieg Chaja gerade am Wiener Hauptbahnhof aus dem Zug.

Kapitel 3

An Bord der Prinzregent Luitpold *1896*

Helena betrat den Speisesaal und begab sich an ihren gewohnten Tisch. Mittlerweile hatten sich die Passagiere an ihren Anblick gewöhnt und tuschelten nicht mehr hinter vorgehaltener Hand über diese allein reisende junge Frau. Das war bei Antritt ihrer Reise vor sechs Wochen ganz anders gewesen.

Im Nachhinein fühlte sich Helena ihrem Onkel John zu tiefer Dankbarkeit verpflichtet. Der älteste Bruder ihrer Mutter, der als junger Mann nach Australien ausgewandert war, hatte es inzwischen in Melbourne als Juwelier zu beachtlichem Wohlstand gebracht. Zwei seiner Brüder waren ihm gefolgt. Vielleicht hatten die drei ja auch zusammengelegt, um ihrer Nichte eine Überfahrt erster Klasse auf der *Prinzregent Luitpold* zu ermöglichen.

Mehr als dreißig Jahre lag deren Abschied von Europa mittlerweile zurück. Zwanzig Geschwister waren sie einst im Hause Silberfeld in Galizien gewesen, doch das Leben hatte sie in alle Himmelsrichtungen verstreut. Augusta, Helenas Mutter Gitel, war die Einzige, die im heimischen

Krakau verblieben war und dort auch ihren Mann gefunden hatte. Sie lebte immer noch im gleichen Haus des jüdischen Viertels, in dem ihre älteste Tochter Chaja vor nunmehr fast sechsundzwanzig Jahren zur Welt gekommen war.

Nein, nicht Chaja! Schon längst nicht mehr Chaja!

Mit Betreten der Gangway des erst zwei Jahre alten Auswandererschiffs im Hafen von Genua hatte Helena sich kurzerhand eine neue Identität zugelegt. Mit der alten Chaja aus dem Kazimierz wollte sie nichts mehr zu tun haben.

»Das Geburtsdatum ist falsch«, behauptete Chaja, nachdem der Beamte des Auswandererbüros die Passagierliste überprüft und ihre Daten laut vorgelesen hatte.

Überrascht schaute er sie an.

»Ich bin doch keine alte Frau von fünfundzwanzig Jahren, sondern gerade erst zweiundzwanzig geworden.«

Der Beamte musterte sie mit einem prüfenden Blick.

»Der Vorname Chaja stimmt auch nicht«, fuhr Helena fort. »Das muss ein Schreibfehler sein. Ich heiße Helena!«

»Helena und gerade erst zweiundzwanzig Jahre alt«, wiederholte der Beamte und schaute sie wieder an.

Chaja erwiderte seinen Blick und hielt ihm so lange stand, bis er die Augen niederschlug. Achselzuckend beugte er sich über die Passagierliste und änderte die Daten.

Chaja atmete tief durch. Eine weitere Hürde war genommen.

Die Fälschung ihrer eigenen Papiere hatte Chaja bereits selbst vorgenommen: mit Akribie und Sorgfalt im Antwerpener Kontor ihres Onkels Nathan, bei dem sie vor ihrer endgültigen Abreise für ein paar Tage Zwischenstation eingelegt hatte.

Obwohl es die Geschwister Silberfeld in alle Himmelsrichtungen versprengt hatte, war der Faden zwischen ihnen niemals abgerissen. Sie lebten auf verschiedenen Kontinenten, was für sie jedoch nicht bedeutete, dass sie sich nicht mehr als eine Familie fühlten. Im Gegenteil. Auch wenn die Post monatelang brauchte, hielten die Silberfelds eine regelmäßige Korrespondenz miteinander aufrecht. In Europa hatten sie sich auf Krakau, Wien, Berlin und Antwerpen verteilt.

War das immer ein Ereignis, wenn einer der schweren Briefe mit den bunten Briefmarken im Hause Rubinstein eintraf und die Schar der Schwestern in helle Aufregung versetzte! Es waren Nachrichten aus einer anderen Welt. Alle fünf Jahre leistete sich einer von Gitels Brüdern den Luxus, der alten Heimat einen Besuch abzustatten. Stets machten sie noch Station in Antwerpen, Berlin und Wien, ehe sie in Krakau eintrafen.

Dort logierten sie natürlich direkt am Rynek Główny, im besten Hotel am Platze. Nicht im Traum hätten sie daran gedacht, sich im jüdischen Viertel ein Quartier zu suchen oder sich gar bei den Rubinsteins einzuquartieren.

Der *Kaiserhof* bot all den Luxus des Fin de Siècle, der im fernen Melbourne noch längst nicht selbstverständlich war. Chaja konnte sich genau an jeden einzelnen Besuch von Onkel Jakob, Onkel Wolf und Onkel Ari, die sich in ihrer neuen Heimat längst anders nannten, erinnern. Bei jeder ihrer Abreisen hatten sie ein Stück von Chajas Herz mit sich genommen, ihr dafür Sehnsucht und Fernweh zurückgelassen.

»Mademoiselle, was wünschen Sie heute zu speisen?«, erkundigte sich der ältere Kellner beflissen. »Wir haben heute Seezunge in Sauce mousseline, davor vielleicht eine Mockturtlesuppe?«, schlug er vor.

Jäh aus ihren Erinnerungen gerissen, schaute Helena ihn etwas verwirrt an. Ihr Blick wanderte über den Tisch.

»Nur ein Gedeck?«, stellte sie erstaunt fest.

»Mademoiselle werden heute das Mittagessen alleine einnehmen müssen. Die anderen Herrschaften haben sich leider noch nicht von ihrer Seekrankheit erholt und werden auf ihren Kabinen bleiben«, erklärte der Kellner der *Prinzregent Luitpold*.

Helena ließ ihren Blick durch den Speisesaal wandern. Erst jetzt fiel ihr auf, dass die meisten der eingedeckten Tische nicht besetzt waren.

»Oh, das tut mir aber leid, ich werde die Gesellschaft von Lady Suzanna und ihrem Gatten vermissen«, erklärte Helena bedauernd. »Seltsam, dass ich noch nicht seekrank geworden bin.«

»Mademoiselle sind eben, mit Verlaub gesagt, aus einem anderen Holz geschnitzt«, erwiderte der Kellner.

Wie meinte er das? Helena warf ihm einen misstrauischen Blick zu. Wollte er damit auf ihre Herkunft anspielen?

Aber er verneigte sich ehrerbietig und schaute sie dabei so wohlwollend an, dass ihr aufsteigendes Misstrauen im

Keim erstickte. Nein, dieser alte Mann war ihr überaus wohlgesonnen, hatte sie vom ersten Tag ihrer Schiffsreise an unter seine Fittiche genommen und sie genauso zuvorkommend behandelt wie die feine Lady Suzanna. Er war es gewesen, der Helena von ihrem winzigen Katzentisch in der zugigen Ecke direkt neben der Tür geholt und an die Tafel der englischen Herrschaften geleitet hatte.

Höflich hatte er die junge Polin dem distinguierten englischen Ehepaar vorgestellt und diskret an dessen Beschützerinstinkte appelliert. Und tatsächlich war das Experiment gelungen. Der erste Sekretär des Gouverneurs von Queensland und dessen Gattin hatten einen regelrechten Narren an der kleinen, allein reisenden, temperamentvollen jungen Dame aus dem fernen Krakau gefressen.

Dabei war die Verständigung zwischen ihnen gar nicht so einfach. Helena sprach bisher kaum Englisch, beherrschte neben Polnisch und Russisch mittlerweile jedoch sehr gut die deutsche Sprache, die sie im Wiener Singsang, dabei mit rollendem R und jiddischen Einsprengseln sprach, sowie ein passables Französisch. Frau Steuermann hatte sie als Kind bei ihren zahlreichen Besuchen einige Monate darin unterrichtet. Wie so viele Polinnen ihrer Epoche hielt sie Französisch für die einzig zivile Sprache Europas. Außerdem hatte sie Freude an dem aufgeweckten, wissbegierigen Mädchen gehabt.

Ähnlich verhielt es sich nunmehr mit dem englischen Ehepaar. Eigentlich eher versnobt wie viele Angehörige des englischen Landadels, hatten Lady Suzanna und Sir Cecil Villiers ein Faible für ungewöhnliche Menschen – vielleicht, weil sie selbst schon etwas spleenig waren. Und die allein reisende Helena war aus ihrer Sicht wirklich ungewöhnlich: Sie war von winziger, fast untersetzter Statur und hatte riesige dunkle Augen sowie einen weißen Teint, der sofort den Neid von Lady Suzanna erweckte, dazu eine unersättliche Lebensgier, die sie aber geschickt hinter einem zurückhaltenden Gebaren versteckte. Auf den ersten Blick wirkte Helena fast schüchtern, doch nur, bis sie in ein Gespräch verwickelt wurde.

Wenn sie sich unbeobachtet fühlte, konnte sie auch herzhaft fluchen. Das tat sie, wenn sie sich ärgerte. Und während dieser Seereise ärgerte sie sich über die Grammatik, aber noch mehr über die Aussprache des Englischen. Vorsorglich hatte sie sich für die langen Tage der drei Monate währenden Überreise mit einer Grammatik und einem dicken Wörterbuch versorgt und voller Optimismus sogar zwei Romane von Jane Austen dazugepackt.

Als Zwölfjährige hatte sie die polnischen Übersetzungen von *Emma* und *Stolz und Vorurteil* verschlungen – ganz hinten im kalten, zugigen Schuppen des väterlichen Geschäfts kauernd, vor Kälte zitternd, stets voller Angst, bei dieser verbotenen Lektüre erwischt zu werden. Und dennoch hatten sie die Geschichten immer wieder in ihren Bann gezogen. In der kapriziösen, reichen Emma, die sich so lange gegen eine Heirat sträubte und stattdessen lieber die jungen Menschen ihrer Umgebung verkuppelte, wobei sie viel Unsinn anstellte, glaubte sie sogar so etwas wie eine Seelenschwester zu erkennen.

»Nur dass ich leider nicht reich und unabhängig bin wie

Emma«, hatte sie damals verärgert vor sich hin gemurmelt. »Und dass die nicht wie ich sieben jüngere Schwestern hat, die ihr im Nacken sitzen und auf meine bevorstehende Heirat lauern, damit auch sie unter die Haube dürfen.«

Seufzend hatte sie das Buch mit der spannenden Lektüre zugeschlagen und sich nach vorne in den Laden ihres Vaters begeben.

Ganz anders gestaltete sich diese Lektüre während der wochenlangen Seereise auf der *Prinz Luitpold*. Zwei Wochen lang hatte Helena nun schon in ihrer Kabine englische Grammatik gebüffelt, unregelmäßige Verben auswendig gelernt und sogar ein englisches Kinderbuch mit Nanny-Reimen sowie ein Büchlein mit den Grundlagen der Konversation durchgearbeitet.

Letzteres hatte ihre Tante Helene ihr bei der Abreise in Wien hastig zugesteckt.

»Deine Cousine Eva hat drei Kinder, und die werden englischsprachig erzogen. Da kann es nicht schaden, wenn du bei deiner Ankunft bereits über ein paar Grundkenntnisse verfügst«, hatte sie gesagt und sie zärtlich in die Wange gekniffen. »Pass auf deine Haut auf! Na ja, meine Gitel hat dir wohl genügend Tiegel mit ihrer Zaubercreme eingepackt.«

»Woher weißt du das?« Chaja staunte.

»Das bleibt mein Geheimnis. Nur so viel: Ich weiß noch viel mehr, als du ahnst«, hatte Tante Helene geheimnisvoll erwidert und sie mit sanftem, aber unnachgiebigem Druck in die bereitstehende Droschke vor ihrer Wiener Kürschnerei geschoben.

Und nun saß Helena in ihrem Liegestuhl an Deck des, wie sie inzwischen erfahren hatte, in Danzig gebauten deutschen Reichspostdampfers. Nach ihrem einsamen Mittagessen machte sie es sich darin bequem. Sie zog die karierte Wolldecke, die ihr ein junger Steward vorsorglich gebracht hatte, fester um die Schultern und griff nach dem Roman von Jane Austen, der auf ihrem Schoß lag.

Sie schlug das Buch auf und begann zu lesen. Nein, sie *wollte* lesen, sah die Buchstaben, studierte die Sätze, erkannte sogar einzelne Worte, aber all das wollte sich einfach nicht zu einem sinnvollen Ganzen zusammenfügen. Wie sehr hatte sie sich auf diese Lektüre gefreut, sie sich sozusagen als Belohnung für die stumpfe Paukerei der englischen Grammatik aufbewahrt. Und nun?

Enttäuscht klappte sie *Emma* wieder zu und griff nach dem zerlesenen Buch, das sie ebenfalls mit an Deck genommen hatte. Ob sie es einmal mit diesen Kinderreimen versuchte?

Wie alt waren eigentlich die drei Kinder ihrer Cousine Eva? Es wäre bestimmt besser, sie auf Englisch begrüßen zu können.

Ob sie mit Eva noch jiddisch oder wenigstens polnisch reden konnte? Ob ihre Cousine die Sprache ihrer Kindheit überhaupt noch beherrschte? Oder hatten sich ihre Verwandten mittlerweile so assimiliert, dass sie ausschließlich englisch sprachen?

Bei den raren Besuchen ihrer Onkel war ihr schon aufgefallen, dass diese mittlerweile Schwierigkeiten hatten, die richtigen Worte zu finden, und häufig lieber ins Hochdeutsche oder Englische verfielen. Ob sie mit ihrer eigentlichen Muttersprache gar nichts mehr zu tun haben wollten? Fragen über Fragen, auf die Helena keine Antwort wusste.

Und während sie so darüber nachsann, schlief sie mitten auf der Route durch den neuen Suezkanal ein. Dabei war sie doch gerade auf diese besondere Passage so neugierig gewesen.

Sie erwachte von einem heftigen Windstoß, der ihr den Hut, den sie sich schützend über das Gesicht gelegt hatte, fortriss. Erschrocken fuhr Helena hoch und schloss sofort wieder die Augen, geblendet von dem gleißenden Sonnenlicht. Die Bücher fielen von ihrem Schoß zu Boden. Als sie aufsprang, klappte prompt der Liegestuhl hinter ihr zusammen. Vor ihr schlugen dafür die beiden Bücher auf. Der Wind verfing sich in ihnen, spielte mit den Seiten und stieß sie in bedrohliche Nähe der Reling.

»Och is mir, a klog zu majne jorn!«, schimpfte Helena spontan im unvergessenen Idiom ihrer frühen Kindheit und versuchte, die beiden davonstiebenden Bücher einzufangen. Mit ausgestreckten Armen und in gebückter Haltung lief sie hinter ihnen her. Erst vor einem Paar langer, mit feinem englischen Tuch verhüllter Männerbeine kam sie zum Stehen.

Die beiden Bücher hatten sich in dem festen Stoff verfangen. Helena wollte nach ihnen greifen, aber eine schlanke Männerhand kam ihr zuvor.

Helena richtete sich auf.

»Oh, Sir Cecil, das ist mir jetzt peinlich«, stammelte sie, doch der ältere Engländer lächelte sie nur milde an.

»Was ist daran peinlich, *my dear*?«, meinte er gelassen und unterzog die Buchtitel einer genaueren Betrachtung. Ein bisschen blass sah er aus, wirkte noch etwas unsicher auf den Beinen.

»Ich habe Sie bei Tisch vermisst. Geht es Ihnen denn inzwischen wieder besser?«, erkundigte sich Helena beflissen.

»Nun, die heiße Suppe, die mir unser Steward brachte, tat mir sehr gut. Mein Magen hat sich ein wenig beruhigt und besteht nicht mehr darauf, in meinem Inneren auf und ab zu tanzen. Mir wurde es einfach zu eng und stickig in der Kabine. Ich brauchte unbedingt ein bisschen frische Luft.«

Kabine ist gut, dachte Helena. *Die haben doch eine ganze Suite für sich!*

Insgesamt hundertsechzig Kabinen erster Klasse gab es auf der *Prinzregent Luitpold*, darunter vier Suiten, während sich im Zwischendeck fast tausend Kabinen für weniger Betuchte aneinanderdrängten. Erneut schickte Helena im Geiste einen kleinen Dankesgruß an ihre Verwandtschaft, die es ihr ermöglichte, erster Klasse über das Meer zu reisen.

»Und wie geht es Lady Suzanna?«

»Nun ja, den Umständen entsprechend. Ich habe mich auf Zehenspitzen hinausschleichen können, da sie gerade ein bisschen eingeschlummert ist und meine Anwesenheit nicht vermissen wird.« Er begann in den Büchern zu blättern. »Schon eine sehr vielseitige Lektüre, die Sie sich da vorgenommen haben, Miss Helen«, stellte er belustigt fest.

Er nannte sie immer Miss Helen, weil er Helena zu bombastisch fand. Viel zu groß für so eine kleine Person wie sie.

»Zudem die Helena des Trojanischen Krieges ja eine blonde Schönheit gewesen sein soll«, hatte er beim ersten Mal ironisch hinzugefügt.

»Ich weiß, dass ich weder blond noch eine Schönheit bin«, erwiderte Helena daraufhin pikiert.

»*Oh no, my dear*, so meint er das nicht, er ist manchmal etwas taktlos, *my good old husband*«, protestierte Lady Suzanna prompt. »Wissen Sie, was er noch gestern nach unserem gemeinsamen Abendessen zu mir sagte?«

»Nein«, entgegnete Helena einsilbig und biss sich auf die Unterlippe.

»So wie Sie, *my dear*, könne er sich Schneewittchen vorstellen«, erzählte die englische Lady enthusiastisch.

Ihr Gatte nickte bestätigend. »*White as snow, red as blood and black as* …«, murmelte er auf Englisch.

»Weiß wie Schnee die Haut, die Wangen rot wie Blut, schwarz wie Ebenholz das Haar«, zitierte Helena spontan aus dem alten Märchenbuch der Gebrüder Grimm, das im fernen Krakau zum eher kärglichen Bestand der Familienbibliothek der Rubinsteins gehört hatte.

Eigentlich war es doch ein wohlwollender Vergleich. Und wenn er gar von so einem vornehmen englischen Ehepaar kam, war das sehr schmeichelhaft für sie.

Versöhnt hatte Helena Sir Cecil zugelächelt und beschlossen, in Zukunft etwas genauer hinzuhören. Sie musste noch viel lernen, nicht nur Grammatik und Kinderverse, sondern auch, den englischen Humor zu verstehen und ein Gespür für dessen besondere Ironie zu entwickeln.

»*Emma* von Jane Austen passt ja irgendwie zu Ihnen, Miss Helen, aber was wollen Sie mit *Humpty Dumpty*?«, wollte Sir Cecil nun wissen.

»Ich bin von meiner Familie nach Australien geschickt worden, um meiner frisch geschiedenen Cousine Eva mit ihren drei Kindern beizustehen. Die sprechen aber nur Englisch, habe ich im letzten Brief aus Melbourne erfahren«, erzählte Helena.

»*Divorced, really divorced?*«, vergewisserte sich der ältere Engländer. »Man lässt sich nicht scheiden, schon gar nicht auf dem neuen Kontinent. Da muss man doch erst recht zusammenhalten.«

»Ihr Mann hat sie geschlagen, regelmäßig verprügelt – und das vor den Augen der Kinder«, platzte Helena heraus.

Wenn sie einmal ihre Schüchternheit überwunden hatte, konnte sie sehr redselig sein. Vielleicht sogar zu redselig?

»Oh«, machte der ältere Herr prompt betreten und wechselte geschickt das Thema. »Mögen Sie Jane Austen?«

»Ja, sehr«, bestätigte Helena eifrig. Sie verstand es, sich sekundenschnell auf eine neue Situation einzustellen; das war ihre besondere Begabung. »Ich liebe ihre Bücher, insbesondere *Emma*, weil die Heldin genauso wenig heiraten will wie ich. Bislang habe ich die Bücher nur auf Polnisch und Deutsch gelesen, doch nun will ich es in der Originalsprache versuchen und scheitere kläglich.«

»Inwiefern?«

»Ich verstehe diese Sprache einfach nicht! Wochenlang habe ich in meiner Kabine Vokabeln und Grammatik gepaukt, kenne sogar den Unterschied zwischen *present* und *past perfect*, dennoch kann ich keinen englischen Text verstehen. Außer *Humpty Dumpty*«, schloss sie grimmig. »Dabei wird doch immer behauptet, Englisch sei eine ganz einfache Sprache.«

»Ha! Da irren Sie sich aber gewaltig, Miss Helen.« Sir Cecil lachte auf. »Das ist ein großer Irrtum. Es ist richtig, zu Beginn ist das Englische wirklich einfach. Sich die Grundlagen anzueignen ist gar kein Problem. Und die meisten Menschen begnügen sich damit.«

»Aber das reicht nicht, um Jane Austen zu verstehen«, stellte Helena mutlos fest.

»Sie schreibt ja auch kein Alltagsenglisch, sondern hat einen ganz eigenen, noch dazu hochliterarischen Stil.«

»Der sich mir nicht erschließt. Ich werde mich mit meinem *Pidgin English* zufriedengeben müssen«, meinte Helena resigniert.

»Da sei Lady Suzanna vor!«, entgegnete Sir Cecil und überreichte Helena ihre beiden Bücher. »Sie lesen jetzt erst einmal die ersten Kapitel von *Emma*, streichen alles an, was Sie nicht verstehen, und setzen sich anschließend mit Lady Suzanna zusammen. Es wird ihr eine Freude sein, Ihnen ihre Lieblingsautorin näherzubringen. Außerdem wird es sie von ihrer Seekrankheit ablenken. Und ich werde mit Ihnen bei Tisch englischen Smalltalk üben und überlegen, welche Kinderverse von meiner Nanny ich noch behalten habe. Wir sehen uns morgen im Speisesaal.«

Mit einer kurzen Verbeugung verabschiedete sich der hochgewachsene Engländer von Helena und schritt über Deck in Richtung seiner Außensuite davon.

Überrumpelt starrte Helena ihm hinterher.

»Da werde ich wohl kaum widersprechen«, murmelte sie.

Es geschah so, wie von Sir Cecil Villiers beschlossen und verkündet.

Nach der Passage durch den Suezkanal widmeten sich Lady Suzanna und Sir Cecil den Rest der langen Überfahrt bis Melbourne mit viel Einsatz und Engagement der *education* von Miss Helen. Zwei Monate können ganz schön lang sein, besonders auf einem Schiff, das sich tagelang auf hoher See befindet. Aber Langeweile ließen die beiden selbst ernannten Mentoren nicht aufkommen.

Mit Bleistift und Schreibblock ackerte sich Helena durch *Emma* und schrieb ihre Fragen auf, die sie später ihrer Mentorin stellen wollte. Die Lektionen fanden in einer Ecke der winzigen Schiffsbibliothek statt, in die Lady Suzanna einen Tisch und Stühle für sie drei hatte stellen lassen.

Sir Cecil kramte in seinem Erinnerungsschatz nach vergessenen Kinderreimen. Er bestand darauf, sie Miss Helen zweimal in der Woche zu diktieren, damit sie diese anschließend auswendig lernen konnte.

»Ich verstehe diese Sprache nicht«, stöhnte Helena. »Warum könnt ihr Engländer nicht so schreiben, wie ihr sprecht?«

Das wiederum verstand Sir Cecil nicht. »Aber das tun wir doch, *my dear*. Haben Sie schon einmal etwas von Limericks gehört? Also schreiben Sie:

There was a young lady of Niger …

No, dear, für Sie werde ich variieren, als kleine Referenz an Ihre östliche Herkunft.«

Er deutete eine galante Verbeugung an und begann erneut:

»*There was a young lady of Riga,*
who smiled as she rode on a tiger …
Schreiben Sie!«

Helena seufzte, griff nach dem Stift und begann, in ihre Kladde zu kritzeln.

Inzwischen hatte sie begriffen, dass das geschriebene »I« im Englischen wie ein »Ei« ausgesprochen wurde, die junge Dame, deren Herkunft Sir Cecil ihr zuliebe nach Riga verlegt hatte, also auf einem Tiger saß. Sie ersparte sich die Bemerkung, dass diese Stadt eigentlich in Lettland, also fast tausend Kilometer von ihrer polnischen Heimatstadt Krakau entfernt, lag. Der Horizont der Engländer, die sie bislang kennengelernt hatte, erstreckte sich auf dem europäischen Kontinent allerhöchstens bis Berlin, deren preußische Bewohner sie gerne als Hunnen bezeichneten. Alles, was geografisch dahinterlag, war für sie schon Asien.

»*They returned from the ride*
with the lady inside
And the smile on the face of the tiger.«

Sir Cecil beendete sein Diktat und schaute ihr kritisch über die Schulter. Helena schrieb eifrig mit und besserte etliche Male aus, bis sie zufrieden war. Nachdem sie den Text noch einmal überflogen hatte, verstand sie ihn endlich und lachte herzlich.

»*Wonderful, wonderful!*«, freute sich Sir Cecil. »Nur zwei Fehler, außerdem entwickeln Sie einen Sinn für den britischen Humor.«

Kapitel 4

Melbourne 1896

Den Sinn für Humor – und nicht nur den britischen, sondern vor allem für die Form des Galgenhumors – sollte Helena in der folgenden Zeit bitter nötig haben.

In Melbourne angekommen, hieß es zunächst einmal unmittelbar nach Verlassen des Schiffs, Abschied von den Villiers zu nehmen. Bis ins ferne Queensland stand dem Ehepaar noch eine lange, beschwerliche Reise bevor.

»*My dear*, sollte es Sie jemals dorthin verschlagen, seien Sie versichert, dass Ihnen unsere Tür stets offen steht«, verabschiedete sich Lady Suzanna von ihr.

Der Gatte nickte bestätigend. »*Hope to meet you again, wherever and whenever.*«

»Eines Tages und irgendwo ganz bestimmt«, bestätigte Helena und schaute sich unruhig um.

»Dass Sie gar nicht abgeholt werden, *dear*«, sorgte sich Lady Suzanna.

»Du weißt doch, wie umtriebig das Hafenleben ist, Suzanna«, sagte Sir Cecil beschwichtigend.

»Mein Onkel wird ganz sicher kommen«, behauptete

Helena voller Zuversicht. Die Villiers winkten ihr noch einmal zu, dann rückte Lady Suzanna ihren breitkrempigen Sonnenhut zurecht und stieg in eine Kutsche, die bereits am Hafenkai auf sie wartete. Ihr Mann folgte ihr, und sie rollten davon.

»Bye, bye«, murmelte Helena wehmütig.

Die beiden waren ihr in den vergangenen Wochen doch sehr ans Herz gewachsen. Wie besorgt sie um sie gewesen waren, wie zugewandt und teilnahmsvoll. Dabei hatten sie nie neugierig gewirkt, sondern interessiert an ihr, an ihrer Person, ihren Plänen und ihrem Werdegang.

Aber hatte sie überhaupt Pläne? Bislang glich ihre Reise immer noch mehr einer Flucht …

Oder war es nicht sogar schon eine Verbannung? Eigentlich hatte ihre gesamte Familie sie doch mehr oder minder nach Australien abgeschoben.

Andererseits: Wurde sie hier nicht gebraucht? Wenn dem aber so war, warum zeigte sich bislang noch niemand von ihrer Verwandtschaft hinter dem Pavillon des Einwandererbüros, wo die Ankömmlinge aus Europa auf die Herausgabe ihres Gepäcks warteten?

Staunend beobachtete Helena, wie immer mehr Menschen aus dem Inneren der *Prinzregent Luitpold* herausquollen. Es waren graue, gebückte Gestalten mit fahlen Gesichtern. Rufe in den verschiedensten Sprachen drangen an ihr Ohr. Lautes Kindergeplärr, schrilles Schimpfen aufgeregter Mütter und Flüche bärtiger Männer, die versuchten, ihre Familien zusammenzuhalten.

Nicht ein einziges Mal hatte sich Helena in den drei

Monaten der Überfahrt dem Zwischendeck des Reichspostdampfers genähert. Ihr väterlicher Kellner hatte es ihr strikt verboten.

»Das ist einfach nichts für Sie, Mademoiselle«, hatte er behauptet. »Halten Sie sich besser an die Villiers und die anderen Gäste der ersten Klasse.«

Für diese waren die Passagiere des Zwischendecks überhaupt nicht vorhanden gewesen. Man hatte deren Existenz schlichtweg ausgeblendet.

Als hoher Regierungsbeamter war Sir Cecil mit seiner Gattin natürlich bevorzugt abgefertigt worden. Helena brachte die bürokratische Prozedur der Einwanderungsformalitäten gleichfalls recht zügig hinter sich. Der Name Chaja war endgültig aus ihren Papieren getilgt, stellte sie mit Genugtuung fest.

Es war Helena Rubinstein, die im Frühsommer des Jahres 1896 zum ersten Mal ihren Fuß auf australischen Boden setzte. Und diese Helena war noch keine fünfundzwanzig Jahre alt, sondern gerade erst zweiundzwanzig geworden. So stand es in ihren Papieren. Dann musste es auch stimmen.

Drei Stunden später hatte sich der Pulk der Einwanderer aufgelöst, nur Helena stand noch immer am Kai. Nein, dass man ihr den roten Teppich ausrollen würde, hatte sie kaum erwartet. Aber sie stundenlang in der gleißenden Sonne warten zu lassen war einfach keine Art.

Endlich tauchte ein abgehetzter, verschwitzter älterer Mann auf. Es dauerte eine Weile, bis sie ihn als ihren

Onkel Wolf – nein, Bernhard, wie er sich in der neuen Heimat nannte – erkannte. Aber eigentlich hätte sie doch Onkel John abholen sollen. So war es zumindest brieflich vor einem halben Jahr vereinbart worden.

»Wo ist John?«, fragte sie.

»In Europa, geschäftlich in Antwerpen. Er musste letzten Monat ganz schnell aufbrechen«, entgegnete Bernhard kurz.

Befremdet schaute Helena ihn an.

»Komm schon, komm schon«, rief er ihr ungeduldig zu, ohne sich Zeit für eine angemessene Begrüßung zu nehmen. »Unser Zug geht in einer knappen Stunde. Eva wartet schon, und ich kann das Geschäft nicht so lange geschlossen lassen, sonst wandert meine Kundschaft zur Konkurrenz ab. In unserer Straße reiht sich schon Laden an Laden.«

Er griff nach einem ihrer Koffer und wollte davoneilen.

»Gibt es denn so viele Juweliere in Melbourne?«, erkundigte sich Helena verwundert.

»Melbourne, Juweliere?«, wiederholte ihr Onkel, setzte den Koffer ab und schaute irritiert auf seine Nichte herab. »Wie kommst du auf Juweliere in Melbourne?«

»So hast du es in Krakau immer erzählt«, erinnerte ihn Helena.

»Das habe ich niemals erzählt, vielmehr habt ihr es geglaubt, weil ihr euch gewünscht habt, dass ich genauso erfolgreich wie mein Bruder Jakob bin. Da habe ich eben nicht widersprochen, doch ich habe immer nur von meinem Shop, meinem Geschäft gesprochen.« Er griff wieder nach ihrem Koffer. »Komm schon«, forderte er Helena auf. »Ich habe es eilig, und Eva wartet auf dich. Wir haben noch gut zwei Tage Bahnfahrt vor uns.«

»Wie bitte?«, fragte Helena verständnislos.

So gut sie konnte, versuchte sie mit ihm Schritt zu halten. Am Ende des Hafengeländes angekommen, winkte er eine der wartenden Droschken heran.

»Bringen Sie uns zum Bahnhof«, rief er dem Fahrer zu, verstaute das Gepäck und zog seine Nichte ungeduldig in die Kalesche.

Genauso schnell ging es dann am Bahnhof. Helena hatte gar keine Gelegenheit, überhaupt Fragen zu stellen, sondern war vollauf damit beschäftigt, ihrem umherhastenden Onkel auf den Fersen zu bleiben. Sie war zu verwirrt, um seinen Erklärungen zu folgen, konnte in seinem Wortschwall lediglich die Namen Eva, Aaron, Joel und Alisha ausmachen. Und »Coleraine, Coleraine, Coleraine« wiederholte er unablässig. Es dauerte eine ganze Weile, bis sie endlich begriff, dass damit das Ziel ihrer Bahnreise gemeint war.

Erschöpft saß Helena zwei Stunden später ihrem Onkel in einem Eisenbahnwaggon auf einer unbequemen Holzbank gegenüber. Während er noch immer unaufhörlich auf sie einredete, nutzte Helena die Gelegenheit, um Bernhard einer gründlichen Betrachtung zu unterziehen. Sie war entsetzt!

Dieser verschwitzte, bärtige Mann hatte mit dem distinguierten, gepflegten Herrn, der so gerne im maßgeschneiderten Anzug im Krakauer *Kaiserhof* residiert hatte, überhaupt nichts zu tun.

»Wann warst du eigentlich das letzte Mal zu Hause?«, unterbrach sie seinen Redeschwall.

»Zu Hause?«, wiederholte er verdutzt.

»Ja, in Krakau, bei meinen Eltern und Schwestern?«

»*No*, das mag schon sieben Jahre her sein, wenn nicht mehr.«

»Und wann haben wir uns das letzte Mal gesehen?«, wollte Helena wissen.

»Nun, wenn du es nicht weißt, weiß ich es auch nicht.«

»Ich weiß es ganz genau, es war vor meiner Abreise nach Wien. Du hast mich im Café am Rynek zu einer heißen Schokolade eingeladen«, erinnerte Helena ihn.

»Und drei Tage später warst du abgehauen, hast die ganze Hochzeitsgesellschaft und deinen armen Vater auf den Kosten sitzen lassen. Was für ein Skandal, was für ein Schlamassel! Ich habe ihm finanziell unter die Arme greifen müssen.«

»Das tut mir leid«, entgegnete Helena. Sie fühlte sich plötzlich unbehaglich.

»Macht nichts, kannst es ja jetzt wiedergutmachen. Schließlich wirst du mich ja im Geschäft unterstützen.«

»Ich denke, ich soll Eva mit ihren Kindern und im Haushalt helfen«, sagte Helena überrascht. »Und zwar in Melbourne. So war es doch brieflich vereinbart.«

»Das schon, aber die Dinge ändern sich«, lautete die vieldeutige Antwort ihres Onkels. »Eva wohnt inzwischen bei mir in Coleraine. Sie konnte nicht alleine in Melbourne bleiben, wenn John monatelang auf Geschäftsreise geht. Das schickt sich nicht für eine geschiedene Frau. Umso mehr freut sie sich nun auf deine Gesellschaft und die neuesten Nachrichten aus Europa.«

Viel gesehen von Melbourne hatte Helena bei ihrer Ankunft nicht, aber zumindest einen ersten Eindruck gewonnen. Es wirkte wenigstens schon einigermaßen städtisch. Coleraine hingegen war ein Nest, in dem es weder befestigte Straßen noch Bürgersteige gab. Doch es existierte bereits so etwas wie eine Geschäftsstraße, in der sich mehrere Läden aneinanderreihten.

Das Geschäft von Onkel Bernhard in der Whyte Street 106 stellte sich mehr oder minder als ein Gemischtwarenladen heraus. Letztendlich unterschied er sich kaum von dem Laden ihres Vaters im Kazimierz. Auch hier gab es eine Eisenwaren- und Werkzeugabteilung. Besonders stolz war der Onkel auf die winzige Ecke, in der er einige Brillen zum Verkauf anbot. Großspurig bezeichnete er sich daher als Optiker, nur von Juwelier konnte beim besten Willen keine Rede sein.

Nebenbei betätigte er sich auch noch als Schafzüchter. Aber das war nichts Besonderes. Schafe züchteten offenbar fast alle Bewohner Australiens.

Obwohl das Geschäftshaus – ein großer Ziegelbau mit einer umlaufenden weißen Veranda – noch im Stadtbezirk Coleraine stand, befand sich der Outback in unmittelbarer Nähe. Daher gaben sich, neben der nachbarschaftlichen Laufkundschaft, auch die Farmer und Schafzüchter der

Umgebung in Onkel Bernhards Laden die Klinke in die Hand.

Von Helena erwartete er, dass sie jeden Morgen um Punkt sieben hinter dem Verkaufstresen stand.

»Wie soll ich mich da noch um die Kinder kümmern?«, protestierte Helena.

»Das ist nicht mein Problem«, lautete die lapidare Erwiderung.

Die Begegnung mit ihrer Cousine Eva entpuppte sich als weitere Enttäuschung. Eva war noch keine dreißig, sah aber aus wie eine unzufriedene Endvierzigerin, deren Lebensinhalt aus Jammern und Schimpfen bestand. Der Vater ihrer drei Kinder, Joel senior, war von einer Geschäftsreise nach Europa nicht zurückgekehrt. Angeblich war er im Hafen von Liverpool in die Fänge einer Bardame geraten und fristete nun sein Dasein als Kellner eines berüchtigten Etablissements.

»Tut mir nicht leid um ihn, jetzt kann er seine *Schickse* verprügeln«, erzählte Eva an einem der ersten Abende nach Helenas Ankunft.

Mithilfe eines englischen Verwandten war es gelungen, aus der Ferne die Scheidung von dem ungeliebten Ehemann durchzusetzen. Doch als geschiedene Frau lag Eva, gemeinsam mit ihren drei Kindern, nun wieder dem Vater auf der Tasche. Der war alles andere als begeistert, aber an Unterhalt von Joel senior war nicht zu denken.

Helena war beinahe genauso alt wie Eva, hütete sich jedoch, ihr wahres Alter preiszugeben. Stattdessen gab sie sich als unerfahrenes junges Mädchen, das nur entsetzt den Berichten über Evas unglückliche Ehe zu lauschen vermochte.

Dabei wusste sie einiges über die Beziehungen zwischen Mann und Frau, hatte sie doch lange genug in Wien gelebt, wo es vor Erotik und unterdrückter Sexualität nur so knisterte. Bei ihren Boten- oder Spaziergängen war sie häufig genug an Prostituierten vorbeigekommen, die sie entweder unflätig beschimpften, weil sie in ihr Konkurrenz witterten, oder sie liebevoll schalten und ihr empfahlen, sich schleunigst aus diesem gefährlichen Bezirk zu entfernen. Wie oft waren ihr in den engen dunklen Gassen Wiens Männer hinterhergeschlichen und hatten ihr obszöne Schmeicheleien zugeflüstert oder ihr am Naschmarkt unzüchtige Avancen gemacht, ehe es ihr gelang, sie mit Regenschirm und scharfen Worten zu verjagen.

Von solcher Dekadenz und Unzucht war Coleraine weit entfernt. Aber es herrschte Frauenmangel, akuter Frauenmangel. Seit Helena hinter dem Verkaufstresen stand, kamen immer mehr Kunden in den Laden, was Onkel Bernhard wohlwollend registrierte.

»Du lockst mir die Männer an«, stellte er fest, nicht ohne hinzuzufügen: »Sei auch immer schön freundlich und zuvorkommend zu ihnen, Chaja.«

»Nenn mich noch einmal Chaja, dann hast du mich das letzte Mal in deinem Laden gesehen«, entgegnete Helena. »Außerdem kann ich in Zukunft erst später kommen, denn Eva besteht darauf, dass ich ihr nach dem Frühstück die Haare mache und beim Anziehen helfe.«

Und das war eine Prozedur! Es dauerte seine Zeit, bis

Helena ihre Cousine, die nach drei Geburten rundlich geworden war, in ihrem Korsett so fest eingeschnürt hatte, dass wieder eine Taille erkennbar wurde.

»Als ich jung war, hatte ich auch so eine Wespentaille wie du«, sagte sie neidisch zu ihrer jüngeren Cousine. »Warte nur ab, bis du einmal Kinder hast, dann ist es bei dir damit auch vorbei.«

Schweigend zog Helena die Schnüre des Korsetts noch ein bisschen fester an, bis Eva vor Schmerz stöhnte.

Onkel Bernhard nahm Helenas Ankündigung, fortan morgens später im Geschäft anzutreten, zwar murrend, aber ohne weiteren Protest entgegen. Hinter ihrem Rücken jedoch entbrannte ein heißer Kampf zwischen Vater und Tochter über Helenas Arbeitseinsatz.

Harte Arbeit war Helena gewohnt; schon von klein auf und auch aus dem Pelzgeschäft ihres Onkels, in dem sie die verwöhnten Wienerinnen stets zuvorkommend bedient hatte. Was für ein Unterschied zu ihrer jetzigen Kundschaft, die meist aus grobschlächtigen, ungehobelten Burschen bestand, die sie unverhohlen musterten und ihre lüsternen Blicke ungeniert über Helenas Körper wandern ließen. Sie hasste es so sehr, diesen Blicken tagtäglich ausgesetzt zu sein, dass sie richtig froh war, künftig erst ab zehn Uhr vormittags hinter dem Ladentresen stehen zu müssen. Dafür musste sie sich nun umso länger Evas Tiraden anhören.

»Helena, warum kommst du jetzt erst?«, erklang die klagende Stimme ihrer Cousine, sobald sie die Wohnungstür öffnete. »Alisha müsste längst im Bett sein.«

»Warum bringst du sie nicht zu Bett?«, rief Helena gereizt zurück.

Wie üblich hatte sie bis acht Uhr abends im Geschäft des Onkels gestanden. Eine Pause gab es natürlich nicht. Helena gelang es immer nur kurz, im Hinterraum des Geschäfts hastig einen Schluck kalt gewordenen Tee zu trinken und sich ein paar vertrocknete Kekse in den Mund zu stopfen. Und auch wenn sie nach diesen anstrengenden Stunden erschöpft aus dem Geschäft zurückkehrte, war es ihr nicht vergönnt, unbemerkt in ihr Zimmer zu schlüpfen, um sich einmal auszuruhen oder in Ruhe etwas zu essen.

»Keine Zeit, ich muss mich rasch fertig machen, weil ich wieder den ganzen Nachmittag mit Migräne im Bett lag und mich gar nicht hübsch machen konnte«, klagte Eva. »Kannst du mir nicht die Haare richten?«

»Ich soll doch Alisha ins Bett bringen«, rief Helena entnervt und schüttelte die beiden Jungs ab, die ihr jeden Abend schon im Flur auflauerten.

Die achtjährigen Zwillinge Aaron und Joel hatten nichts als Unsinn im Kopf. Ständig steckten sie die Köpfe zusammen, um sich neue Streiche für ihre fremde Tante auszudenken. Gegenüber ihren jüngeren Schwestern war Helena eine resolute Erzieherin gewesen, doch was die drei Kinder ihrer Cousine anbelangte, war sie rasch mit ihrem Latein am Ende.

Die fünfjährige Alisha war ein unablässig quengelndes, plärrendes Gör. Bekam sie nicht ihren Willen, setzte sie eine Heulsirene ein, die so schrill war, dass man ihr so schnell wie möglich ihren Wunsch erfüllte. So war sie es inzwischen gewohnt, dass jeder tat, was sie verlangte. Anfänglich hatte Helena versucht, dagegen anzusteuern, doch bereits nach kurzer Zeit hatte sie aufgegeben – auch weil ihr Eva grundsätzlich in den Rücken fiel und Helenas Anordnungen auf der Stelle widerrief.

»Hüüüaaa, hüüüaaa!«, schrien die Zwillinge, umklammerten ihren Rücken mit den Beinen und versuchten, sie mit einer imaginären Peitsche anzutreiben. »Hopp, hopp, hopp, Pferdchen lauf Galopp!«

Mit einem scharfen Ruck befreite sich Helena von den beiden Plagegeistern.

»Tante Helena, aaaabputzen, aaaabputzen!«, schallte es ihr aus der offen stehenden Toilettentür neben dem Badezimmer entgegen.

»Alisha hat in die Hose gemacht, Alisha hat in die Hose gemacht, Hosenscheißer, Hosenscheißer!«, grölten Aaron und Joel, während sie sich anschickten, ihre Tante erneut anzuspringen.

»Gaaa' nich', gaa' nich', stimmt doch gaa' nich', ich war ganz richtig auf Toilette«, plärrte es aus dem Bad.

»Gaaa' nich', gaa' nich', stimmt doch gaa' nich'«, äfften die Brüder ihre kleine Schwester nach und setzten zum erneuten Sprung auf Helena an.

Nun reichte es ihr aber! Sie richtete sich zu ihrer vollen Größe auf und holte ganz tief Luft.

»Schluss jetzt!!! Ein für alle Mal, Schluss!«, brüllte sie aus voller Kraft. »Ihr geht jetzt sofort auf euer Zimmer und macht eure Hausaufgaben. Ich bringe Alisha zu Bett und komme in einer halben Stunde zu euch, um eure Hausaufgaben zu kontrollieren. In der Zwischenzeit wascht ihr euch und macht euch bettfertig. Keinen Mucks will ich mehr von euch hören.«

Verdutzt schauten die Zwillinge sie an. Niemals zuvor hatte Helena sie so angeschrien. Aber es machte Eindruck. Sie zogen die Köpfe ein und trotteten in Richtung ihres Zimmers davon.

Helena beobachtete ihren Abzug. Sie blieb so lange im Flur stehen, bis sie sicher war, dass die Zwillinge die Tür hinter sich geschlossen hatten.

»Helena, meine Haare«, kam es aus dem großen Badezimmer. »Kommst du endlich?«

»Tante Helena, aaaabputzen, kann das nicht …«, plärrte es aus der danebenliegenden Toilette.

Helena seufzte, strich sich über die Haare und machte sich daran, das dringendste Problem zuerst zu lösen.

Alisha hatte tatsächlich versucht, alleine auf die Toilette zu gehen – und das war schiefgegangen. Sehr schief sogar, insofern hatten die Zwillinge nicht einmal gelogen. Also riss Helena dem weinenden Kind hastig die verschmutzten, übel riechenden Klamotten vom Leib und stopfte sie in einen Wassereimer.

»Du gehst jetzt ganz schnell hinüber ins Bad, damit ich dich abschrubben kann«, befahl sie dem Kind.

Schniefend gehorchte die Kleine und tapste barfuß davon.

»Alisha, wieso bist du nackt, wie siehst du denn aus?«, war prompt der hysterische Aufschrei ihrer Mutter zu hören.

Helena lächelte grimmig und schüttete etwas Sodapulver in den Wassereimer mit der verschmutzten Kinderkleidung, ehe sie sich nach nebenan begab.

Dort saß Eva mit aufgelöster Haarmähne auf einem Hocker vor dem Spiegel des Waschtisches. Angewidert starrte sie ihre Tochter an.

»In einer halben Stunde kommt mich Mr Winterbottom zum Dinner abholen. Du musst mir die Haare machen und mir beim Anziehen behilflich sein«, flehte Eva, an ihre Cousine gewandt. »Niemand kann mich so gut einschnüren wie du.«

»Erst das Kind!«, erwiderte Helena kurz, drehte die beiden Wasserhähne der Badewanne auf, prüfte, ob der sprudelnde Strahl von der Temperatur her stimmte, reinigte sich schnell die eigenen Hände und steckte dann den Stöpsel in den Abfluss. Wie gut, dass es in diesem Haushalt bereits fließend Wasser gab und dass Eva noch genug davon im vorgeheizten Badeofen übrig gelassen hatte!

»Hinein mit dir!«, befahl sie ihrer kleinen Nichte.

»Aber heute ist doch gar nicht Freitag«, protestierte Alisha.

»Willst du so dreckig und stinkend ins Bett? Hinein mit dir!«, wiederholte Helena energisch ihren Befehl.

Die Kleine gehorchte, krabbelte in die riesige Wanne und verschwand kichernd unter einem Schaumberg.

»Meine Haare, Helena, meine Haare«, jammerte Eva. »Jetzt ist das Brenneisen viel zu heiß geworden. Wehe, wenn du mir meine Haare verbrennst.«

Irgendwie gelang es Helena an diesem Abend nicht nur, ihrer Cousine mithilfe des Brenneisens eine elegante Hochsteckfrisur zu zaubern und sie fest in ihr Korsett einzuschnüren, sondern auch, ihre Nichte frisch gewaschen und gefüttert ins Bett zu bringen, die Hausaufgaben der Zwillinge zu kontrollieren und die Hände und Füße der Kinder auf Sauberkeit zu überprüfen, ehe sie selbst völlig erschöpft ins Bett fiel.

»Eines weiß ich ganz genau: Ich werde niemals Kinder haben«, schwor sie sich vor dem Einschlafen. »Nun ja, die Frage stellt sich eigentlich auch gar nicht, denn heiraten will ich ja auch nicht. Aber ich will hier weg, so schnell wie möglich. Ich muss hier weg!«

Ich muss.

Ich will.

Ich werde.

Diese drei Sätze schossen Helena an diesem Abend in den Kopf. Sie sollten sich im Laufe der kommenden Jahrzehnte zu ihrem persönlichen Imperativ entwickeln.

Der Entschluss, Bernhard mit seinem Laden, Eva mit ihren Kindern und somit Coleraine zu verlassen, war gefasst. Allerdings gelang es Helena nicht, ihn direkt in die Tat umzusetzen, denn die Kinder wurden krank. Schwer krank. Und das ausgerechnet, nachdem sich Eva mit ihrem neuen Liebhaber, den sie schon als Verlobten bezeichnete, für ein paar Wochen nach Tasmanien abgesetzt hatte. Natürlich konnte Helena die Kleinen in einer solchen Situation nicht sich selbst überlassen, sondern widmete sich ihrer Pflege.

Murrend akzeptierte Onkel Bernhard, dass damit ihre Unterstützung und Mithilfe im Laden ein Ende fand.

Wo und wie sich die Kinder mit Diphterie angesteckt hatten, war nicht auszumachen. Zunächst hatte es die kleine Alisha erwischt; ihre Brüder waren nur zwei Tage später gefolgt. Mit hohem Fieber und heiseren Stimmen lagen die drei Kinder in ihren Betten und weinten unablässig.

Helena wusste nicht, wo ihr der Kopf stand. Ständig lief sie zwischen ihnen hin und her, um ihnen heißen Tee einzuflößen, Wadenwickel zu machen oder kühlende Kompressen auf die Stirn zu legen. Die berüchtigte Krisis erlebten – besser gesagt: überlebten – sie alle drei in derselben Nacht. Es ging um Leben und Tod. Bei Aaron wurde der Zustand kurz vor Mitternacht so kritisch, dass Helena in ihrer Not nicht mehr weiterwusste und hinunter in den Laden des Onkels lief, der im Hinterzimmer über seinen Abrechnungen saß.

»Er stirbt, Aaron stirbt, er bekommt kaum noch Luft!«, schrie Helena verzweifelt. »Was soll ich machen? Gibt es hier weit und breit keinen Arzt?«

»Einige Blocks weiter wohnt Dr. Mandelbaum«, sagte der Onkel. »Aber der praktiziert schon lange nicht mehr.«

»Dann hol ihn trotzdem!«, befahl Helena.

Ihr Onkel gehorchte widerwillig.

Eine halbe Stunde später stand der alte Arzt tatsächlich an Aarons Krankenbett. Barsch befahl er Helena, kochendes Wasser und sterile Tücher bereitzuhalten. Er müsse jetzt einen Luftröhrenschnitt machen. In letzter Minute setzte er sein Skalpell an.

Das bereits blau angelaufene, röchelnde Kind holte rasselnd Luft durch die offene Wunde, atmete einmal ganz tief durch und fiel in einen erlösenden Schlaf.

»Sie müssen dafür sorgen, dass die Wunde sauber bleibt. Ich komme die nächsten Tage wieder, wenn die Schwellung von Rachen und Hals zurückgegangen ist, und nähe den Schnitt wieder zu«, sagte der Arzt. Er verstaute sein chirurgisches Besteck in seinem ledernen Arztkoffer und wandte sich zum Gehen. »Sie haben jetzt eine große Verantwortung zu tragen. Aber ich denke, wir kriegen ihn durch. Die beiden anderen Gören haben es ja bereits geschafft.«

Er warf einen prüfenden Blick auf das Bett auf der anderen Seite des Kinderzimmers, in dem Alisha und Joel, eng aneinandergeschmiegt, friedlich schlummerten. Sie waren schon vor Stunden vor Erschöpfung tief eingeschlafen.

»Die haben wohl von der ganzen Aufregung gar nichts mitbekommen«, meinte Helena.

»Ist auch besser so«, entgegnete der Arzt kurz. »Wo ist eigentlich die Mutter der Kinder, und wer sind Sie überhaupt?«

»Meine Cousine Eva befindet sich zurzeit in Tasmanien, und ich bin Helena Rubinstein aus Krakau, nein, aus Wien, nein …«, versuchte Helena sich vorzustellen.

»Helena Rubinstein«, wiederholte der Arzt nachdenklich. »Ein schöner Name, erinnert mich an meine polnische Heimat. Aus Krakau kommen Sie?«

»Ja … nein, nicht mehr, sondern …« Verwirrt hielt sie inne. Ja, woher stammte sie tatsächlich? Sie wusste es nicht mehr. Nur eines wusste sie ganz genau: Von hier, aus diesem Haus, musste sie so schnell wie möglich fort, sich endlich, endlich aus diesem Familiengeflecht lösen. Aber wie?

Die nächsten Tage hatte Helena genügend Zeit, darüber nachzugrübeln. Stundenlang saß sie am Bett der Kinder, erzählte ihnen Geschichten aus der alten Heimat oder las ihnen vor. Hingebungsvoll widmete sie sich der Pflege von Aarons offener Wunde, sterilisierte und verband sie mehrmals am Tag.

»Sie machen das ganz wunderbar, Helena«, lobte Dr. Mandelbaum bei einer seiner Visiten. »Sie haben eine geschickte Hand, Sie hätten Ärztin oder Krankenschwester werden sollen. Was haben Sie überhaupt für eine Ausbildung?«

»Ich musste von klein auf im Laden meines Vaters helfen und habe meine sieben jüngeren Schwestern mit aufgezogen, aber auch einige Semester Medizin in Krakau studiert«, erzählte Helena. Dass sie niemals offiziell an der Jagiellonen-Universität eingeschrieben war, musste Dr. Mandelbaum ja nicht erfahren.

»Und warum nicht zu Ende studiert?«, wollte der Arzt wissen.

»Familiäre Pflichten«, entgegnete Helena kurz und griff nach der Emailleschüssel mit dem verschmutzten Wasser, um sie im Waschbecken auszuschütten.

Damit hatte Helenas zweite große Lebenslüge das Licht der Welt erblickt: Helena, die ehemalige Medizinstudentin, die verhinderte Ärztin …

»Auf Wiedersehen, Helena, wir sehen uns in zwei Tagen wieder. Wenn ich meine große Praxis noch hätte, würde ich Sie als Sprechstundenhilfe oder Assistentin einstellen.«

Damit fiel die Wohnungstür hinter dem alten Arzt ins Schloss, und Helena blieb wieder den drei kranken Kindern, sich selbst und ihrer Grübelei überlassen.

Weg, weg, weg! Ich muss hier endlich weg!

So hämmerte ein unablässiges Stakkato hinter ihrer Stirn. Neu war es nicht. Begleitete sie dieser Satz nicht schon seit frühester Jugend? War er nicht schon da gewesen, als sie auf dem Markt eingekauft, in der dunklen Küche Möhren geschabt, Fisch entschuppt oder am Verkaufstresen von Vaters Laden gestanden hatte?

Auch in Wien, im Pelzgeschäft ihres Onkels, hatte sie sich weit weg gewünscht, wenn eine der verwöhnten Kundinnen ihre schlechte Laune an ihr ausließ und sie keine Widerworte geben durfte.

Wann und wo habe ich mich eigentlich einmal richtig wohl und glücklich gefühlt? Helenas Blick schweifte aus dem Fenster des Kinderzimmers nach draußen. Von hier aus konnte sie gut beobachten, wer da unten in Bernhards Laden ein und aus ging.

Es waren immer die gleichen ungeschlachten Gestalten. Die Frauen unterschieden sich kaum von den Männern, nur dass sie eben keine Hosen, sondern lange Röcke aus schwerem, dunklem Tuch über ihren klobigen Stiefeln trugen. Von Gepflegtheit oder gar Eleganz keine Spur.

Helena ertappte sich dabei, dass sie sich fast ein bisschen

nach Wien zurücksehnte. Wunderschöne Frauen und sogar richtige Damen waren unter den Kundinnen des Pelzgeschäfts gewesen: Angehörige des Hochadels, bekannte Schauspielerinnen, eine Primaballerina, die Geliebte eines Ministers, ja auch eine ehemalige Hofdame der unvergessenen Kaiserin Sisi hatte sie bedienen dürfen.

Helena seufzte bei der Erinnerung an diese für sie verloren gegangene Welt, der sie jedoch niemals so richtig angehört hatte. Ihre Verwandten bewegten sich in ihren eigenen Kreisen, einem bescheidenen bürgerlichen Milieu, zu dem sie aber als unverheiratete junge Frau keinen Zutritt fand. Mehr als ein dienstbarer Geist war sie in Wien nicht gewesen.

Und was war sie hier in Australien? Immer noch nicht mehr.

Die Kinder hinter ihr schnauften. Die kleine Alisha plapperte etwas Unverständliches im Schlaf. Sie hatte den dreien gerade eine heiße Hühnerbrühe eingeflößt, die sie hinten in der großen Küche nach dem alten Rezept ihrer Mutter gekocht hatte, ihnen die schweißbedeckten Stirnen trocken gewischt. Nachdem sie ihnen einige polnische Kinderlieder vorgesungen hatte, waren sie schließlich eingeschlafen.

Irgendwie waren die drei ihr mittlerweile doch ans Herz gewachsen.

»Ihr seid zwar verwöhnte Blagen, aber ihr könnt ja nichts dafür, dass ihr so unausstehlich seid«, flüsterte sie mit widerwilliger Zuneigung. »Hier halten werdet ihr mich trotzdem nicht«, setzte sie bestimmt hinzu. »Ich warte nur noch die Rückkehr eurer Mutter ab.«

Sie erhob sich und trat ans Fenster. Wie lange war sie eigentlich nicht mehr draußen vor der Tür gewesen? Helena konnte sich nicht erinnern. Die letzten Tage verschwammen in ihrer Erinnerung, waren untergegangen in der Hektik, der Angst und der anstrengenden Pflege der erkrankten Kinder.

Sie fuhr sich über die Stirn und glättete die Haare. Wann hatte sie sich eigentlich das letzte Mal richtig gekämmt, frisch gemacht, überhaupt um sich selbst gekümmert? Sie wusste es nicht.

Hinter ihr wurde die Tür geöffnet. Erstaunt drehte Helena sich um.

»Eva? Wo kommst du denn her?«, flüsterte sie erstaunt und legte den Finger auf die Lippen. »Pst, weck sie nicht auf, sie schlafen sich gerade gesund.«

Vorsichtig schob ihre Cousine die Tür hinter sich ins Schloss, schlich auf Zehenspitzen ans Bett des tief schlafenden Aaron und schaute auf ihn hinab. Im Gegensatz zu seinen beiden Geschwistern, auf deren Wangen es schon leicht rosig schimmerte, war er fast genauso bleich wie der Verband um seinen Hals.

»Meine Kinder, meine geliebten Kinder«, flüsterte Eva, beugte sich tiefer und küsste ihren Erstgeborenen auf die Stirn.

Als Aaron sich unruhig bewegte, packte Helena ihre Cousine resolut am Arm und zog sie mit sich aus dem Zimmer.

»Lass sie schlafen, sie dürfen sich nicht aufregen«, sagte sie im Wohnzimmer, in das sie Eva kurzerhand bugsiert hatte. »Ich werde sie nachher vorsichtig auf deine überraschende Rückkehr vorbereiten. Wo kommst du jetzt eigentlich her?«, setzte sie hinzu und schaute ihre Cousine forschend an. Glücklich sah diese nicht gerade aus.

»Onkel Bernhard hat mir telegrafiert. ›Eine Mutter gehört zu ihren Kindern‹, stand im Telegramm«, erzählte Eva.

»Wo er recht hat, hat er recht«, entgegnete Helena trocken.

»Aber du sollst dich hervorragend um sie gekümmert haben. An dir sei eine Ärztin verloren gegangen«, fuhr Eva fort. »Mir hatte niemand gesagt, dass du in Krakau Medizin studiert hast.«

»Woher weißt du das denn?«

»Das hat mir der alte Mandelbaum gerade unten im Geschäft erzählt. Er war es auch, der Onkel Bernhard dazu gezwungen hat, mich telegrafisch nach Hause zu beordern.«

»Und wo ist dein Mr Winterbottom?«, wollte Helena wissen.

»Der hat so schnell keine zweite Schiffspassage bekommen. Ich bin ja auf einem Schnellfrachter gekommen. Der Kapitän hat mir für diesen Notfall seine eigene Kabine zur Verfügung gestellt«, behauptete Eva und schaute auf ihre im Schoß gefalteten Hände.

Sie konnte ihrer Cousine nicht in die Augen schauen. Beide wussten sie, dass es eine faustdicke Lüge war.

Evas geplante Verlobung mit dem wohlhabenden Geschäftsmann war geplatzt.

Und Helena verspürte nicht einen winzigen Funken Mitleid.

Was sich hingegen in den nächsten Tagen bei Eva und Bernhard überraschenderweise regte, war so etwas wie Dankbarkeit ihrer Verwandten gegenüber.

Als Helena ihnen nach vollständiger Genesung der Kinder ihre Abschiedspläne darlegte, protestierten sie nicht, sondern ihr Onkel, der ihr genauso wenig wie Eva bislang einen einzigen Penny Gehalt gezahlt hatte, belohnte ihre Dienste mit einem recht großzügigen Obolus. Mit diesem Geld konnte sie sich die nächsten Monate finanziell über Wasser halten.

Aber wo sollte sie hin? Zurück nach Europa? Kam gar nicht infrage! Das wäre das Eingeständnis ihres Scheiterns gewesen.

Nach Adelaide? Oder gar nach Queensland zu den netten Villiers? Mit Lady Suzanna hielt Helena bislang eine regelmäßige Korrespondenz aufrecht.

»*We are still missing you, Miss Helena*«, hatte diese in ihrem letzten Brief geschrieben und ihre Einladung wiederholt, doch Onkel Bernhard schlug etwas anderes vor.

»Versuch es doch mal bei Onkel Louis!«

Kapitel 5

Merino 1898

Als Kind hatte Helena ihren Onkel Louis, der damals noch Ari hieß, fast vergöttert. Immer lustig, immer zu einem Streich aufgelegt, immer großzügig war er gewesen, die Taschen stets voller Bonbons und Schokolade für seine zahlreichen Nichten. Doch das Wiedersehen mit ihrem ehemaligen Lieblingsonkel stellte sich als noch größere Enttäuschung heraus als das mit Bernhard und Eva.

Dennoch blieb ihr leider keine andere Wahl, als bei ihm Unterschlupf zu suchen. Noch immer war es ihr nicht gelungen, sich aus dem familiären Geflecht der Silberfelds und Rubinsteins zu lösen.

Coleraine war schon die Hölle gewesen, aber das noch tiefer im Busch gelegene Merino war ein Abgrund, in den es seine Bewohner gnadenlos hinabzog. An ihrem einst geliebten Onkel Ari, nunmehr Louis, konnte Helena klar erkennen, was der Outback mit seinen Bewohnern anrichtete. Er ging mittlerweile auf die sechzig zu – ein bärtiger, verwahrloster Geselle, der in denselben Klamotten schlief, in denen er den ganzen Tag herumlief. Nicht einmal die

Stiefel zog er sich noch aus, wenn er sich in seinem Wohnraum auf das verbeulte Sofa warf.

Helena wurde eine winzige Kammer zugewiesen. Sie sollte ihm fortan den Haushalt führen. Wenn es denn so etwas überhaupt gegeben hätte … So gut sie konnte, richtete sie sich wohnlich ein. Wie bereits in Coleraine war sie auch in Merino darauf bedacht, sich nicht gehen zu lassen.

Niemals verließ sie das Haus ohne schützende Kopfbedeckung, und stets hielt sie den aufgespannten Sonnenschirm über sich, wenn sie unter den belustigten Blicken der Passanten in ihren Stiefeletten durch die einzige Gasse der Ortschaft trippelte.

»Woraus besteht diese Creme, und wie kann man sie hier in Australien herstellen?«

Mit diesen Worten stürmte Helena in den Drugstore und stellte einen ihrer Porzellantiegel auf den Ladentresen. Das Döschen enthielt noch einen winzigen Rest der Creme. All die anderen Tiegel, die ihre Mutter ihr auf die weite Reise mitgegeben hatte, waren inzwischen leer.

Nur Mr Hammer, dem Eigentümer von *Hammer's Drugstore*, war es zu verdanken, dass es Helena überhaupt in Merino aushielt. Eigentlich hieß er Hammerstein, doch den »Stein« hatte er im Laufe der Jahre unter den Tisch fallen lassen, genauso wie seinen Doktortitel.

»Der macht den Leuten nur Angst, dann kommen sie nicht in meinen Drugstore«, pflegte er zu sagen.

Den hochgebildeten alten Ungarn hatte Helena einen Monat nach ihrer Ankunft kennengelernt.

»Was wollen Sie eigentlich von mir?«, hatte er bei ihrer ersten Begegnung erstaunt gefragt, als diese fremde junge Frau in seinen Drugstore gestürmt kam.

»Lernen«, hatte Helenas kurze Antwort gelautet.

Inzwischen war der Doktor dankbar, in der aufgeweckten jungen Polin eine Gesprächspartnerin zu haben, mit der er auch einmal über etwas anderes als über das Wetter, Schafe, deren Erkrankungen oder die Knochenbrüche seiner Kunden reden konnte.

Im Nebenraum seines Geschäfts befand sich die Ausstattung einer winzigen, liebevoll sortierten Apotheke, einschließlich des Zubehörs wie eine feine Waage, Gewichte, Mörser und Stößel. In einem Regal standen fest verschlossene Gläser mit Kräutern, Tinkturen und anderen Ingredienzien, aus denen der alte Mann seine Medizin mischen konnte – wenn denn danach gefragt wurde.

Der Großteil der Kundschaft hatte eher Bedarf an den Waren im vorderen Bereich des Ladens: von Farben und Pflastern über Limonade und Süßigkeiten für die Kinder bis hin zu Schreibwaren für die Erwachsenen.

Nun erhoffte sich Helena Hilfe bei einem drängenden Problem: Die wohlriechende Creme, die sie immer an Europa erinnerte, ging zur Neige. Sie war von leicht fettiger, aber nicht klebriger oder gar zu schwerer Konsistenz und eine Wohltat in der sengenden Sonne Australiens.

»Miss Helen, wie machen Sie das? Wie schaffen Sie es, dass Ihre Haut immer so hell und glänzend ist, nicht rot verbrannt oder gar schon braun und faltig?«

Das erste Mal hatte sie diese Frage von Lady Suzanna gehört. Danach war es ihre Cousine Eva gewesen, die sie gestellt hatte, nicht zu vergessen die Kundinnen von Onkel Bernhard und Onkel Louis. Auch wenn viele der Frauen unter den Einwanderern ehemalige Strafgefangene des British Empire waren, hieß das längst nicht, dass sie frei von Eitelkeit waren.

Ebenso wenig waren die Frauen blind dafür, was ihnen die Sonne Australiens antat. Seufzend rieben sie sich über ihre ausgetrockneten Wangen und die faltige Stirn.

Als erste Maßnahme riet ihnen Helena immer wieder, zumindest einen breitkrempigen Hut als Sonnenschutz zu tragen.

»So machen es doch die Damen des hohen Adels in Europa schon seit Jahrhunderten. Die haben sich immer gegen die Sonne geschützt, um sich ihren hellen Teint zu bewahren.«

Doch ihre Tiegel von Gitel hütete Helena wie ihren Augapfel, nur sie selbst durfte sich daraus bedienen. Den Kundinnen empfahl sie, sich mit Olivenöl einzureiben, ehe sie hinaus in den Busch gingen, die Lippen mit Honig einzustreichen und abends die Haut mit Kamillentee zu beruhigen. Auch das bewirkte schon einiges.

Und dann machte Helena zusammen mit ihrer Nachbarin Liz eines Tages eine Entdeckung …

»Den ganzen Tag habe ich Schafe geschoren, in Wollballen herumgewühlt und mir die Hände schmutzig gemacht. Nun kriege ich sie einfach nicht sauber, mit Wasser bekomme ich das nicht weg«, klagte Liz nach einem langen

Arbeitstag. »Komischerweise brennen meine Hände nicht mehr, und auch die Haut tut nicht mehr weh. Aber wie bekomme ich das ab? Kannst du mir helfen, Helena?«

Verzweifelt streckte sie Helena ihre schmierig glänzenden Hände entgegen. Seltsamerweise waren sie nicht mehr so aufgerissen und entzündet wie die Tage zuvor.

»Was hast du gemacht?«, erkundigte sich Helena. »Den ganzen Tag nur Schafe geschoren und mit der geschorenen Wolle hantiert?«

Liz nickte. »Das sagte ich doch schon.«

Sie war die Ehefrau eines begnadigten Raubmörders und selbst verurteilte Diebin mit mehreren Jahren Gefängnis hinter sich. Zusammen mit etlichen anderen entlassenen Gefangenen waren die beiden von der englischen Regierung nach Australien verfrachtet worden und hatten sich im Zwischendeck eines Auswandererschiffs kennengelernt.

»Und jetzt will ich den Schmierkram loswerden«, fügte Liz ungeduldig hinzu. »Gib mir ein bisschen Sodapulver drauf!«

»Ich werde nichts dergleichen tun. Du wirst ein Paar Handschuhe drüberziehen und heute Nacht damit schlafen. Aber warte einen Moment!«, befahl Helena.

Sie griff nach einem Holzspachtel und kratzte ein wenig von der schmierigen Schicht an Liz' Handrücken ab.

»Was machst du da?«, erkundigte sich Liz neugierig.

»Ein Experiment«, erwiderte Helena kurz.

Sie griff nach einem Schnapsglas, von denen in Louis' Reichweite immer etliche herumstanden, und strich die durchsichtige Masse vorsichtig am Glasrand ab.

»Was machst du da?«, wiederholte Liz ihre Frage.

»Du musst nicht alles wissen. Schlaf nur heute Nacht mit Handschuhen, und zeig mir morgen deine Hände wieder.«

Erst nach einem Schnaps aus Louis' unerschöpflichem Vorrat hatte sich Liz schließlich von dem Vorschlag überzeugen lassen. Dann war sie in ihren schweren Stiefeln über die Veranda davongeschlurft, um sich in Richtung der bescheidenen Hütte zu begeben, in der sie seit ihrer Ankunft in Australien mit Harry, dem entlassenen Raubmörder, hauste.

Nachdenklich hatte Helena ihr hinterhergeschaut.

»Bin ich gespannt, ob sie morgen wieder hier auftaucht …«

Dr. Hammerstein analysierte nicht nur den letzten Rest aus Gitels Cremetiegel, sondern es gelang ihm auch, aus seinen eigenen Beständen eine Creme herzustellen, die zwar nicht so gut roch wie die von Helena, aber zumindest eine beruhigende Wirkung auf gereizte Haut ausübte. Einer der wichtigsten Bestandteile war das hier reichlich vorhandene Lanolin, auch Wollwachs genannt.

Gegen eine Flasche Schnaps lieferte Liz getreulich das bei der Schafschur aus dem Fell gewonnene Wollfett in *Hammer's Drugstore* ab.

Dr. Hammerstein gewährte Helena bereitwillig Zugang zu seiner erstaunlich großen Bibliothek und ließ sie in seinem winzigen Labor stundenlang experimentieren. Er war sehr beeindruckt von ihren Aufzeichnungen, auf die sie – zu ihrer eigenen Überraschung – in den Tiefen ihrer riesigen alten Ledertasche gestoßen war. Es handelte sich um sieben Kladden mit den sorgfältigen Mitschriften all der medizinischen Vorlesungen, die sie heimlich an der Jagiellonen-Universität besucht hatte.

Wie waren sie nur dort hineingekommen? Gitel musste sie bei ihrem Abschiedsbesuch in das Reisegepäck geschmuggelt haben …

Hatte sich darauf Tante Helenes geheimnisvolle Bemerkung beim Abschied in Wien bezogen?

»*Di mame un di mume hobn gewust mer wi ich.* Sie wussten wirklich mehr, als ich ahnte«, murmelte Helena gerührt, ehe sie sich in ihre Aufzeichnungen vertiefte. Welch unbezahlbaren Schatz sie da aus Europa mitgebracht hatte!

»Wie hat es Sie eigentlich hierher verschlagen?«, fragte Helena eines Abends, als sie und Dr. Hammerstein sich bei einer selbst gemachten Limonade auf seiner Veranda gegenübersaßen. »Von Budapest in den australischen Outback ist es ein weiter Weg.«

»Genauso weit wie deiner. Es ist eine lange Geschichte … Das willst du gar nicht wissen und musst du auch nicht wissen«, lautete die ausweichende Antwort. Mehr war aus dem alten Herrn nicht herauszubekommen.

Helena drängte ihn nicht weiter, sondern beschränkte sich darauf, sich sein medizinisches und pharmazeutisches Wissen anzueignen. Sie betrachtete diese Monate als ihre Lehrzeit. Diese befriedigend zu beenden, war ihr leider nicht vergönnt …

An diesem Abend kehrte Louis aus seiner Kaschemme

zurück – volltrunken, wie üblich. Er riss die Tür auf, hielt sich schwankend am Türrahmen fest und stierte in den verwahrlosten Raum.

Helena hatte gerade ihre kleine Abendtoilette am Spülbecken beendet, die daraus bestand, dass sie sich die Zähne putzte, Gesicht und Hände eincremte und ihre Haare löste, die in ihrer schwarzen Lockenpracht bis weit über die Schultern fielen. Gerade packte sie ihre wenigen Waschutensilien in einen Lederbeutel und wollte sich auf ihr Zimmer begeben. Auf der Bettkante sitzend musste sie noch, wie jeden Abend, ihr Haar mit den obligatorischen hundert Bürstenstrichen striegeln – ein Ritual, das Gitel all ihren acht Töchtern von klein auf eingeimpft hatte.

»Du bist a schejn mejdl«, lallte Louis, löste sich vom Türrahmen und kam auf sie zugeschwankt.

Helena erwiderte nichts. Sie wollte sich an ihm vorbeischieben, um zu ihrer Zimmertür zu gelangen, aber er hielt sie fest.

»Was für ein schönes Mädel, *sejer a schejn mejdl*«, wiederholte er mit schwerer Zunge. Er roch nach Fusel und Schweiß.

»Du west kejnmol kejn man nischt gefinen, kejner is nischt genugik far dir«, fuhr er in der Sprache ihrer Kindertage fort, während er versuchte, Helena an sich zu ziehen und zu küssen.

»Lass mich los!«, fuhr sie ihn an.

Angewidert drehte sie den Kopf beiseite. Sein Mundgeruch war unerträglich. Mit all ihrer Kraft versuchte sie, sich aus seinem eisernen Klammergriff zu befreien, doch es gelang ihr nicht. Stattdessen zerrte er sie zu dem ausgebeulten Sofa, auf dem er seine Nächte verbrachte, stieß sie darauf und warf sich über sie.

Helena schrie aus Leibeskräften, aber niemand hörte sie. Nächtliche Frauenschreie waren nichts Ungewöhnliches in diesem Kaff, sprachen doch Männlein und Weiblein nach der Hitze des Tages umso heftiger dem Bier und anderen alkoholischen Getränken zu. Zu fortgeschrittener Stunde kam es regelmäßig zu Streit, hitzigen Diskussionen und auch körperlichen Auseinandersetzungen.

»Hilfe!«, schrie Helena. »Hiiiiiiilfe!«

Nichts geschah. Louis zerriss ihren Morgenmantel und machte sich an ihrem Nachthemd zu schaffen. Mit seinen schweren, riesigen Händen schob er den Stoff nach oben, quetschte seine Pranken zwischen ihre zusammengepressten Schenkel. In letzter Sekunde gelang es Helena, mit der Rechten sein Ohr zu umfassen, es umzudrehen – einmal, zweimal, dreimal – und heftig daran zu reißen.

»Aua!«, schrie der Betrunkene und rieb sich das schmerzende Ohr.

In dieser Sekunde schaffte sie es, sich aus der Umklammerung zu befreien, aufzuspringen und die Tür ihres Zimmers zu erreichen. Hastig riss Helena sie auf, knallte sie hinter sich zu und schloss ab.

Mit klopfendem Herzen lauschte sie, was sich nun dahinter tat. Sie hörte Louis laut fluchen, aber er versuchte nicht, ihr weiter nachzustellen.

Helena setzte sich auf ihr Bett und schlug die Hände vor das Gesicht.

»Ich muss hier weg, ich muss hier weg«, schluchzte sie.

Nach einer Weile verkündete ein lautes Schnarchen, dass Louis eingeschlafen war. Er würde erst wieder am späten Vormittag erwachen: genug Zeit für Helena, ihren Koffer und die schwere Ledertasche mit den schwarzen Kladden zu packen.

In dieser Nacht suchte sie Unterschlupf bei dem alten ungarischen Apotheker.

Kopfschüttelnd hörte dieser sich ihren Bericht an.

»Ich muss hier weg, Dr. Hammerstein!«

»Was der Busch aus den Menschen macht«, erwiderte dieser resigniert.

»Ich muss hier weg!«, wiederholte Helena wild entschlossen.

»Hast Glück, mein Kind. Morgen kommt mein Handelsvertreter von *Sheppard & Greenwade*. Ich werde ihn bitten, dich in seiner Kutsche mit nach Coleraine zu nehmen.«

Kapitel 6

Toowamboo 1900

Wohl oder übel sah sich Helena gezwungen, sich die nächsten Tage, ja Wochen, erneut bei Bernhard und Eva einzuquartieren.

Soll das jetzt immer so weitergehen?, fragte sie sich wieder und wieder verzweifelt, während sie fieberhaft nach einem Ausweg aus ihrem Dilemma suchte.

Ein Hilferuf an Lady Suzanna fand rasch Gehör. Helena machte zwar in ihrem nächsten Brief nur diskrete Andeutungen, doch das Ehepaar Villiers las zwischen den Zeilen und erkannte, in welch prekärer Lage sich ihr ehemaliger Schützling befand.

Der Zufall wollte es, dass der Gouverneur von Queensland, Lord Lamington, und seine Gattin gerade eine Erzieherin für ihre Kinder suchten. Die beiden waren dem Nanny-Alter bereits entwachsen, und die zuvor eingestellte französische Gouvernante hatte es genau sechs Wochen im »australischen Busch« ausgehalten, ehe sie Hals über Kopf nach Sydney geflüchtet war und das nächste Schiff zurück nach Europa genommen hatte.

Mit einer Empfehlung von den Villiers war es kein Problem für Helena, diese Stellung bei den Lamingtons in Toowamboo zu erhalten. Eine neue Welt tat sich ihr auf.

In diesem Haushalt trug die *education*, die Suzanna und Cecil Villiers ihr auf der *Prinzregent Luitpold* wochenlang hatten angedeihen lassen, endlich Früchte.

Von einem Tag auf den anderen war Helena nicht mehr billige Arbeitskraft, Ladenmädchen, Haushälterin oder gar eine alte Jungfer, die »keinen mehr abbekommen« hatte, sondern *»Miss Helen, this nice young lady from Vienna«*.

Sie hütete sich, diese Aussage zu korrigieren. Mit dem Namen ihrer Heimatstadt Krakau konnte hier im Busch sowieso niemand etwas anfangen.

Toowamboo war so etwas wie die Gartenstadt von Brisbane, der Hauptstadt von Queensland. Hier verbrachte die High Society die heißen Sommermonate, wenn das Klima in Brisbane unerträglich wurde. So war Ende des 19. Jahrhunderts eine Villenkolonie entstanden, in der auch die Lamingtons ein stattliches Haus besaßen. Etwa die Hälfte des Jahres residierten sie in ihrer weißen Sommervilla.

Helena bekam im oberen Stockwerk ein großes helles Zimmer zugewiesen, das zu ihrem Entzücken sogar über ein eigenes Bad verfügte. Es war eine Selbstverständlichkeit, dass sie bei den Mahlzeiten mit an der Tafel saß. Wie dankbar war sie nun Sir Cecil, der sie wochenlang in die Kunst des Smalltalks eingeführt und mit englischen Kinderversen getriezt hatte. Das alles kam ihr hier zugute, denn Helena wurde immer in die Unterhaltungen mit einbezogen.

Lady Lamington weihte sie sogar in die hohe Kunst der

Zubereitung des *High Tea* ein! Helena liebte dieses nachmittägliche Ritual des gemeinsamen Teetrinkens. Mit Wonne schenkte sie den anwesenden Gästen frisch aufgebrühten Tee nach, reichte die Platten mit Gurkensandwiches herum und verzehrte genüsslich die frisch gebackenen Scones mit *clotted cream* und selbst gemachter Erdbeermarmelade.

Helena war die soziale Leiter ein ganzes Stück weiter nach oben gestiegen, und sie dachte gar nicht daran, diesen Weg jemals wieder zu verlassen. Im Gegenteil!

Vielleicht hätte sie es noch etliche Jahre bei den Lamingtons ausgehalten, wenn nicht die Amtszeit des Lords abgelaufen wäre. Er wurde nach Indien versetzt.

»Wir würden Sie durchaus mitnehmen, Miss Helen, aber wir haben leider keinen Bedarf mehr. Die Kinder sind jetzt alt genug für das Internat. Sie werden im Herbst nach England gehen, sodass wir keine Gouvernante mehr benötigen«, sagte Lady Lamington bedauernd. »Was haben Sie denn jetzt eigentlich vor? Wir haben Ihnen ja ein hervorragendes Zeugnis ausgestellt. Mit dieser Referenz werden Sie hier und in Brisbane jederzeit eine gute neue Stellung finden.«

»Ich werde mein Glück in Melbourne versuchen«, sagte Helena unternehmungslustig.

»Was wollen Sie denn dort machen?«, erkundigte sich Lady Lamington, ein wenig neugierig geworden.

»Ich werde einen Schönheitssalon eröffnen«, verkündete die bisherige Erzieherin entschlossen.

»Einen Schönheitssalon?« Lady Lamington war erstaunt. »Wie kommen Sie denn darauf?«

»Oh, das ist eine längere Geschichte.«

Kapitel 7

Melbourne 1902

Helena seufzte und strich noch einmal über den zarten Stoff, ehe sie beherzt die Schere ansetzte.

»Es muss sein«, entschuldigte sie sich bei sich selbst und gleichzeitig bei dem weißen Spitzenkleid, das ausgebreitet vor ihr auf dem Tisch lag. Tante Helene hatte es in Wien unmittelbar vor ihrer Abreise anfertigen lassen. Es war ihr Abschiedsgeschenk gewesen …

»Wie eine Debütantin siehst du darin aus«, schmeichelte sie ihrer Nichte, die sich entzückt vor dem bodenlangen Spiegel in der Garderobe der Kürschnerei Silberfeld drehte. »Obwohl du dieses Alter schon um einige Jahre überschritten hast«, konnte sie sich dennoch nicht verkneifen hinzuzufügen.

Sie nahm Chajas schlichten Mantel vom Kleiderhaken an der Tür, unterzog ihn einer kritischen Betrachtung und hängte ihn wieder zurück.

»Damit kannst du nicht zum Fotografen gehen«, lautete ihr Urteil. »Der ist ja viel zu kurz und schäbig.«

»Ich habe keinen anderen«, erwiderte Chaja trotzig.

Tante Helene verschwand hinter dem schweren Vorhang, der Werkstatt und Atelier vom Verkaufsraum trennte, und kehrte mit einem cremefarbenen Pelzmantel zurück.

»Hier, probier ihn einmal an, der müsste dir passen, wenn er auch bodenlang ist. Aber die verstorbene Gräfin Esterhazy war genauso klein wie du.«

»Das ist ein echter Zobel. Diesen Mantel kann ich doch nicht anziehen«, protestierte Chaja und war schon hineingeschlüpft.

»Kannst du wohl. Ihre Enkelin hat ihn letzte Woche hierher gebracht. Ihr passt er nicht. Wir sollen ihn auseinanderschneiden und ihr eine Stola daraus anfertigen, aber ehe wir ihn zerstückeln …«

»Ein so schöner Mantel«, sagte Chaja und drehte sich erneut vor dem großen Spiegel.

Eine fremde, aparte junge Frau schaute ihr entgegen. War das wirklich sie, Chaja aus Krakau, Verkäuferin und dienstbarer Geist hinter dem Ladentresen ihrer Verwandten? Das sanfte Beige des Pelzes harmonierte wunderbar mit ihrem hellen, makellosen Teint und bildete einen interessanten Kontrast zu ihrem schwarzen Haar.

»Du könntest eine junge ungarische Dame aus dem Hochadel sein«, stellte die Tante wohlwollend fest und zupfte ihr den Kragen zurecht. »Beeil dich, ich habe einen Termin beim Fotografen vereinbart. Ich brauche ein schönes Erinnerungsfoto von dir, bevor du in den Zug nach Genua steigst. Wir sollten uns sputen, damit wir vor Simon zurück im Laden sind. Der muss ja nichts davon mitkriegen. Das wird er auch nicht, wenn der Mantel heute Abend rechtzeitig wieder auf seinem Zuschneidetisch liegt.«

»So einen schönen Mantel zerschneiden …« Bedauernd strich Chaja über den weichen Pelz.

»Jetzt komm schon«, forderte Tante Helene und zerrte sie ungeduldig aus dem Laden.

Fast wäre Chaja auf der Türschwelle gestolpert, weil ihr Schuh sich im Saum ihres langen Spitzenkleids verfing.

Die Sitzung bei dem Fotografen dauerte fast zwei Stunden. Gerade noch rechtzeitig schafften es Tante und Nichte zurück in den Laden. Noch niemals hatte Chaja es so sehr bedauert, sich von einem Kleidungsstück trennen zu müssen, wie an diesem Abend.

Eines Tages werde ich einen solchen Mantel mein Eigen nennen, schwor sie sich, *für mich maßgeschneidert und von mir selbst bezahlt.*

»Zumindest das Kleid gehört ja dir«, hatte Tante Helene sie getröstet, die genau bemerkte, wie schwer sich ihre Nichte tat, den wunderschönen Pelz zurück auf den Zuschneidetisch zu legen.

Nun lag dieses weiße Spitzenkleid vor ihr und sollte gleichfalls zerschnitten werden.

Wie oft habe ich es eigentlich getragen?, überlegte Helena.

Genau zwei Mal, fiel ihr schließlich ein. Das erste Mal während der Überfahrt auf der *Prinzregent Luitpold* anlässlich der Überquerung des Äquators, die in der ersten Klasse mit einem festlichen Kapitänsdinner zelebriert worden war. Das zweite Mal hatte sie diesen weißen Traum aus Spitze in Toowamboo getragen; anlässlich des großen Sommerballs der Lamingtons in deren Sommerresidenz.

Wie lange liegt das bereits zurück?

Sie setzte die große Schneiderschere an und machte den ersten Schnitt. Das knirschende Geräusch ging ihr durch Mark und Bein. Beherzt griff sie dennoch nach dem Stoff und riss ihn entzwei.

Ratsch! Das Gewebe, das aus mehreren Lagen bestand, fiel auseinander. Stück für Stück griff Helena danach, glättete es mit dem Handballen und legte die einzelnen Bahnen aufeinander.

Ratsch! Die nächste Partie.

Wie viel Stoff doch so ein Ballkleid benötigt, staunte Helena, nachdem sie ihr Werk beendet hatte.

»Genug, um luftige Gardinen für meinen Salon daraus zu nähen«, freute sie sich. »Denn ohne Vorhänge geht es gar nicht.«

Noch eine Woche hatte sie Zeit, dann sollte ihr Schönheitssalon in Melbourne eröffnet werden.

Helena raffte den Stapel der weißen Spitzentücher, die einmal ein Ballkleid gewesen waren, zusammen und begab sich an die Nähmaschine, die sie bereits in einer Ecke ihres künftigen Schönheitssalons aufgestellt hatte.

Während sie die Stoffbahnen Stück für Stück erst einmal per Hand zusammenheftete, um sie anschließend an der Maschine zusammenzunähen, wanderten ihre Gedanken zurück.

Einige turbulente Jahre lagen hinter ihr.

Irgendwie hatte sie nach der Flucht aus Merino ja ihren Lebensunterhalt bestreiten müssen. Das Geld von Onkel Bernhard war längst aufgebraucht gewesen.

Die Lamingtons hatten sie zwar nicht reichlich, aber doch angemessen bezahlt. Da sie aber Logis und Kost in Toowamboo bei ihnen frei gehabt hatte, war es Helena gelungen, im Laufe der Zeit eine kleine Summe anzusparen. Das Geld hatte gereicht, um sich nach der Ankunft in Melbourne bei der Witwe eines englischen Offiziers ein Zimmer zu nehmen und die Miete für ein halbes Jahr im Voraus zu entrichten.

Doch so ein halbes Jahr war viel zu schnell herum, und nur allzu bald hatte sich Helena nach einer festen Arbeitsstelle umsehen müssen. Um ihre Miete weiterhin finanzieren zu können, hatte sie einen neuen Job gebraucht …

New York, 31. März 1965

»Helena … Helena … Helena?«

Lauter und lauter rief Mala. Aber es dauerte eine ganze Weile, bis die Stimme der Nichte zu Helena durchgedrungen war.

»Helena, wo bist du?« Mala griff nach der Schulter ihrer Tante und rüttelte sie sanft.

Sie zuckte zusammen und blinzelte. Verwirrt schaute sie die ihr gegenübersitzende Mala an.

»Du bist es, Mala?«, vergewisserte sie sich.

»Ja, wer denn sonst?«, versuchte diese zu scherzen.

Helena nahm die Brille ab und rieb sich die Augen.

»Was ist mit dir? Geht es dir nicht gut?«, erkundigte sich die Nichte. Die Besorgnis in ihrer Miene war unübersehbar.

Helena straffte den Rücken und richtete sich kerzengerade auf.

»Was soll sein? Mir geht es blendend! Was fragst du so dumm?«, erwiderte sie barsch.

Flach legte sie beide Hände auf die vor ihr liegenden Unterlagen. Ein Sonnenstrahl stahl sich durch die Sichtblenden eines der hohen Bürofenster, tanzte auf ihren Fingern und ließ die Diamanten und Brillanten ihrer schweren Ringe blinken und blitzen.

Helena griff nach der langen Perlenkette, die sie um den Hals trug, und rückte sie zurecht. Immer schön mittig hatte sie über ihren Brüsten zu hängen, nicht zu hoch und nicht zu tief, symmetrisch den Oberkörper teilend.

Mala hatte die Bewegung ihrer Tante verfolgt.

»Hübsch!«, sagte sie anerkennend. »Hast du heute wieder sehr schön zusammengestellt, deine Preziosen.«

Niemals wäre Helena auf die Idee gekommen, ohne Schmuck ihre Wohnung in der Park Avenue zu verlassen und die Firmenräume zu betreten.

»Wo waren wir stehen geblieben?«, wollte sie nun wissen und beugte sich erneut über die von Mala mitgebrachte Schreibmappe.

»Wir wollten uns auf die Reiseroute einigen«, wiederholte Mala. »Wo zieht es dich denn hin? Bleiben wir in den

USA? Möchtest du noch einmal nach Australien … oder lieber doch nach *good old Europe*? London, Paris, vielleicht einmal nach Wien oder gar Krakau?«

»Nach Polen auf keinen Fall«, erwiderte Helena brüsk. »Ich fahre doch nicht in den Ostblock zu den Kommunisten.«

»Aber da warst du doch schon längst«, widersprach Mala. »Erinnerst du dich nicht an die große *National American Exhibition* in Moskau? Du warst eingeladen, die westliche Kosmetikindustrie in der Hauptstadt der Sowjetunion zu repräsentieren.«

»Ach ja, die Russen, ich kann mich nicht über sie beklagen …«, sagte Helena versonnen.

»Den roten Teppich haben sie dir ausgerollt, und die jungen Russinnen waren verrückt nach deinen Tiegeln und Töpfchen«, erinnerte Mala sie.

»Was haben wir auf dieser Messe Pröbchen verteilt! Ich musste meine gesamten Vorräte neu aufteilen, habe Patrick ins GUM geschickt, damit er kleine Döschen besorgt, die es aber nicht gab«, erging sich Helena nun ihrerseits in Erinnerungen. »Dann habe ich die amerikanische Botschaft um Hilfe gebeten. Mr Thompson – der übrigens genauso hieß wie mein erster Mentor in Melbourne – war so freundlich, mir mit der nächsten Maschine aus Washington eine große Lieferung kleiner Plastikdöschen im diplomatischen Gepäck mitbringen zu lassen. Und fünf Gallonen meiner Kälteschutzcreme, die die jungen Russinnen so gut gebrauchen konnten.«

»Und im Badezimmer vom *Metropol* haben wir die

gemeinsam aus dem Edelstahlbehälter in die kleinen Döschen umgefüllt. Eine Heidenarbeit!« Mala lachte. »Es hat aber großen Spaß gemacht.«

»Aber zuvor mussten wir alles an der *deschurnaja* vorbeischmuggeln.« Nun kicherte auch »Madame«. Sie sah die in russischen Hotels unverzichtbare Wächterin, die meist direkt gegenüber dem Aufzug saß und das Kommen und Gehen der Gäste mit Argusaugen beobachtete, noch genau vor sich. »Ich bin Mr Thompson wirklich zu großem Dank verpflichtet. Es war gar nicht so einfach, das alles auf mein Hotelzimmer zu bekommen. Trotz des offiziell deklarierten Diplomatengepäcks war die Dame misstrauisch geworden.«

»Na ja, wir hatten auch einen besonderen Drachen erwischt. Mindestens zwei Zentner schwer und mit einem dunklen Damenbart«, erinnerte sich Mala.

»Und eine riesige Warze unten am Kinn, aus der nicht ein Haar, sondern ein richtiger Stachel spross«, ergänzte Helena.

»Wenn ich mit ihr gesprochen habe, musste ich mich immer zwingen, nicht ständig dorthin zu starren, sondern ihr direkt ins Gesicht zu schauen«, gestand Mala.

»Ich hätte ihr am liebsten mit meiner Pinzette dieses eine Haar aus der Warze gerissen und auch die Augenbrauen gezupft. So eine faule Frau!« Entrüstung schwang in Helenas Stimme mit.

Niemals hätte sie eine Frau als hässlich bezeichnet. Für sie gab es keine hässlichen, sondern bloß faule Frauen. Das waren diejenigen, die sich nicht pflegten. So lautete ihr

Credo, ein Diktum seit Jahrzehnten. Für Geschlechtsgenossinnen, die nicht auf ihr Erscheinungsbild und ihr Äußeres achteten, hegte Helena nur leise Verachtung, manchmal sogar Mitleid. So wie im Falle dieser Etagenconcierge im Moskauer *Metropol*.

»Eine kosmetische Grundbehandlung von dir hätte ihr bestimmt gutgetan«, pflichtete Mala ihr bei. »Aber ob sie daran überhaupt Interesse zeigen durfte? Als Spitzel des KGB war sie sowieso immun gegen jegliche westliche Dekadenz.«

»Das wiederum wage ich zu bezweifeln«, widersprach Helena. »Weißt du nicht mehr, wie sie geschnurrt hat, als wir ihr die Nylons für ihre Töchter und die bunten Kugelschreiber für die Enkel geschenkt haben?«

»Stimmt. Ab dem Moment war der Badeofen unserer Suite immer vorgeheizt und unsere Blusen frisch gestärkt und akkurat gebügelt. Ich konnte mich gar nicht schnell genug aus meiner Kostümjacke schälen, nachdem sie den Winkelriss am Rücken entdeckt hatte. Keine Ahnung, wo ich mir den zugezogen hatte. Am nächsten Morgen war der Schaden jedenfalls behoben und von der geflickten Stelle nichts mehr zu sehen. Ich glaube, im Grunde ihres Herzens war sie eine liebe Frau.«

Mala hatte sich ereifert. Ihre Wangen waren gerötet, zwei Locken hatten sich aus ihrer strengen Hochsteckfrisur gelöst: Eine kringelte sich im Nacken, und eine war ihr in die Stirn gefallen. Das verlieh ihr etwas Mädchenhaftes.

Helena beobachtete sie lächelnd. Ihre Nichte konnte ganz schön temperamentvoll sein, was sie gerne hinter ihrer damenhaften Erscheinung und einem distanzierten, fast arrogant wirkenden Auftreten verbarg. Malas großes Vorbild war Grace Kelly, der sie auch modisch nacheiferte.

Falsch, korrigierte sich Helena. Ihre Nichte imitierte die Fürstin von Monaco nicht, sondern hatte sich von ihr in den letzten Jahren inspirieren lassen. Als Idol, dem es nachzueifern galt, war der ehemalige Hollywoodstar für Mala eigentlich auch viel zu jung.

War Mala wirklich im Jahre 1905 geboren? Dann war sie ja mittlerweile auch schon fast sechzig. Bereits 1930 hatte Helena die Tochter ihrer Schwester Regina direkt aus Krakau zu sich nach Paris geholt. Seitdem stand Mala ihr loyal und tüchtig in ihrem riesigen Unternehmen zur Seite – seit mehr als dreißig Jahren.

Helena erschrak. Für sie war und blieb Mala ein junges Mädchen. Und sie selbst? Sie fühlte sich, als wäre sie nicht einen Tag älter als ihre Nichte.

Verstohlen warf sie ihr einen weiteren Blick zu. Es war nicht zuletzt wegen ihrer auffallenden Schönheit, dass sie Mala zu sich geholt hatte. Sie war ein hervorragendes Aushängeschild für den Rubinstein-Konzern und sah aus wie allerhöchstens Ende dreißig. Bei aller damenhaften Kühle, mit der sie auftrat, hatte ihre Erscheinung dennoch etwas Mädchen-, ja fast Prinzessinnenhaftes.

Ob es in ihrem Leben einen Prinzen gab? Verheiratet war sie jedenfalls längst nur noch auf dem Papier. Den Namen ihres Mannes hatte sie abgelegt und agierte schon seit Jahrzehnten unter dem Mädchennamen von Mutter und Tante.

So gerne Helena mehr über das Liebesleben ihrer Nichte erfahren hätte, so sehr hütete sie sich, danach zu fragen. Schließlich war sie selbst nicht nur jahre-, sondern sogar jahrzehntelang mit derlei Fragen von ihrer Familie malträtiert worden.

Kapitel 8

Melbourne 1902

Helena scherten die ewigen Klagen darüber, dass sie nach mehr als fünf Jahren in Australien immer noch nicht verheiratet war, nur wenig. Sie war viel zu sehr mit der Verwirklichung ihres beruflichen Traums beschäftigt, um an einen künftigen Ehemann zu denken.

Einige Zeit musste sie noch zweigleisig fahren. Um sich ihren Lebensunterhalt zu verdienen, arbeitete sie tagsüber als Kellnerin im *Wintergarden Tearoom*, einem der wenigen Künstlerlokale in Melbourne. Die Atmosphäre erinnerte sie ein wenig an die Cafés ihrer Wiener Jahre, wo es ihr bei den raren Besuchen ab und an gelungen war, einen verstohlenen Blick auf eine der dortigen Berühmtheiten zu werfen.

Der Dichter Arthur Schnitzler hatte ihr gefallen, ein gut aussehender, schlanker, distinguierter Herr. Wie peinlich war ihm die Szene gewesen, die seine Geliebte Adele Sandrock ihm vor den Augen aller im *Café Größenwahn* einmal gemacht hatte. Die berühmte Schauspielerin war krankhaft eifersüchtig, sodass sie ihrem Geliebten sogar das freundliche Lächeln, mit dem er seine Bestellung bei einer jungen Kellnerin aufgab, verübelte. Der Blick, mit dem der kleine Mann hinter seiner dicken Brille die junge Helena einmal flüchtig streifte, als er sekundenlang von seiner Zeitungslektüre aufschaute, war mehr als geistesabwesend gewesen.

Karl Kraus hatte sie gar nicht wahrgenommen. Dieser Schriftsteller beschäftigte sich lieber mit sich selbst und seinen riesigen Gedankengebäuden als mit Frauen.

Solche Berühmtheiten gab es in den Melbourner Lokalen natürlich nicht. Es waren vor allem erfolgreiche Geschäftsleute und sehr junge Menschen, die sich als Künstler gaben und vom Absprung nach Europa träumten, die als regelmäßige Gäste den *Wintergarden Tearoom* aufsuchten.

Mit ihrer blitzschnellen Auffassungsgabe bei den Bestellungen und ihrem flinken Service erfreute sich Helena rasch großer Beliebtheit. Etwas über dreißig war sie mittlerweile, eigentlich schon ganz »schön alt, wenn nicht viel zu alt, um noch einen Ehemann zu finden«, klagte Gitel aus dem fernen Krakau in jedem ihrer Briefe.

Sie konnte nicht wissen, dass Helena sich tatsächlich auf dem Höhepunkt ihrer jugendlichen Schönheit befand: klein, zierlich und wohlproportioniert, mit einer schmalen Taille, um die ihre Kolleginnen sie glühend beneideten. Die sengende Sonne Australiens und die harte Arbeit in der Zeit unmittelbar nach ihrer Ankunft hatten zudem dafür gesorgt, dass die letzten überzähligen Pfunde dahingeschmolzen waren. Nun zeigte sie die Gestalt einer Eieruhr und entsprach so dem Schönheitsideal der Jahrhundertwende. Ein Korsett zu tragen hatte sie glücklicherweise nicht nötig. Das wiederum bot den Vorteil, dass Helena nicht so kurzatmig war wie die meisten ihrer Geschlechtsgenossinnen.

Niemals fiel sie in Ohnmacht. Manchmal beneidete sie die anderen Frauen fast um dieses inszenierte »Ach und Weh«, wusste sie doch, dass etliche dieser Schwächeanfälle geplant waren. Wie oft war ihre Cousine Eva, wenn ihr etwas nicht passte, einfach in Ohnmacht gefallen? Einfach zu schreien, wie ihre kleine Tochter Alisha es getan hatte, um den eigenen Willen durchzusetzen, war in ihrem Alter ja nicht mehr möglich gewesen – ein paar Krokodilstränen hingegen schon.

Niemals wäre Helena auf die Idee gekommen, sich dieser Waffen einer Frau zu bedienen. Sie hatte ihre eigenen Waffen. Einen eisernen Willen hatte sie schon als Kind bewiesen, außerdem war sie wesentlich belastbarer und stärker als andere Frauen.

»Du hast wirklich Bärenkräfte«, staunten ihre Kollegen, wenn sie ein Tablett mit schweren silbernen Teekannen, Milchkännchen und Kuchentellern quer durch das Lokal zu den Gästen an ihren Tischen schleppte und mit einem hohen Stapel schmutzigen Geschirrs zurückkehrte.

»Ich hab von klein auf hart trainiert«, erwiderte Helena in solchen Momenten lachend.

Ihre Tüchtigkeit wurde nicht nur rasch erkannt, sondern auch geschätzt, was sich wiederum in der Höhe ihres Trinkgeldes ausdrückte. Man lud diese hübsche junge Frau auch gerne auf einen Kaffee oder gar ein Glas Wein an den

Tisch ein. Die gesellschaftlichen Schranken in Melbourne waren längst nicht so unüberwindbar wie die in Europa. Auf dem jüngsten Kontinent zählte Tüchtigkeit mehr als ein altehrwürdiger Titel. Das war Helenas großes Glück, die Chance ihres Lebens.

Einer der Stammgäste fraß einen besonderen Narren an ihr. James Henry Thompson war der Eigentümer der *Robur Tea Company*, ein gebürtiger Brite, der nach seiner Einwanderung in Melbourne einen florierenden Teehandel zwischen Indien, China, Australien und Europa aufgezogen hatte. Ein erfolgreicher Geschäftsmann, der den Ausführungen der jungen Polin an seinem Tisch mit zunächst amüsierter, doch schließlich immer größerer Aufmerksamkeit folgte. So fand Helena ihren zweiten Mentor nach Dr. Hammerstein.

James Henry Thompson vermittelte ihr ein kaufmännisches Denken und Wissen, das weit über ihr bisheriges Knowhow aus den familiären Gemischtwarenläden oder der Wiener Kürschnerei ihrer Onkel hinausging.

Mit ihrer hellen, klaren Haut, den großen staunenden Augen und ihrer Puppenfigur sah Helena wesentlich jünger aus als ihre tatsächlich zählenden Jahre. Kurzerhand ließ sie noch einige Jährchen mehr unter den Tisch fallen. Ihren Gästen gegenüber gab sie sich stets unbestimmt für Anfang zwanzig aus, fast noch ein junges Mädchen. Mochte sein, dass sie mit ihrem Verhalten, ihrem Enthusiasmus und ihrer kindlichen Begeisterung Mr Thompsons väterlichen Instinkte erweckte.

Er war jedenfalls wesentlich älter als sie, gut bürgerlich

verheiratet und hatte schon fast erwachsene Kinder. Helenas Feuer übertrug sich jedoch auf den etablierten Geschäftsmann.

Stundenlang hockten die beiden nach Feierabend in einer Ecke des *Tearoom* und steckten die Köpfe zusammen. An ihrem freien Tag trafen sie sich am Strand der Melbourner Bucht, gingen spazieren und diskutierten miteinander.

Sie bildeten schon ein auffallendes Paar: die kleine dunkelhaarige Frau, die oft ein paar Schritte vor ihm, manchmal sogar rückwärtsgehend, wild gestikulierend auf ihren Begleiter einredete, und der hochgewachsene blonde Engländer, der lächelnd auf sie herabblickte, ihr dabei aber konzentriert zuhörte. War es ein Wunder, dass man in Melbourne zu tuscheln begann? Und als Mr Thompson auch noch darauf bestand, Helena bezüglich ihres geplanten Schönheitssalons nicht nur zu beraten, sondern auch die ersten Werbeanzeigen in den lokalen Zeitungen für sie zu formulieren und zu schalten, kochte die Gerüchteküche.

Weder Helena noch James Henry Thompson scherten sich darum. Sie hatten ein gemeinsames Projekt, ein herausforderndes Ziel: die Eröffnung des ersten Schönheitssalons auf australischem Boden und die Lancierung der dazu erforderlichen kosmetischen Produkte.

Ob Eros und Sex dabei eine Rolle spielten? Darüber schwiegen die beiden sich aus. Es blieb ihr beider Geheimnis.

Der Klatsch drang selbstverständlich bis in die stattliche Villa der Thompsons vor, direkt in das Boudoir von Mrs

Thompson. Nonchalant zuckte diese mit den Schultern, als der Friseur ihres Vertrauens ihr das neueste Gerücht beim Hochstecken der modischen Frisur in den Nacken raunte. Als ihr Mann, mit dem sie nur noch eine platonische Freundschaft verband, bei der Eröffnung des *Valaze Massage Institute* eine Einführungsrede hielt, die in einer Laudatio auf die tüchtige junge Unternehmerin mündete, stand sie sogar lächelnd inmitten der Menge der begeistert applaudierenden Gäste. Mehr noch: Mrs Thompson war eine von Helenas ersten Kundinnen. Das machte natürlich die Runde, nicht nur in Melbourne, sondern in ganz New South Wales, bis hoch nach Queensland, über den ganzen jungen Kontinent bis schlussendlich zum weit entfernten Europa.

Im Sommer 1902 gaben sich Helenas Kundinnen in der Melbourner Collins Street die Klinke in die Hand. Sie rissen sich regelrecht um die Töpfchen und Tiegelchen der Wundercreme *Valaze.*

Der Name *Valaze* war angeblich ungarischen Ursprungs. Er sollte »Geschenk des Himmels« bedeuten und verhieß: von kundigen Frauen in den dunklen feuchten Wäldern der Karpaten hergestellt und für die dürstende Haut der von der Sonne gedörrten Australierinnen importiert. In Wahrheit bestand *Valaze* aus regionalen australischen Inhaltsstoffen wie dem bewährten Lanolin der einheimischen Schafe, Sesamöl und einigen Mineralölen. Ein paar Tropfen Kiefernextrakt verliehen dieser Paste den erforderlichen Waldgeruch, die Authentizität karpatischer Nadelwälder vortäuschend. In hübsche Tiegel abgefüllt und mit beschrifteten glänzenden Etiketten versehen, vermochte keine Kundin diesem Anblick zu widerstehen.

Die Zutaten rührte Helena im Hinterzimmer ihres neuen Salons bis tief in die Nacht nach der eigens für sie entwickelten Rezeptur ihres ehemaligen Mentors zusammen. Immer wieder dachte sie dabei voller Dankbarkeit an Mr Thompson, durch dessen Vermittlung sie, nachdem sie ihm ihre Pläne anvertraut hatte, an diesen Laden gekommen war. In zentraler Lage bot er geradezu ideale Bedingungen für ihre besondere Geschäftsidee, dazu sogar noch genügend Platz für den privaten Rückzug. Und dann gab es da noch das unerwartete Erbe von Dr. Hammerstein: Der übrig gebliebene Bestand aus dessen winziger Apotheke in Merino bildete die Grundausstattung ihres ersten Labors.

War das eine Überraschung gewesen, als eines Tages vor ihrer Haustür in der Collins Street eine Droschke vorgefahren war …

Darin saß genau jener Handelsvertreter von *Sheppard & Greenwade*, der sie einst bei ihrer Flucht vor Onkel Louis aus Merino mitgenommen hatte.

»Mr Loan«, begrüßte Helena ihn überrascht. »Was verschafft mir die Ehre?«

Ihr ehemaliger Retter sprang aus der Droschke und lüftete mit einer Verbeugung seinen Zylinder.

»Ich komme im Auftrag von Mr Hammer – *no*, Dr. Hammerstein«, verbesserte er sich rasch. »Sozusagen als sein Testamentsvollstrecker.«

»Oh, er ist gestorben?«, rief Helena erschrocken.

»Ja, ganz friedlich auf seiner Veranda für immer eingeschlafen, in seinen Händen noch das Blatt Papier, auf dem er seinen Letzten Willen festgehalten hat. Komplett mit Unterschrift, also ein gültiges Testament, in dem er Sie zu seiner Alleinerbin ernannt hat.«

»Mich?« Helena war erstaunt. »Wieso mich?«

»Er hatte doch sonst niemanden mehr auf der ganzen Welt. Aber nach Ihrer Abreise hat er immer wieder von Ihnen gesprochen«, erklärte Mr Loan hastig und schaute sich unruhig um. »Wo sollen wir die Sachen denn hinbringen?«

»Welche Sachen?«, fragte Helena verdutzt.

»Na, die Ausrüstung seiner Apotheke«, erwiderte der Handelsvertreter ungeduldig.

Hinter ihm hatten sich mittlerweile zwei baumlange Kerle aufgebaut, die über seine Schulter neugierig auf Helena herabschauten.

»Wohin mit dem ganzen Gelump, Miss?«, erkundigte sich der ältere der beiden grinsend.

»Das ist kein Gelump!«, widersprach Helena empört. »Das ist die Ausstattung einer alten, kleinen Dorfapotheke aus Ungarn.«

»Ungarn?«, wiederholte der jüngere Riese verständnislos.

»Europa«, vergrößerte Helena kurzerhand den Herkunftsbereich ihres Erbes. »Bringen Sie alles nach hinten in den Hof, da können Sie es erst einmal abstellen. Ich werde mich später selbst darum kümmern, es richtig aufzubauen.«

Die beiden Bären taten, wie ihnen geheißen, während Helena Mr Loan zu einer Tasse Tee einlud. In dieser Stunde erfuhr sie die näheren Umstände von Dr. Hammersteins Tod.

»Und Ihr Onkel …«, hub er schließlich an, doch Helena schnitt ihm mit einer Handbewegung das Wort ab.

»Kein Wort mehr über diesen Mann«, befahl sie resolut. »Er interessiert mich nicht; ich will nichts mehr von ihm wissen. Soll er sich alleine totsaufen, ist nicht mein Problem.«

Verblüfft schaute Mr Loan sie an. Schweigend überreichte er ihr einen dicken Umschlag mit dem Testament von Dr. Hammerstein und verabschiedete sich, seine beiden ungeschlachten Helfer im Schlepptau.

Es dauerte einige Tage, bis Helena mithilfe einiger Stammgäste des *Wintergarden Tearoom* Glasvitrine und Regale so zurechtgerückt hatte, dass es ihr richtig gefiel. Dr. Hammerstein hatte ihr auch seine Bibliothek vermacht. Diese alten Bücher stellte sie wieder so in dem gleichfalls mitgelieferten schweren Regal auf, wie sie es noch aus Merino in Erinnerung hatte, nach Fachgebieten sortiert.

Endlich fanden nun auch die handschriftlichen Aufzeichnungen ihrer Krakauer Medizinvorlesungen einen angemessenen Platz. Jahrelang hatten sie auf dem Grund ihres riesigen Schrankkoffers geruht, doch Helena hatte es nicht fertiggebracht, sich von ihnen zu trennen. Als sie nun die schwarzen Kladden neben den Fachbüchern ihres ehemaligen Mentors aufgestapelt liegen sah, freute sie sich wie ein kleines Kind.

In dieser Apotheke schaltete und waltete Helena fortan hinter verschlossener Tür. Niemandem gewährte sie Zutritt. Niemandem außer Edward William Titus, der eigentlich Arthur Ameisen hieß …

Kapitel 9

Im Zug von Berlin nach Wiesbaden 1905

Helenas Augen begannen zu brennen. Ihre Lider wurden schwerer und schwerer. Auf Dauer übten das eintönige Rattern der Bahnräder und das sachte Schwanken des Eisenbahnwaggons eine unwiderstehlich einschläfernde Wirkung auf sie aus. Aber nein, sie würde doch jetzt hier nicht auf ihrem Sitz einschlafen und sich in ihrer Wehrlosigkeit den Blicken fremder Fahrgäste ausliefern!

Sie vergewisserte sich, dass die dicken Vorhänge ihres Abteils dicht verschlossen waren, und warf einen Blick auf ihre neue Armbanduhr, die sie vor wenigen Tagen bei einem angesehenen Berliner Uhrmacher und Juwelier erstanden hatte. Gerade mal fünf Uhr am Nachmittag, Zeit für den *High Tea*, den sie hier im Berlin-Paris-Express wohl kaum serviert bekommen würde. Schade!

Diese Uhr hatte ein kleines Vermögen gekostet. Innerlich war sie schon ein bisschen zusammengezuckt, als sie dem Juwelier in seinem schicken Wilmersdorfer Geschäft Schein für Schein auf die gläserne Vitrine geblättert hatte. Doch natürlich hatte sie sich das nicht anmerken lassen.

Eigentlich hätte es die Uhr, die ihr Mr Thompson vor zwei Jahren zu ihrem Geburtstag geschenkt hatte, auch getan. Ein großes H und ein großes R waren auf der Innenseite des goldenen Armbands eingraviert. Das R schien sich mit dem Rücken an das H anzulehnen.

Helena hatte diese Gravur sehr gut gefallen und noch besser die Erklärung, die ihr Mentor dazu abgab: »Aneinandergelehnt bilden diese beiden Buchstaben eine Achse, sozusagen ein stabiles Rückgrat. Das passende Symbol für dich, denn wenn du bislang in deinem Leben etwas bewiesen hast, dann ist es deine Unbeugsamkeit. Du hast Rückgrat, Helena. Das finde nicht nur ich.«

»Wer denn noch?«, erkundigte sich Helena neugierig.

»Na, Augusta, also Lady Thompson«, verbesserte sich Mr Thompson rasch. »Und Nellie und Nellie sowieso.«

»Ach ja, die beiden Nellies, denen habe ich wirklich viel zu verdanken«, hatte Helena lächelnd erwidert.

Nur wenige Wochen später zierten die beiden Anfangsbuchstaben ihres Namens alle Geschäftspapiere sowie ihre Visitenkarten, die sie für ihre Europareise stapelweise drucken ließ und seit Wochen großzügig verteilte. Auf ihren kosmetischen Produkten stand dieses Logo noch nicht, genauso wenig, wie Helena bislang das Ladenschild ihres Salons in Melbourne ausgewechselt hatte. Neben ihrer Sparsamkeit hatte sie dafür einen weiteren Grund: Nach ihrer Rückkehr aus Europa plante sie nämlich die Einführung einer ganz neuen Produktlinie, die nicht mehr *Valaze* heißen, sondern ihren eigenen Namen tragen sollte: *Helena Rubinstein.* Dafür würde sie nicht nur mit ihrem Namen, sondern mit ihrer ganzen Persönlichkeit stehen.

Ihr Blick fiel auf den Ordner, der ihr aus der Hand in den Schoß geglitten war. Darin befanden sich all die Artikel, die in den vergangenen Jahren in der Melbourner Lokalpresse über sie erschienen waren.

In Australien war sie nie dazu gekommen, die Berichte in aller Ruhe zu lesen. Es war ein spontaner Entschluss gewesen, einen ganzen Stapel der gesammelten Zeitschriften in einen ihrer vielen Koffer zu stopfen – angetrieben von dem unbewussten Wunsch, ihre Familie damit zu beeindrucken.

Mr Thompson hatte ganz genau gewusst, wie wichtig es für einen erfolgreichen Unternehmer war, gute Beziehungen zur lokalen Presse und deren Redakteuren zu pflegen. Bereitwillig hatte er dieses Wissen auch für seinen Schützling genutzt. Nicht Helena, sondern er hatte die ersten Artikel über sie autorisiert.

Miss Rubinstein hat einen wunderschönen Teint, dem das hiesige Klima nichts anhaben kann. Das hat mit der regelmäßigen Pflege zu tun, die sie ihrer Haut seit frühester Jugend angedeihen lässt. Ein Warschauer Spezialist hat ihr einst das Geheimnis seiner Wundercreme anvertraut, das sie mit nach Australien brachte. Wahre Wunder hat sie mittlerweile bewirken können, wie auch die begeisterte Aussage von Miss Nellie Stewart beweist: »Das ist die beste Behandlung, die meine Haut jemals erfahren hat. Nach jeder Anwendung fühle ich mich wie neugeboren.« Miss Helena betont immer wieder, dass die Grundsubstanzen ihrer Produkte nicht einheimischer Herkunft sind, sondern regelmäßig per Schiff aus Europa angeliefert werden.

Versonnen betrachtete Helena einen der ersten Artikel über sie, der im australischen Magazin *Table Talk* erschienen war. Wenn Nellie wüsste! Und die andere Nellie erst!

Das war schon ein richtiger Coup gewesen, mit Nellie Stewart die damals bekannteste und beliebteste Schauspielerin Australiens als Kundin, ja sogar als Werbebotschafterin, zu gewinnen. Was hieß zu gewinnen? Diese Schauspielerin war so begeistert von Helenas Produkten, dass sie in aller Öffentlichkeit von deren heilender und pflegender Wirkung schwärmte. Gerne ließ sie sich diesbezüglich in den Artikeln über die junge Kosmetikerin zitieren. Schließlich war das ja auch Werbung für sie.

Werbung musste sein und durfte sich nicht nur auf die Schaltung teurer Anzeigen beschränken. Das hatte Mr Thompson Helena noch vor Eröffnung ihres Salons unmissverständlich klargemacht.

Helena war eine gelehrige Schülerin und begriff schnell. Sie musste sich und ihre Produkte ins Gespräch bringen und immer Gesprächsthema bleiben. Insofern war ihr der Klatsch, der über sie und Mr Thompson lange im Umlauf gewesen war, ziemlich gelegen gekommen. Dieses gehässige Gerede war erst verstummt, als Nellie Nummer zwei auf der Bildfläche erschienen war …

Helena schaute zunächst etwas überrascht, als Nellie

Stewart eines Tages den Salon Arm in Arm mit einer Dame betrat, deren Gesicht verschleiert und deren Figur unter einem weiten dunklen Umhang versteckt war.

»Was kann ich für Sie tun?«, erkundigte sich Helena, erhob sich von dem kleinen Sessel an ihrem gläsernen Empfangstresen und trat vorsichtig näher.

Nellie Stewart legte beschwörend den Zeigefinger an die Lippen.

»Pst«, machte sie, schob die Ladentür hinter sich sorgfältig zu und drehte den Schlüssel zweimal um.

»Aber Nellie, was machen Sie denn da?«, fragte Helena irritiert. »Was soll das?«

Da trat die große Fremde einen Schritt vor, ließ den dunklen Umhang von ihren Schultern gleiten, riss mit dramatischer Geste den Schleier ihres wagenradgroßen Huts vom Gesicht und begann zu singen.

»O, patria mia, mai più ti rivedrò«, erklangen die ersten Töne einer weltbekannten Opernarie.

Mit der ganzen Kraft ihrer Stimme sang die fremde Sängerin den gesamten Part durch.

»Aida?«, sagte Helena überwältigt. »Dann müssen Sie …«

Nellie Stewart, die immer noch an der Tür stand, gab ihr ein Zeichen, dass sie richtiglag, und die fremde Dame nickte ihrerseits hoheitsvoll.

»Ja, ich bin es: Helen Porter Armstrong aus Melbourne«, bestätigte sie.

»Also doch nicht Nellie Melba, die weltberühmte Sängerin?«, sagte Helena enttäuscht.

»Doch, ich bin beides«, erklärte die Dame. »Als Ihre

künftige Kundin möchte ich, dass Sie mich in Ihrer Kartei unter meinem bürgerlichen Namen führen. Ihre Creme hat bei meiner lieben Freundin wahre Wunder bewirkt. Sie hat nun wieder einen Teint wie Milch und Honig.«

Im Hintergrund strich sich Nellie Stewart geschmeichelt über die Wangen und lächelte in sich hinein.

»Meine Nellie und ich haben das gleiche Problem«, fuhr die berühmte Sängerin fort. »Es ist ja nicht nur die Sonne Australiens, die unserem Teint so zu schaffen macht, sondern auch die Bühnenschminke, die wir Tag für Tag zentimeterdick auf unsere arme Haut auftragen müssen. Ist es dann ein Wunder, wenn die gereizt darauf reagiert? Schauen Sie sich das doch einmal an!«

Helen Porter Armstrong trat einen weiteren Schritt auf Helena zu und wollte ihr die rechte Wange zur Inspektion entgegenhalten. Helena schaute zu der gewaltigen Sängerin empor, sah jedoch nur einen wogenden Busen, über dem ein spitzes Kinn herausragte.

»Na, die Größte sind Sie ja nicht«, stellte die Sängerin trocken fest und versuchte, sich zu Helena hinunterzubeugen.

In diesem Moment fiel der zurückgeschlagene Schleier wieder nach vorne und hüllte beide Frauen in seiner ganzen wogenden Tüllpracht ein.

Nellie Stewart hatte das Ganze beobachtet und brach in schallendes Gelächter aus.

»Helen und Helena unter einem Schleier«, kreischte sie. »Da würde sich deine Familie aber freuen, dich endlich unter einem Schleier zu sehen.«

Sie prustete vor Lachen, wusste sie doch inzwischen bestens über Helenas familiäre Problematik und ihre bisherige Weigerung, den Bund der Ehe einzugehen, Bescheid. Sie trat vor. Immer noch kichernd befreite sie die beiden verschleierten Gestalten aus dem Tüllgewebe.

»Bitte nehmen Sie doch Platz, gnädige Frau«, bat Helena eilfertig. »Hier direkt vor dem Schminktisch am Fenster, wo ich Ihre Haut am besten sehen und beurteilen kann.«

Hastig schob sie der Primadonna einen ihrer Salonschemel bereit und versuchte, ihre puterrote Miene zu verbergen. Die gesamte Situation war ihr peinlich, wobei sie nicht wusste, was ihr unangenehmer war: mit einer weltberühmten Sängerin in deren Tüllschleier eingehüllt zu sein, während diese sich wie eine Mutter über ihr Kind neigte, oder die ironische Bemerkung von Nellie Stewart?

Die kicherte immer noch vor sich hin.

»Sei nicht so taktlos!«, rügte ihre berühmte Freundin sie. »Merkst du nicht, wie peinlich diesem Kind die gesamte Situation ist?« Schwerfällig nahm sie auf dem Schminkschemel Platz, rückte noch näher an den Spiegel heran und unterzog sich selbst einer gründlichen Betrachtung.

»Alles rot und entzündet«, grollte sie und rieb sich die Wangen.

»Kind?«, keuchte Nellie Stewart prompt und tupfte sich mit einem Taschentuch die Lachtränen aus den Augen.

Kind! Wenn du wüsstest …, dachte aber auch Helena. *Du bist gerade mal neun Jahre älter als ich, könntest also meine Schwester sein.*

»Helena Rubinstein, wie lange soll ich noch auf Ihre

Beratung warten?«, tremolierte Nellie Melba in bester Bühnenmanier.

»Ich komme sofort«, beeilte sich Helena zu versichern und schlüpfte in ihren weißen Arbeitskittel, der ihr mehr Autorität verleihen sollte. »Sie haben ganz recht, wenn Sie sagen, dass Ihre Haut mehreren Belastungen ausgesetzt ist«, begann sie zu dozieren, während sie hastig die Knöpfe ihres Kittels zuknöpfte. Sie bemerkte, dass die Sängerin sie dabei genau beobachtete.

»Now you are looking like a doctor, a tiny doctor«, stellte sie wohlwollend fest.

»Und Sie sind eine großartige Sängerin«, erwiderte Helena und drapierte einen Schminkumhang um die Schultern der Diva. »Ich werde alles tun, damit Sie auch so aussehen. Es ist bei Ihnen eigentlich wie bei allen anderen Frauen«, fuhr sie mit ihrem Vortrag fort, »eine Frage von Reinigung und regelmäßiger Pflege.«

Jetzt befand sie sich wieder auf sicherem Terrain. Vergessen war die Verlegenheit. Was Hautpflege anbelangte, konnte Helena kaum jemand etwas vormachen. Aufmerksam hörte Nellie Melba ihr zu.

In ihrem Verhalten, ihren Wünschen und Vorstellungen unterschied sich diese weltberühmte Sopranistin kaum von Helenas anderen Kundinnen. Höchstens, dass sie vielleicht noch ein bisschen eitler war als diese Frauen. Aber das lag an ihrem Beruf. Seit Jahren war Nellie Melba mittlerweile auf Tournee, stand jede Woche auf einer anderen Bühne, in einer anderen Stadt, einem anderen Land, gar auf einem anderen Kontinent, musste Menschen aus den verschiedensten Kulturkreisen gefallen. Jeden Abend in Hochform und bei Stimme sein und dazu noch gut aussehen, was für eine Herausforderung!

An diesem Nachmittag unterzog Helena die Diva nicht nur einer gründlichen Hautanalyse, sondern ließ ihr auch eine sanfte Massage angedeihen und klopfte anschließend eine leichte Lotion in die gereizte Haut.

»Am besten wäre es, wenn Sie sich tagsüber gar nicht schminkten, sondern der Haut Gelegenheit gäben, sich zu erholen«, empfahl sie zum Schluss.

»Ungeschminkt das Haus verlassen? Das geht überhaupt nicht«, protestierte Nellie Melba prompt.

»Abend für Abend müssen Sie diese schwere Theaterschminke auftragen«, erwiderte Helena. »Geben Sie Ihrem Teint doch eine Chance! Zu mir sind Sie heute doch auch ungeschminkt gekommen.«

»Ja, aber mit Schleier.«

»Dann mischen Sie sich eben häufiger mit Hut und Schleier unter die Menschen«, versetzte Helena.

»Sie hat recht«, mischte sich Nellie Stewart aus dem Hintergrund ein. »Wie oft klagst du darüber, dass du kaum mehr auf die Straße gehen kannst, ohne erkannt zu werden? Dass die Leute dich ansprechen, um Autogramme bitten, wenn du im Restaurant sitzt?«

»Es gehört dazu«, erklärte Nellie Melba. »Das ist der Preis, den ich für meine Prominenz zu zahlen habe.«

»Dann darfst du dich auch nicht beschweren«, erwiderte ihre Freundin ungeduldig.

Die Augenbrauen der Melba fuhren in die Höhe.

»Ich habe mich niemals beschwert«, behauptete sie wütend.

Helena hielt die Luft an. Würde es gleich hier in ihrem kleinen Salon zu einer lautstarken Auseinandersetzung kommen?

Streitlustig funkelten sich die Freundinnen an. Jede Sekunde konnte es zu einer Explosion kommen. Die Stimmung im Raum war plötzlich zum Bersten gespannt. Profis, die sie beide waren, würden sie sich diese Möglichkeit für eine Szene doch kaum entgehen lassen.

Doch stattdessen warf Nellie Melba den Kopf in den Nacken und brach in schallendes Gelächter aus. Ihrer Kehle entwich eine perlende Tonfolge. Fast eine Oktave tiefer fiel ihre Freundin ein. Helena räusperte sich und lachte verhalten mit.

Gut gelaunt, mit etlichen Töpfchen und Tiegeln aus Helena Rubinsteins Produktion versorgt und weiteren guten Ratschlägen versehen, verließen die beiden Nellies an diesem Nachmittag deren Schönheitssalon.

Zwei Tage später traf per Post ein großer schmaler Briefumschlag bei Helena ein. Darin enthalten war eine Karte für die Premiere von *Aida*, in der die Melba die Titelrolle sang, sowie ein handschriftliches Billett: *Ich würde mich freuen, Sie anschließend bei der Premierenfeier begrüßen zu dürfen.*

Das jüngst erbaute Opernhaus von Melbourne befand sich, nur wenige Häuser von ihrem Geschäft entfernt, gleichfalls in der Collins Street – so nahe, dass es für

Helena trotz ihrer hohen Absätze ein Leichtes war, zu Fuß dorthin zu gelangen. Die Melba hatte ihr sogar eine Karte für eine Loge zugesandt! Überrascht und erfreut zugleich stellte Helena fest, dass Nellie Stewart bereits in dieser Loge saß.

»Ist das nicht lieb von meiner Nellie, uns beiden diese Karten zukommen zu lassen?«, begrüßte die Schauspielerin Helena herzlich und schlug einen bunten Fächer auf, um sich Luft zuzufächeln.

»Ja, wirklich sehr großzügig«, stimmte diese ihr zu. »Ihre Freundin hat wirklich ein großes Herz.«

»Und eine große Stimme.«

»Auf die ich mich schon sehr freue«, ergänzte Helena, strich sich prüfend über ihren schweren Haarknoten und nahm Platz.

Es war das erste Mal, dass sie in einer Theaterloge saß und den Darstellern auf der Opernbühne so nahe war.

Als die Melba ihre Arie *»O, patria mia, mai più ti rivedrò«* anstimmte, die sie auch in ihrem Laden gesungen hatte, aber dieses Mal mit der Begleitung des gesamten Orchesters, rannen Helena Tränen übers Gesicht. Ob auch sie ihr Vaterland nie mehr wiedersehen würde? Sollte sie lieber hinfahren, ehe es zu spät war?

Unwillkürlich schluchzte Helena auf. Sie spürte, wie sich die Hand ihrer Nachbarin sachte zu ihr herüberstahl. Begütigend strich ihr Nellie Stewart über die gefalteten Hände und schob ihr vorsichtig ein Taschentuch zwischen die Finger.

Nellie Melba erhielt offenen Szenenapplaus für diese

Arie. Es dauerte eine Weile, bis sich das tobende Publikum so weit beruhigt hatte, dass die Aufführung fortgesetzt werden konnte.

Diese Premiere war ein rauschender Erfolg mit über einer halben Stunde Schlussapplaus, ungezählten Vorhängen und Da-capo-Rufen, bis die Melba ihre Arie ein letztes Mal wiederholte.

Nachdem sie geendet hatte, gingen die Lichter des Zuschauerraums an. Das Publikum tobte. Oben auf der Bühne verbeugte sich die Diva und richtete sich wieder auf. Suchend wanderte ihr Blick durch den Zuschauerraum, die Ränge hoch und wieder hinunter zu den einzelnen Logen. Endlich hatte sie ihre Freundin Nellie Stewart entdeckt. Sie lächelte und warf ihr eine Kusshand zu. Und dann noch eine. Die galt Helena.

Neugierig drehten sich die Köpfe der Zuschauer aus dem Parkett nach oben. Wem hatte dieser Gruß von Nellie Melba gegolten? Rasch zog deren Freundin Helena in den dunklen Hintergrund der Loge zurück.

»Lassen wir sie ein bisschen rätseln und spekulieren«, flüsterte sie. »Dann haben die Zeitungen morgen umso mehr zu schreiben.«

Noch im Verlauf dieser Vorstellung war in Helena ein Wunsch gekeimt: Sie würde zurück nach Europa reisen. Wann und wie etwas daraus werden würde, wusste sie an diesem Abend noch nicht.

»Helena hat bei deiner großen Arie geweint«, verriet Nellie bei der anschließenden Premierenfeier.

Nur widerwillig war Helena mit ins *Hotel Victoria*

gegangen. Was hatte sie zwischen all den berühmten, bekannten, ach so wichtigen Leuten verloren? So sicher sie sich in kleinen, überschaubaren Kreisen fühlte, wo sie ihre persönlichen Ansichten, Erwartungen und Forderungen mit Vehemenz und Nachdruck zu vertreten verstand, so unsicher und unwohl fühlte sie sich auf großen Gesellschaften inmitten vieler Fremder. Und wenn es sich dann auch noch um weltbekannte Berühmtheiten handelte, verschlug es ihr manchmal komplett die Sprache. Am liebsten hätte sie sich dann ins nächste Mauseloch verkrochen.

Aber Nellie eins kannte an diesem Abend kein Erbarmen. Gnadenlos schleifte sie ihren Schützling direkt nach der Vorstellung mit sich hinter die Bühne und schob sie durch die Menschenmenge bis zur Garderobe der großen Diva. Als bekannte Schauspielerin verfügte Nellie Stewart über genügend Prominenz und Durchsetzungskraft, um sich ihren Weg zu bahnen. Ja, die aufgeregten Menschen machten ihr sogar bereitwillig Platz, wenn man sie erkannte. Und immer mit im Schlepptau: Helena Rubinstein, die hilflos hinterhertrippelte.

Auch dem Riesen, der vor der Garderobe der Melba Wache hielt, schien diese Nellie nicht unbekannt zu sein.

»Nellie, hier ist die andere Nellie mit Helena«, rief sie und klopfte an die Tür. »Dürfen wir reinkommen?«

»Na klar, kommt nur rein, ihr beiden«, kam es zurück.

Der Riese öffnete die Tür einen Spalt, trat beiseite und winkte die beiden Besucherinnen durch.

»Miss Stewart«, sagte er und verneigte sich ehrerbietig.

Nellie schlüpfte hinein.

»Miss Rubinstein.« Er wiederholte seine Verneigung vor Helena.

»Woher kennen Sie mich?«, entfuhr es ihr.

Der Riese lächelte auf sie herunter.

»Apotheke, Ungarn. Mittlerweile weiß ich sogar, dass Ungarn ein Land in Europa ist«, erwiderte er und schob sie einfach durch den schmalen Türspalt. »Ein kleines Land«, setzte er hinzu.

Wie anstrengend so eine große Premiere für eine Opernsängerin war, lernte Helena an diesem Abend. Sie musste zweimal hinschauen, ehe sie in dem zusammengesunkenen Bündel Mensch vor dem Garderobenspiegel die Aida von der Bühne wiedererkannte. Auch mit der imposanten Erscheinung in ihrem Schönheitssalon vor zwei Tagen hatte diese Gestalt wenig zu tun. Dienstbare Garderobieren hatten die Melba bereits aus ihrem schweren Bühnenkostüm geschält. Stattdessen umhüllte sie ein Morgenmantel, so etwas wie ein Kimono, irgendetwas Leichtes, nicht Beengendes.

Ob sie in einem Korsett sang? Wie sollte das überhaupt funktionieren? Jedes Mal, wenn die Sängerin Luft holte, musste es doch dessen Walfischgräten sprengen. Das war einer der guten Ratschläge gewesen, mit denen sie die Melba bei deren Besuch in ihrem Salon versehen hatte: Zu einer guten Haut gehörte auch eine gute Atmung. Eine regelmäßige, nicht so anstrengende wie beim Singen, sondern eine beruhigende.

»Tief durchatmen, *my dear*, ganz tief durchatmen und entspannen, *my dear*«, war nun auch Nellie Stewart zu vernehmen. Sie saß inzwischen neben ihrer Freundin und tupfte ihr Stirn und Wangen mit einem Handtuch ab. »Du warst großartig, hast dich aber mal wieder völlig verausgabt.«

Nellie Melba atmete tief durch. »Zwanzig Vorhänge, Standing Ovations, sieben Zugaben«, flüsterte sie.

»Es hätten noch mehr sein können, wenn der Dirigent nicht Einhalt geboten und abgewinkt hätte«, versetzte ihre Freundin.

Die Melba schaute in den Garderobenspiegel und runzelte die Stirn. »Schrecklich!«, stöhnte sie. »Wie ich aussehe!«

»Gar nicht schrecklich, sondern nur verschmiert«, mischte sich Helena ein. »Die ganze Schminke ist verlaufen. Die muss runter!«

»Die muss runter«, wiederholte die Melba tonlos, griff nach dem schmuddeligen Handtuch und rubbelte sich durch das Gesicht.

»Halt!«, rief Helena entsetzt. »So doch nicht!«

Sie riss der Sängerin das schmutzige Handtuch aus der Hand und musterte es angewidert.

»Wie denn sonst?« Verständnislos schaute die Diva sie an. Wenn die Melba saß, befanden sie sich auf Augenhöhe.

»Mit Sauberkeit, Hygiene und Pflege«, betete Helena ihr Mantra, das sie ihren Kundinnen tagtäglich predigte, nun in der Garderobe einer weltberühmten Operndiva herunter. »Ich brauche heißes Wasser, saubere Handtücher, Kamillentee und …«

Suchend ließ sie den Blick schweifen. Da hatte sie ihn auch schon entdeckt: den Topf mit Vaseline.

»Sie oder ich?«, fragte sie und stellte den Topf vor die Sängerin.

Verständnislos schaute diese sie an.

»Sie tragen auf, ich trage ab«, entschied Helena kurzerhand und öffnete den Topf.

»Ich trage auf, Sie tragen ab?«, vergewisserte sich die Melba. Trotz ihrer Erschöpfung wirkte sie jetzt neugierig und amüsiert zugleich. »Was wollen Sie womit abtragen?«

»Ihre dicke Theaterschminke mithilfe von Vaseline und einem sauberen Spachtel«, erwiderte Helena fest und schaute ihr in die Augen. »Einem kleinen, feinen Spachtel«, setzte sie nachdrücklich hinzu.

»Ich verstehe«, sagte die Künstlerin lächelnd und drehte sich um. »Ich benötige auf der Stelle heißes Wasser, saubere Handtücher, frischen Kamillentee und einen kleinen, feinen Spachtel«, rief sie mit wieder erstarkter Bühnenstimme. »Und eine Flasche gekühlten Champagner mit zwei Gläsern. Nein, natürlich mit drei Gläsern«, verbesserte sie sich hastig mit einem Blick auf ihre Freundin, die sich im Hintergrund an den zahlreichen Blumenbouquets zu schaffen machte.

Unablässig wurde ein Strauß nach dem anderen von dem Leibwächter durch einen Türspalt in die Garderobe geschoben.

»Neidisch?«, erkundigte sich die Melba.

»Ach, Nellie, du hast dein Publikum, ich habe mein Publikum. Wie könnte ich jemals neidisch auf dich sein? Trinken wir drei Schönen lieber ein Glas Champagner auf deinen heutigen Erfolg«, meinte ihre Freundin begütigend.

»Ja, lasst uns Champagner trinken!«, willigte die Diva ein.

»Kein Alkohol während der Arbeit«, lehnte Helena ab.

»Arbeit?«, schrien die beiden Nellies unisono.

»Eine weltberühmte Diva abschminken zu dürfen ist doch keine Arbeit«, fügte Nellie Stewart streng hinzu.

»Hinter einer Bühnenmaske wieder den Menschen zu entdecken und ihn zu seiner eigentlichen natürlichen Schönheit zurückzuführen bedeutet Arbeit«, erwiderte Helena mit fester Stimme.

Die Schauspielerin Nellie schwieg verblüfft. Die Sängerin Nellie hingegen beugte sich ganz nahe zu ihrem Garderobenspiegel, musterte sich mit ihrer verschmierten Aida-Maske, schaute sich selbst in die Augen und drehte sich dann ganz langsam um.

»Dann fang an, Helena«, bat sie mit heiserer Stimme. »Mach mich wieder natürlich schön.«

Helena atmete tief durch. Diese Schlacht hatte sie gewonnen.

In den nächsten Tagen schlachtete die Presse die Opernpremiere aus. Doch die Stimmen des Feuilletons, die der Musikkritiker in der ersten Reihe des Parketts, gingen fast unter in den Spekulationen der Boulevardpresse:

Wem hatten die zwei Kusshände der Diva gegolten? Hatte die Melba einen neuen Liebhaber?

Warum hatte sie nach der Premiere alle Besucher aus der Garderobe geworfen? Weil sie erschöpft und müde gewesen war? Wie war es ihr dann aber gelungen, knapp zwei

Stunden später in strahlender Schönheit mit einem Alabasterteint bei der Premierenfeier im Ballsaal des Hotels *Victoria* zu erscheinen?

Im Verlauf der sich anschließenden Ballnacht versuchte Nellie Melba, allen aufsteigenden Spekulationen ein Ende zu setzen, indem sie kurz und bündig auf die hartnäckigen Fragen erwiderte: »Fragen Sie nicht mich, fragen Sie die kleine Zauberin aus der Collins Street, ganz nahe der Oper.« Mit einer Kopfbewegung wies sie auf Helena, die sich immer noch im Schlepptau ihrer Freundin Nellie Stewart befand. Damit war diese schlagartig und endgültig lanciert, nicht nur in Australien, sondern weltweit.

Fortan musste sich Helena nicht mehr darum kümmern, dass in der lokalen Presse regelmäßig über ihre Arbeit und sie geschrieben wurde. Seitens verschiedener Journalistinnen und Redakteure erhielt sie Interviewanfragen, die sie entweder ablehnte oder gewährte. Sehr gerne und bewusst erzählte sie über ihre geplante Europareise, der ersten nach mehr als zehn Jahren in Australien. Innerhalb weniger Tage nach ihrem Premierenbesuch war dieser Entschluss unumstößlich in ihr gereift.

Und dieser Vorsatz musste publik gemacht werden …

»Meine Absicht ist es, mich in Kürze für eine längere Studienreise nach Europa zu begeben. Dort will ich mich bei den bekanntesten Hautärzten und Spezialisten der verschiedenen Länder darüber informieren, welche neuen Entwicklungen es mittlerweile bei der Behandlung der Haut gibt, was sich diesbezüglich auf dem Kosmetikmarkt tut. Nach meiner Rückkehr

plane ich, mit meinen neuesten wissenschaftlichen Erkenntnissen geschäftlich zu expandieren, wobei ich die Eröffnung eines Salons in Sydney und gleichfalls eine Filiale in Neuseeland in Erwägung ziehe. Dies wird mit einer ganz neuen Produktlinie geschehen, die ich mit Unterstützung renommierter Spezialisten bis dahin entwickelt haben werde. Diese neue Marke zu fälschen oder zu kopieren wird unmöglich sein.«

Mit diesen Worten hatte das Melbourner Lokalblatt *Table Talk* Helena kurz vor ihrer Abreise zitiert. Den letzten Satz hatte sie der Journalistin mit besonderem Nachdruck diktiert. Zu Helenas maßlosem Ärger hatte es in Melbourne nämlich nicht lange gedauert, bis man versuchte, ihre *Valaze* zu imitieren und sogar zu fälschen!

Über mangelnde Aufmerksamkeit seitens der Presse konnte sie sich jedenfalls nicht beklagen, wie der Ordner voller Zeitungs- und Magazinartikel auf ihrem Schoß bewies. Jeden Moment drohte er auf den Boden des schaukelnden Zugabteils zu gleiten.

Umso ernüchternder und enttäuschender war ihr erster Besuch in Krakau ausgefallen, zehn Jahre nach ihrer panischen Flucht nach Wien.

Kapitel 10

Krakau 1905

Wonach hatte sich Helena aus der Ferne gesehnt? Wieso hatte sie ein solches Heimweh verspürt, dass die erste Station ihrer Europareise Krakau sein musste?

Nichts hatte sich dort geändert, es war sogar noch schlimmer geworden. Ihre ehemalige Heimatstadt kam ihr so viel provinzieller vor als in ihrer Erinnerung. Das Kazimierz war eng, schmutzig und stinkend wie eh und je; etwas anderes hatte sie nicht erwartet. Aber das Zentrum, die Altstadt und die Universität? Der Rynek Główny, den sie so geliebt hatte, die alten Häuser mit ihren Treppengiebeln, die Cafés und der Grüngürtel um die Altstadt mit den neuen Villen? Alles war geschrumpft. Krakau war ihr klein und unbedeutend vorgekommen, alles war eng, so furchtbar eng gewesen!

Lag es an der Weite, die sie mittlerweile aus Australien gewohnt war, an der großzügigen Bauweise der aufblühenden Metropole Melbourne?

Seit der Jahrhundertwende hatte die australische Stadt einen unaufhaltsamen wirtschaftlichen Boom erlebt, der sich auch in ihrer Architektur widerspiegelte. Breite Boulevards führten den Blick hinaus auf den Indischen Ozean. Prachtvolle Fassaden verbargen sich hinter den baumumsäumten Alleen der jungen Stadt. Oder die neue Oper, in der Nellie Melba seit der Einweihung immer wieder gesungen hatte.

Erst auf der Premierenfeier von *Aida* hatte Helena erfahren, dass sich diese große Operndiva, die eigentlich Helen Porter Armstrong hieß und schottischen Ursprungs war, den Künstlernamen Melba als Referenz an ihre australische Geburtsstadt zugelegt hatte.

Ach ja, ihre beiden Nellies. Dass die Schauspielerin Nellie Stewart der Familie Rubinstein in Krakau kein Begriff war, hatte Helena wenig überrascht. Aber dass auch niemand hier jemals von der weltberühmten Opernsängerin Nellie Melba gehört hatte, schockierte und frustrierte sie zugleich. Die Hoffnung, ihre Verwandten damit zu beeindrucken, dass diese große Diva zu ihren Kundinnen gehörte, war damit hinfällig geworden.

Die Zeitungs- und Magazinartikel, in denen ebenso ausführlich wie wohlwollend über die junge erfolgreiche Unternehmerin mit ihrer eigenen Kosmetiklinie *Valaze* berichtet wurde, in der dunklen verräucherten Küche auf den Esstisch zu legen hätte sie sich sparen können …

Der Vater warf nur einen flüchtigen Blick auf den Zeitschriftenstapel.

»Versteh ich sowieso nicht, ist ja alles auf Englisch, a' schreckliche Sprach'«, murrte er und stapfte aus der Küche.

Traurig schaute Helena ihm hinterher. Er schien in den letzten Jahren geschrumpft zu sein. Mit dem langen weißen Bart, dem abgewetzten Jackett und der schwarzen Samtkappe auf dem kahlen Schädel glich er mehr denn je seinem eigenen Großvater Rabbi Salomon Rubinstein, in dessen Welt sein Enkel Hertzel auch viel lieber lebte als in der des zwanzigsten Jahrhunderts.

Gitel machte sich zumindest die Mühe, einmal in den Magazinen zu blättern. »Ach, schau, noch a echtes *Valaze*-Tiegelchen, das ich dir vor deiner heimlichen Abreise geschenkt habe. Eigentlich war es a Flucht. Was für eine Schande für uns, die gesamte Hochzeitsgesellschaft nach Hause schicken zu müssen. Und der arme Levin …«

»Mama, bitte nicht schon wieder!«, sagte Helena gequält. »Ich habe einen anderen Weg gewählt, meinen ganz eigenen und höchst erfolgreichen Weg«, setzte sie mit Nachdruck hinzu.

»Aber immer noch keinen Ehemann«, jammerte Gitel. »Du bist mittlerweile Mitte dreißig. Schau dir Paulina, Rosa und Regina an. Sie sind alle jünger als du, aber schon lange unter der Haube.« Ihr Blick wanderte über Helenas elegante Frisur. »Musst du einen so strengen Knoten tragen? So straff, wie du den zusammengebunden hast, werden dir bald die Haare ausfallen.«

Helena seufzte. Es war einfach nichts zu machen. Ihre Mutter würde sich nicht mehr ändern. Sie war unfähig, den Lebensweg, den ihre älteste Tochter eingeschlagen hatte, zu akzeptieren, geschweige denn, sich über ihren Erfolg zu freuen.

Alt war Gitel geworden. Ihre Hände zitterten, und ihr Gesicht war noch verhärmter als früher. Resigniert hatte sie schon immer gewirkt, aber jetzt hatte sich auch noch die Verbitterung in ihre Züge gegraben.

»Und überhaupt, wie du dich anziehst! Was sollen nur die Leute denken?«, setzte sie ihr Lamento fort.

Helena blickte an sich hinab. Sie trug das einfache Reisekostüm, das sie sich eigens in Melbourne hatte anfertigen lassen, natürlich maßgeschneidert. Es war aus dunkelblauem Tuch, fern jeglicher Raffinesse, aber eng tailliert. *Zu* eng in den Augen ihrer Mutter. Der neuesten europäischen Mode entsprach es wohl kaum …

Schon längst stand für Helena fest, dass sie sich bei ihrem bevorstehenden Parisbesuch von Kopf bis Fuß neu einkleiden würde.

Nach dem Einlaufen ihres Schiffs in Antwerpen hatte sie sich mit den aktuellsten Modemagazinen eingedeckt, bevor sie in den Zug nach Berlin gestiegen war, und diese während ihrer langen Fahrt Richtung Osten aufmerksam studiert. Insbesondere die Schöpfungen des Modemachers Paul Poiret waren ihr ins Auge gestochen. Ihm würde sie auf jeden Fall einen Besuch in seinem Pariser Atelier abstatten.

Was wohl ihre Mutter zu den exotischen Mustern und den ausgefallenen Schnitten mit ihren raffinierten Drapierungen gesagt hätte? Helena mochte es sich gar nicht ausmalen!

»Wenn du wenigstens einen richtigen Hut tragen würdest«, mäkelte Gitel schon wieder.

Helena nahm deren abgearbeitete Hände zwischen ihre eigenen. Mit dem Daumen streichelte sie sachte über die raue Haut des Handrückens.

»Ach, Mamme«, sagte sie nur. Ihre ganze Trauer und Enttäuschung lagen in diesen zwei Worten.

Beide Frauen schwiegen. Sie hatten sich nichts mehr zu sagen.

Das Angebot, sich in ihr altes, von den noch im Hause lebenden Schwestern hastig freigeräumtes Zimmer einzuquartieren, lehnte Helena ab. Hertzel reagierte nur mit einem verständnislosen Kopfschütteln und wurde noch ein bisschen mürrischer, Gitel war zutiefst verletzt.

»Mir zajnen mer nischt gut far ir«, sagte sie.

»Oj mamenju«, sagte Helena auch dieses Mal nur und strich der Mutter über die verhärmten Wangen.

Ganz anders fielen die Reaktionen ihrer vier jüngeren Schwestern aus. Stella, Manka, Ceska und Erna waren zutiefst beeindruckt von Helena. Sie bewunderten ihre Erscheinung, ihr Auftreten, ihre Frisur, ihre gepflegten Hände und den Schmuck, den sie trug.

Was für eine Sensation war dieser Besuch aus dem fernen Australien für die jungen Mädchen! Endlich eine Unterbrechung ihres langweiligen Alltags, eines öden Daseins in ständiger Erwartung und Hoffnung auf einen geeigneten Ehekandidaten, der sie erlösen sollte.

Dass sie nach der Heirat eigentlich nur vom Regen in die Traufe kommen würden, davon hätten sie sich bei den verheirateten Schwestern Paulina, Rosa und Regina ein Bild machen können. Doch davor verschlossen sie die Augen und warteten unverdrossen weiter auf ihren Märchenprinzen.

Nach Helenas Ankunft rissen sich die vier jungen Frauen gegenseitig die Zeitschriften aus der Hand. Mit sich überschlagenden Stimmen baten sie ihre älteste Schwester aufgeregt, ihnen verschiedene Artikel zu übersetzen. Nur zu gerne tat sie es.

Und Helena erzählte von ihrer abenteuerlichen Schiffsreise ab Genua, dem Glück, von Lady und Sir Villiers unter die Fittiche genommen worden zu sein, die sie später den Lamingtons empfohlen hatten. Sie schwärmte von der wunderschönen Zeit in Toowamboo, machte aber auch keinen Hehl daraus, dass die Anfänge in Melbourne schwierig gewesen waren.

Was hingegen den Aufenthalt bei den eigenen Verwandten in Coleraine und Merino anbelangte, streifte sie diesen nur flüchtig. Die Schwestern bemerkten es gar nicht. In den glühendsten Farben malte Helena ihnen stattdessen das Leben in Australien aus, beschrieb die in den Vorgärten der Städte zwitschernden Wellensittiche, die kreischenden Papageien in den Wäldern von Toowamboo, die Kängurus und Wombats, die in den unendlichen Weiten des Outback zu Hause waren.

Mit glänzenden Augen und roten Wangen lauschten die Mädchen den Berichten ihrer Schwester. Als Helena ihnen in einem der Magazine das Foto eines Koalas zeigte, der auf einem Eukalyptusstängel kaute, quietschten sie vor Vergnügen.

So gelang es Helena sehr geschickt, aufkommenden

Neidgefühlen zuvorzukommen. Sie konnte mit ihren Geschichten so sehr fesseln, dass die Mädchen gar nicht auf die Idee kamen, Missgunst und Eifersucht zu entwickeln.

Dennoch las Helena in ihren Mienen die ihr selbst so vertraute Sehnsucht, endlich aus dem Elternhaus und der Enge des jüdischen Viertels herauszukommen. Wie gerne wäre sie ihnen allen dabei behilflich gewesen!

Bei zwei von ihnen gelang es ihr tatsächlich …

Unmittelbar vor ihrer Abreise überzeugte Helena die zweiundzwanzigjährige Ceska und ihre jüngere Cousine Lola, Tochter ihrer Tante Rosalie, den Sprung über den ganz großen Teich nach Australien zu wagen. Sie benötigte dringend Unterstützung bei der geplanten Ausweitung ihres Geschäfts, also bot sie Schwester und Cousine eine sichere Stellung und ein regelmäßiges Gehalt. Dass es nicht allzu üppig ausfallen würde, wussten die beiden nicht, als sie – allen familiären Einwänden zum Trotz – euphorisch zusagten. Ja, sie würden ihrem neuen Vorbild nach Australien folgen!

Vorsorglich ließ Helena die beiden jungen Frauen schon einmal als Teilhaberinnen der *Helena Rubinstein Ltd.* eintragen. Es war zwar etwas kompliziert, das von Krakau aus zu bewerkstelligen, aber es musste sein.

Ganz und gar nicht einfach war es hingegen, den Beamten der Krakauer Hauptpost davon zu überzeugen, dass dergleichen tatsächlich möglich war. Ein Telegramm nach Australien senden? Das war ihm ja noch niemals untergekommen! Und dann auch noch auf Englisch? Ausgeschlossen!

In Blockbuchstaben schrieb Helena ihm den englischen Wortlaut auf ein leeres Blatt Papier, doch der Postbeamte schüttelte nur verständnislos den Kopf. So sah sich Helena gezwungen, ihm den Text des Telegramms Buchstabe für Buchstabe in sein Morsegerät zu diktieren. Dabei hielt sie den Text des Telegramms an ihren Mentor Mr Thompson so knapp wie möglich – zum einen wegen der Kosten, zum anderen, um den armen Schalterbeamten nicht völlig zu überfordern. Mit Argusaugen überwachte sie seine Eingaben auf dem Morsegerät.

Der Mann geriet ins Schwitzen.

»Nur nicht vertippen, das kann üble Folgen haben«, drohte ihm Helena.

Und der arme Kerl schwitzte noch mehr. Dabei war es doch eigentlich nur ein Zweizeiler, den er auf den schwarzen Knöpfen eingeben sollte:

Erbitte Eintrag von Ceska Rubinstein und Lola Beckmann als Teilhaberinnen von Helena Rubinstein Ltd.

Inzwischen hatte sich in der Schalterhalle eine lange Schlange hinter Helena gebildet. Die Wartenden beobachteten zunächst neugierig und gespannt, was da vor ihren Augen geschah. Aber dann begannen die Ersten zu murren.

Mit puterroten Köpfen zogen sich Ceska und Lola, die Helena als Begleitung mitgenommen hatte, in eine Ecke des Raumes zurück. Ihnen war das Benehmen der Schwester beziehungsweise Cousine überaus peinlich. Im Gegensatz zu Helena, die ihren Aufritt eher genoss.

»So, endlich, das wäre geschafft!«, sagte sie zufrieden, als der Beamte sich schließlich in seinem Stuhl zurücklehnte und mit seinem karierten Taschentuch den Schweiß von der Stirn wischte.

»Das Telegramm ist abgesandt«, ächzte er.

»Gut, dann geben Sie mir jetzt die Sendebestätigung und den dazugehörigen Lochstreifen«, verlangte Helena.

»Sendebestätigung ja, Lochstreifen nein, den benötige ich«, widersprach der Beamte.

»Ich benötige ihn auch«, behauptete Helena.

»Wozu das?«

»Um ihn beim *Commercial Register* in Melbourne als Nachweis vorlegen zu können, für die spätere notarielle Beglaubigung des Handelsregistereintrags«, erklärte Helena und streckte fordernd die Hand aus.

Der Beamte seufzte, stellte schweigend die Sendebestätigung aus, stempelte mit Wucht den Zahlungsbeleg ab und schob beides, einschließlich des Lochstreifens, über den Schalter.

»Ir zajt zejer farbisn«, murmelte er.

»Das will ich meinen. Und ich muss so hartnäckig sein«, erwiderte Helena selbstbewusst, stopfte die Papiere in ihre offene Handtasche und klappte diese energisch zu.

Sie warf den Kopf in den Nacken und marschierte hocherhobenen Hauptes an der verstummten Warteschlange vorbei in Richtung Ausgang. Vor der Tür blieb sie stehen.

»Ceska, Lola, kommt ihr bitte?«, rief sie streng.

Die beiden gehorchten erschrocken. Helena stieß die

schwere Glastür auf und schob die verstörten Mädchen hindurch.

»Los, los, wir haben noch einiges zu erledigen«, befahl sie ungeduldig.

»Chaja, das war doch Chaja, die Älteste von den Rubinsteins«, war es hinter ihnen in der Schalterhalle zu hören.

»Da hat jemand nach dir gerufen«, sagte Ceska alarmiert.

»Ich habe nichts gehört«, behauptete Helena mit fester Stimme und setzte sich in Bewegung.

Die beiden Mädchen hatten Schwierigkeiten, mit ihr Schritt zu halten. Helena war immer flink gewesen, aber während ihrer Jahre als Kellnerin hatte sie sich eine Behändigkeit antrainiert, die ihre Mitmenschen immer wieder in Erstaunen versetzte.

»Helena, wo willst du hin?«, rief ihr Lola hinterher. »Warte doch, wir können nicht so schnell!«

»Wir müssen noch zur Agentur«, antwortete ihre Cousine über die Schulter zurück.

»Welche Agentur?«, wollte Ceska wissen.

»Die Schiffsagentur. Ich will euch heute noch die Passagen buchen.«

»Heute schon?«, fragten Ceska und Lola wie aus einem Mund.

»Ja, heute schon, ehe alle Plätze ausgebucht sind und in der ersten Klasse nichts mehr für uns frei ist«, erklärte Helena.

»Erster Klasse?«, quietschte Lola.

»Was denn sonst?«, erwiderte Helena würdevoll.

Wie in so vielen Städten Europas gab es auch in Krakau eine Agentur, die für den Norddeutschen Lloyd Schiffspassagen verkaufte. Die große Hamburger Reederei hatte sich schon vor Jahren auf den Transport von Auswanderern spezialisiert. Waren die Schiffe ursprünglich eingesetzt worden, um Kaffee, Zucker, Tee, Tabak und Rum aus Übersee nach Europa zu holen, war man irgendwann auf die findige Idee gekommen, diese Schiffe mit Auswanderern zu füllen, anstatt sie unbeladen in die großen Häfen Asiens, Amerikas und Australiens zu schicken. Dabei kam der Reederei die Auswanderungswelle zugute, die seit Mitte des 19. Jahrhunderts Millionen von Menschen zu neuen Ufern aufbrechen ließ.

Mittlerweile verfügte der Norddeutsche Lloyd über die weltgrößte Flotte an Auswandererschiffen. Eines von ihnen war die in Glasgow gebaute *Karlsruhe*, für die Helena an diesem Nachmittag drei Passagen erwarb.

»So, das hat ja prima geklappt, erste Klasse, zwei Kabinen mit dazugehörigem Salon«, fasste Helena zufrieden zusammen.

»Jetzt wird es ernst«, sagte Ceska bang.

»Richtig ernst«, pflichtete ihr Lola bei.

»Dass ihr mir nicht auf die Idee kommt, es euch noch mal anders zu überlegen. Wer einen Rückzieher macht, bekommt ganz gewaltigen Ärger mit mir.«

»Nein, wir werden es uns auf keinen Fall anders überlegen. Wir freuen uns doch so, endlich von hier wegzukommen«, sagte die jüngere Schwester.

»Und sind dir unglaublich dankbar«, fügte Lola hinzu.

»Dazu habt ihr auch allen Grund«, entgegnete Helena und rückte ihren Hut ein bisschen tiefer in die Stirn, um etwas mondäner zu wirken. Tunlichst wollte sie vermeiden, in ihrer alten Heimatstadt erkannt oder gar noch einmal als Chaja angesprochen zu werden.

Es wurde vereinbart, dass sich die drei Damen Ende August in Wien treffen würden, um nach einem Verwandtenbesuch bei Helene und Simon Silberfeld gemeinsam nach Genua zu fahren. In der italienischen Hafenstadt würden sie sich auf der *Karlsruhe* einschiffen.

Zuvor absolvierte Helena jedoch noch ihre im *Table Talk* vollmundig angekündigte Studienreise kreuz und quer durch Europa.

Kapitel 11

Berlin 1905

Berlin war die erste Station nach ihrer Abreise aus Krakau. Natürlich quartierte sich Helena im *Kaiserhof* direkt gegenüber der Reichskanzlei ein. Sie konnte es sich inzwischen leisten, in so einem Luxushotel abzusteigen. Nach wie vor erregte sie als allein reisende Dame Aufsehen, stieß auf Befremden und Erstaunen. Aber mit ihrem bestimmten, energischen Auftreten gelang es ihr in Windeseile, auch den hartgesottensten Berliner Hotelportier in einen zuvorkommenden dienstbaren Geist zu verwandeln.

»Wie komme ich am besten zur Charité?«, erkundigte sie sich am Morgen nach ihrer ersten Übernachtung an der Rezeption. »Ich benötige dort einen Termin bei Dr. Hollander.«

»Dr. Hollander?«, erwiderte der Portier beeindruckt.

»Kennen Sie ihn?«, fragte Helena überrascht.

»Natürlich kenne ich ihn nicht persönlich, aber er ist ein stadtbekannter Chirurg, der erst neulich auf einem Medizinerkongress hier im Haus einen Fachvortrag gehalten hat«, antwortete der Portier.

»Er ist ein Spezialist für Schönheitschirurgie«, erklärte Helena. »Er muss ein richtiger Künstler auf seinem Gebiet sein. Sogar in Australien konnte man in den Zeitungen von seinen Erfolgen lesen. Er soll einer polnischen Aristokratin mit einem Eingriff alle Falten weggezaubert haben. Ich würde ihn gerne einmal konsultieren.«

»Das haben gnädige Frau aber wirklich nicht nötig. Für dergleichen sind Sie doch noch viel zu jung«, erwiderte der Portier galant.

Helena lächelte geschmeichelt. »Ich will mich nicht von ihm behandeln lassen, sondern benötige seine Expertise. Ich möchte mich bei ihm über den aktuellen Stand der Schönheitschirurgie informieren. Also, wie komme ich zur Charité? Können Sie nicht einfach in der Klinik anrufen und versuchen, einen Termin für mich zu vereinbaren? Oder sollte ich mich zunächst schriftlich bei ihm melden und mein Anliegen darlegen?«, überlegte Helena laut.

»Das wäre wohl das Beste«, pflichtete der Portier ihr sofort bei. »In Ihrem Salon finden Sie ja Briefpapier und Umschläge.«

»Ich habe mein eigenes Papier«, entgegnete Helena stolz. »Und das sogar bei mir.« Sie zog eine schwarze Ledermappe aus den Tiefen ihrer großen Handtasche. »Ich werde mich jetzt in den Teesalon begeben und einen Brief an Dr. Hollander schreiben. Könnten Sie den später für mich aufgeben?«

»Aber selbstverständlich, gnädige Frau. Normal oder per Express?«

»Per Express natürlich!«

»Ich habe eine noch bessere Idee«, fiel ihm ein.

»Die da wäre?«, erkundigte sich Helena neugierig.

»Zufälligerweise weiß ich, dass Dr. Hollander in der Nähe des Gendarmenmarktes eine Privatpraxis hat. Dort konsultieren ihn die Damen der feinen Berliner Gesellschaft. Wenn Sie sich mit dem Schreiben Ihres Briefes beeilen, könnte ich anschließend einen unserer Pagen damit dorthin schicken. In dem Fall würde Dr. Hollander Ihre Nachricht noch heute am späten Nachmittag erhalten.« Erwartungsvoll schaute der ältere Hotelangestellte Helena an.

»Eine ausgezeichnete Idee, wirklich eine ausgezeichnete Idee, Herr, Herr …?« Hilflos schaute Helena ihr Gegenüber an.

»Pachulke, gnädige Frau, Wilhelm Pachulke, stets zu Diensten«, erwiderte dieser und verneigte sich ehrerbietig.

Helena hatte einmal mehr eine Eroberung gemacht. Sie vergalt ihm seine Dienste mit einem üppigen Trinkgeld. Der Portier wurde ihr während der folgenden Tage in Berlin ein unentbehrlicher Helfer.

Zwei Tage später saßen sich Helena und Dr. Hollander in den weichen Sesseln des Teesalons im *Kaiserhof* gegenüber.

»Vielen Dank, dass Sie sich Zeit für mich genommen haben«, eröffnete Helena das Gespräch.

»Wie könnte ich einer von so weit her angereisten Dame ihre Bitte abschlagen? So ganz klar ist mir jedoch nicht, was Sie überhaupt von mir wollen. Das Einzige, was ich bislang begriffen habe, ist, dass Sie mich nicht medizinisch konsultieren wollen, oder?« Er ließ seinen Blick über ihr

Gesicht gleiten. »Sie haben einen fantastischen Teint, wenn ich mir erlauben darf, das zu bemerken. Klar und rein.«

»Dank einer systematischen, gründlichen Pflege, die ich auch all meinen Kundinnen in Melbourne angedeihen lasse«, erwiderte Helena.

»Zu denen sogar die Melba gehört«, ergänzte der Arzt. Helena war klug genug gewesen, das in ihrem Schreiben an ihn zu erwähnen.

»Ja, das tut sie, und sie hat all meine Ratschläge widerspruchslos befolgt, einschließlich meiner Empfehlung, sich tagsüber nicht zu schminken, um ihrer Haut Gelegenheit zu geben, sich von der schweren Theaterschminke der abendlichen Aufführungen zu erholen«, erzählte Helena stolz.

»Sie scheinen wirklich etwas von Ihrem Beruf zu verstehen«, meinte Dr. Hollander nachdenklich. »Was haben Sie denn für eine Ausbildung gemacht?«

»Ich habe in Krakau einige Semester Medizin studiert, konnte das Studium aber aus familiären Gründen leider nicht abschließen«, log Helena munter drauflos. »Damals sah ich mich gezwungen, innerhalb kürzester Zeit nach Australien auszuwandern, da meine dortige Familie meine Hilfe benötigte. Dort habe ich jedoch noch eine Ausbildung bei einem alten ungarischen Apotheker absolviert. Dr. Hammerstein war ein versierter Wissenschaftler, mit dem zusammen ich meine ersten Pflegecremes entwickelt habe«, spann Helena weiter an ihrem Gebilde aus Lüge und Wahrheit.

»Das hört sich wirklich hochinteressant an.« Dr. Hollander zeigte sich angemessen beeindruckt. »Aber was wollen Sie jetzt von mir? Ich bin Chirurg, mein wichtigstes Handwerkszeug ist das Skalpell.«

»Mit dem Sie Ihren Patientinnen ihre Jugend erhalten, wenn nicht gar zurückgeben«, meinte Helena. »Eigentlich haben wir doch beide das gleiche Ziel: Wir wollen den Frauen Schönheit schenken. Ich bin überzeugt, dass ich von Ihnen noch viel lernen kann.«

»Hm, hm, hm«, brummelte der Arzt und strich sich nachdenklich über seinen Vollbart. »Da mögen Sie recht haben, nur haben wir völlig unterschiedliche Methoden.«

»Könnten wir uns nicht gegenseitig ergänzen?«, schlug Helena vor. »Würden Sie mir erlauben, einmal bei einer Ihrer Operationen zuzuschauen?« Erwartungsvoll schaute sie den Mediziner an.

»Dann kommen Sie doch einfach in eine meiner Vorlesungen. Nächsten Mittwoch werde ich vor meinen Studenten an einer Patientin meine neueste Operationstechnik vorführen. Sie findet im medizinischen Vorlesungssaal der Charité statt. Mögen Sie kommen?«

»Sehr gerne«, entgegnete Helena. »Wann genau muss ich da sein?«

»Um vierzehn Uhr. Ich schicke Ihnen meinen Kutscher mit der kleinen Kalesche vorbei. Er wird Sie am kommenden Mittwoch um dreizehn Uhr abholen. Pünktlich!«

»Pünktlich!«, wiederholte Helena überwältigt.

Nur wenige Tage später saß sie tatsächlich im großen Vorlesungssaal der Charité. Aber dieses Mal musste sie sich nicht auf einen der hintersten Sitze kauern und unter einer Studentenkappe verbergen, stattdessen durfte sie in einer der vorderen Reihen Platz nehmen. Mehr noch: Vor Beginn der Veranstaltung stellte Dr. Hollander sie seinen Studenten sogar offiziell als aus Australien stammende Inhaberin eines Kosmetikunternehmens vor.

»Sie ist eigens angereist, um bei mir zu hospitieren. So etwas nenne ich Motivation und Ehrgeiz, meine Herren.«

Die Studenten pochten anerkennend Beifall auf ihren Tischbänken. Helena lächelte geschmeichelt, nickte dankend mit dem Kopf und freute sich über die spontane Bewunderung und Anerkennung in den ihr zugewandten Gesichtern. Wie jung sie doch alle waren! Genauso jung wie einst sie selbst, als sie sich, als Junge verkleidet, in die Vorlesungen der Jagiellonen-Universität eingeschlichen hatte.

Während man im Auditorium auf die Patientin wartete, die noch von der Station geholt werden musste, ließ Helena den Blick über die Reihen des riesigen Vorlesungssaals wandern.

Nur junge Männer. Weit und breit kein weibliches Wesen zu entdecken. Dabei hatte der Bundesrat des Deutschen Reiches doch bereits am 20. April 1899 offiziell beschlossen, Frauen endlich den Zugang zu den Universitäten zu gewähren, zumindest für die Fächer Medizin, Zahnmedizin und Pharmazie. Nur schien die Kunde davon bislang nicht bis zu ihren hiesigen Geschlechtsgenossinnen durchgedrungen zu sein.

»Meine Herren, ich bitte um Ihre konzentrierte Aufmerksamkeit«, war Dr. Hollander nun zu vernehmen. »Die Patientin ist narkotisiert. Ich werde nun den ersten Schnitt in das Hautgewebe hinter den Ohren machen, um …«

Er beugte sich über die inzwischen auf dem OP-Tisch liegende junge Frau.

Aufmerksam verfolgte Helena jeden Handgriff des Chirurgen. Es war schon spannend, so eine komplizierte Operation am lebenden Objekt zu beobachten. Bei diesem Eingriff handelte es sich im Übrigen nicht um eine Schönheitsoperation, wie sie es sich vorstellte, sondern um einen korrigierenden Eingriff. Die Patientin, ein junges Mädchen, hatte bei der Verpuffung einer Petroleumlampe schwere Verbrennungen im Gesicht erlitten und war schrecklich entstellt. Dr. Hollanders Bestreben war es, dieser jungen Frau ihr altes Aussehen zurückzugeben, soweit es in seiner Macht stand.

Aber was hatte das mit Helenas Arbeitsfeld, der pflegenden Kosmetik, zu tun?

Diese Frage stellte sie auch dem Arzt, als sie ihn zwei Tage später nach einem ausgiebigen Bummel Unter den Linden in einem der dortigen Cafés traf. Wie üblich ignorierte sie auch dieses Mal die neugierigen und befremdeten Blicke, mit denen man sie bedachte, als sie alleine das Lokal betrat und an einem leeren Tisch Platz nahm.

Dr. Hollander traf etwas verspätet ein. Galant küsste er ihr die Hand und entschuldigte sich wortreich. Neugierde und Befremden der anderen Gäste verwandelten sich in große Überraschung und Erstaunen. Was hatte diese fremde Dame mit dem bekannten Berliner Arzt zu tun?

»Na, wie hat es Ihnen neulich gefallen?«, erkundigte sich dieser gespannt.

»Ich fürchte, ich habe mich geirrt«, gestand Helena.

»Inwiefern?«, wollte Dr. Hollander wissen.

»Unsere Ziele liegen doch weiter auseinander, als ich glaubte.«

Der Arzt lachte. »Dann hat meine Therapie ja tatsächlich sofort gewirkt.«

»Welche Therapie?«, fragte Helena brüsk.

»Meine verehrte Frau Rubinstein, dass mir der Ruf eines Schönheitschirurgen vorauseilt, geschieht gegen meinen Willen«, erklärte er. »Das habe ich einigen meiner Patientinnen zu verdanken, denen ich auf ihre dringenden Bitten hin mit ein paar korrigierenden Schnitten die Haut gestrafft habe. Ja, ich glätte so deren tiefste Falten und lasse mir das gut bezahlen. Diese Frauen sind bereit, sehr viel Geld für den Erhalt ihrer Jugend zu zahlen.«

»Genauso wie meine Kundinnen«, warf Helena ein.

»Meine eigentliche Tätigkeit ist es jedoch, entstellten Menschen zu helfen. Da etliche von ihnen viel zu arm sind, um das Geld für kostspielige Eingriffe aufzubringen, operiere ich die Betroffenen kostenfrei. Leisten kann ich mir das nur dank meiner reichen Patientinnen. Haben Sie denn schon einmal einen schwer verletzten Menschen mit Ihren Mitteln heilen können?«, wollte er überraschend wissen.

Helena schwieg überrumpelt.

»Haben Sie?«

»Nun ja, mehr oder minder sind es ja auch Hautverbrennungen, worunter die Menschen in der australischen Sonne leiden«, sagte Helena nachdenklich. »Wenn ich da an meine Liz denke …«

»Wer ist denn Liz? Auch eine Sängerin, möglicherweise eine Kollegin der Melba?«

»Eine ehemalige Zuchthäuslerin und Ehefrau eines Mörders, die aus England nach Australien deportiert wurde. Mit ihrer Hilfe habe ich zufällig die heilende Wirkung des Lanolins entdeckt«, klärte Helena den Arzt auf. »Mir ist es gelungen, ihre völlig entzündete rote Haut wieder weich und glatt zu bekommen – eine Methode, die ich später in verfeinerter Form bei den Kundinnen meines Melbourner Salons angewandt habe.«

»In dem auch die Melba Kundin ist?«, vergewisserte sich Dr. Hollander. »Sie haben wirklich eine hochinteressante Kundschaft«, setzte er dann hinzu. »Es mag ja tatsächlich sein, dass es bei uns geringfügige berufliche Überschneidungen gibt, aber ich weiß einen Kollegen, bei dem Sie wesentlich besser aufgehoben wären.«

»Bei wem?«

»Fahren Sie nach Wiesbaden«, empfahl Dr. Hollander. »Dort praktiziert mein geschätzter Kollege Dr. Kapp. Er ist dort leitender Kurdirektor. Sie wissen doch sicher, dass Wiesbaden eins der wichtigsten Heilbäder Europas ist? Sogar das Lieblingskurbad der Zarin Alexandra.«

»Aha«, machte Helena vielsagend.

»Ich werde Sie Dr. Kapp avisieren und gebe Ihnen auch ein Empfehlungsschreiben mit. Ich schicke ihm meine Patientinnen gerne nach ihren Operationen zur Kur«, erzählte er. »Dr. Kapp ist im pflegenden kosmetischen Bereich viel mehr involviert als ich. Mein Arbeitsfeld ist und bleibt die plastische Chirurgie.«

»Plastische Chirurgie?«, wiederholte Helena verständnislos.

»Ja, so nennt sich das korrekt«, bestätigte Dr. Hollander. »Schönheitschirurgie gibt es eigentlich gar nicht, das ist ein unzutreffender Euphemismus.«

»Unzutreffender Euphemismus?«, wiederholte Helena auch diese Formulierung.

Dr. Hollander lachte trocken auf.

»Was soll ich bei Dr. Kapp denn machen?«, fragte Helena.

»Genau das, was Sie sich von mir erhofft haben: sich fachlich austauschen, sich gegenseitig beraten, Anregungen sammeln, vielleicht sogar gemeinsam Behandlungsmethoden und Produkte entwickeln. Dafür ist mein Kollege der richtige Mann. Im Gegensatz zu mir arbeitet er nicht mit dem Skalpell.«

»Ich bin Ihnen dennoch sehr dankbar, dass Sie mich haben zuschauen lassen. Ich habe viel gelernt, auch wenn ich mich geirrt habe.«

»Durch einen Irrtum lernt man am meisten, wie Sie sicher wissen. Vorausgesetzt, man sieht ihn ein.«

»Das tue ich«, versicherte Helena. »Ich werde mich auf jeden Fall mit Dr. Kapp in Verbindung setzen.«

»Wiesbaden wird Ihnen gefallen. Es ist eine schöne Stadt mit einer herrlichen Umgebung – und im Übrigen eine hervorragende Weingegend«, sagte Dr. Hollander und erhob sich. »Tut mir leid, Frau Rubinstein, aber die Pflicht ruft schon wieder. Ich muss Sie leider verlassen.«

Er verneigte sich und küsste ihr die Hand.

»Es war sehr schön, Sie kennenzulernen. Sie sind eine ganz besondere Frau und werden Ihren Weg gehen«, fügte er im Brustton der Überzeugung hinzu. »Mein Kollege kann Ihnen dabei helfen. Grüßen Sie ihn ganz herzlich von mir.«

Noch eine kurze Verbeugung, und schon war Dr. Hollander durch die Drehtür des Café *Kranzler* verschwunden.

Minutenlang starrte Helena ihm hinterher. Schließlich erhob auch sie sich, verließ das Lokal und beschloss, noch einen Einkaufsbummel zu machen. Er endete bei einem Juwelier und Uhrmacher und mit dem Erwerb einer hübschen Uhr, der sie einfach nicht widerstehen konnte.

Kapitel 12

Wiesbaden 1905

Wilhelm Pachulke hatte vorsorglich schon von Berlin aus eine Suite im *Nassauer Hof* für Helena gebucht und war für seine Dienste mit einem großzügigen Trinkgeld belohnt worden. Am Wiesbadener Hauptbahnhof wurde sie bereits von einer hoteleigenen Kutsche erwartet, in der sie die kurze Strecke bis zum Karl-Friedrich-Platz zurücklegte.

Da ihre Ankunft aus Berlin bereits avisiert war, erregte sie dieses Mal beim Betreten der Lobby nicht das übliche Aufsehen, zumindest nicht seitens der Bediensteten, sondern wurde mit größter Ehrerbietung vom Chefportier willkommen geheißen und von ihm persönlich zu ihrer Suite geleitet.

»Falls Madame noch etwas zu speisen wünschen, unsere Restaurantküche schließt um 22:00 Uhr«, sagte er. »Aber der sonstige Service steht Ihnen die ganze Nacht zur Verfügung.«

»Ich glaube, ich bin zu müde, um jetzt noch essen zu gehen. Ich werde mir lieber etwas bringen lassen«, erwiderte Helena und nahm ihren Hut ab.

»Wie Madame belieben. Sie müssen nur unten an der Rezeption anrufen, wir leiten Ihre Wünsche umgehend weiter«, antwortete der Portier.

Nachdem er mit einer Verneigung den Raum verlassen hatte, ließ sich Helena erschöpft auf das große Sofa fallen. Vor ihr auf dem Tisch stand ein riesiger Blumenstrauß, daneben ein Weinkühler, aus dem zwei Flaschen ragten.

Helena studierte die Etiketten.

»Ein Weißwein, ein Champagner«, stellte sie anerkennend fest.

Vielleicht würde sie später den Riesling probieren. Hatte Dr. Hollander in Berlin nicht so von dieser Rebsorte geschwärmt?

An der Vase lehnte ein großer Umschlag. Absender: Dr. Kapp, Kurdirektion Wiesbaden. Darin enthalten waren eine nette handgeschriebene Begrüßung des Arztes und eine Einladung zu einem Konzert im Kurhaus mit anschließendem Feuerwerk.

»Das lässt sich doch schon einmal sehr gut an«, murmelte Helena und begann, ihre engen Schnürstiefel aufzuknöpfen. Welch eine Erleichterung! Genauso, wie aus dem taillierten Reisekostüm herauszukommen und in ein bequemes Seidenneglіgé zu schlüpfen, das unverzichtbarer Bestandteil ihres leichten Reisegepäcks war.

Dieser eine Koffer, den sie eigens für ihre kürzeren Aufenthalte packte, kam nie in den Gepäckwagen, sondern stets mit ins Zugabteil. Ganz oben ruhte ihr sogenannter Referenzordner. Von dem größten Stapel der mitgeschleppten australischen Zeitschriften hatte sie sich inzwischen befreit. Sie hatte einen verregneten Nachmittag in ihrer Berliner Hotelsuite genutzt, all die über sie erschienenen Artikel auszuschneiden und sorgfältig in ein eigens angelegtes Album zu kleben. Ebenso wie das Negligé hatte sie diesen Ordner immer greifbar zur Hand.

Am folgenden Tag würden ihre schweren Gepäckstücke eintreffen, in denen sich ihre Abendroben befanden. Sie hatte schon in Berlin nicht widerstehen können und in einem der Salons Unter den Linden ein wunderschönes Ballkleid erstanden. Es erstrahlte in einem tiefen Mitternachtsblau. Eigentlich fehlte dazu jetzt nur noch ein passendes Collier …

Helena streckte sich auf dem riesigen Bett ihres Zimmers aus und schloss die Augen.

Als sie wieder erwachte, war es draußen schon taghell. Sie warf einen Blick auf ihre neue Armbanduhr, die sie gestern Abend vor Müdigkeit nicht mehr abgelegt hatte.

»Schon Viertel nach neun«, stellte sie erschrocken fest.

In diesem Moment schnarrte es leise. Helena zuckte zusammen und schaute sich irritiert um. Es schnarrte erneut. Erst jetzt erkannte sie direkt über ihrer Nachttischlampe einen an der Wand hängenden Telefonapparat.

»Technisch auf dem neuesten Stand«, murmelte sie und suchte nach der Sprechmuschel.

»Wie bitte?«, kam es ihr blechern aus dem Hörer entgegen. »Spreche ich mit Frau Rubinstein?«

»Am Apparat«, erwiderte Helena und beugte sich ein bisschen weiter vor.

»Hier ist die Telefonzentrale des *Nassauer Hofs*, ich habe gerade Dr. Kapp in der Leitung. Möchten Sie das Gespräch annehmen?«, fragte die Telefonistin des Hotels.

»Aber selbstverständlich«, versicherte Helena rasch.

»Einen Moment, ich verbinde.« Ein Rauschen, ein Knacksen und noch ein Knacksen in der Leitung.

»Hallo, hallo, hier Dr. Kapp. Spreche ich mit Frau Rubinstein?«, war deutlich eine Männerstimme zu hören.

»Helena Rubinstein am Apparat«, bestätigte sie.

»Herzlich willkommen in Wiesbaden und damit in einem der ältesten Thermalbäder der Welt, gnädige Frau«, begrüßte sie Dr. Kapp. »Schon die alten Römer haben die Vorteile unserer heißen Quellen zu schätzen gewusst. Wie wäre es heute gegen Mittag mit einer Promenade und einem Trunk an einem unserer Kurbrunnen?«

»Ein hervorragender Vorschlag. Wie komme ich dorthin?«

»Ich werde mir gestatten, Sie gegen zwölf in Ihrem Hotel abzuholen. Meine Frau brennt schon darauf, Sie kennenzulernen.«

»Ihre Frau?«, fragte Helena perplex.

»Ja, meine Frau«, bestätigte Dr. Kapp fröhlich. »Als sie erfuhr, dass Sie ursprünglich aus Krakau stammen, gab es für sie kein Halten mehr.«

»Sie stammt auch aus Krakau?«, erkundigte sich Helena vorsichtig.

Ihr wurde etwas unbehaglich zumute. Ein grauer Schatten schien sich hinter ihr zu erheben. Drohte sie doch wieder von der alten Chaja eingeholt zu werden?

»Nein, nicht aus Krakau, sondern aus Lemberg«, kam es aus dem Hörer. »Sie freut sich aber sehr, so fern der alten Heimat auf eine Landsmännin zu treffen.«

»Meine neue Heimat liegt noch weiter in der Ferne, denn mittlerweile bin ich eigentlich in Melbourne zu Hause«, gab Helena zu bedenken.

Insgeheim war sie erleichtert. Lemberg lag weit im Osten, mehr als dreihundert Kilometer von Krakau entfernt. Da drohte ihr seitens dieser Frau wohl kaum Gefahr.

»Meine Gemahlin hat, ebenso wie Sie, sehr früh die Heimat verlassen, ist zum Medizinstudium nach Zürich gegangen«, erzählte Dr. Kapp. »Sie war eine der ersten Ärztinnen überhaupt in ganz Polen. Wir haben uns während meiner Assistenzzeit in Breslau kennen und lieben gelernt.«

Er scheint ziemlich redselig zu sein, der gute Dr. Kapp, dachte Helena bei sich. *Aber umso besser für mich. Da wird er mir einiges zu erzählen haben.*

»Sie können mich gerne in zwei Stunden unten in der Empfangshalle abholen«, sagte sie laut. »Ich freue mich sehr, Sie und Ihre Frau kennenzulernen.«

Das Ehepaar Kapp entpuppte sich als ein attraktives Paar in den besten Jahren. Er war hochgewachsen, groß und blond, trug einen Kaiser-Wilhelm-Bart und hatte eine kerzengerade Haltung. Sie war kaum kleiner als er, dazu gertenschlank, mit riesigen katzengrünen Augen und einer feuerroten Mähne, deren Lockenpracht kaum zu bändigen war. Sie trug ein grünes Kostüm, das genau zu ihrer Augenfarbe passte, und einen leichten beigefarbenen Sommerhut, dessen Schleier zurückgeschlagen war, als sie mit ausgestreckten Händen auf Helena zutrat.

»Ich freue mich so, Sie kennenzulernen, Pani Helena«, sagte sie und beugte sich zu ihr herunter, um sie mit polnischer Herzlichkeit auf beide Wangen zu küssen.

»Die Freude ist ganz meinerseits«, entgegnete Helena leicht verunsichert.

»Darf ich vorstellen, das ist mein Mann Joseph, Dr. Joseph Kapp.«

Der Arzt verneigte sich lächelnd. »Freut mich, nun endlich persönlich Ihre Bekanntschaft zu machen«, sagte er höflich und ergriff Helenas behandschuhte Rechte, um einen formvollendeten Handkuss darauf zu hauchen. »Mein Kollege hat mir in seinem langen Brief schon so viel von Ihnen erzählt – fast hat er mich ein bisschen vor Ihnen gewarnt.«

»Vor mir gewarnt, warum das denn?«, fragte Helena.

»Er hat behauptet, Sie seien sehr wissbegierig und kämen mit einem riesigen Fragenkatalog angereist«, erzählte Dr. Kapp lächelnd.

»Nun ja, wissbegierig bin ich schon«, gab sie zu. »Aber einen Fragenkatalog müsste ich erst einmal zusammenstellen.«

»Nun, dazu haben Sie ja die nächsten Tage Zeit«, mischte sich Frau Kapp ein. »Wir werden Ihnen den gesamten Wiesbadener Kurbetrieb zeigen. Sie schreiben auf, was Sie wissen wollen, und wir werden alles tun, um Ihre Fragen befriedigend zu beantworten. Nicht wahr, mein Lieber?«

Lächelnd schaute der Angesprochene seine schöne Frau an.

»Wir werden beide unser Bestes geben«, versprach er.

Das Versprechen galt zwar der fremden Besucherin, doch während er sprach, ließ Dr. Kapp seine Gattin nicht eine Sekunde aus den Augen. Es war nicht zu übersehen: Dieser Mann war rettungslos verliebt in seine Frau.

»Dann lasst uns endlich gehen!«, verlangte diese. Kurzerhand hakte sie Helena an der einen und ihren Mann an der anderen Seite unter und zog die beiden mit sich. »Auf zum ersten Kurtrunk«, sagte sie fröhlich. »Haben Sie überhaupt schon einmal gekurt, Helena? Ich darf doch Helena sagen, so von Polin zu Polin?«

»Ja«, erwiderte Helena nur und ließ die erste Frage bewusst unbeantwortet. Was hätte sie auch anderes erwidern können?

»Wunderbar, Helena, und ich bin Lilith«, stellte sich die Gattin des Kurdirektors vor und hakte sich noch ein bisschen fester bei ihr ein.

Zu dritt flanierten sie wenige Minuten später über die Wiesbadener Kurpromenade. Natürlich war Dr. Kapp hier kein Unbekannter und wurde alle paar Minuten gegrüßt. Er lüftete stets den Zylinder und grüßte höflich zurück.

Einige Male blieb er auch stehen, um ein paar Worte mit den flanierenden Spaziergängern zu wechseln. Dann zog Lilith Helena beiseite, dicht an den Wegesrand, und tat so, als wolle sie dieser die Bepflanzung der Kuranlage erörtern. Tatsächlich aber raunte sie ihr zu, um wen es sich bei den Herrschaften handelte. Das tat sie so detailliert und ironisch, dass Helena schon nach wenigen Minuten in schallendes Gelächter ausbrach.

»Wir haben den gleichen Sinn für Humor«, stellte Lilith erfreut fest.

»Nein, Sie sind einfach zu witzig«, prustete Helena.

»Manchmal sogar ein wenig zu vorwitzig!« Dr. Kapp trat zu ihnen, nachdem er sich von seinen Bekannten verabschiedet hatte. »Lilith hat eine sehr spitze Zunge, vor der Sie sich hüten sollten. Sie kann manchmal auch verletzend sein.«

»Aber ich tue doch keiner Fliege etwas zuleide«, behauptete Lilith schmollend und schlug spielerisch mit dem Fächer nach ihrem Mann. »Wie kannst du nur so was behaupten?«

»Ich habe dich eben durchschaut, mein Engel«, erwiderte ihr Mann liebevoll.

»Ich will gar kein Engel sein, höchstens beruflich.«

»Wie meinen Sie das, Lilith?«, wollte Helena wissen. »Was machen Sie denn beruflich?«

»Meine Frau hat gerade ihre Dissertation beendet und steht unmittelbar vor ihrem Rigorosum«, erzählte Dr. Kapp voller Stolz.

»Rigorosum? Was ist das denn?«

»Das ist die mündliche Prüfung des Promotionsverfahrens«, erklärte ihr Lilith eifrig. »Da muss ich vor einer Kommission nochmals all die Thesen meiner Doktorarbeit erörtern, belegen und gegen kritische Fragen verteidigen.«

»Das hört sich aber kompliziert an«, fand Helena.

»Nun ja, einfach ist es nicht, aber meine Lilith ist ja ein

schlauer Kopf. Die wird sich schon gegen die Herren Professoren behaupten«, war sich Dr. Kapp sicher.

»Ach, ich freue mich so, endlich einmal wieder nach Zürich zu fahren, die alten Freunde und Bekannten wiederzusehen und zu schauen, was aus ihnen geworden ist«, jubelte Lilith. »Kommen Sie, da vorne ist der erste Trinkbrunnen, ich laufe schon einmal vor und reihe mich in die Warteschlange ein«, rief sie und lief davon.

Kopfschüttelnd schaute ihr Mann ihr hinterher.

»Ihre Frau hat Temperament«, stellte Helena fest.

»Ja, sie ist schon ein kleiner Wirbelwind«, bestätigte er lächelnd.

Helena lernte viel in den vier Tagen in Wiesbaden. Als Erstes, dass ein vielgepriesener Trunk aus einer berühmten Heilquelle nicht zwangsläufig munden musste. Im Gegenteil.

»Das schmeckt ja nach Schwefel«, stellte sie enttäuscht fest, nachdem ihr Lilith einen gläsernen Krug überreicht hatte. Zum Glück hatte Helena nur vorsichtig daran genippt. Am liebsten hätte sie alles wieder ausgespuckt!

»Das ist richtig, und das muss so sein«, erklärte ihr Lilith und leerte beherzt ihren Krug um fast die Hälfte.

Helena versuchte, es ihr gleichzutun, doch es gelang ihr nicht.

»Es hat auch etwas mit Gewöhnung zu tun«, sagte Dr. Kapp, der ihre tapferen Bemühungen amüsiert beobachtete. »Lilith hat sich anfangs ebenso schwergetan wie Sie und sich erst peu à peu an eine höhere Dosierung gewöhnt.«

»Offen gestanden, ein Schluck Champagner wäre mir jetzt auch lieber«, mischte sich Lilith ein.

»Alles zu seiner Zeit, Liebling«, erwiderte ihr Gatte und zog sie liebevoll an sich.

Sie erhob sich auf die Zehenspitzen und gab ihm spontan einen Kuss, den ihr Mann leidenschaftlich erwiderte. Ja, sie küssten sich vor aller Augen! Peinlich berührt blickte Helena beiseite, wandte ihnen schließlich diskret den Rücken zu.

Zärtlichkeiten in der Öffentlichkeit? Das hatte sie bislang noch niemals erlebt. Aber die beiden waren offenkundig ineinander verliebt und dachten gar nicht daran, ihre Gefühle füreinander zu verbergen.

So eine Liebe zwischen Mann und Frau – gab es die überhaupt wirklich? Davon hatte Helena bislang nur in Büchern gelesen.

Dramatische Verwicklungen zwischen Liebenden hatte sie lediglich auf der Opern- oder Theaterbühne gesehen. Da fühlte, fieberte und litt sie mit. Aber im wahren Leben? Gab es da wirklich Kabale und Liebe?

In den vergangenen Jahren hatte sie etliche Ehepaare kennengelernt und im Umgang miteinander erlebt, aber die Kapps waren vollkommen anders.

Die Ehe ihrer Eltern war arrangiert gewesen, genauso wie die ihrer verheirateten Schwestern.

Hatten sich Gitel und Hertzel jemals geliebt? Jedenfalls hatten sie viele Kinder in die Welt gesetzt. So war es eben üblich. Aber waren jemals Liebe und Leidenschaft mit im Spiel gewesen? Helena konnte es sich nicht vorstellen.

Und all die anderen Paare?

Die Villiers waren, als sie die beiden auf der *Prinz Luitpold* kennenlernte, schon seit Jahrzehnten miteinander verheiratet gewesen. Kinder waren ihnen verwehrt geblieben – vielleicht hatten sie sich deshalb so bereitwillig um Helena gekümmert. Lady Suzanna und Sir Cecil waren einander mit höflichem Respekt begegnet, gewürzt mit liebevoller Ironie und einer Prise Sarkasmus.

Nicht viel anders war es bei den Lamingtons gewesen. Deren riesiger Haushalt in Brisbane hatte fast schon einem Hofstaat geglichen, der natürlich auch regiert werden musste. Das hatten die beiden in ihren jeweiligen Aufgabenbereichen getan, Sir Lamington als Gouverneur, Lady Lamington als Dame der Gesellschaft mit den entsprechenden Pflichten. Ihren Kindern waren sie zugetan, aber auch nicht viel mehr. Bis zur Aufnahme in eins der vornehmen Internate Englands hatten sie ein separates Stockwerk bewohnt und ihre Eltern nur sporadisch gesehen. Helena hatte jedoch niemals den Eindruck gehabt, dass sie darunter litten, schon gar nicht in der Sommerresidenz von Toowamboo.

Und die Thompsons? Ihr Mentor und seine Gattin hatten sich schon seit Jahren miteinander arrangiert. Bei offiziellen Anlässen traten sie zwar noch gemeinsam auf, doch ansonsten lebte jeder sein eigenes Leben.

»Meine Frau ist meine beste Freundin. Das war sie eigentlich schon von Kind auf«, hatte Mr Thompson ihr einmal während einem ihrer langen Spaziergänge erzählt.

»So lange kennen Sie sich schon?«, hatte Helena staunend gefragt.

»Nun ja, sie ist meine Cousine, nur ein paar Jahre jünger als ich. Mein Vater und ihre Mutter waren Geschwister und haben auch in der gleichen Grafschaft geheiratet. Unsere Anwesen grenzten aneinander. Wir sind quasi miteinander aufgewachsen; ich habe ihr das Reiten beigebracht. Ja, als ich alt genug war und keine Nanny mehr brauchte, hat meine Tante sie kurzerhand angeheuert, sodass wir sogar von derselben Frau erzogen wurden.«

»Dann haben Sie ja wohl jede Menge gemeinsame Erinnerungen …«

»In der Tat«, hatte Mr Thompson bestätigt. »Und das verbindet uns.«

Schweigend hatten sie danach ihren Spaziergang am St. Kilda Pier in Melbourne fortgesetzt. Das Thema Mrs Thompson war zwischen ihnen nie wieder angeschnitten worden.

Was waren das eigentlich für Gefühle, die sie selbst – außer Dankbarkeit – ihrem großzügigen Mentor gegenüber hegte, der ja ein überaus attraktiver Mann war? Darüber hatte Helena noch niemals nachgedacht, so wie sie eigentlich nie gerne über sich und ihre Gefühle nachdachte, vor allem nicht über zärtliche Gefühle. Solche Anwandlungen unterdrückte sie immer sehr schnell. Zorn und Wut dagegen waren unverzichtbarer Bestandteil ihrer Durchsetzungskraft. Sie hatte Wichtigeres zu tun, als sich mit Sentimentalitäten abzugeben, schließlich musste sie sich um den Erfolg und den Aufbau ihres Unternehmens kümmern.

»Helena, warte doch! Wo läufst du denn auf einmal so schnell hin?«, erklang hinter ihr eine helle Stimme.

Helena fuhr herum. Sie hatte gar nicht bemerkt, dass sie sich, während sie so ins Grübeln geraten war, automatisch in Bewegung gesetzt hatte. Erstaunt stellte sie fest, wie weit sie sich schon von den Kapps entfernt hatte.

Mit schnellen Schritten eilte nun Lilith auf sie zu. Ihre roten Locken wippten unter dem großen Hut. Helena blieb stehen und erfreute sich dieses Anblicks. Sie mochte schöne, gepflegte Frauen, und Lilith war unbestreitbar eine von ihnen.

»Wohin willst du denn so eilig?«, wollte sie verwundert wissen.

»Ich wollte euer Tête-à-Tête nicht stören«, entgegnete Helena.

Lilith lachte hell auf und hakte sie wieder unter.

»Joseph, wir sind ihr peinlich«, rief sie ihrem Gatten von Weitem entgegen.

Neugierig drehten die vorbeiflanierenden Kurgäste die Köpfe nach ihr um. Als sie sahen, wer da gerufen hatte, lächelten sie nachsichtig. Die Herren der Schöpfung lüfteten Hut oder Zylinder, die Damen nickten amüsiert und setzten ihre Konversation fort. Offensichtlich kannte man die Offenheit und Temperamentsausbrüche der jungen Frau des Kurarztes und sah sie ihr gerne nach.

»Warum sind wir Ihnen peinlich?«, erkundigte sich Dr. Kapp und schaute Helena neugierig an.

Beschämt senkte sie den Kopf. Ja, es war ihr peinlich, wenn sich Frau und Mann in der Öffentlichkeit küssten.

Aber lieber hätte sie sich die Zunge abgebissen, als das zuzugeben.

»Warum?«, insistierte der Arzt, doch Helena schwieg beharrlich.

»Lass sie!«, wehrte seine Frau ab. »Du merkst doch, dass sie nicht antworten will. Du solltest uns jetzt lieber zu einem Glas Champagner einladen.«

»Alles zu seiner Zeit, Liebling«, sagte ihr Mann erneut lachend. »Wir wäre es mit einer schönen Tasse Kaffee und einem leckeren Stück Torte dazu?«

»Das geht auch«, lenkte Lilith ein.

Helena begriff sehr schnell, dass sich hinter der quirligen Fassade ihrer neuen Bekannten eine kluge, hochgebildete Frau verbarg. Sie war es, die Helena die nächsten Tage unter ihre Fittiche nahm, ihr alles erklärte und, wo es möglich war, auch demonstrierte. Sie zeigte ihr die Wiesbadener Kuranlagen, einschließlich der Badeanstalten mit Moor- und Salzbädern, und erläuterte ihr ausführlich, wie gesund Dampfbäder für die Haut seien, da man sie ausschließlich auf diese Weise porentief reinigen könne. Eigenhändig trug sie ihrer neuen Freundin eine von ihr entwickelte Schönheitsmaske auf, während sie dabei unaufhörlich dozierte.

Eine wesentliche Erkenntnis vermittelte ihr Lilith fast leidenschaftlich: »Helena, du darfst niemals vergessen, dass zur Gesundheit nicht nur das körperliche, sondern auch das seelische Wohlbefinden gehört.« Es klang wie ein Appell.

Helena lernte etliches über Heilquellen, römische Bäder

der Antike, Kuren, Badebetrieb, medizinische und kosmetische Anwendungen. Sie sog dieses Wissen auf wie ein trockener Schwamm das Wasser.

Es waren drei sehr intensive Tage, die Helena ausschließlich mit Lilith verbrachte. Dr. Kapp war viel zu sehr in seinen Berufsalltag eingespannt, als dass er sich lange um den Gast aus dem fernen Australien hätte kümmern können.

»Ich bedaure das zutiefst, wo mir mein Berliner Kollege Dr. Hollander Sie doch so ans Herz gelegt hat«, entschuldigte er sich beim letzten gemeinsamen Abendessen.

»Ach, ich habe auch so sehr viel gelernt. Sie haben in Ihrer Frau wirklich eine würdige Vertreterin«, versicherte Helena voller Überzeugung.

»Da bin ich mir sicher«, meinte Dr. Kapp. Er griff nach der Hand seiner Gattin und küsste sie hingebungsvoll. Als er sich anschickte, sie spontan noch näher an sich zu ziehen, wich Lilith aus.

»Bitte nicht! Sie mag das nicht«, sagte sie mit einem Seitenblick auf ihren Gast.

Helena fühlte, wie ihr schon wieder eine verdächtige Röte ins Gesicht stieg.

»Ach, Helena, so ist das nun einmal, wenn man sich wirklich liebt.« Lilith lachte und tätschelte ihr spontan die glühenden Wangen. »Du siehst so hübsch aus, wenn dein Teint so rosig schimmert.«

Ihre Berührung hatte etwas Mütterliches, aber derlei Gesten war Helena auch nicht gewohnt. Unauffällig versuchte sie, sich Lilith zu entziehen, was Dr. Kapp offenbar nicht entging.

»Wann haben Sie zum letzten Mal einen Mann geküsst?«, wollte er überraschend wissen und betrachtete sie prüfend.

Seine Frage schien nicht Neugierde, sondern wissenschaftlichem Interesse zu entspringen. Trotzdem fühlte sich Helena überfahren.

»Das ist jetzt aber tatsächlich sehr privat«, wehrte sie ab.

»Joseph, das war jetzt wirklich ausgesprochen indiskret«, schimpfte Lilith und gab ihrem Mann einen zärtlichen Klaps. Dennoch ließ er Helena nicht aus den Augen, sondern fixierte sie noch schärfer.

»Haben Sie eigentlich schon einmal etwas von dem Wiener Arzt Siegmund Freud und seiner neuen Behandlungsmethode gehört?«, erkundigte er sich.

»Nein, sollte ich?«, erwiderte Helena brüsk.

»Joseph, bitte, lass das«, wehrte Lilith weitere Fragen ihres Mannes ab. »Ich glaube kaum, dass Helena in Australien bislang Gelegenheit hatte, sich mit Freuds Theorien und der Psychoanalyse zu befassen. Sie ist Kosmetikerin, keine Seelenforscherin.«

»Du weißt um den Zusammenhang von Körper und Seele, setzt dich selbst sogar in deiner Dissertation damit auseinander«, erinnerte sie ihr Mann.

»Alles zu seiner Zeit«, zitierte Lilith ihn lächelnd. »Meiner Auffassung nach sollte sich Helena zunächst mit dem Thema Hygiene befassen. Das hat jetzt Vorrang.«

»Ja, das sollte jetzt an erster Stelle stehen«, bestätigte Helena hastig. Sie war Lilith für ihren geschickten Themenwechsel unendlich dankbar. »Ihre Frau hat mir schon nahegelegt, dass ich während meines Besuchs in Paris unbedingt das Institut Pasteur aufsuchen sollte.«

»Da hat meine Frau unbestreitbar recht«, ließ sich ihr Mann rasch ablenken. »Seit Pasteur sich mit dem Thema Mikrobiologie befasst, hat die Hygiene in Europa unglaubliche Fortschritte gemacht.«

»Davon habe ich auch gelesen«, sagte Helena.

»Und nicht nur da muss sie hin«, fiel ihr Lilith ins Wort. »Er ist zwar schon uralt, aber er wird sie bestimmt empfangen.«

»Du meinst …?« Fragend schaute Dr. Kapp seine Frau an.

»Genau den meine ich. Marcellin Berthelot, den Erfinder der Desinfektion«, bestätigte diese. »Und du, mein Lieber, wirst Helena ein Empfehlungsschreiben mitgeben.«

»Aha!«, machte Dr. Kapp.

»Keine Angst, du wirst damit keine zusätzliche Arbeit haben. Ich habe es nämlich schon vorformuliert, ins Französische übersetzt und in meiner schönsten Schrift geschrieben«, erzählte Lilith fröhlich.

»Aha!«, machte nun auch Helena überrascht.

Lilith sprang auf und lief nach nebenan in den Damensalon. Wenige Sekunden später kam sie mit einem cremefarbenen Briefbogen zurück und legte ihn vor ihrem Mann auf den Tisch.

»Einmal leise lesen, korrigieren, danach laut vorlesen und unterschreiben«, befahl sie energisch.

Dr. Kapp warf den Kopf in den Nacken und lachte schallend.

»Lilith, du bist einfach unvergleichlich«, sagte er.

»Dem kann ich nur beipflichten«, schloss sich ihm Helena an.

Aber Dr. Kapp, Kurdirektor von Wiesbaden, tat wie ihm geheißen.

Versehen mit vielen guten Ratschlägen, mehreren Empfehlungsschreiben für französische Kollegen, etlichen Umarmungen und Beteuerungen, sich unbedingt wiedersehen zu müssen, verließ Helena an diesem Abend ihre freundlichen Gastgeber. Der Abschied fiel ihr schwer. Aber sie wusste, in Lilith hatte sie eine Freundin fürs Leben gewonnen.

Kapitel 13

Paris 1905

Das Paris, das Helena bei ihrem ersten Besuch im Sommer 1905 erlebte, war die Hauptstadt der Welt, was Kunst, Architektur und Mode betraf. Nach der Lektüre der zahlreichen Magazine, die sie sich während ihrer Schiffsreise nach Europa und auf den langen Bahnreisen von Ost nach West zu Gemüte geführt hatte, war Helena das bereits bestens bekannt. Dass hier jedoch auch der Nabel der Welt lag, was wissenschaftliche Entwicklungen anging, begriff sie erst während ihres Aufenthalts in der französischen Metropole.

Die zahlreichen Empfehlungsschreiben, die ihr Dr. Kapp zugesteckt hatte, und die von Dr. Hollander, die sie ebenfalls bei sich trug, wirkten wie ein »Sesam, öffne dich«. So war es ein Leichtes, von dem alten Professor Berthelot empfangen zu werden.

»Es ist mir eine Ehre, eine Landsmännin meiner verehrten Kollegin empfangen zu dürfen«, begrüßte der alte Herr sie bei ihrer ersten Begegnung. Er erhob sich hinter dem riesigen Schreibtisch seines dunkel getäfelten Arbeitszimmers und kam ihr auf schon etwas wackeligen Beinen entgegen. Vor ihr blieb er stehen, ergriff ihre Rechte und hauchte den obligatorischen Kuss auf den Handrücken.

»Bitte, nehmen Sie doch Platz«, bat er und wies auf die schweren schwarzen Ledersessel, die sich in der Mitte seines Arbeitszimmers gruppierten.

Helena ließ sich vorsichtig in einem der riesigen Ungetüme nieder, glättete ihre Rockfalten und prüfte den Sitz ihres Hutes.

»Wenn ich mich erkundigen darf, welche Kollegin meinten Sie eben?«, eröffnete sie nach kurzem Schweigen die Konversation. »Es leben ja viele Polinnen und Polen hier in Paris.«

»Wen anders kann ich gemeint haben als Marie Curie?«, erwiderte Prof. Berthelot. »Die berühmte Nobelpreisträgerin.«

»Aber natürlich. Verzeihung, wie konnte ich nur so dumm fragen«, entschuldigte sich Helena hastig.

Sie hatte noch niemals von dieser Frau gehört – oder doch? Fieberhaft versuchte sie sich zu erinnern. Irgendwann hatte sie diesen Namen doch schon einmal aufgeschnappt. Aber in welchem Zusammenhang? Vielleicht in Krakau?

»Nun, in Polen ist man natürlich besonders stolz auf sie.« Helena bluffte, um Zeit zu gewinnen, und wiederholte: »Eine sehr berühmte Nobelpreisträgerin.«

»Ja, und dann noch in Physik«, bestätigte Berthelot. »Mir selbst ist dieser Bereich der Wissenschaft leider sehr fremd geblieben. Umso größere Bewunderung hege ich für

Marie Curie, wenn ich auch nicht fähig bin, alle ihrer Ausführungen nachzuvollziehen.«

»Da geht es Ihnen wie mir. Physik ist eben nicht unser Metier«, hakte Helena geschickt ein. »Ich habe leider mein Medizinstudium nicht beenden können, aber Sie haben mit Ihrer Forschung viel zum Fortschritt der Hygiene beigetragen.«

»Nun ja, was die Entwicklung der Desinfektion anbelangt, haben Sie recht«, pflichtete der alte Herr ihr sofort bei.

»Dr. Kapp ist sogar der Auffassung, dass Ihre diesbezüglichen Verdienste durchaus nobelpreiswürdig seien«, fuhr Helena fort. Damit übertrieb sie die Ausführungen ihres Wiesbadener Gastgebers bei Weitem.

»Hat er das wirklich so behauptet?«, vergewisserte sich Prof. Berthelot geschmeichelt. »Ein sehr tüchtiger junger Kollege. Ich habe ihn einmal in Zürich bei einem Kongress kennengelernt – mit seiner überaus charmanten Frau«, setzte er hinzu.

»Das ist sie in der Tat. Und auch klug«, pflichtete Helena ihm hastig bei. »Sie fährt übrigens dieser Tage für ihr Rigorosum nach Zürich.«

»Sie promoviert in Zürich? Schon seltsam, was die Frauen heutzutage alles wollen, erst den Zugang zu den Universitäten und dann noch selbst den Doktor machen. Sie hat doch schon einen geheiratet«, brummelte der alte Arzt etwas unwillig.

Helenas Französisch war nicht so perfekt, als dass sie alles richtig verstanden hätte. Sie war erst einmal erleichtert, mit ihrer Konversation in ein weniger gefährliches Fahrwasser geraten zu sein. Insgeheim beschloss sie jedoch, sich nach ihrem Besuch etwas genauer über diese Marie Curie zu informieren. Es konnte ja nicht angehen, dass sie als gebürtige Polin nichts über diese Wissenschaftlerin wusste.

»Was kann ich eigentlich für Sie tun, Mademoiselle Rubinstein?«, erkundigte sich der alte Professor und raschelte mit dem Empfehlungsschreiben aus Wiesbaden. »So recht klug werde ich aus den Formulierungen meines Kollegen nicht. Übrigens hat er eine sehr schwungvolle Schrift und schreibt ein wunderbares Französisch …«

»Das Schreiben ist von Lilith Kapp«, gestand Helena. »Sie ist auch Polin, aber hatte wie so viele junge Mädchen der gehobenen Kreise in meiner Heimat eine französische Gouvernante.«

»Aha, daher das brillante Französisch.« Er hielt sich den Briefbogen dicht vor die Augen, um ihn genauer zu studieren. »Sie leben seit mehr als zehn Jahren in Melbourne, betreiben dort einen eigenen Schönheitssalon mit selbst entwickelten Produkten und …«

»Ich möchte mich hier in Paris von Ihnen und Ihren Kollegen auf den neuesten Stand bringen lassen«, ergänzte Helena hastig.

»Hm, hm, hm«, machte der alte Herr. »Eigentlich ist es nicht meine Aufgabe, mich mit Laien zu befassen, die über keinerlei wissenschaftlichen Hintergrund verfügen.«

»Aber ich habe dafür doch jahrelange praktische Erfahrung, sogar einige Semester an der Krakauer Universität Medizin studiert und in Australien eine pharmazeutische

Ausbildung bei einem renommierten ungarischen Pharmakologen gemacht«, wandte Helena ein. Der alte Dr. Hammerstein hätte sich sicher über die berufliche Beförderung gefreut, die sie ihm posthum verlieh.

Das war der große Vorteil: Sie konnte das Blaue vom Himmel herunterlügen, immer in der Gewissheit, dass ihre Behauptungen nicht sofort überprüfbar waren.

»Dr. Hammerstein hat mir sehr viel beigebracht«, fügte sie hinzu. »Und das erhoffe ich mir gleichfalls von Ihnen.«

Nachdenklich schaute Prof. Berthelot sie an. »Ich habe ja schon einiges erlebt, aber jemand wie Sie ist mir noch niemals über den Weg gelaufen.«

»Dann ist es erst recht an der Zeit«, behauptete Helena keck. »Ich war mir sicher, dass Sie meiner Bitte entsprechen würden, und habe daher schon mal etwas vorbereitet.« Sie stellte ihre Handtasche auf den Schoß, öffnete sie und begann darin zu kramen.

»Und was haben Sie vorbereitet?« Der alte Herr war neugierig geworden.

»Einen Fragenkatalog. Ich habe während meiner beiden Hospitationen bei Dr. Hollander in der Berliner Charité und im Wiesbadener Kurbetrieb von Dr. Kapp viel mitgeschrieben. Alle Unklarheiten und Fragen habe ich in meinem Katalog zusammengefasst.« Sie zog einen in schwarze Pappdeckel gebundenen Ordner heraus.

»Na, dann geben Sie schon her!«, forderte der alte Herr sie auf und nahm ihr den Ordner einfach aus der Hand. Er begann darin zu blättern … und las sich fest.

Helena beobachtete ihn verstohlen. Was für ein Glück,

dass sie alles auf Französisch verfasst hatte. Na ja, eigentlich war es Lilith gewesen, die darauf bestanden hatte. In stundenlanger Arbeit hatte sie Helenas Kritzeleien, ein Mischmasch aus Deutsch, Englisch und Polnisch, in ein sauberes Französisch übertragen. Aber das musste der alte Professor ja nicht erfahren.

Es dauerte einige Minuten, ehe er den Blick wieder hob.

»Ich habe selten eine so detaillierte und sauber gegliederte Aufstellung in den Händen gehalten wie diese«, sagte er und gab ihr den Ordner zurück.

Im Geiste sandte Helena tausend Dankesküsse und Umarmungen an Lilith, die sie so tatkräftig unterstützt hatte.

Bis weit nach Mitternacht hatten sie gemeinsam in ihrem Damensalon über diesen Fragestellungen gebrütet. Es hatte lange gedauert, bis Lilith endlich zufrieden gewesen war.

»Und wehe, du lässt mich nicht an deinem neu erworbenen Wissen teilhaben«, hatte sie gedroht. Eilig hatte Helena ihr versprochen, dieser Bitte Folge zu leisten.

Aber hier in Paris unterschlug sie wohlweislich das Verdienst ihrer Freundin.

Als Prof. Berthelot sich erhob, stand Helena ebenfalls auf.

»Ich bin bereit, Sie in die Geheimnisse der modernen Hygiene einzuweihen und auf den neuesten Stand der Entwicklung zu bringen«, sagte er. »Ich werde das in einer angemessenen Anzahl von Privatstunden tun. Wie lange gedenken Sie, in Paris zu bleiben?«

»Eine Woche«, erwiderte Helena atemlos.

»Das wird nicht genügen, mindestens zwei Wochen müssten Sie schon einkalkulieren«, verlangte der Professor.

»Das ließe sich einrichten«, versicherte Helena hastig und strich spontan eine Woche von ihrem geplanten Aufenthalt in London. Hauptsache, sie war früh genug in Wien, um dort Ceska und Lola aufzugabeln, damit sie sich alle drei pünktlich auf der *Karlsruhe* im Hafen von Genua einschiffen konnten.

»Gut, dann seien Sie am nächsten Montag früh um zehn Uhr hier bei mir«, forderte der Gelehrte und reichte ihr zum Abschied die Hand. »Wir werden gemeinsam mit einer Droschke zu meinem Labor fahren.«

»Wenn Sie wüssten, wie dankbar ich Ihnen bin«, sagte Helena.

»Dazu haben Sie auch allen Grund«, entgegnete er trocken.

»Und was wird mich das kosten?«, fragte Helena bang.

Prof. Berthelot lachte heiser. »Wissen Sie, ich bin inzwischen so alt und habe keine großen Wünsche mehr.«

»Aber irgendwie muss und möchte ich mich schon erkenntlich zeigen.«

»Dann spenden Sie einen Betrag an eins der vielen Pariser Waisenhäuser. Die können das Geld besser gebrauchen als ich. Eine ausreichende Summe sollten Sie jedoch für sich behalten. Sie sind eine junge schöne Frau, und Paris bietet unendliche Möglichkeiten, Geld auszugeben. Ihnen bleiben ja noch vier lange Tage bis zum nächsten Montag.«

»Die ich nutzen werde, um diese wunderschöne Stadt besser kennenzulernen«, erwiderte Helena überwältigt.

»Wir sehen uns am Montag, *au revoir*, Mademoiselle Rubinstein.«

Damit war die Audienz beendet. Beglückt machte sich Helena auf den Rückweg in ihr kleines Hotel.

Die nächsten drei Tage erlebte Helena wie in einem Rausch. Die wohlhabenden Bewohner von Paris residierten zu dieser Jahreszeit größtenteils außerhalb der Stadt, in ihren Landhäusern irgendwo in der Provence, der Normandie oder der Bretagne. Aber nicht alle waren so betucht, insbesondere nicht die zahlreichen Künstler, die sich in den letzten Jahrzehnten, magisch angezogen vom Glanz dieser Metropole, in Paris angesiedelt hatten. Und so pulsierte das Stadtleben auch während der heißen Sommermonate, vielleicht nicht ganz so rasant wie sonst, aber immer noch lebhaft.

In diesen freien Tagen absolvierte Helena das Pflichtprogramm einer jeden Erstbesucherin der französischen Hauptstadt. In einer Buchhandlung fand sie einen Baedeker, der sie durch die vielen Straßen und Gassen der Metropole geleitete. Einen polnischen Reiseführer hatte sie nicht auftreiben können. Sie hätte auch einen englischen wählen können, aber sie hatte ihren Spaß an den gewundenen, etwas altväterlichen Formulierungen dieses deutschen Reiseführers. Außerdem war es gut, vor ihrer Reise nach Wien ihr Deutsch etwas aufzupolieren. Dass sie nicht mehr nachdenken musste, um nach den richtigen Worten zu suchen, lag an ihren Aufenthalten in Berlin und Wiesbaden. Allerdings war die polyglotte Lilith zu gerne von einer Sprache in die andere gehüpft und häufig ins Polnische verfallen, wenn Helena zu lange nach einer Formulierung suchte.

In Paris wiederum hatte Helena Probleme mit dem rasanten Französisch der Einheimischen. Von ihrer Erscheinung her ein mediterraner Typ, hielt man sie oft für eine Südfranzösin und ratterte einfach los.

»Doucement« war ihre am häufigsten benutzte Vokabel in diesen Tagen. Wenn sie anschließend mit ihrem rollenden R und schwerem slawischen Akzent erklärte, dass sie noch dabei sei, diese wunderbare Sprache zu erlernen, schaltete man freundlicherweise einen Gang herunter und lobte sie, dass sie schon *»très bien français«* parliere.

Mit spontanen Gefühlsaufwallungen gegenüber Menschen hatte es Helena eigentlich gar nicht. Aber in das Paris der Belle Époque verliebte sie sich Hals über Kopf und war sogar bereit, das zuzugeben.

Ich liebe diese Stadt; sie hat mich im Sturm erobert.
Ich bin hingerissen. Hingerissen von der Atmosphäre,
der Architektur, den breiten Boulevards, den schicken
Frauen, der Mode, den Läden an den Champs-Élysées,
den galanten Männern, dem Luxus, eben von allem.
Im Savoir-vivre kann die Pariser niemand übertreffen.

So wie sie in diesem Brief an ihre Freundin Lilith schwärmte, schwelgte Helena auch beim Einkaufen. Da Poiret noch in der Sommerpause weilte, deckte sie sich bei anderen angesagten Modeschöpfern wie Charles Worth und Jacques

Doucet mit neuen Kleidern ein. Bei René Lalique erstand sie etliche Flakons – und das nicht ohne Hintergedanken. Nein, genau kopieren würde sie diesen Meister des Glasdesigns natürlich nicht. Aber als Anregung für ihre eigenen Tiegel und Töpfchen konnte sie dessen kleine Kunstwerke doch betrachten.

Auch an diversen Juwelieren kam sie nicht vorbei, fand schließlich ein Collier, das wunderbar zu ihrer mitternachtsblauen Abendrobe aus Berlin passte. Hier in Paris würde sie diese nicht mehr tragen, weil dieses Kleid kaum mehr dem *dernier cri* entsprach. Aber für ein Dinner auf der *Karlsruhe* und einen Besuch der Oper in Melbourne war diese Robe allemal gut. Außerdem stand sie ihr hervorragend.

Kapitel 14

Melbourne 1907

Ein plötzlicher Windstoß drohte Helena den Hut vom Kopf zu reißen. Mit beiden Händen hielt sie das breitrandige Kunstwerk aus Stroh, Seidenbändern und Tüll fest und beugte sich ein bisschen weiter nach vorne, um unverdrossen ihren Strandspaziergang fortzusetzen. Irgendwann würde die Sonne doch noch durchbrechen und den breiten Sandstrand von Brighton Beach nicht nur in ein gleißendes Licht tauchen, sondern auch mit der üblichen Kraft versuchen, sich in die Haut der am Strand promenierenden Fußgänger zu brennen. Viele waren es nicht um diese Zeit. Wer setzte sich schon freiwillig der sengenden Mittagshitze aus?

In Europa ist es jetzt bitterkalt, und die Menschen feiern Weihnachten, dachte Helena.

Die Kälte ihrer alten Heimat vermisste Helena allerdings nicht. Wie ein christliches Weihnachtsfest zelebriert wurde, hatte sie erst in Australien kennengelernt, denn im Kazimierz lebte man nach dem jüdischen Kalender. Sie fühlte sich mittlerweile längst nicht mehr als Polin aus

Krakau, geschweige denn als Österreicherin, wenn sie ganz ehrlich war, nicht einmal mehr als Europäerin. Dazu war sie inzwischen zu lange fort von dort. Mehr als zehn Jahre lag ihre erste Ankunft in Melbourne zurück.

Mittlerweile lebten Ceska und Lola auch schon fast zwei Jahre bei ihr, waren ihr zu unentbehrlichen Hilfen im Geschäft geworden, zuverlässig und billig zugleich. Neben Kost und Logis erhielten sie nur ein geringes Taschengeld, doch bisher hatten sie sich noch nicht darüber beklagt.

In den vergangenen Wochen war ein neuer Gedanke in Helena aufgekeimt. Ehe sie jedoch eine endgültige Entscheidung traf, musste sie darüber nachdenken. Und zwar alleine!

Es war jedoch gar nicht so einfach gewesen, sich in der Collins Street loszueisen …

»Was? Bis hinaus zum Brighton Beach willst du noch heute Nachmittag?«, fragte Ceska überrascht.

»Ja, das muss sein«, bestätigte Helena. »Ich muss vor die Tür, brauche einfach einmal wieder frische Luft, will mir den Kopf freipusten lassen, um richtig nachdenken zu können.«

»Worüber musst du denn nachdenken?«, wollte ihre Cousine Lola wissen.

»Das verrate ich erst, wenn ich zu einem Ergebnis gekommen bin.«

»Du machst uns jetzt aber richtig neugierig«, meinte Ceska.

»Ihr werdet es schon früh genug erfahren.«

»Wie willst du überhaupt dahin kommen? Das sind weit mehr als sieben Meilen, zum Laufen doch viel zu weit. Das schaffst du doch gar nicht mit deinen hohen Absätzen ... und dann noch ohne Begleitung«, zweifelte Lola.

»Ich werde die Cable Tram nehmen. Das Powerhouse ist ja gleich um die Ecke«, verkündete Helena entschlossen.

Um die Jahrhundertwende herum waren die ersten Waggons der Straßenbahn noch aus den USA eingeführt worden, doch mittlerweile fuhren neuere Modelle aus einheimischer Produktion durch die Straßen. In Melbourne war man sehr stolz darauf.

»Waaaas?« Dieser entsetzte Aufschrei kam wie aus einem Munde. Fassungslos schauten Schwester und Cousine Helena an. »Du in einer Cable Tram, nicht in einer schönen Droschke?«

»Habt ihr was dagegen?«

Helena erhob sich von ihrem angestammten Platz hinter dem gläsernen Tresen, an dem sie ihre Kundschaft immer empfing. War es der erste Besuch einer Kundin, geleitete Helena diese in einen »Sprechzimmer« genannten Raum, wo sie rasch in einen ihrer weißen Kittel schlüpfte. Dann bat sie die betreffende Dame, in einem bequemen Sessel vor einem großen Spiegel Platz zu nehmen, wo sie zunächst eine gründliche Hautanalyse vornahm. Wenn das Ergebnis feststand, teilte sie es der Kundin mit und unterbreitete ihr einen Behandlungsplan.

»Maßgeschneidert, Ihrem ganz persönlichen Hauttyp entsprechend«, versicherte sie stets den beeindruckten Damen.

Betrat eine Stammkundin den Salon, wurde sie ebenfalls von Helena persönlich begrüßt. Sie tat es in einer fein dosierten Mischung aus Überschwänglichkeit und Respekt, ohne jene Unterwürfigkeit, die sie so häufig bei ihrem Vater in Krakau und ihrem Wiener Onkel hatte beobachten müssen. Sie fühlte sich mit ihren Kundinnen auf Augenhöhe, und die schienen es genauso zu empfinden. Man lebte schließlich in Australien, wo die alten Klassenschranken mehr oder minder aufgehoben waren.

Nach diesem Begrüßungszeremoniell schnipste Helena entweder mit den Fingern oder rief mit Stentorstimme nach ihren Assistentinnen. Eilfertig tauchte dann immer eine von ihnen auf, um die Dame ihrerseits in Empfang zu nehmen und in eine der Behandlungskabinen zu geleiten.

Noch in Wien hatte Helena Ceska und Lola zwei schicke rote Kostüme schneidern lassen – sehr zum Entsetzen ihrer Tante und Namensschwester Helene. Rot sei doch so furchtbar ordinär, hatte sie befunden. Eher etwas für gewisse Damen.

Helena hatte diesen Einwand ignoriert.

Die Tatsache, dass ihre Nichte nicht mehr Chaja, sondern Helena hieß, hatte die Wiener Tante ebenfalls mit einem Kopfschütteln quittiert. In der Annahme, dass der Namenswechsel aber immerhin ihr zu Ehren geschehen sei, hatte sie sich weitere Kommentare erspart. Helena hatte sie in dem Glauben gelassen.

Zudem war es im Wien der Jahrhundertwende gang und gäbe, dass die zu Tausenden aus Galizien einwandernden oder vor Pogromen aus Russland flüchtenden Juden sich neue Namen gaben, die nicht so deutlich auf ihre Herkunft hinwiesen. So erhofften sie sich, weniger Anfeindungen und Diskriminierung ausgesetzt zu sein.

In Bürgermeister Karl Lueger fand der immer offener gezeigte Antisemitismus einen seiner schrecklichsten Fürsprecher. Ihre Wiener Verwandten beklagten sich bitterlich über diese sich verstärkt abzeichnende Entwicklung, aber Helena interessierte das nicht. Sie war eine Meisterin des Weghörens. Dinge, die sie zu belasten drohten, Entwicklungen, die sie in ihrem persönlichen Werdegang gar beeinträchtigen konnten, ignorierte sie, blendete sie aus. In ihrer neuen Heimat gab es ohnehin keinen Antisemitismus. Das war ein Phänomen der alten Welt, mit dem sie nichts zu tun haben wollte.

Ceska und Lola waren sehr stolz auf ihre roten Kostüme, in denen sie jetzt vor ihr standen. Wohlwollend ließ Helena ihren Blick über die beiden jungen Frauen wandern.

Sie waren hübsch, hatten den gleichen Alabasterteint wie sie selbst. Das waren die Gene aus der mütterlichen Linie, die sich auch bei Ceska und Lola durchgesetzt hatten. Nein, weder Gitel noch deren Schwester waren Schönheiten, aber beide hatten diese makellose Haut, die sie ihren Töchtern vererbt hatten. Bei dieser nächsten Generation gesellten sich zudem Charme und generell ein hübsches Äußeres hinzu.

Dem Vorbild ihrer älteren Schwester folgend, hatte sich auch Ceska bei ihrer Einreise im Melbourner Hafen kurzerhand um vier Jahre verjüngt, sich also für achtzehn ausgegeben. Nun lebte sie seit zwei Jahren unter ihrem Dach und war damit offiziell zwanzig. Lola war bei der Ankunft tatsächlich erst siebzehn gewesen und damit nun neunzehn Jahre alt, besser gesagt jung. Blutjung im Vergleich zu Helena selbst. Nur sie und ihre beiden Verwandten wussten, dass sie schon Mitte dreißig war. Ihnen wiederum hatte Helena striktes Schweigen auferlegt. Ein Sterbenswörtchen über ihr wahres Alter, dann sei die nächste Passage zurück nach Europa so gut wie gebucht, hatte sie ihnen gedroht.

Der Öffentlichkeit hatte Helena ihre beiden Assistentinnen als Wiener Dermatologie-Spezialistinnen vorgestellt, die sie nach ihrem Abschluss an der Wiener Universität für ihren australischen Salon habe anwerben können. Leider seien sie des Englischen noch nicht so mächtig …

Ceskas und Lolas Aufgabe hatte zunächst nur darin bestanden, gut auszusehen und charmant zu lächeln. Aber geschickt und wissbegierig, wie alle weiblichen Mitglieder der Familie nun einmal waren, hatten sie sich im Nu die erforderlichen handwerklichen Kenntnisse angeeignet. Auch Englisch hatten sie so schnell gelernt, dass sie sich mittlerweile fast nur noch in der neuen Sprache unterhielten. Im Geschäft bestand Helena sogar darauf.

»Das schulden wir meinen Kundinnen«, lautete ihr Argument. »Es wäre unhöflich, sich in ihrer Gegenwart in einer anderen Sprache zu unterhalten. Auch untereinander verbiete ich euch, im Geschäft Polnisch oder gar Jiddisch zu sprechen!«

»Schade«, flüsterte die junge Lola mit gesenktem Kopf.

»Was hast du gesagt?«, herrschte Helena ihre Cousine an. »Hast du es etwa gewagt, mir zu widersprechen?«

»Nein, nein, überhaupt nicht, du hast ja recht«, wehrte diese ängstlich ab.

Helena führte ein strenges Regiment. Von ihren Assistentinnen verlangte sie, dass sie jeden Morgen um Punkt acht »geschniegelt und gestriegelt« im Salon erschienen und bis mindestens abends um acht arbeiteten. Pausen, freie Tage? Darüber konnte sie nur lachen. Die nahm sie sich selbst nicht, umso weniger benötigten sie Schwester und Cousine. Schließlich waren sie erheblich jünger als sie. Was hatte sie in deren Alter selbst schuften müssen!

Natürlich wagten Ceska und Lola es nicht aufzumucken. Im Gegenteil, auch nach gut zwei Jahren waren sie Helena noch immer dankbar dafür, dass sie beide von ihrem öden Dasein im Krakauer Kazimierz erlöst hatte. Nach wie vor erledigten sie ihre Arbeit voller Freude und Enthusiasmus. Dass sie dabei fast wie Leibeigene auf einem der riesigen Besitztümer des europäischen Adels in Russland oder Polen gehalten wurden, war ihnen gar nicht bewusst.

Mit ihrer jugendlichen Schönheit, ihrem Temperament und natürlichen Charme sowie der gepflegten Erscheinung stellten sie zwei hervorragende Aushängeschilder für Helena Rubinsteins ersten Schönheitssalon dar. Neuerdings hatte Ceska sogar einen jungen Verehrer, was ihre Schwester überhaupt nicht gerne sah. Für sich selbst hatte Helena die Themen Heirat, Ehe und Kinder längst abgeschlossen. Aber durfte sie ihrer Schwester und eines Tages eventuell auch ihrer Cousine deshalb Steine in den Weg legen?

Darüber musste sie nachdenken – und noch eine weitere Frage hatte sie sich in den letzten Monaten immer wieder gestellt. Sie musste eine Entscheidung treffen!

Es wurde ein sehr langer Spaziergang, den Helena an diesem Nachmittag unternahm. Er endete mit dem Beschluss, die australische Staatsbürgerschaft zu beantragen.

Für den Rückweg wählte sie erneut die Cable Tram. Öffentliche Verkehrsmittel benutzte sie fast nie, fuhr sonst stets mit einer Droschke. Ja, sie hatte sogar einmal eine Fahrt mit einem dieser immer häufiger im Straßenbild Melbournes auftauchenden Automobile gewagt. Auf den Straßen von Wien, Paris und London waren sie schon längst ein vertrauter Anblick, aber die Melbourner wandten immer noch erstaunt die Köpfe, wenn so ein Vehikel an ihnen vorüberknatterte.

Die Fahrt der Kabelbahn bis zurück in die Innenstadt dauerte fast eine Stunde. So hatte Helena Gelegenheit, die anderen Fahrgäste zu beobachten. Insbesondere die Frauen unterzog sie einer eingehenden Betrachtung.

Was sie da sehen musste, erschreckte sie fast ein wenig: müde, erschöpfte Gesichter, vorzeitig gealtert, tiefe Falten, herabgezogene Mundwinkel, viel zu trockene Haut, die niemals Pflege erfahren hatte. Mehr als Wasser und Kernseife kannten diese Frauen nicht.

Helena war diesen Anblick nicht mehr gewohnt. Ihre Kundinnen gehörten zur sogenannten High Society; ihre Männer hatten es in den Jahren der australischen Prosperität zu Wohlstand und Reichtum gebracht.

Eine Behandlung bei Helena kostete einen stolzen Betrag, den die wohlhabenden Damen gerne entrichteten, genauso wie sie für die mitgenommenen Töpfchen und Tiegel, ohne mit der Wimper zu zucken, Unsummen auf die gläserne Vitrine legten. Ihre Männer waren stolz darauf, ihre Gattinnen so zu verwöhnen und sich zu offiziellen Anlässen mit ihnen schmücken zu können.

Für die Schönheitspflege zahlten sie Beträge, von denen die Familien der erschöpften Frauen und Männer, die jetzt mit der Cable Tram von der Arbeit im Hafen in eins ihrer schäbigen Quartiere zurückfuhren, einen oder gar mehrere Monate hätten leben können. War das gerecht?

Helenas Geschäftssinn regte sich. War es nicht die abgearbeitete Liz, ehemalige Strafgefangene und Ehefrau eines Raubmörders, gewesen, durch die sie die heilsame Wirkung des Lanolins entdeckt hatte? Auch Liz und diese Frauen um Helena herum, die gerade von der Cable Tram durchgeschüttelt wurden, hatten Pflege für sich und ihre Haut verdient, nur dass sie sich die Produkte, die sie in ihrem Salon anpries und verkaufte, niemals würden leisten können.

Aber wie wäre es, wenn sie eine preiswertere Linie für diese Frauen entwickelte? Cremes, die nur einen Bruchteil dessen kosteten, was sie sonst verlangte? Die Bestandteile brauchte sie nicht großartig zu verändern. Sie konnte einfach einige der teuren ätherischen Öle sowie die aufwendigen Verpackungen weglassen und stattdessen preiswerte Aludöschen verwenden.

Konnte sie sich damit nicht einen ganz neuen Geschäftszweig erschließen? Gar ein Massengeschäft? Schließlich gab es doch viel weniger wohlhabende, reiche oder gar superreiche Frauen auf dieser Welt als solche, die hart arbeiteten und sich für Haushalt, Familie und Kinder aufrieben. Hatten diese Frauen nicht auch ein Recht auf Pflege und Schönheit?

Wild purzelten Gedanken, Ideen, Fragen und Visionen in Helenas Kopf durcheinander. Fast hätte sie vergessen, an der richtigen Haltestelle auszusteigen. Erst in letzter Sekunde sprang sie auf, bahnte sich hastig ihren Weg durch die Fahrgäste und erntete entsprechenden Protest.

Nachdem sie in letzter Sekunde auf dem Trottoir gelandet war, schaute sie der davonfahrenden Cable Tram nachdenklich hinterher.

»Einfach wird es nicht werden, euch als meine Kundschaft zu gewinnen«, murmelte sie.

Es war schon fast Abend, als Helena von ihrem langen Strandspaziergang zurückkehrte. Ceska und Lola hatten im Salon die Stellung gehalten.

»Und, hast du dich richtig durchpusten lassen und den Kopf freibekommen für neue Ideen?«, erkundigte sich Ceska.

»Ja, das habe ich.« Helena nickte.

»Und was für Ideen sind das?«, wollte Lola neugierig wissen.

»Alles zu seiner Zeit«, erwiderte Helena und griff nach dem dicken bunten Briefumschlag, der auf dem silbernen Tablett des Empfangstisches lag.

»Oh, von Lilith«, stellte sie erfreut fest, als sie den Absender entdeckte. »Da habe ich ja gleich was zu lesen.«

»Ob sie wieder einen so langen Brief geschrieben hat?«, spekulierte Ceska.

»Das geht dich gar nichts an«, versetzte Helena und scheuchte sie mit einer Handbewegung davon. »Geht rüber, zieht euch um. Ihr seid für heute Abend entlassen.«

»Wie bitte?«, kam es wieder mal unisono. Die beiden hätten wirklich Zwillinge sein können.

»Heute Abend kommt niemand mehr, ich habe im Kalender keine Termine mehr gesehen. Ich werde hier noch ein bisschen Buchführung machen und die Korrespondenz erledigen. Dazu benötige ich euch nicht. Also geht!«

Die beiden Mädchen stoben davon. Im Türrahmen drehte sich Ceska jedoch noch einmal um.

»Behandlungstermine gibt es tatsächlich nicht mehr, aber ich glaube, du bekommst heute Abend noch Besuch«, sagte sie zögernd.

»Was für einen Besuch? Ich erwarte niemanden, bin nicht verabredet«, entgegnete Helena ungeduldig und riss schon Liliths Brief auf.

»Vorhin war ein unbekannter Herr hier«, fuhr Ceska fort.

»Ein sehr gut aussehender Herr«, ergänzte Lola. »Der wollte dich unbedingt sprechen.«

»Was wollte er denn?«, erkundigte sich Helena desinteressiert und begann schon mit ihrer so lange ersehnten Lektüre. Fast ein halbes Jahr hatte sie auf die Antwort ihrer Freundin warten müssen.

»Das hat er nicht verraten, aber er hat gesagt, dass er im Laufe des Abends wiederkommen wird.«

»Soso«, murmelte Helena. »Mal sehen, ob er das auch tut. Jetzt macht, dass ihr davonkommt. Ich will alleine sein.«

Kichernd gehorchten die beiden jungen Mädchen.

Helena entfaltete den Brief. Seit ihrer Rückkehr hielt sie eine regelmäßige Korrespondenz mit Lilith aufrecht. Ihre Freundin war eine begnadete Briefeschreiberin, die es hervorragend verstand, ihre Beobachtungen in treffende Worte zu fassen. Und nicht nur das! Sie hielt Helena auch auf dem Laufenden, was die Entwicklung der Wissenschaft anbelangte – zumindest, was Kosmetik, moderne Heilmethoden und die neuerdings angesagten Bäder betraf.

Joseph und ich werden im September für ein paar Wochen nach Marienbad reisen, um dort selbst einmal zu kuren. Zuvor fahren wir jedoch noch einige Tage nach Paris zu einem Kongress. Ich werde die Gelegenheit nutzen, um die arme Marie zu besuchen und ihr nachträglich zu kondolieren.

Helena war klar, dass damit nur Marie Curie gemeint sein konnte. Inzwischen wusste sie, wer das war, und auch um die Bedeutung ihrer Landsmännin für die Wissenschaft. Wie es der Zufall so wollte, kannte Lilith sie persönlich aus gemeinsamen Tagen in Warschau.

Die arme Marie, der Tod ihres Mannes hat sie zutiefst

getroffen. Sie hat sich völlig aus der Öffentlichkeit zurückgezogen und geht auch nicht mehr in ihr Labor, dabei wäre Arbeit in dieser Situation doch die beste Medizin. Sie hat ihren Pierre über alles geliebt. Es war eine ganz große Liebe zwischen den beiden. Dazu haben sie sich auch beruflich ideal ergänzt. Pierre hat sie immer gefördert und ihr den Ruhm und Erfolg, obwohl sie ihn sogar überflügelte, neidlos gegönnt. Das ist selten für einen Mann.

Aber mein Joseph würde es genauso tun. Nicht dass ich ihn überflügeln wollte, aber er hat mir eine eigene Praxis eingerichtet, im Erdgeschoss unseres Wiesbadener Hauses in der Innenstadt – und sie floriert. Die Menschen kommen gerne zu Frau Dr. Lilith Kapp, und es ist mein eigener Doktortitel!!! Ich bin nicht auf den Titel meines Mannes angewiesen, obgleich er mich immer unterstützen wird.

»Drei Ausrufezeichen«, stellte Helena lächelnd fest. »Ach, Lilith, du bist wirklich unvergleichlich.«

Moja najdroższa Helena, wie sieht es eigentlich bei Dir aus? Hast Du inzwischen einen Mann gefunden, der an Deiner Seite steht, an dessen Schultern Du Dich lehnen und auch einmal ausweinen kannst? Ich weiß, ma chère, Du bist eine starke Frau, aber Du könntest noch stärker sein, wenn Du den passenden Partner fändest, der Dich liebt und auf Händen trägt, Dich verwöhnt und anbetet. So wie es mein Joseph tut. Die Liebe zwischen Frau und Mann, sie ist ein unentbehrliches Lebenselixier und …

»Ach, Lilith, nicht schon wieder!« Seufzend ließ sie den Briefbogen sinken.

Wann würde ihre Freundin endlich begreifen, dass Helena keinen Mann benötigte? Im Gegenteil, er würde sie nur stören, denn er würde doch bloß Ansprüche stellen, würde bedient und von ihr umsorgt werden wollen, ganz zu schweigen von dem, was man gemeinhin eheliche Pflichten nannte.

Nein! Helena wollte niemandem verpflichtet sein. Niemals!

Wann würde ihre Freundin das begreifen?

Ihre Familie hatte diesbezüglich resigniert; die brieflichen Klagen ihrer Mutter waren verstummt. Hier in Melbourne war sie Helena Rubinstein, eine erfolgreiche Geschäftsfrau, die es, zwar mit anfänglicher Unterstützung einiger Geschäftsfreunde, aber letztendlich doch aus eigener Kraft zu etwas gebracht hatte. Und das würde sie ihrer Freundin nun einmal in aller Deutlichkeit schreiben.

Helena zog die Schublade ihres Schreibtischs auf, in dem ihr Briefpapier lag, und entnahm ihr einen der Bögen. Sie griff nach dem Füllfederhalter, tauchte ihn in das Tintenfass und wartete, bis er sich vollgesogen hatte.

Meine allerliebste Lilith, wie stets habe ich auch heute Deine Zeilen mit viel Freude und Amüsement gelesen, dennoch muss ich …

Sie hielt inne. Nicht sehr diplomatisch, gleich so mit der Tür ins Haus zu fallen.

Vielleicht sollte ich Lilith und Dr. Kapp einfach einmal zu mir nach Melbourne einladen, überlegte sie. *Dann kann sie sich vor Ort selbst ein Bild von meiner Arbeit, meinem Business und meinen Lebensumständen machen. Sicher wird sie erkennen, dass ich hier einfach keinen Mann benötige …*

Nachdenklich knabberte Helena an ihrem Füllfederhalter. Was würde Lilith von diesem Vorschlag halten? Abenteuerlustig genug für so eine weite Reise war sie auf jeden Fall.

Es klopfte leise an die gläserne Ladentür. Helena zuckte zusammen. Wer konnte das sein? Um diese Zeit? Es klopfte erneut. Dann wurde die Tür ganz vorsichtig geöffnet. Die Ladenglocke bimmelte sachte.

Um Himmels willen, ich habe vergessen abzuschließen, stellte Helena erschrocken fest.

Wer kam um diese Zeit noch zu ihr in den Laden? Ihre Kundinnen saßen jetzt entweder im Kreise ihrer Familien am Abendbrottisch oder besuchten Oper und Theater.

Ein fremder Mann betrat den Raum. Er war nicht allzu groß, von schlanker Statur, elegant, aber nicht zu modisch gekleidet.

Eine gepflegte Erscheinung, notierte Helena im Geiste. *Angst muss ich wohl kaum haben.*

»Wer sind Sie, und was wollen Sie?«, erkundigte sie sich schroff.

Der Fremde nahm den Hut ab und verneigte sich formvollendet.

»Mein Name ist Edward William Titus«, stellte er sich

vor und sah ihr in die Augen. »Ich bin gekommen, um Ihnen meine Hilfe und Unterstützung anzubieten.«

»Wie kommen Sie darauf, dass ich Ihre Hilfe und Unterstützung benötige?«, fragte Helena überrumpelt. »Sind Sie nicht ein bisschen anmaßend?«

»Ich komme auf Empfehlung von Mr Thompson«, erklärte der fremde Besucher. »Ich soll Ihnen schöne Grüße von ihm ausrichten. Er meint, wir würden gut zueinander passen und ich solle mich auf keinen Fall von Ihnen wegschicken lassen. Aber das werden Sie ja bestimmt auch nicht tun«, setzte er zuversichtlich hinzu.

Er lächelte. Das Lächeln wanderte hoch in seine braunen Augen, um die sich winzige Lachfältchen bildeten. Kleine Fünkchen schienen in der Iris zu tanzen.

Die Erwähnung ihres Mentors besänftigte Helena.

»Wie kommt er darauf, dass wir zusammenpassen würden?«, erkundigte sie sich und fügte hastig hinzu: »Was er natürlich nur geschäftlich gemeint haben kann!«

»Rein geschäftlich, natürlich«, bestätigte Edward Titus sofort. »Dürfte ich Ihnen denn mein Anliegen einmal erörtern?«

Vorsichtig trat er einen Schritt näher.

Helena erhob sich von ihrem Schreibtisch und ging auf ihn zu.

»Mein Name ist Helena Rubinstein«, sagte sie und streckte ihm die Hand entgegen.

Er nahm sie, hob sie leicht an und hauchte einen Kuss darauf. Das war in Melbourne nicht üblich.

»Sie kommen aus Europa«, mutmaßte sie deshalb.

»Nein, ich komme aus den Vereinigten Staaten, direkt aus New York«, erklärte er.

»Das ist eigentlich nicht zu überhören, Sie haben einen starken amerikanischen Akzent.«

»Stört es Sie? Ich kann auch anders«, entgegnete er im feinsten *British English* und schlug dann vor: *»On peut aussi parler français.«*

»Bleiben wir doch beim Englischen«, entschied Helena.

»Mit australischem oder polnischem Akzent? Bei Ihnen höre ich beides.«

Er lächelte wieder so charmant, dass Helena ihm seine ironische Bemerkung nicht verübeln konnte. Er hatte ja recht. Zwar sprach sie inzwischen fließend Englisch – es war ihre Alltagssprache geworden, in die sich auch lokale australische Sprengsel einfügten –, dennoch blieb ihr harter polnischer Akzent unüberhörbar. Lange hatte Helena versucht, sich diesen abzugewöhnen, doch inzwischen hatte sie es aufgegeben und betrachtete ihn sogar als so etwas wie ihr persönliches Markenzeichen. Dieser Akzent gehörte zu ihr, genauso wie die beiden miteinander verschlungenen Großbuchstaben HR.

»Dann erklären Sie mir doch bitte einmal, warum und was Sie mir an Hilfe und Unterstützung anbieten wollen.« Helena drehte sich um und kehrte an ihren Platz hinter dem Schreibtisch zurück. »Aber bitte fassen Sie sich kurz, denn ich habe noch einiges zu erledigen. Es ist schließlich schon Abend. Ich habe einen langen, anstrengenden Tag hinter mir und möchte mich alsbald zur Ruhe begeben.«

»Was ich Ihnen zu erzählen habe, ist nicht so rasch zwischen Tür und Angel zu bewerkstelligen«, wehrte Edward Titus ab. »Ich bin heute eigentlich nur gekommen, um mich Ihnen kurz vorzustellen, Ihnen eine Zusammenarbeit anzubieten und dabei auszuloten, ob Ihrerseits überhaupt ein Interesse an mir besteht. Rein geschäftlich«, setzte er hastig hinzu.

Helena bemerkte, wie es um seine Mundwinkel zuckte. Auch die hellbraunen Fünkchen in seinen Augen begannen wieder zu tanzen.

»Was haben Sie mir denn zu bieten?«, wollte sie nun wissen. »Rein geschäftlich natürlich«, korrigierte sie sich genauso hastig wie er zuvor.

Innerlich begann sie jedoch zu glucksen. Sie musste sich fast zusammenreißen, um nicht laut herauszuplatzen.

»Erster Erfolg zu verzeichnen: Sie haben mich nicht auf der Stelle hochkant rausgeschmissen«, freute sich der Besucher. »Dabei sollen Sie eine sehr energische junge Dame sein, *a really tough business woman.*«

Die energische junge Dame gefiel Helena, weniger jedoch …

»Was verstehen Sie denn unter einer *tough business woman*?«, erkundigte sie sich.

»Ich weiß nicht, ob Sie sich mit dem Begriff ›knallharte Geschäftsfrau‹ anfreunden können.«

»›Durchsetzungsfähig‹ würde mir besser gefallen.«

»Aber Sie sind es gewohnt, mit harten Bandagen zu kämpfen.«

»Woher wollen Sie das alles so genau wissen? Sie kennen mich doch gar nicht.«

»Aber ich habe Sie aus der Ferne studiert. Ich habe Ihren geschäftlichen Werdegang der vergangenen Jahre bis in kleinste Detail recherchiert und bin zutiefst beeindruckt.«

»Wie sind Sie darauf gekommen?«

»Das hat berufliche Gründe. Ich bin Journalist und schreibe seit Jahren für etliche Zeitungen und Magazine.«

»Wie lautet noch einmal Ihr Name?«

»Edward William Titus.«

»Edward William Titus«, wiederholte Helena nachdenklich. »Klingt wirklich *very British*. Wie kommt es, dass ich noch niemals etwas von Ihnen gelesen habe? Dabei bin ich eine sehr eifrige Zeitungsleserin ... na ja, meistens handelt es sich eher um Zeitschriften und Magazine.«

In der Tat stellte diese Art von Lektüre fast ihre einzige Art der Freizeitgestaltung dar. Helenas Arbeitsalltag war so anstrengend, dass sie kaum noch in der Lage war, sich der anspruchsvollen Literatur zu widmen. Statt sich an schöngeistiger Lektüre zu erfreuen, blätterte sie lieber in einem Modemagazin und suchte nach Anzeigen der Konkurrenz, oder aber sie ackerte sich durch eine ihrer abonnierten Fachzeitschriften. Eigentlich schade. Die Kultur war bei ihr in den vergangenen beiden Jahren wirklich zu kurz gekommen.

Ins Theater ging sie nur noch, wenn Nellie Stewart sie zu einer ihrer Bühnenpremieren einlud. Demnächst sollte ja sogar die Melba wieder in ihrer Heimatstadt gastieren. Da würde sie auf jeden Fall hingehen, das schuldete Helena ihrer prominentesten Kundin. Sich mit ihr in der Öffentlichkeit zu zeigen war auch eine hervorragende Werbung für ihr aufsteigendes Unternehmen.

»Bislang habe ich vorwiegend für amerikanische und englische Verlage geschrieben. Ich bin noch nicht so lange in Australien und habe hier bisher nichts publiziert«, riss Edward Titus sie aus ihren Überlegungen.

»Sie suchen also Arbeit«, stellte Helena trocken fest.

»Nun ja, so könnte man es auch nennen«, gab er zu.

»Bei mir, in meinem Geschäft?«

»Mr Thompson meinte, dass …«

»Sosehr ich Mr Thompson schätze, interessiert mich das im Moment wenig«, unterbrach Helena ihn ungeduldig. »Was haben Sie mir zu bieten?«

»Einen geschliffenen Sprachstil, eine umfassende Bildung, fließende Sprachkenntnisse in Englisch, Deutsch, Französisch, etwas Spanisch und … Russisch«, setzte er nach einem leichten Zögern hinzu.

»Russisch ist für mich uninteressant«, wehrte Helena ab.

»Sie können Russen nicht leiden«, stellte er prompt fest. »Nun ja, als gebürtige Krakauerin wurde Ihnen diese Abneigung sozusagen in die Wiege gelegt. Sie halten es wohl eher mit den Habsburgern und dem schönen Österreich.«

Wollte er sich über sie lustig machen? Misstrauisch schaute Helena den abendlichen Besucher an.

»Ich halte es mit niemandem außer mir selbst«, erwiderte sie brüsk. »Wenn Sie einen Job suchen, dann wenden Sie sich an Mr Thompson. Der kennt jede Menge einflussreiche Geschäftsleute aus den verschiedensten Branchen.

Da wird man bestimmt irgendeine Verwendung für Sie finden.«

»Ich will aber nicht irgendeine Beschäftigung, sondern, dass Sie für mich Verwendung finden«, beharrte er.

Langsam begann dieser fremde Kerl frech zu werden. Helena fühlte, wie verräterische Röte in ihre Wangen stieg. War es Wut, oder war es Verlegenheit? Natürlich Wut!

»Rein geschäftlich natürlich, gnädige Frau, ich bitte Sie inständig, mich nicht misszuverstehen«, lenkte Titus ein.

Er schien einen feinen Instinkt zu haben, hatte sofort gespürt, dass er sie in die Enge getrieben hatte. Sobald sich Helena bedrängt fühlte, fuhr sie ganz schnell ihre Krallen aus.

Sie atmete tief durch und versuchte, ihr Temperament zu zügeln. Dabei suchte sie nach den passenden Worten, um dem fremden Besucher die Tür zu weisen. Höflich und bestimmt sollten sie sein, aber gleichzeitig unmissverständlich.

Titus schien jedoch ganz genau wahrzunehmen, wie es in ihr brodelte.

»Was halten Sie davon, die Werbung für Ihr Geschäft ganz neu zu gestalten?«, schlug er diplomatisch vor.

»Wie meinen Sie das?« Wenn es um ihr Geschäft ging, wurde Helena sofort hellhörig.

»Können wir uns nicht zu einer anderen Zeit und an einem anderen Ort in Ruhe darüber unterhalten?«, wich er geschickt aus. »Sie haben selbst gesagt, Sie haben einen langen Tag hinter sich. Ich sehe doch, wie erschöpft Sie sind.«

Helena richtete sich auf und straffte die Schultern. Solche Bemerkungen schätzte sie gar nicht.

»Diese Erschöpfung steht Ihnen hervorragend«, beeilte er sich zu versichern. »Sie nimmt Ihnen ein wenig von der *tough business woman*, lässt Sie weicher und zugänglicher erscheinen.«

»Rein geschäftlich!«, erinnerte Helena ihn.

»Rein geschäftlich«, bestätigte er und suchte ihren Blick.

Sekundenlang schauten sie sich in die Augen. Lange blieb Helena in dem Tanz der hellbraunen Funken seiner dunklen Iris hängen.

Ein niemals zuvor gekanntes Gefühl wallte in ihr auf. Es schien von ganz unten aus der Erde zu kommen, stieg in ihr empor, durch alle Gelenke bis hoch ins Herz und noch höher ins Gesicht bis unter die Kopfhaut. Plötzlich kribbelte ihr ganzer Körper, und sie fühlte eine Schwäche in allen Gliedern. Gut, dass sie saß. Im Stehen wäre sie unweigerlich ins Wanken geraten, am Ende gar in Ohnmacht gefallen, bewusstlos zu seinen Füßen zusammengesunken.

Eine schreckliche Vorstellung, das durfte nicht passieren. Ihr doch nicht! Eine Helena Rubinstein bekam doch keine weichen Knie. Das wollte, konnte und würde sie sich nicht erlauben. Niemals!

Helena atmete tief durch, strich sich die Haare aus der Stirn, vergewisserte sich mit beiden Händen, dass der Knoten in ihrem Nacken noch fest saß, und glättete anschließend die Papierbögen auf ihrem Schreibtisch.

Meine liebe Lilith, entzifferte sie den Anfang ihres Briefes.

Wann hatte sie damit begonnen? Es schien ihr eine Ewigkeit her zu sein.

Sie griff wieder nach ihrem Füllfederhalter, tauchte ihn in das Tintenfass und wartete, bis er sich vollgesogen hatte.

»Würden Sie mir denn erlauben, Ihnen meine Vorstellungen einmal ausführlich darzulegen?«, hakte Titus noch einmal nach.

»Sie sind ganz schön hartnäckig«, murmelte Helena und mied seinen Blick.

»Das muss man bei Ihnen wohl auch sein. Es dauert ganz schön lange, Sie zu überzeugen.«

»Woher wollen Sie das wissen?«, fragte Helena, ohne von ihrem Briefbogen aufzublicken.

»Davon habe ich mir in den letzten Minuten einen Eindruck verschaffen können«, erklärte Titus. »Zudem war ich von Ihrem Freund Mr Thompson bereits vorgewarnt. ›Sie könnten auch Gefahr laufen, bei Miss Rubinstein auf Granit zu beißen‹, meinte er.«

»Der gute Mr Thompson«, sagte Helena versonnen.

»Er kennt Sie besser als Sie sich selbst.«

Was sollte das jetzt heißen? Helena richtete sich auf und nahm Titus ins Visier.

»Er ist Ihnen überaus wohlgesonnen, ein väterlicher Freund«, nahm er Helena erneut ganz schnell den Wind aus den Segeln.

Welch ein Wechselbad der Gefühle löste dieser Mann in ihr aus! Er faszinierte sie. Jemandem wie ihm war sie noch nie begegnet. Er war ihr fremd und vertraut zugleich.

Warum hatte sie jetzt schon das Gefühl, dass er fähig war, auf den Grund ihrer Seele zu schauen?

Eine Mischung aus Neugierde, Verlegenheit, Anziehung und Irritation tobte in ihrem Inneren. Helena bemühte sich zwar krampfhaft, sich äußerlich nichts anmerken zu lassen, aber der Füllfederhalter in ihrer Rechten zitterte unübersehbar. Und da war es auch schon geschehen.

»Jetzt habe ich auf das schöne Briefpapier gekleckst, ein riesiger Tintenfleck. So kann ich den Brief an meine Freundin doch nicht weiterschreiben«, schimpfte Helena ungehalten. »Und Sie sind schuld daran, weil Sie mich abgelenkt haben.«

»Sie haben sich von mir ablenken lassen«, versetzte Titus. Er hatte auf alles eine Antwort. Und nicht nur das … »Anstatt diesen Briefbogen zu zerreißen und wegzuwerfen, könnten Sie doch ein kleines Kunstwerk daraus machen«, schlug er vor.

»Wie soll das nun wieder funktionieren?« Erneut war es ihm gelungen, Helenas Neugierde zu wecken.

»Sie gestatten?« Titus hängte den Hut, den er bislang in seinen Händen gehalten hatte, an den Garderobenhaken neben der Ladenklingel und trat an Helenas Schreibtisch, wo sie immer noch saß und kummervoll auf den riesigen Tintenklecks starrte.

»Darf ich?«, bat er und zog ihr vorsichtig den Briefbogen unter den Händen weg. »Keine Angst, ich werde das Briefgeheimnis wahren!«

»Über die Anrede bin ich bislang kaum hinausgekommen«, versetzte sie. »Was haben Sie eigentlich vor?«

»Einen ganz kleinen Moment«, bat Titus und wölbte das Blatt Papier ein wenig, sodass der schwarz glänzende Klecks bedrohlich zu wackeln begann.

»Was machen Sie da?«, schimpfte Helena ungehalten. »Wollen Sie mir hier den gesamten Empfangsbereich verschmutzen?«

»Keine Angst, nur ein bisschen Geduld!«, beschwichtigte er.

Edward Titus begann die Tinte ein bisschen anzupusten, sodass sie sich etwas flächiger verteilte. Dann falzte er den Briefbogen in der Mitte, legte Kante auf Kante und hielt das gefaltete Papier einen Moment fest, ehe er es auf Helenas Schreibtisch legte und glatt strich.

»Was tun Sie da eigentlich?«, wiederholte Helena.

»Sie sind ganz schön ungeduldig!«, stellte Titus lächelnd fest.

»Und Sie impertinent. Ich habe schon viel zu viel Geduld aufgebracht. Bitte gehen Sie jetzt endlich!«

Statt dieser Aufforderung Folge zu leisten, nahm Titus den gefalteten Briefbogen, den er unablässig glatt gestrichen hatte, klappte ihn wieder auf und zeigte ihn Helena.

Was war aus dem Tintenklecks geworden?

»Oh«, machte Helena, überrascht vom Anblick des seltsamen Bildes, das sie so plötzlich vor Augen hatte. Sie sah eine ganz bizarre Figur, kaum zu beschreiben, aber irgendwie auch faszinierend.

»Woran erinnert Sie das?«, fragte Titus.

»Ein merkwürdiges Gebilde«, erwiderte Helena zögernd. »Eine Blume, ein Schmetterling, ein … ein …«

Hilflos schaute sie ihren Besucher an und dann wieder auf das Papier.

»Aber irgendwie auch wunderschön«, setzte sie zögernd hinzu. »Meiner Lilith würde das gefallen. Sie ist verrückt genug, hat eine Ader für so etwas.« Bei der Erinnerung an ihre Freundin musste Helena unwillkürlich lächeln.

»Sie scheinen Ihre Freundin sehr zu mögen«, stellte Titus fest.

»O ja«, bestätigte Helena spontan.

»Werden Sie dieses kleine Kunstwerk aus Ihrer Produktion in Ihrem Brief mitsenden?«, wollte Titus wissen.

»Das ist nicht mein Kunstwerk, das ist Ihr Kunstwerk«, widersprach Helena. »Sie haben aus einem Tintenklecks ein Gemälde geschaffen, eine bizarre Miniatur.«

»Dessen Urheberin Sie sind, denn Sie haben den Tintenklecks produziert«, behauptete Titus lächelnd. »Insofern ist es unser gemeinsames Kunstwerk.«

»Unser gemeinsames Kunstwerk«, wiederholte Helena. »Ist das nicht ein bisschen sehr hoch gegriffen?«

»Es kann niemals hoch genug sein.«

Titus griff nach seinem Hut am Garderobenhaken, setzte ihn auf und verbeugte sich.

»Ich werde nun gehen, Miss Rubinstein. Es war mir eine Ehre, Sie kennengelernt zu haben. Ich wünsche Ihnen noch einen wunderbaren Abend und eine geruhsame Nacht.«

Die Ladenglocke bimmelte leise nach, als er die Tür sachte hinter sich ins Schloss zog.

Sprachlos schaute Helena auf die geschlossene Tür.

Dann fiel ihr Blick auf den vor ihr liegenden Briefbogen mit dem bizarren Gebilde. Es hätte auch der filigrane Scherenschnitt eines Schmetterlings oder einer tropischen Blume sein können.

Helena zog ihre Schreibtischschublade auf, entnahm ihr einen neuen Briefbogen und legte ihn vor sich. Zum dritten Mal tauchte sie den Füllfederhalter in das Tintenfass und wartete, bis er vollgesogen war, ehe sie zu schreiben begann:

Meine liebe Lilith!
Wie üblich habe ich Deinen letzten Brief wieder mit Entzücken, Neugierde und Wissbegierde gelesen. Die arme Marie Curie. Wie sie um ihren Mann trauern muss.
Da habe ich einen großen Vorteil ihr und auch Dir gegenüber. Ich werde in meinem Leben niemals um einen Mann trauern müssen, denn ich habe keinen Mann an meiner Seite, weil ich keinen brauche …

Kapitel 15

Melbourne 1907

»Was darf ich Ihnen bringen, Miss Rubinstein?«, fragte die junge Kellnerin der *Hopetoun Tea Rooms*, wo Helena sich ausnahmsweise die Zeit und den Luxus einer ausgedehnten Pause gönnte.

Sie hatte noch bis spät in die Nacht ihren Brief an Lilith geschrieben und danach kaum geschlafen. »Es kann niemals hoch genug sein« – die Worte ihres unerwarteten Besuchers und seine angenehm warme, tiefe Stimme waren ihr nicht aus dem Kopf gegangen.

»Woher kennen Sie meinen Namen?«, erkundigte sie sich überrascht bei der Kellnerin. Obwohl das Lokal in unmittelbarer Nachbarschaft lag, hatte sie es noch niemals betreten.

»Aber Miss Rubinstein, hier kennt jeder Ihren Namen«, erklärte die Kellnerin. »Wenn Sie wüssten, wie oft er im Verlaufe eines Nachmittags fällt …«

»Wirklich?«, vergewisserte sich Helena erstaunt.

»Aber ja doch. Es vergeht kein Tag, an dem nicht eine Ihrer Kundinnen bei uns einkehrt und in den höchsten

Tönen von Ihrem Parlour schwärmt«, fuhr die junge Frau fort. »Die Ladys sehen alle glücklich und zufrieden aus, wenn sie hier ankommen, verbreiten gute Laune. Sie bestellen sich immer etwas Leckeres zu essen, gerne auch mal ein Glas Champagner. Neulich haben drei Damen sogar auf Sie angestoßen.«

»Ach, das ist ja interessant.« Helena war überrascht und fühlte sich zugleich geschmeichelt. Unentschlossen fuhr sie mit dem Zeigefinger über die Zeilen der Speisekarte. »Sie haben wirklich ein sehr reichhaltiges Angebot an Gerichten … und dann noch so bunt gemischt aus aller Herren Länder.«

»Ja, unser Herr Kremser hat den Anspruch, den unterschiedlichen Gruppen der australischen Einwanderer kulinarisch gerecht zu werden. So will er aus jedem Herkunftsland mindestens ein Gericht auf der Karte stehen haben. Wir haben auch Bigos im Angebot«, erklärte die junge Kellnerin eifrig und wies mit dem Zeigefinger auf die entsprechende Zeile.

»Wie kommen Sie denn darauf, dass ich ausgerechnet dieses Essen bestellen möchte?«, fragte Helena brüsk.

»Aber Miss Rubinstein, jeder hier weiß, woher Sie ursprünglich kommen. Zudem ist es auch nicht zu überhören. Ich komme ja selbst aus Polen und tue mich immer noch ein bisschen schwer mit der englischen Sprache und damit, meinen Akzent loszuwerden.«

Helena mochte es gar nicht, auf ihre Herkunft angesprochen zu werden. Aber dieses junge Mädchen war so nett und schien so sehr vom Angebot ihres Chefs überzeugt zu sein, dass sie sich ausnahmsweise eine scharfe Erwiderung sparte.

»Dann sind wir ja Leidensgenossinnen«, sagte sie stattdessen. »Ich habe mich mittlerweile entschlossen, meinen Akzent zu behalten und ihn als mein Markenzeichen zu betrachten. Aber ich trage mich mit dem Gedanken, die australische Staatsbürgerschaft anzunehmen.«

»Ich bin schon Australierin«, erklärte die Kellnerin stolz.

»Wie das?«, fragte Helena verdutzt.

»Durch Heirat. Mein Mike ist ein richtiger *dinkum Aussie* und arbeitet hier als Koch«, erzählte die junge Neuaustralierin begeistert. »Wir haben uns Hals über Kopf ineinander verliebt. Ja, es war wirklich Liebe auf den ersten Blick.«

Irgendetwas war an ihr, das Helena rührte.

»Wie heißen Sie, mein Kind?«, fragte sie.

»Maria, aber mein Mike nennt mich Mary. So werde ich auch hier im Tearoom genannt.«

»Mary«, ertönte auch schon eine mahnende Stimme aus dem Hintergrund des Raumes.

Helena entdeckte in der Tür hinter dem Ladentresen einen wohlbeleibten Mann mit einer hohen weißen Konditormütze auf dem Kopf.

»Du sollst dich nicht immer festplaudern!« Missbilligend schüttelte er den Kopf.

»Was darf ich Ihnen bringen, Miss Rubinstein?«, fragte Mary hastig. »Möchten Sie Bigos?«

»Nein«, lehnte Helena ab. Nach dem deftigen Eintopf ihrer polnischen Heimat stand ihr wirklich nicht der Sinn.

»Bringen Sie mir lieber einmal die Eier Benedict und einen schönen heißen Tee dazu.«

»Auch eine gute Wahl. Und welcher Tee darf es sein? Wir haben gerade eine neue Lieferung von unserem Teekontor hereinbekommen, frisch geernteter Assam direkt aus Indien.«

»Gute Idee«, willigte Helena ein. »Der Bacon darf ruhig etwas mehr sein, und bitte schön kross gebraten.«

»Ich werde es meinem Mike genau so weitergeben«, versprach Mary. Mit einem Knicks entfernte sie sich in Richtung Küche.

Helena sah ihr nachdenklich hinterher. So ein junges Mädchen, und schon verheiratet und offiziell Australierin geworden …

»Na, tief in Ihre Gedanken versunken?«, riss sie eine fremde Stimme aus ihren Tagträumereien.

Nein, es war keine fremde Stimme. Diese Stimme hatte sie schon einmal gehört. Gestern Abend erst.

»Sie schon wieder«, sagte sie brüsk.

»Sie gestatten? Ich darf Ihnen doch ein wenig Gesellschaft leisten, oder möchten Sie lieber alleine weitergrübeln?«

Hatte Edward Titus sie etwa aus der Ferne beobachtet? Höflich abwartend stand er da, seinen Hut in der Hand. Seine Finger klimperten eine unhörbare Melodie auf der Krempe. Er schien mehr unter Spannung zu stehen, als er nach außen hin zeigen wollte.

»Nun nehmen Sie schon Platz, anstatt so dumm herumzustehen«, forderte Helena ihn burschikos auf.

Edward Titus atmete tief durch, griff nach dem zweiten Stuhl, der an dem kleinen Tisch stand, und nahm Platz.

»Wie haben Sie hierher gefunden? Oder sind Sie mir gar gefolgt?«, wollte Helena wissen.

»Um Himmels willen, das würde ich doch niemals tun!«, wehrte Edward Titus entsetzt ab. »Mr Thompson hat mir die *Hopetoun Tea Rooms* sehr empfohlen. Den Tee liefert er ja selbst. Aber er hat auch von der reichhaltigen Speisekarte mit dem internationalen Angebot geschwärmt.«

»Dann bin ich aber gespannt, wofür Sie sich entscheiden. Amerikaner gehören ja eigentlich nicht zu den typischen Einwanderern in Australien. Woher stammt Ihre Familie denn ursprünglich?«

Es entstand eine winzige Pause. Edward Titus wirkte seltsam irritiert.

»Ursprünglich …«, wiederholte er, ohne Helenas Frage zu beantworten. Stattdessen schlug er die Speisekarte auf und blätterte darin. »Ich habe schon im Hotel gefrühstückt und wollte hier nur einen Tee trinken. Der neue Assam ist ja erst kürzlich eingetroffen. Den müsse ich unbedingt probieren, hat Mr Thompson gesagt.«

»Sie scheinen ja einen sehr guten Draht zu Mr Thompson zu haben«, stellte Helena fest. Sie überlegte, wie lange sie selbst ihren väterlichen Freund nicht mehr gesehen hatte.

»So gut wie Sie bestimmt nicht«, behauptete Edward Titus. »Er hält große Stücke auf Sie, scheint fast ein bisschen stolz auf Sie zu sein.«

»Ist das wahr?«, vergewisserte sich Helena geschmeichelt.

Verdammt, jetzt stieg ihr doch tatsächlich wieder diese verräterische Röte ins Gesicht!

Komplimente beschämten Helena. Da reagierte sie mit Mitte dreißig immer noch wie ein blutjunges Mädchen.

»Wie ein Backfisch«, hatte Lilith einmal kichernd festgestellt. »Helena, du bist einfach zu niedlich, wenn du peinlich berührt bist und dich schämst.«

Auch jetzt schämte sie sich. Hastig suchte sie in ihrer Jackentasche nach einem Taschentuch. Bei einem diskreten Naseputzen versuchte sie, ihre heißen Wangen hinter dem hellen Stoff zu verbergen.

»Sie schämen sich?«, stellte Edward Titus dennoch lächelnd fest.

»Wie kommen Sie denn darauf?«, wehrte Helena ab und schnäuzte sich noch einmal.

»Lob ist Ihnen peinlich. Es muss Ihnen aber nicht peinlich sein. Im Gegenteil, Sie sollten stolz auf sich sein, denn Sie haben allen Grund dazu.«

»Inwiefern?«, erkundigte sich Helena, obwohl sie ganz genau wusste, was er meinte. Aber nur so gelang es ihr, ihn abzulenken.

»So, das wäre jetzt erst einmal Ihr Kännchen Assam«, kam Mary ihr glücklicherweise zu Hilfe.

Sie stellte ein winziges Stövchen auf den Tisch. Mit flinker Hand zündete sie das Teelicht darin an, setzte eine silberne Kanne darauf und rückte das dazugehörige Teeporzellan vor Helena zurecht.

»Die Eier Benedict kommen sofort, mit einer Extraportion Bacon, schön kross«, setzte sie hinzu. Fragend schaute sie zu Edward Titus hinüber. »Und was darf ich dem gnädigen Herrn bringen?«

»Auch eine Kanne von dem frischen Assam, dazu einen Sherry, einen schön trockenen«, bestellte dieser.

Mary knickste und verschwand.

Schweigend blieben Helena und Titus zurück. Aber es war kein unbehagliches Schweigen. Jeder hing ein paar Minuten seinen eigenen Gedanken nach. Mit einem Menschen schweigen zu können, ohne dass es unangenehm peinlich wurde, kannte Helena gar nicht.

»Wissen Sie, woran ich gestern vor dem Einschlafen noch denken musste?«, eröffnete sie schließlich wieder die Konversation.

»Doch hoffentlich an mich?«, erwiderte Edward Titus und grinste. Wie jung er plötzlich aussah, ein verschmitzter Lausbub.

»Nein … ja … nein … doch«, wehrte Helena ab.

Verflucht, warum stammelte sie jetzt so sinnlos daher? Ihr wurde schon wieder so verdächtig heiß im Gesicht. Dazu begann es unter ihrer Kopfhaut merkwürdig zu kribbeln. Was war das nur?

»Was meinten Sie mit Ihrer Behauptung, es kann niemals etwas hoch genug sein?«, gelang es ihr endlich, ihre Frage zu formulieren.

»Es geht um den Anspruch, den man an sich selbst stellt«, setzte Edward Titus zu einer Erklärung an. »Je höher er ist, desto mehr kann man im Leben erreichen. Je mehr man von sich verlangt, desto eher wird man auch ans Ziel gelangen. Sie haben schon sehr viel erreicht, aber sind noch lange nicht am Ende. Im Gegenteil, Sie befinden sich noch am Anfang Ihres Weges.«

»Und wohin wird er mich führen?«, erkundigte sich Helena neugierig.

»Ich bin kein Hellseher oder Wahrsager.« Titus lachte. »Sie selbst wissen doch am besten, wohin Sie wollen. Und Sie werden es noch weit bringen.«

»Woher wollen Sie das alles so genau wissen? Sie kennen mich doch gar nicht. Wir haben uns gestern zum ersten Mal gesehen«, wandte Helena ein.

»Ich spüre Ihre Kraft und Ihre Energie. Sie wollen noch sehr, sehr viel.«

»Und was will ich als Nächstes?«, versuchte Helena, ihm eine Falle zu stellen.

»Einen zweiten Salon in Sydney eröffnen«, erwiderte er prompt.

»Woher wissen Sie das?«

»Na, das ist ja wirklich nicht schwer, schließlich kann ich lesen. Ihre Pläne haben Sie ja bereits vor Ihrer Reise nach Europa ausgiebig in der lokalen Presse publik gemacht. Wie sieht es eigentlich mit der Umsetzung aus?« Gespannt schaute er sie an.

»Ja, also, ich warte noch auf… Ein Makler ist bereits mit der Suche nach geeigneten Räumlichkeiten betraut, und meine Schwester, nein, meine Cousine…« Erneut geriet Helena ins Stammeln. Es waren Edwards intensiver Blick und seine großen braunen Augen, die sie verwirrten.

»So, da wäre jetzt Ihr kleiner Imbiss, einmal Eier Benedict und für den Herrn der frische Assam«, erlöste Mary sie erneut aus der Bredouille, indem sie einen großen Teller vor Helena stellte. »Guten Appetit wünsche ich«, sagte sie und verschwand.

Helena schnupperte.

»Das riecht ja wirklich verlockend«, stellte Edward Titus fest. »Ich wünsche Ihnen auch einen guten Appetit.«

»Den habe ich, den habe ich wirklich«, erwiderte Helena und griff nach Messer und Gabel.

»Sie dürfen mich jetzt bitte nicht missverstehen, aber mein Eindruck ist, dass Sie mit Ihren Plänen ein bisschen in Verzug geraten sind«, ergriff Edward Titus wieder das Wort.

»Mmh«, machte Helena unverbindlich. Mit vollem Mund konnte sie nicht sprechen. Außerdem hätte sie ihm wider Willen recht geben müssen. Das wiederum wollte sie auf keinen Fall.

»Sie haben mich ja bereits gestern gefragt, in welcher Form ich Sie unterstützen und Ihnen behilflich sein könnte«, fuhr Edward fort.

»Eine erschöpfende Antwort habe ich darauf nicht erhalten«, erwiderte Helena zwischen zwei Bissen.

»Noch nicht. Ich wollte schließlich nicht gleich mit der Tür ins Haus fallen. Aber einen Vorschlag habe ich Ihnen bereits gemacht.«

»Der da wäre?«

»Die Umgestaltung und Konzeption Ihrer gesamten Werbung. Soweit ich informiert bin, haben Sie mit Ihren in Europa frisch erworbenen Kenntnissen eine neue Produktlinie entwickelt. Haben Sie schon einen Namen dafür?«

»Noch nicht so richtig offiziell«, gestand Helena kleinlaut.

Beschämt dachte sie an ihr kleines Labor, in dem die Ingredienzien für ihr neues Produkt seit Wochen herumstanden und ihrer Verwendung harrten.

»Wann wollen Sie damit auf den Markt gehen?«, hakte er nach.

»Ich warte noch auf Lieferungen aus Frankreich und Rumänien. Sie müssten in den nächsten Wochen im Hafen von Melbourne eintreffen«, berichtete Helena. »Dann werde ich mich mit meinen beiden Wiener Dermatologinnen in mein Labor zurückziehen und weiter an der Entwicklung arbeiten. Ich denke, dass ich Ende des nächsten Jahres damit auf den Markt kommen werde. So ab Mitte November bis zur Ball- und Opernsaison ist immer die beste Zeit.«

»Bis dahin müssten Sie auch die Werbung geplant haben«, insistierte Edward.

»Kommt Zeit, kommt Rat«, wich Helena aus.

»Ich könnte Sie dabei unterstützen. Ich bin ja Journalist und in der Lage, mich sehr schnell in neue Sachverhalte und Zusammenhänge einzulesen und etwas darüber zu schreiben. Warum nicht auch Texte für Ihre Werbeanzeigen?« Herausfordernd schaute er sie an. »Ich könnte ein bisschen frischen Wind in Ihr Geschäft bringen.«

»Als ob ich das nötig hätte!«, protestierte Helena.

»Dann nennen wir es anders: Ich könnte neue Aspekte entwickeln. Mir ist da auch schon etwas eingefallen …«

»Und das wäre?«

Es war erstaunlich, wie geschickt Edward Titus es verstand, immer wieder ihre Neugierde zu wecken und sie so davon abzuhalten, das Gespräch abzubrechen. Immer wenn die Empörung in ihr zu wallen begann, nahm er ihr mit einer überraschenden Kehrtwende in Sekundenschnelle den Wind aus den Segeln.

»Darüber muss ich noch ein bisschen nachdenken, denn es ist etwas ganz Spezielles, Besonderes, nur für Sie. Und es muss noch reifen«, erwiderte er ausweichend.

»Wie lange noch?«

Er zuckte mit den Schultern. »Das hängt nicht unwesentlich davon ab, ob Sie sich überhaupt für eine Zusammenarbeit entscheiden. Ich werde mich hüten, mein ganzes Pulver am ersten Tag zu verschießen.«

»Sie sind ganz schön eingebildet«, stellte Helena fest.

»Nein, gar nicht eingebildet«, widersprach er. »Ich habe schließlich etwas zu bieten.« An Selbstbewusstsein schien es diesem Mann nicht zu mangeln. »Ich kann Ihnen sofort zur Verfügung stehen. Stellen Sie mir eine Aufgabe, als Probe sozusagen. Erst wenn ich sie zu Ihrer Zufriedenheit gelöst habe, kommen Sie zu einer endgültigen Entscheidung, was die weitere Zusammenarbeit anbelangt.«

»Hm, hm, ich hätte da vielleicht etwas, was endlich erledigt werden müsste«, überlegte Helena laut.

»Und zwar?«, erkundigte sich Edward und schaute sie gespannt an.

Helena richtete sich auf, bog den Rücken gerade und lehnte sich zurück. »Finden Sie geeignete, repräsentative

Geschäftsräume in Sydney für mich. Anfang nächsten Jahres will ich dort meinen nächsten Salon etablieren.«

Einen Moment schien es Edward die Sprache zu verschlagen. Aber er fand sie schnell wieder.

»Geschäftsräume für Madame in Sydney finden«, wiederholte er und richtete sich nun ebenfalls gerade auf. »Ich werde wunderschöne Geschäftsräume für Sie finden, Madame«, versprach er und schaute ihr dabei direkt in die Augen. »Ich nehme morgen den nächsten Zug nach Sydney.«

Edward W. Titus hielt sein Versprechen. Noch im selben Jahr eröffnete Helena ihren zweiten Salon in Sydney und den dritten in Wellington, Neuseeland.

Kapitel 16

Paris 1909

»Nicht bewegen, Madame, *je vous en prie*!«, bat der Maler. »Bitte versuchen Sie einmal, sich gar nicht zu bewegen. Warum sind Sie so unruhig? Schauen Sie mich an, mir direkt in die Augen. Woran denken Sie gerade? Sogar wenn Sie schweigen, haben Sie eine sehr lebhafte Mimik. Aber so kann ich Sie nicht skizzieren.«

Ungeduldig begann Paul César Helleu auf dem Blatt, auf dem er zuvor einige markante Striche gezogen hatte, zu radieren.

»Radieren, das ist so gar nicht meine Art«, murmelte er ungehalten vor sich hin. »Aber wenn Madame einfach nicht stillhält …«

»Pardon, Maître«, entschuldigte sich Helena eingeschüchtert. »Aber mir geht einfach zu viel durch den Kopf.«

»Schalten Sie ab, schalten Sie einfach ab!«, befahl der Künstler. »Versuchen Sie, an nichts zu denken.«

»Das kann ich nicht«, protestierte Helena. »Das geht doch gar nicht.«

»Das geht sehr wohl. Sie müssen es nur wollen.«

»Ich will ja, aber ich kann nicht, es geht einfach nicht. Dafür schwirren einfach zu viele Gedanken in meinem Kopf herum.«

»Mit Verlaub gesagt, Madame, das interessiert mich nicht«, erwiderte der Maler. »Sie sind nicht die einzige Person, die hier in meinem Atelier sitzt und deren Kopf mit Eindrücken vollgestopft ist.«

»Eindrücke ist gut«, kommentierte Helena kleinlaut. »Wenn Sie wüssten …«

»Interessiert mich überhaupt nicht«, wiederholte Helleu. »Ich kann es mir nicht erlauben, mich mit den Belangen meiner Modelle zu belasten. Ich bin Künstler und habe einen hohen Anspruch an mich selbst und meine Arbeit.«

Einen hohen Anspruch an sich selbst? Hatte Helena das nicht schon etliche Male gehört? Immer wieder und wieder in den vergangenen zwei Jahren?

»Madame, jetzt runzeln Sie ja schon wieder die Stirn!«, beschwerte sich der Maler. »Das sieht nicht nur hässlich aus, sondern diese Falten machen Sie auch viel älter, als Sie eigentlich sind.«

Damit hatte Helleu ihre empfindlichste Stelle getroffen: ihr Alter. Unwillkürlich straffte sie sich, richtete sich gerade auf, streckte das Kinn energisch vor und schaute dem Maler direkt in die Augen.

»So ist es gut, Madame, fast schon richtig. Vielleicht nicht ganz so aggressiv, sondern ein bisschen lieblicher, *un peu plus douce*. Madame sind doch eine Schönheit mit diesem weißen Teint, den dunklen Augen und dem glänzenden schwarzen Haar. *Une beauté impérieuse.*«

»*Beauté impérieuse*«, wiederholte Helena verständnislos. »Wie meinen Sie das?«

»Das müssen Sie schon selbst herausfinden.«

Es war ihre erste Sitzung bei Paul César Helleu, tatsächlich ihre erste Sitzung für ein künstlerisches Porträt überhaupt, und das stundenlange Stillsitzen fiel ihr unbeschreiblich schwer. Gut, beim Fotografen musste sie auch stillhalten, aber nur einige Sekunden, bis der Auslöser getätigt worden war. Doch hier im Atelier dieses berühmten französischen Malers?

Noch immer hielt sein Blick sie fest. Aber dann begannen seine Augen zu wandern, langsam und intensiv, schienen sich jeden ihrer Gesichtszüge einprägen zu wollen, vom Haaransatz über die Augenbrauen, die Augen selbst, die Nasenwurzel und den -rücken …

»Sie haben eine wunderschöne Nase, ein nahezu klassisches griechisches Profil«, stellte Helleu wohlwollend fest. »Besser gesagt, ein hellenisches. Nomen est omen, Madame *Hélène*.« Helleu griff nach seinem Kohlestift und begann wieder zu zeichnen. »Madame *Hélène* mit dem hellenischen Profil«, wiederholte er und schmunzelte. Offenbar fand er sich selbst sehr originell.

»Helena, bitte sehr, mit a am Ende«, korrigierte Helena. »Und einem richtigen H am Anfang!«, setzte sie hinzu. Provozierend schaute sie ihr Gegenüber an.

Helleu lachte. »Madame, ich glaube, da unterscheiden wir beide uns nicht. Ich habe meinen französischen Akzent und werde niemals in der Lage sein, das *hache* richtig auszusprechen. Genauso wenig werden Sie jemals Ihr rollendes

R verlieren, wie so viele meiner polnischen und russischen Kundinnen. Ich finde diesen *accent* aber *très charmant.*«

»Ich betrachte ihn als mein persönliches Markenzeichen«, erklärte Helena selbstbewusst und warf sich in die Brust.

»Bitte nicht, bitte nicht, *ne bougez plus*, Madame«, flehte der Maler erneut. »*Restez immobile*, Madame, *s'il vous plaît*, Madame. Ich werde jetzt nichts mehr sagen, sondern schweigen, um mich auf meine Arbeit zu konzentrieren. Und Sie denken bitte an nichts!«

»Das kann ich nicht«, behauptete Helena erneut.

»Dann denken Sie an etwas Schönes, aber bitte an nichts Aufregendes«, befahl der Maler und verstummte für den Rest der Sitzung.

Der hat gut reden, dachte Helena. *Sitzt hier in seinem Atelier, malt schöne Bilder von schönen Frauen, Kindern und Männern und muss sich um sein Geschäft keine Sorgen machen.*

In der Tat: Paul César Helleu war gerade sehr *en vogue*. Die Damen der besseren Gesellschaft – und nicht nur Pariserinnen, sondern Frauen aus aller Herren Länder – rannten ihm die Ateliertüren ein, um sich von ihm porträtieren zu lassen. Seine Bilder waren mit leichtem Strich gezogen, meist in zarten Pastelltönen gehalten und stets sehr schmeichelhaft. Nicht umsonst hatte sich Helena für ihn entschieden, denn sie war der festen Überzeugung, dass dieser Künstler sie ebenso treffend wie vorteilhaft porträtieren würde.

Es war ein spontaner Entschluss gewesen, während ihres Paris-Aufenthalts auch noch diese Sitzungen bei Helleu einzuschieben. Eigentlich hatte sie doch gar keine Zeit dafür. Es warteten so viele Aufgaben auf sie! Da waren die inzwischen drei Schönheitssalons *down under* in Melbourne, Sydney und Wellington, dazu der in der Londoner Grafton Street. Und nun hatte sich ihr so unverhofft die Gelegenheit geboten, auch einen Schönheitssalon in der Rue du Faubourg Saint-Honoré zu übernehmen …

Edward hatte sie mit Madame Chamberon bekannt gemacht. Helena staunte inzwischen nicht mehr über ihren Ehemann, fragte sich nicht mehr, wie es ihm immer wieder gelang, sich Zugang zu den angesagtesten Kreisen der europäischen Metropolen zu verschaffen.

Sie liebte ihren Mann, dennoch blieb ihr Edward W. Titus ein Rätsel. Aber er war ihr nützlich, weil er ihr allerorten Tür und Tor öffnete, ihr Wege ebnete, die ihr geschäftlich von Vorteil waren. So hatte er auch den Kontakt zu Madame Chamberon hergestellt, die ihren Schönheitssalon in der besten Gegend von Paris aufgeben wollte.

»Warum tun Sie das?«, hatte sich Helena während des ersten Gesprächs bei der schönen Russin erkundigt. »Sie haben eine eigene Produktlinie entwickelt, verfügen über einen festen Kundinnenstamm aus der besten Gesellschaft, nennen einen florierenden Schönheitssalon Ihr Eigen. So etwas gibt eine Frau doch nicht von heute auf morgen auf.«

Natürlich hatte Helena, ehe sie sich überhaupt mit Madame Chamberon traf, ihre Erkundigungen eingeholt; besser gesagt, ihr gut vernetzter Ehemann hatte sie mit den entsprechenden Expertisen versorgt.

»Warum wollen Sie diesen Salon verkaufen?« Neugierig schaute Helena ihr Gegenüber an.

»Aus Liebe!«, lautete die kurze Erklärung.

»Aus Liebe?«, wiederholte Helena verständnislos. »Aber das geht doch nicht!«

Die schöne Russin warf den Kopf in den Nacken und lachte. Unwillkürlich musste Helena an die Melba denken. Die hatte auch so ein ansteckendes Lachen, nicht zu vergessen ihre geliebte Freundin Lilith in Wiesbaden.

»Aus Liebe geht alles«, behauptete Madame Chamberon. Genau so hätte Lilith das sagen können. »Um genau zu sein, mein Mann hat mich vor die Wahl gestellt: Er oder das Geschäft.«

»Sie haben sich also für Ihren Mann entschieden«, stellte Helena fest.

»Aus Liebe«, bestätigte die Russin.

»Ich würde mich niemals von meinem Mann so in die Enge treiben lassen«, war sich Helena sicher. »Und ich wüsste auch, wofür ich mich entscheiden würde.«

»Wofür?« Neugierig schaute Madame Chamberon sie an.

»Natürlich für das Geschäft«, erklärte Helena schroff. »Ich lasse mich doch nicht erpressen!«

»Dann lieben Sie Ihren Mann nicht richtig«, stellte Madame Chamberon betrübt fest.

»Und ob ich meinen Mann liebe!«, widersprach Helena leidenschaftlich. »Und wie ich ihn liebe, von ganzem Herzen, vom tiefsten Grund meiner Seele. Aber ich liebe auch meinen Beruf!«

»Wenn ich das richtig sehe, wird da demnächst noch jemand dazukommen, der Ihrer Liebe bedarf«, entgegnete Madame Chamberon und warf einen vielsagenden Blick auf Helenas vorstehendes Bäuchlein.

So was Dummes! Da war doch glatt die schöne, großzügig geschnittene Tunika ihres Freundes Poiret so verrutscht, dass darunter ihre fortgeschrittene Schwangerschaft zu erkennen war. Dabei war es Helena bisher sehr gut gelungen, ihren Zustand unter den weit geschnittenen Gewändern ihres Modeschöpfer-Freundes zu verbergen.

»Bis zur Niederkunft kann es nicht mehr lange dauern«, stellte die Russin fest.

»Vorher werde ich jedoch Ihren Salon kaufen, renovieren und neu eröffnen«, sagte Helena zuversichtlich.

»Da haben Sie sich viel vorgenommen.«

»So mache ich es immer, und bislang ist mir das auch stets gelungen.«

»Die Geburt eines Kindes verändert das Leben einer Frau von Grund auf«, behauptete Madame Chamberon.

»Das mag wohl sein, wird mich aber von meinen Plänen nicht abhalten.«

»Eines Tages werden Sie sich entscheiden müssen, Madame. Ich habe mich nun einmal für meinen Mann und damit für die Liebe entschieden.«

»Für Sie offenkundig die richtige Entscheidung«, versicherte Helena ihr zuvorkommend.

»Ich wünsche Ihnen alles Gute für die Zukunft, viel Erfolg bei der Übernahme meines Salons und dass Sie eines Tages für sich auch die richtige Entscheidung treffen mögen.« Es war ein sehr nachdenklicher Blick, mit dem Madame Chamberon sie ins Auge fasste.

»Das werde ich«, sagte Helena voller Zuversicht. *Aber ich werde mich nicht von Emotionen und gar der Liebe, dieser »Himmelsmacht«, von meinem Weg abbringen lassen*, setzte sie in Gedanken hinzu.

Dabei war es gerade diese »Himmelsmacht« gewesen, die Helena knapp zwei Jahre zuvor veranlasst hatte, Hals über Kopf aus der Melbourner Collins Street nach Europa, genauer gesagt nach London, zu flüchten – angeblich, um dort einen neuen Salon zu eröffnen. Tatsächlich war es eine Flucht gewesen. Eine Flucht vor Edward William Titus, seinem Heiratsantrag und der schwierigsten Entscheidung ihres Lebens.

Dabei hatte es sich anfänglich doch so gut angelassen zwischen ihnen beiden! »Auf rein geschäftlicher Basis«, wie sie sich gegenseitig immer wieder ironisch versicherten.

Wie ein Mantra hatte Helena in jenen Monaten diese Floskel fast jeden Abend vor dem Einschlafen wiederholt, um so ihre aufsteigenden Gefühle für Edward zu unterdrücken. Begnadete Verdrängungskünstlerin, die Helena nun mal war, hatte sie sich lange einzureden versucht, dass ihre Beziehung zu Edward nichts mit persönlichen Gefühlen zu tun hätte.

Was das Geschäftliche anbelangte, hatten sich die beiden innerhalb kürzester Zeit zu einem hervorragenden Team entwickelt – unter der wohlwollenden Beobachtung von Mr Thompson …

»Habe ich doch gleich gesagt«, triumphierte er bei einem gemeinsamen Fünf-Uhr-Tee in den *Hopetoun Tea Rooms*. »Jeder Topf findet seinen Deckel!« Zufrieden rührte er in seiner Teetasse.

Edward lächelte in sich hinein, und Helena wurde wieder einmal rot.

»Ich werde Ihnen mein Leben lang dankbar dafür sein, dass Sie mich Madame empfohlen haben«, wandte sich Edward an den englischen Geschäftsmann. Geschickt lenkte er so dessen Aufmerksamkeit auf sich, um Helena aus ihrer Verlegenheit zu erlösen.

»Nun ja, Sie haben sich ja auch recht schnell bewährt«, erwiderte Mr Thompson wohlwollend. »Ihre Reise nach Sydney war umgehend von Erfolg gekrönt.«

»In der Tat, das war sie, und nicht nur das«, mischte sich nun Helena wieder ein.

Sicherheitshalber stützte sie dabei ihr Gesicht in beide Hände, um so ihre eventuell erneut aufsteigende Röte zu verbergen. Wie sie das hasste, diese plötzliche Wärme, ja fast schon Hitze, die aus ihrem tiefsten Inneren emporstieg und sie in lähmende Verlegenheit versetzte! Sie, eine Frau Ende dreißig – nun ja, offiziell Anfang dreißig –, die sich im geschäftlichen Bereich durchzusetzen verstand, Anerkennung und Respekt genoss, war in solchen Situationen hilflos wie ein Backfisch.

Was Helena so schrecklich peinlich fand, nahmen ihre Mitmenschen, wenn überhaupt, mit lächelndem Wohlwollen wahr.

»Entzückend, wie niedlich, schau dir an, wie sie errötet!«,

hatten die beiden Nellies immer gerufen, wenn die Rede auf ihrer beider Lieblingsthema, die Liebe, gekommen war.

Auch Lilith hatte sie während ihres Wiesbadener Besuchs gerne bezüglich ihres Schamgefühls geneckt. Bis heute hatte Helena nicht Dr. Kapps nachdenklichen Blick vergessen, ebenso wenig wie seine Frage: »Wann haben Sie zum letzten Mal einen Mann geküsst?«

Helena hatte damals noch nie einen Mann geküsst. Und als es Edward zum ersten Mal tat, war sie fast einer Ohnmacht nahe. Sie, die toughe Geschäftsfrau Helena Rubinstein, Inhaberin von drei florierenden Schönheitssalons.

Wie angekündigt hatte Edward W. Titus gleich am Morgen nach ihrer zweiten, angeblich zufälligen, Begegnung im *Hopetoun Tearoom* den Zug nach Sydney genommen.

Drei Tage später lag ein Telegramm auf Helenas Schreibtisch:

Geeignete Räumlichkeiten in bester Lage gefunden.
Bauzeichnungen und Fotos treffen morgen per Express ein.
Schon unterwegs nach Neuseeland, gutes Angebot in
Wellington entdeckt, gleichfalls in bester Geschäftslage.
Eine Gelegenheit, die wahrgenommen werden MUSS!!!

Es ging so schnell und holterdiepolter, dass Helena gar nicht groß zum Nachdenken kam. Zunächst einmal fühlte sie sich überrumpelt, ja, war empört über dieses Vorpreschen von Mr Titus.

»Ohne sich vorher mit mir abzusprechen, einfach mal so

nach Neuseeland überzusetzen. Ich fühle mich ganz schön überfahren«, beschwerte sie sich bei Mr Thompson, als sie sich wieder einmal im *Hopetoun Tearoom* gegenübersaßen. »Was haben Sie mir da nur für einen Hansdampf in allen Gassen geschickt?« In ihrer Empörung war ihr diese Formulierung auf Deutsch herausgerutscht.

»Beg your pardon?«, erwiderte Mr Thompson verständnislos. »Was wollen Sie damit sagen, *my dear*?«

»Das ist jemand … also, jemand, der … der …«, begann Helena zu stammeln. *»A jack of all trades* ist dieser Kerl«, fiel ihr dann doch die passende Formulierung ein.

»Deshalb habe ich ihn ja zu Ihnen geschickt, Miss Helena, einen passenden Jack für *Helena of all trades*. Haben Sie noch gar nicht bemerkt, wie ähnlich Sie sich eigentlich sind?«

»Nein«, behauptete Helena.

»Dann werden Sie es eines Tages hoffentlich noch feststellen. Es könnte nur von Vorteil für Sie sein. Für Sie beide!«, betonte Mr Thompson.

»Mmh«, machte Helena unwillig.

»Und in einem muss ich Ihnen energisch widersprechen, Miss Helena: Mr Edward Titus ist kein ›Kerl‹. Mr Titus ist ein Gentleman, vom Scheitel bis zur Sohle«, behauptete ihr Mentor und sah ihr in die Augen.

»Mmh.«

»Wollen Sie das etwa bestreiten? Er übt einen sehr wohltuenden Einfluss auf Sie aus«, fuhr Mr Thompson fort.

»Der da wäre?«, erkundigte sich Helena streitlustig.

»Sie sind innerhalb weniger Wochen übergangslos in die

Rolle der ›Madame‹ geschlüpft, werden nur noch so genannt.«

»Stimmt, das fällt mir jetzt erst auf«, erwiderte Helena nachdenklich.

»Vielleicht gelingt es Mr Titus ja sogar, eines Tages eine richtige Lady aus Ihnen zu machen.«

»Wie ist das denn schon wieder gemeint? Wollen Sie damit behaupten, ich kann mich nicht benehmen?«, fuhr Helena auf.

Beschwichtigend legte Mr Thompson seine Rechte auf ihre Hand. »Keineswegs, keineswegs, *my dear*, natürlich können Sie sich benehmen. Aber woran es Ihnen leider noch mangelt, ist die selbstverständliche Sicherheit, mit der sich unsere Ladys auf dem gesellschaftlichen Parkett bewegen. Da benötigen Sie einfach mehr Schliff und etwas Politur. Und genau da kann Ihnen Mr Titus helfen.«

»Sie scheinen wirklich große Stücke auf ihn zu halten.«

»Ja, allerdings«, bestätigte Mr Thompson. »Genauso, wie ich große Stücke auf Sie halte, Miss Helena. Ich darf das doch noch so sagen?«

»Aber ja doch, Mr Thompson, ich bitte sogar darum. Alles andere käme mir seltsam vor.«

»Gut, *my dear*. Jetzt unterzeichnen Sie schon den Mietvertrag für Wellington, und dann überlegen Sie sich, wie Sie Ihre beiden neuen Salons gestalten wollen.«

Dieses Mal wurden die Vorhänge nicht aus einem Spitzenkleid angefertigt, sondern in einer richtigen Schneiderei genäht – natürlich unter Helenas wachsamem Blick.

Edward gesellte sich häufig dazu, wenn Helena auf der Suche nach Inspiration für die Inneneinrichtung ihrer Salons durch Melbourne bummelte oder sich bei den angeheuerten Handwerkern vom Fortgang der Arbeiten überzeugte. Zweimal reiste sie dafür persönlich nach Sydney, einmal setzte sie sogar nach Wellington über. Dabei durfte Edward sie begleiten.

Sie hatte noch niemals zuvor einen Mann wie ihn kennengelernt. Abgesehen davon, dass er mit seinem dichten dunklen Haar, durch das sich bereits die ersten silbernen Strähnen zogen, seinen braunen Augen mit den tanzenden Lachteufelchen, seiner schlanken Figur und den stets manikürten Händen wirklich gut aussah, verfügte er über ein so umfassendes Wissen wie kein anderer Mensch ihres Umfelds. Wann immer Helena eine Frage hatte, konnte er ihr weiterhelfen.

So dauerte es nicht lange, bis sie ihm, wie von ihm bereits am ersten Abend vorgeschlagen, das Schreiben aller Anzeigentexte überließ.

Innerhalb weniger Tage arbeitete sich Edward sowohl fachlich als auch sprachlich in seine neue Aufgabe ein. Schon bald verstand er es, in seinen Texten die blumigen Behauptungen der Werbung geschickt mit wissenschaftlichen Erkenntnissen zu untermauern.

Helenas Vertrauen zu ihm war mittlerweile so groß, dass sie ihm sowohl ihre Aufzeichnungen aus der Charité und von ihrem Aufenthalt in Wiesbaden als auch ihre Notizen von dem persönlichen Intensivkurs in Sachen Hygiene bei Monsieur Berthelot überließ.

»Es ist wirklich bewundernswert, wie systematisch und säuberlich Sie Ihre Aufzeichnungen angefertigt haben, Madame«, sagte Edward zu ihr.

»Ich habe sogar noch meine Mitschriften von meinen Vorlesungen an der Krakauer Universität«, vertraute Helena ihrem neuen Mitarbeiter an.

»Oh, darf ich vielleicht darauf ebenfalls einen Blick werfen?«

»Das wird Ihnen nicht viel bringen.«

»Warum nicht?«, wollte Edward wissen.

»Sie sind auf Polnisch.«

»Das macht überhaupt nichts!«

»Sie sprechen auch Polnisch?«, erkundigte sich Helena überrascht.

»Ja«, lautete die knappe Erwiderung.

»Wieso das denn?«

Schweigen. Zum allerersten Mal war das Schweigen, das sich nun zwischen ihnen ausbreitete, kein angenehmes.

Helena wartete gespannt. Hatte es diesem so redegewandten Mann, dem immer eine passende Entgegnung einfiel und der auf jede ihrer Fragen eine Antwort wusste, unverhofft die Sprache verschlagen?

»Sie müssen nicht alles wissen«, wimmelte er sie ab.

»Gut, dann müssen Sie auch nicht meine alten Aufzeichnungen sehen«, entschied Helena kurzerhand.

Es sollte noch einige Zeit dauern, bis Helena endlich all das von Edward W. Titus erfuhr, was sie von ihm wissen wollte. Monatelang zog er es vor, seine Herkunft und Vergangenheit mit einem undurchdringlichen Schleier zu verhüllen. Hatte er am Ende etwas zu verbergen?

Helena erstickte das leise aufsteigende Misstrauen im Keim. Ein jeder Mensch hatte seine kleinen Geheimnisse, und die durfte man auch haben. Dasselbe Recht, das sie für sich in Anspruch nahm, musste sie auch Edward W. Titus zugestehen.

Nach seiner Rückkehr aus Wellington hatte er sich in einem Bed and Breakfast in der Wellington Street einquartiert. Wahrscheinlich konnte er sich das teure Hotel im Zentrum Melbournes nicht mehr leisten.

Helena bezahlte ihn zwar für seine Anzeigentexte und auch für die Artikel, die er immer häufiger in der Presse lancierte, doch wie es ihrem Naturell entsprach, fiel diese Bezahlung nicht gerade üppig aus.

Das hielt Edward allerdings nicht davon ab, sie regelmäßig abends auszuführen. Vielmehr bestand er darauf.

»Sie müssen sich doch ab und an etwas Abwechslung und Ablenkung von Ihrer harten Arbeit gönnen«, behauptete er, wenn er sie zu einem abendlichen Ausflug abholte – oder eher nötigte, denn zu Beginn protestierte Helena jedes Mal.

Doch nach und nach fand sie Gefallen an diesen gemeinsamen Abenden. Sie freute sich sogar darauf und gab sich besonders viel Mühe mit ihrem Äußeren.

»Helena macht sich wieder schön für ihren neuen Verehrer«, stellten Ceska und Lola dann kichernd fest.

Die beiden jungen Frauen beobachteten die stete, aber unübersehbare Verwandlung ihrer Schwester und Cousine mit höchster Aufmerksamkeit.

»Hättest du es für möglich gehalten, dass sich meine große Schwester noch einmal verliebt?«, wandte sich Ceska eines Abends an Lola.

»Niemals im Leben«, erwiderte diese, ohne Helena, die sich vor dem Spiegel die Haare feststeckte, aus den Augen zu lassen. »Du kannst ruhig mal eine kleine Locke über der Stirn herauszupfen, dann siehst du nicht mehr ganz so streng aus«, empfahl sie.

»Ich bin doch nicht streng! Findest du das wirklich? Ich sehe streng aus?«

»Eigentlich schon, nicht umsonst haben wir alle einen Heidenrespekt vor dir. Die kleine Aubrey hat sogar richtig Angst vor Madame«, meinte Ceska.

Helena hatte das junge Mädchen erst vor wenigen Tagen eingestellt, zunächst einmal als Aushilfe. Wenn sie sich gut anstellte, würde sie Aubrey richtig ausbilden. Gut geschultes Personal war immer wichtig.

Ceska und Lola waren inzwischen so weit, dass sie selbst neue Mitarbeiterinnen anlernen konnten. Vielleicht sollte sie ihrer Schwester die Leitung des Salons in Sydney überlassen?

Nachdenklich beobachtete sie Ceska, die auch gerade vor dem Spiegel stand und ein dezentes Rouge auflegte.

»Was hast du denn noch vor?«, fragte sie.

Lola kicherte vielsagend.

Ehe Helena jedoch eine erschöpfende Auskunft erhielt, klingelte auch schon die Ladenglocke, und Edward stand im Raum.

»Fertig?«, erkundigte er sich und warf Helena einen

Blick zu. »Madame sehen heute Abend wieder einmal bezaubernd aus«, schmeichelte er.

»Sie müssen nicht immer so maßlos übertreiben«, entgegnete Helena. Sie steckte ihren Hut mit einer dicken Nadel fest, griff nach ihren weichen Lederhandschuhen und ihrer großen Handtasche. »Wohin gehen wir heute Abend?«

Galant reichte Titus ihr den Arm und geleitete sie zur Tür hinaus.

Hinter ihnen seufzten Ceska und Lola hingerissen.

»Ein wirklicher Gentleman«, stellten sie unisono fest.

Edward hatte es gehört und grinste in sich hinein. »Sie könnten Zwillinge sein, Ihre beiden Wiener Dermatologinnen.«

Warum schwang in dieser Bemerkung so ein ironischer Unterton mit?

»Ich habe im Übrigen kürzlich versucht, mich mit Ihren beiden Dermatologinnen fachlich auszutauschen«, erzählte er. »Zu Recherchezwecken.«

Helena wurde es heiß und kalt zugleich. Das hatte diesmal nichts mit der Gegenwart ihres attraktiven Begleiters zu tun, sondern mit dem, was er ihr gerade offenbarte.

»Ich spreche ja auch fließend Deutsch, habe aber festgestellt, dass ich damit bei Ihren beiden Assistentinnen nicht sehr weit komme«, fuhr er fort.

Oje! War Titus ihr etwa auf die Schliche gekommen? War er drauf und dran, ihr sorgfältig konstruiertes Lügengebilde zum Einsturz zu bringen? Wollte er sie entlarven, gar bloßstellen?

»Es mag sein, dass Sie den österreichischen Akzent meiner beiden Assistentinnen nicht verstehen«, versuchte sich Helena zu retten.

Ihr wurde schwindelig – so schwindelig, dass sie stolperte. Sie verlor das Gleichgewicht, knickte mit dem Fuß um und wäre gestürzt, wenn nicht …

Mit einem beherzten Griff verhinderte Edward ihren Sturz. Er zog sie rasch hoch und in seine Arme.

Noch niemals zuvor war Helena einem Mann so nahe gewesen. Sekundenlang war sie versucht, sich in diese Umarmung sinken zu lassen, den Kopf an seine Schulter zu lehnen.

Edward verharrte ganz ruhig. Doch als er ihren aufsteigenden körperlichen Widerstand spürte, lockerte er sofort seinen Griff.

Helena riss sich los und trat einen Schritt zurück. Beinahe wäre sie wieder gestolpert und hingefallen, doch Edward fing sie erneut auf. Diesmal hielt er sie fest und zog sie an sich.

»Keine Angst, Chaja«, murmelte er an ihrer Schläfe. »Ich werde schweigen wie ein Grab. Wir sitzen doch beide im gleichen Boot und haben es bislang noch gar nicht zu Wasser gelassen …«

»Wie meinen Sie das?«, stieß Helena hervor und riss sich los. »Ich schätze es überhaupt nicht, wenn ein Mitarbeiter mir hinterherschnüffelt. Sie sind gefeuert, Mr Edward William Titus!«

Er warf den Kopf in den Nacken und lachte schallend.

»Was gibt es da zu lachen?«, fauchte Helena. »Ich meine es ernst: Sie sind gefeuert!«

Titus' Lachen wurde noch lauter, er schien sich kaum noch beruhigen zu können. Belustigt schaute er sie an. Helena sah die kleinen Teufelchen in seinen Augen, die noch fröhlicher tanzten als üblich.

»Sie scheinen eine besondere Art von Humor zu haben und sich köstlich zu amüsieren«, stellte sie wütend fest. »Machen Sie sich am Ende lustig über mich, Mr Titus? Niemand macht sich über Helena Rubinstein lustig, und Sie schon gar nicht!« Sie war jetzt so in Rage, dass sie mit dem Fuß aufstampfte.

»Keineswegs, Madame! Niemals würde ich es wagen, mich über Sie lustig zu machen«, wehrte er hastig ab. »Entschuldigen Sie bitte, ich finde es lediglich absurd, dass ...«

Ein erneuter Lachanfall überkam ihn.

»Entschuldigen Sie«, keuchte er, zog ein weißes, frisch gebügeltes Taschentuch aus seiner Westentasche und wischte sich die Lachtränen aus den Augen.

»Was finden Sie absurd?«, fuhr Helena ihn an.

Titus schnaubte in sein Taschentuch und legte es dann sorgfältig wieder zusammen.

»Sie können mich gar nicht feuern«, behauptete er gelassen, während er das Tuch in der Westentasche verstaute.

»Natürlich kann ich Sie feuern«, entgegnete Helena zornig.

»Verehrte Madame, niemand, noch nicht einmal Sie, kann jemanden feuern, der niemals zuvor eingestellt wurde«, erklärte Titus fröhlich und sah sie lächelnd an. »Ich kann mich nicht erinnern, dass zwischen uns jemals eine schriftliche Vereinbarung abgeschlossen wurde, oder irre ich mich?« Provozierend schaute er sie an.

»Aber … aber …«, stammelte Helena perplex. »Sie haben doch etliche Artikel für mich geschrieben.«

»Haben Sie mir dafür ein festes, regelmäßiges Gehalt bezahlt?«, erkundigte sich Titus maliziös.

»Ich habe Sie doch dafür bezahlt!«

»In Form eines Honorars, das, mit Verlaub gesagt, nicht sehr üppig bemessen war.«

»Sie haben sich darauf eingelassen«, sagte Helena.

»Ich hatte meine Gründe«, erwiderte Titus trocken.

»Die da wären?«

»Die verrate ich Ihnen gerne ein anderes Mal.«

»Es ist schon auffallend, wie Sie mir immer ausweichen, wenn meine Fragen etwas konkreter werden.«

»Nie sollst du mich befragen«, hob Titus leise zu singen an.

Wider Willen musste Helena lachen. Natürlich erkannte sie, worauf er anspielte. Wie lange war es her, dass sie die Melba in der Rolle der Elsa in der Melbourner Oper gesehen hatte.

»In Richard Wagners *Lohengrin* wird sehr schön aufgezeigt, wie verhängnisvoll es sein kann, wenn eine Frau von einem Mann zu viel wissen will«, hatten die beiden Nellies sie zuvor belehrt. »Merke es dir, Helena: Frage einen Mann niemals zu viel, sondern schau lieber genau hin.«

Und so schaute Helena jetzt noch einmal genau hin, anstatt weiter in ihren Geschäftspartner zu dringen. Was sie da sah, gefiel ihr, gefiel ihr bereits seit der ersten Begegnung. Vor ihr stand ein überaus gepflegter Mann – nein, ein Herr, ein Gentleman, wie Mr Thompson ihr gegenüber immer betonte – mit einer dichten dunklen Mähne, von der ihm häufig eine Strähne in die Stirn fiel. Inzwischen liebte Helena die lässige Geste, mit der sich Titus sein Haar aus der Stirn strich, und auch, wie elegant er seinen Hut aufsetzte und ihn gerade rückte. Oder wie selbstverständlich er ihren Arm nahm, um sie über den Bürgersteig in ein Lokal zum reservierten Tisch zu geleiten, wo er ihr den Stuhl zurechtrückte, so lange wartete, bis sie richtig saß, und erst dann mit einer Verbeugung seinen eigenen Platz einnahm.

Sie schätzte auch die Anzeigentexte und Artikel, die er bislang für sie verfasst hatte. Titus war nicht nur ein attraktiver, eleganter Mann, sondern auch so unglaublich belesen und klug!

Ja, sie hatte sich inzwischen an ihn gewöhnt. Das musste sie leider zugeben, wenn auch überaus widerwillig. Über ihre tatsächlichen Gefühle ihm gegenüber hatte sie jedoch noch niemals nachgedacht. Eigentlich wollte sie das auch gar nicht.

In einem hatte Titus recht, sehr zu ihrem eigenen Ärger und Missbehagen: Sie hatte ihn tatsächlich niemals in ihrem Unternehmen eingestellt. Aber …

»Theoretisch könnte ich Ihnen ja alle weiteren Schreibaufträge entziehen«, überlegte sie laut.

»Theoretisch könnten Sie das«, erwiderte Titus gelassen. »Praktisch hätte ich Ihnen jedoch einen besseren Vorschlag zu machen.«

»Der da wäre?«, rutschte es Helena heraus. Diese verfluchte Neugierde!

»Heiraten Sie mich!«

»Wie bitte?« Helena schrie es fast.

»Lass uns heiraten, Helena«, wiederholte Titus und suchte ihren Blick.

Helena gelang es nicht, ihm auszuweichen. Wie gebannt schaute sie ihn an, versank in der Tiefe seiner Augen, in denen sie neben Humor und einer unübersehbaren Zuneigung auch etwas ganz anderes entdeckte: eine tiefe Traurigkeit, die sie befremdete, ja, ihr sogar Furcht einflößte.

»Sag Ja, Helena, bitte sag Ja«, bat Edward Titus mit sanfter, tiefer Stimme. »Wir sind füreinander bestimmt!«

Helena bekam weiche Knie.

»Mr Titus, ich muss schon sagen, Sie sind einfach verrückt geworden«, erwiderte sie dennoch brüsk, machte auf dem Absatz kehrt und rannte davon, so schnell sie konnte.

Dass sie an diesem Abend nach Hause gekommen war, ohne unterwegs auf ihren hohen Absätzen umzuknicken und hinzufallen, grenzte schon an ein Wunder. In den folgenden Tagen verbarrikadierte sich Helena in ihren Privaträumen hinter dem Salon in der Collins Street. Niemandem gewährte sie Zutritt, weder ihrer Schwester noch ihrer Cousine, geschweige denn Titus.

»Ich bin für niemanden zu sprechen. Lasst mich alle in Ruhe!«, kreischte sie, als Ceska zwei Tage später an ihre Tür klopfte, um Titus' Besuch anzukündigen.

»Es scheint ziemlich dringend zu sein«, sagte Ceska, als sie vorsichtig den Kopf durch den Türspalt steckte.

»Ich bin nicht zu sprechen, ich will ihn nicht sehen, ich will ihn nie mehr wiedersehen. Sag ihm, er soll verschwinden!«, schrie Helena noch lauter.

Kopfschüttelnd zog Ceska die Tür hinter sich zu und beriet sich flüsternd mit Lola, die ebenfalls auf dem Flur stand. Alles konnte Helena nicht hören, doch ein Satz drang bis zu ihr durch: »Helena ist völlig meschugge geworden.«

»Von wegen meschugge. Dieser Kerl ist meschugge«, murrte Helena vor sich hin. »Niemals werde ich diesen Kerl heiraten. Es wird Zeit, dass ich mich nach London begebe.«

Mr Titus ist kein Kerl, Miss Helena, sondern von Kopf bis Sohle ein Gentleman, hörte sie im Geiste die mahnende Stimme von Mr Thompson, ihrem väterlichen Mentor.

»Heiraten werde ich ihn trotzdem nicht!«, beharrte Helena trotzig wie ein kleines Mädchen. Von wegen »Madame«!

Drei Monate später brach Helena nach London auf, selbstverständlich alleine. Es war ihr gelungen, kurzfristig von Melbourne aus eine Passage auf dem neuen Dampfer *Pericles* zu ergattern, einem Passagier- und Frachtschiff, das ganz frisch auf der Linie »Australien – Großbritannien« eingesetzt wurde.

Als etablierte, wohlgelittene und anerkannte Unternehmerin sowie frischgebackene Australierin hatte Helena

Rubinstein ihre neue Heimat verlassen. Drei florierende Schönheitssalons in Melbourne, Sydney und Wellington nannte sie ihr Eigen. Die Führung des Melbourner Salons hatte sie Ceska anvertraut, in Sydney war Lola verantwortliche Geschäftsführerin geworden. Für den ganz neuen Parlour in Wellington war es ihr unmittelbar vor ihrer Abreise gelungen, ihre Schwester Stella auf die untere Seite des Globus zu locken, einschließlich ihres Ehemannes. Alle Verwandten waren außer sich vor Freude über das Vertrauen, das Helena ihnen entgegenbrachte, und hatten ihren neuen Aufgabenbereich voller Enthusiasmus übernommen.

Helena wusste, dass auf diese drei jungen Frauen absoluter Verlass war, sodass sie ihrerseits einmal mehr zu neuen Ufern aufbrechen konnte. Auf zu neuen Ufern im alten Europa! – so lautete ihr schon seit geraumer Zeit ins Auge gefasstes Ziel. Darüber hatte sie auch mit Titus oft gesprochen …

Es hatte sie immer wieder erstaunt, wie viele konstruktive Vorschläge er während dieser Gespräche einbrachte. Und nicht nur das, er hatte ihr sowohl für London als auch für Paris schon etliche Ansprechpartner genannt. Dieser Kerl – nein, er war ja kein Kerl, sondern ein Gentleman – schien wirklich Gott und die Welt zu kennen. Trotzdem hatte Helena ihn für immer und ewig aus ihrem Leben verbannt.

Kapitel 17

London 1908

Als Miss Nobody kam Helena in London an. In der britischen Hauptstadt erwartete sie kein Mensch, niemand kannte hier eine »Madame« oder Miss Helena Rubinstein.

Zudem hatte sie dieses Mal keinen Stapel von Empfehlungsschreiben bei sich. In der Hektik ihres plötzlichen Aufbruchs, der mehr zu einer Flucht als zu einer geplanten Reise passte, hatte Helena völlig vergessen, ihre australischen Geschäftsfreunde darum zu bitten.

So war sie in den Wochen nach ihrer Ankunft in London ganz alleine auf sich gestellt, nicht zum ersten und nicht zum letzten Mal. Doch Helena war zäh und verfügte über jede Menge Kampfgeist. Anders als bei ihren beruflichen Anfängen auf dem australischen Kontinent hatte sie nun ja ein beeindruckendes finanzielles Polster im Rücken.

Ja, Helena war inzwischen eine wohlhabende Frau, was ihr in finanzieller Hinsicht einen sorglosen Aufenthalt in London ermöglichte. Aber diese Tatsache konnte das Gefühl der Einsamkeit nicht vertreiben. Wie üblich unterdrückte sie ihre Emotionen, verdrängte sie und wandte sich stattdessen ihren neuen großen Plänen zu: Helena wollte investieren, denn die britische Hauptstadt war ein kosmetisches Entwicklungsland.

Der erste flüchtige Blick auf das Erscheinungsbild der Londoner Damenwelt, dem sich tagelange sorgfältige Beobachtungen anschlossen, ließ Helena zu der Überzeugung gelangen, dass sie genau hier und jetzt zur rechten Zeit am rechten Ort war. So wie die Haut der Britinnen sich ihr darbot, schienen sie außer Seife und Wasser keine Pflege zu kennen. Die Ladys waren reif für eine Behandlung von »Madame«, die sie ihnen jedoch nur in den entsprechenden Räumlichkeiten angedeihen lassen konnte.

Eine geeignete Immobilie musste her, und das, bitte schön, in allerbester Lage.

Einer ihrer ersten Schritte bestand darin, in der Londoner City ein Bankkonto zu eröffnen und schon einmal zweihunderttausend Pfund von ihrem australischen Konto darauf zu transferieren. Dem Bankbeamten fiel fast die Kinnlade herunter, als sie die entsprechende Anweisung erteilte. Fortan kannte man sie beim Namen. »Madame Rubinstein« wurde beim Betreten der Schalterhalle mit einem tiefen Bückling des Portiers und einem respektvollen Gruß seitens der anderen Angestellten begrüßt. Ihr wurde sogar eigens ein Mitarbeiter zur Seite gestellt, der ihr bei der Immobiliensuche behilflich sein sollte.

»Eine attraktive Immobilie in allerbester Lage«, verlangte Helena von Mr Heath, ihrem persönlichen Berater. »Nicht kleckern, sondern klotzen!«, setzte sie resolut hinzu.

Mr Heath zuckte bei diesen Worten zusammen.

Wer hatte sie noch einmal gesagt? Nein, nicht Titus, der würde sich niemals so derb ausdrücken, genauso wenig wie Mr Thompson. Aber als Kellnerin hatte Helena in Melbourne häufiger Gesprächsfetzen ihrer Gäste, die nicht immer die feinsten gewesen waren, aufgeschnappt.

Oder war es am Ende gar die Melba gewesen, die ein ausgesprochenes Faible für eine fast vulgäre Ausdrucksweise hatte? Auch Lilith liebte drastische Formulierungen …

Jedenfalls beschloss Helena, diese Worte in die Tat umzusetzen und zu klotzen. Da Mr Heath keine große Hilfe war, begab sie sich auch selbst auf die Suche und wurde recht schnell fündig: in Mayfair, dem feinsten Stadtteil der britischen Hauptstadt. Noch feiner war der Vermieter des Anwesens in der 24 Grafton Street. Das elegante Haus hatte einmal Sir Robert Arthur Talbot Gascoyne-Cecil gehört, 3rd Marquess of Salisbury, einst Premierminister unter Queen Victoria.

Mit zweitausend Pfund lag die Jahresmiete weit über Helenas veranlagtem Budget. Aber sie beschloss zu pokern – und damit auch zu klotzen –, denn das im Georgianischen Stil erbaute Haus bot ideale Bedingungen für ihr unternehmerisches Vorhaben. Es verfügte über sechsundzwanzig Räume, die sich über vier Stockwerke verteilten.

Rasch war sich Helena über die Raumaufteilung im Klaren. Erdgeschoss und erster Stock würden als Salon und Geschäft dienen, das zweite Stockwerk wollte sie als privaten Wohnraum nutzen, und in den Kellerräumen würde sie sich ihre »Hexenküche« einrichten. So viel Raum hatte ihr noch nie für ein Labor zur Verfügung gestanden.

Es war schon etliche Monate her, dass sie das letzte Mal in ihrem Melbourner Labor gestanden hatte. Dabei liebte Helena diese Arbeit, das Experimentieren, Zusammenschütten, Mischen und Anrühren der unterschiedlichen Ingredienzien. Sie beobachtete gerne, wie sich deren Konsistenz veränderte, und roch den aus den Gläsern und Amphoren aufsteigenden Duft. Am Ende trug sie eine neue Creme immer auf die Innenseite ihres Handgelenks auf. Wenn ihre Haut an dieser empfindlichen Stelle nicht auffallend reagierte, war es für sie Nachweis genug, dass dieses neu entwickelte Produkt keine Allergien auslöste. Noch immer war Helena ihr eigenes Versuchskaninchen.

Sie freute sich schon auf ihr neues Labor in ihrem Londoner Zweitwohnsitz, ihrem *pied à terre*, wie sie es nannte. Doch so zahlreich die nutzbaren Räume auch waren, im Innenbereich standen doch etliche Umbauarbeiten an, um diese für Helenas Geschäft optimal nutzbar zu machen. Mithilfe ihrer Bank und des distinguierten Mr Heath fand sie dafür den geeigneten Architekten. Bei ihrer Forderung, etliche Wände einzureißen, um größere Räume zu schaffen, war Mr Monty erst einmal blass geworden, hatte sich dann jedoch achselzuckend gefügt und war schließlich vom Ergebnis selbst überrascht.

Was die Inneneinrichtung anbelangte, verließ sich Helena ausschließlich auf ihren eigenen Geschmack. Aber sie benötigte dafür auch Inspiration und Anregung. In der britischen Hauptstadt wurde sie nicht fündig.

»Das ist hier ja nicht nur kosmetisch, sondern auch innenarchitektonisch eine Wüste«, schimpfte sie nach einem erfolglosen Bummel durch Londons Antiquitätenläden. »Ich kann meinen Salon doch nicht viktorianisch einrichten und die Beine der Stühle und Tische mit dunklem Stoff verhüllen.«

Ein wunderbarer Vorwand für Helena, den Kanal zu überqueren. Auf nach Paris! Dort informierte sie sich bei der Gelegenheit auch gleich über die neuesten Entwicklungen in der Dermatologie. Der letzte Schrei waren gerade kosmetische Behandlungen mit elektrischen Impulsen. Sofort erstand sie ein solches Gerät und ließ es nach London versenden. Auch nutzte sie den Aufenthalt in der französischen Hauptstadt, um ihre Garderobe auf den neuesten Stand zu bringen.

Innerhalb weniger Tage wurde ihr der Modeschöpfer Paul Poiret zu einem guten Freund. Sie mochte seine mitreißende Überschwänglichkeit, sein Savoir-vivre und seine rauschenden Feste, bei denen sich ganz Paris einstellte. Auch sie selbst war ein gern gesehener Gast – nicht zuletzt, weil seine reich mit Ornamenten verzierten Gewänder ihr hervorragend standen und ihre exotische Erscheinung raffiniert zur Geltung brachten.

Sie erstand etliche dieser Roben. Ein Teil davon wurde direkt nach London ins *Savoy Hotel* versandt, in dem sich Helena vorläufig einquartiert hatte. Den anderen Teil nahm sie mit nach Wien, um ihre dortige Verwandtschaft zu beeindrucken.

Kapitel 18

Wien 1908

Das Wien des Jahres 1908 befand sich in der Phase seiner kulturellen und gesellschaftlichen Hochblüte. Der Musik Richard Wagners war es längst gelungen, den süßen Klang der Strauss'schen Walzerseligkeit zu übertönen. Darunter mischten sich unüberhörbar die Töne der Symphonien Gustav Mahlers und Anton Bruckners.

Von der österreichischen Hauptstadt angezogen fühlte sich auch ein junger, arbeitsloser Mann aus Braunau. Gemeinsam mit einem Freund hauste er in diesen Jahren in der Stumpergasse des sechsten Bezirks und schlug sich als erfolgloser Postkartenmaler durch. Zweimal wurde seine Bewerbung an der Wiener Kunstakademie abgelehnt. Zeitweilig landete er in einem Obdachlosenasyl und schließlich in einem Männerwohnheim, ehe er seine Zelte in Wien abbrach. Vorläufig!

Feine Damen von nah und fern begaben sich regelmäßig in die Berggasse, um in langen Gesprächen auf dem berühmten Sofa des Herrn Dr. Sigmund Freud von ihren psychischen Leiden erlöst zu werden. Die Psychoanalyse war als Heilmethode mittlerweile nicht nur anerkannt, sondern regelrecht *en vogue*.

Helena erhielt einen Brief aus Wiesbaden:

Meine liebste Helena,
wenn Du jetzt schon einmal in Wien bist, könntest Du doch auch einmal Dr. Freud konsultieren. Wir halten beide große Stücke auf ihn. Er könnte Dir bestimmt helfen. Ich erinnere mich an dieses bizarre Bild, das Du einem Deiner letzten Briefe beigefügt hast. Ich fand es übrigens sehr hübsch, aber auch sehr aufschlussreich. Wenn Du noch mehr davon hast, empfehle ich Dir, eins dieser Bilder einmal Dr. Freud zu zeigen.

»Wobei sollte der mir helfen?«, fragte Helena empört. Sie war drauf und dran, den Brief ihrer Freundin zu zerknüllen. »Ich bin doch nicht krank. Für so einen Quatsch habe ich überhaupt keine Zeit. Mich auf ein Sofa legen? Was für ein Unsinn! Das ist was für Frauen, die nichts Besseres zu tun haben und sich zu Hause langweilen.«

Langeweile! Sie schnaubte verächtlich. Für sie war das ein Fremdwort, genauso wie Freizeit. In den wenigen Stunden, die ihr in Wien für sich selbst blieben, besuchte sie Museen.

Der Maler Gustav Klimt erreichte gerade den Höhepunkt seines künstlerischen Schaffens. Die Plakate seiner Werke waren überall zu sehen.

Ja, auch Helena nahm sich die Zeit, eine Ausstellung zu besuchen. Die Farbgestaltung seiner Bilder beeindruckte sie. Vielleicht konnte sie von ihnen einige Anregungen für ihren *beauty parlour* in London mitnehmen?

Den Besuch der eigenen Familie gestaltete Helena so kurz wie möglich. Bei den Silberfelds war alles so ziemlich beim Alten. Der Pelzhandel lief nach wie vor gut und ermöglichte der Verwandtschaft ein gesichertes und geregeltes Leben in bescheidenem Wohlstand. Auch an den Klagen über Bürgermeister Lueger und dessen Anfeindungen gegenüber den jüdischen Mitbürgern hatte sich nichts geändert; genauso wenig wie daran, dass Helena bei diesen Tiraden geflissentlich weghörte. Politik interessierte sie nicht. Dass sie selbst Jüdin war, bedeutete ihr noch weniger. Sie ignorierte diese Tatsache, der Einfachheit halber.

Viel mehr war ihr an einem Wiedersehen mit Dr. Emmy List gelegen. Diese versierte Dermatologin – diesmal eine richtige – hatte sie bei ihrem letzten Besuch in Wien in die Geheimnisse des *skin peelings* eingeweiht. Helena bevorzugte die englische Bezeichnung, weil sich »Hautschälung« viel zu martialisch anhörte.

Es war ihr rasch gelungen, sich mit der neuen Technik vertraut zu machen.

»Sie begreifen wirklich sehr schnell und haben so geschickte Hände, Fräulein Rubinstein«, hatte die Wienerin sie gelobt. »Sie hätten es als Ärztin wirklich weit bringen können.«

»Ach, wie gerne wäre ich es geworden!«, hatte Helena sehnsüchtig geseufzt. »Aber es hat mich eben auf einen anderen Weg verschlagen.«

Ein Weg, der sie mittlerweile ganz schön weit geführt hatte.

Darüber konnte nun wiederum Dr. Emmy List nur staunen.

»Unglaublich, Fräulein Rubinstein«, sagte sie bei ihrem Wiedersehen und schüttelte ungläubig den Kopf. »Ich habe gehört, Sie haben mittlerweile drei Schönheitssalons in Australien und wollen noch einen weiteren in London eröffnen?«

»Ja«, bestätigte Helena stolz. »Und Sie können mir dabei helfen.«

»Ich?«, fragte Dr. List verdutzt.

»Ja.« Helena nickte. »Haben Sie nicht Lust, mit mir nach London zu kommen und mir bei der Etablierung meines dortigen Salons zu helfen? Ich benötige eine versierte Dermatologin, die Sie unbestreitbar sind.«

Mit Unbehagen dachte sie an Ceska und Lola, die sie ihrer Melbourner Kundschaft jahrelang als »Wiener Dermatologinnen« verkauft hatte. Noch während der Überfahrt auf der *Karlsruhe* hatte sie versucht, all das Wissen, das Dr. List ihr zuvor vermittelt hatte, an die beiden Mädchen weiterzugeben. Zum Glück hatten sie sich im Melbourner Salon überaus tapfer geschlagen, sodass niemand Helena auf die Schliche gekommen war – bis Edward William Titus aufgekreuzt war und seine mokanten Andeutungen ihr Lügengebäude beinah zum Einsturz gebracht hätten.

Der Gedanke an ihn versetzte Helena einen Stich. Rasch verscheuchte sie ihn. Nein, sie wollte einfach nicht an Edward denken. Nie mehr!

»Was halten Sie von meinem Vorschlag?« Gespannt schaute Helena die Ärztin an.

Sie wusste, dass Emmy List alleinstehend war, hatte sie sich doch vorher eingehend nach ihr und ihren Lebensumständen erkundigt. Nein, ohne diese vorherige Absicherung, ohne jegliche Aussicht auf Erfolg hätte Helena diesen Versuchsballon erst gar nicht steigen lassen.

»Nach London gehen?«, fragte Dr. List nachdenklich. »Ich spreche doch gar kein Englisch.«

»Das kann man lernen. Sie sind doch eine kluge, gebildete Frau«, versetzte Helena.

»Was wäre denn überhaupt meine Aufgabe?«, wollte die Ärztin wissen. Sie schien angebissen zu haben.

»Ich bin gerade dabei, das Souterrain meines neuen Hauses in Mayfair zu einem modernen Labor ausbauen zu lassen«, erzählte Helena. »Dort würde ich Sie gerne als verantwortliche Leiterin einsetzen und mit der weiteren Entwicklung meiner neuen Produktlinien betrauen.«

»Das klingt interessant.« Dr. List schaute schweigend aus dem Fenster.

Helena ließ ihr Zeit, hoffte und bangte aber insgeheim. Sie benötigte eine Wissenschaftlerin in ihrem Stab. Einen Bluff wie in Melbourne konnte sie sich in Europa nicht leisten.

Dr. Emmy List räusperte sich.

»Ja, also«, hob sie an und verstummte wieder.

»Wie lautet Ihre Antwort?« Nur mühsam unterdrückte Helena ihre aufsteigende Ungeduld. »Was hält Sie in Wien?«, platzte sie undiplomatisch heraus.

Zum Glück verübelte Dr. List ihr diese Frage nicht.

»Tja, was hält mich eigentlich in Wien?«, wiederholte sie nachdenklich. »Eigentlich nichts und niemand. Meine Hoffnungen auf eine Professur haben sich längst zerschlagen. Frauen haben im wissenschaftlichen Betrieb schlichtweg keine Chancen; die Strukturen sind einfach zu verkrustet, zumindest hier in Wien.«

»In der Geschäftswelt sieht das ganz anders aus, insbesondere in Australien. Vielleicht haben Sie ja Lust, eines Tages auch einmal mit mir nach Down Under zu reisen?«

»Langsam, langsam, Fräulein Rubinstein! Lassen Sie uns erst einmal mit London beginnen.«

»Das heißt, Sie sagen Ja?«, vergewisserte sich Helena.

»Ja, ich nehme Ihr Angebot an und werde nach London kommen. Nach Abschluss des Wintersemesters«, schränkte sie rasch ein. »Ich muss meinen laufenden Lehrauftrag zu Ende bringen, meine Stellung als Dozentin kündigen und hier erst einmal alles Weitere abwickeln. Es wird seine Zeit dauern, ehe ich wirklich aufbrechen kann.«

»Aber ich könnte ab Mai mit Ihnen rechnen?« Helena wollte unbedingt hier und jetzt Nägel mit Köpfen machen. »Bis dahin müssten die Umbauarbeiten in der Grafton Street abgeschlossen sein. Ich freue mich jetzt schon darauf, Ihnen Ihren neuen Arbeitsplatz zu zeigen.«

Dr. Emmy List nickte. »Wie sieht es denn mit der Bezahlung aus? Wenn ich Österreich so schnell verlasse, wie Sie es mir vorschlagen, verliere ich nicht nur meinen Beamtenstatus, sondern auch alle bis dahin entstandenen Pensionsansprüche.«

»Es soll Ihr Schaden nicht sein«, beeilte sich Helena zu versichern. »Wie hoch ist denn Ihr jetziges Gehalt?«

Emmy List nannte einen Betrag, der Helena zusammenzucken ließ. Er lag mindestens um das Vierfache über dem, was sie ihren Angestellten in Australien zahlte. Doch natürlich war ihr bewusst, dass in London künftig höhere Personalkosten auf sie zukommen würden.

»Könnten Sie denn versuchen, Ihre bisherigen Ansprüche zu behalten und sich später auszahlen zu lassen?«, schlug sie vor.

»Ich werde mich erkundigen. Aber ich will mich finanziell auf keinen Fall verschlechtern«, antwortete Emmy List entschieden.

»Das werden Sie nicht, das werden Sie auf keinen Fall! Ich werde Sie angemessen bezahlen und verspreche Ihnen auch eine Provision aus den Verkäufen unserer Produkte.«

»*Unserer Produkte* – das gefällt mir schon einmal sehr gut«, erwiderte Dr. List lächelnd und streckte ihr die Hand entgegen. »Einverstanden und abgemacht. Bitte setzen Sie einen Vertrag auf. Bevor ich ihn unterzeichne, werde ich ihn noch von meinem Anwalt überprüfen lassen, aber eigentlich sehe ich keine Probleme, da wir uns ja grundsätzlich einig sind.«

Einen Vertrag aufsetzen? Bislang hatte Helena noch niemals einen schriftlichen Arbeitsvertrag mit ihren Angestellten abgeschlossen. Mündliche Vereinbarung und Handschlag hatten immer genügt.

Bei Dr. Emmy List sah das anders aus. Es würde sie einen Batzen Geld kosten, diese Wissenschaftlerin für ihr

Unternehmen zu gewinnen, denn zur Formulierung eines Vertrages benötigte sie ihrerseits juristischen Beistand. Aber sie benötigte diese Dermatologin unbedingt für die weitere Expansion ihres Unternehmens.

»Noch vor meiner Abreise nach London werden Sie einen fertigen Vertrag vorliegen haben«, versprach Helena daher und verabschiedete sich.

Diese Emmy List ist ein harter Knochen, dachte sie erschöpft, als sie anschließend durch die Wiener Gassen bummelte.

Um über den Verlauf der Verhandlung nachzudenken und überhaupt ein wenig Atem zu schöpfen, suchte sie eins der berühmten Kaffeehäuser auf.

Wann hatte sie zum letzten Mal im *Café Griensteidl*, genannt *Café Größenwahn,* gesessen? Es war schon wieder über zehn Jahre her, aber geändert hatte sich nichts: Die Kellner nahmen mit dem üblichen Wiener Schmäh die Bestellung auf und scharwenzelten um sie herum, als wäre sie Kaiserin Sisi persönlich. Mit serviler Verbeugung stellten sie ihr den Einspänner mit Schlagobers und ein Glas Wasser auf den Tisch, holten ihr die erbetene Zeitung vom Ständer aus der Ecke und legten sie ihr aufgeschlagen bereit.

An den Nebentischen wurde gesprochen, getratscht, konzentriert über dem Schachbrett gebrütet; man machte mit gerunzelter Stirn schriftliche Notizen oder suchte in erregten Debatten nach der Weltformel. Es waren vorwiegend junge Männer, die sich da echauffierten, während ihre Begleiterinnen ihnen schmachtend an den Lippen hingen.

Irgendwie ärgerte Helena dieser Anblick. Hatten die jungen Frauen gar nichts Eigenes zu diesen Unterhaltungen beizutragen?

Während sie die Zeitung studierte und aufmerksam nach Anzeigen aus dem kosmetischen Bereich suchte, lauschte sie mit einem Ohr hinüber zu den Nebentischen. Worum ging es eigentlich in diesen erregten Debatten? Es gelang Helena nicht, ihren Sinn zu erfassen. Diese Menschen bewegten sich in einer ihr fremden Welt, die sie faszinierte, ja auf unwiderstehliche Art und Weise anzog. Aber sie wusste genau, sie würde ihr niemals angehören. Das wollte sie auch gar nicht.

Oder vielleicht doch?

Titus hätte hier bestimmt in Windeseile Anschluss gefunden, hätte sich mit klugen Argumenten an den Diskussionen beteiligen können.

Schon wieder Titus!

Was der jetzt wohl im fernen Melbourne so machte? Sie fragte sich, wie er sich wohl durchschlug, hatte er doch mit ihrer Abreise seine einzige bisherige Auftraggeberin verloren …

Egal, das ging sie nichts an, sie hatte ihre eigenen Probleme. Vor ihr lagen etliche Aufgaben. Als Nächstes würde sie einen versierten Anwalt aufsuchen, um einen Vertrag für die frisch angeheuerte Dr. Emmy List aufsetzen zu lassen. Die Silberfelds konnten ihr bestimmt einen tüchtigen Juristen empfehlen, also beschloss Helena, ihren Verwandten doch noch einen weiteren Besuch abzustatten.

Zwei Wochen später kehrte Helena nach London zurück: in ein London, das immer noch keine Anstalten machte, sie willkommen zu heißen, geschweige denn, ihr Zutritt in die illustren Kreise der vornehmen Gesellschaft zu gewähren.

Alle Formalitäten, was Anmietung und Renovierung des Anwesens in Mayfair betraf, waren inzwischen abgewickelt. Es gab kaum noch einen Grund, mehr als einmal die Woche die Bank aufzusuchen. Der geduldige Mr Heath war längst mit einem anderen Kunden betraut, um diesem bei der Suche nach einer Immobilie zu helfen.

In den folgenden Wochen lernte Helena erstmals so richtig ein Gefühl kennen, das ihr in dieser Intensität bislang völlig unbekannt gewesen war: Einsamkeit.

Selbst im Frühjahr konnte London ganz schön unfreundlich sein. Und es war ein verregneter Frühling, der sich entsprechend auf Helenas Stimmung niederschlug. Das war das treffende Wort. Helena fühlte sich nicht nur einsam, sondern ausgesprochen niedergeschlagen, wenn sie abends alleine in ihrer luxuriösen Hotelsuite saß. Sie konnte den Komfort um sich herum überhaupt nicht genießen, ihr fehlten Austausch und Gespräche.

Erst jetzt fiel ihr auf, wie sehr sie sich in den vergangenen Jahren an Ceskas und Lolas Gesellschaft gewöhnt hatte. Schwester und Cousine waren jederzeit für sie zu sprechen und für ihre Belange im Einsatz gewesen.

Auch die Gespräche mit Titus fehlten ihr, so ungern sie es sich eingestand. Hier in London gab es niemanden, mit dem sie sich hätte unterhalten können. Die einzigen Menschen, mit denen Helena tagsüber sprach, waren der

Architekt und die Handwerker auf ihrer Baustelle, die jedoch sehr pünktlich Feierabend machten. Um achtzehn Uhr verschwanden sie bis zum nächsten Morgen mit einem höflichen, aber unmissverständlichen Abschiedsgruß.

Wer blieb ihr danach? Nur noch das Personal im Hotel, dem es jedoch strikt untersagt war, sich auf längere Gespräche mit den Gästen einzulassen. Diese dienstbaren Geister hatten zu funktionieren, indem sie reibungslos und zuverlässig ihre Arbeit verrichteten, doch für die Unterhaltung der Gäste waren sie nicht zuständig. Da gab es andere Möglichkeiten, die Helena jedoch nicht kannte oder die ihr verschlossen blieben. Weit und breit existierte in London kein Mensch, der sich auch nur ein Jota für Helena Rubinstein interessierte.

Das musste anders werden! Helena musste auf sich aufmerksam machen. Aber wie?

Sie war selbst überrascht, wie antriebslos, ja fast phlegmatisch sie seit ihrer Rückkehr aus Wien geworden war. Ein wenig Hoffnung hatte sie in das Eintreffen von Emmy List gesetzt, doch von der Ärztin war unerwartet ein Telegramm eingetroffen:

Ankunft in London verzögert sich voraussichtlich bis Mitte Juli, da zur vollkommenen Abwicklung meiner Angelegenheiten in Wien unabkömmlich.
Dr. List

Helena war verärgert und enttäuscht zugleich. Aber Hauptsache, Dr. List traf überhaupt ein und war Ende August zur geplanten Eröffnung des Salons persönlich anwesend. Sie benötigte dringend die Unterstützung dieser Dermatologin, die doch ihr wissenschaftliches Aushängeschild werden sollte.

Hatte sie nicht schon genug Geld investiert, um Dr. Emmy List einstellen zu können? Beim Gedanken an das Honorar, das der von ihrem Onkel empfohlene Anwalt sie gekostet hatte, sträubten sich ihr noch immer die Nackenhaare.

Allmählich war es an der Zeit, für ihren Salon Reklame zu machen. Immer wieder blieben Passanten spontan vor der Villa stehen, um bei den aufwendigen Bauarbeiten zuzuschauen. Beiläufig gesellte sich Helena manchmal zu ihnen, um sie zu beobachten und unauffällig zu prüfen, ob es sich um potenzielle Kundschaft handelte. Insgeheim hoffte sie, dass man sie einmal ansprechen und sich erkundigen würde, was es mit dem Umbau für eine Bewandtnis habe. Nein, aufdrängen würde sie sich niemals und niemandem.

Aber als sie einmal mit dem Architekten Monty vor der Fassade stand, um deren künftige Farbgestaltung zu erörtern, gesellte sich tatsächlich ein Ehepaar gesetzteren Alters zu ihnen. Nachdem die beiden aus angemessener Entfernung einige Minuten diskret das Gespräch belauscht hatten, trat schließlich der ältere Herr vor. Höflich lüftete er seinen Bowler.

»Verzeihen Sie, Madame, dass ich mich einmische. Mein Name ist Hopkins, Leicester Hopkins. Dürfte ich Ihnen vielleicht eine Frage stellen?«

»Aber selbstverständlich, Sir Hopkins«, beeilte sich Helenas Architekt hastig zu versichern. Aha, er wusste wohl, wer dieser fremde Passant war. »Wenn ich Ihnen einmal die neue Mieterin des Anwesens vorstellen dürfte? Das ist Helena Rubinstein aus Melbourne.«

»Helena Rubinstein aus Melbourne?«, wiederholte Sir Leicester Hopkins beeindruckt. »Was verschlägt Sie denn aus Australien hierher nach Mayfair, Miss Rubinstein?«

»Ich werde hier im August einen Schönheitssalon eröffnen«, erklärte Helena selbstbewusst.

»Einen Schönheitssalon? Miranda, das ist doch etwas für dich und eventuell auch für unsere Abigail«, rief er und winkte seine Gattin heran. Das war eigentlich gar nicht notwendig, denn die Neugierde hatte Lady Hopkins bereits fast bis zu ihnen herangetrieben. »Miss Rubinstein kommt aus Melbourne und will hier einen Schönheitssalon etablieren«, erklärte er ihr.

»A real beauty parlour?«, wandte sich Lady Hopkins direkt an Helena.

»A rrrreal beauty parlourr«, bestätigte sie nickend und betonte dabei ihr rollendes R besonders stark. Mit diesem Markenzeichen wollte sie sich sogleich unwiderruflich in das Gedächtnis des Ehepaars einbrennen.

»Wie soll das funktionieren?«, erkundigte sich Sir Hopkins skeptisch.

»Wenn Sie Interesse haben, bin ich gerne bereit, Sie durch die noch im Umbau befindlichen Räumlichkeiten zu führen«, schlug Helena spontan vor. »Mein Architekt wird Ihnen gerne meine Planung erörtern.«

Die Hopkins waren neugierig oder interessiert genug, diesen Vorschlag anzunehmen und sich durch das Haus führen zu lassen. Fast eine Dreiviertelstunde nahmen sie sich Zeit und lauschten aufmerksam den Erklärungen des Architekten, immer wieder unterbrochen von Helenas temperamentvollen Einwürfen.

Obwohl er es zu verbergen suchte, war es offensichtlich, dass Mr Monty diese Unterbrechungen schrecklich auf die Nerven gingen. Auch das Ehepaar Hopkins bemerkte es rasch und schien darüber *very amused* zu sein.

Nachdem sie verraten hatten, dass sie in der unmittelbaren Nachbarschaft wohnten, wünschten sie Helena alles Gute und verabschiedeten sich höflich.

Schade! Helena hätte gerne noch ein bisschen mit ihnen geplauscht. Irgendwie hatten die beiden sie an das Ehepaar Villiers erinnert, das sie während ihrer ersten Überfahrt auf der *Prinz Luitpold* so fürsorglich unter die Fittiche genommen hatte. Lang, lang war es her!

Die Hopkins hatten ihr zwar für ihr geschäftliches Vorhaben viel Erfolg gewünscht, aber dass sie ihren Salon jemals besuchen würde, hatte Lady Hopkins damit keineswegs in Aussicht gestellt. Dabei hätte deren zarter, sehr heller Haut eine pflegende Behandlung sicher gutgetan.

Einerseits wollte Helena nicht so plump sein, den Leuten gleich ein Angebot zu unterbreiten. Andererseits: Klappern gehörte zum Handwerk, das hatte sie längst begriffen. Doch was sie mittlerweile auch begriffen hatte, war, dass dieses Klappern genau an die jeweilige Kundschaft angepasst werden musste.

»Wahrscheinlich muss ich in jedem Land anders klappern«, erkannte Helena in diesem Moment.

Die Britinnen und Briten waren ganz anders gestrickt als ihr australisches Klientel. Auch ihre vornehmsten Kundinnen *down under*, die so gerne auf ihren englischen Ursprung pochten, hatten sich draußen im Busch eine gewisse Robustheit und Burschikosität angewöhnt. Noch war sie nicht dahintergekommen, wie dieses Klappern bei den Engländerinnen funktionierte. In dieser Hinsicht hätte sie wirklich Unterstützung gebrauchen können.

Doch wer kam dafür infrage? Hier in London fiel ihr wirklich niemand ein.

»Wirklich niemand!«, wiederholte Helena unwillkürlich laut und stieß einen tiefen Seufzer aus.

»Aber wer wird denn so laut seufzen?«, vernahm sie hinter sich eine tiefe Stimme. »Ich bin doch schon da!«

Kapitel 19

London 1908

Helena fuhr herum.

»Edward!«, rief sie. »Bist du es wirklich?«

»In voller Lebensgröße, frisch aus Melbourne eingetroffen«, bestätigte er lachend und breitete beide Arme aus. »Helena!«

Jetzt kannte sie kein Halten mehr. Sie flog in seine Arme, umschlang ihn und hielt ihn ganz fest, als wolle sie ihn nie mehr loslassen.

»Du bist gekommen?«, flüsterte sie. »Warum?«

»Weil ich es ohne dich nicht mehr ausgehalten habe«, erwiderte Edward W. Titus heiser und küsste sie.

Dieses Mal entzog sich Helena ihm nicht, sondern erwiderte seinen Kuss, erst etwas schüchtern und zögerlich, aber dann mit zunehmender Leidenschaft.

Als Edward noch am selben Abend seinen Heiratsantrag wiederholte, sagte sie Ja.

Edward seufzte glücklich. »Endlich!«

Mit gelassener, ruhiger Selbstverständlichkeit folgte er ihr nach dem gemeinsamen Abendessen im Restaurant des

Savoy auf ihre Hotelsuite. Sie wies ihn nicht ab. Im Gegenteil, sie war es, die ihn schließlich in das Schlafzimmer zog, in dessen großem Bett sie so viele einsame Nächte verbracht hatte.

In dieser Nacht schliefen sie zum ersten Mal miteinander. Edward war ein behutsamer, einfühlsamer Liebhaber. Nicht mit einer Silbe, einer Geste, einer Bemerkung ließ er sich etwas anmerken, als er feststellte, dass Helena noch Jungfrau war. Mit Ende dreißig! Seine Zärtlichkeiten und Berührungen wurden nur noch sanfter und behutsamer.

Er nahm sich viel Zeit, um Helena in die Freuden der körperlichen Liebe einzuweihen, doch irgendwann war Helena bereit, sich ihm ganz zu öffnen. Als ihr ein leiser Schrei entwich – ob vor Schmerz oder Lust, war für ihn nicht zu erkennen –, zog Edward sie noch ein bisschen fester an sich und streichelte sie beruhigend. So lange, bis Helena sich ihm mit ihr bislang unbekannter Leidenschaft erneut hingab.

»Chaja«, nannte er sie in dieser Nacht, und Helena protestierte nicht.

Bis zum nächsten Nachmittag verließen sie das Bett nicht mehr, schließlich hatten sie sich so viel zu erzählen! So erfuhr Helena, dass ihr künftiger Ehemann eigentlich Arthur Ameisen hieß und, ebenso wie sie, in Krakau aufgewachsen war. Ja, sie waren sogar im selben Jahr geboren! Ebenfalls wie sie hatte er seine Heimat bereits in jungen Jahren verlassen, allerdings in Richtung Amerika.

Und nun lagen sie, fast zwanzig Jahre später, als Edward

W. Titus und Helena Rubinstein nebeneinander im Bett eines Londoner Luxushotels.

»Wir hätten uns schon als Kinder begegnen können. Stattdessen … Es ist so ein weiter Weg, der hinter uns liegt, der uns bis an diesen Ort geführt und zusammengebracht hat«, stellte Helena staunend fest.

»Er wird uns noch viel weiter führen«, prophezeite Edward. »Lass uns erst einmal richtig verheiratet sein.«

Am 28. Juli 1908 wurde tatsächlich in London geheiratet. Eine große Hochzeitsgesellschaft gab es jedoch nicht, dafür war die Verlobungszeit viel zu kurz. Trauzeugen waren die endlich aus Wien eingetroffene Dr. Emmy List und Helenas Schwester Manka, die kurzfristig aus Krakau angereist kam. Nach der schlichten Trauung lud das frischgebackene Ehepaar zu einem kleinen Empfang ins *Savoy*, ehe es in die Flitterwochen nach Nizza aufbrach.

Vier Wochen *honeymoon* wollten die beiden sich gönnen und pünktlich zur Eröffnung des Londoner Salons zurückkehren. Sie quartierten sich im *Riviera Palace* ein, dem einst von Queen Victoria bevorzugten besten Hotel am Platze.

»Was für die englische Königin gut genug ist, kann für meine Madame nur recht sein«, sagte Titus, als er Helenas befremdeten Gesichtsausdruck beim Anblick des feudalen Gebäudes mit seiner prunkvollen Fassade bemerkte.

Ihre Skepsis und Vorbehalte verloren sich innerhalb weniger Tage. Wie schwer es war, überhaupt Geld zu verdienen, wie hart sie sich ihren Wohlstand hatte erarbeiten müssen, all das spielte in diesen Sommerwochen an der Riviera für Helena plötzlich keine Rolle mehr. Geld war dazu da, ausgegeben zu werden.

Helena schwebte auf Wolken und vergaß darüber ihre sonstige Pfennigfuchserei. Sie machte sich keine Gedanken darüber, dass sie es war, die immer alles bezahlte. Sie war verliebt, und Liebe machte bekanntlich blind. Das galt selbst für eine ach so praktisch veranlagte Helena Rubinstein, die bislang für die angebliche Himmelsmacht der Liebe nur Spott übrig gehabt hatte.

Ich freue mich ja so für Dich, meine Liebste. Nach dem, was Du von ihm berichtest, scheint er wirklich der ideale Ehemann für Dich zu sein.

Auch mein Joseph ist entzückt. »Jedes Töpfchen findet sein Deckelchen«, hat er gesagt. Er lässt Dich ganz herzlich grüßen.

Zu schade, dass wir bei Eurer Hochzeit nicht dabei sein konnten, war ja aber auch alles sehr kurzfristig. Wie wäre es, wenn Ihr auf Eurer Rückreise nach London hier bei uns in Wiesbaden für zwei, drei Tage Station macht? Wir würden Deinen Titus zu gerne kennenlernen, er scheint ja ein wirklich interessanter Herr zu sein.

»Mein Titus«, murmelte Helena und ließ Liliths Briefbogen sinken. »In der Tat, ein sehr interessanter Herr«, bestätigte sie laut und lächelte versonnen in sich hinein.

Obwohl sie viele Jahre alleine gereist und in den besten Hotels abgestiegen war, hatte sie die heiligen Hallen des

Riviera Palace mit einer Mischung aus Ehrfurcht und Unsicherheit betreten – ganz im Gegensatz zu ihrem Ehemann. Helena kam in ihren Flitterwochen aus dem Staunen kaum heraus. Mit allergrößter Selbstverständlichkeit bewegte sich Edward zwischen den Gästen aus aller Welt – versnobten Engländern, unermesslich reichen Russen und arroganten Franzosen –, als habe er schon immer dazugehört. Er wusste stets genau, wer sich da gerade an der Rezeption anmeldete oder am Nebentisch saß, welche gesellschaftliche Bedeutung ihr oder ihm zukam, wer mit wem eine Affäre hatte oder gerade vor dem Bankrott stand.

Nach einem gemeinsamen Abendessen, das das frisch verheiratete Ehepaar im angeregten Gespräch verbrachte, ohne dabei die anderen Gäste aus den Augen zu lassen, zogen sich Helena und Edward am liebsten in ihre Suite zurück. Niemals hätte Helena geglaubt, dass sie einmal einem Mann die Kleidung vom Leib reißen würde, ehe es diesem gelang, sie zu entkleiden.

»Langsam, Chaja, langsam!«, beschwichtigte Edward sie lächelnd.

»Aber, aber, aber …«, stammelte Helena.

»Oder, oder, oder«, erwiderte Edward und hob sie hoch, um sie sanft auf das riesige Bett gleiten zu lassen.

Während dieser Tage erlebte Helena berauschende Liebesnächte mit ihrem Ehemann. Von Lust ermattet, schlief sie in Edwards Armen meist erst im Morgengrauen ein, um am späten Vormittag häufig vom Knall einer geköpften Champagnerflasche geweckt zu werden. Verschlafen erhob sie sich dann aus den Kissen und entdeckte Edward, der mit zwei gefüllten Kelchen am Bettrand stand.

So auch an diesem Morgen. Er war schon vollständig angezogen, sah wieder aus wie aus dem Ei gepellt. Wie machte er das nur?

»Ein kleiner Morgentrunk, um den Kreislauf anzuregen«, sagte er lächelnd und überreichte ihr das Glas mit der perlenden Flüssigkeit. »Wo bevorzugen Madame das Frühstück einzunehmen? Unten auf der Terrasse des Restaurants oder lieber auf dem Zimmer?«, erkundigte er sich.

»Ich habe zwar Hunger, bin aber noch gar nicht richtig angezogen«, gab Helena zu bedenken und nippte an ihrem Glas. Mhm, daran hätte sie sich gewöhnen können.

»Also auf dem Zimmer«, entschied Edward und griff schon nach dem Telefon, um seine Order durchzugeben.

Nach einem ausgedehnten Frühstück machten sie meist einen kleinen Bummel durch die Stadt, erkundeten die einheimischen Märkte und Läden. Helena hielt Augen und Ohren offen, sammelte jeden Tag neue Eindrücke und Erfahrungen. Mit dem Zug fuhren sie die Riviera entlang, besuchten zuerst Cannes und danach Grasse, die Stadt der Parfums und Wohlgerüche.

Ja, sie wagten sogar einen kleinen Abstecher hinüber nach Italien, machten einen langen Spaziergang auf der Strandpromenade von Ventimiglia. Es war das erste Mal, dass Helena Italienern begegnete. Im Gegensatz zu Edward verstand sie ihre Sprache nicht, erfreute sich aber sofort an deren Wohlklang. Das war eine der vielen Fähigkeiten, mit denen Edward in diesen Wochen seine frisch angetraute

Gattin überraschte: Neben Englisch, Französisch, Deutsch, Polnisch, Russisch, Jiddisch und »und ein bisschen Spanisch« sprach er also auch noch Italienisch!

Darüber hinaus entpuppte er sich nicht nur als Kenner der gehobenen Küche, sondern auch als ein hervorragender Planer und perfekter Organisator. Dabei war ihm jedoch sehr daran gelegen, dass man sich genau an den von ihm erstellten Terminplan hielt.

Innerhalb weniger Tage gelang es ihm, der seit Jahr und Tag auf sich gestellten und selbstständigen Helena das Heft aus der Hand zu nehmen.

Sie hätte nichts dagegen gehabt, den Sonnenuntergang am Abend dieses Ausflugs von der italienischen Seite der Riviera aus zu beobachten.

Helena Rubinstein verliebt seufzend bei Bewunderung eines glutroten Sonnenuntergangs? Lola und Ceska hätten bei diesem Anblick gequietscht vor Vergnügen.

»Du hast ja wirklich überhaupt keinen Sinn für Liebe und Romantik«, hatten sie oft geklagt, wenn ihre Chefin über die Liebesromanlektüre der beiden gespottet hatte.

Dabei hatte Helena als junges Mädchen selbst solche Bücher verschlungen und anschließend in der dunklen Küche ihren jüngeren Schwestern von romantischer Liebe vorgeschwärmt! Doch der Auftritt des tobenden Vaters, der die Stiefeletten und ihre Studentenmütze im Küchenherd verbrannte und brüllend die arrangierte Hochzeit ankündigte, hatte Helena in die Flucht geschlagen und ihre Illusionen von romantischer Liebe für immer zerstört.

Für immer?

Nein, etliche Jahre danach verwandelte sich die kämpferische, selbstbewusste »Madame« zu ihrer eigenen Überraschung in ein anschmiegsames, schnurrendes Weibchen.

Wie lange konnte das anhalten?

Edward stand an diesem Abend nicht der Sinn nach Sonnenuntergang am Strand von Ventimiglia, sondern nach einem Dinner im Casino von Monte Carlo, in dessen Restaurant er bereits einen Tisch reserviert hatte. Daher schob er seine Gattin sanft, aber unnachgiebig in ein Taxi ... und Helena fügte sich, konnte der mehr als zwei Stunden dauernden Fahrt sogar ihren ganz eigenen Reiz abgewinnen. Sie genoss den Fahrtwind, der ihre über die Wangen strich, sog den Geruch nach Lavendel, Mimosen, Rosmarin und Thymian in sich hinein. Wenn es ihr doch einmal gelänge, diesen Duft einzufangen, um ihn in eines ihrer Produkte zu zaubern und so ihre Kundinnen daran teilhaben zu lassen!

Helena atmete durch, schloss die Augen und lehnte sich mit einem wohligen Seufzer in das lederne Polster des Taxis zurück.

»Woran denkst du?«, wollte Edward wissen und legte den Arm um ihre Schultern.

»Daran, wie schön es wäre, diesen Duft des Midi in einer meiner Cremes zu verarbeiten«, erwiderte Helena träumerisch.

»Du sollst jetzt nicht ans Geschäft denken«, schalt Edward sie liebevoll. »Wir sind in den Flitterwochen. Du hast mir versprochen, deine Arbeit so lange ruhen zu lassen.«

Helena seufzte. »Wenn das so einfach wäre …«

»Ich werde es dir einfach machen«, behauptete Edward.

»Wie denn?«, erkundigte sich Helena kokett.

Sie kannte die Antwort. Und als er sie küsste, erwiderte sie seine Umarmung voller Leidenschaft.

Am späteren Abend saßen sie sich im Restaurant des Spielcasinos von Monte Carlo gegenüber. Wie üblich stellte Edward die Menüfolge zusammen. Beim Studium der Speisekarte war Helena einmal mehr überfordert angesichts des reichhaltigen Angebots und der fremdartigen Bezeichnungen. Ihr Gemahl hingegen kannte sich bestens aus und wusste genau, was er wollte.

»Ich werde uns zwei verschiedene Menüs zusammenstellen, das ist interessanter. So können wir gegenseitig bei uns kosten, und du erhältst einen besseren Einblick in die hohe Kunst der französischen Küche«, verkündete er. »Fisch oder Fleisch?«

Das war die einzige Entscheidung, die er bereit war, ihr zu überlassen.

Helena zögerte. Ihre kulinarischen Vorlieben waren besser mit »deftig« und »herzhaft« zu beschreiben.

»Fisch und Meeresfrüchte«, entschied Edward für sie. »Schließlich sind wir am Mittelmeer, frischer als hier wirst du eine Bouillabaisse nirgends serviert bekommen.«

»Bouillabaisse?«, wiederholte Helena ein wenig kläglich. »Ist das nicht eine Fischsuppe? Ich mag keine Fischsuppe, habe sie viel zu oft als Kind essen müssen. Seit ich Krakau verlassen habe …«

»Warte es ab«, fegte Edward ihren schüchternen Einwand beiseite und rief nach dem Kellner.

Als Vorspeise gab es den berühmten *salade niçoise*, angeblich eine regionale Spezialität.

»Was so ganz nicht stimmt«, dozierte Edward, während Helena etwas unschlüssig auf ihrem großen Teller herumstocherte. »Der berühmte französische Koch Auguste Escoffier hat wohl während eines Aufenthalts hier an der Riviera einige kulinarische Anregungen aufgegriffen und in seinem Pariser Restaurant weiterentwickelt, etliche Zutaten hinzugefügt und schließlich einen Salat mit diesem Namen auf die Speisekarte gesetzt. Inzwischen ist dieser Salat zurück, also wieder hier an der Mittelmeerküste gelandet.«

Von mir aus hätte er diese komischen Zutaten auch weglassen können, dachte Helena und schob sich ganz vorsichtig eine Olive in den Mund. Ein Sardellenfilet hatte sie dezent unter einem Salatblatt versteckt. Sie begnügte sich lieber mit Salat, Tomaten, Gurke und Kapern. All das kannte sie schließlich aus der polnischen Küche.

Aber was war das da? Ein Kaktus oder eine Miniananas?

»Babyartischocken«, erklärte ihr Edward belustigt. »Du musst die Blätter einzeln abzupfen, in die Rouille tunken und erst dann in den Mund stecken.«

Verständnislos schaute Helena zu, wie er ein Blatt von dieser kleinen ovalen Frucht zupfte, es mit der unteren Spitze in ein Porzellanschälchen tunkte und halb in den Mund steckte. Zu ihrer großen Überraschung zog er das Blatt, auf dem seine Zähne eine Spur hinterließen, wieder heraus und legte es auf einem leeren Geschirrteller ab.

»Probier es mal, auch eine Spezialität«, forderte er sie auf. »Die Rouille kommt nachher auch in deine Bouillabaisse. Letztendlich ist das eine Knoblauchmayonnaise, in Spanien heißt sie übrigens Aioli. Du magst doch Mayonnaise, oder? Nun probier endlich.«

Helena leistete nur zögerlich Folge. Mayonnaise? Die kannte sie bislang nur als winzigen Klecks auf einem hart gekochten Ei.

Vorsichtig zupfte sie ein Blatt von der Artischocke ab, tauchte es in die dicke Tunke, die von der Konsistenz her fast ein bisschen an ihre Hautcremes erinnerte, steckte es in den Mund und zog es zwischen den zusammengebissenen Zähnen hindurch – genau so, wie Edward es ihr gezeigt hatte.

»Schmeckt gut!«, stellte sie staunend fest. »Schmeckt nach Sonne, Meer und …«

»Liebesglück!« Edward strahlte sie an und hob ihr sein wohlgefülltes Weinglas entgegen. Weißwein natürlich für den ersten Gang.

Helena blieb auch in der weiteren Menüfolge dabei, während sich Edward nach eingehender Beratung mit dem beflissenen Sommelier für einen Rotwein entschied, einen sündhaft teuren Bordeaux, wie Helena später beim Studium der Rechnung feststellte.

Verliebt, wie sie war, hatte sie Edward noch vor ihrer Trauung bei ihrer Londoner Bank ein eigenes Konto eingerichtet und ihm bereits eine stattliche Summe überwiesen. Ja, sogar als Geschäftsführer für ihr rechtlich eigenständiges britisches Unternehmen hatte sie ihn eintragen lassen. So konnte er während ihrer Hochzeitsreise sehr generös auftreten, was er auch gerne tat. Kein Mensch ahnte, dass es tatsächlich das Geld seiner Frau war, das er mit beiden Händen freigiebig aus dem Fenster warf.

Helena akzeptierte es mit einer Gelassenheit, die ihr selbst neu war. Ihr Mann sollte nicht das Gefühl haben, von ihr ausgehalten zu werden. Noch immer war sie nicht dahintergekommen, wovon Edward eigentlich seinen Lebensunterhalt bestritt. Es war ein Geheimnis, das er für sich behielt. Eingedenk des Rates ihrer beiden Nellies hütete Helena sich jedoch, »ihn zu befragen«, stattdessen beobachtete sie und zog ihre Schlüsse.

Die Fischsuppe schmeckte Helena wider Erwarten gut. Diese Bouillabaisse hatte so gar nichts mit dem zu tun, was sie im Kazimierz aus ihren Einkäufen vom Fischstand des Hauptmarkts immer zusammengekocht – oder besser gesagt: verkocht – hatte. Hier wurde alles *à la minute* gegart und auf den Tisch gestellt, nicht zu vergessen das frisch gebackene köstliche Baguette, das der Kellner zu jedem Gang neu an den Tisch brachte. Allein daran hätte sich Helena satt essen können.

»Typischer Fehler«, meinte Edward lachend, als er sie dabei beobachtete, wie sie unablässig ein Stückchen nach dem anderen in die Rouille tunkte. »Iss nicht zu viel Brot, lass dir noch Platz für die Seezunge und das Dessert.«

»Ich kann jetzt schon fast nicht mehr«, stöhnte Helena, lehnte sich zurück und ließ den Blick durch das Restaurant schweifen. Nur reiche, schöne Menschen, die sich leise unterhielten.

Entweder reich oder adelig oder beides, dachte Helena. *Und ich? Gehöre ich überhaupt hierher? Na ja, zumindest reich bin ich inzwischen auch.*

Vom Nebentisch erklang ein helles Lachen. Helenas Neugierde war in Sekundenschnelle geweckt. Sie musste wissen, wie eine Frau aussah, die so lachte.

Vorsichtig drehte sie den Kopf zur Seite, sodass die Gäste am Nebentisch in ihr Blickfeld gerieten. Zwei Personen saßen einander dort gegenüber, ein älterer, sehr distinguiert wirkender Herr und eine junge Dame. Eine wunderschöne junge Dame!

Helena mochte schöne Frauen. Sie konnte sich an deren Anblick erfreuen, ohne so etwas wie Rivalität oder Eifersucht zu empfinden, schon gar nicht gegenüber einer solch blonden Schönheit.

Ja, es war eine Schönheit, die sich da angeregt mit ihrem Gegenüber unterhielt. Der ältere Herr wirkte hingerissen. Nicht eine Minute ließ er sie aus den Augen, er verschlang sie förmlich mit seinen Blicken.

Die junge Frau – oder war es eher noch ein Mädchen? – genoss offenkundig diese Anbetung. Unablässig zwitscherte sie mit heller Stimme, immer wieder unterbrochen von ihrem silbernen Lachen.

»Was für eine Schönheit!«, entfuhr es Helena. »So stelle ich mir eine Märchenprinzessin oder eine Fee vor.«

Unauffällig unterzog sie die Fremde einer eingehenden Betrachtung. An ihr stimmte alles: ein ovales Gesicht mit feinen Zügen, eine zierliche Nase, ein breiter, gut geschnittener Mund mit makellos weißen Zähnen, die ihr Lächeln noch strahlender erscheinen ließen. Über der hohen Stirn türmte sich eine hellblonde Mähne, lose aufgesteckt, sodass einige Locken sich daraus gelöst hatten und anmutig neben Wangen und Ohren wippten, wenn sie sprach. Das Blond der Haare war so hell, dass es fast weiß oder silbern wirkte.

Sie trug ein hellblaues Kleid. Oder war es türkis? Der glänzende Stoff changierte in den unterschiedlichen Farben, schillerte bei jeder Bewegung in einem anderen Farbton und brachte ihre zierliche Figur immer neu zur Geltung.

Woran erinnerte Helena das? Jetzt fiel es ihr ein.

»Wie das Meer!«, murmelte sie vor sich hin.

»Wie meinen?«, wollte Edward wissen.

Helena wies unauffällig mit dem Kopf zum Nachbartisch. *»This beauty wears a dress in the colours of the sea. I'm convinced she has just emerged from the sea, a little mermaid«*, sagte sie auf Englisch.

»A mermaid?«, wiederholte Edward lachend.

»Ja, schau doch mal genauer hin. Vielleicht hat sie ja tatsächlich ihren schuppenbedeckten Fischschwanz unter dem Tisch versteckt«, flüsterte Helena.

»Und du hast eine blühende Fantasie. Dass du Englisch sprichst, wird in diesem Fall übrigens nicht viel nützen, denn deine *mermaid* ist Engländerin.«

»So stelle ich mir die kleine Meerjungfrau vor, die aus Liebe zu ihrem Prinzen an Land gegangen ist. Nur dass sie jetzt ihrem Vater gegenübersitzt«, spekulierte Helena und wagte noch einen Blick zum Nebentisch.

Anstatt eines schuppigen Fischschwanzes entdeckte sie

ein Paar schlanker Beine, deren Füße in schicken silbernen Schühchen steckten. Feine Lederriemchen schlangen sich um zwei schmale Knöchel. Was hätte Helena für solch zarte Fußknöchel gegeben! Diese kleine Fee oder Nixe musste dem höchsten englischen Adel entstammen.

»Er ist nicht ihr Vater«, unterbrach Edward ihre Gedankengänge. »Er ist ihr Mann.«

»Der ist doch mindestens vierzig Jahre älter als sie«, sagte Helena entsetzt.

»Na und?«, erwiderte Edward und sah sie provozierend an. »Hast du nichts von dem Skandal mitbekommen? Ach nein, du warst vor zwei Jahren ja in Melbourne.«

»Nicht jeder Tratsch und Klatsch dringt bis Down Under«, meinte Helena. »Aber erzähl!«

»Als Fünfzehnjährige war die junge Phoebe Revuetänzerin in einem Londoner Vorstadttheater, wo sie zufällig von einem berühmten Regisseur und Choreografen entdeckt wurde. Da sie so begabt war, holte er sie in die Balletttruppe des *Royal Theatre*, um ihr eine richtige Ausbildung zu ermöglichen.«

»Interessant«, murmelte Helena und warf wieder einen verstohlenen Blick nach nebenan.

Phoebe gestikulierte temperamentvoll, zwitscherte und ließ ihr silbernes Lachen erklingen. Wie ein Glöckchen. Wenn sie den Kopf in den Nacken warf, funkelte das Collier an ihrem Hals. So ein schöner Schmuck!

»Sie war wirklich sehr begabt. Ihr Entdecker baute sie systematisch auf. Mit achtzehn Jahren war sie schon Primaballerina, gab ihr Debüt in *Schwanensee*, eigentlich eine

Paraderolle der berühmten russischen Ballerinen. Sie hätte diesen eines Tages ernsthaft Konkurrenz machen können«, fuhr Edward mit seiner Erzählung fort. »Eine Weltkarriere lag vor ihr, aber dann …« Er hielt inne.

»Aber dann?«, fragte Helena gespannt.

»Dann kam Francis James O'Donnell, first Duke of Talley, und heiratete dem Londoner *Royal Theatre* seine wunderschöne, blutjunge Ballerina vom Fleck weg. Und aus Phoebe Brown, Tochter eines einfachen Arbeiters aus Croydon, wurde eine Duchess.«

»Hört sich an wie ein Märchen«, befand Helena staunend.

»Es war ein Skandal, der den Blätterwald zum Rauschen brachte. Nach mehr als zwanzigjähriger Ehe hat der Duke seine Gemahlin verlassen, woraufhin seine erwachsenen Kinder jeglichen Kontakt zu ihm abgebrochen haben. Es ist ihm sogar per gerichtlicher Verfügung untersagt, seinen eigenen Landsitz zu betreten! Da ihn auch die englische Gesellschaft mehr oder minder verstoßen hat, reist er die meiste Zeit mit seiner jungen Frau kreuz und quer durch Europa.«

»Woher weißt du solche Dinge bloß immer, Edward?« Helena war einmal mehr beeindruckt.

»Ich bin eben ein passionierter und sehr aufmerksamer Zeitungsleser«, erklärte ihr Mann. »Schließlich habe ich dich ja auch aufgrund meiner regelmäßigen Lektüre der Melbourner Presse entdeckt.«

»Entdeckt ist gut«, beschwerte sich Helena. »Ich habe mich selbst entdeckt!«

»Na gut, dann nicht entdeckt, sondern gefunden«, lenkte

Edward sofort ein. »Gesucht und gefunden. Die Frau und Liebe meines Lebens«, setzte er hinzu, griff nach ihrer Hand und küsste die Innenseite ihres Handgelenks.

Helena fühlte, wie es in ihr schon wieder zu prickeln begann.

»Lass uns nach Hause fahren«, sagte sie sehnsüchtig.

»Nach Hause?«, fragte Edward lachend.

»Ach herrjemine, ich habe ganz vergessen, wo wir sind. Wir haben ja noch einen weiten Weg vor uns bis Nizza.«

»Keine Angst, Madame, ich habe uns für heute Nacht ein Zimmer im *Hôtel de Paris* gebucht.«

Edward rief nach dem Kellner.

Die Gesichter der Duchess und des Duke of Talley wandten sich ihm zu. Edward neigte grüßend den Kopf. Der alte Herr nickte würdevoll, seine junge Frau lächelte bezaubernd.

»Guten Abend!«, grüßte Edward höflich, nachdem er die Rechnung bezahlt hatte und mit Helena am Arm am Nachbartisch vorbeischritt.

Der Duke murmelte etwas Unverständliches.

»Einen wunderbaren guten Abend«, zwitscherte Duchess Phoebe und lächelte. Es war ein wissendes Lächeln.

Was für eine wunderschöne junge Dame. Wie gerne würde ich sie als Kundin gewinnen, dachte Helena. *Was wäre sie für ein Aushängeschild für meinen neuen Salon in London!*

»Ich glaube, ich habe noch niemals im Leben eine so schöne Frau gesehen«, schwärmte sie noch im schmiedeeisernen Aufzug, der sie rumpelnd in die dritte Etage des Hotels brachte.

»Ich habe nur Augen für dich, mein Schatz. Für mich bist du die Allerschönste«, schmeichelte ihr der Gatte.

Diskret drehte der kleine uniformierte Page ihnen den Rücken zu, als Edward seine Frau an sich zog und küsste. Dennoch hatte Helena sein verschmitztes Grinsen wahrgenommen.

Kapitel 20

Nizza 1908

Es war der intensive Duft des Jasmins, der Helena an diesem Morgen weckte. Sie war nie eine Langschläferin gewesen. Bereits als Kind hatte sie sich im Morgengrauen erheben müssen, um ihren Pflichten nachzukommen. Diese Gewohnheit hatte sie bis heute beibehalten.

Sie war eine überzeugte Frühaufsteherin. Das lange Ausschlafen während ihrer Hochzeitsreise stellte eine ganz neue Erfahrung und puren Luxus dar.

An diesem Morgen stand jedoch kein gut gelaunter Edward mit einem Glas Champagner am Bett. Der Platz an ihrer Seite war leer, die Bettdecke zurückgeschlagen. Auf dem Kopfkissen lag ein voll erblühter Jasminzweig, in dem ein kleines Kärtchen steckte.

> *Guten Morgen, meine Schöne!*
> *Wollte Deinen Schlaf nicht stören, bin schon hinunter ins Restaurant. Erwarte Dich zum Frühstück auf der Terrasse. Bis gleich,* majn tajerste,
> *Dein Arthur*

Helena lächelte. Nur in ihren intimsten Momenten nannten sie einander bei ihren ursprünglichen Namen. Es war ihr kleines Geheimnis.

Helena erhob sich und widmete sich im Badezimmer einer ausgiebigen Morgentoilette, inklusive der hundert obligatorischen Bürstenstriche, die ihrem tiefschwarzen Haar diesen besonderen Glanz verliehen. Dann wählte sie aus dem hohen Kleiderschrank ein leichtes buntes Sommerkleid, das bei der Hitze angenehm zu tragen war, und schlüpfte in die schicken Pumps, die sie vor einigen Tagen in einem noblen Schuhladen an der Promenade des Anglais erstanden hatte.

»Willst du nicht lieber ein Paar Sandalen nehmen? Das ist doch luftiger bei dieser Hitze«, hatte Edward vorgeschlagen.

»Viel zu flach und überhaupt nicht schick«, hatte Helena widersprochen und sich die Pumps aus beigem Wildleder einpacken lassen. Sie passten hervorragend zu dem Kleid mit den orientalischen Mustern.

Ihr Freund Poiret liebte kräftige Farben über alles.

»Und du, *ma chère*, bist geradezu prädestiniert, sie zu tragen«, sagte er oft zu ihr, um sie bei den Anproben in seinem Atelier zu noch ausgefalleneren Farbtönen und -kombinationen zu ermutigen. Insofern waren die Pumps in dem neutralen Beige die richtige Wahl gewesen.

Helena warf einen prüfenden Blick in den Spiegel. Was sie dort erblickte, gefiel ihr. Die Liebe hatte ihren markanten Zügen eine überraschende Weichheit verliehen, die ihr gut zu Gesichte stand.

Sorgfältig zog sie sich die Lippen nach. Ein starkes Rot,

ungewöhnlich in jener Zeit, aber ein weiteres Markenzeichen. Jetzt fehlte nur noch der passende Hut. Wie in ihrer australischen Heimat war Helena auch an der Côte d'Azur stets darauf bedacht, ihren Teint nicht der prallen Sonne auszusetzen. Das konnte nur mit einem entsprechenden Hut gelingen. Das Exemplar, für das sie sich entschied, hatte die Größe eines Wagenrads, aber es stand ihr ausgezeichnet.

»Hoffentlich hat Edward wieder den schön schattigen Platz in der Ecke gewählt«, murmelte sie.

Noch ein letzter prüfender Blick in den Spiegel. Ja, so war es gut. So konnte sich »Madame« inmitten all der anderen Schönen und Reichen draußen auf der Terrasse sehen lassen.

Helena verließ das Zimmer, schritt über den weichen Teppich des langen Hotelflurs bis zum Lift und drückte auf den Knopf. Es dauerte ein Weilchen, bis der Aufzug quietschend in der dritten Etage hielt.

Das schmiedeeiserne Gitter wurde aufgeschoben, und ein uniformierter Page streckte ihr zuvorkommend die Hand entgegen.

»Madame«, sagte er ehrerbietig und verneigte sich.

»Bonjour«, erwiderte Helena und lächelte ihm freundlich zu.

Mit einem Ruck hielt der Fahrstuhl im Parterre, der Page schob das Gitter auf, und Helena betrat die riesige Hotellobby. Hocherhobenen Hauptes durchquerte sie den Raum. Sie mochte von kleiner Gestalt sein, nichtsdestotrotz war sie eine Erscheinung, die Aufmerksamkeit erregte.

Helena bemerkte sehr wohl die Blicke, die ihr folgten. In ihnen lag eine bunte Mischung aus Erstaunen, Überraschung und spontaner Bewunderung, aber auch Befremden und sogar unverhohlenem Neid. Manchen Frauen war es einfach nicht gegeben, sich ohne stechende Konkurrenzgefühle an dem Anblick einer ihrer Geschlechtsgenossinnen zu erfreuen – auch den Damen der allerfeinsten Gesellschaft nicht. Am Ende verspürten sie den giftigen Stachel der Rivalität sogar besonders heftig?

Helena war anders gestrickt. Aber sie betrachtete andere Frauen ja auch mehr oder weniger als potenzielle Kundinnen.

Sie durchquerte das Restaurant, wo sich die gesamte Kellnerschar gleichfalls zuvorkommend vor ihr verneigte.

»Madame, vous cherchez votre mari«, sagte einer zu ihr. *»Il est …«*

»Ich werde ihn schon finden«, schnitt sie ihm das Wort ab und stieß den angelehnten Flügel der gläsernen Tür, die hinaus auf die Terrasse führte, ein bisschen weiter auf.

Eine riesige karmesinrote Markise, die sich über die ganze Breite der Terrasse spannte, spendete Schutz vor dem gleißenden Sonnenlicht des Südens und verlieh der Haut der Damen einen leicht rosigen Schimmer.

Sehr schmeichelhaft, das macht sie alle mindestens fünf Jahre jünger, dachte Helena.

Suchend ließ sie den Blick über die an den Tischen sitzenden Gäste schweifen. Wo war Edward? Sie hatten doch inzwischen so etwas wie einen Stammplatz – einen Tisch an der Wand, die Schutz vor Wind bot –, aber der war heute besetzt. Zwei mürrische ältere Damen saßen daran und machten nicht den Eindruck, als wollten sie ihn so schnell wieder verlassen.

Wo hatte ihr Mann stattdessen für sie Platz gefunden? Helena spähte über die weitläufige Terrasse. Unverhofft übertönte ein silbernes Lachen das diskrete Gemurmel der anderen Gäste. Helena erkannte es sofort. Gerade vier Tage war es her, dass sie es zum ersten Mal vernommen hatte, doch sie würde es bis an ihr Lebensende und an jedem Ort der Welt wiedererkennen.

Und dann entdeckte sie Edward. Er saß an einem Tisch am anderen Ende der Terrasse … allerdings nicht alleine. Ihm gegenüber saß die schöne Meerjungfrau, deren Anblick Helena im Casino-Restaurant so bezaubert hatte. Wie war sie hierhergekommen?

Im Tageslicht kam ihr diese junge Dame sogar noch schöner vor als an jenem Abend in Monaco. Aber bezaubernd fand Helena sie heute überhaupt nicht mehr. Überaus angeregt unterhielt sie sich mit Edward W. Titus – dem Mann, der Helena vor nicht einmal drei Wochen das Jawort gegeben hatte.

Und der hing genauso an ihren Lippen wie der Duke an jenem Abend im Casino. Nun, der war ja auch mit ihr verheiratet. Edward hingegen …

Helena trat einen Schritt zurück und versteckte sich hinter einem der riesigen Palmenkübel, die als dekorativer Sichtschutz dienten. Unauffällig beobachtete sie die beiden aus der Ferne.

Edward schien gerade etwas Amüsantes gesagt zu haben.

Zumindest musste es Phoebe, Duchess of Talley, sehr amüsant finden, denn sie warf den Kopf in den Nacken und lachte aus vollem Halse, so laut und ungehemmt, dass sich die Köpfe der anderen Gäste nach ihr umdrehten. Doch ihr Lachen war so ansteckend und bezaubernd, dass man nur nachsichtig lächelte und die eigene Unterhaltung fortsetzte.

Edward schien ob der Wirkung seiner Erzählung höchst erfreut. Er schenkte seinem schönen Gegenüber ein strahlendes Lächeln. Das Lächeln, das nur und ausschließlich ihr, seiner Frau, gelten durfte. Es versetzte Helena einen heftigen Stich.

Die beiden steckten jetzt die Köpfe zusammen, schienen über etwas zu beraten. Offenbar kamen sie schnell zu einem Entschluss, denn sie erhoben sich fast gleichzeitig. Edward bot Phoebe seinen Arm, und sie nahm ihn wie selbstverständlich. Seite an Seite brachen sie auf, verließen die Terrasse und schritten auf der Promenade des Anglais davon, in Richtung Innenstadt. Noch aus der Ferne konnte Helena Phoebes Silberlachen hören.

Als sie sah, wie Edward die Hand der Duchess nahm, um galant einen Kuss daraufzuhauchen, verspürte sie im Inneren einen Schmerz, den sie niemals zuvor verspürt hatte. Es war ein scharfer Messerschnitt, der ihr das Herz entzweite.

Sie keuchte, griff sich an die Brust. Ihr wurde übel.

»Madame, ist Ihnen nicht gut?«, erkundigte sich ein älterer Kellner besorgt. »Sie sollten sich bei dieser Hitze vielleicht besser nach drinnen begeben. Ich bringe Ihnen sofort ein Glas Wasser. Madame, Sie sind ja kreidebleich geworden.« Fast flehend schaute er sie an. »Bitte kommen Sie!«

»Schon gut, schon gut«, wehrte Helena ihn hastig ab. »Ich werde sofort in mein Zimmer gehen und mich dort ein bisschen hinlegen.«

»Das ist noch besser. Und wenn Sie Hilfe benötigen, dann benachrichtigen Sie bitte sofort den Zimmerservice«, empfahl der besorgte Kellner väterlich.

Keine zehn Minuten war es her, dass Helena wie eine selbstbewusste Königin die Hotellobby durchschritten hatte. Und jetzt? Ihre neue, schöne, wunderbare Welt, die sie in den vergangenen Wochen gemeinsam mit Edward erschaffen hatte, lag in Scherben. Ein einziger Trümmerhaufen!

Nein, nach außen hin musste sie jetzt Contenance bewahren. Mit zusammengebissenen Zähnen und starrem Blick schaffte es Helena zurück zum Aufzug. Immer wieder warf der junge Page ihr während der rumpelnden Fahrt nach oben verstohlene Blicke zu. Obwohl er zu spüren schien, wie es in Helena tobte, hätte er es niemals gewagt, sie anzusprechen.

In diesen quälenden Minuten erkannte Helena schlagartig, dass ihr Mann, wenn auch frisch verheiratet, nicht gegen die Reize fremder Frauen gefeit war – und schon gar nicht gegen die einer jungen blonden Schönheit. Edward war ein Charmeur, ein großer Freund der Damen, der sich dem anderen Geschlecht gegenüber immer zuvorkommend und liebenswürdig erwies. Wie es aussah, war es Wunschdenken gewesen, davon auszugehen, dass sein Hofieren und Umgarnen ausschließlich ihr vorbehalten war; ein naiver Irrglaube. Sie war nicht die einzige Frau auf dieser Welt, an der Edward Gefallen fand. Eine bittere Erkenntnis.

Wo wollten Edward und Phoebe überhaupt hin? Die wildesten Gedanken, Bilder und Spekulationen schossen Helena durch den Kopf. Nein, nein, nein! Sie versuchte, diese mit einer ungeduldigen Handbewegung zu verscheuchen. So geschmack- und stillos war Edward doch nicht! Aber Phoebes Silberlachen hatte schon etwas von Sirenengesang.

Was Louis O'Donnell, der Duke of Talley, wohl dazu sagen würde? Warum passte der nicht besser auf seine junge Frau auf? Die setzte ihm doch ungeniert in aller Öffentlichkeit die Hörner auf – und das mit einem verheirateten Mann, Helenas Ehemann!

Lieber ein Ende mit Schrecken als ein Schrecken ohne Ende, beschloss Helena und floh über den langen Hotelflur in ihre Suite. Gut, dass ihr in diesem aufgelösten Zustand niemand begegnete.

So schnell wie an diesem späten Sommervormittag hatte sie noch nie in ihrem Leben gepackt. Nur das Allernotwendigste warf sie in den hastig vom Kleiderschrank heruntergerissenen Koffer. Beinahe wäre ihr das schwere Lederteil mit den Holzleisten auf den Kopf gefallen. Das hätte gerade noch gefehlt!

Dann ließ sie sich von dem verdutzten Portier an der Rezeption des *Riviera Palace* die nächste Zugverbindung nach Paris heraussuchen und eine Droschke bestellen. All das geschah hastig und in allerhöchster Eile. Sie musste ihre Flucht vor Edwards Rückkehr bewerkstelligt haben. Ihr fehlte die Kraft, ihn zur Rede zu stellen. Zu tief schmerzten Verletzung und Enttäuschung. Sie wollte ihn nie, nie, nie mehr wiedersehen. Nach ihrer Rückkehr nach London würde sie sofort die Scheidung einreichen.

Drei Stunden später saß Helena im Zug nach Paris, erster Klasse natürlich. Im Schutz ihres Eisenbahnabteils heulte sie sich die Augen aus dem Kopf. Ihr blieb die ganze Nacht Zeit dafür.

Mit immer noch verweintem Gesicht und verquollenen Augen stieg sie am nächsten Morgen in Paris aus dem Zug. Sie ließ sich direkt zum *Hôtel Le Crillon* fahren, wo man sie bereits kannte und ihr das gewohnte Zimmer überließ. Nachdem sie ein ausgedehntes Bad genommen und die Augen mit eigens beorderten Eiswürfeln gekühlt hatte, bestellte sie sich ein leichtes Frühstück aufs Zimmer, ließ es aber unberührt auf dem Tablett stehen. Ihr war nicht nach Essen zumute.

Unruhig wanderte sie in ihrem Hotelzimmer auf und ab. Sie setzte sich an den kleinen Sekretär an der Wand, zog das Briefpapier des Hotels aus einem Fach und begann, Edward einen gepfefferten Brief zu schreiben, voller Anklagen und Vorwürfe. Nach drei vollgeschriebenen Seiten hielt sie inne und las ihre Zeilen.

Nein, so ging es gar nicht. Sie würde sich Edward auf keinen Fall in ihrer ganzen Verletztheit offenbaren. Das ließ sie schwach erscheinen, dabei war sie eine starke Frau! Also zerriss sie den Brief und warf ihn in den Papierkorb.

Stattdessen griff sie nach dem Telefonhörer, um eine hoteleigene Limousine mit Chauffeur zu bestellen. Der sollte sie zum besten Juwelier auf der Île-de-France bringen. Zu Füßen der Kathedrale Notre-Dame erstand Helena eine wunderschöne Halskette. Sie kostete ein kleines Vermögen. Egal! Ohne mit der Wimper zu zucken, blätterte sie dem verblüfften Juwelier die ungeheure Summe auf die gläserne Vitrine.

»Madame haben eine gute Wahl getroffen«, schnurrte dieser.

Dem war nicht zu widersprechen. Wie eine kühle, geschmeidige, kleine Schlange schmiegte sich das Collier um ihren Hals. Es war ein schweres, funkelndes Geschmeide, das sich dennoch angenehm trug. Allein, den brennenden Schmerz, der in ihrem Inneren loderte, konnte diese Preziose nicht lindern.

Helena hielt es nicht lange in Paris. Sie musste zurück nach London, denn dort stand die Eröffnung ihres neuen Schönheitssalons bevor. Am Ende war es sogar besser, wenn sie ein paar Tage früher als geplant zurückkehrte, um sich vom Stand der Dinge zu überzeugen.

Ob ihre privaten Räume in der Grafton Street mittlerweile fertiggestellt waren? Helena hatte Manka präzise Anweisungen erteilt, wie die Wohnung eingerichtet werden sollte. Die bestellten Möbel und Vorhänge mussten inzwischen doch alle eingetroffen, aufgestellt oder aufgehängt worden sein.

Helena hatte genaue Vorstellungen davon gehabt, wie die Inneneinrichtung eines frisch verheirateten Ehepaares zu gestalten war. Nun würde sie alleine einziehen müssen.

Unwillkürlich schluchzte sie auf. Der Herr, der ihr im Zug von Dover nach London gegenübersaß, lugte hinter seiner Zeitung hervor.

»Madame, ist Ihnen nicht gut?«, erkundigte er sich höflich.

»Nein, nein, es ist nichts«, wehrte Helena hastig ab. »Ich habe mich lediglich an einer Veilchenpastille verschluckt.« Sie wies auf die kleine violette Blechschachtel, die in Griffweite auf dem Fenstertablett des Zugabteils lag.

»Na dann«, meinte der Gentleman und verschwand wieder hinter seiner *Times*.

Helena überlegte hin und her, ehe sie sich entschied, nicht sofort in die Grafton Street zu fahren. Stattdessen wollte sie erst einmal in ihre Suite im *Savoy* zurückkehren, um sich dort frisch zu machen. Sie wusste ja nicht, in welchem Zustand sich die Räumlichkeiten in Mayfair inzwischen befanden, ob Wasser und Strom bereits angestellt und Küche, Badezimmer und Toilette benutzbar waren.

Sie betrat die Hotelhalle und begab sich an die Rezeption, um sich den Schlüssel ihrer Suite, die sie für die Dauer ihrer Hochzeitsreise behalten hatte, aushändigen zu lassen.

»Madame«, begrüßte sie der Portier höflich. »Sie werden bereits erwartet.«

»Das kann gar nicht sein«, widersprach Helena. »Niemand weiß von meiner Ankunft in London, und ich bin auch mit niemandem verabredet.«

»Hmm«, machte der Portier leicht verunsichert. »Wirklich nicht?« Vielsagend schaute er über ihre Schulter.

»Helena?« Kein anderer sprach ihren Namen so sanft und zärtlich aus.

Sie fuhr herum.

»Du hier?«, fauchte sie. »Was machst du hier? Was willst du überhaupt noch von mir?«

»Helena«, sagte Edward besänftigend.

»Ich will dich jetzt nicht sehen«, zischte sie. »Um genau zu sein, will ich dich nie mehr wiedersehen!«

Der Rezeptionist zog sich diskret in den Hintergrund zurück.

»Du willst doch hier in der Hotelhalle keine Szene machen«, beschwor Edward sie.

»Warum nicht?« Helena war drauf und dran, zornig mit dem Fuß aufzustampfen. Gleich würde sie vor aller Augen in Tränen ausbrechen. Die saßen sowieso seit Tagen viel zu locker bei ihr.

Edwards feiner Instinkt erfasste ihren Gemütszustand in Sekundenschnelle. Mit entschlossener Miene hakte er sie unter und zog sie sanft, aber unerbittlich in Richtung der großen, frei schwingenden Treppe, die in die oberen Etagen des *Savoy* führte.

»Lass uns auf unser Zimmer gehen und in aller Ruhe miteinander reden«, sagte er ruhig.

»Es gibt nichts mehr zu bereden!«

»Und ob! Zum Beispiel schuldest du mir eine Erklärung für diesen kopflosen Aufbruch aus Nizza«, erwiderte er.

»Ich schulde dir gar nichts!«

»Das finde ich schon. Schließlich bin ich dein Ehemann, den du während der Hochzeitsreise Hals über Kopf verlassen hast.«

»Du wirst nicht mehr lange mein Ehemann sein, denn ich werde mich scheiden lassen«, verkündete Helena.

»Soso«, machte Edward unverbindlich und schob sie weiter Richtung Treppe. »Auch darüber sollten wir in aller Ruhe unter vier Augen reden statt unter den neugierigen Blicken der anderen Hotelgäste. Merkst du nicht, dass sie bereits alle nach uns schauen?«

»Engländer sind diskret, kein Mensch nimmt überhaupt Notiz von uns«, behauptete Helena.

»Da kennst du die Engländerinnen und Engländer schlecht. Die beobachten uns ganz genau, haben sehr feine Ohren, die alle schon gespitzt sind«, widersprach Edward. »Es befinden sich übrigens auch einige bekannte Journalisten hier in der Lobby. Willst du noch vor der Eröffnung deines Salons einen Skandal verursachen? Du brauchst eine gute Presse und nicht *Kosmetikunternehmerin verlässt Ehemann drei Wochen nach der Hochzeit* oder *Madame macht Szene im Savoy.* Die Briten lieben solche Schlagzeilen.«

Dieser Argumentation konnte sich Helena nicht verschließen. Ihr Widerstand erstarb. Sie sträubte sich nicht mehr gegen Edwards Berührung, sondern blieb stehen.

»Gut, dann lass uns oben miteinander reden«, willigte sie ein. »Aber wir nehmen den Aufzug.«

Verdutzt schaute Edward sie an. In seinen Mundwinkeln begann es zu zucken.

»Of course, Madame, as you prefer.«

Gemeinsam machten sie kehrt und begaben sich in Richtung des Fahrstuhls.

Trotz ihres Vorsatzes, Haltung zu bewahren, überschüttete Helena Edward mit einem Schwall von Vorwürfen, kaum dass sie im Zimmer angekommen waren. Dem Ganzen folgte ein heftiger Tränenausbruch.

»Wie konntest du nur?«, schluchzte sie. »Wie konntest du mich nur mit diesem Flittchen betrügen? Schamlos die Zeit ausnutzen, während ich noch friedlich schlummere, um mit dieser, dieser, dieser …«

In ihrer Empörung und Wut gingen ihr die Worte aus. Sie konnte nur noch haltlos weinen. Edward hingegen hatte sich ruhig und aufmerksam ihre Vorhaltungen angehört.

»Und dann verschwindest du mit ihr am helllichten Tage aus dem Restaurant, um … um … um …« Wieder fehlten ihr die passenden Worte.

»Es war kein Geheimnis, dass Phoebe und ich zusammen Richtung Altstadt aufgebrochen sind. Warum hast du dich nicht einfach zu uns gesellt, anstatt uns heimlich aus der Ferne zu beobachten und völlig falsche Schlüsse zu ziehen? Phoebe brannte darauf, dich kennenzulernen. Ich habe ihr von dir erzählt.«

»Phoebe???«, kreischte Helena. »Du nennst dieses Flittchen bereits beim Vornamen?«

»Phoebe ist kein Flittchen, sondern eine sehr charmante junge Dame, von der du vor Kurzem noch ganz anders gesprochen hast. Warst du nicht hellauf begeistert von ihrer Erscheinung, ja, an unserem Abend in Monaco geradezu bezaubert von ihrem Lachen? Silberlachen hast du es genannt.«

»Da wollte sie mir ja auch noch nicht meinen Mann wegnehmen.«

»Das hat sie niemals gewollt, und das wird sie auch niemals wollen. Ob du es glaubst oder nicht: Phoebe liebt ihren eigenen Gatten.«

»Diesen ollen Kerl?«

»Louis O'Donnell ist ein vornehmer älterer Gentleman«, widersprach Edward. »Er mag dir und mir an Jahren vielleicht um einiges voraus sein, aber im Herzen ist er jung geblieben. Louis ist gebildet, charmant, ein Freund der Künste und Frauen, dabei allem Neuen gegenüber aufgeschlossen. Wobei der Abstand an Jahren, der dich von ihm trennt, wesentlich geringer ist als der zwischen dir und seiner jungen Ehefrau«, setzte er süffisant hinzu und blies eine kleine Rauchwolke von seinem Zigarillo an die Decke.

Touché!

Edward wusste genau, wie und wo er sie treffen konnte. Außer ihrer unmittelbaren Familie war er der Einzige, der ihr wahres Alter kannte.

»Helena, du siehst natürlich nicht einen Tag älter aus als zweiunddreißig«, versicherte er nun rasch. »Im Gegensatz zu mir. Mich haben die vergangenen Tage und meine Sorge um dich um Jahre altern lassen. Ich habe nur noch geraucht und auf meiner Rückreise nach London einen Kaffee nach dem anderen getrunken.«

Er fuhr sich über das Gesicht, in dem sich die schwarze Schattierung seines Bartwuchses abzeichnete.

»Ich muss mich unbedingt rasieren und ein Bad nehmen«, sagte er und erhob sich. »Drei Tage lang war ich, krank vor Sorge um dich, von Nizza nach London unterwegs, ohne ein einziges Mal Halt zu machen, meine Kleidung zu wechseln oder mich zu erfrischen. Ich wollte unbedingt mit dir in London ankommen, wenn möglich sogar vor dir hier sein.«

»Na, das scheint dir ja gelungen zu sein. Woher wusstest du denn so genau, dass ich nach London fahren würde, anstatt gleich nach Melbourne zurückzukehren?«

»Ach, Chaja«, sagte er nur und verschwand im Badezimmer.

Beim anschließenden Abendessen im *Savoy*, genau in dem kleinen Salon, in dem sie ihren bescheidenen Hochzeitsempfang gegeben hatten, erfuhr Helena alle Details über Edwards »Seitensprung« während der Hochzeitsreise.

»Die Duchess und der Duke saßen bereits beim gemeinsamen Frühstück auf der Terrasse, als ich dort unseren gewohnten Platz suchte. Aber er war besetzt. Sie haben meine vergebliche Suche wohl bemerkt, mich wiedererkannt und ganz spontan eingeladen, an ihrem Tisch Platz zu nehmen«, erzählte Edward. »Ich leistete ihrer Einladung Folge. Wir gerieten ins Gespräch, sprachen über dies und das, unter anderem über dich und unsere gemeinsamen geschäftlichen Pläne.«

»Aha, und was haben sie dazu gesagt?«, entfuhr es Helena.

»Beide waren überaus interessiert und haben es sehr bedauert, in London so etwas wie Persona non grata zu sein. Sie wollten wissen, ob du nicht auch auf dem Kontinent einen Parlour hättest.«

»Auf dem Kontinent?«, wiederholte Helena nachdenklich. »So eine komische Frage!«

»Sie sind Briten durch und durch und leiden sehr darunter, dass sie auf ihrer Insel nicht mehr gerne gesehen sind«, verteidigte Edward seine neuen Bekannten.

»Und warum hast du dann alleine mit … mit … mit der Duchess am Tisch gesessen?«, wollte Helena wissen. »Ihr habt die Köpfe zusammengesteckt und seid danach so hastig aufgebrochen.«

»Wir haben unsere Uhren miteinander verglichen und festgestellt, dass wir schon viel zu spät dran waren.«

»Zu spät? Wofür?«

»Wir waren mit dem Duke verabredet. Er hatte eine Anprobe bei seinem Schneider und wollte anschließend mit seiner Frau einen kleinen Stadtbummel machen, eventuell eine Kunstgalerie besuchen, aber auf jeden Fall die für sie bei einem Juwelier angefertigte Tiara abholen. Er hatte mich gebeten, Phoebe in das Geschäft, das mitten in der Altstadt liegt, zu begleiten. Diese Bitte konnte ich ihm doch nicht abschlagen.«

»Nein, einem Duke kann man so eine Bitte natürlich nicht abschlagen«, murmelte Helena.

»Diese Bitte hätte ich auch keinem anderen Ehemann abgeschlagen«, entgegnete Edward. »Zumal es sich bei seiner Gattin um eine wunderschöne junge Dame handelt«, setzte er dann hinzu. Das konnte er sich einfach nicht verkneifen.

Helena, die bis eben aufmerksam und mit wachsendem Verständnis zugehört hatte, verspürte erneut einen Stich. Es war ein Auf und Ab der Gefühle, das an diesem Abend in ihrem Inneren tobte.

»Wenige Stunden später kehre ich ahnungslos in unsere Suite zurück, wo ich meine Frau noch im süßen Schlummer wähne. Und was finde ich vor? Ein leeres Bett, einen fehlenden Koffer, einen leeren Kleiderschrank, aber keine Nachricht. Dabei hatte ich ihr doch etwas Wunderschönes mitgebracht«, beendete Edward seinen Bericht, zog eine schmale Schachtel hervor und legte sie vor ihr auf den Tisch.

Helena griff danach, wollte den Deckel anheben.

»Nicht jetzt öffnen, erst nachher, wenn du schon im Bett liegst«, befahl er.

Mit der gleichen Selbstverständlichkeit, mit der er ihr beim ersten Mal in die Suite gefolgt war, begleitete er sie auch an diesem Abend nach dem Essen hoch ins dritte Stockwerk des Hotels. Mit einem Unterschied …

»Ich schlafe hier im Wohnzimmer auf dem Sofa«, sagte er nur.

Helena war erleichtert. Er schien genau zu spüren, dass sie seine körperliche Nähe jetzt nicht ertragen konnte.

»Gute Nacht, Madame! Schlaf gut, Helena!«, sagte er und legte sein Jackett ab. »Ich werde noch ein bisschen lesen.«

»Gute Nacht!«, erwiderte sie leise.

Nach ihrer Abendtoilette zog sich Helena ins Schlafzimmer zurück, nicht ohne zuvor noch einen verstohlenen Blick auf Edward zu werfen. Er las in einer Zeitschrift, offenbar völlig gefesselt von seiner Lektüre. Die widerspenstige Strähne war ihm wieder einmal in die Stirn gefallen. Geistesabwesend strich er sie zurück und rückte seine rutschende Brille gerade, ohne Helenas Gegenwart wahrzunehmen.

Sie zog die Schlafzimmertür leise hinter sich ins Schloss und begab sich zu Bett.

Da lag die schmale Schachtel auf ihrem Nachttischchen. Helena öffnete sie. Darin befand sich ein wunderschönes Collier, bestehend aus Smaragden und Aquamarinen, genau in den Farben des Meeres, die Helena bei ihren Bummeln auf der Promenade des Anglais entlang der Bucht von Nizza immer so bewundert hatte.

»Jetzt habe ich endlich begriffen, woher die Côte d'Azur ihren Namen hat«, hatte Helena einmal verzückt festgestellt. Azurblau, türkis und hellgrün schimmerte auch die Halskette in ihrem wechselnden Farbenspiel.

Sie bemerkte, wie schon wieder Tränen in ihren Augen zu brennen begannen und ein verräterisches Schluchzen in ihrer Kehle aufstieg. Nein, jetzt nur nicht heulen.

Stattdessen erhob sie sich, schlich auf Zehenspitzen zur Tür und öffnete sie einen Spaltbreit.

Da saß Edward immer noch, gefangen genommen von seiner Lektüre. Er sah aus wie ein junger Gelehrter.

»Arthur«, flüsterte Helena.

Erstaunt hob er den Kopf und entdeckte sie. Er lächelte. »Chaja?«

Helena nickte. »Kommst du?«

Einladend öffnete sie die Schlafzimmertür.

In dieser Nacht musste ihr erster Sohn gezeugt worden sein. Sie nannten ihn Roy. Drei Jahre später folgte Horace.

New York, 31. März 1965

Nachdenklich schaute Helena auf die Tür, die Mala gerade hinter sich ins Schloss gezogen hatte. Die Vorfreude auf den bevorstehenden Abend stand ihr ins Gesicht geschrieben, als sie sich mit einem Wangenkuss von ihrer Tante verabschiedete.

Helena hütete sich davor, sich nach dem Anlass oder gar dem Urheber dieser Vorfreude zu erkundigen. Vorhin, inmitten der gemeinsamen Reiseplanung, war Mala jedoch herausgerutscht, dass sie an diesem Abend zum Essen und einem anschließenden Kinobesuch verabredet war …

»Mir hat *Liebesgrüße aus Moskau* so gut gefallen. Entsprechend neugierig bin ich jetzt auf *Goldfinger*«, erzählte sie. »Wir haben in einer Seitenstraße des Broadway ein kleines Kino entdeckt, wo dieser Film noch in der Spätvorstellung läuft. Ende des Jahres wird ja schon der vierte *James Bond* erscheinen, *Fireball* soll er heißen. Wir sind sehr gespannt darauf.«

Helena biss sich auf die Zunge. »Wen meinst du eigentlich mit ›wir‹?«, hätte sie zu gerne gefragt.

»Dass du dir so einen Schund anschaust«, sagte sie stattdessen. »Ist dieses Geballere nicht eher etwas für junge Männer? Also Kunst ist das nicht!«

»Aber gute Unterhaltung«, meinte Mala lachend. »Und dergleichen zu produzieren ist auch schon eine Kunst. Ich habe Spaß daran. Es lenkt mich ab. Wann warst du eigentlich das letzte Mal im Kino?« Forschend schaute sie ihre Tante an.

»Ich und Kino? Das ist doch pure Zeitverschwendung!« Helena war richtig entrüstet.

»Das sehe ich anders. Ein guter Film bietet nicht nur Ablenkung, sondern kann auch Wissen vermitteln, zum Beispiel über geschichtliche Zusammenhänge«, widersprach Mala. »In keinem Buch habe ich so viel über die deutsche Besatzung, den Kunstraub der Nazis in Frankreich und die französische Résistance gelernt wie in *The Train*. Leider hast du dich ja geweigert, mit mir in diesen Film zu gehen.«

»Ich habe keine guten Erinnerungen an diese Zeiten«, erwiderte Helena.

»Du bist doch erst nach Kriegsende wieder nach Europa zurückgekehrt. Da draußen auf deinem Landsitz in Greenwich oder auf deinen Fernreisen kreuz und quer durch Südamerika warst du im wahrsten Sinne des Wortes fernab vom Schuss und in Sicherheit. Du hast doch vom Krieg überhaupt nichts mitbekommen.«

Mala wirkte jetzt wirklich ein wenig aufgebracht. Zu Unrecht.

»Zum einen haben ich mich ›da draußen‹ nur äußerst

selten und auch immer nur sehr kurz aufgehalten. Wenn ich in New York war, habe ich die meiste Zeit in der Park Avenue gewohnt, weil von dort aus das Geschäft viel besser zu managen war«, erklärte Helena. »Und meine Reisen nach Mexiko, Argentinien, Brasilien und Chile hatten vor allem geschäftliche Gründe. Schließlich musste ich expandieren, um das notwendige Geld für die Familie heranzuschaffen. Es waren und sind bis heute viele Mäuler zu stopfen, wofür ich mich verantwortlich fühle.«

Sie redete sie sich jetzt richtig in Rage.

»Von Titus war nie etwas zu erwarten«, schnaubte sie. »Der hat mich immer nur Geld gekostet, aber niemals selbst etwas verdient.«

Seit Jahren nannte Helena ihren Exmann nur noch beim Nachnamen. Sie fühlte, wie einmal mehr die altbekannte Wut in ihr emporstieg. Dieser alte Zorn, der sich auch dreizehn Jahre nach dessen Tod immer noch gegen ihren Exmann richtete.

Fast dreißig Jahre lag die offizielle Scheidung zurück. Und seit wann Titus und sie getrennte Wege gegangen waren, mochte sie lieber gar nicht nachrechnen. Ihre beiden Söhne waren noch Kinder gewesen.

Immer wieder, fast verzweifelt, hatte Titus an seine von Ehrgeiz und der Jagd nach Erfolg getriebene Frau appelliert, es doch etwas ruhiger angehen zu lassen, sich mehr um die Kinder zu kümmern, damit sie endlich ein ganz normales Familienleben führen könnten. Vergeblich.

Helena war keine gute Mutter gewesen. Aber eine schlechte Mutter? Nein, diesen Schuh zog sie sich auch nicht an. Eine abwesende Mutter, das war die richtige Beschreibung.

»Dafür hat sich Onkel Edward jahrelang aufopferungsvoll um Roy und Horace gekümmert«, sagte Mala. Sie schien ihrer Tante hinter die Stirn schauen zu können. »Auch um Rosas kleinen Sohn und …«

»Auf wessen Seite stehst du eigentlich, Mala?«, fuhr Helena dazwischen.

»Auf keiner, liebste Tante. Ich halte mich lieber an Tatsachen und bleibe unparteiisch, denn ich schätze euch beide sehr, sowohl den viel zu früh verstorbenen Onkel Edward als auch dich. Ich versuche lediglich, objektiv zu bleiben, *tajere mume.*«

Der Klang der Sprache ihrer Kinderjahre verfehlte auch dieses Mal seine Wirkung nicht. Helena war besänftigt und verkniff sich eine scharfe Antwort. Sie lehnte sich in ihrem Sessel zurück, legte den Kopf in den Nacken und überlegte.

Wann war sie tatsächlich das letzte Mal im Kino gewesen? Sie hatte keine Ahnung.

»Ich kann es dir verraten«, sagte Mala.

Helena riss die Augen auf. »Was?«

»Wann du das letzte Mal im Kino warst«, versetzte Mala lächelnd.

Konnte ihre Nichte wirklich Gedanken lesen?

»Es war im November 1964 an einem freien Abend in Los Angeles«, fuhr sie fort. »Nach dem Essen beim Chinesen hattest du noch keine Lust, in unser Hotel zurückzukehren, also haben wir uns in einem winzigen Arthouse-Kino *Frühstück bei Tiffany* angeschaut.«

»Mit Audrey Hepburn? So hieß die Darstellerin doch?«

»Ja, mit Audrey Hepburn. Du warst hellauf begeistert von ihr«, bestätigte Mala.

»Die Kreationen von Givenchy stehen ihr wirklich ausgezeichnet«, gab Helena widerstrebend zu. »Mit ihrer grazilen Figur kann sie die aber auch sehr gut tragen.«

Etwas bekümmert schielte sie hinunter auf ihre stattlichen Brüste, auf denen ihre dreifach geschlungene Perlenkette, nein, nicht baumelte, sondern ruhte. Wie eine faule Schlange in der heißen Sonne.

»Dafür, dass der Film den Namen eines Juweliers im Titel trägt, hat die Hauptdarstellerin allerdings viel zu wenig Schmuck getragen«, mäkelte sie.

»Aber Mume! Holly Golightly ist bitterarm und kann sich teuren Schmuck nicht leisten.« Mala lachte. »Deshalb ist sie doch auf der Suche nach einem reichen Mann.«

»Anstatt das Geld selbst zu verdienen«, schnaubte Helena. Die Kette auf ihrem Busen begann zu verrutschen. Instinktiv korrigierte sie ihren Sitz. Immer schön mittig!

»Die einen so, die anderen so«, versetzte Mala und erhob sich. »Wir sind ja für heute mit unserer Reiseplanung fertig. Ich freue mich wirklich, in den kommenden Monaten erneut mit dir unterwegs sein zu können. Es wird bestimmt spannend und unterhaltsam.«

Sie warf einen prüfenden Blick auf ihre Tante, die schon wieder mit geschlossenen Augen in ihrem Schreibtischstuhl lehnte.

»Bist du diesen Anstrengungen überhaupt noch gewachsen?«, erkundigte sie sich besorgt. »Du solltest vielleicht doch etwas kürzertreten, dir ein bisschen mehr Entspannung und Erholung gönnen, Mume.«

»Madame heißt das«, korrigierte Helena ihre Nichte.

»Madame wirken erschöpft«, parierte Mala.

»Mach, dass du wegkommst«, versuchte sie, ihre Nichte zu verscheuchen.

»Aber du hast doch was«, insistierte diese. »Bedrückt dich etwas, fühlst du dich nicht wohl?«

»Es ist nichts, nur diese Erinnerungen. Immer wieder und wieder kommen sie, immer häufiger. Mitten in der Nacht steigen sie in mir empor. Ich träume von Menschen, die ich seit Jahrzehnten nicht mehr gesehen habe, von denen ich gar nicht mehr wusste, dass es sie überhaupt einmal gab. Letzte Nacht habe ich sogar von David geträumt.«

»Meinst du David Steuermann?«, erkundigte sich Mala behutsam.

Helena nickte stumm. Natürlich kannte ihre Nichte die uralte Geschichte von ihrem Jugendfreund, mit dessen Unterstützung sie sich als blutjunges Mädchen in Krakau Zutritt zu den medizinischen Vorlesungen der Jagiellonen-Universität erschlichen hatte. Ihm verdankte sie ihr erstes, aber profundes medizinisches Wissen.

Helena warf einen Blick auf das stattliche Bücherregal ihres Büros, in dem, dicht aneinandergereiht, dicke Fachbücher standen und sich etliche Zeitschriften stapelten. Die abgegriffenen schwarzen Kladden, die die handschriftlichen Aufzeichnungen ihrer Krakauer Vorlesungen enthielten, wirkten dazwischen ein wenig fehl am Platze, doch Helena hätte sich niemals von ihnen getrennt.

»Vielleicht weil du erst vor einigen Wochen Gewissheit erhalten hast, wo und wie dein Freund zu Tode kam«, sagte Mala vorsichtig. »Vielleicht will er sich so endgültig von dir verabschieden. So, wie es meine Mutter auch getan hat. In der Nacht, bevor sie an der Rampe von Auschwitz selektiert wurde, ist sie mir im Traum erschienen.«

»Jahrelang habe ich gehofft, David Steuermann eines Tages wiederzutreffen, um mich bei ihm bedanken zu können.« Auf die schreckliche Erinnerung, wie Malas Mutter zu Tode gekommen war, ließ sich Helena bewusst nicht ein.

Viele andere Mitglieder ihrer Familie hatte sie vor den Nazimördern retten können, nur ihre Schwester Regina nicht. Doch an diesem unbewältigten Schmerz wollte Helena jetzt nicht rühren. Lieber hing sie schöneren Erinnerungen nach.

»Ich glaube, ich habe Titus letztendlich geheiratet, weil er mich so sehr an meinen Freund aus Kindertagen erinnerte. Meine Güte, was haben wir für heiße Debatten geführt, uns richtig gestritten! Einmal musste sogar sein Vater einschreiten …«

»Na, das hast du mit Onkel Edward ja dann konsequent fortgeführt«, meinte Mala. »Ich kann mich nicht an eine einzige Begegnung erinnern, bei der ihr euch nicht in die Haare bekommen habt.«

»Titus war ein Hallodri, ein notorischer Frauenjäger, ein Don Juan, der jedem Rockzipfel hinterherjagte«, fuhr Helena auf.

»Er hat dich geliebt, und du hast ihn geliebt«, behauptete Mala im Brustton der Überzeugung.

»Wenn er mich wirklich geliebt hätte, hätte er mich nicht bereits während der Flitterwochen betrogen.«

»Du bist doch aus Nizza abgehauen! Und soviel ich weiß, hat er dich auch keineswegs betrogen. Dafür hat er dich viel zu sehr geliebt. Und Phoebe ihren Duke.«

»Phoebe«, grollte Helena. »Wenn ich diesen Namen schon höre.« Phoebe mit dem Silberlachen.

»Sie hätte eine deiner besten Kundinnen werden und dir später in Paris etliche neue Kundinnen vermitteln können. Bestimmt genauso gut wie Misia.«

»Ach, Misia!« Helena seufzte. »Meine meschugge Misia. Die ist auch schon über fünfzehn Jahre tot. Von Drogen zerfressen, im Elend gestorben. Das hat sie nicht verdient. Und meine über alles geliebte Lilith wurde mir auch viel zu früh genommen.«

»Ich glaube, ich überlasse Madame jetzt ihren Erinnerungen«, sagte Mala und wandte sich zum Gehen. Den Türgriff bereits in der Hand drehte sie sich noch einmal um. »Eins musst du mir versprechen. Nein, eigentlich sind es zwei Dinge.«

»Was denn?« Bis ins hohe Alter hatte sich Helena ihre fast kindliche Neugierde bewahrt. Vielleicht hielt gerade diese sie so quicklebendig?

»Du erinnerst dich heute Abend nur an schöne Dinge. Und du hältst dir in der nächsten Woche einen Abend für mich frei.«

»Ob ich das versprechen kann?«, überlegte Helena. »Nur schöne Erinnerungen, das wird schwierig.«

»Eigentlich verstehst du dich doch hervorragend darauf,

unangenehme Tatsachen und belastende Erinnerungen auszublenden.«

Verflixte Mala! Manchmal war es Helena schon fast ein bisschen unheimlich, wie gut ihre Nichte sie kannte und durchschaute. Wie einst Lilith oder Edward.

»Ich schaue eben lieber nach vorne als zurück«, entgegnete Helena brüsk. »An der Vergangenheit ist nichts mehr zu ändern. Die Zukunft kann man jedoch gestalten. Zumindest ich! Und ich habe noch einiges vor.« Angriffslustig funkelte sie ihre wichtigste Mitarbeiterin an, die sie insgeheim schon lange zu ihrer Nachfolgerin auserkoren hatte.

»Dann plan doch für die Gestaltung der nächsten Zukunft einen Abend für deine Nichte ein!«

»Was hast du mit mir vor?«, wollte Helena wissen.

»Och, da gibt es viele Optionen«, meinte Mala. »Was hältst du davon, wenn wir wieder einmal richtig schön polnisch essen und anschließend ins Kino gehen?«

»So einen Ballerfilm schaue ich mir nicht an«, wehrte Helena ab.

»Musst du auch gar nicht, aber wie wäre es mit *My Fair Lady*?«, schlug Mala vor. »Die Verfilmung des Musicals hat hervorragende Kritiken und spielt in Mayfair. Audrey Hepburn ist die Hauptdarstellerin. Diesmal aber nicht in Kreationen von Givenchy, sondern in den historischen Kostümen der Jahrhundertwende, die du in deiner Jugend selbst noch getragen haben musst.«

»Und die mir hervorragend standen. Ich hatte auch einmal eine Wespentaille. Wie eine junge ungarische Gräfin sah ich in dem Ballkleid aus, das mir Tante Helene in Wien hat anfertigen lassen. Daraus habe ich später die Gardinen für meinen ersten Schönheitssalon geschneidert.«

»Jetzt bist du also in Melbourne und damit bei schönen Erinnerungen gelandet«, stellte Mala zufrieden fest und öffnete die Tür. »Dann kann ich dich ja beruhigt alleine lassen.«

»Mach, dass du wegkommst«, entließ Helena ihre Nichte. »Einen schönen Abend wünsche ich euch, und grüß deinen James Bond von mir!«

Mala kicherte und zog die Tür hinter sich ins Schloss.

Helena seufzte. »Nur schöne Erinnerungen, die hat gut reden.«

Hatte sie denn jemals ein angenehmes Leben geführt? Ein ereignisreiches, ein prall gefülltes Leben, das für die Biografien dreier weiterer Frauen ausgereicht hätte, lag hinter ihr. Aber schön? Unbeschwert?

»Nur schön gibt es doch gar nicht«, murrte Helena vor sich hin. »Und von unbeschwert kann schon gar keine Rede sein.«

Was war überhaupt die glücklichste Zeit ihres Lebens gewesen? Vielleicht doch die Flitterwochen mit Edward an der Côte d'Azur und die ersten Monate in London?

Kapitel 21

London 1908

Nur wenige Tage nach ihrem Wiedersehen und der tränenreichen Versöhnung im *Savoy* bezogen Helena und Edward ihr neues Heim in Mayfair. Die Eröffnung des Salons wurde ein riesiger Erfolg. Eine ihrer ersten Kundinnen war die gerade am *Royal Theatre* gastierende Nellie Melba. Sie ließ es sich nicht nehmen, für *»my tiny doctor«* anlässlich der Einweihung einige Arien zu singen. Das war natürlich hervorragende Publicity für den neuen Parlour. Der Kundinnenstrom schwoll von Tag zu Tag ein bisschen mehr an.

Da ihre Wohnung direkt über dem Salon lag, hatte »Madame« immer genau im Blick, was sich ein Stockwerk tiefer im Geschäft tat. Statt jedoch müßig den Eingang zu bewachen, stattete sie viel lieber »Dr. Emmy« einen Besuch ab. In ihrem Labor im Souterrain verwickelte sie ihre Angestellte in stundenlange Fachgespräche oder war selbst an einem eigens für sie eingerichteten Laborplatz tätig, beinah wie in Melbourner Zeiten.

Helena wollte es sich nicht nehmen lassen, selbst zu experimentieren, zu rühren und zu mixen, zu riechen und zu schmecken, die chemischen Reaktionen in Reagenzgläsern oder Erlenmeyerkolben zu beobachten und sich über einen Erfolg zu freuen. Innerhalb weniger Monate gelang es ihr und Dr. Emmy List, eine Creme zu entwickeln, die für die zarte weiße Haut der Engländerinnen wie geschaffen war.

Eines Tages erschien eine junge Lady, Angehörige des hohen Adels, im Salon. Entzündete Eiterpickel entstellten die Gesichtshaut des jungen Mädchens so sehr, dass es seit dem fünfzehnten Lebensjahr kaum mehr das Haus verlassen mochte. War es einmal unvermeidbar, tat sie es nur tief verschleiert, so auch sechs Monate lang, während sie sich in der Grafton Street Helenas Behandlung unterzog. In dieser Zeit wurde sie von Helena mithilfe einer intensiven Kur und sehr viel Geduld von ihrer lästigen Akne befreit. Keine drei Monate später war die nunmehr bildhübsche Lydia verheiratet und folgte ihrem Mann, einem hohen Regierungsbeamten, nach Indien.

Verständlich, dass ihre Dankbarkeit kaum Grenzen kannte. Auf Lydias Empfehlung hin stellten sich immer mehr Angehörige des hohen englischen Adels in der Grafton Street ein, um sich einer kosmetischen Behandlung zu unterziehen. Ja, sogar bis ins ferne Indien drang die Kunde von Helena Rubinsteins Erfolgen vor.

So erhielt sie eines Tages einen dicken Brief aus Kalkutta. Lady Lamington schrieb ihr, um ihr zu ihrem beruflichen Werdegang zu gratulieren.

Wir hatten ja bereits von Ihren drei Salons in Melbourne, Sydney und Wellington erfahren. Aber dass Sie nun auch in Europa expandieren, und das, wie mir meine Freundin Phoebe berichtete, überaus erfolgreich, bewundern wir sehr. Lord Lamington und ich gratulieren Ihnen ganz herzlich zu Ihrem geschäftlichen Erfolg. Aber wir haben ja beide schon vor Jahren in Toowamboo erkannt, wie tüchtig und durchsetzungsfähig Sie sind.

Ich habe mir einige Ihrer Produkte aus Sydney schicken lassen. Auch in der tropischen Hitze Kalkuttas sind Ihre Cremes bestens zur Pflege geeignet und eine Wohltat für meine strapazierte Haut. Ich habe eines der Tiegelchen meiner Freundin, der Maharani von Jaipur, geschenkt. Sie ist so begeistert von Ihrer Feuchtigkeitscreme, dass sie fest vorhat, Ihren Londoner Salon einmal persönlich aufzusuchen. Zurzeit plant sie eine große Europareise. Somit möchte ich Ihnen heute schon einmal ihren Besuch einschließlich des gesamten Hofstaats avisieren. Der Privatsekretär hat telegrafisch für die Sommermonate eine ganze Etage im Londoner Savoy gebucht, wie mir die Maharani gestern bei unserem Five o'clock Tea erzählt hat. Eine kluge Entscheidung, da werden die Damen nicht ganz so schrecklich frieren. Sie sollten Ihren Salon immer gut vorheizen, wenn sich die Maharani mit ihren Damen ankündigt.

Helena ließ den Brief sinken.

»Phoebe?«, sagte sie erstaunt. Was machte die Duchess of Talley in Indien? Und wieso wusste sie von Helenas geschäftlichen Erfolgen in London?

In diesem Moment betrat Edward das Frühstückszimmer, in dem sich Helena nach dem gemeinsamen Frühstück immer der morgendlichen Lektüre der frisch eingetroffenen Post widmete, ehe sie nach unten ins Geschäft ging. Er hatte ihren erstaunten Ausruf gehört.

»Phoebe?«, erkundigte er sich neugierig. »Was ist mit Phoebe?«

»Wie kommt sie dazu, Lady Lamington in Kalkutta von meinem geschäftlichen Durchbruch zu erzählen? Woher weiß sie davon?«

»Die Welt ist klein, vielleicht von einer deiner vielen Kundinnen, die du erfolgreich behandelt hast. War nicht neulich auch die Gattin des britischen Konsuls in Bombay darunter? Hast du dessen junge Ehefrau nicht unmittelbar vor der Heirat von ihrer schrecklichen Akne befreit?«

»Stimmt ja, das könnte sein«, meinte Helena nachdenklich.

»Von mir könnte sie es auch wissen«, sagte Edward gelassen.

»Was, von dir?«, fuhr Helena prompt auf. »Wieso von dir?«

Der Stachel der Eifersucht pikste unverhofft heftig und schmerzhaft. Immer wieder hatte ihr Mann ihr erklärt, dass er sie niemals mit Phoebe betrogen habe. Er sei doch rettungslos in seine eigene Frau verliebt, hatte er ihr versichert. Dennoch: Helena konnte den stechenden Schmerz beim Anblick der einträchtig nebeneinander auf der Promenade des Anglais davonschreitenden Gestalten einfach nicht vergessen. Diese Narbe würde niemals verheilen.

»Phoebe hatte mich gebeten, ihr in London ein Buch zu besorgen, das auf dem Kontinent nicht erhältlich ist«, erklärte Edward ruhig. »Selbstverständlich habe ich ihr diesen Gefallen getan und in meinem Begleitbrief natürlich von deinem – also unserem – geschäftlichen Erfolg berichtet.«

»Und warum weiß ich nichts davon?«, erkundigte sich Helena aufgebracht.

»Weil ich es a) für nicht wichtig hielt und b) du nicht alles wissen musst.«

»Du hast also Geheimnisse vor mir?«, fragte Helena misstrauisch.

Edward lachte. »Wenn es tatsächlich ein Geheimnis wäre, hätte ich dir doch jetzt nicht davon erzählt. Was ist dabei, wenn ich einer Bekannten hier in London ein Buch besorge und es mit ein paar freundlichen Worten nach Paris schicke?«

Provozierend schaute er sie an, und Helena senkte den Kopf.

»Eigentlich gar nichts«, murmelte sie etwas beschämt. »Aber was macht sie in Indien?«

»Nun, du weißt, dass ihr Mann keinen Fuß mehr auf die britische Insel setzen kann, da er immer noch als Persona non grata gilt. Aber die kostspieligen Reisen der vergangenen Jahre fordern ihren Tribut. Die finanziellen Quellen des Duke waren fast erschöpft, also hat er sofort zugesagt, als ihm einer seiner alten Freunde eine Stellung als Repräsentant einer großen britischen Firma in Kalkutta anbot. So schwer es ihnen auch gefallen ist, so haben er und seine

Frau Paris doch vor einigen Monaten verlassen. Apropos Paris«, lenkte er wie gewohnt geschickt von dem heiklen Thema ab. »Ich habe da gerade von der anderen Seite des Kanals etwas Spannendes erfahren. Gerade für dich könnte das höchst interessant sein.«

»Was denn? Erzähl schon!« Helenas unstillbare Neugierde war wieder einmal geweckt.

Kapitel 22

Paris 1909

Es war also ihr Mann, der sie unmittelbar nach Eröffnung ihrer ersten Niederlassung in London auf die unvergleichliche Gelegenheit hinwies, in der Rue du Faubourg Saint-Honoré, in bester Pariser Lage, einen florierenden Salon zu übernehmen. Solch eine Chance konnte sich Helena natürlich nicht entgehen lassen.

Eine Schwangerschaft passte zu diesem Zeitpunkt überhaupt nicht in ihre Lebensplanung, also ignorierte sie diese erst einmal. Natürlich musste sie die Verkaufsverhandlungen selbst übernehmen und reiste – trotz Edwards Bedenken, ja lautstarkem Protest – einmal mehr über den Kanal. Nachdem er tagelang auf taube Ohren gestoßen war, bestand er darauf, seine Gattin zumindest zu begleiten.

Mit dem scharfen Blick einer erfahrenen Frau hatte Madame Chamberon schon bei ihrer ersten Begegnung Helenas Zustand erfasst und ihr prophezeit, sich eines Tages zwischen Familie und Beruf, Liebe und Geschäft entscheiden zu müssen. Helenas Reaktion darauf war etwas ungehalten ausgefallen. Aber genau so, wie sie es der verständnislos den Kopf schüttelnden Russin selbstbewusst und optimistisch angekündigt hatte, eröffnete sie im hochschwangeren Zustand tatsächlich ihren ersten Salon auf französischem Boden – natürlich erst nachdem die Räume von Grund auf nach ihren Anweisungen renoviert worden waren.

Die Senkwehen setzten auf der Rückreise ein, noch im Zug zwischen Dover und London. In letzter Minute gelang es Edward, Helena mit einem Taxi in eine Londoner Privatklinik zu bringen, wo ihr erster Sohn Roy Valentine Titus am 12. Dezember 1909 das Licht der Welt erblickte.

Als man Helena das neugeborene Baby in die Arme legte, fand sie es hässlich. Ihr angeborener Sinn für Schönheit und Ästhetik fühlte sich fast abgestoßen von diesem runzeligen, schreienden Bündel Mensch. Von einem warmen Strom der Mutterliebe, der sie erfassen und mitreißen sollte, konnte keine Rede sein.

Ohne sich selbst daran zu beteiligen, hatte Helena in ihren Salons oder auf Gesellschaften häufig Gespräche zwischen Müttern und jungen Ehefrauen mitbekommen, in denen diese von diesem unvergesslich euphorischen Moment schwärmten.

»Alle Schmerzen sind in Sekundenschnelle vergessen, wenn du zum ersten Mal dein eigenes Kind in den Armen hältst« – wie oft hatte Helena diesen Satz gehört?

Sogar ihre Cousine Eva hatte behauptet, nach der quälenden Geburt, die sich über sechsunddreißig Stunden hinzog, seien alle Schmerzen vergessen gewesen, als sie ihre

Zwillinge zum ersten Mal in den Armen hielt. Das Glück, das sich einstellte, als ihre kleine Alisha das Licht der Welt erblickte, habe sie zeitweilig sogar das Elend ihrer katastrophalen Ehe vergessen lassen.

Aber hatte Gitel ein einziges Mal gelächelt, wenn Helena nach der Geburt einer ihrer zahlreichen Schwestern auf Zehenspitzen das elterliche Schlafzimmer betrat? Sie konnte sich nicht erinnern, genauso wenig wie daran, dass eine Schwangerschaft im Krakauer Kazimierz eine freudige Nachricht gewesen wäre.

»Wieder ein Maul mehr zu stopfen«, hatte Vater Hertzel nach der Geburt des zwölften Kindes grämlich in seinen Bart gemurmelt.

Es war ein kleiner Sohn gewesen, der nur wenige Wochen später verstarb. Ob er gespürt hatte, wie wenig willkommen er gewesen war?

Ganz anders hingegen Edward. Obwohl selbst in ärmlichen Verhältnissen in Podgórze aufgewachsen, der damals noch nicht zu Krakau gehörenden Josephstadt, war er hingerissen vor Begeisterung.

»Er sieht wirklich aus wie ich«, sagte er entzückt. »Nein, viel, viel hübscher als ich.«

Helena konnte an diesem rotgesichtigen, sich blutig kratzenden und schreienden Baby, das auch noch von ihr gestillt werden wollte, so gar nichts Hübsches entdecken. Der begeisterte Vater indessen stand stundenlang an der Wiege seines Erstgeborenen, beobachtete gespannt jede seiner Bewegungen und brachte ihn höchstpersönlich an

Helenas Bett, damit sie ihn anlegen konnte. Edward war zutiefst betrübt, als diese sich weigerte, ihren Sohn länger zu stillen.

Schon das Wochenbett, das ihr die Ärzte strikt verordnet hatten, war eine Qual für Helena. Und Edwards euphorische Ausführungen, wie sich künftig das gemeinsame Familienleben gestalten würde, überhörte sie geflissentlich. Ihre Begeisterung dafür, stinkende Windeln zu wechseln oder ein brüllendes Baby zu füttern, hielt sich in Grenzen. Vielleicht war mit der Aufzucht ihrer jüngeren Schwestern in Krakau, als sie selbst noch ein kleines Mädchen gewesen war, und der Betreuung der drei Kinder ihrer Cousine Eva ihre diesbezügliche Bereitschaft einfach ausgeschöpft? Zu diesem Ergebnis kam sie innerlich, hütete sich jedoch, es gegenüber ihrem Mann und anderen nach außen kundzutun. Eigentlich wollte sie sich ihrer mütterlichen Verantwortung ja auch gar nicht entziehen. Aber die ihr lästigen Aufgaben zu delegieren, das konnte sie sich inzwischen leisten.

Helenas erste Amtshandlung als verantwortungsbewusste Mutter bestand folglich darin, ihrem Sohn eine tüchtige Nanny zu besorgen. Nachdem ihr die englische Gesellschaft endlich Zutritt in ihre erlauchten Kreise gewährt hatte, war es nicht schwierig, eine vertrauenswürdige Kandidatin zu finden.

Schritt Nummer zwei war, Edward mit der Suche nach einem geeigneten Anwesen außerhalb des Londoner Zentrums zu beauftragen. Mayfair war zwar eine überaus feudale Gegend, fand in Helenas Augen aber dennoch keine

Gnade. Ihr Sohn sollte in einer ländlichen Umgebung aufwachsen und dort eine glückliche Kindheit im Grünen verbringen. Wie gerne wäre sie selbst so aufgewachsen!

Einmal mehr bewies Edward hervorragenden Spürsinn und Organisationstalent. Innerhalb weniger Tage wurde er in der Roehampton Lane, in unmittelbarer Nähe zu Putney Heath, fündig. Helena gefiel der Gedanke, in einem ehemaligen Heidegelände zu wohnen. Das Ehepaar Rubinstein-Titus verliebte sich auf Anhieb in die prächtige, im viktorianischen Stil erbaute Villa inmitten eines riesigen Parks. In zwei dazugehörigen Gewächshäusern wurden von einem Gärtner die Blumen und Stauden gezogen, die später mit ihrer Blütenpracht die Rabatten entlang der hohen Hecken schmückten. Natürlich erstreckte sich zu Füßen von Wintergarten und Terrasse ein typisch englischer Rasen, der bis zu einem kleinen See reichte. Helena liebte es, am frühen Morgen gleich nach dem Aufstehen barfuß über die samtweiche, mit kühlem Tau benetzte Wiese zu schreiten, ehe sie sich wieder in ihre eleganten, engen Pumps zwängte, um sich in die Grafton Street zu begeben.

Solna hatte der Vorbesitzer, ein Bankier namens J. P. Morgan, dieses Anwesen genannt. Die Rubinsteins übernahmen den Namen.

Ihrem bibliophilen Mann ließ Helena eigens eine Bibliothek einbauen. Natürlich musste auch ein Billardsalon sein. Im Erdgeschoss gab es Empfangsräume, mehrere Salons sowie ein Musikzimmer, und im ersten Stock befand sich das gemeinsame Schlafzimmer mit zwei riesigen Ankleideräumen.

Helenas Garderobe war mittlerweile recht umfangreich, und ihr Mann stand ihr diesbezüglich in nichts nach. Auf gute Kleidung hatte er stets großen Wert gelegt, und jetzt, da er es sich leisten konnte, ließ sich Edward seine Anzüge und Hemden maßanfertigen – bei Bedarf auch beim königlichen Hofschneider –, nicht zu vergessen seine Schuhe, die er eigens bei einem berühmten Schuster in Budapest bestellte. Dessen Schuhwerk war in Europas Metropolen so gefragt, dass der Handwerksmeister regelmäßig mehrere seiner Gesellen in die wichtigsten Hauptstädte aussandte, damit sie bei den Kunden maß- und die Bestellungen für neue Schuhe aufnahmen.

Ja, Edward wusste Qualität zu schätzen, in allen Bereichen. Er war ein Lebemann, keine Frage. Doch Helena sollte es niemals gelingen dahinterzukommen, wie er zu dem geworden war, was er nach außen hin darstellte. Edward William Titus war ein richtiger Gentleman, aber geboren war er unter dem Namen Arthur Ameisen in den ärmlichen Verhältnissen von Josephstadt.

Nun, ebenso wenig wäre irgendjemand auf die Idee gekommen, der kleinen Chaja aus dem Kazimierz unermesslichen Erfolg zu prophezeien. Doch nun stellten die beiden gebürtigen Polen Helena und Edward im versnobten London gesellschaftlich etwas dar. Neben dem imposanten Geschäftshaus in Mayfair konnten sie sich auch noch den Erwerb einer viktorianischen Villa als Privatwohnsitz leisten, und zwar mit allem, was dazugehörte: Köchin, Dienstmädchen, Butler, nicht zu vergessen die Nanny.

Für sie wurde unter dem Dach ein eigener Wirkungsbereich eingerichtet: Kinderzimmer für Roy, Schlafzimmer für die Nanny, ein riesiges Spielzimmer, das später auch einmal als Unterrichtsraum fungieren sollte, und ein Badezimmer, in das die Küche der Rubinsteins im Kazimierz zweimal hineingepasst hätte. Der kleine Roy und seine Nanny führten ein ganz eigenständiges Leben über den Köpfen der Eltern. Helena sah ihren Sohn eigentlich nur abends, wenn er – frisch gefüttert und gebadet – zum Gute-Nacht-Sagen ins Speisezimmer gebracht wurde.

Helena begab sich so gut wie nie nach oben, sondern ließ die Nanny dort schalten und walten, wie diese es seit Jahrzehnten in anderen britischen Haushalten gewohnt war. Ganz anders Edward, der es sich nicht nehmen lassen wollte, mindestens einmal täglich eine Etage höher zu steigen, um seinen kleinen Sohn zu bewundern. Getreu und regelmäßig erstattete der stolze Vater der Frau Mama Bericht über die hoffnungsvolle Entwicklung des Nachwuchses. Helena hörte pflichtbewusst zu, aber es interessierte sie nicht sonderlich, dass sich Roy zum ersten Mal auf die andere Seite gedreht hatte oder mit sieben Monaten schon aufrecht sitzen konnte. Bei ihr ging das Geschäft vor.

Da ihr Edward dabei ebenso unermüdlich und tatkräftig wie unverzichtbar zur Seite stand, richtete sie ihm in der Roehampton Lane ein richtiges Büro mit eigenem Telefonanschluss ein, in dem er seiner Arbeit nachgehen konnte. Nach wie vor betraute Helena ihren Mann mit dem Formulieren ihrer Anzeigen, Pressetexte und Fachartikel, die er auch weiterhin geschickt und auf den Punkt gebracht lancierte.

In ihrem Parlour in Mayfair wollte sie ihn trotzdem nicht ständig in der Nähe haben.

»Das ist vorwiegend ein Bereich für die Damenwelt«, lautete ihre Begründung. »Männer stören da nur den Ablauf!«

Basta! Außerdem war es gut, wenn der Gatte draußen in Putney Heath ein Auge auf das Personal hatte. Ja, Edward W. Titus war nicht nur ihr Ehemann und begeisterter Vater ihres Sohnes, sondern auch ein wichtiger Ansprech- und unersetzlicher Geschäftspartner auf Augenhöhe. Das wurde auch im britischen Handelsregister ersichtlich, in das Helena ihn als ihren Teilhaber eintragen ließ.

Eigentlich hätte Helena es in der Zeit nach Roys Geburt wirklich etwas ruhiger angehen lassen können. Aber anstatt sich zurückzulehnen, sich ihres geschäftlichen Erfolges, ihres gesellschaftlichen Ansehens, ihres charmanten Ehemanns und des kleinen Sohnes zu erfreuen, trieb es sie unablässig weiter und weiter. Mit zweiundvierzig Jahren doch noch Mutter geworden zu sein grenzte schon fast an ein Wunder, doch jetzt war Helena gewillt, das Kapitel Mutterschaft für immer abzuhaken. Das Kind war gut versorgt, wuchs in Wohlstand und Luxus auf, wurde von seiner Nanny gehätschelt und von seinem Vater bewundert. Da war sie selbst doch entbehrlich!

»Warum kannst du nicht einfach mal ein paar Wochen ganz ruhig hier zu Hause in Solna bleiben und dich entspannen?«, fragte Edward verzweifelt. »Dein Sohn kennt seine eigene Mutter kaum, weil du dich so wenig mit ihm beschäftigst. Er hängt mittlerweile mehr an seiner Nanny als an dir.«

»Er ist bestimmt nicht das einzige Kind, dem es so geht. Das ist in diesen gesellschaftlichen Kreisen eben so«, entgegnete Helena achselzuckend. »Mein guter Mr Thompson hat mir damals in Melbourne schon erzählt, dass er seine Nanny mehr geliebt hat als seine Mutter. Und die Kinder der Lamingtons haben sich auch lieber von mir ins Bett bringen lassen als von Lady Lamington.«

»Es muss aber nicht so sein«, widersprach Edward heftig. »Ich bitte dich dringend, dich etwas mehr mit Roy zu beschäftigen.«

»Wann denn?«, fragte Helena aufgebracht. »Ich muss mich um das Geschäft kümmern. Es ist höchste Zeit, dass ich wieder einmal nach Paris fahre, um mich um den dortigen Salon zu kümmern.«

»Ich komme mit«, sagte Edward entschlossen.

»Du bleibst hier«, ordnete Helena an. »Du sollst hier in London für mich die Stellung halten. Einer muss doch auch das Personal in Solna im Auge behalten. Außerdem ist es besser, wenn du zwei- oder dreimal die Woche in die Grafton Street fährst, um dort nach dem Rechten zu sehen.«

Edward seufzte resigniert.

»Du kannst Dr. Emmy unten in ihrem Labor einen Besuch abstatten. Du weißt doch, wie sehr sie sich immer freut, mit dir zu plauschen. Es tut ihr gut, mal wieder Deutsch zu sprechen und von ihrer Wiener Zeit zu erzählen.«

»Ach ja, die gute Emmy List.« Ein Lächeln glitt über

Edwards eben noch so enttäuschtes Gesicht. »Sie ist wirklich eine unglaubliche Frau!«

»Ja, das ist sie. Und eine hervorragende Wissenschaftlerin.«

»In der Tat, eine versierte Dermatologin mit einem anerkannten Abschluss der Wiener Universität«, ergänzte Edward und grinste ironisch.

Helena wusste natürlich genau, dass er auf Ceska und Lola anspielte. Niemals hatte er jedoch in der Öffentlichkeit etwas über deren mangelnde Ausbildung verlauten lassen. Schwester und Cousine hatten sich in den australischen Salons längst zu erfolgreichen Geschäftsführerinnen gemausert und schrieben dicke schwarze Zahlen. Kein Mensch wäre jetzt noch auf die Idee gekommen, ihnen ihre berufliche Qualifikation abzusprechen.

»Learning by doing«, murmelte Helena anerkennend. Es wäre eigentlich an der Zeit, einmal wieder nach Australien zu reisen, um sich dort vor Ort ein Bild zu machen …

»Nein, bitte nicht, Helena.« Edward klang jetzt fast flehend. »Du kannst doch Europa nicht monatelang den Rücken kehren, das hiesige Geschäft und deine Familie sich selbst überlassen.«

Verdutzt schaute Helena ihren Mann an. »Woher weißt du, was ich gerade denke?«, fragte sie erstaunt.

Edward griff nach ihrer Rechten, unterzog sie einer intensiven Betrachtung. »Ach Chaja, ich kann eben Gedanken lesen … und auch die Linien deiner Hand«, sagte er leise und küsste sie sanft auf die Innenseiten ihres Unterarms.

Helena durchfuhr ein wohliger Schauer.

Kapitel 23

Paris 1913

Beim ersten hohen Ton des Fagottsolos zuckte Helena zusammen. Noch immer hatte sie ihre Schwierigkeiten mit dieser fremdartigen Musik.

Sie bemerkte, dass Misia neben ihr unruhig zu werden begann. Ihre bildschöne Freundin beugte sich über die Brüstung der Loge und richtete ihr Opernglas aufs Parkett, wo es im Publikum zischelte und raunte; sogar einige wütende Zwischenrufe waren zu hören.

Unbehaglich rutschte Helena auf ihrem Logensitz hin und her. Dabei hatte sie sich sehr geehrt gefühlt, ausgerechnet von Misia, Muse etlicher Künstler sowie hingebungsvolle Mäzenin und Förderin des Diaghilev-Balletts, zur neuesten Premiere in ihre Loge eingeladen zu werden.

Doch bereits kurz nach ihrer Zusage hatte die Verunsicherung eingesetzt. Plötzlich hatte Helena mit sich gehadert, ob sie die Einladung wirklich akzeptieren sollte.

Trotz ihres Erfolgs und der gesellschaftlichen Anerkennung, die sie längst genoss, überfiel sie immer wieder diese fast lähmende Schüchternheit, die sie sogar dazu veranlassen konnte, eine wichtige Einladung nicht anzunehmen. Dann blieb sie lieber zu Hause oder verkroch sich in ihrem Labor, wo sie sich vollkommen sicher fühlte.

Ihre Befürchtung war gewesen, neben einer Frau mit einer solch überwältigenden Präsenz wie Misia nicht bestehen zu können. Dabei hatte die schöne Polin Helena auf Anhieb in ihr riesiges Herz geschlossen, als die beiden Frauen einander bei einem Empfang in der polnischen Botschaft vorgestellt worden waren.

Schließlich war es wieder einmal Edward gewesen, der Helena überredet hatte, die Einladung ins *Théâtre des Champs-Élysées* anzunehmen.

»Selbstverständlich gehst du da hin. Das ist nicht nur eine große Ehre für dich, sondern auch eine Gelegenheit, die du nicht verpassen darfst«, hatte er sie beschworen, als er ihr Zögern bemerkt hatte. »Außerdem, weißt du nicht mehr, wie gut dir die Londoner Premiere von *Petruschka* gefallen hat?«

»Doch, aber das war etwas anderes«, erwiderte Helena. »Damals warst du ja schließlich dabei.«

Sie erinnerte sich bestens …

Ihr selbst war nicht klar gewesen, warum ihr Mann alles darangesetzt hatte, für diese Londoner Aufführung der *Ballets Russes* zwei Karten zu ergattern. Aber als sich der Vorhang öffnete, verstand sie. Was sich ihrem Auge darbot, war Kunst in höchster Vollendung.

Helenas musikalischer Sinn war nicht sonderlich ausgeprägt. Ihre spontane Bewunderung galt daher mehr den kraftvollen, genau zu Strawinskys Musik passenden Sprüngen des berühmten Tänzers Nijinsky. Er schien wirklich sekundenlang in der Luft zu stehen.

Atemlos ließ sie an diesem Abend im Londoner *Royal Theatre* ihre Augen über die prächtige Bühnenausstattung und die farbenfrohen Kostüme des Corps de Ballet wandern. Was für ein Farbenspiel! Purpurrot und Magenta vermischten sich mit Gelb und Orange, dem der Maler Léon Bakst mit Schwarz und Gold kräftige Farbakzente entgegensetzte. Es war ein Rausch der Farben.

Im ersten Augenblick schien das Publikum wie gelähmt zu sein, doch bei Helena gewann die Faszination schnell die Oberhand. In jenem Moment begriff sie, wovon ihr Freund Poiret, dessen Kleider sie so gerne trug, sich hatte inspirieren lassen. Seine Kreationen waren beeinflusst von dem russischen Maler Léon Bakst und dessen Kollegen Alexandre Benois.

Helena atmete tief durch und lehnte sich mit einem leisen Seufzer in ihrem Theatersessel zurück. In ihr keimte eine Idee auf.

Edward warf ihr einen besorgten Blick von der Seite zu, griff nach ihrer Hand und drückte sie sacht. Helena erwiderte den Druck und lächelte vielsagend in sich hinein.

Nach einem gemeinsamen Souper mit Edward im Theaterlokal bestand Helena darauf, dass ihr Chauffeur noch an diesem Abend – oder eher in dieser Nacht – in die Grafton Street fuhr.

»Was soll das? Ich will nach Hause, ich bin müde«, protestierte Edward, aber Helena erwiderte nichts darauf.

»Was hast du vor?«, wollte ihr Mann wissen, doch Helena würdigte ihn keiner Antwort.

Da Edward sie zur Genüge kannte, wusste er, dass es keinen Sinn hatte, weiter in sie zu dringen.

In der Grafton Street angekommen, stieg Helena hastig die wenigen Eingangsstufen des Hauses hinauf, begab sich in den großen Empfangsraum im Erdgeschoss und schaltete die gesamte Beleuchtung ein.

»Was machst du?« Edward stand im Türrahmen und beobachtete seine Frau verständnislos.

Energisch marschierte Helena auf die Fensterfront des Raumes zu. Üppige cremefarbene Vorhänge mit tiefen Falten schützten das Innere vor den Blicken neugieriger Passanten. Mit beiden Händen griff Helena nach dem schweren Stoff und riss daran, aber sie hatte nicht genug Kraft.

»Hilf mir doch!«, keuchte sie und riss erneut. »Die müssen runter!«

»Helena, was soll das?« Edward schien weniger entsetzt als überrascht zu sein.

»Hilf mir!«, befahl sie.

Edward gehorchte kopfschüttelnd. Und nun klappte es. Ein Ratsch, und der erste Vorhang glitt zu Boden.

»Jetzt der nächste!«

Helena wandte sich dem zweiten Fenster zu, und Edward folgte ihr. Um seine Mundwinkel zuckte es verräterisch.

»Kannst du mir vielleicht einmal erkl…?«

»Schluss mit Weiß, Rosa und den Cremetönen!«, unterbrach ihn Helena. »Schluss mit dieser braven Langeweile! Ab sofort kommen mir Farbe und Feuer ins Haus. Du nimmst morgen Kontakt zu Léon Bakst auf und erkundigst dich nach den Bezugsquellen für seine tollen Stoffe.«

Erneut riss sie an dem schweren Vorhang. Er löste sich aus der Schiene, glitt die Wand hinunter, fiel auf Helena herab und hüllte sie von Kopf bis Fuß ein. Obwohl sie wie wild mit den Armen fuchtelte, gelang es ihr nicht, sich zu befreien.

»Hilf mir doch!«, rief sie noch einmal.

Keine Reaktion.

»Hilf mir!«

Edward blieb stumm. Stattdessen erlosch das gleißende Licht der Deckenbeleuchtung. Helena erstarrte. Um sie herum herrschte tiefste Dunkelheit.

»Edward, wo bist du?«, schrie sie in plötzlicher Panik.

»Keine Angst, meine Liebe, hier bin ich doch.«

Der schwere Stoff wurde von ihrem Kopf gehoben, und Edward drapierte ihn sachte um ihre Schultern. Dann trat er einen Schritt zurück, um sie zu betrachten.

»Ein Faltenwurf wie bei einer griechischen Göttin«, stellte er bewundernd fest.

Helena begann, an dem Vorhangstoff zu zerren.

»Bitte nicht.« Zwei starke Arme zogen sie an sich und hoben sie sanft hoch.

Helena zappelte ungeduldig.

»Lass mich los!«, rief sie empört. »Was hast du vor?«, wiederholte sie die Frage ihres Mannes.

Edward gab keine Antwort. Schweigend trug er sie durch den Raum. Helena seufzte. Ergeben und freudig erregt zugleich bettete sie ihren Kopf an seine Schulter.

»Ach, Chaja«, sagte er und ließ sie sanft auf das breite Sofa des Empfangssalons gleiten.

In dieser Nacht mussten sie Horace gezeugt haben.

Anders als bei Roy reagierte Helena auf die Ankunft ihres zweiten Sohnes mit Freude und Begeisterung. Horace war von Geburt an ein niedliches Baby und entwickelte sich zu einem bezaubernden Kleinkind, dessen erste Schritte und Worte seine Mutter zu Begeisterungsstürmen hinrissen. In ihren Augen war Horace ein Wunderkind, unbestreitbar ihr Lieblingssohn. Helena machte niemals einen Hehl daraus, dass sie ihn bevorzugte.

Der ohnehin introvertierte Roy wurde nach der Geburt seines Bruders immer stiller, entwickelte eine regelrechte Scheu vor Menschen. Möglicherweise war das ein Erbe seiner Mutter, die selbst immer wieder unverhofft von Anflügen massiver Schüchternheit gequält wurde.

Und ebenjene Menschenscheu war es auch, die sie am Abend der in Paris bereits lange erwarteten Premiere von *Le sacre du Printemps* zu überwältigen drohte.

»Da gehe ich nicht hin. Ich kenne da ja niemanden«, verkündete Helena entschlossen. Das entsprach zwar nicht der Wahrheit, aber in jenem Moment empfand sie es genau so.

Edward kannte seine Frau jedoch gut genug, um zu wissen, wie er sie dazu bringen konnte, diesen Entschluss rückgängig zu machen: indem er an ihren Geschäftssinn appellierte.

»Was meinst du, wen du bei der Premierenfeier alles

kennenlernen wirst und welche neuen Kontakte du dort knüpfen kannst?«

Das zog, wie immer. Ein wenig widerwillig machte sich Helena auf den Weg ins *Théâtre des Champs-Élysées*, wo sie von Misia so herzlich in ihrer Loge willkommen geheißen wurde, dass sie ihre Vorbehalte rasch vergaß.

Während der überschwänglichen Begrüßung erhob sich neben ihrer Freundin ein sehr junger Mann mit überraschend scharfen Gesichtszügen. Seine Feingliedrigkeit schien er durch die extravagante Eleganz seiner Garderobe noch unterstreichen zu wollen. Mit hellwachen, klugen Augen schaute er Helena an.

»Meine liebste Helena, darf ich dir meinen jungen Freund Jean Cocteau vorstellen?«, sagte Misia. »Er ist unsere neueste große literarische Hoffnung und wie ich ein großer Anhänger des Russischen Balletts. Jean verehrt Sergej Djagilew zutiefst und betet Vaslav Nijinsky förmlich an.«

»Madame Rubinstein.« Der junge Mann verbeugte sich ehrerbietig und deutete einen Handkuss auf Helenas ausgestreckte Rechte an. »Es ist mir ein großes Vergnügen, Sie persönlich kennenzulernen.«

»Das Vergnügen ist ganz auf meiner Seite«, erwiderte Helena höflich.

Tatsächlich hatte sie keine Ahnung, wer dieser hübsche junge Mann war. Aber sie wusste schließlich, was sich gehörte.

»Mein lieber Jean wäre lieber heute als morgen Mitglied des russischen Corps de Ballet«, fuhr Misia im gewohnten Plauderton fort. »Allein, um Nijinsky ganz nah sein zu können.« Kichernd verbarg sie das Gesicht hinter ihrem aufgeschlagenen Fächer.

»Was gäbe ich darum«, erwiderte der junge Mann sehnsüchtig.

Und dann setzte die Musik ein. Der Vorhang öffnete sich und gab ein farbenprächtiges Bühnenbild preis. Ein Raunen ging durch das Publikum.

Helena blieb kaum Zeit, die glühenden Farben auf der Bühne zu bewundern, geschweige denn einen Blick auf die Künste der Tänzerinnen und Tänzer zu erhaschen. In dem riesigen Theatersaal kehrte nicht die gewohnte erwartungsvolle Stille ein, stattdessen steigerte sich die bereits zuvor schwelende Unruhe.

Als sie es ihrer Freundin gleichtat und sich über die Logenbrüstung beugte, konnte sie beobachten, wie in der ersten Reihe des Parketts ein Mann aufsprang, seitlich am Orchestergraben entlanglief und hastig die Stufen zur Bühne erklomm. Er verschwand hinter dem Vorhang.

»Das war Igor«, sagte Misia erschrocken. Sie erhob sich und zog Helena mit sich. »Komm mit, wir müssen hinter die Bühne. Du auch!«, befahl sie dem verstörten Cocteau.

Gerade setzten unten im Orchestergraben die beunruhigend stampfenden Rhythmen der *Vorboten des Frühlings, Tanz der jungen Mädchen* ein. Die Unruhe im Parkett steigerte sich.

Misias Loge verfügte über eine Extratür, die über einen Gang und eine anschließende Treppe hinunter zur Bühne führte. Offensichtlich kannte Misia den Weg und wusste genau, wo sie hinwollte. Unbarmherzig zog sie Helena mit sich. Ihnen dicht auf den Fersen folgte Jean Cocteau, in dessen Gesicht sich Neugierde und Amüsement abzeichneten.

Vor und hinter der Bühne bot sich ihren erstaunten Blicken ein unübersichtliches Spektakel. Der Einzige, der in diesem Chaos die Ruhe behielt, war der Dirigent. Pierre Monteux zeigte keinerlei Reaktion. Weder schien es ihn zu interessieren, was sich direkt vor seinen Augen abspielte, noch zu kümmern, was hinter seinem Rücken geschah. Mit unerschütterlicher Ruhe hielt er das Orchester zusammen und dirigierte Strawinskys Partitur unerbittlich weiter.

Unterdessen begann sich das Publikum zu prügeln.

Wie aufgescheuchte Hühner flatterten wiederum die Tänzerinnen und Tänzer auf der Bühne hin und her. Offenbar versuchten sie, zu ihrer Choreografie, den hundertfach geprobten Schrittfolgen und ihrem Rhythmus zurückzufinden. Doch es wollte ihnen nicht gelingen.

Schließlich blieb einer der Tänzer einfach stehen, legte beide Hände an die Wangen, zog sie auseinander, bis sein Gesicht zu einer hässlichen Fratze entstellt war, und streckte die Zunge heraus. In Sekundenschnelle taten es ihm die anderen nach.

Das Publikum begann zu jaulen. Im Seitengang der Bühne hörte Helena einen Mann so brüllen, wie sie noch niemals jemanden hatte brüllen hören.

Helena spähte in den dunklen Gang und erkannte einen Tänzer, der sich anschickte, wutschnaubend auf die Bühne zu stürmen. Er wurde jedoch von einem anderen Mann daran gehindert, der ihn an seinem Trikot fest- und mit aller Kraft davon abhielt, sich auf seine Kollegen zu stürzen. Der Wutschrei des Festgehaltenen verwandelte sich jetzt in Wortfetzen, in denen Helena so etwas wie einen bestimmten Rhythmus erkannte.

»Das ist Nijinsky«, rief Misia hinter ihr. »Er versucht, seinen Kollegen den Takt einzuzählen!«

Die Tänzer standen immer noch am Bühnenrand und schnitten Grimassen. Das Publikum jaulte; einige junge Männer aus dem Publikum schickten sich sogar an, die Bühne zu erklimmen.

»Vorhang zu, Licht aus!«, brüllte eine zweite Stimme aus dem Hintergrund, während Nijinsky immer noch zählte.

»Der zählt ja auf Polnisch«, stellte Helena erstaunt fest.

»Er ist ja auch gebürtiger Pole«, schrie Misia hinter ihr, ebenfalls auf Polnisch. »So wie du und ich.«

»Licht wieder an!«, brüllte die andere Männerstimme.

»Das ist Sergej«, erklärte Misia nun wieder auf Französisch. »Sergej Djagilew, der Chef der gesamten Truppe.«

»Licht wieder aus!«, befahl dieser.

Die Beleuchter gehorchten in Sekundenschnelle.

»Licht an, Licht aus, Licht an, Licht aus!«

Helena flimmerte es durch den rasanten Lichtwechsel fast schon vor Augen. Aber sie erkannte, was Djagilew damit bezweckte: Er hoffte, das Publikum auf diese Weise zur Ruhe zwingen zu können.

»Vorhang auf!«, brüllte Djagilew.

Gleich darauf eröffnete sich dem Publikum der Blick auf die zu Salzsäulen erstarrten Tänzer. Zwei junge Männer waren drauf und dran, die Bühne hochzuklettern, doch zwei mutige Tänzer versetzten den unerwünschten Besuchern einige beherzte Fußtritte. Mit Wucht getroffen, kullerten sie in den Orchestergraben, aber die Musik spielte weiter.

Also nicht auf die Pauke gefallen, niemand verletzt, dachte Helena erleichtert und warf einen Blick auf den Dirigenten, der immer noch mit stoischer Ruhe dirigierte.

Einige Bühnenarbeiter kletterten flink in den Orchestergraben, um die unsanft gelandeten Besucher aufzuklauben. Am vorderen Bühnenrand bauten sich eilig herbeigerufene Feuerwehrleute mit grimmigen Mienen schützend vor dem Corps de Ballet auf. In geschlossener Reihe, mit vor der Brust verschränkten Armen, fixierten sie die Zuschauer. Die aber hatten am Geschehen auf der Bühne längst kein Interesse mehr. Das vornehme Pariser Premierenpublikum war nämlich inzwischen in eine Massenkeilerei verwickelt.

»Wie passend zu den *Spielen der rivalisierenden Stämme*«, kommentierte Misia atemlos.

Erst als sie Helena ein paar Tage später die Klavierfassung des *Frühlingsopfers* auf ihrem Flügel vorspielte und ihr die Partitur ihres Freundes Strawinsky sowie den uralten Mythos ausführlich erörterte, verstand diese, was ihre Freundin damit gemeint hatte.

Im Augenblick sah Helena nur, dass der Komponist den tobenden Nijinsky inzwischen fast im Würgegriff hatte.

»Vorhang zu, Arbeitsbeleuchtung an!«, war ein erneuter Befehl zu hören. »Eisernen Vorhang gleichfalls!« Rasselnd fuhr er herunter.

Feuerwehrleute und Tänzer lösten sich aus ihrer Erstarrung. Nur noch gedämpft drangen die Klänge des Orchesters bis nach hinten durch. Ein aufgeregtes Stimmengewirr erhob sich unter den Anwesenden. Strawinsky hielt Nijinsky immer noch fest umklammert.

»Du hast es versaut, du hast meine Musik zerstört!«, rief er außer sich. »Das war doch keine Choreografie, das war gar nichts, bloß unerträglicher Mist, den du da verzapft hast!« Seine Stimme überschlug sich vor Wut und Erregung.

Ein kleiner, dicklicher Mann trat aus dem Hintergrund auf Tänzer und Komponist zu.

»Igor, lass endlich meinen Jungen los!«, befahl er barsch.

Das musste Djagilew sein. Helena erkannte ihn von den zahlreichen Fotos aus den über ihn und seine *Ballets Russes* erschienenen Artikeln.

Nur widerwillig leistete Strawinsky der Aufforderung des Impresarios, der auch sein Auftraggeber war, Folge. Nijinsky riss sich los und warf sich Djagilew schluchzend an den Hals. Er wurde von einem Weinkrampf geschüttelt.

Sanft strich Djagilew ihm über den Rücken und sprach beruhigend auf ihn ein. Helena verstand sogar einige seiner zärtlichen Koseworte. Sie drehte sich vorsichtig um und bemerkte, wie einige der Tänzer auf Zehenspitzen den Rückzug antraten.

»*Deinen Jungen?!* Dein Junge hat mir MEINE heutige Premiere, MEINE Uraufführung versaut«, schrie Strawinsky außer sich.

»Nicht deine Uraufführung, *unsere* Uraufführung«, korrigierte der Impresario den wütenden Komponisten.

»Es ist MEINE Musik«, keifte Strawinsky.

Helena hatte bisher nicht gewusst, dass Männer auch keifen konnten.

Der immer noch an der Schulter seines Freundes weinende Nijinsky hob den Kopf. Die Bühnenschminke hatte sein Gesicht verschmiert, sodass es nur noch eine groteske Maske darstellte.

»Aber MEINE Choreografie«, schluchzte der Tänzer.

»Entzückend!«, murmelte Jean Cocteau ergriffen.

»Der du überhaupt nicht gewachsen warst«, giftete Strawinsky. »Ein Skandal, ein Riesenskandal!«, begann er zu jammern. »Meine Karriere ist für immer ruiniert.«

Helena bemerkte, wie Misia neben ihr tief durchatmete und die Schultern straffte.

»Das sehe ich längst nicht so«, sagte sie und trat einen Schritt vor.

Cocteau huschte sofort an Helenas Seite.

»Es ist aber ein Skandal«, flüsterte er ihr ins Ohr.

Wie gebannt beobachtete er den immer noch um Fassung ringenden Tänzer. Er konnte Nijinsky offenbar nicht aus den Augen lassen.

»Igor, du bist jetzt endlich still«, wandte sich Misia entschieden an den schimpfenden Komponisten. »Vaslav hat eine wunderschöne Choreografie erarbeitet. Davon haben wir uns während der vorherigen Proben alle ein Bild machen können. Sie waren doch überaus gelungen.«

»Zu gelungen«, flüsterte Cocteau an Helenas Seite. »Da musste die Premiere doch schiefgehen. Uraltes Bühnengesetz.«

»Vaslav, du versuchst dich jetzt erst einmal zu beruhigen. Geh in deine Garderobe, und wasch die Schminke ab. Ich habe jemanden mitgebracht, der dir dabei behilflich sein kann.«

»Ich benötige doch keine Hilfe beim Abschminken«, schniefte der berühmte Tänzer.

»Dann vielleicht die Damen der Compagnie. Helena, komm doch mal her!«

Misia winkte ihre Freundin zu sich heran. Diese trat befangen näher.

»Das ist Helena Rubinstein. Sie ist gewillt, euch in Zukunft im Rahmen ihrer ganz besonderen Fähigkeiten bei eurer Arbeit zu unterstützen, nicht wahr, Helena?« Beschwörend schaute Misia sie an.

Helena hatte zwar keine Ahnung, was genau ihre Freundin damit meinte, nickte aber vorsichtshalber. Sie vertraute ihr. Misia wusste sicher, was sie mit dieser seltsamen Ankündigung bezweckte. Und wenn es nur dazu diente, die verstörte Truppe von dem augenblicklichen Debakel abzulenken.

Draußen vor dem Vorhang war die Musik inzwischen verstummt. Ein Feuerwehrmann trat aus dem Hintergrund hervor und flüsterte Djagilew etwas ins Ohr. Der lauschte, nickte und räusperte sich.

»Das Publikum hat den Saal inzwischen fast vollständig verlassen. Unseren Feuerwehrleuten ist es auch gelungen, die Massenprügelei aufzulösen«, rief er und klatschte in die Hände. »Vorhang hoch!«

Beflissen befolgten die Bühnenarbeiter seinen Befehl.

Mit einem Schlag wurde der leere Theatersaal sichtbar. Der Dirigent stand immer noch an seinem Pult und schaute nun erwartungsvoll zur Bühne empor.

»Bravo, Maestro!«, rief Misia und trat an den Bühnenrand. »Wie Sie es geschafft haben, heute Abend die Zügel nicht aus der Hand zu geben, sondern Ihr Orchester souverän bis zum Ende dieser schwierigen Partitur zu führen … meinen tief empfundenen Respekt!« Sie warf ihm eine Kusshand zu.

Pierre Monteux verneigte sich und wies hinunter in den Orchestergraben. Die Musiker klopften auf ihre Notenpulte. Oben auf der Bühne begannen die noch verbliebenen Anwesenden zu klatschen.

»Ein Skandal«, jammerte Strawinsky immer noch.

»Besser ein Skandal, als nicht beachtet zu werden«, entgegnete Misia trocken.

»Aus so mancher misslungenen Uraufführung hat sich später ein Durchbruch entwickelt. Das wage ich auch für *Le sacre du Printemps* zu prophezeien«, raunte Jean Cocteau.

Dieser vorwitzige junge Mann bildete sich wohl ein, über seherische Fähigkeiten zu verfügen. Helena wusste nicht, ob er ihr sympathisch oder unsympathisch war. Er schien jedenfalls sehr von sich überzeugt zu sein.

»Ein Skandal«, schluchzte Nijinsky und wischte sich mit einer theatralischen Geste die Schminke aus dem Gesicht. Nun suchte er tatsächlich Helenas Blick. Ob er sich Hilfe von ihr erhoffte?

Helena lächelte dem Tänzer verhalten zu und nickte diskret.

»Ein wunderschöner Skandal«, bestätigte Sergej Djagilew und tätschelte seinem Schützling den Rücken.

Helena hätte schwören können, dass es ein triumphierendes Glitzern war, das seine Augen zum Leuchten brachte.

Kapitel 24

Paris 1913

»Zeit für uns, das Schlachtfeld zu verlassen.« Misia hakte Helena unter und zog sie mit sich. »Jetzt ist mir wirklich nach einem schönen Glas Champagner.« Sie schickte sich an, den Rückweg zu ihrer Loge anzutreten. »Draußen wartet mein Chauffeur, der uns zu meiner Wohnung bringen wird. Ich habe meinen Diener angewiesen, uns für heute Abend einige Flaschen kalt zu stellen. Einen kleinen Imbiss habe ich auch schon vorbereiten lassen.«

»Darf ich mich den beiden Damen anschließen?«, bat Jean Cocteau und trat hastig näher.

»Aber selbstverständlich, mein Lieber.« Misia lachte. »Ich bin davon ausgegangen, dass du meine Gesellschaft nicht missen magst. Wir haben uns ja immer etwas zu erzählen.«

»Madame Rubinstein?«, hörte Helena eine heisere Stimme hinter sich.

Sie drehte sich erstaunt herum. Vor ihr stand eine ungewöhnlich hochgewachsene Dame und schaute sie aus großen Augen an.

»Ja, was ist?« Helena musste sich fast ein bisschen recken,

um ihr ins Gesicht sehen zu können. Es war ein wunderschönes Gesicht.

»Ich heiße auch Rubinstein«, sagte die junge Frau. »Mein Name ist Ida Rubinstein.«

»Ach«, entfuhr es Helena überrascht.

»Stammen Sie auch aus Charkow? Dort wurde ich geboren, aber aufgewachsen bin ich in St. Petersburg«, fuhr die Fremde fort.

»Aha, nun ja, ich komme ursprünglich aus Krakau, aber meine Heimat ist inzwischen Melbourne in Australien. Nein, jetzt eigentlich London, wo meine beiden Söhne geboren wurden und …«

Helena verhedderte sich. Sie wusste in diesem Moment selbst nicht so recht, wo sie mittlerweile hingehörte. Zumal Edward und sie sich gemeinsam mit den beiden Söhnen längst auch ein Domizil in Paris eingerichtet hatten.

»Dann werden wir wohl kaum miteinander verwandt sein«, stellte Ida Rubinstein fest. Sie wirkte fast ein wenig enttäuscht.

»Nun ja, es scheint viele Rubinsteins auf dieser Welt zu geben«, entgegnete Helena ein wenig lahm.

Erst jetzt hatte Misia die Fremde entdeckt.

»Ida, meine Ida!«, rief sie, stürzte sich auf sie, riss sie in die Arme und küsste sie überschwänglich. In einem Mischmasch aus Französisch, Polnisch und Russisch überschüttete sie die schöne junge Frau mit Koseworten.

Helena kannte inzwischen den Überschwang ihrer Freundin, beobachtete diese Szene aber dennoch ein wenig befremdet.

»Helena, Liebste, wie konnte ich nur vergessen, dass du eine Namensvetterin im Corps hast?«, rief sie. »Darf ich vorstellen: unsere Scheherazade und Kleopatra. Nicht zu vergessen die verführerischste Salomé, die jemals auf der Bühne getanzt hat: Ida Rubinstein, Primaballerina der *Ballets Russes*!«

»Ehemalige Primaballerina«, verbesserte Ida. »Du weißt doch, dass ich schon längst meine eigene Kompanie gegründet habe.« Sie hatte eine auffallend tiefe Stimme, so wie sie insgesamt eine auffallende Erscheinung war.

»Ach ja, das hätte ich fast vergessen, weil ich dich immer noch als unvergleichliche Salomé oder Scheherazade vor Augen habe. Magst du dich uns anschließen? Wir sind gerade auf dem Weg zu mir nach Hause. Ich habe alles für ein kleines Mitternachtssouper vorbereitet. Zum Champagner lasse ich frischen Kaviar mit Blinis servieren.«

»Kaviar mit Blinis?«, wiederholte Ida Rubinstein. »Das erinnert mich an mein Zuhause in St. Petersburg.« Ein wehmütiger Ausdruck trat in ihr Gesicht. »Wie lange war ich nicht mehr dort.«

»Keine falsche Sentimentalität«, sagte Misia bestimmt.

»Ich habe aber Heimweh«, gestand die Tänzerin.

»Dagegen lässt sich etwas tun.«

»Was denn?«

»Du nimmst Russland einfach in den Tourneeplan deiner neuen Truppe auf. Djagilew wird nicht böse sein, wenn du dich für einige Monate aus seinem Wirkungskreis entfernst«, behauptete Misia augenzwinkernd, hakte Ida Rubinstein kurz entschlossen unter und zog sie mit sich.

»Das ist eine gute Idee, das plane ich in der Tat. Glaubst du, Sergej empfindet mich mit meiner Truppe schon als Konkurrenz?«, vergewisserte sich Ida interessiert. »Das würde mein kleines Corps als großes Kompliment betrachten.«

Misia lachte. »Ach, Ida, du weißt doch, wie sie sind, unsere Künstler. Sergej hält sich für einen genialen Impresario und Nijinsky für den größten Tänzer aller Zeiten. Nichtsdestotrotz wittern sie überall Rivalen.« Sie schickte sich zum Gehen an, warf aber noch einen Blick über die Schulter zurück. »Kommt ihr beiden?«, rief sie ungeduldig. »Ich kann meinen Chauffeur nicht länger warten lassen.«

Auf dem Weg zum Wagen erfuhr Helena von Jean Cocteau weitere Details über den beruflichen Werdegang ihrer schönen russischen Namensvetterin.

»Sie war die erste Tänzerin, die ohne richtige Ausbildung bei den *Ballets Russes* aufgenommen wurde. Sie ist immer eine Dilettantin geblieben, hält sich aber selbst für begnadet«, erzählte er eifrig. »Strawinsky hat einmal über sie gesagt, sie sei die dümmste Frau, die ihm jemals begegnet ist.«

»Also diesen Eindruck macht sie nun wirklich nicht«, entfuhr es Helena. Dieser Strawinsky schien ja ein ganz besonders überheblicher Kerl zu sein.

»Ach ja, Sie wissen doch, diese Künstler ...« Cocteau seufzte.

Von diesem Menschenschlag konnte sich Helena noch am selben Abend einen umfassenden Eindruck verschaffen. Misias kleines »intimes Mitternachtssouper« entpuppte sich bei Ankunft in deren hochherrschaftlicher Wohnung als eine große Abendgesellschaft, bei der sich freie Künstler wie Maler, Musiker, Schauspieler und Sänger mit den Mitgliedern der französischen Hautevolee und etlichen Angehörigen des europäischen Hochadels bunt vermischten. An dem großen Steinway-Flügel im Musiksalon saß ein Mann und klimperte versunken vor sich hin.

»Das ist Claude Debussy«, flüsterte der allwissende Cocteau Helena ins Ohr. »Der neidet Igor heute Abend bestimmt diesen Skandal. Oooooh«, stieß er plötzlich überrascht hervor. »Da ist ja Sarah. Ich muss unbedingt etwas mit ihr bereden.«

Damit war natürlich die berühmte Schauspielerin Sarah Bernhardt gemeint. Mit Aplomb und leutseligem Nicken hatte sie soeben ihren Auftritt in dieser Abendgesellschaft, die ihr pflichtschuldig Beifall zollte, absolviert. Helena musterte sie verstohlen.

Dass diese Bühnenmenschen einfach nicht begreifen können, wie unvorteilhaft ihre Theaterschminke in normaler Umgebung wirkt, dachte sie unwillig.

Trotz der schummrigen Kerzenbeleuchtung in Misias Räumen wirkte Sarah Bernhardts Gesicht unnatürlich grell, mehr eine Maske als das Gesicht einer Frau. Sie war ja auch nicht mehr die Jüngste. Ein dezentes Make-up hätte ihr viel besser gestanden.

Am liebsten hätte sich Helena jetzt in eine Ecke verzogen, um das Geschehen zu beobachten und ihre Schlüsse zu ziehen. Aber Misia hatte andere Pläne. Sie war fest entschlossen, ihrer Freundin, deren Kundin sie selbstverständlich längst war, die Tür in die beste französische Gesellschaft aufzustoßen. Und nicht nur das …

»Halte dir auf jeden Fall Ida Rubinstein warm«, raunte sie Helena hinter ihrem Fächer zu. »Sie gehört zur allerfeinsten St. Petersburger Gesellschaft und plant demnächst, wie du gehört hast, ihre erste große Russland-Tournee. Gerade erst hat sie ihre Maskenbildnerin verloren, weil die mit einem englischen Lord durchgebrannt ist. Ich habe ihr empfohlen, sich an dich zu wenden.«

»An mich?«, fragte Helena verdutzt.

»Ich habe ihr auch erzählt, dass du gerade dabei bist, eine ganz spezielle Produktlinie für Bühnenschminke zu entwickeln«, fuhr Misia fort.

»Das stimmt doch gar nicht«, protestierte Helena.

»Das muss Ida ja nicht wissen«, entgegnete Misia leichthin.

»Stell dir vor, Misia hat doch gestern Abend tatsächlich herumerzählt, dass ich neben Pflegeprodukten auch Schminkpräparate herstelle«, sagte Helena am nächsten Morgen zu Edward. Sie war immer noch entrüstet.

Während sie frühstückten, hatte sie ihrem Mann von dem Skandal im Theater berichtet und geschildert, wem sie bei Misia in der Wohnung alles vorgestellt worden war.

Edward lachte Tränen bei den Schilderungen seiner Frau.

»Zu schade, dass ich nicht dabei gewesen bin. Aber ich war ja leider nicht eingeladen.«

»Ja, du hast wirklich etwas versäumt. Und stell dir vor, Ida hat mich beim Abschied gefragt, ob ich sie und ihre Truppe nicht ein paar Wochen auf ihrer Tournee begleiten könnte.« Mit einer Mischung aus Entrüstung und Verwirrung schaute Helena zu ihrem Mann, der gerade sein Frühstücksei aufklopfte.

»Warum nicht?«, erwiderte er gelassen. »Das wäre doch wieder einmal eine ganz neue Erfahrung für dich.«

»Ich kann doch das Geschäft nicht monatelang alleine lassen«, fuhr Helena auf.

Edward schaute sie stumm an.

»Und die Familie auch nicht«, setzte Helena hastig hinzu. »Horace beginnt schließlich gerade zu krabbeln. Neulich hat er schon richtig Mama zu mir gesagt.«

»Für mich hörte es sich mehr wie Papa an«, widersprach Edward.

»Nein, es war Mama«, behauptete Helena.

»Vielleicht auch Nanny?«

»Gut, einigen wir uns auf Nanny.«

Edward runzelte die Stirn. So kompromissbereit kannte er seine Frau gar nicht.

»Ich habe da noch eine andere Idee«, dachte diese laut. »Da Ida Rubinstein gewillt ist, mir die Türen der feinen St. Petersburger Gesellschaft aufzustoßen, werde ich mir die Gelegenheit nicht entgehen lassen, sondern im nächsten Herbst nach St. Petersburg reisen. Stell dir vor, ich könnte die Zarin und etliche andere Romanovs als Kundschaft gewinnen. Alexandra hat eine sehr trockene Haut.«

»Woher willst du das denn wissen?«

»Das ist schon auf den Fotos zu erkennen. Und dann ihre hübschen Töchter mit ihrem Blütenteint«, schwärmte Helena. Sie faltete ihre Serviette zusammen und erhob sich. »Aber ein Schritt nach dem anderen.«

»Welches wäre der erste Schritt?«, erkundigte sich Edward interessiert.

»Ich werde tatsächlich eine Produktlinie für Theaterschminke entwickeln.«

»Wo denn? Hier in Paris oder mit Dr. Emmy in London?«

»Nein, das ist alles viel zu klein. Ich werde draußen in Saint-Cloud ein großes Labor bauen lassen.«

Diese Anlage wurde tatsächlich innerhalb weniger Monate vor den Toren von Paris errichtet. Inspiriert von Misias Bluff, kreierte Helena in ihrem neuen hochmodernen Labor ihre erste eigene Make-up-Linie.

Schwere Theaterschminke war für den alltäglichen Gebrauch denkbar ungeeignet. Nicht zuletzt bewiesen das die gesellschaftlichen Auftritte von Sarah Bernhardt, deren Gesicht immer etwas Maskenhaftes hatte. Warum aber nicht ein dezentes Make-up entwickeln, das die Damen auch tagsüber tragen konnten?

Sich zu schminken war für »anständige« Frauen in jenen Jahren verpönt. Es blieb Schauspielerinnen und Tänzerinnen vorbehalten. In den sogenannten besseren Kreisen wurden diese Frauen immer noch mehr oder minder als Prostituierte angesehen.

Entsprechend entsetzt hatte ihre Familie reagiert, als es die junge Ida Rubinstein so unwiderstehlich auf die Bühne gezogen hatte. Das hatte sie Helena noch am Abend ihrer ersten Begegnung erzählt, verbunden mit der Einladung, sie auf ihrer anstehenden Tournee zu begleiten und ihre Familie in St. Petersburg zu besuchen.

Für die Umsetzung ihrer Pläne zog Helena ihren Freund Paul Poiret zurate. Mit seinem ausgeprägten Sinn für Farben und Formen könnte er ihr bestens behilflich sein.

Poiret war von ihrer Idee hellauf begeistert. Bei seiner nächsten großen Modenschau, die er wie üblich als ein rauschendes Fest zelebrierte, trugen seine Mannequins nicht nur seine farbenfreudigen Kreationen, sondern zeigten auch das neue Make-up der Firma Rubinstein, dezent, aber unübersehbar. In den folgenden Wochen stürmte die Pariser Damenwelt Helenas Salon mit dem dringenden Wunsch, sich im Anschluss an eine pflegende Behandlung eine dekorative Verschönerung angedeihen zu lassen.

So hätte es ewig weitergehen können. Sowohl in London als auch in Paris hatte sich Helena etabliert, sich nicht nur im geschäftlichen, sondern auch im gesellschaftlichen Bereich Anerkennung verschafft. Sie genoss Zutritt zu den feinsten Kreisen, mischte sich aber auch gerne unter die zahlreichen Künstler, Maler, Bildhauer, Schauspieler und Sänger, zu denen es ihren Mann hinzog.

Er war es auch, der ihr Jacob Epstein vorstellte, einen Künstler, der sie erstmals auf die afrikanische Kunst aufmerksam machte. Schon beim Anblick der ersten Skulptur war Helena fasziniert und kaufte sie auf der Stelle. Unter Epsteins kundiger Anleitung begann sie, systematisch ihre erste Kunstsammlung aufzubauen. Wertvolle Kunstgegenstände ihr Eigen zu nennen bereitete ihr noch mehr Freude, als Schmuck zu kaufen, stellte sie überrascht fest.

Kapitel 25

Cannes 1914

Dem noch 1913 gefassten Plan, sich Ende des folgenden Jahres nach St. Petersburg zu begeben, um sich dort Zugang zur feinen russischen Gesellschaft zu verschaffen, schob der Lauf der Weltgeschichte einen dicken Riegel vor.

Der gewaltsame Tod des österreichisch-ungarischen Thronfolgers riss nicht nur Europa aus seinen sommerlichen Träumen, die ganze Welt hielt nach dem Attentat von Sarajewo am 28. Juni 1914 einen Monat lang den Atem an. Die Familie Rubinstein befand sich zu dieser Zeit mit ihrem gesamten Tross zur Erholung an der Côte d'Azur.

Edward zeigte sich zutiefst beunruhigt ob der politischen Lage. Jeden Morgen studierte er mit gerunzelter Stirn die Zeitungen. Noch nicht einmal seine beiden Söhne konnten ihn davon ablenken.

Der vierjährige Roy war ein stilles, in sich gekehrtes Kind, das seinen Vater kaum einmal aus den Augen ließ. Auch während Edwards Zeitungslektüre verharrte Roy still an seiner Seite und wartete geduldig, bis sein Vater sich endlich wieder seiner Gegenwart besann und das Wort an ihn richtete.

Ganz anders der mittlerweile zweijährige Horace, ein niedlicher kleiner Junge mit einem unwiderstehlichen Charme, den er schon jetzt gezielt einzusetzen verstand. Damit wickelte er seine gesamte Umgebung um den kleinen Finger. Ein Lächeln von Horace, und seine Mutter schmolz dahin. Die Nanny, die nach wie vor zum Hausstand der Rubinsteins gehörte, war sowieso und nur noch seine ergebene Dienerin. Der Einzige, der sich in diesen heißen Sommermonaten im Süden Frankreichs auch einmal Zeit für den stillen Roy nahm, war sein Vater.

Aber am Morgen des 1. August 1914 hatte auch er keine Augen für dessen schüchterne Annäherungsversuche. Die Familie saß beim gemeinsamen Frühstück in der Suite des *Majestic Hotel*, in dem sie sich für die Sommermonate einquartiert hatte, als von der Straße der laute Ruf eines Zeitungsjungen hereindrang.

Edward sprang auf, stieß versehentlich seinen Sohn beiseite, lief zur Balkontür und riss sie auf.

»Allgemeine Mobilmachung, allgemeine Mobilmachung in Frankreich und Deutschland, allgemeine Mobilmachung zum 1. August«, war der Ruf von unten nun deutlich zu verstehen.

»Was soll das?«, fragte Helena unwillig. Sie studierte gerade die neuesten Modemagazine, achtete genau darauf, wo und wie ihre Anzeigen für die neue Make-up-Linie platziert waren.

»Krieg, das bedeutet Krieg!«, sagte Edward aufgeregt.

»Wir müssen hier weg, so schnell wie möglich, zurück nach Hause!«

»Welches Zuhause? Paris oder London?«, erkundigte sich Helena ungehalten. Sie war lange nicht so beunruhigt wie ihr Mann, sondern fühlte sich gestört. Was gingen sie die politischen Querelen der Großmächte an?

Edward betrachtete sie. Helena wurde unwohl unter seinem eindringlichen Blick.

»Also wohin?«, fragte sie ungeduldig. »Wo können wir uns in Sicherheit bringen?«

»Wo gibt es heutzutage schon Sicherheit?«, fragte Edward seufzend.

»Jetzt wirst du mir ein bisschen sehr philosophisch. Also, wohin willst du?«

»Fragst du, wo ich am liebsten hinwill, oder was am besten wäre?«, fragte er zurück.

»Also, wenn du dich nicht entscheiden kannst, fahren wir erst einmal nach Paris«, entschied Helena.

Als noch am gleichen Abend der deutsche Kaiser Wilhelm Russland den Krieg erklärte, begriff Helena, dass sie ihre Pläne, nach Russland zu expandieren, ad acta legen konnte.

Unruhig marschierte Helena im Salon ihrer Hotelsuite auf und ab. Auf keinen Fall wollte sie von ihrem Vorsatz, sich geschäftlich weiterzuentwickeln, Abstand nehmen. Die neueste politische Entwicklung hatte ihr den Weg in Richtung Osten versperrt, also musste sie wohl oder übel eine andere Richtung einschlagen. Vielleicht eine vollkommene Kehrtwendung in Richtung Westen?

Nach Amerika?

War sie nicht Amerikanerin? Eigentlich war es Helena gleichgültig, welche Staatsangehörigkeit sie besaß. Geografisch geborene Polin, von Herkunft her Jüdin, Österreicherin laut Eintrag des Krakauer Standesamts, Australierin auf eigenen Wunsch seit 1907, war sie aufgrund ihrer Heirat mit Edward W. Titus inzwischen Amerikanerin geworden.

Wie ein Blitzschlag überfiel sie diese Erkenntnis. Dann sollte es doch auch in dieser brenzligen politischen Situation kein Problem für sie sein, nach Amerika zu reisen.

Ich muss.

Ich will.

Ich werde.

So lautete schließlich ihr persönliches Credo, das Helena sich in brenzligen Situationen stets ins Gedächtnis rief.

Ich muss meine Familie in Sicherheit bringen.

Ich will geschäftlich weiterkommen.

Ich werde so schnell wie möglich nach Amerika reisen.

So lautete das Fazit ihrer Überlegungen am Abend des 3. August 1914.

»Wir fahren morgen zurück nach Paris«, verkündete sie.

»Und dann?«, wollte Edward wissen.

»Buche ich die nächste Schiffspassage nach New York.«

»Und dann?«

»Sehen wir weiter.«

Kapitel 26

New York 1914

Helena schlug den Kragen ihres Pelzmantels hoch und zog ihren Nerz noch ein bisschen fester um die Schultern. Sie fröstelte. Mitte Oktober konnte es in New York empfindlich kalt sein, besonders in so einer zugigen Hafeneinfahrt.

Wieder einmal stand sie an Deck eines Schiffes, das sie in eine andere Welt, auf einen anderen Kontinent brachte. Wie die meisten der Passagiere hatte sie am frühen Morgen ihre Kabine verlassen, als die *RMS Baltic* sich anschickte, im New Yorker Hafen einzulaufen und dabei die Freiheitsstatue zu passieren. Auch Helena erwies der Freiheitsstatue die ihr gebührende Referenz und verfiel in stummes Staunen, als sie die Skyline von Manhattan erblickte. Unter einem gleißend blauen Himmel zeichnete sich die dunkle Silhouette der Wolkenkratzer wie ein scharfer Scherenschnitt ab. Helena hatte bereits viel gehört und gelesen von der modernen amerikanischen Architektur, aber als sie diese zum ersten Mal in natura erblickte, empfand sie diesen Anblick als überwältigend und einschüchternd zugleich.

Und wie stets, wenn etwas Helena einzuschüchtern drohte, regte sich prompt ihr Widerspruchsgeist. Was bislang nur unausgesprochen in ihrem Hinterkopf herumgespukt hatte, fasste sie nun in einem festen Vorsatz zusammen: Sie würde dieses fremde Land, ein ihr unbekanntes Terrain, erobern, und zwar mit den ihr eigenen Mitteln und ihrer unverwüstlichen Energie.

Seit drei Monaten befand sich Europa mittlerweile im Kriegszustand. Das begeisterte Hurrageschrei, mit dem die jungen Männer der beteiligten europäischen Nationen in dem festen Glauben, Weihnachten längst wieder zu Hause bei ihren Liebsten zu sein, in den Krieg gezogen waren, war schon erheblich leiser geworden. Man begann zu ahnen, dass sich dieser Krieg viel länger hinziehen würde als vermutet.

Auch die Zivilbevölkerung musste bereits im Herbst 1914 lernen, sich mit Einschränkungen abzufinden. Wenige Wochen nach der Mobilmachung waren in Frankreich sämtliche Zivilfahrzeuge für den militärischen Gebrauch konfisziert worden.

Edward hatte einige Tage gemault, nachdem ein junger Offizier in seinem geliebten Sedan davongefahren war. Fortan musste er wieder die Dienste eines Droschkenkutschers in Anspruch nehmen oder gar die Métro nutzen.

Helena hatte in diesen Wochen überhaupt keine Zeit, sich über derlei zu echauffieren. Nach ihrer hastigen Rückkehr nach Paris war das Ehepaar Rubinstein-Titus in seltener Einigkeit übereingekommen, so schnell wie möglich in die Vereinigten Staaten zu übersiedeln. Schließlich waren sie doch alle vier Amerikaner!

Helena sollte die Vorhut bilden, während Edward noch einige Zeit die Stellung in Paris halten würde – so lange, bis der dortige Hausstand aufgelöst und eine passende Schiffspassage für den großen Familientross gefunden wäre.

Die Führung des Pariser Salons wurde Helenas Schwester Paulina überlassen. Krieg hin oder her, das Schönheitsbedürfnis der französischen Frauen blieb ungebrochen, und Helena dachte gar nicht daran, einen ihrer florierenden Salons zu schließen.

Mittlerweile durfte sie fünf solcher Läden auf zwei verschiedenen Kontinenten ihr Eigen nennen und mehrere Hundert Mitarbeiter auf der Gehaltsliste ihres Unternehmens verzeichnen. Dazu kamen jedes Jahr steigende Umsatzzahlen. Bislang sah es nicht danach aus, als würde sich das nach Kriegsausbruch so schnell ändern.

Geschäft blieb Geschäft, doch privat wollte Helena ihre engste Familie so schnell wie möglich aus der Gefahrenzone herausbekommen. Was das anging, war sie sich mit ihrem Mann so einig wie selten.

Mitte September fuhr sie mit dem Zug nach Calais, setzte wieder einmal mit der Fähre nach Dover über und fuhr von dort aus nach London. In der Roehampton Lane veranlasste sie alle erforderlichen Maßnahmen für ihre Übersiedlung auf die andere Seite des Atlantiks. Wo genau sie sich niederlassen würde, wusste sie noch nicht. Die Weiterführung des Salons in der Grafton Street überließ sie ihrer Schwester Manka und der tüchtigen Rosa Hollay, einer englischen Mitarbeiterin, die Helena sich in den vergangenen Jahren bewusst nach ihren Vorstellungen herangezogen hatte.

Danach fuhr sie nach Liverpool, um sich im dortigen Hafen auf der *RMS Baltic* nach New York einzuschiffen. Anders als bei ihrer ersten großen Schiffsreise war sie diesmal nicht völlig auf sich alleine gestellt. Aus der Schar ihrer ergebenen Dienstboten dies- und jenseits des Ärmelkanals pickte sie sich kurz entschlossen die flinke Philine heraus und ernannte sie zu ihrer persönlichen Kammerzofe, die sich fortan Tag und Nacht um ihre Garderobe zu kümmern und mit Argusaugen die große runde Lederbox zu bewachen hatte, in der sich »Madames« wertvoller Schmuck befand.

Philine fiel die Kinnlade herunter, als Helena ihr den Vorschlag, der eher einem Befehl entsprach, unterbreitete. Zeit, sich das Angebot zu überlegen oder es gar abzulehnen, blieb ihr nicht, denn Helena deckte sie sofort mit so viel Arbeit ein, dass sie gar nicht zum Nachdenken kam.

Für die Zofe buchte Helena eine bescheidene Kabine unter Deck, während sie selbstverständlich eine Luxuskabine für sich und ihre zahlreichen Gepäckstücke beanspruchte. Während der einwöchigen Überfahrt blieb Helena meist in ihrer Suite, wo sie endlich einmal Zeit und Muße hatte, ihre Situation zu überdenken. Im Vergleich zu ihrem ersten großen Aufbruch vor nunmehr zwanzig Jahren kam ihr die damalige Seereise fast unbeschwert vor.

Nun ja, damals war sie ein junges Mädchen gewesen, das zwar voller Ängste und Unsicherheiten steckte, aber dennoch von Unternehmungslust und Neugierde angetrieben wurde. Zu jener Zeit war sie frei und ungebunden gewesen, erleichtert, der unerwünschten Heirat endgültig entronnen zu sein, und stolz auf ihre hartnäckig erkämpfte Unabhängigkeit.

Eine Getriebene war Helena auch mit Mitte vierzig noch. Darüber hinaus ruhten jedoch die riesige Last eines erfolgreichen Unternehmens und die Verantwortung für eine große Familie auf ihren Schultern. Deshalb zu klagen gestattete sie sich nicht, aber manchmal fühlte sich all das ganz schön schwer an. Die Überfahrt auf der *Baltic*, die einmal als das größte Schiff der Welt gegolten hatte, hatte daher wenig mit Helenas zwanzig Jahre zurückliegender, monatelanger Reise auf die andere Seite der Weltkugel zu tun.

An Bord der *Baltic* befanden sich meist Amerikaner, die es nach Kriegsausbruch eilig hatten, nach Hause zu kommen. Auswanderer gab es dieses Mal nur wenige. Die Passagiere der ersten Klasse bekamen sie wie üblich gar nicht zu Gesicht. Helena erfuhr von ihnen ausschließlich durch Philine, die sie in diesen Tagen zwei-, dreimal zum Fünfuhrtee in ihre Kabine einlud – zum einen, um ein bisschen Gesellschaft zu haben, zum anderen, um das weitere Prozedere in New York zu besprechen. Ansonsten suchte Helena bewusst keinen Kontakt zu den anderen Passagieren. Stattdessen nutzte sie die Zeit, um endlich einmal ihre private Korrespondenz aufzuarbeiten und einen langen Brief an ihre Freundin Lilith in Wiesbaden zu schreiben.

Zudem herrschte eine gedrückte Stimmung an Bord,

von der sich Helena nicht anstecken lassen mochte. Der Untergang der *Titanic*, die von Southampton aus fast die gleiche Route durch den St. Lorenzstrom genommen hatte, lag gerade erst zwei Jahre zurück. Wie eine dunkle Wolke hing die Erinnerung an diese Tragödie über den Köpfen der Schiffspassagiere.

Hinzu kam die Bedrohung, die von den deutschen U-Booten ausging. Die Deutschen hatten bereits am 22. September drei britische Panzerkreuzer versenkt und würden wohl auch keine Skrupel haben, zivile Schiffe zu attackieren. So zumindest die Spekulationen an Bord. Vergeblich versuchte der Kapitän mit seinen Offizieren, gegen derlei Gerüchte anzusteuern. Jedes Dementi, jegliche sachliche Information in Gesprächen während der gemeinsamen Mahlzeiten im Speisesaal heizte die brodelnde Gerüchteküche nur noch mehr an.

Die Besatzung der *Baltic* war schließlich geradezu dankbar, als ein Sturm aufkam und die seekranken Passagiere in ihre Kabinen verbannte. Nun konnten sie ungestört ihren Dienst verrichten und mussten nicht mehr hysterische Ladys oder deren wütend über die barbarischen Deutschen schimpfende Gatten besänftigen.

Umso erlösender war nun nach einer Woche auf meist stürmischer See der Anblick der Freiheitsstatue, das generöse Geschenk der französischen Nation an die Vereinigten Staaten zum Jubiläum ihrer Unabhängigkeit.

Mit ihrem amerikanischen Pass blieb Helena die demütigende, manchmal stundenlang andauernde Prozedur der

Einwanderungsbehörden von Ellis Island erspart. Die Zollbeamten blätterten nur einmal flüchtig durch ihren Ausweis und waren beeindruckt von ihrem umfangreichen Gepäck sowie der hübschen Zofe, die krampfhaft Helenas lederne Schmuckschatulle festhielt. Obwohl Philine keinen amerikanischen Pass, sondern nur einen zerfledderten französischen Ausweis vorweisen konnte, winkte man sie einfach durch. Hier ging eine reiche Lady von Bord, und die benötigte nun einmal Personal.

Wohlhabende Menschen waren in New York immer willkommen. Denn wo bereits Geld war, konnte nur weiteres Geld hinzukommen. In der amerikanischen Metropole wusste und schätzte man das.

Als Helena an diesem 16. Oktober 1914 zum ersten Mal amerikanischen Boden betrat, war sie froh, Europa und seine Kriegswirren hinter sich zu lassen. Noch war ihr nicht bewusst, dass sie sich auf einem Territorium befand, das eine andere Unternehmerin schon lange für sich beanspruchte. In den Vereinigten Staaten galt Elizabeth Arden als die Königin der Kosmetikindustrie. Ohne es zu wissen, betrat Helena Feindesland.

New York, 31. März 1965

Bis heute war Helena Rubinstein Elizabeth Arden niemals persönlich begegnet. Beide waren sie seit Jahrzehnten im gleichen geschäftlichen Bereich tätig. Als Inhaberinnen zweier Kosmetikkonzerne von Weltrang und international anerkannte Unternehmerinnen bewegten sie sich in denselben gesellschaftlichen Kreisen von New York, London und Paris. Dennoch waren sich die gebürtige Kanadierin Elizabeth Arden und Helena Rubinstein, die sich selbst am liebsten als Weltbürgerin bezeichnete, stets aus dem Weg gegangen.

Seit Helena zu Beginn des Ersten Weltkriegs zum ersten Mal amerikanischen Boden betreten hatte, um auch auf diesem Kontinent geschäftlich zu expandieren, befanden sich die beiden Frauen in einem erbitterten Konkurrenzkampf miteinander, der nunmehr ein halbes Jahrhundert währte. Die bereits etablierte Elizabeth Arden war fassungslos gewesen, dass sich da jemand von weither in ihr Territorium wagte und anschickte, ihr ungeniert die Pfründe abzugraben. Tatsächlich hatte Helenas erster Schritt darin bestanden, in unmittelbarer Nähe des Salons mit dem typischen roten Schild in bester New Yorker Lage ihren eigenen *Helena Rubinstein Parlour* zu eröffnen.

Elizabeth Arden war bis heute empört; Helena hingegen bezeichnete ihre Rivalin grundsätzlich nur als »diese Frau«, niemals mit ihrem richtigen Namen. Sie begegnete ihr als Konkurrentin, außerdem niemals ohne eine gewisse Portion Neid, der manchmal sogar mit einer Prise – höchst widerwilliger – Anerkennung gewürzt war.

»Das muss man ihr einfach lassen: Diese Frau versteht es hervorragend, ihre Produkte zu vermarkten«, hatte Helena in ihrer New Yorker Anfangszeit einmal eingeräumt. »Diese hübschen, aufwendigen Verpackungen machen einen

Großteil ihres geschäftlichen Erfolgs aus. Was hingegen die Qualität der Ingredienzien anbelangt, bin ich ihr, dank der Unterstützung seriöser Wissenschaftler, mit meiner Kosmetiklinie um Meilen voraus. Was habe ich diesbezüglich alleine meiner Dr. Emmy List zu verdanken.«

Irgendein Klatschmaul hatte diese bei einem Geschäftsessen in Manhattan beiläufig geäußerte Behauptung natürlich sofort der Konkurrentin zugetragen, die daraufhin Gift und Galle spuckte. Ihre Reaktion konnte Helena einige Tage später, gespickt mit einigen ironischen Sätzen, in den New Yorker Blättern nachlesen.

Seitdem standen Helena Rubinstein und Elizabeth Arden etliche Bühnen zur Verfügung, auf denen sie seit einem halben Jahrhundert ihren ganz besonderen Krieg ausfochten, interessiert verfolgt von lokaler, regionaler und auch internationaler Presse.

Obwohl Helena bewusst war, dass das Fernsehen schon seit Beginn der Fünfzigerjahre einen unverzichtbaren Bestandteil des amerikanischen Alltags darstellte, stand sie diesem Medium immer noch mit großem Misstrauen gegenüber. Im Gegensatz zu »dieser Frau«. Fast neunzig Minuten lang hatte Elizabeth Arden schon zu Beginn der Fünfzigerjahre einem neugierigen Fernsehmoderator Rede und Antwort gestanden. In dieser Sendung war zum ersten Mal der Begriff »Puderkrieg« gefallen, der prompt mit großer Begeisterung aufgegriffen wurde, sowohl von der Fach- als auch von der Boulevardpresse.

Wenige Tage darauf erhielt Helena die Anfrage einer TV-Journalistin, ob sie ihr nicht ein Interview gewähren möge.

»Ich bin nach der Lektüre der *New York Times* gemeinsam mit meinem Chefredakteur zu der Auffassung gelangt, dass wir Ihnen gleichfalls die Möglichkeit bieten sollten, sich zu äußern. Auch wenn es sich nur um einen Puderkrieg handelt, sollten Sie als eine der beiden Kombattantinnen die Gelegenheit erhalten, Ihre persönliche Sicht der Dinge der Öffentlichkeit darzulegen«, sagte die Journalistin am Telefon.

Patrick O'Higgins, der bei solchen Anrufen auf Helenas Anweisung hin immer in einer zweiten Leitung mithörte, nickte eifrig und zeigte mit dem Daumen nach oben. Sollte heißen, ihr Privatsekretär hielt die Erklärung der Anruferin für plausibel und befand die Idee, dass seine Chefin sich in einem Fernsehinterview der Öffentlichkeit stellte, für richtig und gut.

»Puderkrieg«, murmelte Helena ungehalten. »So ein blödsinniger Begriff! Puder ist doch wirklich nur ein winziges Segment meiner umfangreichen Produktpalette. Wenn diese Journaille doch endlich einmal richtig hinschauen und -hören würde.«

Sie seufzte und begann, in ihrem Terminkalender zu blättern. Wann passte es ihr denn zeitlich am besten? Den Vorschlag der Journalistin, sich für eine Aufzeichnung ins Studio des Senders zu begeben, lehnte sie rigoros ab. Nein, die junge Frau sollte sie gefälligst in der Park Avenue aufsuchen. Helena würde sie schon beeindrucken und sich gefügig machen. Auch die skeptischsten, kritischsten Journalistinnen und Journalisten kehrten nach einem Interview mit Helena immer zutiefst beeindruckt von ihrer starken Persönlichkeit an ihre Schreibmaschinen zurück. Das lag nicht zuletzt daran, dass sie auch heiklen Fragen nicht auswich, sondern sie mit erschöpfender Ausführlichkeit beantwortete. Wenn sie bemerkte, dass jemand ihr fachlich nicht mehr folgen konnte, diktierte sie ihre eigenen Formulierungen direkt in den Notizblock der ins Schwimmen geratenen Besucher.

Nein, was kosmetisches Wissen anbelangte, konnte Helena niemand etwas vormachen. Wenn sie nach so einem Gespräch ihre Gäste, denn als solche betrachtete sie die Mitglieder der schreibenden Zunft, durch ihr jeweiliges Apartment in Paris, London oder New York führte, um ihnen ihre Kunstsammlung zu zeigen und die innenarchitektonischen Besonderheiten der Räumlichkeiten zu erörtern, steigerte sich deren Bewunderung ins Unermessliche. Und wenn ihr eine der Journalistinnen besonders sympathisch war, zog sie sich gerne spontan einen ihrer prachtvollen Ringe vom Finger, um ihn ihr zu schenken. Die männlichen Kollegen erhielten in einem solchen Falle wiederum eine Krawattennadel oder Manschettenknöpfe.

Helena schenkte gerne. Auch in den Restaurants, in denen sie mit Edward regelmäßig verkehrte, hatte sie gerne einmal die Kosten für die gesamte gesellige Runde übernommen, wenn ihr danach gewesen war – am liebsten in den angesagten Künstlerlokalen von Montparnasse. So kam es, dass ihr seit den frühesten Pariser Tagen der Ruf vorauseilte, äußerst spendabel und großzügig zu sein. Außer Edward bemerkte niemand, dass Helena mit Bedacht – um nicht zu sagen: mit Berechnung – schenkte und sehr genau hinschaute, wen sie mit ihrer Gunst beglückte.

War es aber ein Wunder, dass nach so einem stundenlangen Interview kaum einmal ein kritischer Bericht, sondern meist ein begeisterter Artikel über die »Zarin der Kosmetikbranche« in der Presse erschien?

Diesen Vergleich hatte Helena ihrem Freund Jean Cocteau zu verdanken. Die vollmundige Beschreibung schmeichelte ihr so sehr, dass sie es sich verkniff, ihn auf ihre polnische Herkunft hinzuweisen. Mit den russischen Romanovs hatte sie zu ihrem eigenen Bedauern nichts am Hut. Das hatte der Erste Weltkrieg verhindert.

Ach ja, Jean Cocteau, der so hinreißende Anzeigentexte für ihr Unternehmen verfasst hatte. Auch dieser langjährige Begleiter lebte inzwischen nicht mehr. Sie vermisste ihn, hatte er sie doch bis zu seinem Tod mit seinen ausführlichen, mit einer deftigen Prise Klatsch und Tratsch gewürzten Berichten über die Pariser Künstlerszene auf dem Laufenden gehalten.

Manchmal war es bedrückend, wie klein inzwischen die Anzahl der Menschen war, mit denen sich Helena über vergangene Zeiten unterhalten konnte. Immer größer wurde schon seit Ende des Krieges die Lücke, die der Tod rücksichtslos in die Reihen ihrer Freunde und Bekannten riss. Noch unbarmherziger hatte er in ihrer eigenen Familie zugeschlagen.

Zumindest fast bis Mitte der Fünfzigerjahre in New York geblieben war hingegen ihr Nachbar, der unverwüstliche Artur Rubinstein, der keinerlei Anstalten machte, diese Welt zu verlassen. Unentwegt tourte dieser begnadete Pianist um die Welt.

Er wohnte mit seiner Frau in einer großzügigen Wohnung in einem benachbarten Wolkenkratzer. Auf gleicher Höhe! Wenn sie zufälligerweise gleichzeitig am Fenster ihrer Badezimmer standen, konnten sie einander sogar zuwinken und einen Gruß zurufen.

Mit ihren über neunzig Jahren verbrachte Helena viel Zeit bei ihrer Morgentoilette. Da sie sich grundsätzlich nicht bei künstlicher Beleuchtung schminkte, zog sie stets das Rollo hoch und den dichten Vorhang beiseite.

»Make-up für den Tag muss auch bei Tageslicht aufgetragen werden. So wird die Gefahr, sich zu überschminken, am besten vermieden«, pflegte Helena ihren Kundinnen zu predigen. »Nichts ist schlimmer als eine Frau, die mit einer Maske durch den Tag läuft und durch ihre dick aufgetragene Foundation das Atmen der Haut verhindert. Der natürliche Teint sollte immer erkennbar bleiben und nicht unter einer dicken Make-up-Schicht verschwinden.« Das hatte sie vor mehr als einem halben Jahrhundert schon der weltbekannten Nellie Melba beigebracht.

Für Helena war das morgendliche Zurechtmachen ein unverzichtbares Ritual, bei dem sie niemand stören durfte. Ihr großes Glück war, auch noch im hohen Alter mit einer reinen, feinen Haut gesegnet zu sein. Natürlich hatten sich mittlerweile einige Falten gebildet. Wenngleich sie allen Möglichkeiten, einer Frau Jugend und Schönheit zu erhalten, zugeneigt war, lehnte sie die plastische Schönheitschirurgie strikt ab – zumindest für sich selbst.

Sie zog das geschickte Kaschieren vor, verbarg beispielsweise ihre Stirnfalten schon seit Jahren stets unter der Krempe eines Huts. Die Zeit der »Wagenräder« war ja mittlerweile unwiderruflich vorbei. Helena bedauerte es sehr, dass überhaupt das Tragen von Hüten immer mehr aus der Mode kam. Für sie blieb ein Hut nach wie vor unverzichtbar, wenn sie sich mittlerweile auch auf kleinere Exemplare beschränkte. So war eine Art Bowler für sie in den letzten Jahren zum Markenzeichen geworden. Kaum ein Foto in der Presse, auf dem sie nicht diesen Hut trug. Ihn jeden Morgen mit Schwung aufzusetzen, schräg und nicht zu tief in die Stirn gedrückt, bildete den Abschluss ihres Rituals.

Lange hatte sie keine Ahnung gehabt, dass sie dabei hin und wieder beobachtet wurde …

An schönen Frühlingstagen ließ sie gerne einmal das Fenster sperrangelweit offen stehen, wenn am frühen Morgen das Verkehrsrauschen noch nicht so heftig dröhnte und vom nahe gelegenen Central Park sogar ab und an Vogelgezwitscher bis zu ihr ins dreizehnte Stockwerk heraufdrang. Sehr naturverbunden war Helena niemals gewesen, aber von Zeit zu Zeit sehnte sogar sie sich doch nach ländlicher Idylle. Ähnlich erging es ihrem Landsmann.

»Immer wenn der ›Frühling sein blaues Band durch die Lüfte flattern lässt‹, bekommt mein Artur schreckliches Heimweh nach Europa«, erzählte ihr seine Frau Nela einmal während eines Besuchs in ihrem Parlour. Natürlich war auch die Gattin des berühmten Pianisten eine ihrer Stammkundinnen. »Dann reißt er immer das Fenster zum

Central Park auf, um ein bisschen Frühlingsluft und -duft hereinzulassen.«

»Das mache ich ganz genauso«, erwiderte Helena verständnisvoll.

»Ja, ja, das wissen wir. Artur hat schon einige Mal beobachtet, wie Sie sich zurechtmachen. ›Helena bereitet sich auf ihr Tagwerk genauso konzentriert und hingebungsvoll vor wie ich mich vor einem großen Konzert in meiner Künstlergarderobe. Ihre Bewegungen haben dabei einen ganz bestimmten Rhythmus, der fast schon an einen kleinen Tanz erinnert‹, hat er zu mir gesagt«, fuhr Nela fort. »Mein Mann bewundert Sie für Ihre Tüchtigkeit.«

»Wirklich?«, vergewisserte sich Helena geschmeichelt.

»Ja, und auch dafür, welches Wunder Sie immer bei mir bewirken. Er staunt jedes Mal, wenn ich aus Ihrem Salon zurückkehre.« Nela kicherte und fuhr sich prüfend über die Haut ihrer frisch behandelten Wangen.

Verhalten stimmte Helena mit ein. Die Bewunderung und Anerkennung dieses prominenten Ehepaares ließen sie vergessen, dass sie es eigentlich hasste, unbemerkt beobachtet zu werden. Sie wollte immer alles unter Kontrolle haben.

Wann hatte sie Artur Rubinstein eigentlich kennengelernt? Es musste irgendwann in ihren ersten Londoner Jahren gewesen sein, dass ihr der begnadete Pianist bei einem Empfang in der polnischen Botschaft vorgestellt worden war. Außer dem Nachnamen teilten sie noch andere Gemeinsamkeiten: Beide waren sie in Polen geboren und in ärmlichen Verhältnissen aufgewachsen. Diesem Milieu zu entkommen, sich aus dessen Enge und Kleingeistigkeit zu befreien, war von Kindheit an beider Antrieb gewesen. Artur war dabei seine musikalische Hochbegabung zugutegekommen, Helena ihr unbändiger Lebenswille und ein untrüglicher Geschäftssinn, an dem es aber auch dem bekannten Pianisten nicht mangelte.

Seine Honorarforderungen waren exorbitant. Aber sie wurden erfüllt, ebenso wie Helena von ihren New Yorker Kundinnen für eine exquisite Behandlung Summen verlangen durfte, von denen eine vielköpfige Arbeiterfamilie in Hoboken mehr als einen Monat hätte leben können. Und genau wie Helena war auch ihr Namensvetter stets auf eine gute Presse bedacht.

Nein, verwandt waren sie nicht miteinander, wie sie nach einigen Nachforschungen in ihren Stammbäumen fast bedauernd feststellten, die Krakauerin Helena und der in Lodz geborene Artur Rubinstein.

»Aber eine Seelenverwandtschaft besteht schon«, hatte Edward einmal über seine Frau und den berühmten Pianisten gesagt. »Ihr seid einander so ähnlich mit eurem eisernen Willen, eurer Durchsetzungskraft, eurer Eitelkeit, eurem Instinkt, euch mit den richtigen Leuten zu umgeben.«

Ach, Edward, immer wieder Edward. Nein, an ihn wollte Helena jetzt nicht denken. Und erst recht nicht an das, was sie kurz nach ihrer ersten Ankunft in den Vereinigten Staaten über ihn herausgefunden hatte.

Kapitel 27

Pittsburgh 1915

»Also ich habe schon schönere Städte gesehen«, stellte Helena missbilligend fest. »Das Schönste scheint hier wirklich der neue Bahnhof zu sein.«

»Ja, Beaux-Arts ist wirklich ein hübscher Baustil«, bestätigte Manka.

Helena warf ihr einen misstrauischen Blick zu. »Seit wann hast du denn Ahnung von Architektur?«

»Ich interessiere mich eben auch für schöne Dinge. Das ist schließlich nicht nur dir vorbehalten«, erwiderte ihre Schwester patzig.

Gemeinsam waren sie gerade aus dem Zug gestiegen, der sie von New York nach Pittsburgh gebracht hatte.

»Warum ausgerechnet Pittsburgh?«, hatte Edward gefragt, als Helena ihm ihr nächstes Reiseziel verkündet hatte. Irrte sie sich, oder war dabei ein Ausdruck von Unbehagen und Verunsicherung über sein Gesicht gehuscht?

»Hast du keine guten Erinnerungen an deine Zeit in Pittsburgh? Schließlich hast du sogar dort studiert und nach dem Abschluss eine eigene Kanzlei geführt. Ganz schön tüchtig für einen so jungen Mann.« Es geschah selten, dass Helena ihren Mann lobte. Ihre Anerkennung galt jetzt auch weniger dem Mann, der ihr gegenübersaß, als vielmehr dem, der er einmal gewesen war: Arthur Ameisen. »Wie hieß noch mal deine Kanzlei?«, fragte sie.

»Ameisen und Kramer.«

»Und? Lief sie gut?«

»Schon.« Edward zuckte mit den Schultern. »Es gibt in Pittsburgh ja eine riesige österreich-ungarische Community. Nach meiner Ankunft habe ich da sehr schnell Anschluss gefunden. Ich hatte das große Glück, noch während meiner Schiffsreise den österreichischen Konsul kennenzulernen. Der hat mir spontan einen Bürojob angeboten. Und nicht nur das, Max Schamberg hat mir sogar mein Jurastudium teilweise finanziert.«

»Das war wirklich sehr großzügig von ihm.«

Helena hätte nicht im Traum daran gedacht, einem ihrer vielen Verwandten ein Studium zu finanzieren. Und schon gar keinem Fremden.

»Er war ein sehr feiner alter Herr, der mich fast behandelt hat, als wäre ich sein Sohn«, erzählte Edward. »Er hat sich sehr schwer damit getan, dass ich meine Kanzlei verkaufte und mich dem Journalismus zuwandte.«

»Das kann ich gut verstehen, immerhin war es doch eine grundsolide Existenz«, versetzte Helena. »Warum hast du das überhaupt getan?«

»Weil mich der Journalismus, das Schreiben und die Literatur tausendmal mehr interessierten als diese öde Paragraphenreiterei. Ich hatte ja schon als Schüler bei einer kleinen Zeitung gearbeitet, die meinem Onkel gehörte.«

»Aber da warst du doch noch keine zwanzig!«

»Na und?«, versetzte Edward. »Ich konnte schreiben, es hat mir Spaß gemacht und ist mir leichtgefallen, außerdem haben meine Artikel den Lesern gefallen. Obwohl ich noch so jung war, hat mir mein Onkel die Leitung der Krakauer Lokalredaktion angeboten.«

»Aber du hast deine Heimat lieber verlassen. Warum?«

»Wieso hast du Krakau verlassen?«, fragte Edward zurück und schaute ihr in die Augen.

»Das weißt du ganz genau: Ich bin vor einer ungewollten Heirat und vor der Enge des Kazimierz geflüchtet. Ich habe es dort einfach nicht mehr ausgehalten.«

»Ganz genauso ist es mir auch ergangen. Auch mir war es in Podgórze zu eng und spießig, und meine Familie hat mich auch schon drangsaliert, dass ich endlich heiraten solle.«

»Ja, in unserem Aufbruch waren wir uns ähnlich«, sagte Helena nachdenklich.

»Stimmt, sogar verblüffend ähnlich«, bestätigte Edward, »nur dass dein Weg dich nach Australien geführt hat, während ich von Liverpool aus nach New York gereist und anschließend in Pittsburgh aufgeschlagen bin.«

»Und warum hast du Pittsburgh wieder verlassen?«

»Du bist heute aber neugierig.« Edward lachte, aber es war ein seltsames Lachen. Ihr sonst so souveräner Mann wirkte heute irgendwie verunsichert.

»Warum?«, wiederholte Helena ihre Frage.

»Ich war immer noch jung und abenteuerlustig«, behauptete er. »Mir war es nach wenigen Jahren auch in Pennsylvania zu eng geworden, ständig beobachtet von den Mitgliedern der österreichisch-ungarischen Community. Ich habe neue Herausforderungen gesucht und bin nach Australien aufgebrochen. Aber jetzt verrate mir einmal, warum du ausgerechnet nach Pittsburgh willst.«

Helena deutete mit der Hand auf das aufgeschlagene Lexikon, das vor ihr lag.

»Pittsburgh ist eine der bedeutendsten Fabrikstädte der USA. Es wird das ›Birmingham der Vereinigten Staaten‹ genannt. Im Umkreis sind über hundertvierzig Kohlegruben in Betrieb«, las sie laut vor.

»Das weiß ich doch alles.«

»Und was für ein Rattenschwanz an anderen großen Unternehmen noch dranhängt«, fuhr Helena fort. *»Petroleumraffinerien, über sechzig Eisengießereien, viele andere großartige Eisenwerke, zahlreiche Walzwerke und große Fabriken für Nägel, Glas, Papier und Bleiweiß, dazu Baumwollspinnereien und eine -weberei, Brauereien, Gerbereien, eine Kanonengießerei, ein Kupferwalzwerk inklusive -schmelzerei, außerdem Dampfmaschinenbauwerkstätten«*, las sie weiter aus dem Lexikon vor.

»Das weiß ich auch.« Edward wirkte mittlerweile schon fast ein bisschen gequält. »Alles Schwerindustrie, überhaupt nicht deine Branche.«

»Aber viele Menschen, die dort arbeiten. Dort wird ordentlich Geld verdient, und wo viel Geld verdient wird, kann auch viel ausgegeben werden, unter anderem für die

Schönheit!« Triumphierend schaute Helena ihren Mann an. »Und deshalb fahre ich dahin: um zu sondieren, ob es sich lohnt, dort einen Salon zu eröffnen.«

»Ich verstehe, mit dem einen hier in New York ist es noch nicht getan.«

»Noch lange nicht«, erwiderte Helena unternehmungslustig. »Ich habe noch viel vor.«

»Ach, Chaja!« Edward seufzte ergeben.

»Willst du mich begleiten?«

Jetzt war einfach nicht mehr zu übersehen, wie er zusammenzuckte. Seine Augenlider begannen zu flattern. Nervös strich er sich über den Bart, nestelte an seinen perfekt gestärkten Manschetten.

»Und die Kinder?«, fragte er heiser.

»Die sind bei der Nanny doch gut aufgehoben«, versetzte Helena.

Ja, die getreue Nanny war gleichfalls mit in die Vereinigten Staaten übergesiedelt. Als Helena ihr noch in Paris den geplanten Umzug und die damit unvermeidliche Trennung von ihren Schützlingen angekündigt hatte, war sie in Tränen ausgebrochen. Sie hatte einen solch schlimmen Weinkrampf bekommen, dass Helena tatsächlich Mitleid mit diesem armen Wesen gefühlt und kurzerhand auch für sie ein Visum beantragt hatte. Schließlich war es ja gar nicht so verkehrt, wenn ihre beiden Kinder auf der langen Reise und in der für sie neuen Umgebung Tag und Nacht von einer ihnen vertrauten Person betreut wurden.

»Außerdem habe ich übermorgen einen Termin mit einem Makler, der mir draußen in Greenwich ein Haus zeigen will«, unterbrach Edward Helenas Gedanken. »Ich soll mir vor Ort ein Bild machen, ob dieses Anwesen für unsere Zwecke geeignet ist«, setzte er hinzu. Er hatte sich gefangen und war nun wieder der ruhige, entspannte Ehemann, der auf seine stets kurz vor der Explosion stehende Ehefrau eine so wohltuende Wirkung hatte.

»Gut, das ist auch besser so«, entschied Helena. »Ich werde Manka mitnehmen.«

Auch ihre Schwester Manka hatte zu dem Tross der Rubinsteins gehört, der ein halbes Jahr nach Helena gemeinsam mit Kind und Kegel, Hausstand und Kunstsammlung in New York eingetroffen war. Etwas widerwillig hatte sie die Führung des Londoner Salons aufgegeben. Doch gegen die Anordnung ihrer älteren Schwester zu protestieren hätte sie niemals gewagt.

Die gesamte Sippe im *Waldorf Astoria* einzuquartieren wäre natürlich zu teuer gewesen. Provisorisch waren sie deshalb erst einmal in einem Stockwerk über dem neuen Salon untergekommen, der zu diesem Zeitpunkt noch nicht renoviert war. Um der Enge dort zu entkommen, hatte Helena ihren Mann wieder einmal damit beauftragt, sich auf Haussuche zu begeben. Es hatte nicht lange gedauert, bis er fündig geworden war und der gesamte Rubinstein-Tross mit Sack und Pack ein riesiges Apartment an der Upper West Side bezogen hatte.

Nur wenige Wochen nach dem Gespräch mit ihrem Mann fuhr Helena mit ihrer Schwester Manka nach Pittsburgh. Selbstverständlich logierte die ehrgeizige Geschäftsfrau auch hier im besten Hotel der Stadt. Edward hatte gute Vorarbeit geleistet, indem er die Ankunft seiner Frau der lokalen Presse bereits mehrere Tage im Voraus angekündigt hatte. Zu Helenas großer Zufriedenheit warteten bereits bei ihrem Eintreffen im Hotel etliche Anfragen von Journalisten auf sie.

In den folgenden Tagen absolvierte Helena zahlreiche Interviews. Sie hatte dafür eigens einen kleinen Teesalon reserviert, in dem sie ihre Gesprächspartner genau ins Auge fassen und auf jede ihrer Reaktionen achten konnte.

»Für welche Zeitung schreiben Sie?«, erkundigte sie sich am vorletzten Nachmittag vor ihrer Abreise bei einem Reporter, einem schon etwas älteren Herrn, der den heutigen Termin routiniert, ja fast schon gelangweilt wahrnahm.

»Daily Tribune«, erwiderte dieser kurz und kritzelte, ohne den Blick zu heben, weiter auf seinem Notizblock.

»Wenn ich mich nicht irre, hat mein Mann auch einmal für Ihr Blatt gearbeitet«, entfuhr es Helena. »Das ist aber schon etliche Jahre her, mindestens zehn.«

»Ich schreibe schon seit zwanzig Jahren für den *Tribune*, da gab es niemals einen Kollegen namens Rubinstein.«

»Mein Mann schreibt unter dem Namen Edward W. Titus«, erklärte Helena.

»Der Name ist mir bekannt, aber nur aus den Artikeln, die er uns zukommen ließ«, versetzte der fremde Journalist. »Einen Titus hat es bei uns niemals gegeben, das wüsste ich.«

»Damals hieß er ja auch noch Ameisen, Arthur Ameisen«, verriet Helena.

Der Kopf des Journalisten fuhr hoch. Es war das erste Mal, dass er Helena in dieser halben Stunde überhaupt richtig anschaute. Jetzt fixierte er sie sekundenlang, ließ anschließend seinen Blick über sie wandern.

»Helena Rubinstein ist mit Arthur Ameisen verheiratet«, sagte er langsam.

»Nein, das bin ich nicht!«, widersprach Helena heftig. »Ich habe vor mehr als sechs Jahren in London Edward W. Titus geheiratet.«

Warum wurde ihr plötzlich so mulmig zumute?

Der Journalist ließ sie immer noch nicht aus den Augen.

»Was ist?«, fragte Helena alarmiert. Der eindringliche Blick des fremden Mannes wurde ihr unheimlich.

Abrupt erhob er sich. Plötzlich hatte er es merkwürdig eilig, sich zu verabschieden.

»Wir sind doch noch gar nicht richtig zum Schluss gekommen«, protestierte Helena. »Das grenzt ja fast schon an einen Abbruch des Gesprächs. Normalerweise bestimme ich, wann ein Interview beendet ist.« Warum klang ihre Stimme plötzlich so schrill?

»Tut mir leid, Madame, aber ich habe gleich noch einen sehr wichtigen Termin mit dem stellvertretenden Bürgermeister. Sie haben mir doch bereits alles Wesentliche gesagt. Zudem bin ich ja durch die Broschüren, die mir Ihr Gatte zukommen ließ, bestens informiert. Ein tüchtiger Kollege, dieser Edward W. Titus.«

Warum hatten diese Worte so einen merkwürdigen Unterton?

Er verbeugte sich höflich und schritt Richtung Tür. Ehe

er sie hinter sich zuzog, wandte er sich noch einmal zu Helena um.

»Ich bewundere Sie und Ihre Tüchtigkeit, Madame. Sie werden mit meinem Artikel zufrieden sein. Er erscheint in zwei Tagen.«

Warum hatte diese Ankündigung, in höfliche Worte gefasst, dennoch so etwas Bedrohliches für Helena?

Zwei Tage später sollte sie es erfahren.

»Also ich war selten so froh, eine Stadt verlassen zu können wie heute«, sagte Helena und kramte in ihrer großen Handtasche. »Dieses scheußliche Pittsburgh! Jede Menge Geld allerorten, aber kein geeigneter Ort, wo ich einen meiner Salons eröffnen könnte. Am wohlsten habe ich mich noch in diesem deutsch-polnisch-ungarischen Viertel gefühlt. Es hat mich fast ein wenig an das alte Kazimierz erinnert.«

Jetzt war sie fündig geworden. Sie zog eine braune Papiertüte aus der Tasche und öffnete sie. Ein verheißungsvoll deftiger Duft stieg daraus empor. Genießerisch sog Helena den vertrauten Geruch in sich auf. Sie griff nach der Krakauer Wurst, wickelte sie aus und biss herzhaft hinein.

»Abgesehen von den Interviews und der überaus wohlwollenden Presse war diese polnisch-ungarische Schlachterei wirklich das Beste, was ich gefunden habe«, sagte sie mit vollem Mund.

Manka beobachtete ihre ältere Schwester missbilligend.

»So benimmt sich eine feine Dame aber nicht in der Öffentlichkeit«, rügte sie Helena, die das jedoch geflissentlich ignorierte.

»Mmh, köstlich, wann habe ich zum letzten Mal eine so gute Krakauer zu essen bekommen? Hier, probier einfach einmal. Sicher erinnert dich der Geschmack genauso an unser Zuhause wie mich.« Sie hielt Manka die angebissene Wurst unter die Nase. »Beiß doch einfach mal ab.«

Angewidert schüttelte diese den Kopf. »Nein danke. Erstens mache ich mir nichts aus Wurst mit so viel Knoblauch, und zweitens erinnere ich mich genauso ungern an die Zeit im Kazimierz wie du.«

»Dennoch habe ich ein paar, wenn auch nur wenige, gute Erinnerungen an damals«, versetzte Helena.

Sie befand sich gerade in Plauderlaune. Das, was sie sich für die vergangene Woche vorgenommen hatte, war erledigt. Sie hatte die Entscheidung getroffen, sich nicht in Pittsburgh niederzulassen, stattdessen würde sie sich in Richtung Boston und Chicago orientieren. Nun freute sie sich auf die Rückkehr nach New York, auf das Wiedersehen mit ihrem Mann und den Kindern – und natürlich auf die Arbeit.

»Viele Handwerker in diesem Viertel, wie im Kazimierz, tüchtige Leute, aber leider nicht die richtige Gegend für mich«, dachte sie laut nach.

»Musst du so schmatzen, Helena?«

»Ich schmatze doch nicht!«

»Und das in aller Öffentlichkeit. Das ist so was von peinlich!«

»Öffentlichkeit? Wo ist hier denn Öffentlichkeit? Wir sitzen hier im Wartesaal des Hauptbahnhofs. Da werde ich wohl eine kleine Vesper einlegen dürfen?«

Seit fast einer halben Stunde warteten die beiden Schwestern auf das Eintreffen des Zugs, der sie zurück nach New York bringen würde.

»Siehst du nicht, wie der Kellner dauernd zu uns herschaut? Es wird bestimmt nicht gerne gesehen, dass du deinen Proviant verzehrst. Die wollen doch hier ihre eigenen Speisen verkaufen. Und die Leute drüben beim Ausgang gucken auch schon ganz komisch«, erwiderte Manka entnervt.

»Das bildest du dir alles nur ein. Wenn sie so erpicht darauf sind, etwas zu verkaufen, warum war der Kellner nicht längst schon hier, um unsere Bestellung aufzunehmen?«, erkundigte sich Helena und winkte dem Ober zu. »Was möchtest du?«

Manka schüttelte den Kopf. »Es ist ja noch eine gute halbe Stunde Zeit bis zur Abfahrt. Ich gehe noch einmal kurz hinüber in die Bahnhofsbuchhandlung, um mich mit Reiselektüre zu versorgen. Soll ich dir auch etwas mitbringen?«

Manka hatte sich erhoben und schaute fragend zu ihrer Schwester hinunter. Wieder einmal stellte Helena fest, was für eine schöne Frau die Jüngere war. Manka galt als die schönste der acht Rubinsteinschwestern, aber auch als die kapriziöseste.

»Schau mal, ob sie auch internationale Zeitungen und Magazine haben«, bat Helena. »Es ist vielleicht ganz gut, wenn ich mal wieder etwas darüber erfahre, was sich so in London und Paris tut.«

Manka nickte und setzte sich in Bewegung.

»Ach ja, und auch die Morgenausgabe des *Daily Tribune*«, rief Helena ihr hinterher. »Da soll ja heute der Artikel über mich erscheinen.«

Manka nickte erneut und verschwand in der Drehtür, die zur Halle hinausführte.

Helena biss noch einmal in ihre Wurst und beobachtete dabei interessiert die Drehtür. Es war schon spannend, was für Menschen diese so aufnahm und auf der anderen Seite wieder ausspuckte.

Gerade betrat eine hochgewachsene Dame den Wartesaal. An der Hand hielt sie einen Jungen im Matrosenanzug. Direkt auf den Fersen folgte ihr ein junger Mann, der noch nicht richtig erwachsen war, seine Mutter aber dennoch weit überragte.

Der Kleine mochte so um die zehn Jahre alt sein, den Älteren schätzte Helena auf sechzehn bis achtzehn, vielleicht war er sogar schon zwanzig Jahre alt.

Diese drei machten nun Anstalten, direkt ihren Tisch anzusteuern. Wollten sie tatsächlich zu ihr? Es gab doch noch genug freie Tische im Saal. Dennoch kamen sie zielstrebig immer näher und näher.

Helena steckte hastig die angebissene Krakauer zurück in die braune Tüte und verstaute diese in ihrer Handtasche. Noch einmal eilig mit der Serviette den Mund abgewischt und den Hut gerade gerückt. Für einen prüfenden Blick in den Taschenspiegel blieb keine Zeit mehr, denn die Fremde stand nun direkt vor ihrem Tisch.

»Madame Rubinstein?«, vergewisserte sie sich.

Helena nickte.

Der kleinere Junge sah sie mit großen Kulleraugen an, der große schaute seiner Mutter über die Schulter. Beide wirkten angespannt und nervös, der ältere Sohn sogar wütend und zornig. Er malmte mit den Zähnen; die Lippen der Mutter zitterten.

»Und mit wem habe ich es zu tun?«, erkundigte sich Helena höflich.

»Mein Name ist Helen J. Anthony«, entgegnete die Fremde heiser und zog ihren Jüngeren fest an sich. Neugierig schaute dieser Helena an.

Dunkelbraune Augen, hat er nicht von seiner Mutter, notierte Helena im Geiste. *Muss wohl nach dem Vater kommen. Seine Mutter ist ja eine typische WASP.*

Das war eine der ersten amerikanischen Vokabeln, die Helena in den Tagen nach ihrer Ankunft an der amerikanischen Ostküste gelernt hatte: *WASP – White Anglo-Saxon Protestant.* So nannten sich die Nachkommen der ersten Siedler, die vor dreihundert Jahren mit ihren Schiffen aus Europa auf dem amerikanischen Kontinent eingetroffen waren. Seine familiäre Herkunft auf die *Pilgrim Fathers* zurückführen zu können stellte in den Vereinigten Staaten genauso viel dar, wie in Europa dem Hochadel anzugehören. Die WASPs bildeten die Elite der amerikanischen Ostküste, von wo aus sie ihren Wirkungskreis aber immer weiter gen Westen ausweiteten.

Nun stand so ein Exemplar an ihrem Tisch und hatte sich ihr mit Helen J. Anthony vorgestellt – so typisch, den zweiten Namen abzukürzen – und blickte auf sie herunter. Wenn Helena etwas hasste, dann war es, zu jemandem hochschauen zu müssen. Aber auch wenn sie sich jetzt erhob, würde sie sich immer noch nicht auf Augenhöhe mit dieser Dame befinden.

Ja, es war eine Dame, die da vor ihr stand, sehr gepflegt, eben aus besserem Hause. Obwohl … Nun, ihrer Haut hätte ein bisschen mehr Pflege gutgetan, sie war sehr trocken, und auf ihren Wangen zeichnete sich eine hektische Röte ab.

»Da haben wir ja etwas gemeinsam, sind ja fast Namensvetterinnen«, sagte Helena verbindlich. »Was kann ich für Sie tun? Mögen Sie nicht Platz nehmen?« Einladend wies sie auf den leeren Stuhl an ihrer Seite.

Es blieben noch gut zwanzig Minuten bis zur Abfahrt des Zuges. Vielleicht würde es ihr ja gelingen, diese Fremde als Kundin zu gewinnen. Sie musste doch einmal schauen, ob sie noch ein paar Pröbchen in ihrer Handtasche hatte.

Helena begann darin zu wühlen.

»Nun setzen Sie sich doch bitte«, wiederholte sie dabei schon fast ein wenig ungeduldig, doch Helen Anthony lehnte ab.

»Nein, ich bleibe lieber stehen. Wir haben nicht nur den Vornamen gemein«, setzte sie zögernd hinzu. »Ich habe mich Ihnen bislang nur mit meinem Mädchennamen vorgestellt, den ich auch wieder führe …«

»*Wieder* führe?«, wiederholte Helena irritiert.

»Ich bin eine verheiratete Ameisen, Mrs Arthur Ameisen«, ließ Helen Anthony leise die Bombe platzen. »Wir sind mit demselben Mann verheiratet«, setzte sie hinzu.

»Das ist Richard Anthony Ameisen«, erklärte sie und wies auf den hinter ihr stehenden Jungen.

Sprachlos schaute Helena zu ihm empor. Richard funkelte sie wütend an und trat vor seine Mutter. Er schien etwas sagen zu wollen, aber sie hinderte ihn daran.

»Und das ist Herbert Ameisen.« Mrs Ameisen, geborene Anthony, wies auf den zweiten Sohn und zog ihn fest an ihre Seite.

Der Kleine schmiegte sich an sie, knabberte an seinem Daumen und versuchte zaghaft, der ihm fremden Frau zuzulächeln.

Helena kam dieses Lächeln bekannt vor. So, wie ihr diese beiden Jungen von Anfang an irgendwie bekannt vorgekommen waren. Warum schmerzte sie das Lächeln des kleinen Herbert plötzlich so seltsam? Es tat weh, es tat ihr unglaublich weh.

Helena schluckte. Mit einem Mal schlug ihr Herz schneller und schneller. Ihr wurde schwindelig. Sie griff sich an die Stirn.

»Herr Ober, bringen Sie mir ein Glas Wasser!«, krächzte sie. »Und für die Kinder zwei Gläser Limonade.«

»Wir nehmen nichts von Ihnen!«, stieß Richard wütend hervor.

Seine Mutter legte beschwichtigend die Hand auf seinen Arm.

»Was wollen Sie von mir?«, fragte Helena brüsk. »Geld?«

Helen Anthony, verheiratete Ameisen, zuckte zusammen und wurde kreidebleich im Gesicht. »Wollen Sie mich beleidigen?«

»Was wollen Sie sonst? Warum sind Sie gekommen? Wollen Sie mir hier in aller Öffentlichkeit eine Szene machen?«

Plötzlich stellte dieser Wartesaal, der sich um sie zu drehen begann, für Helena doch Öffentlichkeit dar.

»Keine Angst, wir gehen gleich wieder. Ich will von Ihnen eigentlich gar nichts, überhaupt nichts … also, nicht direkt von Ihnen persönlich«, versicherte Helen Anthony. »Ich wollte mir nur einen Eindruck von der Frau verschaffen, mit der mein Mann Arthur Ameisen jetzt verheiratet ist. Von der Frau, der es anscheinend besser gelungen ist, ihn fest an sich zu binden. Dabei sind er und ich eigentlich noch verheiratet, denn wir sind niemals offiziell geschieden worden. Das war leider unmöglich, weil er von heute auf morgen spurlos verschwand.«

Sie hielt inne, um Helenas Reaktion zu beobachten.

»Juristisch betrachtet ist er ein Bigamist«, fügte sie hinzu. »Sie wissen selbst, dass das strafbar ist. Mr Ameisen als studierter Jurist sollte es noch besser wissen. Mr Kramer führt bis heute die einst gemeinsame Kanzlei fort. Sehr erfolgreich im Übrigen«, setzte sie süffisant hinzu.

»Ich habe nicht den Rechtsanwalt Arthur Ameisen geheiratet, sondern den Journalisten Edward William Titus«, erklärte Helena betont langsam. Diese WASP schien nicht ohne zu sein; vor ihr musste sie sich hüten. »Ich bin eine verheiratete Titus, keine Ameisen. Aber Sie haben mir immer noch nicht verraten, was Sie tatsächlich von mir wollen. Dass Sie sich lediglich einen Eindruck von mir verschaffen wollen, nehme ich Ihnen nicht ab. Sicher wollen Sie Unterhalt für Ihre Söhne.«

»Die auch die Söhne von Arthur Ameisen sind.«

»Wir nehmen keine Almosen!«, brach es aus dem älteren Sohn heraus.

Er war hörbar noch im Stimmbruch, denn seine Stimme kippte unverhofft. Offenbar war es ihm peinlich, denn er errötete und verstummte verlegen.

»Arthur hat sich niemals um unsere beiden Söhne gekümmert und braucht es auch jetzt nicht mehr zu tun«, erklärte Helen Anthony.

»Wir legen keinerlei Wert auf einen Kontakt zu ihm. Ich will meinen Vater niemals wiedersehen«, mischte sich Richard erneut zornig ein.

»Aber wir haben doch gar keinen Papa«, piepste der kleine Herbert. Er zog an der Hand seiner Mutter und schaute fragend zu ihr empor.

»Du wirst bald einen Papa haben«, versicherte sie lächelnd und legte einen Arm um seine Schultern. »Einen Papa, der sich richtig um dich, um mich und um Richard kümmert; einen, der für uns alle sorgt und immer für uns da ist.« Provozierend sah sie Helena an.

»Sie wollen also wieder heiraten?« Es war mehr eine Feststellung als eine Frage.

Ein Gefühl der Erleichterung durchströmte Helena, aber sie musste weiterhin auf der Hut sein.

Helen Anthony nickte. »Das kann ich aber nicht, solange ich nicht rechtskräftig geschieden bin«, sagte sie. »Das wäre mein eigentliches Anliegen, Madame Rubinstein. Sie brauchen keine Befürchtungen zu haben, dass ich irgendwelche weiteren Ansprüche stelle. Ich will meinen Mann nicht zurückhaben. Das Einzige, was ich mir jetzt noch von Arthur Ameisen wünsche, ist eine saubere, schnelle Scheidung.« Flehend schaute sie Helena an.

»Ich weiß nicht, ob ich Ihnen dabei behilflich sein kann. Das ist eigentlich eine Angelegenheit zwischen Ihnen und Arthur Ameisen, doch ich kenne keinen Mann dieses Namens. Nach meiner Rückkehr werde ich allerdings Edward W. Titus sofort zur Rede stellen. Dann wird es an ihm sein, das Nötige zu veranlassen.«

Nun sah sie sich gezwungen, sich doch zu erheben. Sie tat es langsam und mit großer Würde.

»Ich danke Ihnen, Madame Rubinstein, ich danke Ihnen aus vollem Herzen.« Die noch verheiratete Mrs Ameisen atmete erleichtert auf.

Die düstere Miene ihres Ältesten erhellte sich, und dem kleinen Herbert gelang ein strahlendes Lächeln, das Helena umso tiefer ins Herz schnitt.

Helena streckte ihre Hand aus, Helen ergriff sie.

»Ich wünsche Ihnen alles Gute für die Zukunft. Das ist ehrlich gemeint«, sagte Helena.

»Das Gleiche kann ich auch von mir sagen«, versicherte Mrs Ameisen. »Es ist gut, wenn wir nicht gegeneinander kämpfen müssen.«

»Da haben Sie recht«, pflichtete Helena ihr bei. »Wir beide können schließlich nichts dafür, dass wir uns nun in einer solch prekären Situation befinden.«

»Nein, wir beide nicht«, bestätigte ihre Vorgängerin.

Keine von ihnen musste aussprechen, wer der tatsächlich Verantwortliche für diese verfahrene Situation war.

»Wir empfehlen uns.« Die noch verehelichte Mrs Ameisen hakte ihren Ältesten unter und zog ihn mit sich. »Verabschiedet euch bitte von Madame Rubinstein«, befahl sie ihren Söhnen.

Richard machte einen höflichen Diener, doch Helena hörte auch sein geflüstertes »Auf Nimmerwiedersehen«. Sie konnte es ihm nicht verübeln. Der kleine Herbert winkte ihr sogar zum Abschied zu.

Mit einem gezwungenen Lächeln winkte Helena zurück. Sie fühlte, wie die wohlbekannte Wut in ihr emporstieg. Ihre Knie begannen zu zittern und hätten fast nachgegeben. Sie griff sich ans Herz, musste sich setzen.

Beim Verlassen des Wartesaals drehte sich Helen J. Anthony nochmals um und erfasste in Sekundenschnelle Helenas Verfassung. Kurzerhand schob sie Herbert seinem Bruder in die Arme und kehrte mit ausgreifenden Schritten zu Helena zurück. Vorsichtig legte sie ihr die Hand auf die Schulter und zwang sie so, zu ihr emporzuschauen.

»Reißen Sie ihm nicht den Kopf ab«, bat sie leise. »Arthur Ameisen hat es nicht verdient zu überleben, für mich jedenfalls ist er ab heute endgültig gestorben. Aber Edward W. Titus lebt. Er passt zu Ihnen. Sie brauchen sich gegenseitig, und das noch viele Jahre.«

»Woher wollen Sie das wissen? Sind Sie etwa Hellseherin?«

»Nein, das nicht«, erwiderte Helen lächelnd. »Aber ich kann zwischen den Zeilen lesen, und mein Bruder hat mir viel über Sie erzählt. Er war von seiner Begegnung mit Ihnen sehr beeindruckt.«

»Welcher Begegnung?«, fragte Helena überrascht.

»Vorgestern, das Interview im Tearoom Ihres Hotels … Es war mein Bruder, der Sie interviewt hat. Er und Arthur Ameisen waren einmal Kollegen.«

Sie nickte Helena noch einmal zu und verschwand dann für immer aus ihrem Leben – genauso wie ihre beiden Söhne.

»Herr Ober!«, rief Helena. »Bitte bringen Sie mir einen Cognac, einen doppelten. Nein«, berichtigte sie sich hastig, »bringen Sie mir Wodka! Haben Sie polnischen Wodka? Dann bringen Sie mir einen doppelten Żubrówka.«

»Ich fasse es nicht!«

Manka war zutiefst empört, als sie bei ihrer Rückkehr aus der Bahnhofsbuchhandlung ihre Schwester dabei erwischte, wie sie gerade den bestellten Wodka in sich hineinkippte. »Du trinkst am helllichten Tag Alkohol vor aller Augen, und dann noch diesen ordinären Büffelgraswodka.« Sie wirkte angewidert. »Du bist so was von peinlich. Erst stopfst du dich mit dieser stinkenden Krakauer voll, und nun schüttest du auch noch diesen Fusel in dich hinein.«

»Setz dich«, befahl Helena, ohne auf ihre Zurechtweisung einzugehen. »Ich muss mit dir reden.«

»Unser Zug«, erinnerte Manka sie.

»Wir bleiben noch eine Nacht.«

»Warum das denn?«

»Setz dich, und hör mir einfach zu!«

Es geschah selten, dass eine der jüngeren Schwestern Helena zu widersprechen wagte. Aber an diesem denkwürdigen Vormittag gelang es Manka tatsächlich, ihre Schwester zu überreden, doch noch den ursprünglich geplanten Zug zu nehmen.

In letzter Sekunde!

Der Gepäckträger hatte bereits sämtliche Koffer der Damen Rubinstein zum Gleis gebracht und wartete nun sowohl darauf, sie im Gepäckwagen verstauen zu können, als auch auf sein verdientes Trinkgeld.

Hastig bezahlte Manka die Zeche ihrer Schwester im Wartesaal. Es war ihr furchtbar peinlich, als der Ober eine ganze Flasche Wodka auf die Rechnung setzte!

»Sie ist doch noch halbvoll«, protestierte sie.

Der Kellner zuckte mit den Schultern und wies stumm mit dem Kinn auf Helena.

»Die Flasche ist bezahlt, aber noch nicht leer, also nehmen wir sie mit«, verkündete diese, schraubte den silbernen Deckel zu und verstaute die Flasche in den unergründlichen Tiefen ihrer Handtasche. »So haben wir auch unterwegs etwas zu trinken.«

»Es gibt doch einen Speisewagen«, wandte Manka ein.

»Da werden wir zu Abend essen. Aber ich bin sicher, du wirst auch gleich einen Schnaps brauchen, wenn ich dir alles erzählt habe.«

Als Helena sich erhob, geriet sie leicht ins Schwanken. Manka hakte sie resolut unter und zog sie mit sich.

»Du bist ja betrunken«, zischte sie empört.

»Blödsinn, ich bin stocknüchtern, es ist nur mein Kreislauf«, behauptete Helena und klammerte sich an ihrer Schwester fest.

Irgendwie gelang es Manka, die Ältere in letzter Sekunde in den Zug zu hieven und in das für sie reservierte Abteil zu bugsieren. Etwas unsanft stieß sie Helena auf die gepolsterte Sitzbank und nahm ihr gegenüber Platz.

»Was ist passiert?«, wollte sie dann wissen. »Es muss doch irgendetwas passiert sein, dass du so außer Fassung gerätst. Du trinkst doch eigentlich nur Champagner oder einen guten Wein, und das erst am Abend zu gegebenem Anlass. Sag mir endlich, was mit dir los ist!«

Manka ließ ihre Schwester nicht aus den Augen. Die begann wieder in ihrer Tasche zu wühlen und zog die halbvolle Flasche heraus. Manka entriss sie ihr.

»Du hörst jetzt auf damit!«, fauchte sie. »Keinen Schluck mehr!«

Helena kramte erneut und nestelte jetzt an der braunen Papiertüte herum, aus der sie schließlich die angebissene Krakauer hervorzog.

Manka verdrehte die Augen und stöhnte. Hektisch sprang sie auf und zog die Vorhänge ihres Eisenbahnabteils zu.

»Ich brauche jetzt etwas Deftiges«, verkündete Helena und schob sich ihre geliebte Krakauer wieder in den Mund. »Wodka auf fast nüchternen Magen macht ganz schön hungrig.«

»Und betrunken«, versetzte Manka. »Also, was ist passiert? Ich will jetzt endlich wissen, was in den zwanzig Minuten, die ich dich im Wartesaal allein gelassen habe, geschehen ist.«

»Hast du diese schlanke, blonde Frau bemerkt, die unmittelbar nachdem du gegangen bist, den Wartesaal betreten hat? Sie befand sich in Begleitung eines Halbwüchsigen und eines kleinen Jungen.«

»Ja, die habe ich gesehen, draußen vor der Drehtür. Der Kleine hätte mich beinah umgerannt, wenn ihn seine Mutter nicht zurückgerissen hätte. Die Dame hat sich sehr höflich bei mir entschuldigt.« Es geschah äußerst selten, dass Manka einer Geschlechtsgenossin diese respektvolle Bezeichnung zubilligte. »Und was ist mit ihr?«

»Das war Helen J. Anthony, verheiratete Arthur Ameisen«, erklärte Helena.

»Na und?«

»Mein Ehemann Edward W. Titus hieß bis zu seiner Ankunft in Australien noch Arthur Ameisen«, verkündete Helena.

Manka fiel die Kinnlade herunter. Außer Helena hatte bislang niemand gewusst, dass der charmante, anglophile und stets verbindliche Edward William Titus bereits ein überaus bewegtes Leben hinter sich hatte.

Irgendwann während der Hochphase ihrer jungen Liebe hatte er sich Helena offenbart. Sie selbst war natürlich davon ausgegangen, dass ein Mann mit Mitte vierzig ein gewisses Vorleben gehabt hatte. Bei alleinstehenden Frauen wurde Enthaltsamkeit vorausgesetzt, aber nicht bei Männern, von denen vor einer Eheschließung fast erwartet wurde, dass sie sich gründlich die Hörner abstießen. Auch eheliche Treue wurde ausschließlich von Frauen gefordert. Gerecht hatte das schon die ganz junge Helena nicht gefunden.

Sie konnte sich genau erinnern, wie sie nach der Lektüre

von *Effi Briest* mit David Steuermann darüber einmal in einen erbitterten Streit geraten war. Ihr Jugendfreund hatte die Entscheidung von Effis Ehemann, Baron von Innstetten, seine Frau nach dem entdeckten Ehebruch zu verstoßen, vollkommen korrekt gefunden – was wiederum Helena in Rage versetzt hatte. Vater Steuermann hatte die beiden Streithähne einmal mehr trennen müssen.

Dass sich Arthur Ameisen bei seinem Aufbruch aus den Vereinigten Staaten Richtung Australien eine neue Identität und damit einen anderen Namen zugelegt hatte, hatte Helena nicht stutzig gemacht. Bei den Einwanderern aus Europa, insbesondere aus dem deutschen Kaiserreich und der Habsburgermonarchie, war es gang und gäbe, den ursprünglichen Namen so schnell wie möglich zu anglisieren – dasselbe hatten ihre drei Onkel schon zur Jahrhundertwende getan.

»Dein Edward William Titus hieß einmal Arthur Ameisen?«, krächzte die ihr gegenübersitzende Manka und riss Helena wieder in die Gegenwart zurück.

»Arthur Ameisen, geboren am 25. Juli 1870 im damaligen Podgórze, also in Josephstadt«, bestätigte Helena.

»Das erst kürzlich Krakau eingemeindet wurde? Edward ist kein englischer Gentleman, sondern …?« Manka versagte die Stimme.

»Nein, *er is a pojlischer jid* wie du und ich«, erwiderte Helena in der Sprache ihrer Kindheit. Dann drückte sie ihrer Schwester die halbleere Wodkaflasche in die Hand. »Da, du siehst ganz so aus, als könntest du jetzt auch einen Schluck vertragen.«

Die sonst so vornehme Manka setzte tatsächlich die Flasche an und nahm einen beherzten Schluck. Anschließend schüttelte sie sich.

»Brrrr, das schmeckt ja scheußlich«, stellte sie fest und gab Helena die Flasche zurück. »Und was gedenkst du jetzt zu tun? Wie wirst du reagieren?«

»Das wollte ich mit dir bereden. Wie verhalte ich mich in dieser Situation am besten? Ich bin gerade dabei, mich beruflich in New York zu etablieren, halte bereits Ausschau nach Niederlassungsmöglichkeiten in Boston und Chicago. Bisher hatte ich eine hervorragende Presse. Aber wenn die Journalisten dahinterkommen, dass ich mit einem Bigamisten verheiratet bin …« Helena stöhnte auf. »Die Reaktion darauf vermag ich mir in meinen schlimmsten Träumen nicht auszumalen.«

»Nein, ein Skandal ist das, was du jetzt am wenigsten gebrauchen kannst«, bestätigte Manka.

»Deshalb müssen wir uns bis zu unserer Ankunft in New York eine richtig gute Strategie überlegen.«

Nur wenige Male geschah es, dass Helena eine ihrer Schwestern zurate zog. Eigentlich vertraute sie sich kaum jemandem einmal richtig an. Einzig und alleine in den Briefen an Lilith, ihre Wiesbadener Freundin, gestattete sie sich ausnahmsweise, ganz offen zu sein und über ihre Gefühle zu schreiben. Doch bedingt durch den Krieg war diese Korrespondenz bereits seit Jahren fast zum Erliegen gekommen. Eigentlich war ja auch mittlerweile ihr Ehemann Edward derjenige, der ihr am nächsten stand, dem sie vertraute und mit dem sie viel besprach. Seit seiner Ankunft in New York hatten sie gemeinsam Pläne geschmiedet.

Aber jetzt? Nach dieser Begegnung mit seiner ersten Ehefrau war in Helena etwas zerbrochen, für immer irreparabel.

Wenn es nach ihren ganz persönlichen Gefühlen gegangen wäre, hätte sie Edward nach ihrer Rückkehr aus Pittsburgh gleich den Stuhl vor die Tür gesetzt. Aber welch einen Skandal würde das hervorrufen?

»Was wirst du tun? Wie wirst du dich ihm gegenüber verhalten?«, wiederholte Manka ihre Frage und schaute ihre ältere Schwester forschend an. Helena vermeinte sogar, so etwas wie einen Funken Mitleid in ihren Augen zu entdecken.

Das wiederum wollte sie nun überhaupt nicht. Kein Mensch sollte sie jemals bemitleiden, eine ihrer jüngeren Schwestern schon gar nicht. Also reckte sie sich aus der gepolsterten Sitzbank des Eisenbahnabteils empor, drückte den Rücken durch und streckte das Kinn vor. In kerzengerader Haltung suchte sie den Blick ihrer Schwester.

»Gar nichts werde ich tun, keinerlei Reaktion werde ich zeigen«, verkündete sie entschlossen. »Und von dir verlange ich absolutes Stillschweigen. Kein Sterbenswörtchen wirst du verlauten lassen über das, was du heute von mir erfahren hast«, befahl sie. »Hast du mich verstanden?«

Die letzten Worte hatte Helena fast geschrien. Manka zuckte zusammen, blickte nervös in Richtung Tür des Eisenbahnabteils, hob einen Vorhangzipfel an und lugte nach draußen. Ob auf dem engen Gang jemand etwas von dieser Szene mitbekam? Wie peinlich!

»Versprich mir das!«, verlangte Helena fast hysterisch.

»Schon gut, schon gut, Helena! Ich verspreche dir hoch und heilig, den Mund zu halten, mit keinem Menschen darüber zu reden und mir gegenüber Edward niemals etwas anmerken zu lassen.«

»Gut so. Und wenn nicht …«, Helena legte eine kurze Pause ein, »… wirst du gefeuert und kannst sehen, wo du bleibst.«

Manka sank in sich zusammen.

»Ich werde schweigen wie ein Grab«, flüsterte sie eingeschüchtert.

Nicht nur mit ihren Angehörigen konnte Helena unbarmherzig verfahren, sondern auch mit sich selbst.

Kapitel 28

New York 1915

Leicht fiel es Helena nicht, sich gegenüber Edward nach ihrer Rückkehr aus Pittsburgh nichts anmerken zu lassen. Am liebsten hätte sie sich auf ihn gestürzt, ihm die Augen ausgekratzt und ihn anschließend hochkant rausgeschmissen. Aber da waren schließlich noch ihre beiden kleinen Söhne, denen er ein so guter Vater war, und vor allem ihre eigenen ehrgeizigen Pläne.

»Wie war es?«, erkundigte sich Edward nach ihrer Rückkehr aus Pittsburgh leichthin, mied aber ihren Blick – ein sicheres Anzeichen dafür, dass er verunsichert war.

»Gut«, erwiderte Helena knapp. »Aber nicht das geeignete Pflaster für mich. Ich werde auf keinen Fall einen Salon in Pittsburgh eröffnen.«

Edward atmete tief durch. »Bestimmt ist es besser, wenn du dich in Richtung Boston und Chicago orientierst«, sagte er.

»Ja, und später auch noch weiter Richtung Westen. Aber zunächst muss ich mich hier in New York erst einmal vollständig etablieren und beweisen, dass *diese Frau* in mir eine ernsthafte Konkurrentin hat«, erklärte Helena. »Was machen überhaupt die Haussuche und die Pressearbeit?«

Edward atmete erneut tief ein und drückte den Rücken durch. Jetzt konnte er ihr wieder in die Augen schauen.

Er schob ihr eine dicke Mappe zu. Schon in London und Paris hatte er damit angefangen, alle über Helena und ihr Unternehmen erschienenen Artikel zu sammeln und systematisch ein Firmenarchiv aufzubauen.

»Die Resonanz auf die Eröffnung deines Salons in der 49th Street ist bis heute nicht abgeklungen«, erklärte er. »Die Jungs haben wirklich gute Arbeit geleistet.«

Mit den »Jungs« waren der österreichische Architekt Paul Frankl, der Innenarchitekt Witold Gordon und der Bildhauer Elie Nadelman, beides gebürtige Polen, gemeint. Mit allen drei Künstlern war Edward schon in Paris gut befreundet gewesen. Nun hatte Helena sie mit der Gestaltung ihres neuen Salons in Manhattan betraut, der in unmittelbarer Nachbarschaft eines florierenden Salons von Elizabeth Arden lag.

Bereits vor dem Krieg hatte Helena mit der Sammlung von Nadelmanns Werken begonnen. Eine seiner Ausstellungen hatte sie so beeindruckt, dass sie kurzerhand den gesamten Ausstellungsbestand aufgekauft hatte. Auch diese Sammlung war mittlerweile per Schiff im New Yorker Hafen eingetroffen. Nur gut, dass Helena zuvor bereits die Räumlichkeiten in Manhattan gefunden hatte und ihre zahlreichen Kunstwerke nicht einlagern musste, sondern gleich in ihrem neuen Salon aufstellen konnte! Nadelmanns Skulpturen und seine aus Carrera-Marmor gemeißelten Wandreliefs ließen vergessen, dass man sich in einem Kosmetiksalon und nicht in einer Galerie für avantgardistische Kunst befand.

Helena wollte einen neuen Trend setzen und ging dabei bewusst ein Risiko ein. Aber mithilfe der befreundeten Künstler gelang es ihr zu beweisen, dass Mode, Architektur, Luxus, Raumgestaltung, Schönheit und Kunst zahlreiche Berührungspunkte hatten, einander ergänzen und befruchten konnten.

In Europa war diese Erkenntnis nichts Neues, in den Vereinigten Staaten hingegen schon, selbst im eigentlich kunstsinnigen und aufgeschlossenen New York. Es war kaum auszumachen, wovon die zahlreichen Journalistinnen und Redakteure der Zeitungen und Magazine mehr beeindruckt waren: von der avantgardistisch gestalteten Einrichtung des Schönheitssalons oder von der exotischen Erscheinung seiner Eigentümerin Helena Rubinstein.

In der *Vogue* überschlug man sich fast vor Begeisterung. Der neue Salon stelle die ideale Kombination von innenarchitektonischer Eleganz und komfortablem Ambiente dar, wurde behauptet.

Direkt über ihrem ersten amerikanischen Salon in der 49th Street hatte sich Helena ein eigenes kleines Refugium eingerichtet, in dem sie sich am liebsten alleine aufhielt. Auch Edward hatte sie nach seiner Ankunft in New York wieder ein eigenes Büro zugestanden, das sich aber in ihrem Apartment an der Upper West Side befand. Doch auch diese Wohnung war für Helena nicht der ideale Ort, um Kinder großzuziehen. Viel zu jüdisch sei die Gegend, befand sie. Obwohl selbst jüdischer Herkunft, was sie auch niemals verleugnete, verwendete Helena diesen Begriff häufig, wenn sie sich abfällig über etwas äußern wollte.

»Was hast du gegen dieses Viertel? Es ist eine ausgesprochen gutbürgerliche Gegend, Schulen gibt es in der unmittelbaren Umgebung, und ich sehe jeden Tag viele fröhliche Kinder auf den Straßen herumtollen«, widersprach Edward ihrer Kritik.

»*Too Jewish*«, wiederholte Helena unnachgiebig.

»*But you are Jewish, more Jewish than anybody else could be*«, beharrte Edward.

»Was soll das schon wieder heißen?«, fauchte Helena. »Ich will einfach nicht, dass meine Söhne in dieser Gegend aufwachsen. Sie sollen nicht auf der Straße groß werden. Ich will keine Straßengören.«

»Wenn man in einer Straße mit einer lebendigen Nachbarschaft aufwächst, kann man viel lernen. Das ist eine hervorragende Vorbereitung für den späteren Überlebenskampf und könnte den beiden nicht schaden. Unsere Söhne haben bislang nur Luxus, aber keine anderen Kinder kennengelernt; ihnen fehlen gleichaltrige Spielkameraden. Die Nanny verwöhnt Horace schon viel zu sehr. Sie tut alles, was er will, das ist nicht gut für seine Entwicklung«, warnte Edward.

»Ich will nicht, dass meine Söhne Umgang mit Straßengören haben«, stieß Helena hervor.

»Wie stellst du dir eigentlich unser weiteres Familienleben vor? Roy ist demnächst schulpflichtig«, erinnerte sie ihr Mann.

»Ich denke, du unterrichtest ihn? So hatten wir es doch vor meiner Abreise in Paris vereinbart.«

»Ich bin kein Lehrer. Es war ja auch nur als ein Provisorium gedacht, bis wir hier richtig heimisch geworden sind.«

»Dann tu doch etwas, damit wir richtig heimisch werden! Was macht denn deine Haussuche? Wir waren uns doch einig, dass wir uns neben der Wohnung in Manhattan eine schöne Bleibe auf dem Land suchen. Was ist überhaupt aus dem Termin mit dem Makler in Connecticut geworden?«

»Was ist mit dir, Helena?« Edward schaute sie nachdenklich an. »Warum bist du seit Wochen mir gegenüber so aggressiv?«

Helena musste schlucken.

Wenn du wüsstest, dachte sie und biss sich auf die Lippen.

»Habe ich dir irgendetwas angetan?«, hakte Edward nach.

Und ob du mir etwas angetan hast, schrie es in ihr. *Und nicht nur mir, sondern auch deiner ersten Frau, der Mutter deiner beiden anderen Söhne.*

Doch nicht ein Laut kam über ihre Lippen.

Wie gerne hätte sie ihn jetzt mit all dem, was sie in Pittsburgh erfahren hatte, konfrontiert, ihn mit Vorwürfen überhäuft, mit beiden Fäusten gegen seine Brust getrommelt und ihm die Augen ausgekratzt, um sich anschließend schluchzend in seine Arme zu werfen und eine tränenreiche Versöhnung zu feiern.

Aber nein, das würde sie sich nicht gestatten. Nie mehr

würde sie gegenüber ihrem angetrauten Ehemann weich werden.

»Habe ich irgendetwas falsch gemacht, Helena?«, wiederholte Edward und trat einen Schritt auf sie zu. Er breitete die Arme aus, schickte sich an …

»Fass mich nicht an!«, schrie Helena außer sich. »Du darfst mich nie wieder anfassen!«

Edward ließ seine ausgebreiteten Arme sinken. Verständnislos schüttelte er den Kopf.

»Was bist du nur für eine Kratzbürste geworden«, sagte er. »Warum bist du so abweisend?«

»Darum!«, fauchte Helena.

»Das ist keine Begründung«, erwiderte Edward und verließ den Raum.

»Was ist mit dem Haus in Greenwich?«, keifte Helena ihm hinterher.

Edward steckte den Kopf noch einmal durch den Türspalt.

»Das verrate ich dir, wenn du dich wieder beruhigt hast. Im Augenblick ist ja mit dir überhaupt nicht zu reden«, sagte er und warf ihr eine Kusshand zu. Dann zog er die Tür hinter sich ins Schloss.

Mit hängenden Schultern schaute Helena ihm hinterher. Jede Faser ihres Körpers sehnte sich danach, ihm nachzulaufen, sich ihm in die Arme zu werfen, von ihm aufgehoben und ins Schlafzimmer getragen zu werden. Aber …

Vor ihrem inneren Auge erschienen Helen Anthonys kummervoller Blick, die zornige Miene ihres ältesten Sohnes und Herberts niedliches Pausbackengesichtchen. Diese drei Menschen hatten einmal zu dem Mann gehört, mit dem sie jetzt verheiratet war, doch er verleugnete sie. Das konnte Helena ihm nicht verzeihen.

War Edward sich überhaupt bewusst, dass er immer noch mit Helen verheiratet war? Hatte er sein vorheriges Leben, die einstige Existenz von Arthur Ameisen, so sehr verdrängt, dass er sich wirklich nicht mehr daran erinnerte?

Dagegen sprach, dass er nach wie vor losen Kontakt zur Familie Ameisen in Krakau hatte. Warum aber stand er nicht zu seiner amerikanischen Familie?

Wie gerne hätte sie ihn all das gefragt. Doch sie konnte nicht. Sie konnte einfach nicht.

Es klopfte an der Tür.

»Ja, bitte?«, rief Helena ungeduldig.

Philine trat ein und knickste.

»Ach Philine, du bist es«, sagte Helena. »Du siehst ja ganz reizend aus in deiner neuen Dienstmädchenkleidung. Steht dir richtig gut.«

Das junge Mädchen lächelte geschmeichelt und strich die frisch gestärkte Schürze glatt.

»Monsieur lässt fragen, ob Madame heute Abend mit ihm zu speisen geruht?«, sagte sie.

»Madame wird heute Abend nicht mit Monsieur speisen«, erwiderte Helena. »Du kannst Monsieur ausrichten, dass Madame es vorzieht, ihr Essen heute alleine im Damensalon zu sich zu nehmen.«

Philines Lächeln erlosch. Sie knickste erneut.

»Oui, Madame, ich werde es ausrichten«, sagte sie und huschte davon. Offensichtlich war sie betrübt.

Grübelnd schaute Helena ihr hinterher. Philine hatte ihr während der Überfahrt auf der *Baltic* unersetzliche Dienste geleistet und sich in den Monaten seit ihrer Ankunft als überaus geschickt und anstellig erwiesen. Zudem war sie auch sehr hübsch … am Ende gar ein bisschen zu hübsch?

Warum war sie betrübt? Es konnte ihr doch egal sein, ob Madame und Monsieur miteinander speisten oder nicht.

Helena zuckte mit den Achseln und wandte sich der Korrespondenz zu.

Ein an Edward William Titus adressierter Umschlag machte sie stutzig. Ihr Mann erhielt nur selten Post, und wenn, dann zumeist aus Europa, von wo aus der Briefverkehr aber nur noch spärlich floss. Dieser Umschlag hingegen trug eine amerikanische Briefmarke.

Wer mochte Edward geschrieben haben? Helena ergriff den Umschlag und drehte ihn um. Er trug eine Pittsburgher Adresse: *Anwaltskanzlei Brandon & Kramer & Partner*.

Helena stockte der Atem. Ihr Herz begann zu pochen. Das Blut rauschte hinter ihren Schläfen. Unschlüssig drehte sie das Kuvert hin und her. Hinter diesem Brief konnte nur Helen Ameisen stecken! Was stand darin? Sie hatte doch versprochen, keine Ansprüche zu stellen! Was wollte sie nun? Wahrscheinlich die offizielle Scheidung, um wieder heiraten zu können. Vielleicht enthielt dieser Brief ja einen Scheidungsantrag?

Sollte sie, oder sollte sie nicht? Minutenlang drehte und wendete Helena den Umschlag in ihren Händen. Dann gab sie sich einen Ruck und schob ihn zurück unter den Stapel mit der übrigen Korrespondenz.

Nein, öffnen würde sie diesen Brief nicht, aber ganz genau beobachten, wie sich ihr Mann in den nächsten Tagen verhielt. Irgendwann musste er ihn ja einmal entdecken.

Viel Zeit und Gelegenheit, ihren Mann scharf zu beobachten, fand Helena jedoch nicht. Der Aus- und Aufbau ihres Unternehmens auf dem amerikanischen Kontinent forderte all ihre Kraft und Aufmerksamkeit. Für ein Privatleben oder für die Familie nahm sie sich kaum einmal die notwendige Zeit. Stattdessen reiste sie wochenlang mit Manka kreuz und quer durch die Vereinigten Staaten. Sie ließ in etlichen Kaufhäusern eine eigene Abteilung unter ihrem Firmennamen einrichten und quartierte sich in einem der örtlichen Hotels ein, um das Personal persönlich zu instruieren, wie ihre Produkte am besten zu verkaufen seien.

In Philadelphia, San Francisco und Boston eröffnete sie weitere Schönheitssalons, deren Leitung sie ihren Geschwistern anvertraute.

Es war ihr mittlerweile gelungen, alle übrigen Schwestern aus dem Kazimierz herauszulocken; einige von ihnen hatte sie sogar nach Amerika geholt. Nur Regina war mit ihrem Mann und ihren Kindern in der alten Heimat geblieben.

In Paris hielt trotz der Kriegswirren Paulina tapfer die Stellung, in London leitete Ceska mit ihrem englischen Mann den Salon. Auch er war immer noch geöffnet und lief nach wie vor gut. So lauteten zumindest die letzten Nachrichten, die bis zu Helena vorgedrungen waren.

Die Villa draußen in der Roehampton Lane hatte die

englische Regierung jedoch beschlagnahmt und in ein Lazarett umgewandelt. Nur gut, dass Helena noch vor ihrer Abreise die Verschiffung eines Teils ihres Haushalts veranlasst hatte. Den Rest hatte später Edward mitgebracht.

Er war stolz darauf, dass es ihm gelungen war, Helenas komplette Kunstsammlung mit nach New York zu bringen. Und nicht nur das: Auch einer der Künstler höchstselbst hatte sich auf dem Schiff befunden. Der Bildhauer Elie Nadelmann war so knapp bei Kasse gewesen, dass Helena ihm kurzerhand die Passage von Liverpool nach New York bezahlt hatte.

Wenn Edward etwas liebte, dann war es, auf Immobilienjagd zu gehen. *Tall Trees* hieß das Anwesen im Nachbarstaat Connecticut, das er mithilfe eines findigen Maklers entdeckt hatte.

Wenige Tage nach ihrem Streit darüber, wo ihre Söhne aufwachsen sollten, hatte Helena ganz vorsichtig wieder begonnen, mit ihrem Mann zu reden. Als er ihr vorschlug, doch eine kleine Landpartie hinaus nach Connecticut zu machen, willigte sie ein.

»Die Jungen nehmen wir mit«, verkündete er entschlossen. »Sie müssen endlich wieder einmal raus aus der Stadt.«

Etwas erstaunt stiegen Roy und Horace in das bereitstehende Automobil, drückten sich die Nasen an den Autoscheiben platt und bewunderten die vorüberziehende Landschaft. Der Anblick der Hügel und grünen Wiesen erinnerte Helena an die französische Normandie, wo sie vor Kriegsbeginn in Deauville einmal einige wunderschöne, erholsame Tage verbracht hatte. Glückliche, entspannte Tage, die sie kaum kannte.

Das Haus lag am Ende einer von blühenden Forsythien umsäumten Straße.

»Das sieht ja aus wie ein goldener Pfad«, staunte Helena, als der Chauffeur auch schon vor einem großen Tor hielt.

»Hier sind wir richtig«, sagte Edward lächelnd.

Die Kinder konnten es kaum erwarten, aus dem Wagen zu springen. Das Tor öffnete sich. Heraus trat ein freundlich lächelnder älterer Herr. Mit einer leichten Verneigung lüftete er seinen Hut und winkte der Familie einladend zu.

»Bitte treten Sie näher!«, rief er.

»Das ist Mr McPherson, unser Makler«, erklärte Edward und ergriff Helenas Arm.

Die Jungen waren schon vorausgelaufen.

»Guck mal, Roy, ein Eichhörnchen!«, schrie Horace und klatschte in die Hände.

»Ja, und dahinten sehe ich im Klee ganz viele Kaninchen mümmeln!« Roys sonst so ernstes Gesicht leuchtete. Fragend schaute er zu seinem Vater empor. »Dürfen wir, Papa?«

»Aber ja doch, seht euch nur in aller Ruhe um. Und dann verratet ihr mir, ob es euch gefällt«, erwiderte der Vater lächelnd.

Der kleine Horace packte seinen großen Bruder bei der Hand und riss ihn mit sich.

»Passt auf, dass ihr nicht hinfallt«, rief Helena ihnen hinterher. »Macht euch nicht schmutzig!«

»Ach Helena, lass sie doch. Jungs müssen sich auch einmal schmutzig machen, so richtig im Matsch wühlen und nicht auf ihre Kleidung achten.«

»Aber sie tragen doch heute ihre feinen Sonntagsanzüge«, wandte Helena ein.

»Na und? Musst du denn ihre Kleidung waschen und bügeln?« Fast ein bisschen verärgert schaute Edward seine Frau an.

Schon wieder herrschte eine unangenehme Spannung zwischen ihnen, die auch Mr McPherson zu spüren schien. Er räusperte sich.

»Ich bin gleichfalls der Auffassung, dass Kinder sich einmal richtig austoben sollten und sich schmutzig machen dürfen. Dieses Anwesen bietet geradezu ideale Möglichkeiten dazu«, sagte er und wies mit ausladender Gebärde über das riesige Gelände. »Schauen Sie sich in aller Ruhe erst einmal hier draußen um, ehe wir das Innere besichtigen«, empfahl er. »Hinter dem Haus befinden sich ein Tennisplatz und eine Rasenfläche zum Krocketspielen. In der Dependance sind die Pferdeställe untergebracht, unten am See steht das Bootshaus.«

»Am See?«, fragte Helena beunruhigt. Sie schaute ihren beiden Söhnen nach, die gerade hinter der Biegung eines mit riesigen Ahornbäumen umsäumten Wegs verschwanden. »Wo führt dieser Pfad hin?«

»Hinunter zum See, direkt zum Bootssteg«, erwiderte Mr McPherson. »Ihren Söhnen wird es bestimmt gefallen.«

»Sie können beide nicht schwimmen«, rief Helena entsetzt und stieß Edward in die Seite. »Du musst ihnen hinterherlaufen und sie sofort zurückholen!«

Der Makler lachte. »Keine Angst, gnädige Frau«, versuchte er Helena zu beruhigen. »Da ich ja wusste, dass Sie mit zwei Kindern zu diesem Besichtigungstermin erscheinen werden, habe ich Vorsorge getroffen.«

»Welche Art von Vorsorge?«

»Tom, der Skipper der Segeljacht – die übrigens auch zum Verkauf steht –, ist gerade dabei, einen gebrochenen Mast zu reparieren. Er wird schon darauf achten, dass Ihren beiden Söhnen nichts zustößt.«

»Aber sie können nicht schwimmen«, wiederholte Helena. »Ich werde sie zurückholen.«

Edward hielt sie fest. »Helena, ich bin davon überzeugt, dass wir uns auf Mr McPherson verlassen können. Gönne ihnen doch ein bisschen Freiheit. Sie haben einiges mitgemacht in den letzten Monaten. Lass uns lieber in aller Ruhe Haus und Grundstück anschauen.«

Nur widerwillig fügte sich Helena.

»Wir befinden uns in einer sehr sportlichen Gegend«, fuhr der Makler im Plauderton fort. »Tennis und der Reitsport sind sehr beliebt, aber hier wird auch sehr gerne Krocket gespielt, gesegelt und gerudert. Der See bietet ja die idealen Bedingungen. Betreiben gnädige Frau ebenfalls eine Sportart?« Fragend schaute er Helena an.

»Nein«, entgegnete sie brüsk. »Und ich hege auch nicht die Absicht, das in absehbarer Zeit zu tun. Ich habe Wichtigeres zu tun als …«

Das verbindliche Lächeln des Maklers erlosch.

»Nun ja, ich weiß von Ihrem Gatten, dass Sie eine vielbeschäftigte Frau sind«, sagte er eingeschüchtert.

»In der Tat«, bestätigte Helena würdevoll und rückte ihren Hut zurecht. »Können wir jetzt endlich das Innere besichtigen?«

Dass das Anwesen seinen Namen zu Recht trug, bewies der Blick aus der Terrassentür des riesigen Kaminzimmers, das sich neben dem Speise- und Wohnzimmer im Erdgeschoss befand.

Helena staunte beim Anblick des dichten Baumbestands, der sich fast bis zum Horizont erstreckte.

»Das ist ja beinah schon ein Wald«, rief sie entzückt.

»Buchen, Eichen, Nadelbäume … alles bunt gemischt«, stellte Edward fest und schaute Helena an. »Und? Könntest du hier heimisch werden?«

»Es ist nicht so wichtig, ob ich hier heimisch werde, sondern ob unsere beiden Söhne das könnten«, entgegnete Helena.

»Sollen wir sie fragen?«

»Willst du sie wirklich mitentscheiden lassen? Es sind Kinder, die haben doch noch gar nichts zu sagen oder gar mitzubestimmen.«

»Da bin ich anderer Auffassung«, widersprach Edward entschieden. »Wir haben ihnen mit unseren vielen Umzügen von Geburt an einiges zugemutet. Von London nach Paris, von Paris zurück nach London. Von Liverpool aus die wochenlange Seereise nach New York, dort das Provisorium über deinem Salon, wo es viel zu eng für uns alle war.«

»Das ist es in unserem Apartment an der West Side aber beim besten Willen nicht«, unterbrach Helena ihren Mann.

»Da haben sie sich doch inzwischen gut eingelebt und fühlen sich wohl.«

»Wie bitte? Ich glaube, ich höre nicht richtig. Erinnerst du dich nicht mehr, was du vor wenigen Tagen über diese Gegend gesagt hast?« Edward wurde ärgerlich.

Der Makler, der den Ehedisput bisher schweigend verfolgt hatte, verneigte sich und schlich auf Zehenspitzen davon.

»Hast du deine Meinung geändert und bist nun doch einverstanden, dass unsere Söhne mitten in Manhattan aufwachsen? Ich hätte nichts dagegen.«

»Aber ich!« Helenas Stimme überschlug sich fast.

Geräuschlos zog Mr McPherson die Tür hinter den beiden Streitenden ins Schloss.

»Also, was willst du denn jetzt?« Der sonst so geduldige Edward wurde wütend. »Du hast mich auf Haussuche geschickt! Wir waren uns einig, eine Bleibe auf dem Land zu suchen. Wochenlang laufe ich mir die Hacken ab, und wenn ich schließlich das ideale Grundstück gefunden habe, meinst du auf einmal, Roy und Horace könnten doch in Manhattan aufwachsen, wo dir die Gegend doch viel zu …«

»Das meine ich gar nicht. Wenn ich will, kann ich *Tall Trees* ja kaufen. Aber will ich eigentlich?«, überlegte Helena zweifelnd.

»Was willst du nun, Helena?« Edward starrte sie an und schüttelte den Kopf. »Aus dir soll ein Mensch klug werden!«

»Hauptsache, ich verstehe mich selbst«, entgegnete Helena patzig.

Edward schaute sie immer noch an. Helena erwiderte

seinen Blick. Wie lange hatten sie einander nicht mehr so tief in die Augen geschaut? Wie lange hatte sie seine Lachteufelchen nicht mehr tanzen gesehen? Ein paar Fältchen mehr entdeckte sie auch, und sein Haar war noch grauer geworden.

»Wirst du denn aus dir selbst klug, Helena?«, fragte Edward ruhig. »Ich meine jetzt nicht, was das Geschäftliche anbelangt. Da kann dir kein Mensch das Wasser reichen. Ich meine deine ganz persönlichen Gefühle den Kindern gegenüber als Mutter, mir gegenüber als Ehefrau und dir selbst gegenüber als Mensch.«

Helena wurde es mulmig zumute. Solche Gespräche behagten ihr gar nicht. Sie wollte nicht über sich selbst und ihre Gefühle nachdenken.

»Ich bin kein Gefühlsmensch«, behauptete sie. »Ich bin eine Frau der Tatsachen und Entscheidungen.«

»Ach Chaja.« Edward seufzte.

Helena fuhr zu ihm herum. »Ich möchte nicht mehr so von dir genannt werden!«

»Ach Chaja«, wiederholte er traurig.

Helena schaute ihn an. Warum war sie plötzlich so unendlich niedergeschlagen?

Umso dankbarer war sie, als jetzt unverhofft die Flügeltür des Kaminzimmers aufgestoßen wurde. Helena und Edward zuckten beide zusammen.

Zuerst kam Horace hereingestürmt. Er lief auf Helena zu und umfasste ihre Knie. Etwas zögerlich folgte sein großer Bruder. Hinter ihm wurde das lächelnde Gesicht des Maklers sichtbar.

»Werden wir hier einziehen, werden wir hier einziehen?«, schrie der kleine Horace aufgeregt. »Es ist so schön hier! Tom hat uns schon gezeigt, wie man einen richtigen Schiffsknoten knüpft, und uns versprochen, uns auch einmal zum Segeln mitzunehmen.«

»Wer ist Tom?«

»Der Skipper von der Segeljacht«, antwortete Roy leise. Er stand neben seinem Vater und beobachtete seine Mutter.

»Wie ich schon sagte: Die Jacht stünde auch zum Verkauf, Madame«, mischte sich Mr McPherson aus dem Hintergrund vorsichtig ein.

»Mama, kaufst du das Schiff? Bitte, bitte! Und auch die drei Pferde, die drüben in der Remise stehen«, schrie Horace aufgeregt.

»Es sind zwei Stuten und ein Fohlen«, sagte Roy leise. »Sie heißen Aphrodite und Athene.«

»Aha, humanistisch gebildete Pferdeliebhaber«, kommentierte Edward ironisch.

»Und das Fohlen hat noch keinen Namen, den dürfen wir uns aussuchen, hat Mr McPherson gesagt«, sagte Roy.

Horace riss am Rockzipfel seiner Mutter. »Kommt mit, wir müssen uns die drei unbedingt anschauen«, verlangte er.

»Die Pferde stünden gegebenenfalls auch zum Verkauf«, bestätigte der Makler und räusperte sich.

»Ich muss schon sagen, Mr McPherson, mein Kompliment für Ihre raffinierte Verkaufstaktik«, sagte Helena mit einer Mischung aus Anerkennung und Ärger. »Offenbar versuchen Sie, über meine Kinder mit mir ins Geschäft zu kommen.«

»Madame, ich bitte Sie! Dass es Ihren Kindern hier so gut gefällt, ist doch nicht mein Verdienst.«

»Mama, bitte, bitte!«, schrie Horace. »Mr McPherson hat gesagt, du bist die Bestimmerin.«

»Soso, hat Mr McPherson das gesagt«, wiederholte Helena nachdenklich.

»Mama!«, kam es leise von Roy.

Helena schaute hinüber zu ihrem Ältesten. Meine Güte, wie groß er in den letzten Monaten geworden war, ihr in sich gekehrter, schüchterner Junge. Noch niemals hatte er sich von seiner Mutter etwas erbeten, doch nun schaute er sie fast flehend an.

»Helena!« Das war Edward.

Vier erwartungsvolle Augenpaare waren auf sie gerichtet. Sie ließ ihren Blick von einem zum anderen wandern. Wie ähnlich Roy und Horace ihrem Vater doch sahen, zwei so hübsche Jungen. Wenn das ihre Mutter Gitel doch sehen könnte.

Der Ausbruch des Kriegs hatte Helenas bevorstehende Reise nach St. Petersburg verhindert. Eigentlich war geplant gewesen, dass Edward und die Kinder sie bis Krakau begleiteten. Der Vater hatte beide Söhne den dortigen Verwandten vorstellen sollen, während Helena den russischen Markt sondieren wollte.

Es war alles so anders gekommen. Nun stand sie hier auf einem weit entfernten Kontinent, in Greenwich, Connecticut, und musste eine Entscheidung treffen.

Helena atmete tief durch, schloss die Augen und legte den Kopf in den Nacken.

Im Zimmer herrschte gespanntes Schweigen. Sogar der sonst so zappelige Horace verharrte still, während er den Rockzipfel seiner Mutter noch immer umklammerte.

»Gut«, sagte Helena und öffnete die Augen wieder. »Wir kaufen dieses Haus.«

Wir hatte sie gesagt, und Edward hatte es gehört. Ein strahlendes Lächeln glitt über sein Gesicht. Selten hatte Helena ihn so glücklich und erleichtert gesehen. Horace jubelte und hüpfte hoch, beide Arme verlangend nach seiner Mutter ausgestreckt. Helena erbarmte sich und hob ihn auf. Er schlang beide Arme um ihren Hals und küsste sie stürmisch.

Lachend wehrte Helena ihn ab. »Nicht so heftig, nicht so stürmisch«, mahnte sie. »Du reißt mir ja den Hut vom Kopf.«

»Ist doch egal, Mama«, rief ihr kleiner Sohn.

Edward hatte einen Arm um die Schultern seines Ältesten geschlungen, der still in sich hineinlächelte. So glücklich hatte Roy noch niemals ausgesehen.

»Gratuliere, Madame!«, ließ sich nun der Makler aus dem Hintergrund vernehmen.

Helena schaute zu ihm hinüber. Er zeigte ein sehr zufriedenes Lächeln.

Auf einen Schlag vier männliche Wesen glücklich gemacht, dachte Helena. *Das soll mir erst mal jemand nachmachen …*

Eine kostspielige Entscheidung, die in der nächsten Zeit ein tiefes Loch in ihre Finanzen riss. Es dauerte aber nicht lange, bis es wieder gefüllt war, denn die Geschäfte liefen gut – sehr zum Ärger ihrer großen Konkurrentin Elizabeth Arden.

Der Umzug hinaus nach *Tall Trees* war innerhalb weniger Wochen bewerkstelligt. Das Apartment an der Upper West Side wurde beibehalten, als Stadtresidenz und Edwards Büro. Nun verfügte er über genügend Platz, um sich dort auszubreiten. Er richtete sich nicht nur seine unverzichtbare Bibliothek, sondern auch einen ganzen Raum für das Firmenarchiv seiner Frau ein. Dort saß er an seinem Schreibtisch und sann über die neuesten Anzeigentexte und Artikel nach.

Innerhalb kürzester Zeit entwickelten sich Roy und Horace zu zwei richtigen Wildfängen. Sogar der sonst so schüchterne Ältere fand Spaß am Herumtollen in der freien Natur und konnte plötzlich seine neu gewonnene Lebensfreude laut herausschreien.

Als Erstes lernten beide Kinder schwimmen. Darauf hatten die Eltern bestanden. Danach erlaubten sie ihnen, zu rudern und auch mit Tom einen Segeltörn über den See zu machen. Die kleine Jacht hatte Helena kurzerhand mitgekauft und damit sozusagen auch den dazugehörigen Skipper. Ihr blieb gar nichts anderes übrig, als Tom einzustellen. Es erwies sich jedoch als eine kluge Entscheidung, denn Tom war ein Tausendsassa, zugleich ein geschickter Handwerker und ein geduldiger Lehrmeister.

Für die geistige Bildung der Kinder war wiederum ein Hauslehrer zuständig. Eine von Helenas Kundinnen hatte ihr John O'Neal empfohlen, einen jungen irischen Philologen, der nach seinem Abschluss in Harvard nicht so recht wusste, was er mit seinem frisch erworbenen Wissen anfangen sollte. Helena wiederum gefiel es, ihre beiden Söhne von dem Absolventen einer amerikanischen Eliteuniversität unterrichten zu lassen – natürlich zu Hause in *Tall Trees,* im eigens dafür eingerichteten Schulzimmer im zweiten Stock des Hauses.

Edward hätte seinen ältesten Sohn gerne in eine richtige Schule geschickt, doch draußen in Greenwich war das schwierig, denn es gab nichts außer den Sonntagsschulen der Kirchengemeinden. Die Gegend war so dünn besiedelt, dass die dort lebenden Kinder zunächst zu Hause unterrichtet und irgendwann später auf ein Internat geschickt wurden. So weit waren Roy und Horace aber noch nicht. Sie durften die nächsten drei Jahre die fast unbeschränkte Freiheit auf dem Lande genießen.

Und das taten sie! In Windeseile lernten beide Reiten und galoppierten auf ihren Pferden – zu Helenas Entsetzen sogar häufig ohne Sattel – durch die Gegend. Auch das brachte ihnen Tom bei. Edward hatte seine helle Freude an seinen beiden aufgeweckten Söhnen, wenn es ihn auch störte, dass sie so gar keinen Umgang mit anderen Kindern kannten.

Zu Roys Geburtstag veranstaltete Helena deshalb eine große Kinderparty und lud einige gleichaltrige Töchter und Söhne ihrer Kundinnen dazu ein. Es wurde ein Fiasko.

Die verwöhnten New Yorker Gören rümpften schon bei der Ankunft ihre Nasen, als ihnen ihre beiden Gastgeber entgegenstürmten und sie sofort in den Pferdestall führen wollten, wo mittlerweile ein zweites Fohlen stand.

»Ich darf nicht in den Stall, hat mir meine Mama gesagt«, lehnte die siebenjährige Marjorie ab und hob ihr Lackschühchen hoch. »Ich will mir meine schönen Schuhe nicht dreckig machen.«

»Im Stall stinkt es doch«, fiel ihr Philipp ins Wort, Sohn eines bekannten Rechtsanwalts. »Meine Ma schimpft bestimmt mit mir, wenn ich nach Hause komme und nach Stall stinke.«

Und so ging es weiter in dieser Tischrunde. Gut, dass John O'Neal sofort schaltete. Nachdem er einen prüfenden Blick über die kindliche Gästeschar hatte wandern lassen, warf er das für diesen Nachmittag eigentlich geplante Programm im Handumdrehen um und veranstaltete brave, die Makellosigkeit der gestärkten Spitzenkleidchen und dunklen Samtanzüge nicht gefährdende Indoor-Spiele.

Den Kindern der New Yorker High Society hatte diese Geburtstagsfeier hervorragend gefallen, wie sie beim Abschied höflich versicherten. Roy und Horace hingegen hatten sich fast zu Tode gelangweilt. Sie beschwerten sich bitterlich bei ihrem Lehrer. Dem blieb gar nichts anderes übrig, als seine beiden Schützlinge noch am gleichen Abend mit einer zünftigen Nachtwanderung zu entschädigen.

Es waren nur wenige, aber glückliche Jahre, die Helena und Edward ihren beiden Söhnen da draußen, gerade einmal eine Stunde von New York entfernt, gönnten. Die geruhsame Atmosphäre und die langsamere Gangart des Landlebens blieben sogar bei der umtriebigen Helena nicht ohne Wirkung.

Kapitel 29

Greenwich 1918

Immer wieder bat Edward Helena, beruflich doch einmal zurückzustecken, und für einen Sommer gelang es ihm tatsächlich, sie zu überreden.

Nach langem Sträuben überwand sich Helena und schlüpfte zum ersten Mal in ihrem Leben in einen Badeanzug. Vorsichtig plätscherte sie im seichten Wasser in Ufernähe, weigerte sich jedoch strikt, sich weiter als bis zu den Knien zu benetzen oder gar schwimmen zu lernen. Dafür ließ sie sich jedoch von ihren jubilierenden Söhnen in einem alten Kahn über den See rudern. Zu mehr Sport war sie nicht bereit.

Das Einzige, wozu sie sich überreden ließ, war, ab und an mit geladenen Gästen eine Partie Krocket zu spielen, gut behütet und im bodenlangen Batistkleid. Das war auch weniger eine sportliche Betätigung als ein gesellschaftliches Ereignis mit Smalltalk und anschließendem Fünfuhrtee. Ein wenig erinnerte Helena dieses Leben an ihre Zeit bei den Lamingtons in Toowamboo, nur dass sie jetzt selbst die Gastgeberin war.

Es war ein heißer Sommer. Helena beobachtete einmal mehr, was für ein Unheil zu viel Sonne auf der menschlichen Haut anrichten konnte. Hinzu kamen in diesen Gefilden die krassen Temperaturunterschiede zwischen Sommer und Winter.

Nach ihrem ersten bitterkalten Winter in New York war sie sehr überrascht gewesen, wie heiß der Sommer an der amerikanischen Ostküste sein konnte. Nun ja, schließlich lag Manhattan auf dem gleichen Breitengrad wie Neapel, belehrte sie Roy. Sein Privatunterricht fruchtete, stellte Helena zufrieden fest.

Nach dem Ende des Sommers zog sich Helena in ihre neue Fabrik auf Long Island zurück und entwickelte dort ihre erste Pflegeserie, die einen vorbeugenden Sonnenschutz bot. Edward saß unterdessen in seinem Büro in Manhattan und sann über vollmundige Anzeigen für die neue Produktlinie nach. Helena plante, damit zur Sommersaison 1919 auf den Markt zu gehen.

Zur Einführung ihrer neuen Sonnenschutzserie lud sie zu einer großen Pressekonferenz, bei der sie auch ihr modernes Labor auf Long Island präsentierte und vor den angereisten Vertretern der Medien einen einstündigen Vortrag über die verschiedenen Hauttypen hielt.

Die sorgfältige Untersuchung ihrer Kundinnen, aber auch ihre intensiven Beobachtungen bei gesellschaftlichen Zusammenkünften, während ihrer langen Bahn- und Schiffsreisen oder einfach auf der Straße hatte Helena oft in kurzen Notizen festgehalten. In ihrem Labor auf Long Island nahm sie sich nun endlich die Zeit, diese Aufzeichnungen sorgfältig auszuwerten. Sie ordnete die Notizen, kategorisierte sie und fasste das Ergebnis kurz und bündig zusammen.

»Das Wichtigste an der wissenschaftlichen Arbeit ist die systematische Auswertung der zuvor gesammelten Beobachtungen«, hatte sie noch ihre Freundin Lilith im Ohr.

Im Geiste sandte ihr Helena einen Dankesgruß über den Atlantik. Wie es ihr wohl in Wiesbaden erging?

»Wie ich festgestellt habe, gibt es eigentlich nur vier verschiedene Hauttypen«, dozierte Helena vor einem ganz besonderen Auditorium. In ihrem obligatorischen weißen Kittel stand sie auf einem kleinen Podest am Kopfende der Eingangshalle ihrer Fabrik und erörterte den gespannt lauschenden Besuchern das Ergebnis ihrer Feldforschung. »Es gibt normale, trockene und fettige Haut. Hinzu kommt eine Mischung dieser drei Hauttypen, die sogenannte Mischhaut.«

Helena genoss die konzentrierte Aufmerksamkeit, die ihr gezollt wurde. Glich dieser Raum, der Empfangs- und Konferenzsaal in einem darstellte, jetzt nicht einem Vorlesungssaal? Obwohl sie niemals studiert hatte, kam sie sich in diesem Moment fast so vor wie ein Professor vor seinen Studenten.

Wenn Lilith oder Dr. Hammerstein oder jemand anders von meinen Mentoren mich jetzt so sehen könnte, wären sie sicher erstaunt, schoss es Helena durch den Kopf.

Sie blätterte in ihren Aufzeichnungen.

»Nur die wenigsten Frauen sind mit einer normalen

Haut gesegnet, die meisten müssen den drei anderen Kategorien zugeordnet werden. Daher hat eine moderne Kosmetik diesen verschiedenen Hauttypen in der Zusammensetzung ihrer Produkte gerecht zu werden«, fuhr sie fort. »In unserer neuen Sonnenschutzserie ist das der Fall. Was unsere bereits auf dem Markt befindlichen Produkte anbelangt, werden wir sie im Laufe der nächsten Monate einer gründlichen Analyse unterziehen, ihre Zusammensetzung entsprechend modifizieren und für jeden Hauttyp die passende Linie entwickeln.«

»Könnte das bedeuten, dass gegebenenfalls sogar eine Ihrer Cremes vom Markt genommen wird?«

Helena hob den Blick von ihren Unterlagen, um zu sehen, wer diese Frage gestellt hatte. Eine sehr gut aussehende junge Frau mit wunderbarem Teint, stellte sie fest. Warum kam sie ihr nur so seltsam bekannt vor?

»Es könnte sein, Miss, aber es wird nicht geschehen«, erwiderte Helena zuversichtlich und lächelte der Journalistin zu. Sie musste ihr unbedingt ein paar Pröbchen zukommen lassen. »Dazu sind meine Produkte zu gut, was aber nicht heißt, dass sie nicht noch besser werden können.«

Die Anwesenden lächelten zustimmend und schrieben eifrig mit.

Zufrieden ließ Helena ihren Blick über die gesenkten Köpfe wandern. Sie war überzeugt davon, dass ihr heutiger Auftritt wieder eine tolle Presse zur Folge haben würde.

Hinten in der letzten Reihe saß Edward und nickte ihr beifällig zu. Offenbar war er der gleichen Auffassung.

Nach der Pressekonferenz leerte sich die Empfangshalle. Nur Helena blieb zurück, um ihre Unterlagen zu ordnen. Da trat Edward auf sie zu.

»Das hast du wirklich ganz hervorragend gemacht, Helena«, lobte er seine Frau. »Du hast alle anwesenden Journalisten von deinen Erkenntnissen überzeugt. Sie werden sie weltweit verbreiten, sogar bis nach Australien.«

»Na ja, soweit ich informiert bin, war heute nur die amerikanische Presse vertreten«, entgegnete Helena.

»Nicht nur!«, widersprach Edward lächelnd. »Darf ich dir eine Journalistin der *Melbourne Times* vorstellen?«

Helena schaute von ihren Unterlagen auf und erkannte die attraktive Journalistin von vorhin.

»Sie waren doch diejenige mit der Zwischenfrage, ob ich eins meiner Produkte vom Markt nehmen würde?«, fragte sie.

Die junge Frau nickte.

»Und Sie kommen aus Melbourne?«, hakte Helena nach.

»Ja, da arbeite ich seit drei Jahren, aber ursprünglich stamme ich aus Coleraine. Meine Familie hingegen …« Sie machte eine wirkungsvolle Pause und schaute Helena erwartungsvoll an.

»Aus Coleraine?«, wiederholte Helena. Ein unbehagliches Gefühl stieg in ihr empor. »Wie heißen Sie?«

»Mein Name ist Alisha, Alisha Silberfeld. Ich soll Ihnen schöne Grüße von meiner Mutter ausrichten«, erwiderte die junge Journalistin.

»Von Ihrer Mutter? Von Eva Silberfeld?«, vergewisserte sich Helena tonlos.

Nach der Scheidung von ihrem prügelnden Mann hatte ihre Cousine wieder ihren Mädchennamen angenommen. Daran erinnerte sich Helena noch.

Alisha Silberfeld nickte. »Sie hat mir empfohlen, mich bei Ihnen persönlich zu melden, wenn ich schon einmal in New York bin. Oder darf ich wieder Du sagen, Tante Helena?«

Helena gab keine Antwort, unterzog ihre Nichte jedoch einer genauen Musterung.

Die kleine Alisha war ein zwar sehr anstrengendes, aber auch sehr hübsches Kind gewesen, und nun stand eine bildschöne junge Frau vor ihr. Wenn sie genauer hinschaute, konnte Helena in deren Zügen sogar noch ansatzweise das niedliche Pausbackengesicht ihres ehemaligen Schützlings entdecken.

»Plärrst du immer noch so viel und stampfst mit den Füßen auf, wenn du deinen Willen durchsetzen willst?«, entfuhr es ihr.

»Helena«, kam es mahnend von Edward, aber Alisha lachte nur.

»Nein, das habe ich mir inzwischen abgewöhnt«, erwiderte sie fröhlich. »Ich habe gelernt, mich anders durchzusetzen.«

»Wie hat es dich denn nach New York und in diese Pressekonferenz verschlagen?«, wollte Helena wissen.

»Auch in Melbourne hat man dich nicht vergessen. Von der geplanten Eröffnung deiner Fabrik auf Long Island war schon vor Wochen in den Zeitungen zu lesen.«

Gute Pressearbeit, Edward, dachte Helena und warf ihrem Mann einen wohlwollenden Blick zu.

Der erwiderte ihren Blick und nickte lächelnd. Wieder einmal wusste er ganz genau, was seine Frau gerade dachte.

»Schließlich sind die Australier sehr stolz auf ihre erfolgreiche Landsmännin«, fuhr Alisha fort. »Als ich meinem Chefredakteur erzählt habe, dass du meine Tante bist, hat er mich kurzerhand nach New York geschickt.«

»Kurzerhand nach New York geschickt«, wiederholte Helena nachdenklich. Irgendwie kamen ihr diese Worte bekannt vor. »Bist du alleine gekommen?«

»Ganz alleine, genauso wie du damals nach Australien«, bestätigte ihre Nichte.

»Und wann fährst du wieder zurück?«

Alisha schwieg, schaute sie nur mit großen Augen an.

»Du willst gar nicht mehr zurück«, stellte Helena fest.

Alisha senkte den Kopf.

Edward räusperte sich.

»Was haben Sie denn für berufliche Referenzen?«, erkundigte er sich freundlich – eine Frage, auf die Alisha vorbereitet zu sein schien, denn sie zog eine rote Ledermappe aus ihrer Tasche.

»Da ich mich hier an der Ostküste sowieso bei den verschiedenen Zeitungen bewerben wollte, habe ich bereits in Melbourne eine Mappe mit einigen Artikeln zusammengestellt, die von mir erschienen sind«, sagte sie. »Vielleicht mögen Sie ja einmal hineinschauen?« Zögernd sah sie zwischen Helena und Edward hin und her.

»Schau du dir das mal an«, befahl Helena ihrem Mann. »Aber zu Hause. Wir fahren jetzt, und du kommst mit!«

Damit hakte sie ihre Nichte unter und zog sie mit sich bis zur wartenden Droschke und damit in ihr Leben.

Blut ist dicker als Wasser, davon war Helena überzeugt. Und so war es für sie auch gar keine Frage, dass sie Alisha unter ihre Fittiche nahm. Dass sie tatsächlich ihre Nichte zweiten Grades, also gar keine so nahe Verwandte war, scherte Helena nicht. Für sie war sie eine Nichte, die sie jedoch gründlich ausfragte, ehe sie diese endgültig in den engeren Familienkreis aufnahm.

»Hast du Familie, bist du verheiratet, verlobt, verliebt? Wie alt bist du inzwischen?«

Ihre Nichte verneinte jegliche Bindung und behauptete, dreiundzwanzig zu sein.

Das konnte nicht stimmen. Im Kopf überschlug Helena rasch die Jahre. Alisha war vier oder fünf gewesen, als sie selbst aus Coleraine geflüchtet war. Demnach ging ihre Nichte auch schon auf die dreißig zu, machte sich aber jünger. Das musste irgendwie in der Familie liegen.

Helena gefiel es.

Noch besser gefiel ihr der Artikel, den Alisha über ihren Vortrag während der Pressekonferenz geschrieben hatte.

»Das muss man ihr lassen, sie kann wirklich schreiben«, bestätigte Edward. »Sie hat deine Ausführungen nicht nur richtig verstanden, sondern auch sehr gut zusammengefasst und in einer leicht verständlichen Sprache wiedergegeben. Besser hätte ich es kaum hinbekommen.«

Ein solches Kompliment aus dem Mund ihres Mannes? Das sollte etwas heißen!

»Könntest du sie in deinem Büro gebrauchen?«, erkundigte sich Helena.

»Ein bisschen Entlastung wäre nicht schlecht«, meinte Edward.

Damit hielt Alisha offiziell Einzug in den Haushalt und das Unternehmen Rubinstein.

»Natürlich ziehst du zu uns nach *Tall Trees*«, beschloss Helena kurzerhand. »Da kannst du dich auch um meine beiden Söhne kümmern, ehe sie da draußen vollständig verwildern. Mit ihnen wirst du wesentlich weniger Arbeit und Ärger haben als ich damals mit deinen beiden Brüdern. Was ist eigentlich aus ihnen geworden? Sind sie immer noch so frech?«

Alisha schaute sie an. »Sie sind beide im Krieg gefallen. Joel war Pilot bei der gerade gegründeten Royal Air Force und wurde bei einem Einsatz in Norddeutschland von einem deutschen Flieger abgeschossen. Aaron kam irgendwo in den afrikanischen Kolonien ums Leben. Genaueres ist nicht bekannt. Von beiden wissen wir nicht, wo sie begraben sind«, sagte sie leise.

»Oh«, machte Helena betroffen. Ihrer Nichte mehr Mitgefühl zu bekunden, dazu war sie nicht fähig.

»Was macht denn deine Mutter?«, wechselte sie lieber das Thema.

»Die versucht mehr schlecht als recht, den Laden von Onkel Bernhard weiterzuführen. Der ist ja auch schon lange tot. Wir beide haben uns nur noch gestritten, deshalb bin ich eines Tages einfach abgehauen«, erzählte Alisha. »Ich habe es in Coleraine einfach nicht mehr ausgehalten.«

»Kann ich gut verstehen«, entgegnete Helena kurz. Das kam ihr alles sehr bekannt vor.

Nahezu reibungslos fügte sich ihre Nichte in *Tall Trees* ein, und nicht nur das! Mit ihrem Charme, ihrem Geschick und ihrer Sportlichkeit bereicherte sie das Familienleben. Die Herzen der beiden Söhne eroberte Alisha im Sturm, auch wenn sie zunächst einiges an ihrem Benehmen zu kritisieren hatte.

In ihren frühen Kinderjahren hatte die Nanny auf den »Benimm« ihrer Schützlinge geachtet. Aber als das Heimweh der Nanny nach England übermächtig geworden war, hatte Helena sie kurz entschlossen an den britischen Konsul in Washington, D. C., vermittelt, der sie nach seiner Versetzung mit zurück nach London genommen hatte.

Nun war es Alisha, die bei Roy und Horace auf gute Manieren pochte, denn durch die häufige Abwesenheit der Eltern hatte sich ein gewisser Schlendrian breitgemacht. Dem irischen Hauslehrer war es egal, wenn die beiden Jungs während der gemeinsamen Mahlzeiten auf ihren Stühlen herumlümmelten, mit aufgestützten Unterarmen das Essen in sich hineinschaufelten und ihre Gabeln auf den Tellern klirren ließen. Das Messer lag nach amerikanischer Sitte sowieso daneben.

Alisha brachte ihnen wieder die europäischen Tischsitten bei, also das Besteck mit beiden Händen zu benutzen.

»Die Gabel wird zum Mund geführt, nicht das ganze Gesicht zum Teller«, predigte sie so lange, bis es fruchtete.

Roy und Horace fügten sich, weil ihnen Alisha so imponierte. Sie war nicht nur eine hervorragende Tennispartnerin, sondern eine für sie unbezwingbare Gegnerin und ließ sich auch gerne einmal auf ein Wettschwimmen ein. Zudem brachte sie ihnen die ersten Tanzschritte bei und lehrte sie, wie man sich einer Dame gegenüber benahm.

Helena war erstaunt. »Wie kommst du zu so geschliffenen Manieren?«, fragte sie ihre Nichte. »Als Kind war bei dir davon noch nichts zu sehen. Du warst schrecklich verwöhnt und unerträglich.«

»Das hat sich geändert, als ich älter wurde. Mama hat mich zurechtgestutzt. Sie hat davon geträumt, mich reich zu verheiraten, und wollte mich deshalb offiziell in die Melbourner Gesellschaft einführen. Ich sollte beim dortigen Opernball debütieren. Das Ballkleid war schon bestellt, und sie hatte Grandpa John überredet, mir aus seinem Juweliergeschäft wertvollen Schmuck auszuleihen. Sogar eine kleine Tiara sollte ich tragen. Die stand mir gar nicht so schlecht.« Alisha kicherte.

»Und dann?«, forschte Helena nach.

»Habe ich mich geweigert und bin nicht mehr zur Tanzstunde gegangen, sondern nach Melbourne abgehauen«, erzählte Alisha fröhlich.

Das kam Helena wieder bekannt vor.

Ihr selbst war gar nicht aufgefallen, wie unerzogen ihre beiden Söhne inzwischen waren. Nicht un*ge*zogen, sondern un*er*zogen.

»Du bist doch sonst immer auf gutes Benehmen bedacht. Wie konntest du es so weit kommen lassen, dass die beiden da draußen dermaßen verwahrlosen?«, schimpfte sie mit ihrem Mann.

»Verwahrlosen ist ja wohl übertrieben. Ein bisschen verwildert sind sie tatsächlich, dafür aber glücklich. Und Alisha ist doch schon dabei, sie wieder zurechtzubiegen. Sie hat beide wirklich im Griff. Das Schöne ist, dass sie bei ihr nicht rebellieren, sondern sich ihren Anweisungen sogar gerne fügen. Sie sind wohl ein bisschen verliebt in ihre große, schöne Cousine. Gut, dass wir sie haben. Es war eine hervorragende Idee von dir, sie ins Haus zu holen.«

Dass Edward sie lobte, gefiel Helena, weniger allerdings das Lob, das er Alisha zollte. Doch er war noch nicht am Ende.

»Im Büro stellt sie sich ebenfalls äußerst geschickt an. Sie hat sich schon sehr gut im Firmenarchiv eingearbeitet. Wir sind gerade dabei, so etwas wie eine kleine Unternehmenschronik für deine Kundinnen zu erstellen. Die will ich hübsch illustrieren und zu einer kleinen, eleganten Broschüre zusammenfassen lassen. Das Heftchen kannst du dann deinen Kundinnen nach der Behandlung mitgeben, aber auch in Hotels oder Kaufhäusern auslegen.«

»Keine schlechte Idee«, sagte Helena nachdenklich.

»Insofern wäre es ganz schön, wenn Alisha ein paar Tage von der Kinderbetreuung entbunden würde und mit nach New York käme. Sie ist mir wirklich eine große Unterstützung. Ich könnte mir keine bessere Assistentin vorstellen. Sie erinnert mich sehr an dich, als wir uns in Melbourne kennengelernt haben.«

Geschickt, wie es Edward gelang, seine Frau in die Lobesrede auf Alisha mit einzubeziehen.

»Aber wir sehen uns doch überhaupt nicht ähnlich!«

Nein, Alisha war ein vollkommen anderer Typ als sie und die übrigen Damen der Familien Rubinstein und Silberfeld. Helena hatte sich schon häufiger gefragt, wie so eine hochgewachsene, blonde Schönheit der Familie Silberfeld entsprießen konnte.

»Mein Vater soll ein sehr schöner Mann mit blonden Locken gewesen sein«, erzählte Alisha auf Helenas diesbezügliche Frage. »Meine Mutter hat sich wohl in sein Aussehen verguckt, ohne zu ahnen, was für ein schlechter Charakter sich hinter der hübschen Fassade verbarg.«

»Nun, ich hoffe, du kommst nicht nach ihm«, erwiderte Helena trocken.

»Ach, Muhme, da brauchst du wirklich keine Angst zu haben«, versicherte ihre Nichte lachend.

Ja, Alisha hatte einen Charme, mit dem sie sogar ihre kritische Tante bezaubern konnte. Eine blonde Schönheit als Repräsentantin ihres Unternehmens hatte sie noch nicht, konnte sie aber gut gebrauchen, insbesondere hier an der amerikanischen Ostküste, wo die WASPs das Sagen hatten.

Wie aber kam es, dass ihr plötzlich Phoebe wieder einfiel? Phoebe mit dem Silberlachen, deren zerbrechliche Schönheit sie in Monaco zunächst so bezaubert hatte, bis der böse Stachel der Eifersucht ihrer Bewunderung den Garaus gemacht hatte …

Eifersucht verspürte Helena gegenüber Alisha vorerst nicht. Dass ihre beiden Söhne ihre Cousine anbeteten, amüsierte sie mehr, als dass es sie irritierte.

Und Edward? Der war viel zu beschäftigt, um sich um das neue Familienmitglied zu kümmern. Dachte sie zumindest.

Helena hatte daher keinerlei Bedenken, ihren Mann und ihre Nichte gemeinsam auf Geschäftsreise zu schicken.

Im Salon von Chicago lief es nicht so rund wie erwartet. Von Stella, die auf Befehl der älteren Schwester Neuseeland den Rücken gekehrt hatte, um diesen Parlour zu leiten, war vor einigen Tagen ein verzweifelter telegrafischer Hilferuf eingetroffen. Da Helena selbst wegen der Entwicklung ihrer angepassten Produktlinien im Labor auf Long Island unabkömmlich war, schickte sie kurzerhand Edward und Alisha los. Sie war überzeugt, dass sie sich hervorragend als Krisenmanager eignen würden.

Beide waren zunächst überrascht von diesem Auftrag, machten sich dann aber mit zunehmender Begeisterung auf den Weg. Kaum dass sie im Zug nach Chicago saßen, stieg in Helena ein seltsames Unbehagen empor. Hatten sich Alisha und Edward nicht ein bisschen zu sehr gefreut? Hatten sie sich nicht ein bisschen zu häufig angeschaut und angelächelt? Hatten sie in den vergangenen Wochen nicht doch zu viel Zeit miteinander verbracht, die Köpfe zu oft zusammengesteckt?

Kurz entschlossen schickte Helena ihnen einen Privatdetektiv hinterher. Er setzte sich noch am Abend des gleichen Tages in den Zug nach Chicago.

Es war früher Abend, als zwei Tage später das Telefon in Helenas Büro über dem Salon in der 49th Street klingelte.

Sie nahm den Hörer ab.

»Madame Rubinstein?«, sagte eine Männerstimme.

»Am Apparat. Sind Sie es, Mr Myer?«, vergewisserte sie sich. »Haben Sie etwas in Erfahrung bringen können?«

»Das habe ich«, erwiderte der Detektiv mit ruhiger Stimme. »Im *Congress Plaza* in Chicago logiert seit zwei Tagen ein Ehepaar Edward W. Titus in einer Suite mit einem einzigen Schlafzimmer.«

»Ein Schlafzimmer?«

»Ein Schlafzimmer!«, bestätigte der Detektiv sachlich. »Das hat mir der Portier versichert. Es tut mir leid, Madame.«

Ohne ihn einer Antwort zu würdigen, legte Helena auf. Warum war sie nicht überrascht?

Kapitel 30

Greenwich 1918

Anders als nach der dramatischen Begegnung mit Helen Ameisen beschloss Helena, dieses Mal nicht zu schweigen, sondern ihren Mann zur Rede zu stellen. Unmittelbar nach seiner Rückkehr konfrontierte sie Edward mit dem Ergebnis der Nachforschungen des Detektivs.

»Als Ehepaar Titus seid ihr in Chicago abgestiegen, im gleichen Hotel, ja sogar in der gleichen Suite, in der wir vor wenigen Monaten genächtigt haben«, überfiel sie ihn.

Edward wurde blass. »Du hast mir hinterhergeschnüffelt«, sagte er tonlos.

»Ich hatte meine Gründe – mehr als berechtigte Gründe«, kreischte Helena. »Und wo wir gerade dabei sind: Bist du nun endlich geschieden?«

Edward wurde noch blasser, wenn das überhaupt möglich war. Schweiß bildete sich auf seiner Stirn. Kraftlos ließ er sich auf einen Stuhl fallen.

»Wie kommst du darauf?«

»Verkauf mich nicht für dümmer, als ich bin. Ich weiß schon seit Langem Bescheid. Ich habe den Brief aus Pittsburgh gesehen, der nur den Scheidungsantrag von deiner ersten Frau enthalten haben kann.«

»Wie kommst du denn darauf?«, versuchte Edward immer noch zu bluffen.

Anstatt weiter zu wüten, wurde Helena plötzlich ganz ruhig, ruhig und eiskalt.

»Ich bin deiner ersten Frau Helen, immer noch verheiratete Ameisen, in Pittsburgh begegnet«, ließ sie die Bombe platzen. »Sie hat mich aufgesucht, nachdem ihr Bruder mich interviewt hatte, ein ehemaliger Kollege von dir beim *Daily Tribune*. Helen Ameisen wollte mich kennenlernen.«

»Warum das denn?«, ächzte Edward.

»Um sich einen Eindruck von mir zu verschaffen.«

»Warum das denn?«, wiederholte er.

»Weil sie wissen wollte, was für eine Frau in der Lage ist, dich zu halten. Ich frage dich nicht, warum du sie verlassen hast. Was ich aber wissen möchte, ist, warum du sie verleugnest – und mit ihr deine beiden Söhne.«

Das war der Moment, in dem Edward zusammenbrach. Niemals zuvor hatte Helena ihren Mann so außer Fassung erlebt. Er weinte wie ein kleines Kind, erging sich in schluchzenden Ausflüchten, Rechtfertigungen, Selbstanklagen.

Nur eine plausible Erklärung für sein Verhalten, die hatte er nicht. Vielleicht, weil er es sich selbst nicht erklären konnte?

Helena hatte noch niemals einen Mann so weinen sehen. Als er sie um Verzeihung bat, schwieg sie. Als er vor ihr auf die Knie fiel und sie anflehte, ihn nicht zu verlassen, verließ sie schweigend das Zimmer.

Enttäuschung und Eifersucht tobten in ihr, doch darunter mischte sich so etwas wie Mitleid, gemischt mit einer leisen Abscheu.

Was für eine demütigende Situation, als er mit erhobenen Händen vor ihr gekniet hatte und danach weinend auf dem Boden zusammengesunken war! Sie fühlte sich abgestoßen.

Umgehend ließ sich Helena von einem Taxi nach Long Island bringen. Die Arbeit im Labor lenkte sie ab und half ihr schließlich, zu einem Ergebnis zu kommen. Die folgenden Tage verschanzte sie sich in ihren Privaträumen in der 49th Street, führte endlose Telefonate mit ihren Anwälten und berief eine Konferenz ein. Ergebnis: Edward William Titus wurde aus dem New Yorker Handelsregister gelöscht. Fortan war er nicht mehr Teilhaber ihrer amerikanischen Firmen.

Edward seinerseits war in das Apartment an der Upper West Side geflüchtet und tauchte in seiner Bibliothek ab. Da sie weder von ihm hörte noch ihn zu sehen bekam, sah sich Helena gezwungen, ihn dort aufzusuchen.

»Wo ist Monsieur?«, fragte sie, als die stets adrette Philine ihr die Tür öffnete.

»In der Bibliothek, Madame«, sagte diese und knickste.

Helena musterte sie argwöhnisch. Eigentlich war Philine viel zu hübsch, um hier oben in dem riesigen Apartment zu versauern.

»Ich habe etwas mit Monsieur zu bereden und anschließend mit dir. In einer Stunde im Damensalon«, befahl sie und rauschte an der überraschten Philine vorbei.

»Oui, Madame.«

Edward war von seinem Zusammenbruch vor wenigen Tagen nichts mehr anzusehen. Er saß, elegant wie stets, in einem schweren Ledersessel und las in einem dicken Buch.

»Hast du nichts Besseres zu tun?«, herrschte Helena ihn an.

Überrascht schaute er hoch. »Du hier?«

»Ja, ich hier«, fuhr Helena ihn an. »Schließlich bin ich hier genauso zu Hause wie du.«

»Aber eigentlich hältst du dich doch viel lieber in deinem Refugium über dem Salon auf«, behauptete er. »Oder draußen im Labor.«

Damit hatte er zwar recht, dennoch machten seine Worte Helena noch wütender. Unter Aufbringung aller Selbstbeherrschung setzte sie ihren Mann über ihre in den letzten Tagen getroffenen Entscheidungen in Kenntnis.

»Du wirst nach Europa zurückkehren«, teilte sie ihm entschlossen mit.

Edward atmete erleichtert auf, legte seine Lektüre beiseite und schaute seine Frau aufmerksam an.

Helena nestelte an ihrer großen Handtasche herum, zog einen Umschlag heraus und warf ihn auf den Tisch.

»Deine Schiffspassage nach Cherbourg ist schon gebucht. Du verlässt New York nächste Woche. Alleine!«

»Und die Kinder?«

»Bleiben bei mir«, verkündete Helena.

»Wer wird sich um sie kümmern?«

»Alisha bestimmt nicht, die ist gefeuert. Soll sehen, wo sie bleibt, dieses kleine Miststück!«

»Helena! So kannst du doch nicht mit deiner Nichte umspringen!«

»Wage es nicht, mir zu widersprechen!« Jetzt war es doch wieder vorbei mit Helenas Beherrschung. »Du hast keine Skrupel, mich mit meiner Nichte zu betrügen, und machst mir anschließend Vorschriften, wie ich mit ihr umzugehen habe!«, tobte sie. »Ich kann dir sagen, wie ich mit ihr umgesprungen bin. Sie sitzt seit drei Tagen in einem Zug in Richtung Westküste und wird von San Francisco aus mit einem Dampfer der *Great White Fleet* nach Melbourne zurückkehren. Erste Klasse habe ich für dieses Flittchen sogar noch gebucht. Da redest du noch von ›Umspringen‹!«

»Deine Nichte ist kein Flittchen«, sagte Edward ruhig. Er hatte wieder zu seiner üblichen Gelassenheit zurückgefunden. Nichts erinnerte mehr an das Häufchen Elend, das vor wenigen Tagen schluchzend vor ihr gelegen hatte. »Sie ist eine sehr intelligente junge Frau, die bei mir Schutz und Trost gesucht hat.«

»*Schutz und Trost?* Wozu braucht sie Schutz und Trost?«

»Sie ist sehr einsam, hat sich allein gefühlt.«

»Draußen in *Tall Trees* hatte sie doch Roy und Horace.«

Edward zuckte mit den Schultern. »Sie hat sich aber nach Liebe und Zuwendung gesehnt.«

»Die du ihr zu geben bereit warst«, ergänzte Helena fauchend.

»So wie sie mir«, entgegnete Edward. »Auch ich bin einsam.«

»Wie bitte?«

Sprachlos starrte sie ihren Mann an, der erneut mit den Schultern zuckte. Dann griff er nach seinem Buch, klappte es auf und begann darin zu blättern.

»Helena, ich habe in den letzten Jahren neben dir zu frieren begonnen«, sagte er, ohne aufzuschauen. »Für dich war es nur noch wichtig, dass ich als ein Rädchen im Getriebe deines Unternehmens funktionierte. Ich war für dich nützlich, aber ohne persönliche Bedeutung. Seit deiner Rückkehr aus Pittsburgh hast du eine Mauer um dich herumgezogen, durch die für mich kein Hindurchkommen mehr war.«

»Das hatte seine Gründe«, schnappte Helena.

Edward nickte. »Ja, das hatte seine Gründe«, bestätigte er leise. »Aber warum hast du mir nicht gleich von Helen erzählt?«

»Warum sollte ich?«

»Weil der Graben, der sich zwischen uns auftut, damals vielleicht noch zu überbrücken gewesen wäre.«

»Ich war einfach zu beschäftigt mit dem Aufbau des Geschäfts, der neuen Fabrik in Long Island, dem Kauf und der Einrichtung von *Tall Trees* und … und … und ich wollte keinen Skandal«, rechtfertigte sich Helena. »Stell dir vor, die Presse hätte erfahren, dass ich mit einem Bigamisten verheiratet bin!«

»Das bist du nicht, denn die Scheidung ist längst durch«, sagte Edward kurz. Er blätterte immer noch in seinem Buch. »Du hast Edward W. Titus geheiratet, nicht Arthur Ameisen«, fuhr er fort. »Juristisch betrachtet ist alles, was unsere Eheschließung anbelangt, korrekt und unanfechtbar.«

»Juristisch korrekt. Und menschlich?«, fragte Helena. »Wie es mir dabei erging, als ich erfahren musste, dass du schon einmal verheiratet warst und auch noch zwei Söhne aus dieser Ehe hast, interessiert dich überhaupt nicht?«

»Interessierst du dich für mich, Helena?« Forschend schaute er sie an. »Hast du dich jemals gefragt, wie es mir geht, wie ich mich fühle?«

Helena biss sich auf die Lippen und schwieg.

»Erinnerst du dich an unsere ersten Jahre in Melbourne, als wir zusammen ausgegangen sind, uns stundenlang gegenübergesessen und miteinander geredet haben? Oder an unsere Flitterwochen an der Côte d'Azur? Vor deiner dramatischen Flucht«, setzte er hinzu. »Auch unsere Londoner Jahre und die kurze Zeit in Paris waren schön, weil wir uns gegenseitig noch wahrgenommen, miteinander geredet und ausgetauscht haben. Und der gemeinsame Sommer auf *Tall Trees*! Da warst du so gelöst, und die Kinder waren glücklich, endlich eine richtige Mutter zu haben.«

Helena schwieg.

»All das ist uns abhandengekommen.« Edward klappte sein Buch zu und schaute sie an. »Und ich fürchte, für immer«, schloss er traurig.

»Dann ist es uns eben für immer abhandengekommen, aber du trägst die Schuld daran!« Helena machte auf dem Absatz kehrt, marschierte Richtung Tür und riss sie auf. »Philine, wo bleibst du?«, rief sie in den dunklen Flur. »Ich warte auf dich.«

Mit einem Knall warf sie die Tür der Bibliothek hinter sich zu und marschierte in den Damensalon. Dort stand bereits Philine und schaute ihr ängstlich entgegen.

»Pack deine Sachen, du fährst mit mir nach *Tall Trees*. Dort kann ich dich besser gebrauchen als hier«, befahl Helena dem erstaunten Dienstmädchen.

Philine blieb gar nichts anderes übrig, als zu gehorchen.

Während der Fahrt hinaus nach Greenwich schaute die junge Französin Helena immer wieder forschend von der Seite an. Schließlich räusperte sie sich.

»Willst du was sagen?«, fuhr Helena sie an.

Philine zuckte zusammen.

»Ich wollte nur wissen, warum, warum …«

»Warum *was*?«

»Warum Monsieur nicht mit hinausfährt.«

»Monsieur muss packen«, erwiderte Helena kurz. »Er kehrt nach Europa zurück.«

»Der hat es gut«, entfuhr es der jungen Französin.

»Warum?«

»Weil er zurück nach Hause darf«, flüsterte sie.

»Nach Hause? Hast du etwa Heimweh?«

»Oui, Madame, ganz schreckliches Heimweh.« Philine nickte. Tränen traten ihr in die Augen. »Meine Abreise aus Paris war damals so überstürzt, dass ich von meinen Lieben überhaupt nicht richtig Abschied nehmen konnte. Ich habe meine Mutter seit drei Jahren nicht mehr gesehen.«

»Wo kommst du eigentlich her?«, unterbrach Helena ihren Redefluss.

»Aus Pas-de-Calais ganz im Norden von Frankreich, direkt gegenüber von Dover.«

»Das hört man dir aber gar nicht an, du hast überhaupt keinen Akzent«, stellte Helena staunend fest.

»Nein, den hat mir Marie ausgetrieben.« Philine lächelte schon wieder.

»Marie?«

»Ja, die Köchin im Haushalt meiner ersten Anstellung. ›Mit diesem harten Akzent wirst du es niemals zu einer gehobenen Stellung bringen‹, hat sie gesagt und mich so lange getriezt, bis ich ein akzentfreies Französisch sprach.«

Helena schoss eine Idee durch den Kopf. »Das ist ganz wunderbar! In *Tall Trees* wirst du mit meinen beiden Söhnen nur und ausschließlich Französisch sprechen.«

Roy und Horace waren sehr unglücklich über das plötzliche Verschwinden ihrer schönen Cousine gewesen. Doch außer »Alisha musste nach Australien zurück« erhielten die Kinder keine weitere Erklärung. Aber als ihre Mutter wenig später in Begleitung von Philine auftauchte, die sie sofort mit einem französischen Redeschwall überfiel, vergaßen sie rasch, weiter nach Alisha zu fragen.

Kapitel 31

Paris 1919

Als Helena ein halbes Jahr später mit ihren Söhnen ebenfalls Richtung Europa aufbrach, um sich wieder in Paris niederzulassen, waren die beiden dank Philine sprachlich so gut auf ihre neue und auch ehemalige Heimat vorbereitet, dass sie problemlos eingeschult werden konnten. Ihr Vater hatte darauf bestanden und sich ausnahmsweise gegen seine starke Ehefrau durchgesetzt.

Ein wenig verdutzt war er schon darüber gewesen, dass sie ihm mit Kind und Kegel nach Frankreich folgte.

»Ich bin dir doch nicht gefolgt«, schnappte Helena prompt. »Die Geschäfte haben mich gerufen. Ich werde hier benötigt.«

Edward hatte wie üblich mit den Schultern gezuckt und war zu seinen geliebten Künstlern in eins der zahlreichen angesagten Cafés von Montparnasse geflüchtet.

Nur wenige Häuser von ihrem ersten Salon entfernt eröffnete Helena unmittelbar nach ihrer Rückkehr aus New York ihren nächsten Schönheitssalon. Es sollte nicht der letzte in der Rue du Faubourg Saint-Honoré bleiben.

Kurz darauf erhielt sie Post von Lilith aus Wiesbaden:

Wo willst Du noch hin, Helena?
Halte ein! Schau zurück, empfinde Stolz und Zufriedenheit über all das, was Du aus eigener Kraft geschaffen hast. Du hast ein kleines Imperium aufgebaut. Du hast einen wundervollen Ehemann, der Dir Hilfe und Unterstützung bietet. Mit über vierzig Jahren ward Dir das Glück beschieden, noch zweimal Mutter werden zu dürfen.

Darum beneide ich Dich am meisten, Helena. Nicht um Deinen Reichtum, Dein Geschäft, Deinen vielen Schmuck oder Deine riesige Kunstsammlung, sondern um Deine beiden Söhne. Wie sehr haben Joseph und ich uns immer Kinder gewünscht, aber es sollte nicht sein. Nun sind meine Patienten meine Kinder – und ein bisschen auch mein lieber Mann.

Helena, wie lange haben wir uns nicht mehr gesehen? Wann werden wir uns endlich einmal wieder von Angesicht zu Angesicht gegenübersitzen? Du fehlst mir!

Doch niemand konnte Helena dazu bewegen, eine etwas langsamere Gangart in ihr Leben zu bringen, weder beruflich noch privat.

Ihrer vorübergehenden Trennung von Edward, seiner Verbannung nach Europa folgte noch lange keine Scheidung. Sie hatte ihren Mann lediglich im Handelsregister seiner offiziellen Funktionen enthoben; juristisch korrekt. Für seinen Unterhalt kam sie dennoch nach wie vor auf, ebenso wie sie ihn für seine journalistische Arbeit bezahlte.

Nicht üppig, aber zuverlässig. Denn nach wie vor benötigte sie seinen Rat. Er war für ihr Geschäft unentbehrlich.

Und privat?

Ihre Beziehung blieb unberechenbar, wurde zunehmend destruktiv. Sie konnten nicht mit-, aber auch nicht ohneeinander. Dennoch zeigte sich Edward den Reizen anderer Frauen gegenüber immer aufgeschlossener, je mehr sich seine Frau ihrem Unternehmen widmete.

Was Helena natürlich zugetragen wurde. Paris war nicht nur die Hauptstadt der Mode und der Künste, sondern gleichfalls die Hochburg des weltweiten Klatsches und Tratsches. Nirgendwo sonst verstand man sich so gut darauf, Gerüchte in die Welt zu setzen und Intrigen zu spinnen.

Helena litt, obwohl sie sich das Scheitern ihrer Ehe doch längst hätte eingestehen müssen. Aber sie liebte ihren Edward eben doch noch. Sie sehnte sich nach ihm, verbannte ihre Gefühle jedoch im hintersten Winkel ihres Herzens.

Die kluge Lilith ahnte, was mit ihrer Freundin los war, und fühlte ihr auf den Zahn:

Kann es sein, dass Du sexuell frustriert bist? Anders können wir uns Dein unstetes Herumreisen nicht erklären. Wovor flüchtest Du, Helena?

Wutschnaubend zerriss Helena diesen Brief in tausend kleine Fetzen und verbrannte ihn im Kamin. Sie hatte sich so gefreut, nach Ende des Krieges wieder offen mit ihrer

Freundin korrespondieren zu können, und nun das. So eine Frage war einfach indiskret.

Lilith bekam niemals eine Antwort und musste sich überhaupt etliche Monate gedulden, bis sie den nächsten Brief von Helena erhielt.

Zeit für Privatkorrespondenz blieb Helena eigentlich immer nur während ihrer langen Reisen. Und sie reiste unablässig: von Paris nach London, von da aus nach Liverpool, um über den Atlantik zu setzen. Im Zugabteil oder in ihrer Schiffskabine schrieb sie lange Briefe.

Nach ihrer Rückkehr nach Europa reiste sie via Paris und Genua – ihre allererste Route – wieder einmal nach Australien, wo ihr allerorten der rote Teppich ausgerollt und sie mit überschäumender Begeisterung empfangen wurde. Man war so stolz auf diese erfolgreiche Australierin, die doch längst Amerikanerin war.

Ein schon sehr gebrechlicher Mr Thompson schloss sie in die Arme.

»Ich bin so stolz auf Sie, Miss Helena. Sie haben es wirklich weit gebracht, viel weiter als ich, der ich immer noch in Melbourne festsitze.«

»Aber Sie haben doch auch weltweite Geschäftsbeziehungen«, wandte Helena ein.

»Für Tee, mein Kind, nur für Tee, eine alte Handelsware. Aber Sie führen ein Unternehmen mit Zukunft. Und nun sagen Sie, wie fühlen Sie sich in Ihrer alten Heimat?« Forschend schaute ihr ehemaliger Mentor sie an. »Haben Sie nicht ab und an ein bisschen Heimweh nach Melbourne?«

»Heimweh?«, wiederholte Helena nachdenklich. »Nach Melbourne?«

Sie schaute aus dem Fenster des Restaurants, in dem sie gerade saßen. Die Stadt hatte sich inzwischen weiterentwickelt und verändert, ähnelte mehr denn je einer der europäischen Metropolen, zwischen denen sie unablässig hin und her pendelte.

»Ich kenne kein Heimweh, ich bin nirgends zu Hause.«

»Wirklich nicht?«, vergewisserte sich der alte Mr Thompson. »Das hört sich traurig an. Sie haben doch Familie.«

»Eine riesige Familie«, bestätigte Helena, »über den ganzen Globus verteilt. Insofern bin ich überall zu Hause.«

New York, 31. März 1965

Das Telefon auf Helenas Schreibtisch schnarrte kaum hörbar. Nachdem Mala gegangen war, hatte Helena den Klingelton leise gestellt. Normalerweise schrillte er durch die gesamte obere Etage des Manhattaner Bürogebäudes und ließ die Sekretärinnen in den winzigen Büros entlang des langen Flurs zusammenzucken, ehe sie sich wieder brav über ihre Schreibmaschinen beugten.

Helena stellte das Telefon sonst nie leise, aber heute war ihr danach gewesen.

Nachdenklich schaute sie auf den schwarzen Apparat. Sollte sie abnehmen oder nicht? Auch eine Frage, die sie sich noch niemals gestellt hatte.

Die direkte Durchwahl kannte nur ein exklusiver Kreis auserwählter Mitarbeiter und Familienmitglieder. Gerne entzog Helena das Privileg, sie direkt anzurufen, wenn sie sich mit jemandem überworfen hatte. Je älter sie wurde, desto häufiger geschah das. Sogar Patrick hatte sie schon einmal verboten, sie jemals wieder anzurufen. Damals nach dem großen Streit.

Nur mit all ihrer Überzeugungskraft war es Helena gelungen, den jungen Iren zurückzuholen. Die ganze Familie hatte aufgeatmet, als Patrick sich entschlossen hatte, der ebenso geliebten wie gefürchteten Patriarchin wieder mit stoischem Langmut zur Seite zu stehen …

Helena ging bereits auf die achtzig zu, als sie Patrick O'Higgins fünf Jahre nach Ende des Zweiten Weltkriegs das erste Mal traf. Es war eine Zufallsbegegnung auf einer Straße mitten in Manhattan.

Auf dem Weg ins Büro lief ihr Federico Berzeviczy-Pallavicini über den Weg, ein Maler und Designer, den sie schon einige Male mit der Gestaltung ihrer Innenräume beauftragt hatte. Besonders hilfreich war er ihr unmittelbar nach dem Krieg bei der Rekonstruktion und Neugestaltung ihrer von den Deutschen verwüsteten Wohnung auf der Île Saint-Louis in Paris gewesen. Damals hatten sie heiße Diskussionen miteinander geführt, weil Helena trotz der opulenten Innenarchitektur im Louis-quatorze- und Louis-seize-Stil darauf bestanden hatte, die von den Deutschen verursachten Schäden an Möbeln und Kunstwerken nicht zu beseitigen, sondern zu erhalten.

»Wissen Sie überhaupt, wer hier gewohnt hat?«, hatte Pallavicini sie empört gefragt.

»Nein, wer denn?«

»Arno Breker!«

»Wer ist Arno Breker?«

Fassungslos hatte sie der gebürtige Wiener angestarrt. »Sie wissen nicht, wer Arno Breker ist?«

»Sollte ich?«

»Er war ein Bildhauer, der dank seiner Beziehungen zu Albert Speer Ihre schöne Wohnung zugewiesen bekam.«

»Wer ist Albert Speer?«

Ihr Innenarchitekt stöhnte auf. »Das war der Reichsminister für Rüstung und Kriegsproduktion. Eigentlich war er Architekt, Hitlers Lieblingsarchitekt. Er hat die Reichskanzlei entworfen. Gemeinsam haben sie ihre Visionen für Germania entworfen, mit der Umgestaltung Berlins begonnen und schon vor der Bombardierung ganze Stadtteile abreißen lassen«, hatte Pallavicini erklärt.

»Ein weiterer Grund, die Spuren dieser Berserker hier in Paris nicht vollständig zu beseitigen, auch nicht in meiner von ihnen zerstörten Wohnung«, hatte Helena entschlossen erwidert. »Dergleichen darf nicht vergessen werden.«

Unmittelbar über der gelb gesteppten Bettrückwand ihres Schlafzimmers befand sich ein unübersehbares Einschussloch und bildete einen harten Kontrast zu der mit Perlmutt belegten und Goldsatin gepolsterten Empire-Garnitur, die einmal der Kaiserin Eugénie gehört hatte. Helena hatte sie ihrer zunehmend von Verarmung bedrohten Freundin Misia abgekauft und einen horrenden

Preis dafür gezahlt, was sie in diesem Fall aber nicht schmerzte.

Zum Zeitpunkt ihres Wiedersehens war der sich schon lange als Vollblutitaliener ausgebende Federico Pallavicini Artdirector des ambitionierten Kunstmagazins *Flair*. Bereits seit ihrem ersten Erscheinen sprach Helena dieser Publikation jede Perspektive und Zukunft ab. Doch ehe sie diese Auffassung ihrem Bekannten kundtun konnte, stieß ein junger, hochgewachsener Mann hinzu, den Pallavicini als seinen Kollegen Patrick O'Higgins vorstellte.

Helena gefiel er auf Anhieb. Sein roter Haarschopf, seine stattliche, gepflegte Erscheinung und seine ausgezeichneten Manieren imponierten ihr. Und weil er ihr so gut gefiel, lud sie den jungen Iren kurzerhand zum Essen in ihre Wohnung in der Park Avenue ein, ehe sie weiterhastete, belustigt über die verblüffte Miene, mit der er auf ihre Einladung reagiert hatte.

Überpünktlich, wie es sich gehörte, erschien er zum Dinner. Sein Staunen darüber, wer sich da alles in ihrer Wohnung tummelte, war ihm deutlich anzusehen. In der Tat war es eine illustre Gesellschaft, die an diesem Abend an Helena Rubinsteins Tafel Platz nahm und sich anschließend in den zahllosen Räumen des Manhattaner Triplex verteilte. Aber er schlug sich tapfer und beherrschte die Kunst des Smalltalks, mit der sich Helena immer noch so schwertat.

Helena sah ihn ins Gespräch mit ihrer Nichte Mala vertieft, in einen lebhaften Disput mit ihrer PR-Assistentin Sara Fox verwickelt, ja entdeckte ihn sogar neben Salvador

Dalí unter ihrem Porträt. Mit ausladenden Gesten schien der spanische Maler dem jungen Mann, der ihm mit gerunzelter Stirn zuhörte, etwas zu erklären.

Ob dieser O'Higgins etwas von Kunst verstand? Umso besser.

Irgendwann gesellte sich Helena zu ihrem neuesten Gast und fragte ihn aus. Patrick stand ihr getreulich Rede und Antwort. Zwischen beiden Kriegen als Kind reisefreudiger irischer Eltern in Paris geboren, war er schon früh ins Internat abgeschoben worden. Auf den Besuch einer elitären britischen Militärakademie war der unvermeidbare Kriegseinsatz gefolgt, bei dem er in Deutschland schwer verletzt worden war. Nach monatelangem Krankenhausaufenthalt hatte er sich danach erfolglos in Paris durchgeschlagen, ehe es ihm eine Erbschaft ermöglicht hatte, nach New York zu gehen.

»Und diese Erbschaft ist längst aufgebraucht«, kommentierte Helena seinen Bericht und schaute ihn scharf an.

Der junge Ire nickte betrübt. »Glücklicherweise habe ich ja nun diese Stelle in der Redaktion von *Flair* gefunden. Mir macht meine Arbeit großen Spaß.«

»Dieses Magazin hat keine Zukunft«, prophezeite Helena.

»Wie kommen Sie darauf?« Betroffen schaute er sie an. »Warum denn nicht?«

»Zu aufwendig gestaltet, zu teuer und anspruchsvoll«, behauptete sie.

»Wir haben unsere Leserschaft und feste Abonnenten«, widersprach Patrick.

»Trotzdem keine Perspektive, warten Sie es ab«, beharrte Helena und erhob sich. »Melden Sie sich gerne bei mir, wenn Sie danach einen neuen Job suchen. Ich werde sehen, was ich für Sie tun kann. Einen schönen Abend noch!« Damit ließ sie den verdutzten Besucher allein zurück.

Und Helena sollte recht behalten. Nur wenige Monate später erschien die letzte Ausgabe von *Flair*. Die Begründung für die Entscheidung, die Produktion einzustellen: zu ambitioniert, zu elitär, zu kostspielig. Der Mäzen drehte kurzerhand den Geldhahn zu.

Patrick richtete schriftlich eine vorsichtige Anfrage an Helena, die sie in Europa erreichte.

Ich melde mich, wenn ich wieder in New York bin, schrieb sie zurück und hielt Wort.

Nach ihrer Rückkehr musste sich Helena eingestehen, dass das Alleine-Reisen immer beschwerlicher wurde – und überhaupt keinen Spaß mehr machte. Seltsamerweise fand sich im Kreise ihrer Familie jedoch keine zuverlässige Reisebegleitung.

Mala ließ sich zwar für geschäftliche Reisen immer wieder gerne einspannen, aber monatelange Touren kreuz und quer durch aller Herren Länder und über mehrere Kontinente hinweg lehnte sie ab. Die gemeinsame Reise nach Moskau war ein mit viel Anstrengung verbundener und von Erfolg gekrönter Höhepunkt gewesen. Danach wollte Mala etwas kürzertreten, was das Reisen anging. Helena bedauerte es sehr, denn sie war gerne mit ihrer Nichte unterwegs.

Der Prinz, ihr zweiter Ehemann, reiste zwar gerne, aber eben nicht geschäftlich, sondern nur, um am nächsten Bridge-Turnier teilzunehmen. In den letzten Jahren hielt er sich bevorzugt in Hollywood auf, wo er bereits mit etlichen Stars per Du war, was Helena zu der Überlegung veranlasste, der Filmmetropole ebenfalls einmal einen Besuch abzustatten. Rein geschäftlich natürlich, nicht zum Vergnügen.

So kam Helena Patrick O'Higgins' Jobsuche wie gerufen. Um das Gehalt feilschten sie so lange, bis sie seine ursprüngliche Vorstellung um die Hälfte gedrückt hatte. Sicher, sie hätte es sich leisten können, ihm das Dreifache zu zahlen, aber sie wollte nicht. Er hatte doch keinen Grund, sich zu beschweren, fand sie. Schließlich bot sie ihm freie Kost und Logis und öffnete ihm darüber hinaus Tür und Tor zur Welt der Reichen, Schönen und der besten Gesellschaft. Wie frei und unbefangen er sich dort bewegte und über welch hervorragende Beziehungen er selbst verfügte, war für Helena überraschend, aber umso willkommener. Er kam aus einem »guten Stall«, stellte Helena befriedigt fest und beglückwünschte sich zu dem guten Fang, den sie mit diesem jungen Iren gemacht hatte.

Das Telefon hatte aufgehört zu klingeln. Wahrscheinlich war es Patrick gewesen. Es war das erste Mal, dass Helena ein Gespräch nicht sofort angenommen hatte.

Kapitel 32

Wiesbaden 1932

Wie viele Jahre war es her, dass Helena ihre Freundin Lilith zuletzt gesehen hatte? Jedenfalls viel zu viele. Entsprechend groß war der Jubel beim Wiedersehen. Die beiden Frauen fielen sich in die Arme, herzten und küssten sich, konnten kaum voneinander lassen.

Auch Dr. Kapp schien sich über Helenas Besuch in Wiesbaden zu freuen. Er begrüßte sie mit einem formvollendeten Handkuss. Als er sich wieder aufrichtete, ließ er seinen forschenden Blick über sie wandern.

Wie schon vor Jahren wurde es Helena auch dieses Mal mulmig. Der Mann ihrer Freundin konnte seinen Beruf einfach nicht verleugnen. Er schien regelrechte Röntgenaugen zu haben.

»Sie sehen erschöpft aus, Helena«, stellte er fest. »Gut, dass Sie endlich wieder zu uns gefunden haben. Sie sollten sich wirklich Zeit für eine längere Kur nehmen. Wie lange gedenken Sie zu bleiben?«

»Nun, mindestens vier Tage habe ich schon eingeplant, die sind bereits im *Nassauer Hof* gebucht«, erwiderte Helena.

»Vier Tage? Das ist viel zu kurz!« Liliths Protestschrei ging Helena durch Mark und Bein.

»Wie wollen Sie sich denn da erholen, gnädige Frau?«, erkundigte sich Dr. Kapp. »Wann waren Sie das letzte Mal beim Arzt und haben sich gründlich untersuchen lassen?«

»Ich? Beim Arzt?«, fragte Helena verdutzt. »Keine Ahnung, ich bin doch nicht krank, bin jahrelang nicht krank gewesen«, setzte sie stolz hinzu.

»Kommen Sie morgen in meine Sprechstunde«, beschied sie Dr. Kapp. »Ich möchte Ihnen Blut abnehmen und …«

»Aber warum denn? Ich bin doch nicht krank und …«

»Kommt überhaupt nicht infrage! Wenn du untersucht wirst, dann nur von mir«, unterbrach sie Lilith. »Morgen ist Mittwoch, da ist meine Praxis am Nachmittag geschlossen. Ab zwei Uhr werde ich ganz für dich da sein. Bis dahin wirst du es dir bei uns so richtig gemütlich machen. Ruf gleich im Hotel an, und lass dein Gepäck hierher bringen.«

»Wie bitte?«

»Du glaubst doch wohl nicht, dass du während deines Besuchs im Hotel logierst. Natürlich wirst du bei uns wohnen. Wir haben dir schon die Wohnung drüben in der Dependance herrichten lassen.« Lilith wies mit dem Kopf hinaus in Richtung des Parks, in dem die Dienstvilla des Wiesbadener Kurarztes stand. In unmittelbarer Nähe befand sich ein kleiner pavillonartiger Bau. »Eigentlich ist es das Gärtnerhaus, aber wir haben es als Gästehaus hergerichtet, weil unser Gärtner lieber in der Stadt wohnt. Es ist sehr hübsch geworden. Du wirst dich bestimmt wohlfühlen.«

»Aber ich habe doch schon vier Tage im Hotel gebucht und bezahlt«, wandte Helena ein.

»Vier Tage, das ist viel zu kurz!«

»Ich kann doch jetzt nicht einfach stornieren.«

»Na gut, dann wohnst du eben die vier Tage im Hotel ab«, willigte Lilith ein. »Aber anschließend ziehst du zu uns.«

»Ich muss nächste Woche zur Eröffnung der großen Kunstausstellung des Herbstsalons in Paris sein und habe Coco versprochen …«

»Paris und deine Freundin Coco können warten!« Lilith konnte genauso unerbittlich sein wie sie selbst.

Ihr Mann räusperte sich. »Helena, tun Sie sich und Ihrer Gesundheit einen Gefallen«, sagte er. »Aus der Ferne beobachten wir seit Jahren Ihren Weg. Es ist schier unglaublich, was für eine Entwicklung Sie vollzogen haben, seit Sie zum ersten Mal bei uns in Wiesbaden zu Besuch waren. Sie tun nicht nur viel für die Schönheit, sondern auch für die Gesundheit anderer Frauen, ohne dabei auf Ihre eigene zu achten.«

»Wie jung wir damals bei deinem ersten Besuch noch waren«, unterbrach ihn seine temperamentvolle Frau. »Ich stand unmittelbar vor dem Rigorosum und der Eröffnung meiner eigenen Praxis. Weißt du noch, wie wir beide über dem Fragenkatalog für Professor Berthelot gebrütet haben?«

»O ja, meine Aufzeichnungen und die vielen Fragen haben den alten Herrn sehr beeindruckt«, bestätigte Helena lächelnd, dankbar für den geschickten Themenwechsel ihrer Freundin. »Du hast ja alles so hervorragend ins Französische übersetzt«, setzte sie hastig hinzu, denn sie bemerkte, wie Dr. Kapp missbilligend die Stirn runzelte. Er wusste genau, welchen Anteil seine Frau an diesen Unterlagen hatte.

»Seitdem hat sich viel getan, was die Entwicklung der Hautpflege und neue Heilungsmethoden anbelangt. Über all das wollte ich mit dir in den nächsten Tagen reden, um dich auf den neuesten Stand zu bringen«, lockte Lilith, die ihre Freundin nur zu gut kannte.

»Vielleicht haben Sie sogar Lust, selbst einige der neuen Behandlungsarten zu erproben?«, fiel Dr. Kapp ein.

Jetzt biss Helena an. »Gut, dann werde ich die nächsten vier Tage im *Nassauer Hof* bleiben. Von dort aus kann ich die wichtigsten Telefonate führen und dringend anstehende Anweisungen für meine Mitarbeiter telegrafisch versenden. Danach ziehe ich zu euch«, willigte sie ein.

»Wunderbar«, jubilierte Lilith, riss Helena an sich und küsste sie überschwänglich.

Vorsichtig löste Helena sich aus der heftigen Umarmung. Sie mochte dergleichen immer noch nicht besonders. Für ihren Geschmack war die Begrüßung schon stürmisch genug ausgefallen.

»Du hast dich nicht verändert«, sagte sie zu ihrer Freundin und lächelte nachsichtig.

»Das will ich aber auch hoffen«, meinte ihr Mann und wandte sich direkt Helena zu. »Sie aber schon, bis auf …« Er schaute sie nachdenklich an.

»Lass sie, Joseph«, mischte sich seine Frau ein. »Du weißt doch, dass Helena das nicht mag.«

»Wollen Sie am Ende behaupten, ich sei alt geworden?«

»Aber nein doch, Helena, Sie sehen blendend aus«, beeilte sich Dr. Kapp zu versichern. »Sie haben sich zu einer wahren Schönheit entwickelt.«

»Soll heißen, ich war früher hässlich?« Wütend funkelte sie ihn an.

Lilith lachte hellauf. »Helena, ach, Helena, sei doch nicht so empfindlich. Du willst einfach missverstehen, hast immer noch keine Ahnung, wie man richtig mit Männern umgeht.«

»Hauptsache, sie tun, was ICH will«, entgegnete Helena brüsk.

»Das sollen sie natürlich, aber sie dürfen es nicht merken, sondern du musst sie glauben lassen, dass sie selbst wollen, was du eigentlich willst. Das ist der ganze Trick. Nicht wahr, Liebling?« Lilith schmiegte sich an ihren Mann und schaute ihn schmachtend an.

Lächelnd beugte Joseph Kapp sich zu ihr hinunter und küsste sie. Lilith blickte über seine Schulter und zwinkerte Helena zu.

Da hatte sich nichts geändert, die beiden waren immer noch ineinander verliebt, obwohl sich durch Liliths wallende rote Lockenpracht bereits die ersten feinen grauen Strähnchen zogen.

»Nun erzähl schon!«, forderte Lilith ihre weit gereiste Freundin auf.

In riesige Badetücher gehüllt, lagen sie nebeneinander auf bequemen Liegen im Ruheraum des Bad Homburger

Kurhauses, um zu entspannen. Sie hatten gerade ihr vormittägliches Programm absolviert, angefangen mit Frühgymnastik unter freiem Himmel und Schwimmen im warmen Solebecken, danach waren Moorbad und eine Massage mit Fangopackung gefolgt. Nun wäre eigentlich Erholung angesagt gewesen, doch ruhig zu sein fiel Lilith offenbar schwer – genauso, wie es ihr schwerfiel, für einige Tage die Rolle der behandelnden Medizinerin zu verlassen und in die eines Kurgastes zu schlüpfen.

Diese Kur war die Idee ihres Mannes gewesen …

»Warum macht ihr nicht eine richtige Kur, anstatt immer nur hier in unserem Salon die Köpfe zusammenzustecken? Bad Homburg, Bad Schwalbach, Bad Soden, Bad Nauheim, Bad Camberg«, zählte Joseph Kapp auf. »Die Orte liegen hier doch alle mehr oder minder um die Ecke.«

»Was meinst du damit?«, wollte Lilith wissen.

Sie war gerade aus ihrer Praxis in der Innenstadt zurückgekehrt und wirkte etwas abgespannt. Insgesamt war sie blass, doch auf ihren Wangen zeichneten sich einige hektische Flecken ab. Helena bemerkte es sofort – genau wie die dunklen Augenringe, die das Grün von Liliths Augen umso intensiver leuchten ließen.

Sie könnte jetzt wirklich eine beruhigende Maske gebrauchen, dachte sie. *Lilith hat die typisch empfindliche feine Haut der Rothaarigen, viel zu trocken.*

»Auch dir könnte ein bisschen Erholung nicht schaden.« Natürlich entging Dr. Kapp nicht, wie erschöpft seine Frau war. »Du hast sehr anstrengende Wochen hinter dir. Sucht euch ein Bad aus, und macht euch zusammen ein paar schöne Tage.«

»Und meine Praxis?«, begehrte Lilith auf. »Die kann ich doch nicht von heute auf morgen schließen und meine Patienten im Stich lassen.«

»Das musst du ja auch nicht, mein Schatz, denn ich werde dich vertreten«, bot ihr Mann an. »Zudem habe ich einen sehr tüchtigen jungen Assistenten, der darauf brennt, sich seine ersten beruflichen Sporen zu verdienen. Er wird mich unterstützen.«

Es gab keine lange Debatte. Helena und Lilith waren sich rasch einig, dass ihre Wahl nur auf Bad Homburg fallen konnte.

»Denn dann kann uns Joseph am Wochenende besuchen kommen«, sagte Lilith. »Dem würde es auch einmal guttun, zumindest tageweise aus seinem Wiesbadener Trott herauszukommen.«

»Willst du nicht endlich einmal erzählen?«, wiederholte Lilith ihre Frage. Sie richtete sich auf, nahm einen Schluck aus dem neben ihrer Liege stehenden Glas – und schüttelte sich. »Brrrr!«

Helena musste lachen. »Nach so vielen Jahren Ehe mit dem Wiesbadener Kurarzt solltest du dich an das Wasser der hiesigen Heilquellen gewöhnt haben.«

»Das heißt noch lange nicht, dass es mir auch schmecken muss«, erwiderte Lilith und lehnte sich wieder zurück. »Dafür werde ich mir nachher beim Abendessen einen leichten Riesling kredenzen lassen. Ich glaube, ich esse heute einmal Fisch, vielleicht eine schöne Forelle oder einen frischen Lachs aus dem Rhein …«

Sie schloss die Augen und versank in Gedanken. Helena glaubte schon, ihre Freundin sei eingeschlafen, als …

»Willst du mir nicht endlich davon erzählen?«

»Ich weiß nicht, wovon du sprichst. Was meinst du überhaupt?«, fragte Helena verständnislos.

»Na, deinen größten geschäftlichen Coup!«, entgegnete Lilith. »Die hiesige Finanzwelt stand regelrecht kopf, als sie davon erfahren hat.«

»Ich weiß immer noch nicht so recht, wovon du sprichst.«

»Helena, ich fasse es nicht! Ich rede vom Verkauf und Rückkauf deiner Firma in New York.« Lilith richtete sich erneut auf, stützte sich auf den Ellbogen und schaute ihre Freundin fast vorwurfsvoll an.

»Ach das! Das ist doch schon ewig her!« Helena machte eine wegwerfende Handbewegung.

»Gerade mal drei oder vier Jahre. In hiesigen Bankenkreisen spricht man immer noch gerne davon«, entgegnete Lilith.

»Hiesige Bankenkreise?«, wiederholte Helena verdutzt.

»Helena, ich bitte dich! Nicht nur Joseph und ich haben aus der Ferne deinen unaufhaltsamen Aufstieg und die rasante Entwicklung deines Unternehmens verfolgt, sondern auch die hiesige Geschäftswelt. An der Frankfurter Börse ist man schon längst auf dich aufmerksam geworden«, erzählte Lilith.

»Woher weißt du das schon wieder?«

»Unter meinen Patienten befinden sich etliche Kaufleute und Bankiers aus Frankfurt. Frau Goldschmidt kam eines Tages tatsächlich mit dem *New Yorker* unter dem Arm bei mir in der Praxis an und …« Erschrocken schlug Lilith sich mit der Hand vor den Mund. »Huch, jetzt habe ich mich aber verplappert, das ist mir einfach so rausgerutscht. Eigentlich dürfte ich ihren Namen gar nicht erwähnen, das fällt doch unter die ärztliche Schweigepflicht. Meine Liebe, bitte behalte es für dich!« Fast flehend schaute sie Helena an. »Immer wieder beschwört mich Joseph, meine Zunge besser im Zaum zu halten, aber …« Sie zuckte hilflos mit den Schultern.

»Keine Angst, Lilith, ich kann schweigen«, beruhigte Helena ihre Freundin. »Wenn du wüsstest, was mir meine Kundinnen im Laufe der Jahre alles anvertraut haben. Ich könnte eine eigene *Chronique scandaleuse* füllen, und die wäre bestimmt nicht so langweilig wie *Auf der Suche nach der verlorenen Zeit* von diesem seltsamen Marcel Proust. Was für ein langweiliger, ungepflegter Mann.«

»Du kanntest Marcel Proust persönlich?«, erkundigte sich Lilith beeindruckt.

Helena nickte. »Ich bin ihm etliche Male bei Misia begegnet. Er hat seinen langen Mantel niemals abgelegt und roch ganz entsetzlich nach Mottenkugeln. Aber Misia hat ja ein Faible für skurrile Gestalten. Einmal hat er sich sogar an mich herangepirscht und versucht, mich nach verschiedenen Schminktechniken auszufragen. Er wollte von mir wissen, ob und wie die französischen Damen der Hautevolee Kajalstifte benutzen.« Helena schnaubte verächtlich. »Ich habe ihn darüber aufgeklärt, dass der Schwerpunkt meines Unternehmens die pflegende Kosmetik ist, Kajal hingegen vorwiegend von indischen Maharanis benutzt wird, und ihn dann stehen gelassen.«

»Du hast eine Unterhaltung mit dem berühmten Schriftsteller Marcel Proust abgebrochen?«, vergewisserte sich Lilith ungläubig. »Warum?«

»Weil er mich gelangweilt hat, so einfach ist das. Und wenn mich jemand oder etwas langweilt, dann ziehe ich lieber einen Schlussstrich.«

»Also hat dich vor vier Jahren deine amerikanische Firma gelangweilt?«, kehrte Lilith zum Ausgangspunkt der Konversation zurück.

Wieder zuckte Helena mit den Achseln. »So ganz genau kann ich mich gar nicht mehr entsinnen. Da müsste ich erst mit meinen Beratern und Anwälten sprechen, um den ganzen Prozess nachzuvollziehen. Ich hatte damals das Gefühl, mich in den Vereinigten Staaten nicht mehr weiterentwickeln zu können.«

»Du hast also bereits ein Jahr zuvor den großen Börsencrash vorausgeahnt?«, schlussfolgerte Lilith. »Immerhin hast du dein Unternehmen auf dem Höhepunkt seiner Entwicklung für siebeneinhalb Millionen Dollar verkauft.«

»Ich muss schon sagen, du weißt wirklich erstaunlich gut Bescheid, dafür dass du Medizinerin bist, in Wiesbaden lebst und von wirtschaftlichen Zusammenhängen eigentlich keine Ahnung haben kannst«, stellte Helena staunend fest.

»Ich bitte dich, meine Liebe, ich lese nicht nur den Lokalteil vom *Wiesbadener Tagblatt*, sondern neben dem

Wirtschaftsteil der *Frankfurter Allgemeinen Zeitung* auch die *Financial Times.*«

Lilith schien jetzt wirklich empört zu sein, Helena hingegen war beeindruckt.

»Ich muss doch mitreden können, wenn meine Patienten über das Auf und Ab der wirtschaftlichen Entwicklung klagen. Den Artikel im *New Yorker* über dich fand ich übrigens hochinteressant«, setzte ihre Freundin hinzu.

»Wie bist du denn an den gekommen?«

»Sagte ich doch eben: Eine meiner Patientinnen hat ihn mir von ihrer Schiffsreise mitgebracht. Sie war gerade bei ihrer amerikanischen Verwandtschaft an der Ostküste zu Besuch, als dieser Artikel erschienen ist. Sie wusste, dass wir eng befreundet sind. Hast du den weltweiten wirtschaftlichen Niedergang und den bevorstehenden Crash wirklich vorausgeahnt?«, wiederholte sie ihre Frage.

»Scheint so, irgendwie schon«, erwiderte Helena lapidar und richtete sich auf, um ihrerseits einen Schluck von dem heilenden Kurtrunk zu nehmen. »Brrrr! Du hast recht, schmeckt wirklich abscheulich.«

»Erinnerst du dich noch an die Überschrift dieses Artikels?«, wollte ihre Freundin nun wissen. »*Woman without a country?* Findest du das nicht ein bisschen traurig?«

»Traurig? Warum soll ich das traurig finden?« Erstaunt schaute Helena sie an. »Ich bin überall und nirgendwo zu Hause.«

»Ich finde das traurig«, sagte Lilith.

»Ich nicht«, erwiderte Helena, legte sich wieder zurück und schloss die Augen.

Sie musste nachdenken, denn in Kürze stand wieder ein ganz neues Vorhaben an. Etwas, womit sie sich bislang noch niemals beschäftigt hatte.

»Und ein Jahr nach dem großen Crash kaufst du dein eigenes Unternehmen wieder zurück«, kehrte Lilith erneut zu ihrem heutigen Thema zurück.

Helena schreckte aus ihren Gedanken hoch.

»Du bist ganz schön hartnäckig, meine Liebe«, stellte sie mit einer Mischung aus Belustigung und Verärgerung fest. »Warum reitest du eigentlich so auf dieser uralten Geschichte herum?«

»Uralt? Das ist doch nicht uralt!«, protestierte ihre Freundin.

»Für mich ist das kalter Kaffee. Ich schaue lieber in die Zukunft, habe schon wieder ganz andere Pläne.«

»Dann erzähl«, forderte Lilith sie resolut auf. »Aber immer schön der Reihe nach!«

»Gut, dann verrate ich dir zuerst, warum ich mein Unternehmen nur ein Jahr nach seinem Verkauf an die Lehman Brothers wieder zurückgekauft habe«, willigte Helena ein.

»Warum?« Gespannt schaute Lilith ihre Freundin an.

»Weil Männer keine Ahnung von Kosmetik haben«, erklärte Helena und spürte, wie ihre Empörung von damals erneut erwachte. »Innerhalb weniger Monate hatten sie all meine Prinzipien über Bord geworfen und meine Firma zur Billigmarke heruntergewirtschaftet. Ehe sie meinen Namen völlig ruinieren konnten, sah ich mich gezwungen, das Unternehmen wieder zurückzukaufen.«

»Das hast du vollkommen richtig gemacht«, lobte Lilith. »Das sagen auch die Bethmanns und Goldschmidts. Für siebeneinhalb Millionen Dollar verkaufen und für eineinhalb wieder zurückkaufen. Wenn das kein gutes Geschäft ist. Der alte Bethmann war ganz begeistert.«

»Wie bitte?«

Ertappt schlug Lilith ihre Hand vor den Mund. Schuldbewusst schaute sie ihre Freundin aus ihren katzengrünen Augen an.

»Schon wieder verplappert«, gestand sie.

»Ich muss deinem Mann recht geben, du solltest wirklich versuchen, deine Zunge etwas besser im Zaum zu halten«, rügte Helena, musste dabei aber lächeln. Man konnte Lilith einfach nicht böse sein.

»Und was sind nun die neuesten Pläne? Was steht als Nächstes an?«

»Das verrate ich dir beim Abendessen.«

»Nun erzähl mir schon, was du als Nächstes planst«, forderte Lilith ihre Freundin auf.

Sie saßen einander im Restaurant des Bad Homburger Kurparks gegenüber und hatten gerade den letzten Gang ihres Menüs beendet. Es hatte köstlich geschmeckt. Nun kramte Lilith in ihrer Handtasche und zog ein elegantes silbernes Etui hervor. Sie klappte es auf und streckte es Helena entgegen.

»Das musst du unbedingt einmal probieren, allerfeinste Ware aus Bremen. Josephs Tabakhändler bestellt sie immer in einem traditionell hanseatischen Bremer Kontor«, erklärte sie. »Tabak allererster Güte, direkt aus Havanna eingeführt und in einer Bremer Manufaktur verarbeitet.«

»Ich rauche nicht«, lehnte Helena ab. »Und schon gar keine Zigarren.«

»Das sind doch keine Zigarren, das sind ganz dünne Zigarillos, extra für Damen gewickelt. Nach einem mehrgängigen Menü schmecken sie köstlich.«

Mit ihren schlanken Fingern entnahm Lilith dem Etui ein Zigarillo. Es war dunkelbraun und dünner als eine normale Zigarette. Sehr elegant sah es aus, als Lilith es jetzt an die Lippen führte. Sie nestelte noch an einem Streichholzbriefchen, da sprang bereits ein aufmerksamer Ober herbei.

»Sie gestatten, gnädige Frau«, sagte er zuvorkommend und entzündete das Zigarillo mit einem goldenen Feuerzeug. »Waren die Damen zufrieden, hat es Ihnen gemundet? Haben Sie noch Wünsche?«, erkundigte er sich beflissen und blickte von einer zur anderen. »Vielleicht noch einen Digestif zum Mokka, einen kleinen, feinen Likör oder vielleicht …?«

»Haben Sie Wodka?«, entfuhr es Helena.

Der Kellner zuckte zusammen.

»Aber nur polnischen«, ergänzte Lilith. Sie nahm einen tiefen Zug von ihrem Zigarillo, lehnte sich zurück und kicherte.

»Polnischen Wodka?«, wiederholte der Kellner hilflos. »So was gibt es?«

»Es gibt noch so viel mehr, mein Lieber, wovon Sie nichts ahnen, in Ihrer Jugend gar nichts ahnen können«, behauptete Lilith kryptisch und blies nonchalant den Rauch ihres Zigarillos an die Decke.

Welchem Filmstar hat sie das nur abgeschaut?, überlegte Helena. Eigentlich beherrschte nur Marlene Dietrich die Kunst, sich hoheitsvoll eine Zigarette anzünden zu lassen, um sich anschließend mit hochgezogenen Augenbrauen und herablassender Arroganz bei dem jeweiligen Kavalier zu bedanken, bis zur Perfektion. Helena hatte diese Szene nicht nur in ihren Filmen gesehen, sondern auch einige Male aus der Ferne in einem der vielen Pariser Salons und Restaurants beobachtet, in denen sie beide verkehrten.

Persönlich waren sie einander noch nicht vorgestellt worden, aber Helena war überzeugt, dass der deutsche Star sehr wohl wusste, wer sie war. Immerhin waren sie beide Frauen, die ihren eigenen Mythos erschaffen hatten.

Mit ihrer hohen Stirn erinnerte Marlene Helena ein wenig an Lilith, die sich gerne etwas derbe ausdrückte. Ob das eine Folge ihres Berufes war?

Jedenfalls stand es im Widerspruch zu Liliths äußerem Erscheinungsbild. In einem eng anliegenden cremefarbenen Kleid aus durchbrochener Spitze saß sie Helena mit unnachahmlich lässiger Eleganz und überschlagenen Beinen gegenüber. Ihr kurzer Faltenrock reichte gerade bis zum Knie und erinnerte an die Charleston-Mode des vergangenen Jahrzehnts. Dazu trug sie allerdings keinen der damals üblichen Topfhüte, sondern eine verwegen sitzende Baskenmütze, der eine glitzernde Brosche über der Stirn das gewisse Etwas verlieh. Unter dem Dunkelgrün des Filzes quoll ihre rote Lockenmähne hervor, wallte über die Schultern und den Rücken hinunter, und wenn Lilith den Kopf schüttelte, war das feine Klingeln ihrer Kreolen zu hören. All das passte nicht so recht zusammen und paradoxerweise umso perfekter zu ihrer Freundin. Sie hatte sich die Haare niemals zu einem modischen Bubikopf abschneiden lassen, ebenso wenig wie Helena. Lilith war eben eine Type, genauso wie sie selbst.

Weder Helena noch Lilith ließen sich in eine Schablone pressen. Lilith scherte sich wenig um gesellschaftliche Konventionen, sondern brach immer wieder und mit dem größten Vergnügen Tabus. Was für ein Skandal, als sie zu den Sprechstunden in ihrer Praxis lieber in langen Hosen anstatt im züchtigen Rock erschienen war – und zwar schon ein paar Jahre bevor Marlene Dietrich dieses Kleidungsstück in Hollywood zum modischen Attribut der modernen Frau erhob.

Helena hingegen mied es, Hosen zu tragen. Ja, praktisch waren sie bestimmt, aber sie war leider zu klein dafür.

Nur gut, dass sie von sich aus zu dieser Erkenntnis gelangt war, anstatt sich der gnadenlosen Kritik der beiden Modeschöpferinnen auszusetzen, mit denen sie befreundet war. So gerne sowohl Coco Chanel als auch Elsa Schiaparelli ihre neuesten Kreationen an Helena Rubinstein verkauften, waren sie doch ehrlich genug, ihr den Erwerb eines Kleidungsstücks auch einmal zu verweigern. Denn Helena neigte durchaus zu Fehlgriffen. Das betraf nicht nur die Mode, sondern auch ihre über alles geliebte Kunst.

»Ich kaufe eben, was mir auf Anhieb gefällt«, hatte sie Coco gegenüber einmal selbstbewusst behauptet. »Es muss mir nicht alles stehen oder immer wie angegossen sitzen.«

»Was ist jetzt mit dem polnischen Wodka?«, riss Lilith sie aus ihren Gedanken. Ungeduldig schaute ihre Freundin den jungen Kellner an.

»Ich weiß nicht, gnädige Frau«, erwiderte dieser unschlüssig und blickte sich hilflos nach dem Oberkellner um, der aus der Ferne das Geschehen an dem Ecktisch mit den beiden exzentrischen Damen beobachtete.

»Wissen Sie was, junger Mann?«, mischte sich Helena ein. »Sie bringen uns jetzt ganz einfach einen schönen Cognac, einen französischen Cognac wohlgemerkt, keinen kratzigen Weinbrand, sondern einen ganz weichen Zungenschmeichler.«

»Sehr wohl, die Damen, einen weichen Cognac«, wiederholte der Kellner. Er verbeugte sich und eilte davon. Die Erleichterung war ihm deutlich anzusehen.

»Wie kommst du eigentlich auf polnischen Wodka?«, wandte sie sich an Lilith, die sich immer noch mit Inbrunst dem Rauchen ihres Zigarillos widmete. »Du rauchst doch hoffentlich nicht auf Lunge? Und überhaupt, Rauchen ist nicht gesund. Es schadet der Haut«, setzte Helena missbilligend hinzu.

»Woher weißt du das?«

»Ich habe da so meine Beobachtungen gemacht«, erklärte Helena.

»Du und deine Beobachtungen«, versetzte Lilith. »Gibt es schon Studien darüber?«

»Nein, das nicht«, erwiderte Helena zögernd. »Aber das

Rauchen ist ja bei den Frauen im Krieg und insbesondere in den Zwanzigerjahren verstärkt in Mode gekommen. Ich habe unter meinen Kundinnen und Freundinnen inzwischen einige sehr starke Raucherinnen.«

»Also Kettenraucherinnen?«

Helena nickte. »Und wenn ich mir so die Entwicklung ihrer Haut in den letzten Jahren anschaue …«, fuhr sie nachdenklich fort. »Ich muss da nur an Coco denken. Die legt ja kaum einmal die Zigarette aus der Hand, noch nicht einmal beim Zuschneiden ihrer Kreationen. Ein Wunder, dass sie nicht schon längst einen richtigen Großbrand entfacht hat. Und ihre Haut …«

Bedenklich schüttelte sie den Kopf. Mehr würde sie nicht sagen. Schließlich wollte sie nicht indiskret sein und sich am Ende verplappern wie heute Vormittag ihre Freundin.

»Aber eine Studie über die Schädlichkeit des Rauchens gibt es, soweit ich weiß, noch nicht.«

»Nein, allerdings sollte man vielleicht wirklich eine in Auftrag geben«, erwiderte Helena nachdenklich.

Lilith richtete sich auf. Die Naturwissenschaftlerin in ihr war erwacht.

»Dann gib du sie doch in Auftrag«, forderte sie ihre Freundin resolut auf. »Geld genug hast du. Da kannst du es doch auch einmal für die Wissenschaft verwenden, also für etwas richtig Nützliches«, setzte sie hinzu.

»Willst du etwa behaupten, meine Produkte seien nicht nützlich?« Jetzt war Helena empört. »Alle Cremes, die ich in den letzten Jahren entwickelt habe, basieren auf wissenschaftlichen Erkenntnissen. Du selbst verwendest sie doch auch und weißt ganz genau, dass ich Tausenden von Frauen weltweit mit meiner Kosmetik geholfen habe. Sag bloß, du findest es nicht nützlich, der Schönheit und dem Selbstbewusstsein der Frauen zu dienen?« Aufgebracht funkelte sie ihre Freundin an.

»Schon gut, schon gut, meine Liebe«, lenkte Lilith hastig ein. »Ich habe es doch nicht so gemeint. Natürlich weiß ich um deine Verdienste und schätze deine Arbeit. Aber warum sollen wir nicht ein gemeinsames Projekt entwickeln? Wir haben doch damals bei deinem ersten Besuch sehr gut zusammengearbeitet. Mein ursprünglicher Traum war es eigentlich, nach dem Studium in die Forschung zu gehen, so wie meine Freundin Marie Curie. Aber dann kam Joseph.« Ein zärtliches Lächeln glitt über ihre Züge.

Immer noch verliebt in ihren Mann, stellte Helena fest. Ein leises Neidgefühl begann sie zu zwicken.

»Wie heißt noch einmal deine tüchtige Dermatologin in London, der du so viel zu verdanken hast?« Forschend schaute Lilith ihre Freundin an.

»Dr. List, Dr. Emmy List«, antwortete Helena überrascht.

»Die holen wir mit ins Boot und machen uns gemeinsam an die Arbeit. Ich weiß doch, wie gerne du selbst im Labor stehst und experimentierst. In all deinen Briefen hast du mir immer so ausführlich davon berichtet. Wäre es nicht toll, nebeneinander im Labor zu stehen, die Ergebnisse unserer Untersuchungen auszuwerten und eine ganz spezielle Creme für Raucherinnen zu entwickeln …?«

Lilith schien sich immer mehr für ihre Idee zu begeistern.

»Und wo, bitte schön, soll das Ganze stattfinden?«, wurde sie von Helena unterbrochen.

»Warum nicht in Wiesbaden oder Frankfurt?«, schlug Lilith vor.

»In Deutschland?«, fragte Helena entsetzt. »Auf gar keinen Fall!«

»Warum nicht?«, fragte Lilith zurück.

»In diesem Land könnte ich niemals heimisch werden. Und überhaupt, meine Salons in Australien, den USA, Frankreich und England, meine Familie …«

»Die ist über den ganzen Globus verteilt, und du bist nirgends zu Hause, das hast du doch selbst gesagt«, erinnerte sie Lilith. »Was spricht denn dagegen, dass du dich für ein oder zwei Jahre in unserer Nähe niederlässt und wir zusammenarbeiten?«

»Darüber muss ich noch einmal in aller Ruhe nachdenken«, sagte Helena ausweichend. »Was spricht wiederum dagegen, dass du für einige Zeit nach New York kommst und wir zusammen in meiner Fabrik auf Long Island arbeiten? Dr. List nehmen wir einfach mit. Die freut sich bestimmt darüber, einmal aus ihrem Londoner Kellerlabor herauszukommen.«

»Ich kann doch meine Patienten nicht so lange alleine lassen. Erwartest du am Ende, dass ich meine Praxis schließe?« Nun war Lilith empört und funkelte ihrerseits ihre Freundin an. Und wie konnten ihre grünen Katzenaugen böse funkeln!

»Es ist im Augenblick auch gar nicht an der Zeit, sich über dergleichen Gedanken zu machen, denn ich werde anderweitig dringend benötigt«, versuchte Helena, sie zu beschwichtigen.

Gut, dass jetzt der Kellner wieder auftauchte.

»Bitte sehr, die Damen, zweimal Cognac, den weichsten, den wir haben«, versicherte er und stellte zwei bauchige Gläser auf den Tisch.

Helena nahm eines, schwenkte die bernsteinfarbene Flüssigkeit, beugte sich über den Glasrand und schnupperte.

»Mmh, der riecht gut«, sagte sie dann anerkennend. »So ein Cognac ist doch etwas anderes als der Schwefeltrunk von heute Mittag.«

Lilith lachte und nahm einen Schluck aus ihrem Glas.

»Auch etwas anderes als so ein hochprozentiger Wodka. Ich weiß gar nicht, wann ich das letzte Mal überhaupt polnischen Wodka getrunken habe. Russischen Wodka ja, denn wir haben in Wiesbaden eine große russische Gemeinde, deren Mitglieder viel und gerne feiern«, erzählte sie. »Joseph und ich sind häufiger zu deren Gesellschaften eingeladen, auf denen Wodka und Krimsekt in Strömen fließen. Sie verstehen schon zu feiern, diese Russinnen und Russen, alle natürlich von hohem Adel, etliche direkt mit den Romanovs verwandt. Zumindest behaupten sie das …«, setzte sie ironisch hinzu.

»Ihre Verschwendungssucht hat etliche Großfürsten und Großfürstinnen Kopf und Kragen gekostet und die Überlebenden ihr Hab und Gut«, sagte Helena trocken.

Verdutzt schaute Lilith sie an. »Das hört sich fast so an, als fändest du das richtig. Verteidigst du etwa diese Revolutionäre? Sympathisierst du mit ihnen? Bist du am Ende sogar eine heimliche Kommunistin?«

»Also Lilith, ich und Kommunistin? Wie kommst du auf so einen absurden Gedanken?« Helena war entrüstet und belustigt zugleich. »Ich lasse mich in keine Schublade stecken, schon gar nicht politisch. Ich bin Helena Rubinstein, die Unternehmerin Helena Rubinstein«, fügte sie selbstbewusst hinzu.

»Die Kapitalistin Rubinstein«, behauptete Lilith und trank noch einen Schluck Cognac. »Du wärst nach 1917 in Russland genauso enteignet worden wie so viele andere.«

»Gott sei Dank haben sich mit Ausbruch des Krieges meine geschäftlichen Pläne Richtung Russland zerschlagen«, sagte Helena.

Wie es ihrer Namensvetterin Ida Rubinstein, die sie so herzlich nach St. Petersburg eingeladen hatte, inzwischen wohl ging? Ob sie überhaupt noch lebte?

»Stattdessen bist du nach Amerika gegangen, wo man die Kapitalisten zwar liebt, aber Kommunisten und junge Anarchisten umso mehr hasst«, ereiferte sich Lilith. »Die Gangster lässt man laufen, und unschuldige junge Männer werden auf dem elektrischen Stuhl hingerichtet. Ich kann Nicola Saccos letzte Worte noch heute auswendig: ›Sie können zwar unsere Körper verbrennen, aber unsere Ideen können sie nicht zerstören‹«, zitierte sie den italienischen Arbeiter, der nach seiner Einwanderung in einer Schuhfabrik in Chicago gearbeitet hatte. »›Unsere Ideen leben weiter für die Jugend der Zukunft.‹ Da frage ich dich: Was für eine Zukunft?«

Lilith hatte sich richtig in Rage geredet. Sympathisierte sie etwa mit diesen beiden Anarchisten Sacco und Vanzetti? Helena war verwirrt.

Sie erinnerte sich, dass deren bevorstehende Hinrichtung auch häufig Gesprächsstoff in den Cafés von Montparnasse gewesen war. Hatte Edward nicht sogar eine Petition für ihre Begnadigung unterschrieben? Hemingway hatte sie ihm in seinen Verlag in der Rue Delambre gebracht. Die Liste der Unterzeichner las sich wie ein »Who's who« der europäischen und amerikanischen Intellektuellen.

Helena hatte sich geweigert zu unterzeichnen. Nein, mit dergleichen hatte sie nichts am Hut, auch wenn Edward noch so ärgerlich darüber gewesen war.

Wieder einmal erschienen hektische rote Flecken auf Liliths Wangen. Begütigend legte ihr Helena eine Hand auf den Unterarm.

»Bitte reg dich nicht auf, Lilith. Du solltest dich nicht so echauffieren, sondern dich hier ein paar Tage erholen und entspannen. Reg dich nicht über Dinge auf, die nicht mehr zu ändern sind.«

Lilith stöhnte auf und griff sich an die Stirn.

»Helena, du machst mich manchmal ganz verrückt mit deinem pragmatischen Fatalismus«, gestand sie seufzend.

»Ich kann dir jetzt leider überhaupt nicht folgen. Ich bin doch keine Fatalistin, die alles stoisch hinnimmt«, protestierte Helena. »Niemals würde ich die Hände in den Schoß legen und abwarten. Seit ich ein junges Mädchen war, habe ich mein Schicksal selbst in die Hand genommen, meine Pläne geschmiedet und Schritt für Schritt in die Tat umgesetzt. ›*Ich will. Ich muss. Ich werde.*‹ Das ist mein Lebensmotto.«

Verdutzt schaute Lilith sie an. »Und was hat meine kleine Großkapitalistin als Nächstes vor?«, erkundigte sie sich neugierig. Sie lächelte ihre Freundin liebevoll an, vergessen schien der Furor von eben.

»Ich will mich in Zukunft noch intensiver und engagierter im Bereich der Kunst betätigen. Stell dir vor: Das *Museum of Modern Art* plant für den nächsten Herbst eine große Ausstellung meiner Sammlung afrikanischer Kunst. Ich muss daher nach unserer Kur umgehend nach Paris fahren, um dort eine Bestandsaufnahme zu machen und für die Verschiffung der geeigneten Exponate zu sorgen. Das Gleiche danach in London. Anschließend werde ich selbst nach New York reisen, denn ich will, muss und werde diese Ausstellung höchstpersönlich im *MoMa* eröffnen. Und du«, setzte sie hinzu, fixierte ihre Freundin und drückte deren Unterarm so heftig, dass diese leise aufschrie, »du wirst dabei sein, meine Liebe.«

»Helena, aua, nicht so fest! Du tust mir weh«, beschwerte sich Lilith. »Wie kommst du denn darauf?«

»Weil ich dich einlade«, erwiderte Helena mit fester Stimme. »Dich und deinen Mann. Ihr sollt Zeugen meines großen gesellschaftlichen Triumphs werden, weil ihr schon vor etlichen Jahren an mich geglaubt habt.«

»Und meine Praxis und Josephs Stellung als Kurdirektor?«, wandte Lilith ein.

»Du hast bis nächsten Herbst genügend Zeit, dir eine Gruppe von starken Raucherinnen zusammenzustellen und sie zu untersuchen. Deine Beobachtungen können wir dann gemeinsam auf Long Island auswerten. Ich werde dir und deinem Mann offiziell einen Forschungsauftrag der New Yorker Universität besorgen. Das dürfte kein Problem sein, denn ich habe beste Beziehungen zu diesen Kreisen. Die Frau des Dekans ist meine Kundin.«

Helena unterbrach sich, um Luft zu schöpfen.

»Ich bin überzeugt, dass die Stadt Wiesbaden ihren Kurdirektor und seine Frau Gemahlin gerne für einige Monate dafür freistellt«, fuhr sie fort. »So ein Projekt kann ja für das Renommee der Stadt und des Kurbads nur gut sein.«

Dann fiel ihr noch etwas ein.

»Joseph muss natürlich auf einer Weiterzahlung seines Gehalts bestehen«, setzte sie hinzu.

Lilith schüttelte ihre rote Lockenmähne und lachte schallend.

»Du überraschst mich immer wieder, meine kleine große Kapitalistin«, sagte sie.

»Wir werden gemeinsam draußen in *Tall Trees* arbeiten, aber auch in der Fabrik auf Long Island«, erklärte Helena entschlossen. »Dann habe ich ja noch die Wohnung an der Upper West Side mit der Bibliothek und dem Firmenarchiv, das Edward aufgebaut hat, dazu meine Privaträume über dem Parlour in Manhattan. Außerdem plane ich nach meiner Rückkehr den Erwerb eines Apartments in der Park Avenue.«

Lilith schüttelte ungläubig den Kopf. »Apropos Edward, wo lebt der eigentlich inzwischen?«

»In Südfrankreich. Nachdem ich ihm den Geldhahn für

seinen erfolglosen Verlag endgültig zugedreht habe, ist er nach Cagnes-sur-Mer gezogen.«

»So erfolglos war er doch gar nicht«, widersprach Lilith. »Hat er mit der Veröffentlichung des Bühnenstücks *Reigen* nicht sogar den literarisch so anspruchsvollen Franzosen den Urwiener Arthur Schnitzler nähergebracht?«

»Ach, stimmt ja. Als ich den damals im *Café Größenwahn* sah, hatte ich keine Ahnung, dass er so ein berühmter Dichter ist«, erinnerte sich Helena.

»Und die Veröffentlichung von D. H. Lawrence' *Lady Chatterley* war wirklich ein verlegerisches Husarenstück«, ergänzte Lilith. »Ein wunderbares Buch, Helena, hast du es jemals gelesen?«

»Nein!«

»Warum nicht?« Forschend schaute Lilith sie an.

»Lass deinen Medizinerblick«, wehrte Helena ab. »Ich hatte keine Zeit, schon gar nicht für so ein Buch, schließlich musste ich mich um die Firma kümmern.«

»*So ein Buch?* Dann weißt du, worum es geht, und es ist dir unangenehm. Der Inhalt ist dir peinlich, weil es um die Gefühle und sexuellen Bedürfnisse einer Frau geht«, stellte Lilith fest. »Und der *Reigen* ist ja auch recht pikant.«

Abrupt wechselte sie das Thema.

»Was macht eigentlich eure Scheidung?«, wollte sie wissen.

Sie hatte wohl bemerkt, wie Helena sich unter ihrem Blick wand und dass ihr die verhasste Röte ins Gesicht stieg. Und angenehm war diese Frage ja tatsächlich nicht, aber Lilith neigte nun einmal zu sehr direkten, wenn nicht gar indiskreten Fragen, sowohl schriftlich als auch mündlich.

»Nichts«, erwiderte Helena kurz.

»Wann beendet ihr das Ganze endlich? Oder wollt ihr euch gar nicht scheiden lassen?«

Jetzt hatte Helena endgültig genug. Sie erhob sich vom Tisch, griff nach Handschuhen und Handtasche.

»Du fragst mir heute ein bisschen zu viel. Mir reicht es jetzt. Ich gehe. Einen schönen Abend noch!«, wünschte sie ihrer Freundin und rauschte davon.

Hinter sich hörte sie Lilith lachen.

»Dir auch, mein Schatz!«, rief sie Helena hinterher. »Wir sehen uns morgen zur Frühgymnastik. Ich werde aber heute Abend noch Joseph anrufen und ihm deinen Vorschlag unterbreiten. Er will ja am Wochenende herkommen. Dann können wir in aller Ruhe über alles reden.«

Hatte Lilith am Ende doch angebissen und würde nach New York kommen? Auch wenn Helena im Augenblick wütend auf ihre Freundin war, wünschte sie sich doch von ganzem Herzen, die Freundin und ihren Mann bei der Ausstellungseröffnung im weltberühmten *Museum of Modern Art* unter ihren Gästen zu wissen.

Da Helena so abrupt das Gespräch beendet hatte, erfuhr Lilith an diesem Abend auch nicht mehr den wahren Grund dafür, warum Helena dem gar nicht so erfolglosen Verlag ihres Mannes den Todesstoß versetzt hatte.

Nur zu gut erinnerte Helena sich an einen Besuch im

Pariser Atelier ihrer Landsmännin Tamara de Lempicka, von der sie schon etliche Werke besaß …

Während die Freundinnen entspannt miteinander plauschten, konnte es sich Tamara nicht verkneifen, Helena von der neuesten Affäre ihres Mannes zu erzählen. Es war besser, sie sagte es ihr, dachte sie sich wohl, als wenn Helena es aus der Presse erfuhr oder durch Zufall herausfand. Tatsache war jedenfalls: Edward hatte mit der Schriftstellerin Anaïs Nin angebandelt – oder sie mit ihm. Zumindest war die Essayistin eines Tages mit einem fertigen Manuskript bei ihm in der Rue Delambre aufgetaucht, wo sich der Herr Verleger den Reizen der attraktiven Autorin gegenüber als überaus empfänglich erwiesen hatte. Letztendlich war es da egal, wer den ersten Schritt gemacht hatte.

Doch nein, Helena war es eben nicht gleichgültig!

Zwar lebten sie seit Jahr und Tag getrennt, doch in der Öffentlichkeit traten Edward und sie immer noch als Ehepaar auf. Beide scheuten sie sich, das Wort Scheidung in den Mund zu nehmen. Und so erhob Helena gegenüber Edward – unberechtigterweise, wie er fand – nach wie vor Besitzansprüche.

Erneut fühlte sie sich betrogen. Diese Anaïs Nin war ihr von Grund auf zuwider. Ihr Buch war die letzte Publikation der *Black Manikin Press*, denn Helena stellte von heute auf morgen ihre Zahlungen ein, ohne die der Verlag nicht überlebensfähig war. Tief enttäuscht und verletzt von der Verständnislosigkeit und Härte seiner immer noch angetrauten Ehefrau flüchtete Edward nach Südfrankreich.

Kapitel 33

Paris 1938

Der Rubinstein-Clan atmete auf, als »Madame« bei einer Partie Bridge in Paris den georgischen Prinzen Archil Gourielli kennenlernte und nach etlichen gemeinsamen Partien am Kartentisch drei Jahre später heiratete. Als Exot wurde er mit offenen Armen empfangen, denn einen echten Prinzen in der Familie zu haben schmeichelte den vielen Rubinsteins in aller Welt.

Keine der Schwestern, Nichten und Neffen wäre auf die Idee gekommen, Archils adelige Herkunft infrage zu stellen … anders als die stets misstrauische Helena. Aber nachdem ihr der Prinz einen Auszug aus dem großen *Gotha,* dem Genealogischen Handbuch des Adels, vorgelegt hatte, der den gesamten Stammbaum der georgischen Adelsfamilie Gourielli akribisch dokumentierte, war auch sie von seiner edlen Herkunft überzeugt.

Dass Archil trotz dieser Abstammung völlig unvermögend war, sich von Monat zu Monat hangelte, indem er seinen Lebensunterhalt als professioneller Kartenspieler verdiente, und immer wieder gezwungen war, es auch mit dem Glücksspiel zu versuchen, kümmerte Helena wenig. Sie selbst hatte genug Geld, war inzwischen eine der reichsten Frauen der Welt. Da machte es nichts, wenn ihr Prinz bitterarm war.

Es erging ihm wie vielen seiner Standesgenossen, die sich nach ihrer Flucht vor der Russischen Revolution in Europa und Amerika auf dem Parkett der besseren Gesellschaft tummelten und nach geeigneten – sprich: wohlhabenden – Heiratskandidaten Ausschau hielten. Bei ihnen allen handelte es sich um hochgebildete, polyglotte, meist gut aussehende junge Frauen und Männer mit geschliffenen Manieren und sicherem gesellschaftlichen Auftreten. Ihre inneren Verletzungen sah man ihnen nicht an. Ihrem unwiderstehlichen Charme erlag so manche amerikanische Millionärstochter und so manch reicher europäischer Fabrikant.

Dass jedoch Archil Gourielli-Tchkonia ebenfalls auf der Suche nach einer reichen Frau war, konnte man ihm nicht unterstellen. Als professioneller Spieler wünschte er sich richtige Gegner. Im Gegensatz zu einigen seiner Landsleute war er nicht systematisch auf der Jagd nach schwachen Mitspielern, die man leicht abzocken konnte – dafür fehlte ihm die kriminelle Energie ebenso wie die erforderliche Bösartigkeit.

Nein, Archil ließ sich treiben, und das seit Jahren. Sein sonniges Gemüt bewahrte ihn vor quälender Existenzangst. Das Schicksal hatte ihn die Gräueltaten und Verfolgungen der Roten Armee überleben lassen, und dafür war er dankbar. Er kannte keine Angst vor der Zukunft, denn schlimmer, als es gewesen war, konnte es für ihn nicht mehr kommen.

Schon von klein auf hatte er alle Höhen und Tiefen des Lebens kennengelernt. Er hatte die Schule abgebrochen und keine Ausbildung genossen, war aus der Heimat geflohen und im weltumspannenden Netz russischer und georgischer Emigranten von Familie zu Familie weitergereicht worden, denn die eigene war in den Wirren der Revolution ausgelöscht worden. Prinz Archil Gourielli konnte inzwischen nichts mehr aus der Bahn werfen.

Sein Titel, seine Beherrschung des Bridgespiels und sein weltgewandtes Auftreten jedoch öffneten ihm die Türen zu den höheren gesellschaftlichen Kreisen. Bridge war in der sogenannten besseren, aber noch mehr in der neureichen Gesellschaft in den Zwanzigerjahren in Mode gekommen. Seitdem wollten es alle spielen, aber kaum jemand beherrschte es richtig. Also waren gute Lehrer gefragt. Archil verstand es hervorragend, auch den unerfahrensten Spielerinnen und Spielern die komplizierten Regeln zu vermitteln. Insbesondere die Damen wussten seine Geduld und seine Ruhe, die er auch bei den dicksten spielerischen Patzern behielt, sehr zu schätzen, nicht zu vergessen seinen Humor und seinen Charme.

Ihre Freundin Misia hatte Helena schon vor Jahren die Grundlagen dieses Spiels beigebracht, und sowohl in den ersten New Yorker Jahren als auch während ihrer wochenlangen Schiffsreisen von einem Kontinent zum anderen hatte sie ihre Kenntnisse vertieft.

So war sie schon eine versierte Spielerin, als sie Archil

Gourielli-Tchkonia zum ersten Mal bei ihrer Freundin Marie-Louise Bousquet in deren Pariser Salon begegnete.

»Sie haben wirklich einen ausgezeichneten Sinn für die Karten, Madame«, lobte der Prinz sie nach der dritten Partie.

Helena gefiel dieses Kompliment. Noch mehr gefiel ihr, dass sie immer als Siegerin aus der Partie hervorging, wenn sie ihn als Partner hatte. Als Gegner fürchtete sie ihn, denn sie verlor überhaupt nicht gerne. Also sah sie zu, dass sie ihn immer als Partner für sich gewinnen konnte.

Die beiden waren ein gutes Team.

»Madame, Sie sind wirklich die ideale Partnerin für mich«, sagte er nur wenige Wochen nach ihrer ersten Begegnung.

Sie hatten gerade mit Bravour eine hochriskante Partie gewonnen. An der anderen Seite des Tisches stritten die beiden Verlierer, ein seit Jahren verheiratetes Ehepaar, über das verlorene Spiel, warfen sich gegenseitig die begangenen Fehler vor und gaben natürlich dem jeweils anderen die Schuld an der schmählichen Niederlage.

Helena hatte keine Lust, sich dieses Gekabbel noch weiter anzuhören, und erhob sich.

Galant reichte ihr der Prinz seinen Arm.

»Wohin darf ich Sie geleiten, Madame?«, fragte er lächelnd.

»Ach, lassen Sie uns hinaus auf die Terrasse gehen, ein bisschen frische Luft täte mir gut«, erwiderte Helena und hakte ihren Bridgepartner unter. »Das war wirklich ein spannendes Spiel.«

»Das wir souverän gewonnen haben.«

»*Wir?*«, vergewisserte sich Helena und warf ihm einen koketten Blick zu.

Ein bisschen strecken musste sie sich dafür, denn der Prinz war eine stattliche Erscheinung. Helena reichte ihm kaum bis zur Brust, selbst mit ihren hohen Absätzen nicht!

Es war schon ein bisschen verrückt. Erst jetzt, da sie ein Alter erreicht hatte, in dem andere Frauen schon mehrfache Großmütter waren, versuchte sie sich in einer ihr sehr fremden Rolle: die der koketten Frau.

»Es ist kaum zu fassen«, hatte ihre Schwester Manka schon vor Jahren gestöhnt. »Sei doch mal ein bisschen umgänglicher, verbindlicher. Musst du immer so rabiat mit den Männern umspringen?«

»Ja, wie denn sonst?«, hatte Helena erstaunt zurückgefragt. »Ist es nicht der einzige Weg, mich durchzusetzen?«

Manka hatte bloß die Augen verdreht und fortan geschwiegen.

Helenas Heirat mit Archil Gourielli-Tchkonia war ein gefundenes Fressen für die Regenbogenpresse. *Die Königin der Schönheitsindustrie und der russische Prinz* – man überschlug sich schier vor Begeisterung. Natürlich schlachteten die Journalisten genüsslich aus, dass die Braut fast ein Vierteljahrhundert älter war als der Bräutigam.

Der Altersunterschied ist dem attraktiven Paar jedoch nicht anzusehen, stand allerdings in der seriöseren *Vogue*. *Ein Beweis dafür, dass die regelmäßige Pflege der Haut mit ihren eigenen Produkten bei Helena Rubinstein wahre Wunder bewirkt und ihr ewige Jugend verleiht.*

Helena bedachte die Verfasserin dieser Zeilen zum Dank mit einem ausgesuchten Sortiment ihrer neuesten Produkte. Nach Erscheinen, wohlgemerkt, nicht vorher. Wenn das nicht hervorragende Werbung für ihr Unternehmen war!

Helena verstand es immer besser, sich selbst – oder besser: die von ihr geschaffene Kunstfigur – ins Licht der Öffentlichkeit zu rücken. Nun war es seit der überraschenden Heirat im Herbst 1938 eben eine Prinzessin, die Prinzessin Gourielli, die das Unternehmen Rubinstein repräsentierte.

Prinzessin hin oder her – Helena tobte, als sie erfuhr, dass auch Edward noch einmal geheiratet hatte. Dabei waren sie seit Jahren geschieden und lebten auf verschiedenen Kontinenten. Im Alter von achtundsechzig Jahren hatte ihr Exmann sich jedoch nicht »entblödet«, eine blutjunge Frau zu heiraten. Erica de Munro war achtundvierzig Jahre jünger als Edward …

»Er könnte ihr Großvater sein«, schnaubte Helena in New York. Dass ihr zweiter Gatte gleichfalls mehr als ein Vierteljahrhundert jünger war als sie, vergaß sie in diesem Moment.

»Mamme, du magst es glauben oder nicht, aber Erica liebt Papa aufrichtig«, sagte Horace – eine Bemerkung, die nicht unbedingt geeignet war, um die tobende Helena zu beruhigen.

Ihr jüngerer Sohn weilte gerade zu Besuch bei ihr in

New York, hielt sich jedoch meist lieber in Europa auf, bevorzugt in Südfrankreich. Zu seinem Vater hatte er ein wesentlich entspannteres Verhältnis als zu seiner dominanten Mutter.

Roy, der ungeliebte erste Sohn, beugte sich dem mütterlichen Diktat, so gut er vermochte, und verrichtete seit Jahrzehnten gewissenhaft seinen Job in ihrem Unternehmen. Viel sah und hörte Helena nicht von ihm. Er funktionierte einfach, war ein reibungsloses Rädchen im Getriebe, ohne dafür jemals Anerkennung zu erhalten.

Dafür führte er jedoch ein recht turbulentes Privatleben. Mittlerweile war er zum vierten Mal verheiratet, dieses Mal mit Nuria, einer gebürtigen Litauerin. Er hatte die zweifache Witwe ebenfalls beim Bridge kennengelernt und sich Hals über Kopf in seine temperamentvolle Mitspielerin verliebt. Ähnlich war es im Übrigen seiner Mutter ergangen. Als er die beiden Frauen einander vorgestellt hatte, war Helena auf Anhieb sehr angetan gewesen von Nurias exotischer Erscheinung.

»Niemals hätte ich geglaubt, dass es meinem Sohn gelingen würde, eine solche Frau für sich zu gewinnen«, hatte Helena ihrer Bewunderung Ausdruck verliehen.

Nuria war eine Kosmopolitin, beherrschte sieben Sprachen, bewegte sich mit selbstverständlicher Eleganz auf dem gesellschaftlichen Parkett dies- und jenseits des Atlantiks und war zudem eine brillante Bridgespielerin. Solche Menschen gefielen Helena, sodass sie ihre neue Schwiegertochter sofort zu ihrer festen Spielpartnerin erkor. Selbstverständlich überlegte sie zugleich, wie sie diesen Paradiesvogel am besten und nützlichsten in ihr Unternehmen einbinden könnte.

Helena überschaute inzwischen selbst kaum mehr, wie viele Angehörige für sie tätig waren. Fast alle waren ihr dankbar dafür und standen loyal hinter ihr. Doch als sie der neuesten Schwiegertochter ein Angebot unterbreitete, lehnte Nuria lachend ab. Sie fühle sich genügend ausgelastet, habe reichlich zu tun mit ihren beiden Kindern aus den vorherigen Ehen.

»Und dann ist da ja auch noch die kleine Helena, um die ich mich kümmern muss.«

Dieser Argumentation konnte sich die große Helena wiederum nicht verschließen.

Roys dritte Ehefrau hatte ihn über Nacht verlassen – und ihre Tochter, die kleine Helena, gleich mit –, um mit ihrem Tennislehrer nach Mexiko durchzubrennen. Helena imponierte die Selbstverständlichkeit, mit der sich Nuria des nach der Großmutter benannten Mädchens annahm, entsprechend beschränkte sie sich fortan damit, sich beim abendlichen Bridgespiel ihre Schwiegertochter als Partnerin zu sichern, denn dann war ein Sieg so gut wie sicher.

Gegen den professionell spielenden Archil zu gewinnen war allerdings fast unmöglich. Wenn dieser überhaupt einmal an der familiären Runde teilnahm, ließ er seine Gattin, um deren Stimmung zu heben, hin und wieder absichtlich gewinnen. Helena tat so, als bemerke sie es nicht. Insgeheim genoss sie es jedoch, dass ihr Mann sich ganz schön anstrengen musste, wenn er Nuria und sie tatsächlich besiegen wollte.

Roy an seiner Seite war natürlich ein Hindernis. Ihr ältester Sohn beherrschte zwar die Regeln dieses Spiels, war aber nur ein mittelmäßiger Spieler, wie er in Helenas Augen überhaupt nur mittelmäßig war, eigentlich ein Langweiler. Bei einem ihrer gefürchteten Wutausbrüche hatte sie ihm das sogar einmal erbarmungslos an den Kopf geworfen. Doch Roy hatte nur mit den Schultern gezuckt und schweigend das Büro seiner Mutter in der Park Avenue verlassen. So hatte er sich den Ausgang dieses geschäftlichen Termins vermutlich nicht vorgestellt.

»Ein Feigling bist du auch noch, genau wie dein Vater!«, keifte ihm Helena hinterher. »Warum bist du nicht ein einziges Mal in der Lage, mir zu widersprechen?«

»Ein diplomatischer Rückzug kann manchmal klüger sein, als sich auf ein sinnloses Gefecht einzulassen. Dabei habe ich Mr Titus keineswegs als konfliktscheu in Erinnerung«, vernahm Helena hinter sich eine ruhige Stimme.

Sie fuhr herum. Im Türrahmen seines Büros stand Patrick O'Higgins, der gerade in sein Tweedjackett schlüpfte. Sorgfältig zupfte er die Manschetten seines Hemdes zurecht, bis sie im exakt gleichen Abstand aus den Jackenärmeln ragten.

Einige Monate nachdem Helena diesen jungen Iren angeheuert hatte, sah sie sich gezwungen, ihm doch einen eigenen Raum zu überlassen. Sie konnte ihn schließlich nicht auf Dauer inmitten all der Unterlagen, mit denen sie ihn im Laufe des Tages eindeckte, auf ihrer viel zu niedrigen Bürocouch herumwühlen lassen!

Mittlerweile hatte er sich, so gut es ging, in diesem

Kabuff, das kaum größer war als eine Besenkammer, eingerichtet. Tag für Tag stand er ihr getreu zur Verfügung – und wenn es sein musste, auch nachts, denn Helena hatte es sich mit zunehmendem Alter angewöhnt, zu jeder Tages- und Nachtzeit rund um die Welt zu telefonieren.

»Was haben Sie gesagt?«, fauchte sie. »Haben Sie etwa heimlich gelauscht?«

»Keineswegs, Madame, das würde ich niemals tun«, entgegnete O'Higgins und rückte seine Krawatte gerade. »Aber Ihre Auseinandersetzung war nicht zu überhören, auch nicht durch die geschlossene Tür.«

»Dann hätten Sie weghören müssen«, zürnte seine Chefin.

»Das hätte ich gerne getan, wenn es möglich gewesen wäre«, entgegnete ihr Sekretär ruhig.

»Dann hätten Sie sich eben die Ohren zuhalten müssen!«

»Madame, ich muss schon sehr bitten, das ist nun wirklich unter meiner Würde«, protestierte Patrick O'Higgins. »Ich bin kein kleines Kind, das auf diese Art und Weise versucht, die Wirklichkeit und Tatsachen auszublenden.«

»Die Wirklichkeit und Tatsachen«, wiederholte Helena immer noch aufgebracht. »Was meinen Sie damit?«

»Sie wollen einfach nicht wahrhaben, was für ein tüchtiger Mann Ihr ältester Sohn ist«, erklärte O'Higgins. »Und so, wie ich Mr Titus kennengelernt habe, war auch er alles andere als ein Feigling. Er war ganz sicher nicht konfliktscheu. Ich habe Sie beide ja nur wenige Male zusammen erleben können, aber jedes Mal haben Sie miteinander gestritten.«

»Jedes Mal?«

Patrick nickte. »Jedes Mal. Und jeder Streit hat bei Ihnen beiden Spuren und Verletzungen hinterlassen. Ich werde niemals verstehen, warum zwei Menschen, die einander so sehr geliebt haben, immer so aufeinander losgehen mussten. Mir war es stets sehr unangenehm, unfreiwillig Zeuge eines solchen Streits zu werden. Und da bin ich nicht der Einzige.«

Helena schluckte. So hatte sie das noch nie gesehen. Ihr Leben lang war es ihr nicht gelungen, einmal einen Schritt von sich selbst zurückzutreten, ihre Person und ihre Gefühle etwas distanziert oder gar selbstkritisch zu betrachten. Man musste sie schon direkt mit der Nase auf ihre Fehler stoßen.

Aber wer wagte das schon in ihrem Umfeld, das sie so diktatorisch beherrschte? Niemand außer Mala – und überraschenderweise heute auch Patrick O'Higgins, ihr Privatsekretär, ein kleiner Angestellter, der damit riskierte, von heute auf morgen ohne Job dazustehen. Es wäre nicht das erste Mal gewesen, dass sie jemanden wegen eines vermeintlichen Fehlverhaltens feuerte …

Kapitel 34

New York 1939

Unmittelbar vor Ausbruch des Zweiten Weltkriegs kehrte das Ehepaar Gourielli-Tchkonia, das sich nach seiner Heirat bevorzugt in Europa aufhielt, in die Vereinigten Staaten zurück. Nur vorübergehend, dachten sie beide.

Mit großem Tamtam wurde auf der New Yorker Weltausstellung Helena Rubinsteins neuestes Produkt eingeführt: wasserfeste Wimperntusche. Sie heuerte eigens eine professionelle Wasserballett-Truppe an, die den neuen Kosmetik-Trend in einem riesigen Schwimmbecken auf dem Ausstellungsgelände präsentierte. Und die neue Mascara verlief wirklich nicht. Die ranken, schlanken, schönen Nixen entstiegen den künstlichen Fluten mit tadellosem Augen-Make-up und posierten bereitwillig im Blitzlichtgewitter der anwesenden Fotografen.

Erneut war Helena damit ein Coup gelungen, der den Abstand zu ihrer gefürchteten Rivalin vergrößerte. Aber sie wusste genau, dass Elizabeth Arden alles daransetzen würde, diesen Vorsprung wieder wettzumachen. So lief das nun schon seit Jahrzehnten zwischen ihnen. Und es gab

Stimmen, die behaupteten, genau das täte den beiden Damen gut. Der Wettstreit beflügele sie und diene der Qualität ihrer Produkte.

Im Sommer 1939 sonnte sich Helena in ihrem erneuten Ruhm. Auch wenn sie plante, in Zukunft wieder vorwiegend in Europa zu leben, würde sie schon dafür sorgen, dass man sie in den USA nicht vergaß. Eigentlich wäre es an der Zeit, auch einmal die geschäftlichen Möglichkeiten in Südamerika zu sondieren …

Mitten in diese Überlegungen hinein kam das Telegramm aus Wiesbaden:

Meine geliebte Lilith völlig unerwartet verstorben.
Untröstlich! Dr. Joseph Kapp.

Sofort ließ Helena eine transatlantische Direktverbindung zu ihm herstellen. Von dem fassungslosen Witwer erfuhr sie, dass bei Lilith vor wenigen Monaten ein Gehirntumor entdeckt worden war. Inoperabel, da schon so weit fortgeschritten, dass er bereits Metastasen im Rückenmark gebildet hatte.

»Als Ärztin wusste Lilith natürlich genau Bescheid um ihren Zustand«, erzählte ihr Mann schluchzend. »Sie hat ihr Leid mit bewundernswerter Kraft und viel Mut getragen. Noch in ihren letzten Tagen hat sie von dir gesprochen. Wir haben in Erinnerungen an unseren Besuch bei dir in New York und *Tall Trees* geschwelgt. War es nicht eine wunderbare Zeit, Helena?«

»Ja, das war es, Joseph«, bestätigte Helena leise und legte auf.

Ihre Freundin war mitten aus dem Leben gerissen worden, viel zu jung zum Sterben. Sie hatte noch so viele Pläne gehabt, immer noch an ihrer gemeinsamen Studie über die Auswirkungen des Rauchens auf die menschliche Haut und die Gesundheit im Allgemeinen gearbeitet. An einer Studie, die nun niemals veröffentlicht werden sollte.

Auch Helena dachte gerne an den Besuch der Kapps in New York zurück. Mit einem Zeppelin waren sie 1933 zur Eröffnung ihrer Ausstellung im *MoMa* angereist …

Lilith überschlug sich fast vor Begeisterung, als sie ihr von der Atlantiküberquerung mit dem riesigen Luftschiff berichtete. Genauso begeistert war sie von Helenas Kunstsammlung, ihrer Fabrik auf Long Island, ihren New Yorker Apartments.

Auch ihr Mann zeigte sich zutiefst beeindruckt.

»Wir haben ja schon viel aus der Presse und aus Ihren Briefen erfahren, aber all das nun in der Realität zu sehen ist doch etwas ganz anderes«, sagte er zu ihr. »Sie haben wirklich etwas erschaffen.«

»Ich bin sooooo stolz auf dich, Helena!«, rief seine Frau, riss sie stürmisch an sich und küsste sie.

Wochenlang standen die beiden Freundinnen nebeneinander im Labor auf Long Island und experimentierten. Lilith war wirklich fleißig gewesen und hatte genug Material gesammelt, das sie nun gemeinsam mit ihren neuesten Versuchen aus dem Labor analysierten.

Anschließend erfolgte die schriftliche Auswertung auf *Tall Trees*. Wenn Lilith schon von New York, der Privatwohnung und der Firmenzentrale beeindruckt gewesen war – in das Anwesen in Greenwich verliebte sie sich regelrecht.

»Hier lässt es sich aushalten«, sagte sie eines Nachmittags, als sie neben Helena beim Fünfuhrtee auf der riesigen Terrasse saß.

Sie ließ den Blick über den Rasen bis hinunter zu den Bäumen schweifen, wo zwischen den Stämmen das Wasser des Sees hindurchblitzte. Wie oft hatten Roy und Horace mit dem Skipper Tom darauf ihre Segelpartien unternommen. Fast erwartete Helena, sie in ihrer weißen Segelkleidung zwischen den Bäumen auftauchen zu sehen. Aber nein, beide waren inzwischen erwachsen und hielten sich im Sommer lieber an der mondänen Mittelmeerküste, in Nizza oder Cannes, auf als im provinziellen Connecticut.

»Ich verstehe gar nicht, dass du nicht viel häufiger hier bist«, sagte Lilith.

»Ich bin eben durch und durch ein Stadtmensch«, erwiderte Helena.

»Ich nicht«, meinte Lilith. »Ich könnte es auf Dauer nicht in Manhattan aushalten. Zu Besuch ja, aber niemals auf Dauer. Hier hingegen …« Erneut ließ sie den Blick schweifen. »Joseph müsste allmählich von seinem Ausritt zurückkehren. Er genießt den Aufenthalt hier in vollen Zügen. Ich freue mich so, dass er sich wohlfühlt und sich tatsächlich einmal erholen kann.«

»Ihr könnt ruhig noch länger bleiben«, bot Helena an. »Am liebsten für immer.«

Sie hielt inne und wartete gespannt auf die Reaktion ihrer Freundin.

Lilith runzelte die Stirn.

»Wie meinst du das?«, fragte sie verständnislos.

»Ja, warum bleibt ihr nicht ganz in den USA? Hier ist doch genug Platz. Ihr könntet hier wohnen, du unsere Studie fertigstellen. Für Joseph wäre es ein Leichtes, seinen befristeten Forschungsauftrag an der New Yorker Universität in eine richtige Professur umzuwandeln.« Helena begann sich richtig für ihre Idee zu begeistern. »Du könntest im Labor auf Long Island weiterforschen, immerhin wolltest du doch früher immer in die Forschung …!«

»Wie stellst du dir das vor?«, unterbrach Lilith ihre Ausführungen. »Glaubst du, ich würde jemals meine Patienten zu Hause im Stich lassen oder Joseph seine Stellung in Wiesbaden aufgeben?«

»Warum nicht?«, fragte Helena zurück. »Wenn ich mir so die politische Entwicklung in Deutschland anschaue … Seit dieser Anstreicher an die Macht gekommen ist, hat sich der Wind gedreht, und das ist mehr als beängstigend.«

»Da magst du recht haben, aber wir können nicht weg.« Lilith seufzte abgrundtief. »Wir können unsere Zelte nicht einfach so abbrechen, unsere gesamte Existenz aufgeben. Dazu hängen wir viel zu sehr an unserer Arbeit und unserer Heimat.«

»Schade«, sagte Helena bedauernd, doch sie sah ein, dass es keinen Zweck hatte, noch weiter in ihre Freundin zu dringen. »Ich hätte es schön gefunden, euch in meiner

Nähe zu wissen und euch häufiger als nur alle paar Jahre zu sehen.«

Stattdessen näherte sich unaufhaltsam die Stunde des Abschieds.

»Wollt ihr es euch nicht noch einmal überlegen?«, bat Helena.

Sie standen an einem Kai des New Yorker Hafens. Die Rückreise würden die Kapps auf dem Seeweg antreten. Direkt vor ihnen ragte der mächtige schwarze Bug der *Bremen* steil empor. Helena hatte ihren Freunden darauf eine Suite buchen lassen.

Ein Matrose machte sich an der Gangway zu schaffen. Vom Deck ertönte bereits der Klang eines Blechorchesters, das sich mit dem obligatorischen »Muss i denn zum Städtele hinaus« von der amerikanischen Metropole verabschiedete.

»Bleibt!«, flehte Helena, plötzlich von einer unerklärlichen Angst ergriffen.

Lilith umarmte sie, zog sie an sich und drückte sie so fest, wie sie konnte.

»Bleibt«, flüsterte Helena ihr ins Ohr. »Ich habe solche Angst um euch.«

Sie löste sich aus der Umklammerung und schaute Lilith ins Gesicht. Die Freundin hatte Tränen in den Augen.

»Es geht nicht, Helena«, sagte sie leise. »Es geht einfach nicht.«

Ihr Mann räusperte sich. Mit sichtlichem Unbehagen hatte er soeben den Abschied der beiden Frauen beobachtet. Nun streckte er Helena seine rechte Hand entgegen, doch die sonst so zurückhaltende Helena zog ihn spontan zu sich hinunter. Er beugte sich zu ihr hinab und umarmte sie ungelenk.

»Passen Sie gut auf meine Lilith auf«, flüsterte sie dem Mann ihrer Freundin ins Ohr.

»Ich verspreche es hoch und heilig«, flüsterte er zurück und richtete sich wieder auf. »Wissen Sie, Helena, ich bin der festen Überzeugung, dass dieser böse Zauber in Deutschland nur eine vorübergehende Erscheinung ist und sehr bald wieder vorbei sein wird«, sagte er zuversichtlich.

»Ihr Wort in Gottes Ohr«, erwiderte Helena.

Vom Schiffsdeck ertönte ein tiefer Gong.

»Wir müssen, wir müssen!«, rief Lilith hektisch. Das Reisefieber hatte sie gepackt, wie die roten Flecken auf ihren Wangen verrieten.

Gut, dass Helena ihr einige Tiegel ihrer Creme gegen trockene Haut ins Handgepäck geschmuggelt hatte.

Sie küsste ihre Freunde noch einmal zum Abschied auf die Wangen, dann drehte sie sich um und ging auf das bereits wartende Taxi zu.

Sie sollte die Kapps niemals wiedersehen.

Kapitel 35

Paris 1955

Unruhig warf sich Helena hin und her. Nur minutenlang fiel sie in einen kurzen Schlummer, dann schreckte sie plötzlich wieder hoch. Das Herz klopfte ihr bis zum Hals.

Mit drei Fingern prüfte sie den Puls an der Halsschlagader. Viel zu schnell! Warum? Sie lag doch ganz bequem im Bett, hatte sich nicht körperlich übernommen und am Vorabend mit einem leichten Abendessen begnügt.

Ein bisschen gemault hatte sie schon, als Eugénie ihr das Tablett gebracht hatte.

»Sonst nichts?« Missmutig hatte sie die kleine Schale mit grünem Salat und die Scheibe Toast begutachtet.

»Madame weiß, was der Arzt gesagt hat: nur noch leichte Kost am Abend!«, hatte die lapidare Antwort ihrer Köchin gelautet.

Verwirrt fuhr sich Helena über die Stirn und knipste die Nachttischlampe an. Wo war sie eigentlich? In welcher Stadt, in welchem Land, auf welchem Kontinent?

Sie ließ den Blick kurz durch den Raum schweifen. Aha, sie war also in Paris, in ihrer Wohnung am Quai de Béthune.

Natürlich war sie das, wenn Eugénie ihr das Abendessen gebracht hatte.

Automatisch griff sie zum Hörer des auf dem Nachttisch stehenden Telefons und hämmerte ungeduldig auf die Gabel ein. Bis heute hatte sie kein Mensch dazu bewegen können, doch einmal die Wählscheibe zu benutzen.

»Warum geht er nicht dran?«, schimpfte sie aufgebracht und warf einen Blick auf den Wecker, der gleichfalls auf ihrem Nachttisch stand.

Eigentlich war das überflüssig, denn ihre innere Uhr funktionierte immer noch einwandfrei und zuverlässig. Jeden Morgen wachte sie um Punkt halb sechs auf, und das seit Jahrzehnten – sehr zum Leidwesen ihrer Angestellten und aller Familienmitglieder, die sich gerade in ihrer Nähe befanden. Spätestens ab halb sieben begann Helena zu telefonieren. Spätestens um halb acht erwartete sie die einbestellten Mitarbeiterinnen und Mitarbeiter zum Rapport, sei es in einem ihrer Büros oder in einem ihrer zahlreichen, auf verschiedenen Kontinenten verteilten Schlafzimmer. In letzter Zeit hatte sie es sich angewöhnt, ihre Morgenkonferenzen bevorzugt dort abzuhalten.

Und Patrick hatte Tag und Nacht zu ihrer Verfügung zu stehen. Auch jetzt, um drei Uhr nachts. Aber er meldete sich nicht. Ob er wirklich zu fest schlief, um das Klingeln seines Telefons zu hören? Oder befand er sich mal wieder auf einem seiner nächtlichen Streifzüge? Am Ende gar mit Horace?

Helena gefiel es gar nicht, dass sich ihr Privatsekretär und ihr jüngster Sohn in letzter Zeit so gut verstanden. Es schien sich fast so etwas wie eine Freundschaft zwischen ihnen anzubahnen. Dabei gehörte Patrick ihr alleine, und Horace war ihr Sohn, ihr Lieblingssohn. Wenn die zwei Männer zu viel Zeit miteinander verbrachten, konnte es kaum ausbleiben, dass die beiden über sie sprachen, sich über die Chefin und Mutter austauschten. Das behagte Helena überhaupt nicht.

Was, wenn sie sich gar hinter ihrem Rücken gegen sie verbündeten?

Ihr Leben lang war Helena misstrauisch gegenüber ihren Mitmenschen gewesen, eine Eigenschaft, die sich mit zunehmendem Alter verstärkte. Sie musste einen Keil zwischen diese beiden jungen Männer treiben. Nun ja, so jung war Horace gar nicht mehr. Er ging ja schon auf Mitte vierzig zu, während Patrick noch keine dreißig war.

Im Telefonhörer war immer noch das Tuten ihres Anrufs zu hören. Patrick nahm einfach nicht ab.

Helena warf die schwere Decke beiseite, schwang beide Beine über die Bettkante, fasste ihre bei einem exquisiten Pariser Friseur gerade frisch gefärbte blauschwarze Mähne zu einem losen Knoten zusammen und schlüpfte in ihren seidenen Morgenmantel. Sie wollte nachsehen, ob Patrick nur fest schlief oder tatsächlich ausgeflogen war.

Es war ein ganz schön weiter Weg von ihrem Schlafzimmer bis hinüber in den anderen Flügel ihrer Wohnung am Quai de Béthune, wo Patrick untergebracht war. Helena hatte dem jungen Iren kurzerhand die Gemächer des Prinzen Gourielli zugewiesen.

»Gemächer« war allerdings übertrieben. Patricks erstaunte Miene beim Anblick des kleinen Zimmerchens, das lediglich mit einem schmalen Bett und einem Stuhl ausgestattet war, würde sie nie vergessen.

»Der Prinz hat keine sonderlich hohen Ansprüche an Komfort und Bequemlichkeit«, hatte Helena erklärt. »Einen großen Schrank für Ihre Garderobe finden Sie auf dem Flur, daneben ein kleines Badezimmer. Wenn es für Prinz Gourielli genug ist, dann reicht es für Sie allemal. Dafür haben Sie einen separaten Eingang. Der Prinz weiß das sehr zu schätzen.«

Das tat Patrick offenkundig auch, sonst hätte er sich nicht zum wiederholten Male davongestohlen!

Helena tapste durch den langen, dunklen Flur ihrer riesigen Wohnung auf der Île Saint-Louis, vorbei an Empfangsraum, Salon, Billardzimmer, Speise- und Kaminzimmer, schließlich Küche und anderen Wirtschaftsräumen.

Dienstbotenzimmer gab es auf dieser Etage nicht. Anders als in hochherrschaftlichen Pariser Häusern üblich, war das Personal nicht oben in den Mansarden, sondern im Souterrain untergebracht. Mansarden gab es in diesem Gebäude nämlich gar nicht mehr. Stattdessen erstreckte sich über Helenas Wohnung eine riesige Dachterrasse.

Im Jahr 1935 hatte sie das hier damals noch stehende historische *Hôtel Hesselin* von Misias Exmann, dem katalanischen Maler Josep Maria Sert, erworben. Zum Entsetzen der Pariser hatte sie es anschließend kurzerhand abreißen und einen pompösen, über Eck gehenden Häuserblock auf dem Grundstück errichten lassen.

Vor ihrem Einzug im Jahr 1937 hatte sie noch diese

riesige Dachterrasse anlegen lassen. Dreihundert Menschen konnten sich darauf tummeln, ohne sich gegenseitig auf die Füße zu treten. Eine Sensation, auf die sich die Presse mit Begeisterung stürzte.

Und wer hatte sich in diesen zwei Jahren vor Ausbruch des Zweiten Weltkriegs dort oben nicht alles ein Stelldichein gegeben! Ein Tanz auf dem Vulkan war das gewesen. Um die Angst vor der Zukunft und einem erneuten Krieg zu verdrängen, hatten die Menschen in den europäischen Metropolen ein umso exzessiveres Leben geführt. Ein wenig glich diese Zeit den verrückten Zwanzigern vor der großen Depression, dem weltweiten wirtschaftlichen Zusammenbruch, der so viele Existenzen vernichtet hatte. Aber nicht die von Helena Rubinstein.

Jetzt, gute zwanzig Jahre später, stand Helena vor der Tür des Zimmers ihres zweiten Ehemanns, der sich gerade in Palm Springs auf der anderen Seite des Atlantiks bei einem Bridgeturnier vergnügte. Nur äußerst selten begleitete er seine Frau auf einer ihrer zahlreichen Geschäftsreisen. Dafür war Patrick da, der sich viel einfacher herumkommandieren und schikanieren ließ. Schlug sie bei Archil einen ähnlichen Ton an, biss sie auf Granit.

Falsch. Sie stieß nicht auf Widerstand, und Archil entzog sich ihr auch nicht, wie es Edward in den letzten Jahren ihrer Ehe getan hatte, sondern er lachte bloß über die Widrigkeiten des Lebens und die Beschwerden seiner so viel älteren Ehefrau.

Helena blieb gar nichts anderes übrig, als mitzulachen und ihren zweiten Ehemann seine eigenen Wege gehen zu lassen. Sie wusste, dass er sie nicht betrog, zumindest nicht mit anderen Frauen. Seine Leidenschaft galt dem Glücksspiel und dem Bridge.

Eine Scheidung von Archil kam für Helena nicht infrage. Einmal genügte ihr. Außerdem hätte sie eine Trennung nicht nur Geld, sondern auch den schönen Titel gekostet. Seit Jahren zog sie es vor, nicht mehr »Madame«, sondern »Prinzessin Gourielli« genannt zu werden. Im Geschäft duldete sie noch »Madame«, aber im gesellschaftlichen Leben bestand sie auf ihrer fürstlichen Anrede. Und der Gatte amüsierte sich.

»Helena ist für mich die Größte«, beteuerte der Prinz jedoch immer wieder. »Sie ist einzigartig. Neben ihr gibt es für mich keine andere Frau.«

So, wie sich Archil Gourielli seit der ersten Begegnung und der späteren Heirat ihr gegenüber verhielt, war Helena bereit, ihm Glauben zu schenken. Was sie beide verband, waren Zuneigung, Sympathie, Freundschaft und die Leidenschaft für Bridge. Dieses Kartenspiel war das einzige Freizeitvergnügen, das sich Helena seit ihrer Rückkehr nach Europa gestattete. Hierbei fand auch sie zuweilen etwas Ablenkung und Entspannung.

Endlich war Helena am Ende des dunklen Flurs, der nur von einer winzigen Lampe erhellt wurde, angekommen und stand vor der Tür von Patricks – nein, eigentlich Archils – Zimmer. Sie hob die Hand und pochte sachte.

Keine Antwort, also klopfte sie energischer.

»Patrick, sind Sie da?«

Keine Reaktion. Vorsichtig drückte Helena die Klinke hinunter und schob die Tür einen winzigen Spalt auf. Im schwachen Lichtschein entdeckte sie das schmale Bett an der Wand. Es war leer.

»Tatsächlich ausgeflogen«, murrte Helena und zog die Tür wieder hinter sich zu.

»Was schlagen Sie sich eigentlich immer die Nächte um die Ohren? Wenn Sie erst um drei Uhr ins Bett kommen, ist es kein Wunder, dass Sie morgens um halb acht völlig unausgeschlafen bei mir im Büro erscheinen«, hatte Helena ihren Privatsekretär erst vor wenigen Tagen gescholten.

»Ich brauche eben Zerstreuung und Abwechslung.«

»Als ob wir tagsüber nicht genug zu tun hätten, da gibt es doch reichlich Zerstreuung und Abwechslung«, behauptete Helena aufgebracht.

»Aber nicht die Art, die ich benötige. Ich muss mich schließlich auch einmal erholen.«

»Erholen, erholen, Sie sind doch noch jung. Wovon müssen Sie sich denn erholen?«

»Von Ihnen, Madame!«

Noch niemals hatte sich der sonst so höfliche, ihr fast schon untertänig ergebene Ire eine solch sarkastische Bemerkung erlaubt. Und nun hielt er sich tatsächlich die Hand vor den Mund, um dahinter ein Gähnen zu verbergen.

»Verzeihung, Madame, es war wirklich sehr spät, um nicht zu sagen: sehr früh«, murmelte er, strich sich über die rauen Wangen und schaute sie aus trüben Augen an.

»Gehen Sie sich rasieren, aber vorher schlafen Sie erst

einmal Ihren Rausch aus«, hatte Helena befohlen. »Einmal bin ich bereit, Ihnen das durchgehen zu lassen, beim zweiten Mal …«

Die Drohung hatte Patrick offenkundig nicht davon abgehalten, erneut um die Häuser zu ziehen. Am Ende sogar mit Horace?

»Na, wartet nur, ihr Bürschchen …«, murmelte Helena.

Anstatt sich wieder in ihr Schlafzimmer zurückzuziehen, öffnete sie die große Tür am Ende des Gangs, die zum Treppenhaus führte. Sie trat hinaus und erklomm kurz entschlossen die geschwungene Treppe, die zur Dachterrasse hinaufführte. Mit Schwung stieß sie die Tür des Vorraums auf, in dem sich eine Garderobe und Toiletten für Besucher befanden, durchquerte ihn und öffnete die beiden gläsernen Flügeltüren.

Es war Vollmond und das nächtliche Paris in silbernes Licht getaucht. Mit vorsichtigen Schritten überquerte Helena die weitläufige Terrasse. An der Balustrade angelangt, blieb sie stehen, lehnte sich an den kalten Stein, stützte beide Ellbogen auf und ließ den Blick über die schwarzen Häusersilhouetten entlang der Boulevards schweifen.

Tief unter ihr glitzerte die Seine. Die Laternen auf den Brücken warfen ein warmes Licht auf das Straßenpflaster und spiegelten sich zitternd auf der schwarzen Wasseroberfläche des Flusses.

Ganz hinten am Horizont konnte Helena sogar den wuchtigen Schattenriss der Sacré-Cœur erkennen. Zu Füßen der Basilika flimmerte und leuchtete es. Die Clubs von Montmartre waren zu ihrem nächtlichen Leben erwacht. Wahrscheinlich trieben sich Patrick und Horace in einem dieser Etablissements herum.

Nun, beide waren erwachsene Männer, und eigentlich ging es Helena überhaupt nichts an, was sie so trieben. Aber in solchen Nächten bewegten sie sich in einem Raum, der außerhalb ihres Machtbereichs lag, und das wurmte Helena. Man entzog sich nicht einfach so dem Einfluss der Prinzessin Gourielli, zumindest nicht ohne deren Einwilligung.

Fröstelnd richtete sich Helena auf, die Kälte des Steins war ihr bis tief in die Knochen gekrochen. Sie zog ihren Morgenmantel noch fester um sich. Hier oben blies ein schneidender Wind. Vielleicht sollte sie für den nächsten Sommer doch noch einen festen Windschutz auf der Dachterrasse anbauen lassen, der gleichzeitig als Sonnenschutz diente. Das wäre deutlich stabiler als die Sonnenschirme, die stets Gefahr liefen, davongeweht zu werden.

Ja, das war eine gute Idee: Sie würde ihre sagenumwobene Dachterrasse noch attraktiver gestalten in der Hoffnung, wieder an die glamourösen Vorkriegsjahre anknüpfen zu können.

Kapitel 36

Paris 1938

Mit dem am Klassizismus orientierten Bau und der unspektakulär ruhig gestalteten Fassade erreichte Helenas Architekt Louis Süe, dass sich die nach dem Abriss des *Hôtel Hesselin* aufgeregten Gemüter zumindest teilweise wieder beruhigten. Aber diese riesige Dachterrasse, auf der sich die moderne Schickeria so gerne tummelte? *Dégoutant!* Das konservative Paris rümpfte erneut die Nase.

Umso lieber gab sich jedoch die sogenannte Cafészene der Dreißigerjahre ein Stelldichein in der Quai de Béthune, genoss den herrlichen Ausblick über Paris bis hinaus nach Fontainebleau, schlürfte Champagner und Cocktails, die Männer gerne auch einen Whiskey oder Scotch, wenn nicht gar andere Rauschmittel konsumiert wurden. *Tout le monde* tauschte sich über die neuesten Entwicklungen in Kunst, Literatur, Mode und natürlich auch in der Politik aus. Edward bewegte sich zwischen Hautevolee und Künstlern wie ein Fisch im Wasser, machte Helena mit seinen Malerfreunden Braque, Matisse und Picasso bekannt. Etliche ihrer Bilder zierten schon die Wände der Wohnungen des Ehepaars Rubinstein-Titus. Aber diese Künstler persönlich kennenzulernen war noch einmal etwas anderes. Helena war beeindruckt und stolz zugleich, ihre Gastgeberin sein zu dürfen.

Auch die mittlerweile sehr erfolgreiche Modemacherin Coco Chanel gehörte häufig zu den Gästen auf der Dachterrasse. Von ihr stammte die Anregung, die Abende doch häufiger unter ein Motto zu stellen.

Die Gästeliste für ein solches Fest zusammenzustellen überließ Helena vorwiegend Edward, ihrem Noch-Ehemann. Für dergleichen hatte sie keine Zeit. Sie fügte höchstens die Namen einiger Persönlichkeiten hinzu, die ihr wichtig oder nützlich erschienen.

Beispielsweise fand sie Elsa Schiaparelli wichtig, ein aufgehender Stern am Modehimmel. Mit ihrem untrüglichen Instinkt hatte Helena das Potenzial dieser jungen Italienerin erkannt und sofort einige ihrer Kreationen erworben. Wollte sie ihre Freundin Coco provozieren, oder war es schon eine gewisse Boshaftigkeit, eines dieser Kleider zu einem Treffen mit ihr zu tragen? Weder noch. Helena wollte einfach wissen, wie Coco reagieren würde.

Mit hochgezogenen Augenbrauen ließ ihre Freundin den Blick über Helenas Kleid wandern, rümpfte ein wenig verächtlich die Nase und sagte gar nichts.

»Wie findest du mein neues Kleid?«, erkundigte sich Helena maliziös.

»Bunt. Sehr, sehr bunt«, lautete die kurze Antwort. »Und du bist viel zu klein für diese Art von Mode.«

Touché.

Statt Coco war nun Helena beleidigt und brach das Gespräch schneller ab als eigentlich geplant.

Im Laufe der Zeit stellte Helena fest, dass sich Coco Chanel und Elsa Schiaparelli einen erbitterten Konkurrenzkampf lieferten, ähnlich wie sie selbst und ihre Rivalin Elizabeth Arden. Doch dass diese Fehde zwischen Chanel und Schiaparelli ausgerechnet während Helenas Kostümfest auf der Dachterrasse eskalieren sollte, ahnte zu Beginn jenes denkwürdigen Abends noch niemand.

Ohne Hintergedanken hatte Helena sowohl ihre Freundin Coco als auch die junge Italienerin auf die Gästeliste setzen lassen. Das Motto des Festes lautete: »Erscheinen Sie im Kostüm Ihrer bevorzugten historischen Epoche.«

Coco Chanel erschien in einem opulenten Kostüm des Ancien Régime. Ohne ihren typischen schwarzen Bubikopf, den sie unter einer hochgetürmten weißen Perücke verbarg, erkannte Helena sie zunächst gar nicht. Ihr Begleiter, ein großer, athletischer Mann, auch er im historischen Kostüm mit wallender Allongeperücke, wich Coco nicht von der Seite. Sie stellte ihn zwar vor, aber so rasant, wie man es von ihr gewohnt war, sodass Helena den Namen nicht richtig verstand. Es schien ein deutscher Name gewesen zu sein. Warum auch nicht? In der Pariser Cafészene waren alle Nationalitäten vertreten.

Elsa Schiaparelli war eine Verehrerin des Korsen Napoleon, liebte das Empire und erschien als Madame Récamier in einem fast durchsichtigen Gewand, unter dem beinah alles zu erkennen war.

»Sehr klug von unserer hässlichen Schönen, nicht als Joséphine aufzutreten«, lästerte der unverbesserliche Jean Cocteau hinter vorgehaltener Hand.

Auch er gehörte zur Cafészene, war mit Edward per Du und durfte bei keinem ihrer Feste fehlen. Zudem schrieb er mittlerweile auch regelmäßig Anzeigentexte für das Unternehmen.

»Warum das?«, wollte Helena wissen und drehte sich nach dem Schriftsteller um, der sich heute im Gewand eines griechischen Jünglings gefiel. Dabei war auch er nicht mehr der Jüngste.

Im Geiste rechnete Helena nach, wann sie sich das erste Mal begegnet waren. Nun, der Skandal bei der Premiere von *Le sacre du printemps* lag über zwanzig Jahre zurück. Also musste er …

»Joséphine war – abgesehen davon, dass sie Probleme mit ihren Zähnen hatte – eine Schönheit«, fuhr Cocteau fort und schob seinen verrutschten Lorbeerkranz zurecht. »Madame Récamier hingegen war hässlich, aber dennoch attraktiv. Auf sie ist letztendlich der Begriff der *jolie laide* zurückzuführen.«

Dieser Mann hatte wirklich immer viel zu erzählen, dennoch wusste Helena auch nach etlichen Jahren ihrer Bekanntschaft noch nicht, ob sie ihn mochte oder nicht. Ihre Freundin Misia hielt jedenfalls große Stücke auf ihn.

»Ich finde Elsa Schiaparelli nicht hässlich. Sie hat ein außergewöhnliches, sehr interessantes Gesicht«, behauptete Helena.

»Eben«, erwiderte Cocteau trocken.

»Und ihr heutiges Kostüm ist eine Sensation.« Helena unterzog das Gewand der jungen Italienerin einer wohlwollenden Musterung.

Elsa war es tatsächlich gelungen, in das Kostüm des Empire ihre eigene Kreativität einfließen zu lassen. So wirkte es zwar historisch korrekt, dennoch ließen der Faltenwurf und die bunten Stickereien es hochmodern erscheinen. Farbenfrohe Schmetterlinge tummelten sich wie zufällig überall und waren so geschickt verteilt, dass sie Brustwarzen oder Schambehaarung kaschierten. Natürlich trug Elsa, ebenso wie ihr historisches Vorbild, kein Untergewand. Unter dem durchsichtigen Gewebe war sie splitterfasernackt.

Nun hatte sie die Gastgeberin entdeckt und strebte auf Helena zu. Bei jeder ihrer Bewegungen schwang das Kleid mit und gewährte für einige Sekunden einen Blick auf eine der Brustwarzen oder das dunkle Dreieck zwischen ihren langen Beinen.

Helena bemerkte, wie ihre Freundin Coco Chanel den Auftritt ihrer Rivalin mit hochgezogenen Augenbrauen beobachtete. Wie gebannt verfolgte auch ihr Begleiter jeden Schritt, mit dem Elsa jetzt auf Helena zuschwebte. Eine plötzliche Stille trat ein. Die Gäste um sie herum hielten den Atem an. Nur noch der gedämpft heraufdringende Verkehrslärm bildete ein leises Hintergrundrauschen.

Endlich blieb Elsa Schiaparelli vor der Gastgeberin stehen. Sie genoss ihren Auftritt sichtlich.

»Cara, Helena, ich danke dir für deine Einladung und das schöne Motto dieses Festes«, sagte sie theatralisch.

Dann beugte sie sich hinab, um ihr die obligatorischen *bises* auf die Wangen zu hauchen.

»Carissima«, erwiderte Helena mit rauer Stimme. »Was für ein wunderschönes Kleid!«

Die Spannung löste sich in Sekundenschnelle. Doch selbst aus der Distanz konnte Helena das verächtliche Schnauben ihrer Freundin Coco vernehmen.

Wie es ihre Gewohnheit war, zog sich Helena auch an diesem Abend, nachdem sie ihre obligatorischen Honneurs als Gastgeberin hinter sich gebracht hatte, in eine Ecke zurück, um von dort aus unauffällig und zugleich ungestört ihre Beobachtungen zu machen. Das Talent, sich zwanglos in eine Menschenmenge zu begeben, sich spontan in eine Unterhaltung zu mischen oder jemanden einfach anzusprechen, war ihr nicht gegeben. Der offizielle Teil mit seinen Begrüßungen war nunmehr beendet, das Büfett eröffnet, Wein und Champagner flossen in Strömen. Der Stimmungspegel stieg unaufhaltsam höher und höher.

Sie entdeckte Edward, der eifrig in ein Gespräch mit einem bärtigen Hünen vertieft war, einem Amerikaner. Wie hieß er noch mal, dieser Schriftsteller? Ach ja, Hemingway oder so ähnlich. Einen Whisky nach dem anderen kippte der in sich hinein.

Im hinteren Teil der weitläufigen Terrasse steckten etliche Malerfreunde die Köpfe zusammen. Alles gute Bekannte, ja Künstlerfreunde von Edward. Bei ihnen wurde sehr viel geredet und genauso viel getrunken.

Wer war das denn alles? Helena konnte nur Picasso erkennen, da die Übrigen ihr den Rücken zugewandt hatten. Der berühmte Spanier hob gerade den Kopf und ließ, ebenso wie sie, den Blick über die Menschenmenge schweifen. Seine Augen glühten wie schwarze Kohle. Helena war fasziniert, aber er war ihr auch irgendwie unheimlich.

Coco Chanel stand einfach nur da – an die steinerne Balustrade der Terrasse gelehnt, den Reifrock malerisch um die schmalen Hüften drapiert – und rauchte unablässig. Mit zusammengezogenen Augenbrauen beobachtete sie jeden Schritt ihrer Konkurrentin. Unter dem Weiß ihrer Lockenperücke wirkten ihre Augenbrauen noch dunkler als sonst und bildeten eine schwarze, Unheil verkündende Linie. Helena spürte, wie es in ihrer Freundin brodelte.

Auch Picasso schien das nicht entgangen zu sein, denn er drehte den Kopf in Cocos Richtung, nahm sie ins Visier und ließ sie nicht mehr aus den Augen. Coco sog den Rauch ihrer Zigarette so heftig in sich hinein, dass deren Spitze glühte. Jetzt löste sie sich von ihrer steinernen Rückenlehne, zupfte ihren Reifrock zurecht und schritt auf Elsa Schiaparelli zu. Wollte sie am Ende ein Gespräch mit ihr beginnen?

Aber nein, sie schlug einen weiten Bogen um ihre Rivalin, passierte dabei die laut diskutierenden Maler und pirschte sich von hinten an die Schiaparelli heran.

Picasso runzelte die Stirn, stieß seine Malerkollegen beiseite und heftete sich Coco an die Fersen, die wie in Trance auf die Italienerin zuschritt.

Helena setzte sich ihrerseits in Bewegung. Ihr schwante nichts Gutes.

Und tatsächlich: Direkt vor ihren Augen streckte Coco die Hand mit der glühenden Zigarettenspitze aus und versuchte sie in das feine Gewebe des Schmetterlingskleids zu drücken.

»Elsa, pass auf!«, schrie Helena in höchster Panik.

Die Gäste erschraken und zuckten zusammen. Zuerst wandten sie sich der schreienden Helena, dann dem entstehenden Tumult zu.

Ein schriller Schmerzensschrei ertönte. Der musste von Elsa kommen! Helena sah, wie eine Stichflamme hochschlug und den Kleidersaum der Designerin umzüngelte. Wie ein Panther im Sprung warf sich Picasso in diesem Moment auf die junge Modeschöpferin, riss ihr in Sekundenschnelle das Kleid vom Leib und warf es auf die Erde. Mit beiden Füßen trampelte er so lange auf dem brennenden Stoffbündel herum, bis die Flamme erstickt war. Gut, dass die Terrasse einen soliden Steinfußboden hatte.

Elsa schrie erneut auf; es war nicht ganz klar, ob vor Schreck oder Schmerz. Nackt, wie Gott sie erschaffen hatte, stand sie da; mit vor Panik weit aufgerissenen Augen, beide Fäuste vor den Mund gepresst. Sie sah aus wie eine klassische römische Statue, die nun aber gefährlich zu zittern begann.

Picasso trampelte immer noch auf den Überresten ihres Kostüms herum.

»Wasser, wir brauchen Wasser«, schrie eine weibliche Stimme.

»Kein Wasser, wir brauchen Sand!« Picasso brüllte wie ein angeschossener Löwe.

Helena sah, wie Elsa zu schwanken begann.

»Jean, pass auf, sie fällt gleich um!«, schrie sie dem neben ihr stehenden Cocteau zu.

Aber da tauchte auch schon Edward auf, dicht gefolgt von Hemingway. Noch im Laufen hatte sich Edward seine Smokingjacke vom Leib gerissen und warf sie nun der schwankenden Elsa um die Schultern, sodass ihre Blöße endlich bedeckt war. Elsa taumelte, wurde aber von Hemingway aufgefangen. In seinen starken Armen verlor sie das Bewusstsein.

»Sie steht unter Schock, wir müssen sie irgendwo hinlegen!«, rief Edward.

»Hierher, bringt sie hierher zu mir!«, entgegnete Helena. »Zu mir nach unten in die Wohnung!«

Ihr Mann nickte und winkte Hemingway zu.

»Folgen Sie mir«, bat er. »Wir bringen sie hinunter.«

»Bringt sie in mein Schlafzimmer. Eugénie soll sich um sie kümmern, ich werde einen Arzt verständigen«, sagte Helena zu ihrem Mann. »Geht schon einmal vor, ich komme gleich nach.«

Edward und Hemingway verschwanden mit der bewusstlosen Elsa Schiaparelli auf den Armen.

Stumm hatten die Gäste das Geschehen verfolgt. Allmählich setzte ein verhaltenes Murmeln ein.

»Liebe Freundinnen und Freunde, bitte lasst euch den Abend nicht verderben. Es sieht schlimmer aus, als es ist«, rief Helena. »Amüsiert euch ruhig weiter. Bitte entschuldigt mich für einen Moment. Ich muss mich um Elsa kümmern.«

Ehe sie sich eine Etage tiefer begeben würde, hatte sie jedoch noch etwas zu erledigen. Durch die sich schon wieder angeregt unterhaltende Gästeschar, die offenkundig gar nicht daran dachte, sich den Abend verderben zu lassen – im Gegenteil, war man nicht soeben Augenzeuge eines saftigen Skandals geworden? –, bahnte sich Helena ihren Weg zu Coco Chanel.

Die erfolgreichste Modeschöpferin der Welt, deren Kreationen Helena so gerne trug und die sie sogar ihre Freundin nannte, hatte wieder ihren Beobachtungsposten an der Balustrade eingenommen. Den Reifrock malerisch um sich drapiert, den Kopf in den Nacken gelegt, führte sie ihre Zigarette zum Mund. Genießerisch zog sie daran und stieß mit geöffnetem Mund kleine Kringel aus.

Helena trat auf sie zu, riss ihr die Zigarette aus der Hand und schnipste sie über die breite Terrassenmauer.

»Ich werde dir ein Taxi rufen. Du solltest jetzt gehen«, sagte sie ruhig. »Bei meiner Rückkehr will ich dich hier nicht mehr sehen. *Adieu, ma chère.* Und deinen Kavalier nimmst du natürlich mit.«

Coco schnappte nach Luft, raffte ihren Reifrock, hakte ihren Begleiter unter und rauschte davon.

»Bravo, das haben Sie gut gemacht«, sagte eine raue Männerstimme neben Helena. »Und Cocos Kreationen sollten Sie zur Strafe in Zukunft nicht mehr tragen.«

»Ach, Monsieur Picasso, ich muss mich bei Ihnen bedanken. Mit Ihrem beherzten Einsatz haben Sie soeben eine Katastrophe verhindert.«

Der Maler lachte heiser. »Man tut, was man kann«, sagte

er selbstbewusst. »Coco war anzusehen, dass sie nichts Gutes im Schilde führt.«

»Ja, das habe ich auch bemerkt«, bestätigte Helena. »Von ihr ging etwas Unheimliches aus.«

»Sie haben gute Antennen«, stellte Picasso lobend fest.

»Ach«, machte Helena überrascht. Verlegen griff sie nach ihrer dreireihigen Perlenkette und nestelte daran.

Picasso verfolgte jede ihrer Bewegungen.

»Und sehr interessante Hände«, setzte er schließlich anerkennend hinzu.

Helena fühlte es und hätte es nur allzu gerne verhindert, konnte es aber nicht: Wie bei einem jungen Mädchen stieg ihr die verhasste, verräterische Röte in die Wangen.

Picasso beobachtete sie immer noch ganz genau, schien sie als Person jedoch gar nicht mehr wahrzunehmen.

»Es würde mich einige Zeit kosten, diesen Farbton auf meiner Palette zu mischen«, sagte er nachdenklich, griff nach ihrem Kinn, hob ihr Gesicht und drehte es hin und her. »Sehr außergewöhnlich«, stellte er sachlich fest.

»Klick« machte es neben ihnen und wieder »Klick«.

»Ach, Dora, du schon wieder!« Der große Künstler fühlte sich offenbar in seiner Betrachtung gestört.

Neben ihnen stand Dora Maar, berühmte Fotografin und derzeitige Geliebte Picassos.

»Der Lebensretter und die Gastgeberin«, jubilierte sie. »Ein gefundenes Fressen. Die Zeitungen werden mir die Fotos aus den Händen reißen.«

»Das werden sie nicht, Mademoiselle«, sagte Helena scharf.

»Aber Fotos zu verkaufen ist mein Beruf«, wandte Dora Maar ein.

»Dann verkaufen Sie sie mir. Wie viel wollen Sie dafür?«

Helena und Dora Maar wurden sich rasch einig. Endlich konnte Helena sich ihren Gästen empfehlen. Sie musste sich doch um die verletzte Elsa kümmern!

Obwohl, bei Eugénie war sie bestimmt in guten Händen, und Edward und dieser Hemingway waren ja auch noch da …

In ihrer Wohnung ein Stockwerk tiefer angekommen, ging Helena in ihr Schlafzimmer. Wie erwartet lag dort die junge Italienerin auf dem Bett. Sie war bewusstlos. Oder schlief sie? Ein fremder Mann beugte sich über sie, richtete sich aber bei Helenas Anblick sofort auf.

»Dr. Dutronc«, stellte er sich vor. »Mademoiselle Chanel hat mich geschickt.«

»Wie bitte?«

»Ich kam gerade von einem Patienten aus dem Nachbarhaus. Mademoiselle stand vor der Tür und hat mit ihrem Begleiter auf ein Taxi gewartet. Als sie meine Arzttasche entdeckte, hat sie mich angesprochen und mich hoch zu Ihrer Wohnung geschickt, weil es dort einen Notfall gebe. Ich bin ihrer Aufforderung natürlich sofort gefolgt, schließlich habe ich einen Eid geleistet.«

»Daran haben Sie gut getan«, sagte Helena. Coco schien doch ein bisschen das schlechte Gewissen zu plagen, sonst hätte sie ihrer Rivalin wohl kaum so rasch ärztliche Hilfe besorgt. »Hat sie denn schwere Verbrennungen?«

»Nein, dank der schnellen Reaktion eines Gastes wurde das Schlimmste verhindert«, beruhigte sie der Arzt. »Es soll Picasso gewesen sein, hat sie noch gemurmelt, ehe die Wirkung meiner Spritze einsetzte.« Forschend sah er sie an.

»Ja, Dr. Dutronc, es war tatsächlich Picasso«, sagte Helena würdevoll und schaute auf Elsa. Die schlief tief und fest.

»Oh, là, là!«, sagte der Arzt beeindruckt und klappte seine Arzttasche zu.

»Was bin ich Ihnen für Ihre Bemühungen schuldig?«, erkundigte sich Helena.

»Ich werde Ihnen eine Rechnung schicken«, erwiderte Dr. Dutronc. »Geht das hier an diese Adresse, zum Quai de Béthune?«

»Ja, an mich, Helena Rubinstein … oder doch besser an meine Firma in der Rue de Faubourg.« Helena hielt inne, um zu überlegen. »Nein, nein«, korrigierte sie sich dann hastig. »Schicken Sie Ihre Rechnung an Mademoiselle Chanel.«

»Coco Chanel?«, vergewisserte sich der Arzt überrascht.

»Ja, an Mademoiselle Coco Chanel, an ihre Privatadresse. 31 Rue Cambon, direkt am Place Vendôme«, bestätigte Helena. »Können Sie sich das merken?«

»Selbstverständlich, Madame, in diesem Quartier kenne ich mich gut aus, meine Praxis befindet sich in unmittelbarer Nähe.« Der Arzt wandte sich zum Gehen. »Warum an die Chanel?«, murmelte er vor sich hin, als er die Tür öffnete.

»Es hat schon seine Richtigkeit«, rief Helena ihm hinterher.

»Madame wird ihre berechtigten Gründe haben«, erwiderte Dr. Dutronc und drehte sich noch einmal zu ihr um. »Ich wünsche Ihnen noch einen schönen Abend. Die Patientin wird nicht vor morgen früh erwachen. Erst dann wird sie auch wieder transportfähig sein. Es wäre gut, wenn Sie die Brandwunden an ihren Beinen kühlen könnten.«

»Ein bisschen eincremen, vielleicht mit meiner neuen Sonnenschutzcreme? Die ist ganz leicht, enthält viel mehr Feuchtigkeit als Fett.« Erwartungsvoll schaute Helena den Arzt an.

Entsetzt schüttelte dieser den Kopf. »Um Himmels willen, gar nichts auf die verbrannte Haut schmieren, ausschließlich kalte Umschläge … oder noch besser Eiswürfel.«

»Warten Sie, bitte warten Sie noch einen Moment!«

Erstaunt blieb Dr. Dutronc stehen.

Helena riss die Schublade ihrer Truhe auf, in der sich immer ein Vorrat ihrer neuesten Produkte befand. Sie kramte darin und suchte zwei hübsche kleine Döschen aus. Mit ausgestreckten Händen ging sie auf den Arzt zu, der sie irritiert ansah.

»Hier, nehmen Sie das mit, mit meinen besten Empfehlungen an Ihre Frau Gemahlin.«

Kopfschüttelnd klappte der Arzt seine verbeulte Ledertasche wieder auf und verstaute die beiden Döschen zwischen Ampullen und medizinischen Instrumenten.

»Ich habe im Übrigen einen Salon in der Rue du Faubourg Saint-Honoré und würde mich freuen, Ihre Gattin dort einmal als meine Kundin begrüßen zu dürfen.«

»Ich werde es ihr ausrichten«, entgegnete der Arzt. *»Bonne soirée, Madame.«*

»Bonne soirée«, murmelte Helena und sah ihm nach. Wieder hatte sie eine neue Kundin gewonnen oder sich zumindest ins Gespräch gebracht.

Sie warf einen Blick auf die schlafende Elsa Schiaparelli, die tief und gleichmäßig atmete. Ihre Gesichtszüge waren entspannt.

Sie ist schön, wunderschön sogar, eine ganz besondere Erscheinung, dachte Helena. *Wie kommt dieser freche Cocteau eigentlich dazu, sie als hässlich zu bezeichnen?*

Nun, diese junge Italienerin entsprach nicht dem gängigen Schönheitsideal, genauso wenig wie sie selbst oder die androgyne Coco Chanel. Dass diese so rasch ärztliche Hilfe organisiert hatte, versöhnte Helena ein wenig mit dem unmöglichen Verhalten ihrer Freundin. Coco neigte nun einmal zu impulsiven Ausbrüchen, insbesondere wenn sie sich bedroht fühlte. Ihre traurige Vergangenheit im Waisenhaus von Aubazines steckte ihr tief in den Knochen. Und die Schiaparelli mit ihrem Ausnahmetalent, zudem noch von hoher adeliger Abstammung, stellte in ihren Augen eine Bedrohung für sie dar.

Auf Zehenspitzen verließ Helena das Schlafzimmer. Heute würde sie wohl in einem der Gästezimmer nächtigen müssen.

Sie schritt durch den langen dunklen Flur, der zu den Wirtschaftsräumen führte. In der Küche war Eugénie damit beschäftigt, den Nachschub für das große Büfett eine

Etage höher auf großen silbernen Platten zu arrangieren. Ein Kellner wartete bereits, um die frisch zubereiteten Delikatessen nach oben zu tragen. Auf dem Herd brodelte ein riesiger Kochtopf, aus dem es verheißungsvoll duftete.

Schon in ihren ersten Jahren in London hatte es sich das Ehepaar Rubinstein-Titus zur Gewohnheit gemacht, zu nächtlicher Stunde ihren verbliebenen Gästen einen polnischen Borschtsch zu servieren. Nein, keinen schweren russischen, sondern einen polnischen – eine dunkelrote, aber klare Brühe, in der allerhöchstens einige Fleischbällchen schwimmen durften; serviert mit einem großen Klacks saurer Sahne und Dillzweigen, dazu gab es stets frisches Blätterteiggebäck.

Ihre Gäste liebten diese Suppe. Das Rezept hatte Helena aus dem Kazimierz mit- und Eugénie die Zubereitung beigebracht. Sie selbst kochte schon lange nicht mehr. Helena wusste gar nicht, wann sie das letzte Mal überhaupt an einem Küchenherd gestanden hatte. Als Kind und junges Mädchen hatte sie genug Zeit damit verbracht, ihre große Familie zu bekochen. Jetzt zog sie nichts mehr in eine Küche. Sie betrat sie nur, um dem Personal Anweisungen zu erteilen.

»Bitte bereite mir doch für heute Nacht ein Gästezimmer vor«, ordnete Helena im Vorbeigehen an.

Eugénie nickte.

»Du hast ja bereits mitbekommen, dass ein unerwarteter Gast in meinem Schlafzimmer einquartiert worden ist«, fuhr Helena fort. »Bitte bring Signorina Schiaparelli morgen früh ein leichtes Frühstück. Und Eiswürfel, damit sie ihre Verbrennung kühlen kann. Du lässt sie aber ausschlafen«, schärfte sie ihrer Angestellten ein. »Und vergiss nicht, mir zuvor das Frühstück ans Bett zu bringen.«

»Oui, Madame.«

Helena wandte sich zum Gehen. »Wo ist mein Mann?«

Seltsam, sie nannte Edward immer noch ihren Mann, obwohl sie seit Jahren von Tisch und Bett getrennt lebten. Nachdem er in den Zwanzigerjahren in einem winzigen Haus neben seinem Buchladen in der Rue Delambre gewohnt hatte, war er 1932 nach Südfrankreich gezogen, kam aber regelmäßig zu Besuch nach Paris.

Edward war das, was man in Frankreich einen *homme de lettres* nannte. In der Welt der Bücher, der Literatur und Kunst fühlte er sich am wohlsten. Selbstkritisch hatte er jedoch früh genug erkannt, dass ihm selbst eine richtige künstlerische Begabung abging. Er konnte zwar hervorragend formulieren, wie seine Anzeigentexte und Artikel immer wieder bewiesen, aber nicht literarisch schreiben. Also begnügte er sich damit, seine Literaten-Freunde zu fördern, unter denen sich – zu Helenas großem Verdruss – selbstverständlich auch etliche Freundinnen befanden.

Edwards beste geschäftliche Entscheidung war es gewesen, »Kiki de Montparnasse« unter seine verlegerischen Fittiche zu nehmen und ihre Memoiren zu veröffentlichen. Kiki war Muse, Diseuse, Modell etlicher Maler und eine Institution der Pariser Künstlerszene. Ihr Buch war Edward aus den Händen gerissen worden; er war kaum mit dem Nachdrucken hinterhergekommen, und die englische Übersetzung entwickelte sich sogar zu einem noch größeren Erfolg. Es war das erste und letzte Mal, dass er mit seinem Verlag schwarze Zahlen schrieb. Der damals noch unbekannte Ernest Hemingway hatte das Vorwort geschrieben.

Dessen dröhnendes Lachen drang gerade jetzt an Helenas Ohr.

»Die Herren sind drüben, entweder im Kaminzimmer oder im Salon«, erklärte Eugénie und drückte dem wartenden Diener ein mit frischen Canapés beladenes Silbertablett in die ausgestreckten Hände. »Sie haben schon Suppe und einen Imbiss bei mir bestellt … hat der Amerikaner auch bitter nötig«, setzte sie trocken hinzu.

»Dann bringen Sie doch auch gleich eine kleine Schüssel Borschtsch für mich mit. Servieren Sie am besten im Speisezimmer«, befahl Helena und verließ die Küche.

Sie musste nur dem dröhnenden Lachen folgen, das durch den langen Flur polterte. Von Edward war nichts zu hören.

Sie fand die beiden Männer im Kaminzimmer. Eingehend betrachteten sie ihre gesammelten Kunstwerke.

»Sie mögen afrikanische Kunst«, stellte Hemingway fest, als er Helena bemerkte.

»Ja, sehr«, bestätigte sie.

»Helena sammelt schon seit mehr als zwanzig Jahren. Man kann sie fast als Entdeckerin der Stammeskunst bezeichnen«, erklärte Edward eifrig.

»Ja, unser Freund Jacob Epstein hat mich damals darauf gebracht. Er war und ist mir bis heute ein unverzichtbarer Berater«, sagte Helena.

»Mögen Sie Afrika? Waren Sie schon einmal in Afrika?«

Neugierig schaute der bärtige Amerikaner auf sie herunter. Das gefiel ihr gar nicht.

»Ja, vor etlichen Jahren war ich einmal mit dem Maler Jean Lurçat in Nordafrika«, erwiderte Helena daher kurz angebunden.

»Nordafrika ist nicht das Afrika, das ich meine«, wandte Hemingway ein.

»Welches meinen Sie denn?«

»Das Afrika, aus dem auch die meisten Ihrer Kunstwerke stammen, zum Beispiel diese Statue aus Gabun.« Der Schriftsteller streckte die Hand aus, öffnete die Tür der gläsernen Vitrine, in der *La reine négresse* stand, und schickte sich an, Helenas Lieblingsstück herauszunehmen.

»Nicht anfassen!«

Hemingway gehorchte verdutzt, verschloss die Vitrine wieder und wandte sich Edward zu.

»*Old boy*, du hast aber eine sehr strenge Lady!«, sagte er und brach in sein dröhnendes Gelächter aus. Anschließend griff er nach seinem Whiskyglas, das noch halb gefüllt auf dem Kaminsims stand, und hielt es Edward entgegen.

Dieser schenkte ihm aus einer Kristallkaraffe nach und seufzte abgrundtief.

»*Old boy*, da hast du verdammt recht«, pflichtete er seinem Freund bei.

»Ich bin so, wie ich bin. Wäre ich nicht so, würden wir heute Abend nicht hier stehen«, versetzte Helena verärgert. »Dann hättest du beispielsweise niemals die Memoiren der Kiki de Montparnasse veröffentlichen können«, sagte sie zu ihrem Mann und drehte sich zu Hemingway um. »Für die Sie das Vorwort geschrieben haben. Wissen Sie eigentlich, was Sie meinem Mann zu verdanken haben? Und auch mir?«

»Aber ja doch, Madame«, lenkte Hemingway erstaunlich rasch ein. »Ich bewundere Sie für Ihren künstlerischen Spürsinn. Wenn ich mich nicht täusche, haben Sie die afrikanische Kunst sogar lange vor Picasso entdeckt. Der hat sich sehr von ihr beeinflussen lassen.«

»War es nicht fantastisch, wie er heute Abend unsere Elsa gerettet hat?«, mischte sich Edward ein. »Wie ein Raubtier hat er sich auf sie gestürzt und sie mit seiner Geistesgegenwart gerettet.«

Helena warf ihrem Mann einen misstrauischen Blick zu.

»Unsere Elsa«, hatte er gesagt. Warum nicht gleich »meine Elsa«? Oder war es nur so eine Redewendung?

»Die Signorina muss sich wirklich etwas einfallen lassen, um sich angemessen bei Pablo zu bedanken«, setzte er nun hinzu.

Doch nicht seine Elsa?

»Wir sind ihm auch zu Dank verpflichtet«, behauptete nun Helena. »Mit seinem beherzten Eingreifen hat er eine Katastrophe auf unserer Dachterrasse verhindert. Stellt euch vor, wenn der danebenstehende Cocteau mit seinem griechischen Umhang Feuer gefangen hätte!« Helena überlief es noch im Nachhinein eiskalt.

»Die Chanel befand sich ja auch in unmittelbarer Nähe. Ihr Reifrock hätte bestimmt gut gebrannt – und die Allongeperücke ihres Galans auch.« Hemingway schien sich das Szenario genüsslich auszumalen.

»Wir müssen…«, wandte sich Helena gewohnheitsmäßig an ihren Mann. »Nein, *ich* muss mich Picasso erkenntlich zeigen«, verbesserte sie sich jedoch rasch. Schließlich handelte es sich bei diesem Apartment auf der Île Saint-Louis um *ihre* Wohnung im besten Quartier von Paris, während Edward es schon seit sechs Jahren vorzog, in Cagnes-sur-Mer zu leben. »Ich habe auch schon eine Idee.«

»Die da wäre?«, erkundigte sich Edward.

»Ich werde mich von ihm malen lassen, ein großes Porträt von Picasso fehlt noch in meiner Sammlung.«

Hemingway warf ihr einen zweifelnden Blick zu. »Ob er das als eine angemessene Würdigung seiner heutigen Rettungstat betrachten wird?«

»Pablo liebt seine Arbeit, das Malen ist wie ein Rausch für ihn. Das wissen wir doch alle. Aber mir hat er das sogar selbst einmal erzählt«, widersprach Edward.

»Wann hat er dir das erzählt? Er ist doch sonst nicht so gesprächig«, wollte Helena wissen.

»Mir gegenüber schon«, warf sich Edward in die Brust. »Zumindest als ich ihn einmal in seinem Atelier besucht habe. Nun ja, Dora hat mich einfach mitgenommen«, gestand er.

»Dora Maar?«

Edward nickte. »Genau, die berühmte Fotografin.«

»Ich habe vorhin sämtliche Fotos aufgekauft, die sie heute Abend schon geschossen hatte, und bereits eine Option auf die, die sie heute noch machen wird. Ich werde mich auch noch einmal richtig von ihr fotografieren lassen.

Zunächst aber bin ich gespannt, wie die beiden Aufnahmen von mir und Picasso geworden sind.«

Als Eugénie ihr am nächsten Morgen das Frühstück ans Bett brachte, lag neben den Morgenzeitungen ein dicker Briefumschlag auf dem Tablett. Handschriftlich adressiert an Helena Rubinstein persönlich. Eine sehr schwungvolle Handschrift.

»Wann ist der denn gekommen?«, wunderte sich Helena. »Die Post kommt hier doch immer erst gegen Mittag?«

Eugénie zuckte mit den Schultern. »Baptiste muss ihn entgegengenommen haben. Ich habe das Klingeln nicht gehört, aber er hat gemeint, ein Kurier habe den Umschlag abgegeben«, erklärte sie und setzte das Tablett vorsichtig ab.

Helena griff nach dem Brief, drehte ihn um und fand den Absender.

»Dora Maar«, las sie laut vor. »Oh, das müssen die Aufnahmen von gestern sein. Das ging aber schnell. Wann hat sie die denn entwickelt?«

Schließlich fiel ihr ein, dass die Fotografin verschwunden gewesen war, als sie in der Nacht zuvor zu ihren Gästen zurückgekehrt war. Warum Dora sich ohne Abschied auf den Weg gemacht hatte, begriff Helena, als sie den Umschlag aufriss und ein dicker Stapel großformatiger Fotos hinausglitt. Dora Maar war offenbar nicht nur eine hervorragende, sondern auch eine schnelle Fotografin, die ihre Aufnahmen so rasch wie möglich entwickelte.

»Wie hat sie das nur hinbekommen?«, fragte Helena.

»Sie muss die ganze Nacht in ihrem Fotolabor durchgearbeitet haben.«

Eine tüchtige junge Frau, hochbegabt und ehrgeizig. Helena fühlte sich an ihre eigenen Anfänge erinnert. Hoffentlich ließ Dora Maar sich nicht von Picasso auffressen! Dieser Künstler pflegte seine Frauen mit Haut und Haaren zu verschlingen. War er einmal für eine entbrannt, kannte er weder Grenzen noch Skrupel.

Als junger Mann hatte er Olga, die junge russische Tänzerin, die bei der chaotischen Premiere von *Le sacre du printemps* zum Corps de Ballet gehört hatte, so lange verfolgt, bis sie schließlich die Truppe verlassen hatte und mit ihm zurück nach Paris gefahren war. Im Juli 1918 heiratete die Russin Olga den Spanier Pablo. Jean Cocteau war Trauzeuge, als aus Olga Stepanowna Chochlowa die erste Madame Picasso wurde. Gut zwei Jahre später kam Sohn Paolo zur Welt – und sein Vater verlor das Interesse an Olga.

Beim Gedanken daran stieß Helena verärgert den Stapel der Fotos beiseite, die Dora Maar am Abend zuvor oben auf der Dachterrasse gemacht hatte. Die würde sie sich später in aller Ruhe anschauen. Nur gut, dass sie beide Filme aufgekauft und so verhindert hatte, dass eine Aufnahme der schreienden, splitterfasernackten Elsa Schiaparelli in den Pariser Zeitungen erschien.

Ob die inzwischen erwacht war? Sie musste sich um ihren ungeladenen Gast kümmern.

Helena erhob sich, schlüpfte in einen Morgenmantel und machte sich auf den Weg in ihr eigentliches Schlafzimmer. Schon durch die geschlossene Tür konnte sie die aufgeregte Stimme ihres Logierbesuchs hören. Mit wem sprach sie? Es waren italienische Worte, die zu ihr auf den Flur drangen.

Sie klopfte an die Tür.

»Pronto!«

Helena öffnete die Tür ihres Schlafzimmers und trat ein. Elsa lag in dem riesigen Bett und telefonierte. Sie trug eines von Helenas kostbaren Spitzennachthemden und winkte ihr freundlich zu. Dabei machte sie keine Anstalten, ihr Telefonat zu beenden, sondern sprach ohne Punkt und Komma in den Apparat. Nur kurz hielt sie die Hand vor die Sprechmuschel.

»Einen Moment bitte, bin sofort fertig. Nehmen Sie doch so lange Platz«, sagte sie in ihrem kehligen Französisch und fuhr dann auf Italienisch fort.

Diese Person führte sich auf, als wäre sie hier zu Hause! Perplex setzte sich Helena auf den Hocker, der vor der Kommode mit dem dreiteiligen Schminkspiegel stand.

Sie war noch nicht dazu gekommen, ihre Haare zu richten, sodass sich die schwarze Lockenpracht über den Rücken ergoss, fast bis zu den Hüften. Automatisch griff sie zur Bürste ihrer silbernen Toilettengarnitur und begann, ihre Haare sorgfältig zu striegeln, Strich für Strich, Strähne für Strähne, ganz so, wie es ihr Gitel einst beigebracht hatte. Es war ihr unverzichtbares Morgenritual, von dem sie niemand abbringen konnte, auch keine exaltierte Italienerin, aufsteigender Stern am internationalen Modehimmel und unverhoffter Gast in ihrem Bett.

Elsas italienisches Telefonat war beendet. Aber sie telefonierte schon wieder, diesmal auf Französisch, das sie perfekt beherrschte. Seltsamerweise flocht sie dennoch immer wieder einige deutsche oder englische Brocken in ihren Redeschwall mit ein. Irgendwann fiel auch der Name Coco Chanel. Dann schwieg Elsa überraschenderweise und lauschte nur noch in den Hörer. Sie nickte.

»Oui, oui, ma chère, tu as raison, tu as raison. Elle est vraiment, comment tu as dit? Elle est…« Sie lauschte in den Hörer. *»D'accord, d'accord, ma chère. Je vais lui demander. Ci vediamo, carissima.«*

Elsa Schiaparelli hauchte einen Kuss in den Hörer und legte auf.

»Schönen Gruß von Marlene«, wandte sie sich nun an Helena. »Ich habe ihr von Cocos Attacke erzählt, aber sie wusste schon Bescheid. Sie sagt, die Chanel sei ein, ein … Ein Mist… *Come si dice?*« Ärgerlich schlug sie sich vor die Stirn. »Marlene sagt, Sie wüssten bestimmt, was sie gemeint hat. Sie trägt meine Kreationen übrigens genauso gerne wie Sie, Madame«, fügte sie stolz hinzu. »Was meinte sie mit Mist…?«

»Ihre berühmte Kundin meinte wahrscheinlich Miststück«, erklärte Helena würdevoll. »So nennt man auf Deutsch Frauen, die sich bösartig und gemein verhalten.«

»Und das bedeutet?«, wollte Elsa Schiaparelli wissen.

»Chienne«, entgegnete Helena kurz und noch ein bisschen würdevoller. So ganz unrecht hatte der große Filmstar mit dieser Auffassung nicht.

Elsa Schiaparelli hatte verstanden. *»Sì, sì, sì, veramente* *un pezzo di merda*«, bekräftigte sie. Dann lehnte sie sich zurück, schloss die Augen und seufzte theatralisch. »Wenn Picasso mich nicht gerettet hätte, wäre ich wohl bei lebendigem Leibe verbrannt. Vor aller Augen! Wie eine Hexe im Mittelalter«, setzte sie mit zitternder Stimme hinzu.

»Zum Glück war der Maître so geistesgegenwärtig und konnte es verhindern«, erwiderte Helena. »Sie sind ihm zu großem Dank verpflichtet.«

»Lo so, lo so«, bestätigte die Italienerin. »Aber Ihnen auch, Helena. Wie kann ich mich dafür erkenntlich zeigen, dass Sie mir so großzügig Ihr privates Schlafzimmer zur Verfügung gestellt haben?«

»Oh, da habe ich eine praktische und zudem sehr naheliegende Idee«, erwiderte Helena lächelnd. »Wie wäre es, wenn Sie mein Bett ganz einfach verließen und sich in Ihr eigenes begäben? Der Arzt meinte, Ihre Verbrennungen seien so geringfügig, dass Sie schon wieder transportfähig sind. Ich werde Ihnen ein Taxi rufen lassen.«

Der letzte Strich war getätigt. Helena legte ihre Bürste zurück und schaute in den Spiegel. Über ihrer Schulter entdeckte sie Elsas erstauntes Gesicht. Mit offenem Mund starrte die Designerin sie an.

»So wagt es sonst kein Mensch, mit mir zu reden«, sagte sie. »Sind Sie immer so rigoros?«

»Hm, kommt darauf an. Am strengsten bin ich mit Menschen, die ich mag.«

Helena lächelte ihrem Spiegelbild zu und verglich spontan ihr Äußeres mit dem der zwanzig Jahre jüngeren Italienerin. Das Urteil fiel nicht zu ihren Ungunsten aus.

Elsa Schiaparelli hatte offenbar den gleichen Gedanken gehabt.

»Wie alt sind Sie eigentlich, Helena?«, wollte sie wissen. »Doch nur wenig älter als ich? Sie müssten die vierzig gerade überschritten haben …«

»Carissima, dabei wollen wir es für heute belassen«, antwortete Helena. Innerlich schnurrte sie wie eine zufriedene Katze – eine sehr alte Katze.

Kapitel 37

Paris 1955

Wie üblich war Helena an diesem Morgen pünktlich um halb sechs erwacht. Aber weil Sonntag war, griff sie ausnahmsweise nicht zum Telefonhörer, um Patrick anzurufen. Sie zog auch nicht am Klingelzug, der zur Küche führte, um bei Eugénie ihr Frühstück zu bestellen, sondern widmete sich ausgiebig ihrer Lektüre: den Wochenendausgaben der wichtigsten Tageszeitungen Europas, die ihr Baptiste bereits am Abend zuvor auf dem Beistelltisch ihres riesigen Bettes bereitgelegt hatte. Sie nahm den dicken Stapel hoch und legte ihn vor sich auf die Bettdecke.

Womit beginnen?

Unschlüssig blätterte sie im *Figaro*, begann einen Artikel im englischen *Observer*, der ihr am frühen Morgen jedoch zu anspruchsvoll war, genauso wie die Lektüre der *Financial Times*. Um diese Uhrzeit zog sie Klatsch und Tratsch der Boulevardpresse vor.

Helena liebte Klatsch und Tratsch über alles. Auch über sie waren im Lauf der Jahrzehnte etliche Artikel erschienen. Meist waren sie sehr wohlwollend ausgefallen.

Für einige Minuten vertiefte sie sich in ihre Morgenlektüre, doch als sie sich zu langweilen begann, brach sie ab und widmete sich ihrer Korrespondenz. Es waren fast nur noch geschäftliche Briefe, die auf einem silbernen Tablett für sie bereitlagen. All die Menschen, mit denen sie einst privat korrespondiert hatte, waren mittlerweile verstorben.

Am meisten vermisste sie noch immer ihre Korrespondenz mit Lilith, ihre temperamentvollen Briefe, ihre lebhaften Schilderungen und Beschreibungen des gesellschaftlichen und politischen Lebens, nicht nur in Wiesbaden, sondern in ganz Deutschland. Wie sehr hatte Helena aber auch die Berichte ihrer Freundin über die neuesten Entwicklungen im Bereich Kosmetik, Schönheitspflege und Gesundheit geschätzt. Dafür hatte sie Lilith so manche indiskrete Frage verziehen …

Helena warf einen Blick auf ihre Armbanduhr. Acht Uhr war es inzwischen: Zeit für ihr Frühstück. Sie schob Briefe und Zeitungen beiseite, griff nach dem Klingelzug und zog heftig daran. Das Scheppern der Klingel in der Küche war bis in ihr Schlafzimmer zu hören.

Kurz darauf klopfte es leise.

»Komm herein, Eugénie!«, rief Helena.

Die Tür öffnete sich.

»Bonjour, Madame.« Mit dem gewohnten Morgengruß stellte Eugénie das Frühstückstablett auf Helenas Bett. Aber warum schniefte sie so komisch, hatte rot geweinte Augen und konnte sie nicht anschauen?

»Was ist mit dir, Eugénie?«, erkundigte sich Helena,

während sie ihren frischen Toast mit Butter bestrich. »Hast du Schnupfen?«

Statt einer Antwort schluchzte diese nur auf, wehrte hastig mit beiden Händen ab und lief davon. Erstaunt schaute Helena auf die hinter ihr ins Schloss gefallene Tür. Achselzuckend schenkte sie sich eine Tasse frisch aufgebrühten Kaffee ein. Das tat sonst immer Eugénie.

Es klopfte erneut an der Tür, ganz sacht, aber unüberhörbar.

»Komm schon, Eugénie!«, rief Helena. »Hast du etwas vergessen?«

Doch es war ein roter Schopf, der sich durch den Türspalt schob.

»Patrick?«, rief Helena überrascht. »Schon so früh auf den Beinen, und das am Sonntag?«

Der junge Ire lächelte unsicher und trat näher. Helena bemerkte ein bauchiges Glas in seiner Rechten. Die Hand zitterte so sehr, dass die bernsteinfarbene Flüssigkeit im Glas leichte Wellen schlug.

»Cognac so früh am Morgen! Ich muss schon bitten«, rügte Helena missbilligend. »Und damit wagen Sie auch noch, mein Schlafzimmer zu betreten? Was ist los?«

Langsam wurde sie misstrauisch. Jetzt trat auch noch Edwards Neffe Emanuel Ameisen, der seit Jahren als tüchtiger Statthalter ihres Unternehmens in Paris diente, hinter ihren Sekretär! Langsam begriff Helena, dass hier etwas nicht stimmte.

»Was ist los?«, wiederholte sie ihre Frage.

»Der Prinz«, hob Patrick an. Seine Stimme brach. Er

nahm einen Schluck Cognac und räusperte sich. »Prinz Archil Gourielli …«, versuchte er es erneut und begann zu schluchzen.

Entschlossen schob Emanuel ihn beiseite und trat direkt an Helenas Bett.

»Dein Anwalt Harold Weill hat heute Nacht aus New York angerufen«, sagte er ruhig. »Der Prinz ist gestern Abend völlig unerwartet einem Herzinfarkt erlegen. Es muss ganz schnell gegangen sein«, setzte er hinzu. »Er hat nicht leiden müssen.«

Helena schrie auf. Sie schrie so laut, wie sie noch niemals in ihrem Leben geschrien hatte. Sie konnte überhaupt nicht mehr aufhören.

Wie aus weiter Ferne drang dieser Schrei zu ihr. Was für ein fürchterlicher Schrei! Er sollte aufhören. Es dauerte geraume Zeit, bis sie begriff, dass sie selbst es war, die so schrie.

Wie durch einen Schleier nahm sie die bestürzten Gesichter ihrer beiden morgendlichen Besucher wahr, sah, wie Patrick sein Cognacglas mit einem Schluck herunterstürzte und sich mit dem Ärmel seiner Jacke über das tränenüberströmte Gesicht wischte. Versteinert und hilflos zugleich stand ihr angeheirateter Neffe direkt an ihrer Bettkante und betrachtete sie ratlos.

Irgendwann öffnete sich die Tür. Eugénie kehrte zurück, aber auch der langjährigen Hausangestellten gelang es nicht, Helena zu beruhigen.

Eine halbe Stunde später traf endlich der Arzt ein, den Patrick vorsorglich benachrichtigt hatte. Nur mit Mühe gelang es diesem, Helena, die wild um sich schlug, eine Beruhigungsspritze zu geben. Es dauerte eine ganze Weile, bis deren Wirkung einsetzte. Dann, endlich, konnte Helena weinen. Sie weinte, weinte und weinte. Es schien, als könnte sie nie mehr damit aufhören. Irgendwann schlief sie schließlich vor Erschöpfung ein.

Zwei Wochen lang verließ sie ihr Schlafzimmer nicht. Die Vorhänge blieben zugezogen, die Fensterläden geschlossen. Helena nistete sich in einer dunklen Höhle der Trauer ein und verweigerte das Essen. Eugénie und Patrick zwangen sie, zumindest etwas zu trinken. Mit zerrauften Haaren lag sie zwischen den Kissen, ließ ruhe- und ziellos ihre Augen durch den Raum wandern, konnte niemanden anschauen. Medea kurz vor dem Wahnsinn. Zeitweilig fürchtete man sogar um Helenas Verstand.

Sie verweigerte jeglichen Außenkontakt, jedes Telefonat oder Gespräch, ließ Kondolenzbesucher an der Tür abfertigen. Eugénie hatte die Anordnung, alle eintreffenden Telegramme oder Briefe ungeöffnet in den Müll zu werfen, verweigerte jedoch den Gehorsam und bewahrte die Post jener Tage in der Bügelkammer auf. Irgendwann würde »Madame« sie bestimmt sichten können und wollen.

Eine Woche später wurde Prinz Archil Gourielli-Tchkonia in Queens auf dem Mount Olivet Cemetery beigesetzt. Mit dem Flugzeug, das Helena längst und ausschließlich als Verkehrsmittel zwischen Europa und den USA nutzte, wäre es ein Leichtes gewesen, rechtzeitig in New York einzutreffen, um bei der Abschiedszeremonie dabei zu sein. Aber Helena weigerte sich rigoros, an der Beerdigung ihres geliebten zweiten Mannes teilzunehmen. Das hätte sie zu sehr an ihre eigene Sterblichkeit erinnert.

Nach zwei Wochen tiefster Trauer erhob sie sich wie ein Phönix aus der Asche. Nach einem Friseurbesuch, einem ausgedehnten Einkaufsbummel und Stippvisiten bei befreundeten Modeschöpfern war ihr von ihrem großen Kummer nichts mehr anzusehen.

»Ich brauche Abwechslung«, verkündete sie.

»Welcher Art?«, erkundigte sich Patrick überrascht und erleichtert zugleich.

»Ich will mich von Picasso malen lassen. Seit beinahe zwanzig Jahren habe ich das schon vor. Jetzt ist es an der Zeit, diesen Vorsatz endlich in die Tat umzusetzen.«

Patrick nickte. »An der Zeit, Madame, da könnten Sie recht haben«, pflichtete er ihr bei.

»Der Meister wird mich ablenken«, war sich Helena sicher.

»Das wird er bestimmt tun«, bestätigte Patrick zuversichtlich.

Kapitel 38

Cannes 1955

Beachtlich und beeindruckend war die Liste der Künstlerinnen und Künstler, die Helena bereits porträtiert hatten. Auch von Picasso besaß sie schon einige Werke, darunter ein Bild seines ältesten Sohnes Paolo sowie etliche nach seinem Entwurf gewebte Wandteppiche. Aber sie hatte sich nun einmal in den Kopf gesetzt, von diesem weltberühmten Künstler auch persönlich porträtiert zu werden.

Eine neue Idee war das nicht. Schon in jener denkwürdigen Nacht, als Coco Chanel das gewagte Empirekostüm ihrer Rivalin Elsa Schiaparelli angezündet hatte, war Helena der Gedanke gekommen. Und sie hatte es sich auch nicht nehmen lassen, ihm das noch in derselben Nacht, nach ihrer Rückkehr auf die Dachterrasse, zu verkünden. Picasso hatte weder Ja noch Nein gesagt, sondern etwas Unverbindliches gemurmelt und sich wieder seinen Malerfreunden zugewandt.

Immer wieder waren sie sich in den Jahren danach bei gesellschaftlichen Anlässen, bei Vernissagen oder auch in Südfrankreich, wo er seit dem Krieg meist lebte, begegnet.

Der weltberühmte Künstler hatte jedes Mal eine andere Frau an seiner Seite gehabt.

Wie hatte Helena die Fotografin Dora Maar bemitleidet, als Picasso sie wegen der blutjungen Françoise Gilot verließ. Dora hatte diese Trennung nur schwer verwinden können, war in eine tiefe Depression verfallen und hatte sich in ihrer Wohnung verkrochen.

Helena tat es sehr leid um diese schöne und begabte junge Frau, auch wenn sie gegen Françoise eigentlich gar nichts einzuwenden hatte. Auch sie war eine hochbegabte Künstlerin, von der Helena schon einige Bilder besaß. Außerdem war Françoise die einzige Frau, der es gelungen war, sich nicht von Picasso fressen zu lassen. Stattdessen hatte sie ihn verlassen. Das wiederum imponierte Helena.

Sie mochte, schätzte und bewunderte Picassos Kunst. Als Mensch war er ihr unheimlich, was ihren Wunsch, sich von ihm malen zu lassen, aber nicht schmälerte, eher im Gegenteil. Diesen Wunsch in die Tat umzusetzen war jedoch ein schwieriges Unterfangen.

Nachdem Helena Patrick von ihrem Vorhaben in Kenntnis gesetzt hatte, versuchte sie noch von Paris aus, Verbindung mit dem Maler aufzunehmen. Ihre höflichen Briefe blieben jedoch unbeantwortet. Auf ihre Telegramme erhielt sie keine Reaktion.

Langsam wurde sie ungeduldig und der Wunsch, sich von diesem Künstler malen zu lassen, immer hartnäckiger. Und wenn sich Helena einmal etwas in den Kopf gesetzt hatte, war sie nicht davon abzubringen.

»Ich weiß, dass er sich unten im Midi aufhält, dann fliegen wir eben runter«, verkündete sie schließlich und befahl Patrick, zwei Flüge nach Nizza zu buchen. »Wir werden uns bei Stella einquartieren, so sparen wir uns die Hotelkosten«, ergänzte sie.

Ihr Sekretär fügte sich.

Picasso lebte mittlerweile in *La Californie*, einer Villenkolonie, die man gerne als das »Beverly Hills von Cannes« bezeichnete. Nach der Trennung von Françoise war er erst kürzlich mit seiner neuen Partnerin, der sechsundvierzig Jahre jüngeren Keramikerin Jacqueline Roque, in das an einem Hang stehende Haus eingezogen.

Praktischerweise lebte Helenas Schwester Stella seit einigen Jahren mit ihrem Mann ebenfalls in Cannes. Von deren Wohnung aus versuchte sie, Picasso anzurufen. Jedes Mal nahm ein weibliches Wesen den Hörer ab und behauptete, der Meister sei nicht zu Hause. Es dauerte eine geraume Weile, bis Helena erkannte, dass er tatsächlich höchstselbst sprach, mit verstellter Stimme.

»Dann fahre ich eben hin und überfalle ihn«, beschloss Helena. »Und ihr kommt mit!«, befahl sie Schwester und Sekretär.

Nur widerwillig stiegen die beiden in das bestellte Taxi, das sie hinaus nach *La Californie* bringen sollte. Ihren Mienen war anzusehen, wie unwohl sie sich auf dieser Expedition fühlten.

»Noch nicht einmal angemeldet haben wir unseren Besuch«, protestierte Stella. »Wir können den Meister doch nicht einfach so überfallen!«

Patrick nickte zustimmend.

»So oft, wie ich versucht habe, ihn zu erreichen, ist das nicht mehr unangemeldet«, versetzte Helena. »Der wird sich schon denken können, dass ich irgendwann bei ihm auftauche.«

»Und wenn er uns nicht öffnet oder gar die Tür weist?«, fragte Stella ängstlich.

»Das wird er nicht tun. Dazu ist er dann doch noch zu sehr *caballero*«, erwiderte Helena zuversichtlich.

Und sie sollte recht behalten. Auf ihr Klingeln hin wurde nicht nur geöffnet, sondern sie wurden auch alle drei eingelassen. Auf der Terrasse mit Meeresblick fielen Picasso und Helena sich in die Arme und versicherten einander überschwänglich, wie wunderbar es sei, sich endlich wiederzusehen. Stella und Patrick beobachteten das Schauspiel verdutzt. Die anderen Anwesenden waren weniger überrascht.

Picasso stellte die Gäste einander vor. Daniel-Henry Kahnweiler, der Kunsthändler, mit dem der Maler schon seit 1911 geschäftlich verbunden war, freute sich offensichtlich, Helena zu treffen. Sie war eine sehr gute Kundin, hatte bei ihm schon etliche Bilder von George Braque, Maurice de Vlaminck und natürlich einige Picassos erworben.

Auch die junge Jacqueline Roque wusste selbstverständlich, wer Helena war, und zeigte sich beeindruckt vom Besuch der weltbekannten Magnatin. Der schlaksige Kerl, der sich träge aus einem Korbsessel schälte und ihr lässig entgegenschlenderte, kam Helena irgendwie bekannt vor …

»Hi, pleased to meet you«, murmelte er und lächelte.

»Gary Cooper?«, staunte Helena.

»*Yeah, Ma'm*«, bestätigte er.

Spontan lud Picasso die drei unverhofften Besucher ein, doch am geplanten Picknick auf der Terrasse teilzunehmen. Helena war ein wenig erstaunt darüber, dass es nur kalten Braten, etwas Salat und einen leichten Wein gab. Nach dem bescheidenen Mahl wurden Kahnweiler und Cooper von ihren jeweiligen Chauffeuren in schweren Limousinen abgeholt und in ihre Hotels gebracht.

Picasso jedoch ließ es sich nicht nehmen, die drei ungeladenen Besucher persönlich nach Hause zu fahren. Während dieser Fahrt nahm Helena den Künstler in die Mangel. Es grenzte schon an Nötigung, wie sie alles daransetzte, dem Maler eine Verabredung abzuringen. Auf dem Rücksitz des alten Citroëns wanden sich Stella und Patrick vor Verlegenheit. Geflissentlich überhörte Helena das warnende Räuspern ihres Sekretärs und fegte Stellas schüchterne Versuche, sie zu bremsen, mit einer abwehrenden Handbewegung beiseite.

Irgendwann hatte sie Picasso tatsächlich so weit, dass er einwilligte. War es, weil ihm ihre Hartnäckigkeit doch irgendwie imponierte oder weil er einfach seine Ruhe haben wollte?

»Einverstanden, dann kommen Sie doch morgen Abend um achtzehn Uhr zur ersten Sitzung zu mir«, sagte er endlich.

Helena drehte sich zu ihrer Schwester um und warf ihr einen triumphierenden Blick zu, doch die verdrehte nur die Augen, und Patrick lächelte gezwungen.

»*Du bist sejer farbisn*«, sagte Stella an diesem Abend anstatt des gewöhnlichen Gutenachtwunsches zu ihrer älteren Schwester. »Hartnäckig wie eh und je.«

»Wenn ich es nicht wäre, hätte ich es niemals so weit gebracht«, erwiderte Helena selbstbewusst.

Wie lange war es her, dass der Schalterbeamte der Krakauer Post diesen Satz zu ihr gesagt hatte? Lieber nicht nachrechnen!

Vergeblich sträubten sich Stella und Patrick am nächsten Tag, Helena erneut zu begleiten. Sie mussten mit, da kannte sie kein Erbarmen – übrigens genauso wenig wie Picasso, denn er untersagte Helenas beiden Begleitern den Zutritt zum Atelier und verbannte sie kurzerhand auf die Terrasse.

Endlich saß Helena dem Meister gegenüber. Sie trug eine bunt gemusterte Bluse, die sie von ihren Reisen aus Mexiko mitgebracht hatte. Mit sicherem Blick hatte er dieses Einzelstück aus all den mitgebrachten Kleidern ausgewählt.

»Wie alt sind Sie eigentlich?«, wollte er wissen, während er mit zügigem Strich an seiner Staffelei die ersten Skizzen anfertigte.

»Älter als Sie«, versetzte Helena kurz angebunden.

Picasso grinste in sich hinein und schwieg.

»Sie haben sehr große Ohren«, stellte er nach einer Weile fest.

Nicht unbedingt ein Kompliment. Aber charmant war Picasso noch niemals gewesen, eher von rücksichtsloser, manchmal verletzender Offenheit. Mal sehen, was er als Nächstes von sich geben würde. Helena wappnete sich innerlich.

»Riesengroße Ohren, genauso groß wie meine.« Offenbar wollte der Maler noch nicht vom Objekt seiner künstlerischen Betrachtung lassen. »Elefanten haben auch riesige Ohren, und Elefanten leben ewig. Vermutlich werden wir auch ewig leben«, behauptete er.

Dann legte er seinen Kohlestift ab und kam auf sie zu.

Misstrauisch schaute Helena ihm entgegen. Womit würde er sie als Nächstes brüskieren?

Direkt vor ihr blieb er stehen und betrachtete sie aufmerksam. Obwohl Helena schon so vielen Künstlern Porträt gesessen hatte, war ihr dieser Blick unangenehm. Wie glühende Kohle schienen sich seine Augen in ihr Gesicht zu brennen. Ihr wurde zuerst heiß, dann kalt.

»Der Abstand zwischen Ihren Augen und Ohren ist genauso groß wie bei mir, auf den Millimeter genau. Das bedeutet, dass Sie ein Genie sind«, stellte der große Künstler fest. »Ein Genie wie ich. Zwei Genies, die sich begegnen.«

Es war ein Feuerstoß, der jetzt in Helenas Wangen schoss. Am liebsten wäre sie aufgesprungen und davongelaufen.

Picasso bemerkte ihre Verlegenheit natürlich – und nicht nur das: Er schien sich zu amüsieren.

»Tolle Farbe«, meinte er anerkennend. »Es wird mir sehr schwerfallen, diesen Farbton auf meiner Palette zu mischen.«

Helena erinnerte sich, dass er diese Worte schon einmal zu ihr gesagt hatte.

Eine ganze Weile versank er in der Betrachtung ihrer im

Schoß gefalteten Hände. Helena schloss sie noch fester zusammen, um ihr Zittern zu verbergen.

Picasso machte kehrt und marschierte wieder zurück zur Staffelei. Eine Weile war nur das Geräusch des Kohlestifts auf dem Papier zu hören. Irgendwann murmelte er etwas Unverständliches vor sich hin.

»Was haben Sie gesagt?«, fragte sie.

»Vielleicht sind Sie ja doch kein Genie«, wiederholte der Meister lauter.

»Warum denn nicht?« Helena war jetzt fast ein bisschen enttäuscht.

»Genies erröten nicht«, behauptete Picasso und grinste sie an.

Obwohl Helena den Künstler nach der ersten Sitzung noch einige Male in seinem Atelier besuchte, kam ein fertiges Porträt von ihr niemals zustande.

Während einer dieser Sitzungen ließ sie den Blick durch den Raum schweifen. Bilder, Bilder, Bilder – allerorten, überall, an den Wänden aufgehängt, in den Ecken gestapelt oder einfach an die Wand gelehnt. In deckenhohen Regalen standen zwischen Farbtöpfen und Gläsern mit benutzten Pinseln frisch gebrannte Keramiken und geschwungene Skulpturen.

Eines der vielen Bilder erregte Helenas besondere Aufmerksamkeit. Es zeigte ein junges Mädchen. Picasso hatte es in gewohnter Manier verfremdet, dennoch war erkennbar, dass sein Modell eine hübsche Blondine sein musste, die das Haar zu einem Pferdeschwanz hochgebunden trug, wie es jetzt Mode war. An irgendwen erinnerte Helena die junge Frau …

»Ist das Brigitte Bardot?«

Picasso schüttelte den Kopf.

»Sieht aber aus wie sie«, behauptete Helena.

»Das ist Sylvette«, knurrte Picasso.

»Sylvette?«, wiederholte Helena.

»Ja, ein junges Mädchen aus der Nachbarschaft. Sie saß mit Freunden im Garten nebenan. Ich hörte ihr Lachen, sah, wie sie den Kopf in den Nacken warf, und wusste auf Anhieb, dass ich sie malen musste.«

»Aha!«, machte Helena und strich sich prüfend über ihren Chignon im Nacken.

»Stillhalten!«, befahl Picasso. »Sylvette konnte das hervorragend, während Sie immer so unruhig sind.«

Das hörte sie nicht zum ersten Mal. Etliche der anderen Künstler hatten sich bei den Sitzungen ebenfalls über ihre Unruhe und Zappeligkeit beklagt. Auch im gesetzten Alter fiel es Helena immer noch schwer, einfach nur dazusitzen und ganz stillzuhalten. Ausschließlich ihrer ausgeprägten Eitelkeit hatte sie es zu verdanken, dass sie überhaupt fähig war, sich diesen stundenlangen und so qualvoll langweiligen Sitzungen auszuliefern.

Aber gelohnt hatte es sich bisher immer. Wenn sie nur an die hohe Wand in ihrem New Yorker Triplex dachte, an der sich ein Porträt ans andere reihte … In absehbarer Zeit würde sich noch das Bild von Picasso dazugesellen. Und an einer anderen Wand vielleicht eines von Sylvette? Die Porträts von ihr gefielen Helena einfach zu gut.

»Ich möchte ein Bild von Sylvette kaufen«, sagte sie. »Was würde mich das kosten?«

»Es ist unverkäuflich«, knurrte Picasso.

»Sie lügen!«, behauptete Helena kühn.

Picasso hob den Blick und schaute sie an. »Wie kommen Sie denn darauf?«

»Ich sehe es Ihnen an. Sie haben in sich hineingelächelt, um Ihre Augen kräuseln sich kleine Lachfältchen. Sie lügen und machen sich dabei lustig über mich.«

»Sie sind eine sehr gute Beobachterin«, lobte er.

»Eine Fähigkeit, die wir beide besitzen!«, versetzte Helena. »Also, was kostet mich ein Bild von Sylvette?«

Picasso lachte. »Setzen Sie sich mit Kahnweiler in Verbindung, der hat schon eine feste Option auf alle Bilder, die ich im vergangenen Sommer gemalt habe und in den nächsten Monaten noch malen will«, erwiderte er gut gelaunt.

»Doch nicht am Ende auch auf meins?«, fragte Helena erschrocken.

Der Meister zuckte mit den Schultern und schwieg.

Was ihr Porträt anbelangte, schwieg er sich für immer aus. Er weigerte sich nicht nur, das geplante Bild von Helena zu vollenden, sondern verweigerte auch die Herausgabe sämtlicher Skizzen, einschließlich der dreißig Zeichnungen, die er von ihren Händen gemacht hatte.

»Warum hat er mich dann stundenlang für sich sitzen lassen?«, tobte Helena aus der Ferne.

Sie befand sich wieder einmal in London, um in der

Grafton Street nach dem Rechten zu sehen und die allgemeine Lage auf der Insel zu sondieren. Anschließend musste sie nach Wien – und warum nicht auch nach Berlin? Sie verspürte keine Ressentiments gegenüber Deutschland, hörte ganz genau zu, wenn man über das unaufhaltsame »deutsche Wirtschaftswunder« sprach.

»Wer hat eigentlich den Krieg verloren? Wir oder die?«, hatte ein alter englischer Bankier entrüstet zu ihr gesagt, nachdem er von seiner Geschäftsreise aus dem ehemaligen Feindesland zurückgekehrt war.

Ein Grund mehr für Helena, sich selbst ein Bild machen zu wollen.

»Ich fahre da jetzt nicht mehr hin«, weigerte sich ihre Schwester Stella am Telefon. Helena hatte sie mehrfach gedrängt, Picasso aufzusuchen, um sich vom Fortgang seiner Arbeit zu überzeugen. »Er hat gesagt, ich könne mir alle weitere Mühe sparen, er werde dich nicht malen.«

»Warum denn nicht? Ich habe ihm schließlich stundenlang Porträt gesessen!«

»Das habe ich ihm auch gesagt. Aber er meinte, er habe sowieso fast nur deine Hände skizziert«, erzählte Stella.

»Dann will ich wenigstens diese Skizzen haben!«, verlangte Helena.

Sie hörte, wie ihre Schwester am anderen Ende der Leitung tief Luft holte.

»Keine Chance, *schwesterl*«, sagte sie. »*Er is asoj farbisn, punkt asoj wi du.* An dem wirst du dir noch die Zähne ausbeißen.« Damit legte sie auf.

Verdutzt starrte Helena den Hörer an, aus dem es nur noch rauschte. Bloß gut, dass sie dem Künstler keinen Vorschuss gezahlt hatte!

»Ich sollte ihn verklagen«, überlegte sie laut. »Er hat sich nicht an die Vereinbarungen gehalten, ist vertragsbrüchig geworden.«

Ihr Blick fiel auf Patrick, der in einer Ecke ihres Londoner Hotelzimmers saß und wie üblich die eingegangene Post sichtete.

»Ich werde diesen Kerl verklagen«, wiederholte Helena laut und deutlich, dabei schaute sie ihren Sekretär gespannt an. Wie würde er auf diese Ankündigung reagieren?

»Einen Picasso verklagt man nicht«, erwiderte Patrick ruhig. »Mit so einer Klage würden Sie nicht nur scheitern, sondern sich auch lächerlich machen.«

Oh, oh! Ein ganz wunder Punkt.

»Müssen Sie eigentlich immer alles besser wissen?«, fauchte Helena ihren jungen Assistenten an. »Sie sind genau wie Edward, der wusste auch immer alles besser.«

»Ein Vergleich, durch den ich mich überaus geehrt fühle«, versetzte O'Higgins gelassen. »Mr Titus war ein Gentleman und von einer kaum zu beschreibenden Großherzigkeit.«

Wütend starrte Helena ihn an. Sie wusste genau, worauf er mit dieser Bemerkung anspielte.

Kapitel 39

Cagnes-sur-Mer 1952

Edward schien seit Beginn der Fünfzigerjahre zu ahnen, dass ihm nicht mehr viel Zeit beschieden war. Sein Gesundheitszustand erwies sich schon seit Ende des Krieges als sehr labil, was nicht zuletzt daran lag, dass ihn das Schicksal seiner in Polen verbliebenen Familienmitglieder sehr mitnahm. Zwar hatte er mit seiner blutjungen Frau zeitweilig in den Vereinigten Staaten Asyl gesucht, war aber aufgrund seiner angegriffenen Gesundheit unmittelbar nach Kriegsende wieder nach Südfrankreich zurückgekehrt.

Ein Jahr vor seinem Tod bestand er darauf, sich von seiner jungen Ehefrau scheiden zu lassen. Da er völlig ohne Vermögen war und Ericas wohlhabende Eltern, die sie jahrelang finanziell unterstützt hatten, inzwischen verstorben waren, befürchtete er, sie könne nach seinem Tod vollständig verarmen. Doch es bedurfte langer Gespräche und seiner ganzen Überzeugungskraft, bis seine Frau endlich in die Scheidung einwilligte, und genauso viel Überredungskunst, sie anschließend dazu zu bringen, einen reichen jungen Engländer zu heiraten, der sie schon seit Jahren heimlich liebte und verehrte. Edward bestand sogar darauf, Trauzeuge zu sein, als seine frisch geschiedene Ehefrau Bill Friedman das Jawort gab!

Mit der Gewissheit, dass Erica in Zukunft gut versorgt war, konnte er in Ruhe sterben. Er wurde zweiundachtzig Jahre alt, seine Witwe war gerade vierunddreißig geworden.

Natürlich erfuhr Helena von diesem generösen Verhalten. Schließlich lebte Horace zeitweilig in der Nähe seines Vaters in Südfrankreich, und auch Roy hatte die Verbindung zu seinem Vater niemals ganz gekappt. Zu Helenas großem Ärger mochten beide Söhne ihre Stiefmutter, die doch erheblich jünger war als sie selbst, ausgesprochen gerne. Und das Verhalten ihres Vaters fanden sie bewundernswert.

Damit waren sie nicht alleine. Etliche Mitglieder der Familie Rubinstein-Titus rühmten die Großherzigkeit von Helenas erstem Mann. Sie hatten ihn alle gemocht, das unausweichliche Scheitern dieser Ehe sehr bedauert und trauerten ehrlich um ihn.

Und sie selbst?

Helena setzte alles daran, die tiefe Trauer, die sie im Sommer 1952 um Edward empfand, nicht nach außen zu zeigen. So richtig gelingen wollte ihr das nicht. Sowohl der Prinz als auch Patrick waren feinfühlig genug, den großen Kummer, der an Helena nagte, zu spüren und entsprechend zu reagieren.

»Helena, meine *Printsessa*, er war nun einmal dein erster Mann, Vater deiner beiden Söhne. Dieses Band durchtrennt man auch mit einer Scheidung nicht«, sagte Archil zu ihr und schaute sie mit einem Ernst an, den sie bei ihm gar nicht kannte. »Ihr habt euch einmal geliebt«, fuhr er fort.

»Und später gehasst«, unterbrach ihn Helena.

Ihr zweiter Ehemann schüttelte den Kopf.

»Er hat dich nie gehasst«, widersprach er ruhig. »Er war enttäuscht, verärgert und wütend, aber gehasst hat er dich nicht.«

»Woher willst du das denn überhaupt wissen?«, fuhr Helena ihn an.

»Wer kann dich denn schon hassen, Helena?«, entgegnete Archil liebevoll. »Das geht doch gar nicht.« Er lächelte, nahm sie in die Arme und küsste sie auf die Stirn. »Wie wäre es mit einer kleinen Partie Bridge?«, schlug er dann vor.

Helena atmete auf. Da war er wieder, ihr leichtlebiger Prinz, immer zu einem Spaß bereit, immer zu einem Spielchen aufgelegt. Sie mochte es gar nicht, wenn er so ernst war.

Irgendwann während ihrer gemeinsamen Arbeit im Büro verstieg sich Helena auch einmal gegenüber ihrem Sekretär zu der Behauptung: »Zum Schluss habe ich meinen ersten Mann gehasst.«

Patrick schüttelte nur den Kopf und öffnete den nächsten Briefumschlag.

»Wieso schütteln Sie den Kopf?«

»Weil ich der festen Überzeugung bin, dass Sie Mr Titus nicht gehasst haben«, erklärte ihr Sekretär. »Sicher, Sie mögen enttäuscht gewesen sein, waren verletzt und haben entsprechend wütend reagiert. Aber ist bösartiger Hass einer gesunden Wut gleichzusetzen?« Er hob den Blick und schaute sie an.

»Sie verstehen es vielleicht, seltsame Fragen zu stellen«, sagte Helena ihrerseits kopfschüttelnd. »Eigentlich sind Sie doch viel zu jung dafür.«

»Jugend schützt vor Weisheit nicht«, erwiderte Patrick und grinste. Jetzt sah er noch jünger aus.

Anstatt wie üblich abends im Bett sofort einzuschlafen, grübelte Helena noch lange über diese seltsame Frage nach. Waren Hass und Wut miteinander gleichzusetzen? Eine Antwort fand sie nicht, weil sie schließlich doch einschlief.

New York, 31. März 1965

Es war das gellende Heulen der Notambulanz, das aus den Tiefen der Straßenschluchten von Manhattan bis hoch in die Büroetage drang und Helena aus ihrem Schlummer riss. Sie zuckte zusammen und fuhr hoch. Verwirrt rieb sie sich die Augen. Sie war an ihrem Schreibtisch in der Firma eingenickt? Das war ihr ja noch nie passiert! Ihr, der stets hellwachen Unternehmerin, die zum Leidwesen ihrer Mitarbeiter morgens immer als Erste im Büro eintraf und es als Letzte verließ, nicht ohne zuvor zu kontrollieren, ob überall das Licht ausgeschaltet war.

Sie galt inzwischen als die reichste Frau Amerikas und

war doch geradezu besessen davon, Strom zu sparen. Vor Geldverschwendung hatte sie noch immer panische Angst – und darunter fiel ihrer Meinung nach auch die normale Steuerpflicht. Keinem Menschen war es jemals gelungen, ihr verständlich zu machen, dass sie, als eine der erfolgreichsten Unternehmerinnen der Welt, wie jeder andere arbeitende Mensch der allgemeinen Steuerpflicht unterlag. Helena war der unumstößlichen Auffassung, alles, was sie mit ihrem weltumspannenden Unternehmen an Gewinn einfuhr, stehe ausschließlich ihr alleine zu.

Wie hatte sie gezetert, als sie aufgrund ihrer steigenden Gewinne zu Steuervorauszahlungen verdonnert worden war! Einige Jahre war es ihren Wirtschafts- und Steuerberatern sogar gelungen, diese Zahlungen ans Finanzamt an ihr vorbeizuschummeln. Dafür hatten sie eigens ein »bereinigtes« Journal entwickelt, dazu eine entsprechende Bilanz, in der diese Buchungen nicht auftauchten. Irgendwann war sie aber doch dahintergekommen und hatte entsprechend getobt. Nur mit vereinten Kräften war es Mala und ihrem Bruder Oskar gelungen, die Tante zu beruhigen, ja sie – wenn auch unter heftigem Protest – zu der Einsicht zu bewegen, dass sie als Unternehmerin so etwas wie eine soziale Verpflichtung hatte.

»Eigentum verpflichtet!«, hatte Oskar nachdrücklich gesagt und sie sehr ernst angeschaut.

Ihr Neffe war einer der ganz wenigen Menschen, dessen Sachverstand sie vertraute, von dem sie auch einmal einen Rat anzunehmen geruhte. Wesentlich seltener hörte sie auf ihre Söhne, aber manchmal machte sie Ausnahmen.

»Es bestehen hier in den USA so viele Möglichkeiten, einen Gewinn zu verkleinern und damit die Steuerpflicht zu mindern«, hatte ihr Steuerberater Mr Wilson irgendwann bei einer der vielen Konferenzen gesagt.

»Zum Beispiel durch eine Stiftung«, war ihm Horace hastig ins Wort gefallen.

Eine Stiftung? Wenn das half, Steuern zu sparen, dann würde sie eben eine Stiftung gründen!

Gesagt, getan. Schon im folgenden Jahr war die gemeinnützige, philanthropisch ausgerichtete *Helena Rubinstein Foundation* gegründet worden, die sich um die Erziehung und Bildung unterprivilegierter junger Mädchen kümmerte. Mädchen, wie Helena selbst einmal eines gewesen war, in einem anderen Leben.

Es war nicht bei dieser einen wohltätigen Stiftung geblieben. Inzwischen galt Helena als eine der engagiertesten *Charity-Ladys* von New York und sonnte sich bei gesellschaftlichen Anlässen gerne im Glanz dieses Ruhms.

Helena rieb sich die immer noch schweren Augenlider. Sie war tatsächlich an ihrem Schreibtisch eingeschlafen? Noch immer wollte sie es nicht glauben, war fast wütend auf sich selbst. Ob sie tatsächlich erschöpft war und endlich einmal Rücksicht auf ihr Alter nehmen sollte? Wie besorgt Mala sie vorhin während ihrer Besprechung immer wieder angeschaut hatte! Wiederholt hatte ihre Nichte gefragt, ob sie sich das lange Reisen überhaupt noch zumuten mochte.

Ein Leben ohne Reisen? Unvorstellbar!

Sehr gerne wäre sie auch wieder einmal nach Japan oder

China geflogen. Ihr letzter Besuch in Asien lag bereits sechs Jahre zurück.

In Japan hatte sich die Marke Helena Rubinstein inzwischen etabliert, war zu einer ernsthaften Konkurrenz des Traditionsunternehmens Shiseido geworden. Helena war sehr stolz darauf, sich gegen dieses bereits im Jahre 1872 gegründete Unternehmen so erfolgreich durchgesetzt zu haben. Außer in den USA mit der Erzrivalin Elizabeth Arden war sie in keinem anderen Land auf so harte Konkurrenz gestoßen wie in Japan.

Ganz anders hingegen ihre Erfahrungen in Hongkong. In der britischen Kronkolonie hatte man ihr den roten Teppich ausgerollt, wie sie es aus Australien kannte. Es war fast wie ein Besuch bei Verwandten oder zumindest sehr guten Freunden gewesen. Dank ihrer guten Beziehungen zur besten englischen Gesellschaft hatten ihr bei den hohen Beamten der britischen Verwaltung Hongkongs sämtliche Türen offengestanden.

Einmal mehr war Patrick, der seinerseits über beste Beziehungen zu Künstlerkreisen verfügte, ein wertvoller Begleiter gewesen. Helena war immer wieder erstaunt darüber, wen er alles kannte und mit welchen Künstlern er gut befreundet war. Darin ähnelte er Edward ebenso wie in der Geduld und dem Langmut ihr gegenüber.

Sie waren schon ein seltsames Paar, der junge Ire und die reiche Unternehmerin. Und so mochte es wenig verwundern, dass entsprechend über sie gemunkelt und getratscht wurde.

Als hätte Helena ihn gerufen, klopfte Patrick an und trat ein. In klassischem Tweed und mit frisch gestärktem Hemdkragen war er, wie immer, untadelig gekleidet. Nicht der Prinz, sondern Patrick war das ideale Fotomodell für ihre Herrenmarke *Gourielli* gewesen.

Der Prinz wiederum hatte sich gesträubt, seinen klingenden Namen dafür herzugeben. Den hohen Titel mit einem Rasierschaum oder -wasser in Verbindung zu bringen, war für ihn ein Ding der Unmöglichkeit gewesen, eines georgischen Prinzen unwürdig!

Es hatte ihm nichts geholfen. Trotz all seiner Vorbehalte war die Kosmetiklinie *Gourielli* aus der Wiege gehoben worden – und gefloppt! Einer der wenigen geschäftlichen Misserfolge der Unternehmerin Helena Rubinstein, den sie erstaunlich gelassen, fast schon stoisch hinnahm. Gut, dass sie noch rechtzeitig genug die Reißleine gezogen und das gesamte Projekt »Kosmetik für den Herrn von Welt« eingestellt hatte.

Inzwischen – zehn Jahre später – war Helena jedoch zu der Auffassung gelangt, mit dieser Idee ihrer Zeit weit voraus gewesen zu sein. Ob sie sich noch einmal daran versuchen sollte?

»Nehmen Sie Platz«, forderte Helena ihren Sekretär auf, der das Büro betrat, während sie diese plötzliche Idee schriftlich festhielt.

Irgendeine Veränderung liegt in der Luft, dachte sie, während sie schrieb. Diese komischen Beatles aus Liverpool mit ihrem »Yeah! Yeah! Yeah!« hatten die ganze Welt in Aufruhr versetzt … zumindest die Jugend. Als ob dieser

Rock 'n' Roll aus den Fünfzigern nicht schon wild genug gewesen wäre!

Sie musste zusehen, dass sie weiterhin am Puls der Zeit blieb. Wie nannte sich London inzwischen? »Swinging London«? Eigentlich kein schlechter Name für ein Parfüm.

Das Aussehen der Jugend veränderte sich im Augenblick wie im Zeitraffer. Die Haare der jungen Männer wurden immer länger, die Röcke der jungen Mädchen umso kürzer. Diese Mode würde Helena bestimmt nicht mehr mitmachen, aber sie musste sie unbedingt im Auge behalten …

Ach, sie hatte noch so viele Pläne!

Patrick räusperte sich. Nach wie vor stand er unschlüssig vor ihrem Schreibtisch.

»Setzen Sie sich«, wiederholte Helena.

Patrick leistete ihrer Aufforderung Folge und nahm auf dem Sofa Platz, das ihm in den ersten Monaten seiner überraschenden Einstellung als Arbeitsplatz gedient hatte. Doch sehr zum Erstaunen der übrigen Belegschaft, die diesem jungen Mann wenig Stehvermögen zutraute, hatte er schon bald ein eigenes Büro bekommen.

So unentbehrlich Patrick inzwischen geworden war, mehr als diese Besenkammer hatte sie ihm bis heute nicht zugestanden. Dafür war er mit »Madame« mindestens schon einmal um die ganze Welt gereist.

»Wie lange arbeiten Sie eigentlich mittlerweile für mich?«, fragte sie ihren Assistenten.

Der zögerte mit seiner Antwort.

»Wie lange?«, wiederholte Helena ungeduldig.

»Brutto oder netto?«, fragte er zurück.

»Wie meinen Sie das denn?«

Statt etwas zu erwidern, schaute er sie nur schweigend an.

»Wann haben Sie bei mir angefangen?«

»Sieben Jahre nach Kriegsende, also 1952. Inzwischen haben wir das erste Viertel des Jahres 1965 hinter uns. Also fast dreizehn Jahre«, erklärte er.

Helena warf einen Blick auf den Terminkalender auf ihrem Schreibtisch. »Stimmt, ein Viertel des Jahres ist schon wieder vorbei«, stellte sie überrascht fest.

»Und damit ist seit zehn Tagen auch offiziell Frühling«, ergänzte Patrick.

»Frühling, ach ja, wenn der Frühling in der Luft liegt …« Seufzend lehnte Helena sich zurück.

Eine plötzliche Sehnsucht überfiel sie, eine Sehnsucht nach klarer, unverbrauchter Luft, dem Geruch frisch gepflügter Erde, dem Anblick von bunten Krokussen und gelb leuchtenden Narzissen. In der Einfahrt von *Tall Trees* mussten jetzt die Forsythien blühen und hinterm Haus …?

Sie warf einen Blick auf ihre Armbanduhr. Vier Uhr nachmittags. Zu spät, um jetzt noch hinaus nach Greenwich zu fahren. Und wer würde sich da überhaupt über ihre Ankunft freuen? Außer dem Personal gab es dort ja niemanden mehr.

Im Büro herrschte Hochbetrieb, wie das emsige Klappern der Schreibmaschinen hinter der Tür verriet. Es würde in der nächsten Stunde weiter anschwellen, um dann nach und nach leiser zu werden und nach sechs Uhr zu verstummen, wenn die Mitarbeiterinnen Feierabend hatten. Wohlverdient, wie sie meinten, nach Auffassung ihrer Chefin jedoch viel zu früh.

In einer halben Stunde würden die Buchhalter der verschiedenen Abteilungen aufkreuzen, um die neuesten Zahlen und Fernschreiben aus Übersee vorzulegen, mit denen sich Helena dann manchmal bis tief in die Nacht beschäftigte.

Aber heute nicht!

Helena sprang auf. Besser gesagt, sie wäre gerne aufgesprungen wie in alten Zeiten, aber das erlaubten ihr weder Gelenke noch Knochen. Stattdessen erhob sie sich langsam von ihrem Stuhl und stützte sich unauffällig auf die Schreibtischplatte.

»Ich gehe!«, verkündete sie entschlossen. »Bringen Sie mir meinen Mantel und meinen Hut.«

Patrick verschwand in der winzigen Garderobe, die sich neben seinem eigenen Kabuff befand, und kehrte mit dem Verlangten zurück.

»Was haben Sie vor, Madame?«, erkundigte er sich, während er ihr in den Mantel half und den unverzichtbaren Bowler überreichte.

»Ich werde einen Spaziergang machen«, erwiderte Helena entschlossen. »Ich muss mich beeilen, um noch vor Einbruch der Dunkelheit zu Hause zu sein.«

»Sie wollen den ganzen Weg vom Büro die 5th Avenue hinunterlaufen?« Patrick wirkte erschrocken.

»Ja, und zwar alleine«, verkündete Helena entschlossen. »Sie dürfen mich aber bis zur Rezeption begleiten. Also bitte.« Sie reichte ihm den Arm.

Patrick ergriff ihn und geleitete seine Chefin durch den langen Flur mit den offen stehenden Türen, aus denen das Geklapper der hämmernden Schreibmaschinen drang, bis zum Aufzug. So manchen erstaunten und fragenden Blick, den er auffing, erwiderte er mit einem hilflosen Achselzucken.

»Madame, soll ich den Chauffeur benachrichtigen?«, erkundigte sich der Portier an der Rezeption im Erdgeschoss beflissen und griff zum Telefonhörer.

»Nein danke, nicht nötig, ich werde heute laufen«, wehrte Helena ab.

Verblüfft schaute der Portier zu Patrick und wieder zurück zu Helena.

»Ja, ich werde heute zu Fuß nach Hause gehen. Die frische Luft wird mir guttun. Ich bin doch schon oft genug von zu Hause ins Büro gelaufen. Jetzt, da der Winter endlich vorbei ist und die Schneemassen abgetaut sind, will ich diese Gewohnheit wieder aufnehmen«, erklärte sie und begab sich zur gläsernen Drehtür.

»Vorsicht, Madame!«, rief Patrick und lief ihr hastig hinterher. »Die Tür ist doch viel zu schwer für Sie.«

Ehe Helena etwas entgegnen konnte, war er ihr vorausgeeilt, hielt einen der rotierenden Glasflügel fest und geleitete sie fürsorglich hinaus auf den Bürgersteig.

»Endlich«, sagte Helena, blieb stehen und atmete tief durch.

Es war ein frischer Frühlingstag und der Himmel von einem strahlenden Blau, wie es nur New York zu zeigen vermochte. Die Sonne schien noch am späten Nachmittag so gleißend, dass sich scharfe Schatten auf der vor ihr liegenden 5th Avenue abzeichneten. Dreizehn Blocks bis zu ihrem Zuhause.

Geblendet kniff Helena die Augen zusammen und drückte ihren Bowler, der ihr zum unverzichtbaren Markenzeichen geworden war, noch etwas tiefer in die Stirn.

»Vielleicht mache ich noch einen kleinen Abstecher in den Central Park«, verkündete sie.

»Madame, sollte ich nicht doch …?«, setzte Patrick an.

»Sie bleiben hier, ich will alleine gehen! Sie haben noch zu tun: In der roten Ledermappe auf meinem Schreibtisch habe ich bereits eine Gästeliste für den nächsten Empfang zusammengestellt, die dringend überarbeitet werden muss. Sie kennen sich doch bestens aus, wissen um die verschiedenen Animositäten unserer Herrschaften. Ich habe keine Lust auf eine neuerliche Szene mit Truman Capote; die letzte hat mir gereicht. Und wenn Sie Fragen haben, wenden Sie sich an Mala!«

Patrick grinste und verbeugte sich. »Sehr wohl, Madame.«

»See you later, alligator«, erwiderte »Madame«, nickte ihm hoheitsvoll zu und marschierte davon.

Helena marschierte los, Richtung Norden, die 5th Avenue entlang. Wie oft war sie diesen Weg in den vergangenen Jahrzehnten gelaufen; immer seltener in den letzten Jahren und in den zurückliegenden Wintermonaten überhaupt nicht mehr. Mala, Roy, Nuria, sogar Oskar aus der Ferne – alle hatten es ihr verboten.

Es war das erste Mal, dass sich ihre Verwandten so geschlossen gegen sie aufbäumten und Helena sich fügte. Bis heute.

Nur wenige Passanten wagten sich in der eisigen Kälte des New Yorker Winters hinaus in die dunklen Straßen Manhattans, wo dicke Taue gespannt wurden, an denen sich die Mutigsten zwischen Schneebergen entlanghangelten, um zu ihren Büros, Läden und sonstigen Arbeitsplätzen zu gelangen. Inzwischen hatte die Märzsonne den Schnee jedoch zum Schmelzen gebracht. Die New Yorker Prachtstraße war zu neuem Leben erwacht. In den Schaufenstern war die neueste Frühjahrsmode ausgestellt, die von den Vorüberhastenden mit einem Seitenblick registriert wurde. New Yorker hatten es immer eilig.

Ob sie sich nach diesem langen Winter auch neu einkleiden sollte? Aber bei wem? Wo auch immer sie etwas erwarb, es sprach sich in kürzester Zeit herum. Helena wusste nicht, wie oft sie ihre Freunde aus der Haute Couture schon mit ihren Einkäufen bei der Konkurrenz brüskiert oder gar beleidigt hatte, doch damit mussten sie leben.

War sie etwa beleidigt, wenn eine ihrer Kundinnen zu »dieser Frau« abwanderte? Entweder sie kehrte zurück oder nicht.

Helena wanderte nicht ab, sondern blieb stete Kundin all der Modehäuser, die sie einmal frequentiert hatte. Genauso, wie sie ihren Künstlern treu war, blieb sie auch ihren Modeschöpfern treu. Daneben war sie jedoch stets offen, hellhörig und experimentierfreudig.

Eigentlich quollen ihre Kleiderschränke schon lange über, doch Helena fiel es immer schwer, sich von einem Kleidungsstück zu trennen. In ihrem riesigen Ankleidezimmer in der Park Avenue hingen ausschließlich Designerstücke, genauso wie in denen ihrer anderen Wohnungen in Paris und London.

Ein halbes Jahrhundert war es her, dass sie ihre ersten Kreationen der Haute Couture erstanden hatte. Die Liste der französischen Modeschöpferinnen und -schöpfer, bei denen sie im Lauf der Jahrzehnte eingekauft hatte, war inzwischen genauso lang wie die der Künstlerinnen und Künstler, die sie gemalt oder fotografiert hatten.

Christian Diors *New Look* der Nachkriegsjahre hatte sie besonders begeistert. Mala sah in seinen eng taillierten Kostümen hinreißend aus. Und sie selbst? Nun, der Modeschöpfer hatte eigens für sie einige Kleider entworfen, die mit bauschig ausgestellten Röcken eine nicht mehr vorhandene Taille vortäuschten. Auf Fotos kam das besonders gut zur Geltung.

Helena ließ sich gerne in ihren sündhaft teuren Kreationen fotografieren. Wenn sich jemand darauf verstand, sich für Fotografen in Szene zu setzen, dann sie. Und genauso gut verstand sie sich auf die Kunst des Retuschierens – zum Ärger aller Fotografen, die sich aufregten, wenn Helena gnadenlos auf den Abzügen ihrer Fotografien herumkritzelte.

Marlene Dietrich hatte ihr schon in den Dreißigerjahren verraten, dass man am besten einen weichen Wachsstift benutzte, um all die unschönen Falten oder Fettpölsterchen zu tilgen. Helena war zwar der Auffassung, dass die deutsche Diva in der Realität genauso schön aussah wie auf ihren makellosen Fotoporträts, doch mit sich selbst kannte sie weniger Gnade.

Nun ja, welche Frau war schon mit ihrem Aussehen rundum zufrieden? Bis heute war Helena ein solches Exemplar nicht über den Weg gelaufen. Eine Frau konnte noch so schön und erfolgreich, beeindruckend und selbstbewusst sein, irgendeinen Makel fand sie immer an sich.

Ganz anders die Männer. Zum einen machten sie sich weniger Gedanken um ihr Äußeres, zum anderen fanden sie daran meist nichts auszusetzen, wenn sie es ausnahmsweise doch einmal taten. So hatte sich der spindeldürre Jean Cocteau immer für einen Adonis gehalten. Und ihr guter Freund Salvador Dalí? Nun, der hielt sich für ein Genie.

Helena bemerkte kaum, dass etliche Passanten sie im Vorübergehen freundlich grüßten. Eine rote Ampel an der 57th Street zwang sie, stehen zu bleiben. Ein Yellow Cab fuhr vorüber. Der Fahrer entdeckte sie, hupte und schaute sie fragend an. Helena schüttelte den Kopf.

Aus der Gegenrichtung rollte das nächste Taxi heran. Das Fenster auf der Fahrerseite war heruntergekurbelt. Der Fahrer steckte den Kopf heraus.

»*Pani Helena, need a lift?*«, rief er mit starkem polnischen Akzent.

»*Nie, dziękuję*«, erwiderte Helena spontan in der Sprache ihrer Kindheit. »Ich will heute laufen.«

Sie registrierte, dass die neben ihr stehenden Passanten etwas erstaunt auf sie herunterschauten. Aber es dauerte nicht lange, bis sie Helena erkannten und höflich grüßten. Die Ampel sprang auf Grün.

»Madame, darf ich Sie auf die andere Seite geleiten?«, bot ihr ein älterer Herr an.

Prüfend schaute Helena zu ihm empor. Konnte sie diesem Fremden vertrauen?

Seit dem Raubüberfall im Schlafzimmer ihres Apartments, bei dem es drei Einbrechern nicht gelungen war, ihr den Code des Safes zu entlocken, war sie noch misstrauischer geworden. Damals hatte Helena stoisch die Fassung bewahrt, und letztendlich war es ihr ungerührtes Verhalten gewesen, das die drei Diebe mit nicht mehr als einer lächerlichen Ausbeute in die Flucht geschlagen hatte. Nur vier Stunden später hatte Helena eine Pressekonferenz gegeben – mal wieder ein gefundenes Fressen für die unstillbare Neugierde der Journaille.

Aber das offene Lächeln des Fremden, der jetzt den Hut lüftete, sich verbeugte und als »Alan Stellington, New York District State Attorney« vorstellte, beruhigte sie. So ergriff sie den dargebotenen Arm und ließ sich von dem Herrn auf die andere Seite führen.

»Darf ich Sie noch ein Stück begleiten? Ich bringe Sie auch gerne bis nach Hause, Madame Rubinstein«, schlug er vor.

»Woher wissen Sie denn, wer ich bin?«, wollte Helena wissen.

Das Lächeln des Fremden vertiefte sich. »Es wäre schon

eine Blamage für einen alten New Yorker wie mich, eine Helena Rubinstein auf der Fifth Avenue nicht zu erkennen«, behauptete er und verneigte sich erneut.

»Vielen Dank, Mr Stellington, aber ich möchte meinen Weg nun alleine fortsetzen«, verabschiedete sich Helena auf der anderen Straßenseite.

»Selbstverständlich, Madame, einen schönen Tag noch«, wünschte der höfliche Passant und war auch schon im Menschengewimmel verschwunden.

An der Ecke der 60th Street blieb Helena stehen und zögerte. Bis zu ihr nach Hause waren es jetzt noch fünf Blocks. Aber ihr gegenüber auf der anderen Seite der Fifth Avenue entdeckte sie einen Weg, der direkt in den Central Park zu führen schien. Spontan beschloss sie, tatsächlich noch einen Abstecher einzulegen, und überquerte die breite Straße.

Ein geschwungener Pfad leitete sie ins Innere der grünen Lunge Manhattans. Helena passierte einen kleinen Teich und gelangte zu einer großen Wiese, auf der nicht nur das erste Grün spross, sondern sogar Krokusse und Narzissen zu entdecken waren.

Sheep meadow, verkündete ein Emailleschild. Tatsächlich entdeckte sie jetzt auch einige friedlich grasende Schafe und zu ihrem Entzücken sogar ein winziges Lämmchen. Ein Osterlamm?

Ostern lag dieses Jahr ziemlich spät. Helena plante, am Ostermontag ein großes Essen zu geben, für das sie schon eine Gästeliste begonnen hatte. Über der müsste Patrick gerade brüten.

Vielleicht sollte sie auch die Familie einladen? Zumindest die Familienmitglieder hier in New York. Vielleicht wäre sogar für die anderen Zeit genug, aus Europa einzufliegen.

Ein helles, wildes Gekläff unterbrach Helenas Überlegungen. Plötzlich raste ein winziges weißes Fellbündel an ihr vorbei, quer über die Wiese, direkt auf das noch auf wackeligen Beinen stehende Lämmchen zu.

Ein schriller Pfiff ertönte. Der kleine Hund blieb kurz stehen, seine rosa Zunge hing ihm aus dem Maul, aber dann schoss er wieder auf das hilflos blökende Lämmchen zu.

Helena drehte sich um, als ein erneuter Pfiff ertönte. Sie hatte die beiden Cops, die jetzt fast genauso schnell wie der Hund an ihr vorbeirannten, überhaupt nicht bemerkt. Zwei dunkelblaue Blitze. Mit vereinten Kräften gelang es ihnen, den kleinen Kläffer einzufangen. Das wild zappelnde Fellbündel unter dem Arm, kehrten sie von der Wiese zurück, marschierten direkt auf sie zu und blieben vor ihr stehen.

»Ma'am, Sie wissen doch ganz genau, dass hier um diese Jahreszeit für Hunde Leinenpflicht besteht«, sagte der Cop mit dem Kläffer unter dem Arm.

»Das ist nicht mein Hund. Ich kann Hunde nicht ausstehen«, wehrte sich Helena.

»Ja, wem gehört er denn sonst, wenn nicht Ihnen?« Suchend blickten die beiden Polizisten sich um.

»Wenn wir den Besitzer nicht finden, müssen wir das Tier dem Hundefänger übergeben«, sagte einer von ihnen.

Aus der Ferne war das Rufen einer Frau zu vernehmen.

»Na, da wird ja die wirkliche Besitzerin gleich um die Ecke kommen. Guten Abend, die Herren!«, verabschiedete sich Helena und setzte ihren Weg fort.

»Madame«, verabschiedeten sich die beiden Cops höflich und tippten sich an die Mützen. Offenbar hatten auch sie Helena Rubinstein erkannt.

Helena schlenderte weiter. Der Verkehrslärm war inzwischen merklich leiser geworden, sodass sie sogar das hämmernde »Ping, ping, ping« schlagender Finken erkennen konnte, das wiederum das Gurren der unvermeidlichen Tauben übertönte. Graue Eichhörnchen huschten durch das Geäst der noch kahlen Bäume.

Helena entdeckte einen roten Ball zwischen den Ästen, der sich jedoch plötzlich bewegte. Nein, das war kein Ball, sondern ein Roter Kardinal. Ein Prachtexemplar. Helena erkannte diesen Vogel nur, weil ihr Horace als Kind einmal während eines Spaziergangs in *Tall Trees* einen langen Vortrag über die vielseitige Vogelwelt der amerikanischen Ostküste gehalten hatte.

Ornithologe hatte er damals werden wollen. Wie viele andere Berufswünsche waren diesem noch gefolgt? Helena vermochte es nicht mehr nachzuvollziehen. Seinen wahren Beruf hatte er niemals gefunden. Bis zu seinem Tod war er auf der Suche gewesen.

Und jetzt lag sein schrecklicher Unfall auch schon wieder fast sieben Jahre zurück.

Kapitel 40

Paris 1958

Auch dieses Mal war Patrick der Überbringer der schrecklichen Nachricht. Auch dieses Mal hatte sich der Unfall in New York ereignet, während sich Helena in Paris aufhielt.

Dieses Mal schrie sie nicht wie nach dem überraschenden Tod des Prinzen, sondern verstummte, versteinerte, zumindest nach außen hin. Und innen? Helena verspürte in sich nur noch Leere, ein tiefes, schwarzes Loch, das sie zu verschlingen drohte.

Wieder schottete sie sich von der Außenwelt ab und erlaubte niemandem, ihr Schlafzimmer zu betreten – mit Ausnahme von Eugénie, die ihr Tee und Wasser bringen durfte. Die Fensterläden blieben verriegelt, die Vorhänge zugezogen.

Auch an der Beerdigung ihres geliebten jüngeren Sohnes nahm Helena nicht teil.

Wochenlang befand sie sich in einem Zustand der Katatonie, dem sie schließlich ohne ärztliche Hilfe und medizinische Unterstützung, sondern nur aus eigener Kraft ein Ende bereitete.

Unverhofft stand sie eines Morgens in der Küche, wo Eugénie, der Diener Baptiste, seine Frau Marguerite und Patrick an dem blank gescheuerten Esstisch besorgt die Köpfe zusammensteckten, und verkündete, dass sie Ablenkung und Zerstreuung benötige. Sie müsse sich wieder auf Reisen begeben, Patrick möge doch die notwendigen Buchungen vornehmen.

Eine monatelange Weltreise schloss sich an, deren besonderer Höhepunkt ein Aufenthalt in Israel darstellte. Ihre Nichte Rachel lebte dort in einem Kibbuz direkt an der jordanischen Grenze. Mala besuchte ihre Schwester häufig und kehrte immer ganz begeistert aus dem »Land der Väter und Mütter« zurück. Ihre Berichte hatten Helena neugierig gemacht, also reiste sie jetzt auch hin.

Während ihres Aufenthalts lernte sie den Staatsgründer David Ben-Gurion ebenso kennen wie die Außenministerin Golda Meir. Sie war eine der wenigen Frauen, die Helena nicht nur Respekt einflößten, sondern wahrhaftig einschüchterten. Das legte sich allerdings schlagartig, als sogar diese energische Dame sie um kosmetischen Rat fragte. Die Sonne Israels hatte ebenso ihre Tücken wie die Australiens, sodass Helena der Politikerin das gesamte Sortiment ihrer Sonnenschutzserie aus der Pariser Zentrale zukommen ließ.

Mit Ben-Gurions Frau Paula und Vera Weizman, Witwe des ersten Präsidenten Israels, verstand sich Helena besonders gut. Die beiden gebürtigen Russinnen brachten sie mit ihrem Charme sogar dazu, die Finanzierung eines Museums für zeitgenössische Kunst in Tel Aviv zu übernehmen. Die für ihren Geiz verschriene Helena konnte unerwartet und unermesslich großzügig sein, wenn sie jemanden mochte. Und diese beiden Damen mochte sie ebenso wie dieses noch so junge Land. Nur dort leben hätte sie niemals können.

Der kurze Abstecher nach Israel konnte nicht darüber hinwegtäuschen, dass es Helena nach dem Tod von Ehemann und Sohn gesundheitlich immer schlechter ging. Sie litt unter Bluthochdruck, Diabetes, Herzrasen und Übergewicht. All die guten Ratschläge bezüglich gesunder Ernährung und der Notwendigkeit regelmäßiger sportlicher Betätigung, die sie ihren Kundinnen seit Jahrzehnten erteilte, schlug sie für sich selbst zumeist in den Wind.

Nur ab und an bekam sie ein schlechtes Gewissen, wenn ihr bewusst wurde, dass sie sich mehr um sich selbst und ihre Gesundheit kümmern musste. Das sollte aber möglichst schnell und effektiv geschehen, selbstverständlich mit unübersehbarem Erfolg.

In den Dreißigerjahren hatte sie sich gerne in eines der europäischen Kurbäder begeben. Ihr schönster Aufenthalt war dabei die Woche mit Lilith in Bad Homburg gewesen.

Während des Zweiten Weltkrieges hingegen war sie so viel unterwegs gewesen, dass sie gar nicht dazu gekommen war, über ihren eigenen Gesundheitszustand nachzudenken. Wenn der Gürtel in der Taille zu sehr zwackte, nahm sie ein Abführmittel und trank tagelang nur frisch gepressten Grapefruitsaft, bis er das nicht mehr tat. Ein Tipp von Marlene Dietrich.

Als Helena einmal ihren in Hollywood residierenden zweiten Ehemann besucht hatte, waren sie und die Filmdiva einander endlich richtig vorgestellt worden. Mae West, die von Archil Bridge-Unterricht erhielt und schon lange sowohl Kundin als auch Werbebotschafterin des Rubinstein-Konzerns war, hatte sie miteinander bekannt gemacht. Der füllige Filmstar und die ätherisch schlanke deutsche Diva waren beste Freundinnen.

»Alles harte Arbeit«, erwiderte Marlene auf Helenas Kompliment ob ihrer schlanken Figur. »Haben Sie mich im *Blauen Engel* gesehen? Da hatte ich noch etliche Kilos mehr drauf. Sternberg hat ja mit seiner genialen Beleuchtung einige Kilos weggeschummelt und zudem dicke Frauen um mich herumgruppiert. Richtig abgehungert habe ich sie mir dann erst hier in Hollywood: mit Glaubersalz, Abführmitteln, Grapefruitsaft und jeder Menge Zigaretten.«

In ihrer unnachahmlichen Pose, die Hand auf die Hüfte gestemmt, verfolgte Mae West das Gespräch.

»Ihr seid beide verrückt«, sagte sie in ihrem typisch trägen Slang. »Ich denke gar nicht daran, mich zu kasteien, nicht für die Kamera – und für die Männer schon gar nicht.« Lasziv strich sie sich über ihre runde Hüfte. »Die Kurve ist die lieblichste Entfernung zwischen zwei Punkten.« Sie lachte kehlig.

Marlene zog an ihrer Zigarette und blies einen Rauchkringel in die Luft. *»Chacune a son goût«*, sagte sie auf Französisch, das sie neben Berlinerisch am liebsten sprach, besonders jetzt, da sie mit dem gerade frisch aus Paris importierten Schauspieler Jean Gabin liiert war.

»Damn right, babe«, bestätigte Mae West im besten Brooklyn-Akzent.

Nein, mit dem Rauchen fing Helena nicht an, aber die anderen Schlankheitstipps befolgte sie einige Male. Nicht zu ihrem Besten …

New York, 31. März 1965

Helena fröstelte, zog ihren Mantel fester um sich und schlug den Pelzkragen hoch. Sie saß auf einer Bank an einem kleinen See, mitten im Herzen des Central Park, und warf einen Blick auf die Uhr. Schon nach fünf! Ein schöner heißer Tee wäre jetzt nicht schlecht. Sie blickte sich um, aber weit und breit war kein geöffneter Pavillon zu entdecken. Die Saison hatte noch nicht begonnen.

Wenn sie es richtig in Erinnerung hatte, müsste sie sich jetzt auf Höhe der 80th Street befinden. Hinaus aus dem Park bis zur Fifth Avenue war es ein Katzensprung, aber bis nach Hause etliche Blocks. Ob sie das heute noch schaffte, am besten vor Einbruch der Dämmerung?

Die Sonne schickte sich an, hinter den Wolkenkratzern zu verschwinden, und es wurde empfindlich kalt. Gerade wollte sich Helena erheben, um sich auf den Heimweg zu machen, da war erneut Hundegebell zu vernehmen. Schon raste das weiße Fellbündel wieder auf sie zu. Direkt vor ihr blieb das Viech stehen und kläffte sie an. Helena mochte keine Hunde und erst recht nicht, von ihnen angekläfft zu werden.

»Wirst du wohl ruhig sein!«, fuhr sie ihn an.

Wider Erwarten gehorchte der Hund. Schwanzwedelnd stand er vor ihr und hechelte. Seine hellrosa Zunge hing ihm aus dem Maul, schwarze Knopfaugen schauten sie aufmerksam an. Er sah aus, als wollte er sie auslachen.

Erst jetzt entdeckte Helena die lange Leine, die er hinter sich herschleifte. Aus der Ferne erklang ein Rufen, wieder von einer hellen Frauenstimme.

»Na, bist du deinem Frauchen ausgerissen?«, fragte Helena.

Der kleine Hund wedelte noch heftiger mit dem Schwanz und versuchte, an ihr hochzuspringen.

»Lass das!« Helena stieß ihn von sich weg. »Ich mag das nicht.«

»Hercules, wo bist du denn? Hercules, wo bist du?« Das Rufen kam immer näher.

An einer Wegbiegung tauchte eine zierliche, schwarz gekleidete Dame auf, die nun mit eiligen Schritten auf Helenas Bank zustrebte.

»Hercules, komm sofort zu mir! Hierher zu mir!«, befahl sie.

Jetzt hatte der Hund sie entdeckt und wollte zu seinem Frauchen rennen, doch beim Umdrehen verfing sich seine Leine am Absatz von Helenas Pumps. Mit einem Ruck wurde er ihr vom Fuß gerissen. Eine willkommene Beute für Hercules. Er schnappte sich den Schuh und raste zurück zu Frauchen.

»Es ist doch nicht zu fassen!«

Helena wusste nicht, ob sie lachen oder schimpfen sollte.

Sprachlos starrte sie dem davonstiebenden Fellbündel hinterher. Der kleine Dieb blieb vor seinem Frauchen stehen, legte ihr seine Beute vor die Füße und schaute schwanzwedelnd hoch. Er schien auf ein Lob zu warten.

Helena hörte, wie Frauchen liebevoll schimpfte, sich bückte und ihren Schuh aufhob. Mit eiligen Schritten lief sie auf die Bank zu, von der aus ihr Helena gespannt entgegensah.

Keuchend blieb die Dame vor ihr stehen und streckte ihr den Pumps entgegen.

»Verzeihen Sie, verzeihen Sie vielmals!«, entschuldigte sie sich. Sie holte tief Luft, griff in die Jackentasche ihrer schwarzen Kostümjacke und zog ein Spitzentaschentuch heraus, mit dem sie sich Luft zufächelte. »Keine Ahnung, was heute mit Hercules los ist. Das ist schon das zweite Mal, dass er mir weggelaufen ist«, sagte sie und wischte sich über die Stirn.

»Ich weiß«, erwiderte Helena kurz und schlüpfte in ihren Schuh.

»Woher das denn?« Erstaunt schaute die fremde Dame auf sie herunter.

»Ich war schon beim ersten Mal dabei, als Ihr Hund vorne auf der Wiese versucht hat, ein Osterlamm zu jagen, jedoch von zwei Polizisten davon abgehalten wurde. Ich habe sogar eine Rüge erhalten, weil ich angeblich meinen Hund nicht an der Leine geführt hätte.«

»Ach, Sie waren das«, meinte die Fremde und schaute Helena aufmerksam an. Sie schien immer noch außer Atem zu sein.

»Jetzt setzen Sie sich doch erst einmal hin, und ruhen Sie sich aus. Ihr Hercules hat Sie heute genug in Aufregung versetzt. Ein ganz schön pompöser Name für so einen winzigen Hund.«

Der hatte seinen Namen gehört, spitzte die Ohren und bellte kurz.

»Aus!«, befahl ihm sein Frauchen und nahm neben Helena auf der Bank Platz. Hercules kuschte und ließ sich zu ihren Füßen nieder.

»Hercules kann ja sogar gehorchen«, stellte Helena ironisch fest.

Sein Frauchen lachte hell auf.

Helena zuckte zusammen. Dieses Lachen! Dieses Lachen hatte sie schon mal gehört, vor langer, langer Zeit, aber niemals vergessen. Silberlachen hatte sie es damals genannt.

Helena atmete tief durch und lehnte sich zurück. Die Fremde war verstummt, hatte die Augen geschlossen und hielt ihr Gesicht den letzten Strahlen der untergehenden Sonne entgegen. Helena musterte sie verstohlen. Die gleiche hohe Stirn, das feine Profil, die hohen Jochbeine, ein breiter, gut geschnittener Mund, um den sich inzwischen einige Fältchen kräuselten. Die einst weißblonde Lockenmähne war mittlerweile silberweiß, kringelte sich jedoch vorwitzig unter der Krempe des kleinen schwarzen Huts hervor. Das Kostüm war eindeutig von Dior, das erkannte Helena auf Anhieb, musste aber schon bessere Tage gesehen haben, wie die abgeschabten Kanten verrieten.

Die Fremde neben ihr fröstelte und schlug den Kragen ihres Kostüms hoch.

»Es wird kalt«, sagte sie.

»Sie frieren, was kein Wunder ist: Sie sind ja viel zu dünn angezogen«, stellte Helena fest. »Warum haben Sie keinen dickeren Mantel an? Schon fast leichtsinnig, nur in so einem Kostümchen rauszugehen. Auch wenn es von Dior ist«, setzte sie hinzu.

»Weil ich keinen Wintermantel mehr habe. Meinen letzten Pelz habe ich vergangene Woche zum Pfandleiher gebracht, um meine Miete bezahlen zu können.« Die Fremde lachte. Es war zwar ein verzweifeltes, aber trotzdem immer noch silbernes Lachen.

»Phoebe? Phoebe, Duchess of Talley«, sagte Helena leise.

Ihre Banknachbarin riss die Augen auf und starrte Helena überrascht an. »Woher wissen Sie das?«, fragte sie. »Woher kennen Sie meinen alten Namen?«

»Mein Name ist Helena Rubinstein«, stellte sich Helena würdig vor.

»Dann haben die beiden Polizisten vorhin also doch recht gehabt«, sagte Phoebe und lachte. Ihr Lachen klang noch genauso jung wie damals in Nizza, als sie mit Edward auf der Terrasse des *Riviera Palace* die Köpfe zusammengesteckt hatte. »Sie haben nämlich behauptet, dass sie irrtümlicherweise Helena Rubinstein für das Verhalten von meinem Hercules verantwortlich gemacht hätten.« Der Hund zu ihren Füßen knurrte. »Ich war mir sicher, dass sie sich geirrt haben, weil ich mir nicht vorstellen konnte, dass eine so reiche Lady alleine im Central Park spazieren geht.«

»Warum denn nicht? Mir war eben danach. Sie tun es schließlich auch«, erwiderte Helena.

»Weil mir gar nichts anderes übrig bleibt, der Hund muss schließlich dreimal am Tag ausgeführt werden!« Phoebe seufzte. »Das ist leider auch schon meine einzige Abwechslung tagsüber, ehe meine Abendschicht beginnt.«

»Was für eine Abendschicht? Und was ist mit Ihrem Mann?«

Phoebe seufzte erneut, und ihre Lippen, die bereits blau anliefen, begannen zu zittern.

Helena erhob sich, knöpfte den Nerzkragen ihres Wintermantels ab und legte ihn der zitternden Phoebe um die Schultern.

»Das kann ich ja nicht mehr mit ansehen! Kommen Sie, ich rufe uns jetzt ein Taxi, dann fahren wir zu mir nach Hause, und ich lasse Ihnen von Albert etwas Anständiges zu essen machen«, sagte sie resolut. »Sie brauchen eine kräftige heiße Suppe.«

Hercules kläffte zustimmend.

Helena warf einen kurzen Blick auf ihn. Er sah wohlgenährt aus. Wahrscheinlich sparte sich Phoebe jeden Bissen vom Mund ab, damit ihr Liebling nicht hungern musste.

»Kommen Sie!«, wiederholte Helena und versuchte, die zitternde Phoebe von der Bank zu ziehen.

»Das geht nicht, das geht auf keinen Fall! In einer guten Stunde beginnt meine Schicht, und wenn ich nicht pünktlich erscheine, werde ich gefeuert.«

»Sind Sie nicht viel zu alt, um noch arbeiten zu müssen?«

»Gehen Sie nicht selbst noch jeden Tag ins Büro oder in Ihr Labor?«, fragte Phoebe zurück und erhob sich.

»Das ist etwas ganz anderes«, behauptete Helena. »Da geht es ja schließlich um meine Firma.«

»Bei mir geht es um meine Existenz«, erwiderte Phoebe und wandte sich zum Gehen.

»Wo wollen Sie hin?«, rief Helena ihr hinterher.

»Zur Arbeit!«

»Warten Sie, ich begleite Sie, ich bringe Sie hin.«

Phoebe blieb überrascht stehen und drehte sich um. »Warum das denn?«

»Weil ich es so will!«, sagte Helena so entschlossen, dass Phoebe sich fügte.

Schweigend gingen sie nebeneinanderher. Phoebe kannte den Weg hinaus aus dem Central Park, schlug ihn Richtung Westen ein.

»Wo genau müssen Sie hin?«

»In eine kleine Seitenstraße des Broadway.«

»Wohin genau?«, hakte Helena nach.

Draußen auf der Central Park West wandte sich Phoebe nach links, Richtung Süden.

»Erst mal bis zum Times Square«, sagte sie kurz.

Helena winkte nach einem Yellow Cab. Innerhalb weniger Sekunden kam auch schon eins angerollt.

»Ich laufe«, verkündete Phoebe. »Ein Taxi kann ich mir nicht leisten.«

»Aber ich bezahle doch«, rief Helena.

»Dann laufe ich erst recht«, entgegnete Phoebe.

Jetzt konnte Helena kaum mehr an sich halten.

»Phoebe, Sie sind ja genauso stur wie ich«, prustete sie. »Bitte, tun Sie mir einen Gefallen und steigen Sie ein.«

Phoebe zögerte noch einen Moment, gab schließlich doch nach und stieg ein. Hercules hüpfte hinterher.

Helena nahm auf dem Vordersitz Platz und drehte sich zu Phoebe um. »Jetzt nennen Sie bitte die genaue Adresse«, befahl sie.

Der Taxifahrer pfiff leise durch die Zähne, als Phoebe sie ihm nannte.

»Kaum die richtige Gegend für eine Lady wie Sie«, sagte er missbilligend mit einem erstaunten Seitenblick auf Helena. »Gleich um die Ecke der Bowery.«

»Das lassen Sie ruhig meine Sorge sein«, entgegnete Helena kurz.

Phoebes Arbeitsstelle entpuppte sich als ein Theaterchen mit Gastronomiebetrieb, auf dessen winziger Bühne sich allabendlich hoffnungsvoller Nachwuchs ausprobierte, immer in der Hoffnung, im Publikum möge ein Produzent aus Hollywood oder des benachbarten Broadway sitzen, um einen der auftretenden Künstler vom Fleck weg zu engagieren.

»Tatsächlich haben es einige rüber zum Broadway geschafft«, erzählte Phoebe voller Stolz. »Unsere Bühne zählt nun nicht mehr zur Kategorie Off-Off-Broadway, sondern wir sind bereits Off-Broadway.«

»Und wie hat es Sie hierher verschlagen?«, wollte Helena wissen. »Wo ist der Duke?«

»Schon lange tot, der wäre inzwischen über hundert. Er ist noch vor dem Krieg gestorben, in Indien. Ich selbst gehe ja mittlerweile auch auf die achtzig zu«, erzählte

Phoebe und ließ ihren Blick forschend über Helenas Gesicht wandern.

»Was man Ihnen aber nicht ansieht, meine Liebe«, schmeichelte Helena.

»Ihnen aber auch nicht. Verraten Sie mir Ihr Alter, Miss Rubinstein?«

»Nennen Sie mich ruhig, Helena, schließlich kennen wir uns schon lange genug.«

»Na, kennen ist wohl leicht übertrieben, persönlich wurden wir einander ja niemals vorgestellt«, widersprach Phoebe. »Ich hätte damals in Nizza zu gerne Ihre Bekanntschaft gemacht; ich war sehr neugierig auf Sie und Ihre geschäftlichen Pläne. Und Ihr Mann war so stolz auf Sie, wollte uns am Abend miteinander bekannt machen. Aber da waren Sie ja bereits über alle Berge.«

Phoebe lachte, und dieses Lachen sorgte dafür, dass sich Helena ein halbes Jahrhundert jünger fühlte. Plötzlich war sie bester Laune.

»Ich glaube, wir haben einander einiges zu erzählen«, sagte sie. »Ich werde Sie in Ihr Theater begleiten.«

»Das geht doch nicht!«, widersprach Phoebe erschrocken.

»Und ob das geht, und Sie werden sich heute Abend freinehmen.«

»Das geht erst recht nicht.« Phoebe wirkte nun fast verstört.

Aber es ging, denn wo eine Helena Rubinstein auftrat, war vieles möglich.

Der Wirt des Lokals war völlig überrumpelt, als seine

Garderobiere plötzlich mit Helena Rubinstein an ihrer Seite auftauchte, die ihm verkündete, dass er heute Abend leider auf Phoebes Dienste verzichten müsse, aber ihr bitte einen schönen Tisch für zwei Personen reservieren und ein ordentliches Dinner servieren möge.

»Wir haben hier doch gar keine richtige Küche«, stammelte der Theaterbesitzer und Wirt in Personalunion.

»Wo kann man dann hier in der Gegend gut essen?«

»Ich kann Ihnen gerne etwas vom Italiener oder Chinesen holen lassen«, schlug Phoebes Chef vor.

Dieser kleine, dicke, schwitzende Mann sollte gegenüber der einstigen Duchess of Talley jetzt das Sagen haben? Das passte nicht, zumindest Helena passte das überhaupt nicht.

»Nein, da gehen wir dann lieber direkt hin. Aber vorher reservieren Sie uns bitte einen Tisch. Und halten Sie uns für die Spätvorstellung Ihre besten Plätze frei, nahe genug an der Bühne, aber nicht zu nah«, befahl Helena. »Oder nein, noch besser: Rufen Sie uns ein Taxi, wir fahren direkt nach Little Italy«, warf sie kurzerhand ihren Plan um. »Da gibt es die besten italienischen Restaurants.«

Wie angeordnet, so geschah es. Phoebe beobachtete das Geschehen mit einer Mischung aus Verwirrung und Verstörung.

»Oder sollen wir gleich bis Chinatown weiterfahren und dort essen?«, wandte sich Helena im Taxi an Phoebe. »Vielleicht bevorzugen Sie ja asiatische Küche?«

Die Angesprochene zuckte nur stumm mit den Schultern. Sie wirkte überrumpelt und überfordert zugleich – im Gegensatz zu Hercules, der zwischen ihnen beiden auf der Rückbank saß und gerade versuchte, Helenas Hand abzulecken.

Sie versetzte ihm einen Klaps.

»Lass das! Ich mag das nicht!«

Der Hund fiepte leise und wandte sich dann Phoebe zu, die ihn mechanisch streichelte.

Es dauerte eine ganze Weile, bis Phoebe sich von Helenas »Überfall« erholt hatte und langsam entspannen konnte. Hatte sie gerade ihren Job als Garderobiere verloren? Das war wohl ihre größte Befürchtung. Erst beim zweiten Glas Rotwein fand sie zu ihrer Sprache zurück und erzählte Helena nach und nach ihre ganze Geschichte.

Helena lernte und begriff viel an diesem Abend. Drei Stunden saß sie ihrer einstigen vermeintlichen Rivalin im *Da Luigi* gegenüber, an einem kleinen Tisch mit rot karierter Decke. Zwei alte Damen, deren Leben nicht unterschiedlicher hätte verlaufen können, deren Wege sich vor mehr als einem halben Jahrhundert einmal gekreuzt hatten, zufällig, aber schicksalhaft. Zumindest für Helena.

Was sie an diesem Abend als Erstes und endlich begriff, war, dass Phoebe niemals eine Rivalin gewesen war. Edward hatte Helena nicht mit ihr betrogen, sondern sich ihr gegenüber nur wie ein höflicher Gentleman verhalten. Alles, was Helena an jenem Vormittag beobachtet hatte, war harmlos gewesen. Sie war es gewesen, die daraus die falschen Schlüsse gezogen hatte. Ihre Eifersucht war grundlos gewesen, hatte sie jedoch zu ihrer kopflosen Abreise nach Paris und der Flucht nach London getrieben.

»Es ist wirklich sehr schade, dass wir uns erst jetzt per Zufall begegnet sind und kennenlernen dürfen«, meinte Phoebe bedauernd. »Aber mein Mann und ich sind ja noch vor Ausbruch des Ersten Weltkriegs nach Indien gegangen. Aber Louis hat das dortige Klima nicht vertragen und ist viel zu früh verstorben. Zu gerne hätte er sich in London in ärztliche Behandlung begeben, aber die Rückkehr in seine alte Heimat ist dem Duke bis an sein Lebensende verwehrt geblieben. Er hat sehr darunter gelitten – auch darunter, dass es niemals zu einer Versöhnung mit seinen Kindern gekommen ist.«

Außer seinem klingenden Titel hatte Louis, Duke of Talley, seiner jungen Frau nichts hinterlassen. Bereits mit Mitte vierzig verwitwet, hatte sich Phoebe nach Arbeit umschauen müssen.

»Es war viel zu spät, um an meine tänzerische Karriere anknüpfen zu können. Also habe ich beschlossen, nach Hollywood zu gehen, um dort Unterricht zu geben, Tanz- oder Sprachkurse. Viele junge Schauspielerinnen und Schauspieler sind mit einem fürchterlichen Akzent aus der amerikanischen Provinz gekommen und waren ganz wild darauf, bei mir ein ordentliches *British English* zu lernen«, erzählte sie.

Eine Weile hatte sie sich damit über Wasser gehalten. Dann hatte sie ein zweites Mal geheiratet, diesmal einen amerikanischen Schauspieler.

»Der sich aus Frauen überhaupt nichts machte«, ergänzte sie. »Dafür war er ganz erpicht auf meinen Titel. Er war ein unglaublich schlechter Schauspieler, der schließlich als Handelsvertreter endete und in diesem Beruf tatsächlich Kapital aus seinem angeheirateten Titel schlagen konnte. Eine Zeit lang hat er wirklich gut verdient. Nur leider hat er all sein Geld versoffen.« Erschrocken schlug sich Phoebe auf den Mund. »Oh, Verzeihung, das ist mir jetzt so herausgerutscht«, entschuldigte sie sich. »Normalerweise drücke ich mich nicht so vulgär aus.«

»Manchmal bleibt auch einer Lady oder Duchess gar nichts anderes übrig«, beruhigte Helena sie verständnisvoll. Von ihrer Lilith war sie viel Schlimmeres gewohnt gewesen.

Nach ihrer Scheidung von diesem Alkoholiker war Phoebe nach New York gekommen, hatte irgendwie in der bunten Theaterszene rund um den Broadway Anschluss gefunden und schlug sich seitdem mit den unterschiedlichsten Jobs durch.

»Die Arbeit als Souffleuse hat mir wirklich Spaß gemacht, aber leider ging das Theater pleite. Einige Male habe ich als Statistin gearbeitet und sogar in einer Hollywood-Produktion als Komparsin mitgewirkt. So hangele ich mich eben von Job zu Job. Ja, ich bin ganz schön tief gefallen«, schloss sie resigniert und nahm einen Schluck aus ihrem Glas. »Im Gegensatz zu Ihnen, Madame Rubinstein«, setzte sie hinzu und verstummte.

»Sie sollen mich doch Helena nennen«, erwiderte diese mit rauer Stimme.

Verstohlen musterte sie ihr Gegenüber. Es war nicht zu leugnen: Die Jahre hatten bei Phoebe ihre Spuren hinterlassen.

Die Jüngere schien ihren Blick zu spüren.

»Ja, ich bin alt und hässlich geworden«, behauptete sie und strich sich über die Stirn.

»Das stimmt nicht, Phoebe, das stimmt überhaupt nicht. Sie sind immer noch schön«, entfuhr es Helena.

»Sie aber auch, Madame«, entgegnete Phoebe und hob ihr Glas. »Wie alt sind Sie denn nun, Helena?«

Statt einer Antwort hob sie ebenfalls ihr Glas und stieß mit ihrem Gegenüber an.

»Auf uns beide, auf unser unverhofftes Wiedersehen und die Schönheit der Frauen!«, wich sie der heiklen Frage geschickt aus. »Sie sind auch nicht tief gefallen, Phoebe. Eine Frau, die es versteht, so hart zu kämpfen, um für ihren Lebensunterhalt aufzukommen, ist niemals tief gefallen. Das, was Sie geschafft haben, gelingt nicht jeder.«

»Da mögen Sie recht haben, ich lasse mich nicht unterkriegen«, pflichtete Phoebe ihr bei. »Ich bin wirklich sehr zäh, schließlich stamme ich ja auch aus ganz einfachen Verhältnissen, bin die Tochter eines Bauarbeiters aus Croydon. Es war mir nicht an der Wiege gesungen, einmal eine Duchess of Talley zu werden.«

»Ich habe noch nicht einmal eine Wiege gehabt, und vorgesungen wurde mir schon gar nicht«, erwiderte Helena trocken.

Sie war selbst überrascht, wie offen sie plötzlich über ihre tatsächliche Herkunft sprach. Seit ihrer Ankunft in Australien hatte sie diese immer beschönigt.

Sogar Jean Lorimer, dem Ghostwriter ihrer Biografie, hatte sie vor zwei Jahren eine großbürgerliche Kindheit im besten Viertel Krakaus in die Zeilen diktiert, ohne den Kazimierz mit einer einzigen Silbe zu erwähnen.

»*Be true, be true*«, hatte Patrick sie immer wieder beschworen.

Aber Helena hatte ihre eigene Wahrheit. Mehr oder minder bediente sie sich an Details aus der Vita ihres Jugendfreundes David Steuermann. Im Gegensatz zu ihr hatte er seinen Studienabschluss in Wien machen können. Das Einzige, was sie danach noch von ihm erfahren hatte, war, dass er als junger Militärarzt während des Ersten Weltkriegs in ein Lazarett in Italien abkommandiert worden war. Danach verwischten sich seine Spuren bis … Daran wollte sie jetzt nicht denken.

»Bis zur Geburt meiner jüngeren Schwester habe ich zwischen meinen Eltern im Ehebett gelegen. Danach bin ich in eine zugige Kammer ausquartiert worden. Erst war ich alleine darin, danach kamen sieben Schwestern dazu, die ich mehr oder minder aufziehen musste, weil meine Mutter entweder im Wochenbett lag oder krank war.«

Ungläubig starrte Phoebe sie an. »Davon hatte ich keine Ahnung«, gestand sie.

»Davon wissen auch nur die wenigsten. Eigentlich nur meine Familie … und Edward, mein erster Mann.«

»Ein feiner Mann, ein echter englischer Gentleman«, sagte Phoebe. »Er hat Sie so geliebt.«

Helena widersprach nicht. Erst recht nicht dachte sie daran, Phoebe etwas von Arthur Ameisen zu erzählen. Sollte er in ihrer Erinnerung doch der gebildete Engländer bleiben, den er so perfekt dargestellt hatte.

»Sie glauben also wirklich, dass er mich geliebt hat?«

»Das glaube ich nicht, das weiß ich«, sagte Phoebe im Brustton der Überzeugung.

Helena atmete tief durch und lehnte sich zurück.

»Ihr Mann muss Sie aber auch sehr geliebt haben«, wechselte sie dann das Thema. »Was er für Sie alles geopfert hat!«

»Das stimmt, aber ich habe für ihn ja auch meine Karriere aufgegeben. Dabei hatte man mir eine große Zukunft als Tänzerin prophezeit. Nur aus Liebe zu meinem Mann habe ich darauf verzichtet«, sagte Phoebe. »Was war das damals für ein Skandal, als wir nach meiner letzten Vorstellung von *Schwanensee* miteinander nach Paris durchgebrannt sind. Ausgerechnet nach Paris, in die Stadt der Liebe.« Leise erklang ihr feines Silberlachen.

»Ich war niemals bereit, aus Liebe auf etwas zu verzichten«, behauptete Helena.

Aufmerksam schaute Phoebe sie an. »Jede Frau muss ihre eigenen Entscheidungen treffen. Ich habe meine niemals bereut, auch wenn ich jetzt völlig verarmt bin. Das mag der Unterschied zwischen uns sein. Sie werden niemals von Verarmung bedroht sein.« Sie warf einen Blick auf die Uhr. »Wenn wir noch etwas von der Vorstellung mitbekommen wollen, müssen wir jetzt los«, stellte sie erschrocken fest.

Helena hatte plötzlich keine Lust mehr, sich noch in eine verräucherte Kaschemme zu setzen und irgendwelche Dilettanten auf einer winzigen Bühne anzuschauen. Sekundenlang überlegte sie, Phoebe kurzerhand in ein herbeigerufenes Taxi zu verfrachten und mit nach Hause zu nehmen, doch dann verwarf sie diesen Gedanken rasch wieder. Zum einen hatte sie die Unterhaltung zu sehr aufgewühlt, sodass sie jetzt lieber alleine sein wollte. Zum anderen wollte sie Phoebe, einstige Duchess of Talley, nicht ihren Wohlstand – um nicht zu sagen: protzigen Reichtum – vor Augen führen. Vielleicht später einmal, wenn sie einander besser kennengelernt hatten.

»Ich bin mittlerweile zu müde, um mir noch eine Vorstellung anzuschauen«, sagte sie daher. »Also werde ich Sie mit dem Taxi zu Ihrem Theater bringen, dort absetzen und anschließend nach Hause fahren.«

Phoebe kommentierte ihren plötzlichen Sinneswandel mit einem gleichmütigen Schulterzucken und erhob sich. Der bislang brav unter dem Tisch kauernde Hercules kam zum Vorschein und sah mit seinen schwarzen Knopfaugen von einer zur anderen.

»Willst du auch nach Hause?«, fragte Phoebe und streichelte ihn liebevoll.

»Jetzt verraten Sie mir, um Himmels willen, warum Sie diesem kleinen Hund einen so bombastischen Namen gegeben haben«, bat Helena im Taxi. Die Frage brannte ihr bereits den ganzen Abend unter den Nägeln.

Phoebe lachte und sah plötzlich dreißig Jahre jünger aus.

»Aus purer Sentimentalität«, erklärte sie. »Hercules hieß die Dänische Dogge, die mein Mann auf seinem Familiensitz zurücklassen musste, als wir nach Frankreich geflüchtet sind. Er hat sie jahrelang vermisst.«

»Na, wenn das so ist …« Helena streckte ganz vorsichtig die Hand aus, um dem kleinen Hercules über das weiße Fell zu streicheln. »Bist ja eigentlich auch ein ganz netter Kerl.«

»Sie mögen Hunde also doch«, stellte Phoebe erfreut fest.

Helena erwiderte nichts, sondern begann in ihrer Handtasche zu kramen. Endlich hatte sie das silberne Etui mit den Visitenkarten gefunden und auch einen Kugelschreiber.

»Können Sie bitte einmal die Beleuchtung hier hinten anmachen?«, rief sie dem Taxifahrer zu.

»Yes, Ma'am.« Und schon leuchtete eine kleine Lampe an ihrer Seite auf.

Helena kritzelte etwas auf eine der Karten und setzte ihre Unterschrift darunter.

»Hier, das ist für Sie«, sagte sie und drückte Phoebe die Visitenkarte in die Hand. »Die legen Sie einfach in einem meiner Salons vor und lassen sich so richtig verwöhnen. Ich werde gleich morgen früh meiner Sekretärin Bescheid geben, dass sie einen Rundbrief an alle meine amerikanischen Niederlassungen verfasst.«

»Wofür das denn?«, erkundigte sich Phoebe perplex.

»Damit Ihnen jederzeit und so oft, wie Sie wollen, freier Zutritt zu meinen Salons gewährt wird«, erklärte sie.

»Das kann ich nicht annehmen! Das werde ich nicht annehmen! Das geht doch nicht!«, wehrte Phoebe entsetzt ab, so laut und temperamentvoll, dass Hercules auf ihrem Schoß zu bellen begann.

»Doch, das können Sie«, behauptete Helena.

»Aber dafür kann ich mich doch niemals revanchieren. Wie kann ich Ihnen das jemals vergelten?«

»Man muss nicht immer alles vergelten. Mir tut das doch nicht weh, und Sie haben es verdient, ein bisschen verwöhnt zu werden. Sie haben eine sehr trockene Haut«, fügte sie ihren Standardsatz an.

Phoebe fuhr sich über die Wangen.

»Mein ganzes Leben schon«, bestätigte sie. »Und so empfindlich ist sie auch.«

»Eine solche Haut muss entsprechend gepflegt werden. Sie werden in meinem Salon in Manhattan nach Ihrer ersten Behandlung die gesamte Pflegeserie mitnehmen können.«

»Aber das kann ich nicht annehmen«, wehrte sich Phoebe immer noch.

»Könnten Sie es annehmen, wenn Sie Ihrerseits mir einen Wunsch erfüllen dürften?«, erkundigte sich Helena.

»Was für einen Wunsch kann ich Ihnen schon erfüllen?«

»Laden Sie mich einmal zu einem richtig schönen *High Tea* ein, mit selbst gebackenen Scones, Erdbeermarmelade und *clotted cream*, Gurken-Sandwiches und frisch aufgebrühtem Tee, nicht zu vergessen.«

Verblüfft starrte Phoebe sie an.

»Sind Sie nun Engländerin oder nicht?«

»Ich habe nur ein winziges Ein-Zimmer-Apartment in einer Seitenstraße hinter dem Times Square«, gestand Phoebe zögernd.

»Mit oder ohne Küche?«

»Mit. Bestehend aus einem Holztisch und zwei Stühlen sowie einem Gasherd mit Backofen.«

»Na also«, sagte Helena zufrieden. »Raum ist in der kleinsten Hütte. Ich erwarte Ihren Anruf, wenn Sie Ihre erste Behandlung hinter sich haben. Versprochen?«

Sie hielt ihr die Rechte entgegen. Phoebe schlug ein.

»Versprochen«, sagte sie. »Gegen Sie anzukommen ist ja schier unmöglich.«

»Das will ich meinen«, entgegnete Helena und schob ihren Bowler zurecht.

Nachdem sie Phoebe unter tausend Dankesbekundungen vor ihrem Off-Broadway-Theater abgesetzt hatte, nannte sie dem Taxifahrer das nächste Ziel.

»625 Park Avenue, Ecke 65th Street.«

Der Taxifahrer pfiff durch die Zähne. »Noble Gegend, Ma'am«, sagte er. »Wenn ich mich nicht irre, gehört der gesamte Bunker Helena Rubinstein.«

»Das ist kein Bunker! Das ist ein Triplex und gehört mir«, entgegnete Helena knapp, während sie in ihrer Handtasche kramte, um nach Kleingeld zu suchen.

»Ihnen?« Sie bemerkte, wie der Fahrer in den Rückspiegel schaute. Hastig knipste sie die immer noch brennende Innenbeleuchtung aus; dieses Licht war nicht gerade schmeichelhaft. »Dann sind Sie am Ende …?«

»Nicht am Ende, sondern tatsächlich. Ich bin Helena Rubinstein«, bestätigte sie.

Der Taxifahrer pfiff noch einmal durch die Zähne, ehe er ehrfurchtsvoll verstummte. Er begann an den Knöpfen seines Autoradios zu drehen. Als die ersten Akkorde eines Pianos erklangen, stellte er spontan lauter.

»When you're alone and life is making you lonely, you can always go … downtown«, sang eine helle, klare Frauenstimme. *»When you've got worries, all the noise and the hurry seems to help, I know … downtown.«*

»Stellen Sie ruhig ein bisschen lauter«, rief Helena dem Fahrer zu.

Er gehorchte.

»Just listen to the music of the traffic in the city
Linger on the sidewalk where the neon signs are pretty
How can you lose?
The lights are much brighter there
You can forget all your troubles, forget all your cares
So go downtown
Things will be great when you're …
Downtown.«

Während Helena aufmerksam zuhörte, schaute sie aus dem Fenster. Sie fuhr gerade genau durch den Stadtteil, der da – sehr zutreffend! – besungen wurde. Ihr gefiel dieser Song, seine eingängige Melodie, die Stimmung, die er erzeugte, und auch die helle Stimme der Sängerin.

»Hübsches Lied«, sagte sie anerkennend. »Jetzt können Sie aber wieder leiser stellen.«

»Schön, dass es Ihnen gefallen hat«, freute sich der Taxifahrer. »Der Song ist letztes Jahr veröffentlicht worden, hat sofort die Hitparaden gestürmt und sich wochenlang auf den ersten Plätzen gehalten. Mittlerweile ist *Downtown* zur richtigen Hymne geworden, wird bestimmt einmal ein Evergreen.« Er schlug begeistert auf sein Lenkrad.

»Wie heißt die Sängerin?«, erkundigte sich Helena.

»Petula Clark, eine junge Engländerin.«

»Deshalb ist sie so gut zu verstehen. Kommt dem schönen Text nur zugute«, sagte Helena.

Der Taxifahrer lachte zustimmend und setzte den Blinker, um Richtung Park Avenue abzubiegen.

Vor dem Haupteingang angekommen, ließ er sein Yellow Cab vorsichtig ausrollen. Helena bezahlte, gab ihm ein nicht zu üppiges Trinkgeld und stieg aus. Mit einem kurzen Abschiedshupen fuhr er davon.

Helena blieb auf dem Bürgersteig stehen, legte den Kopf in den Nacken und schaute hoch. Eine prächtige Fassade, ein imposanter Bau. Und er gehörte ihr, ihr, Helena Rubinstein.

Kapitel 41

New York 1939

Unmittelbar nach Kriegsausbruch, als feststand, dass sich ihre Pläne, so schnell wie möglich nach Europa zurückzukehren, zerschlagen hatten, fiel Helena dieses Gebäude ins Auge, und sie betraute einen Makler mit der Aufgabe, in diesem Komplex eine schöne Wohnung für sie zu suchen. Erfreut und geschmeichelt zugleich nahm er den Auftrag an. Er versprach, sich zu kümmern und umgehend wieder bei ihr zu melden – was er jedoch nicht tat. Tage- und wochenlang ließ er nichts von sich hören.

Nun ja, so eine Suche mochte ihre Zeit dauern, dachte Helena zunächst, doch nach zwei Wochen rief sie von sich aus bei ihm an.

Er sei nicht im Hause, sondern bei einer Immobilienbesichtigung, behauptete seine Sekretärin.

»Sie lügen«, widersprach Helena. »Ich höre es an Ihrer Stimme. Und Sie stellen mich jetzt sofort zu Mr Sullivan durch.«

Die Dame war so überrumpelt, dass sie gehorchte.

»Was ist mit der Wohnung an der Fifth Avenue?«, fragte

Helena barsch, nachdem der Makler den Anruf angenommen hatte. »Warum melden Sie sich nicht? Seit Wochen warte ich auf Ihren Rückruf.«

Mr Sullivan schien das Ganze äußerst peinlich zu sein. Helena vermeinte förmlich zu sehen, wie er sich am anderen Ende der Leitung vor Verlegenheit wand. Er druckste herum, fand keinen Anfang, wollte nicht zur Sache kommen.

»Nun endlich heraus mit der Sprache!«, befahl Helena.

»Es ist so, also … hm, hm«, hob er an und räusperte sich.

»Heraus mit der Sprache!«, wiederholte Helena.

»Es ist so, dass die anderen Eigentümer und Mieter dieses Objekts keine jüdische Mitbewohnerin wünschen«, presste der Makler hervor und atmete tief durch. Endlich war es heraus.

Nun musste Helena ihrerseits tief durchatmen. So etwas war ihr noch niemals widerfahren. Ausgerechnet hier in New York City, in einer Stadt, deren Bewohner sich so viel auf ihre Fortschrittlichkeit, ihre Liberalität und ihre Aufgeschlossenheit einbildeten?

»Ich … ich … Also vielleicht ließe sich ein alternatives Objekt finden«, stammelte der Makler.

»Vergessen Sie es!«

»Aber Madame …«

»Seien Sie still!«, herrschte Helena ihn an. »Dann kaufe ich eben das gesamte Objekt. Bitte sondieren Sie, ob es käuflich zu erwerben ist.«

Sekundenlang verschlug es Mr Sullivan die Sprache. Er schnappte hörbar nach Luft.

»Also, was ist jetzt?«, fragte Helena ungeduldig. »Werden Sie sich erkundigen, oder muss ich einen anderen Makler beauftragen?«

Das musste sie nicht, denn Mr Sullivan dachte nicht im Traum daran, sich so einen dicken, bereits an der Angel zappelnden Fisch durch die Lappen gehen zu lassen. Innerhalb weniger Tage hatte er seine Erkundigungen eingezogen und legte Helena ein umfangreiches Exposé vor.

Bereits eine Woche später erwarb Helena dieses Triplex aus roten Ziegelsteinen, in dem sie, ebenso wie auf der Pariser Île Saint-Louis, in den oberen Stockwerken Quartier bezog. Die Wohnung verfügte über sechsunddreißig Zimmer und ebenfalls über eine riesige Dachterrasse. Wieder einmal gab es viel Arbeit für befreundete Künstler, Maler, Architekten, Designer und Fotografen sowie anschließend für die Mitglieder der schreibenden Zunft, denen Helen nach Abschluss der aufwendigen Umgestaltung eine Audienz gewährte.

Die meiste Zeit über weilte sie allerdings überhaupt nicht in New York. Wie schon während des Ersten Weltkriegs entfloh Helena auch diesmal in Länder, die von dem verhängnisvoll dramatischen Verlauf der Weltgeschichte nicht unmittelbar betroffen waren.

Mit dem Prinzen an ihrer Seite besuchte sie als erstes Land Mexiko, wo sie Frida Kahlo und deren Ehemann Diego Rivera kennen und schätzen lernte. Sie war beeindruckt von Fridas Bildern, noch mehr aber von der Willenskraft, mit der diese Malerin ihre Schmerzen bewältigte und Krankheiten überstand. In ihren verstörenden Bildern wurden ihre Qualen umso erschreckender erkennbar. Natürlich erwarb Helena einige von Fridas Werken, die fortan die Wände ihrer verschiedenen Wohnungen zieren sollten.

Während des Krieges erstand sie auch Häuser in Buenos Aires und Rio de Janeiro, in denen sie Niederlassungen ihrer Schönheitssalons eröffnete. Außerdem traf sie alte Bekannte wieder, die aus Paris und London emigriert waren oder gar in letzter Minute aus Deutschland hatten fliehen können.

Immobilien zu erwerben bereitete Helena beinah ebenso viel Vergnügen, wie Kunstwerke zu sammeln oder die neuesten Kreationen der Haute Couture zu kaufen. Helena selbst hatte kaum mehr einen Überblick über ihren unermesslichen Reichtum. Im Laufe der Jahre hatte sie sich mit einem Stab tüchtiger Berater und Beraterinnen umgeben, die sich darum kümmerten. Am meisten vertraute sie jedoch nach wie vor ihrem eigenen Instinkt. Ihre spontanen Entscheidungen hatten sich im Nachhinein immer als ihre besten erwiesen. Gehör schenkte sie vielleicht noch Mala, deren Bruder Oskar, dem angeheirateten Neffen Emanuel Ameisen und später auch Patrick.

New York, 31. März 1965

Helena stieß die gläserne Drehtür auf und betrat die Eingangshalle des Gebäudes in der vornehmen Park Avenue, ihres eigenen Gebäudes. Der Portier erkannte sie, sprach noch einige Worte in den Telefonhörer und legte dann auf.

»Da sind Sie ja, Madame«, begrüßte er sie. »Man macht sich schon große Sorgen um Sie. Ich habe gerade Ihrer Nichte gesagt, dass Sie soeben wohlbehalten hier eingetroffen sind, sie die Polizei also nicht benachrichtigen muss.«

»Mala?«, wunderte sich Helena. »Die ist doch heute Abend im Kino und danach noch zum Essen verabredet. Wieso macht sie sich Sorgen um mich?«

»Mr O'Higgins hat sie wohl irgendwie telefonisch erreicht.«

Das Telefon klingelte. Der Portier nahm ab und lauschte in den Hörer.

»Nein, Mr Titus, Sie müssen sich keine Sorgen mehr machen, Ihre Mutter ist soeben wohlbehalten eingetroffen und steht direkt vor mir. Möchten Sie mit ihr sprechen?« Er hielt ihr den Hörer entgegen.

»Nein, nein, lassen Sie«, wehrte Helena hastig ab. »Sagen Sie ihm, dass ich gleich zurückrufe.«

Sie drehte sich um und lief Richtung Aufzug. Mit einem »Pling« öffnete sich dessen Tür, dahinter verneigte sich der uniformierte Liftboy.

»Madame«, sagte er ehrerbietig und drückte den Knopf für das obere Stockwerk.

In ihrer Etage angekommen, marschierte Helena mit schnellen Schritten auf die Eingangstür zu, während sie in ihrer Handtasche nach dem Schlüssel kramte. Sie fand ihn nicht, also drückte sie den Klingelknopf.

Sekunden später öffnete sich die Tür. Vor ihr stand

Albert, ihr philippinischer Butler, der ihr hier in Manhattan bereits seit Jahren treue Dienste leistete.

»Madame, da sind Sie ja«, begrüßte er sie. Die Erleichterung stand ihm ins Gesicht geschrieben. »Wir haben uns schon solche Sorgen gemacht.«

»Warum? Es bestand kein Anlass!«

»Mr O'Higgins wartet bereits seit Stunden auf Sie«, sagte der Diener.

»Wo ist er denn?«

»Im Kaminzimmer«, erwiderte Albert und ging voran, um ihr die Tür zu öffnen.

Dort saß Patrick auf einem der vielen Sofas und starrte auf den Bildschirm eines Fernsehers, der neuerdings in diesem Raum stand.

Lange hatte sich Helena gegen die Anschaffung dieses Apparats gewehrt, sich dann aber widerwillig gefügt. Wenn sie weiterhin am Puls der Zeit bleiben wollte, musste sie sich auch den neuen Medien und der neuen Art von Werbung gegenüber aufgeschlossen zeigen. So wie Charles Revson, der sich in den letzten Jahren, eigentlich seit Kriegsende, zu ihrem gefährlichsten Konkurrenten entwickelt hatte. Seine Firma Revlon war nicht nur ihr, sondern gleichfalls ihrer Rivalin Elizabeth Arden ein Dorn im Auge.

In ihrer Abneigung gegenüber diesem Aufsteiger waren sich die beiden alten Damen ausnahmsweise einmal einig. Sie fanden ihn beide unbeschreiblich vulgär. Dass er mit der Produktion von Nagellack einen solchen wirtschaftlichen Erfolg erzielt hatte, war weder für Helena noch für

»diese Frau« nachvollziehbar. Mittlerweile war er sogar Marktführer, was Helena erheblich wurmte.

Aber noch schlimmer war, dass dieser »Nailman« ihr David Ogilvy weggeschnappt hatte. Jahrelang hatte dieser charmante Brite ihre Werbekampagnen entworfen. Sie war schon 1950, unmittelbar nach seiner Ankunft in New York, eine seiner ersten Kundinnen gewesen. David Ogilvy war es gelungen, dem Unternehmen Rubinstein ein neues, modernes Image zu verleihen. Wenn sie nur an die riesige Kampagne für *Jazz* und den eigens dafür engagierten Musiker Dave Brubeck dachte. Die Firma Columbia hatte für Werbezwecke eigens eine 78er-Schallplatte in genau passenden rot-orangen Farbtönen pressen lassen. Sowohl der knallrote Lippenstift als auch die Schallplatte hatten eingeschlagen wie ein Paukenschlag. Und nun war David weg.

Vielleicht hätte ich mein Werbebudget doch erhöhen sollen, überlegte Helena jetzt im Nachhinein. Oskar hatte ihr das immer wieder nahegelegt. »Pass auf, Helena, dieser Mann ist genial. Sieh zu, dass du ihn halten kannst!«

Helena war jedoch zu knauserig gewesen. Von dem vulgären »Nailman« erhielt ihre ehemalige Agentur das Dreizehnfache des Honorars, das Helena gezahlt hatte.

Jetzt hatte Patrick sie entdeckt. Er sprang auf und wollte zum Fernseher laufen, um ihn auszuschalten. Aus dessen Lautsprecher erklangen gerade einige Klavierakkorde, die Helena bekannt vorkamen, und dann hob eine klare Frauenstimme zu singen an.

»Nicht ausschalten, lassen Sie mich das einmal anschauen«, hielt Helena ihren Sekretär zurück. Der gehorchte verdutzt und schaute ebenfalls auf den Bildschirm.

Darauf war nun die Sängerin zu sehen. Blonder, hochtoupierter Schopf und gekleidet in einen schwarz glänzenden, kurzen Lackledermantel, dessen Kragen sie hochschlug, während sie singend durch die von flimmernden Neonlichtern erhellten Straßen Manhattans schritt.

»Where all the lights are bright … downtown …«

Nebeneinander stehend lauschten Helena und ihr Assistent dem Song. Als der letzte hohe, leicht klagende Trompetenton verklungen war, ließ sich Helena auf das große Sofa unter ihrer riesigen Bilderwand sinken. An irgendetwas hatte dieser Trompetenton sie erinnert.

Aber woran nur?

»Jetzt können Sie ausschalten«, befahl sie.

Patrick gehorchte und nahm ihr gegenüber Platz. »Wir haben uns solche Sorgen gemacht. Seit Sie sich heute Nachmittag von mir verabschiedet haben, sind etliche Stunden vergangen. Ich habe wirklich schon überlegt, ob ich die Polizei benachrichtigen soll. Wo waren Sie denn die ganze Zeit?«

Patrick war seine Besorgnis anzusehen.

»So maybe I'll see you there

We can forget all our troubles, forget all our cares

So go downtown«, trällerte Helena mit brüchiger Stimme.

An wen nur hatte diese Petula Clark sie erinnert?

Mit gerunzelter Stirn schaute Patrick sie an. Für einen Moment hatte es ihm tatsächlich die Sprache verschlagen.

»Ja, ich war wirklich *downtown*, drüben auf der anderen

Seite vom Central Park. Nach einem langen Spaziergang habe ich in Little Italy vorzüglich gegessen«, erzählte Helena fröhlich.

»Alleine?« Patrick war entsetzt.

»Nein, nicht alleine«, beruhigte Helena ihren Sekretär. »Mit Phoebe.«

»Phoebe?«, wiederholte dieser verständnislos.

Da fiel es Helena wie Schuppen von den Augen. Nun wusste sie, an wen sie diese Petula Clark erinnerte: an Phoebe! Die beiden Frauen hatten das gleiche fein geschnittene Gesicht, dasselbe hellblonde Haar, die gleiche hohe Stirn und eine helle klare Stimme. Ob die Sängerin auch so silbern lachen konnte wie Phoebe?

»Phoebe, Tochter eines Arbeiters aus Croydon, verheiratete und verwitwete Duchess of Talley«, erklärte Helena. »Wir sind uns zufällig im Central Park begegnet, weil Hercules meinen Schuh geklaut hat.«

»Hercules?«, wiederholte Patrick immer noch verständnislos.

Helena winkte ab. »Sie müssen nicht alles wissen, Patrick. Machen Sie uns lieber einen Drink.«

»Sehr wohl, Madame. Einen Gin Tonic oder lieber einen Wodka?«

Helena zögerte. »Gibt es auch etwas Italienisches in unserer Hausbar?«

»Sambuca«, erwiderte Patrick prompt. »Den hat Cecil Beaton von seinem letzten Fotoshooting aus Rom mitgebracht.«

»Gut, dann bringen Sie uns einen Sambuca; der passt

am besten zu meinem Menü von vorhin. Da hatte ich nämlich ein vorzügliches Saltimbocca.« Helena kicherte. Ihr gefiel dieses Spiel mit der italienischen Sprache. *»Pronto!«*, setzte sie hinzu.

»Subito!«, erwiderte ihr Assistent und verbeugte sich grinsend.

»Ach, und sagen Sie Albert doch bitte gleich noch Bescheid, dass er uns ein paar Käsehäppchen bringen soll. Ich habe seltsamerweise schon wieder Appetit.«

»Sehr wohl, Madame.« Patrick verschwand.

Helena vertiefte sich in die Betrachtung der zahlreichen Porträts, die die hohe Wand des Raumes schmückten. Die feine Zeichnung von Helleu war dabei, das erste Bild, das sie von sich hatte anfertigen lassen. Es bildete den Auftakt einer langen Reihe von Porträts, die von den verschiedensten Künstlerinnen und Künstlern für sie angefertigt wurden. Nur von Picasso war keins dabei. Helena ärgerte das heute noch.

Aber war das Bild von Salvador Dalí nicht ein angemessener Ausgleich? Sie warf einen Blick auf dessen Kunstwerk über dem Kamin.

»Die letzte Kaiserin von China« hatte er sie bei einer ihrer ersten Begegnungen genannt. Zu Beginn der Vierzigerjahre war das gewesen, und seine Frau Gala hatte huldvoll dazu genickt. Das wollte schon etwas heißen, von einem selbst ernannten Genie so bezeichnet zu werden! Entsprechend geschmeichelt hatte sich Helena gefühlt und dem spanischen Maler einen Auftrag erteilt.

Dalí hatte sie als eine juwelenbehangene Sphinx porträtiert. Direkt aus dem Meer erhob sich eine steile Felswand, aus der Helenas Kopf herauswuchs. Ihr gefiel dieses Bild, weil es ihr Gesicht in makellos strenger Schönheit zeigte. So sah sie sich selbst, und so wollte sie gesehen werden, einschließlich der vierreihigen Kette aus schwarzen Perlen, die sie so gerne trug und die Dalí pflichtschuldig mit verewigt hatte.

Patrick kehrte ins Kaminzimmer zurück. Er trug ein silbernes Tablett, das er nun vorsichtig auf einem niedrigen Couchtisch abstellte.

Helena warf einen Blick auf die darauf stehenden gut gefüllten Gläser. Ja, es schwammen einige Kaffeebohnen in der klaren Flüssigkeit. Richtig gemacht.

Zufrieden lehnte sie sich zurück und beobachtete, wie ihr Sekretär ein Feuerzeug nahm und den Sambuca entzündete. Er wartete ab, bis die Stichflamme erloschen war, und hielt ihr dann das Tablett hin.

»Prego, Signora!«

Helena griff nach einem der Gläser und führte es vorsichtig zum Mund.

»Sie müssen aufpassen, der Rand ist sehr heiß, nicht dass Sie sich die Lippen verbrennen«, warnte er sie.

Helena behielt das Glas in der Hand und wartete ab, bis es abgekühlt war. Dabei fiel ihr plötzlich etwas ein.

»Was meinten Sie heute Nachmittag eigentlich mit Ihrer seltsamen Antwort auf meine Frage?«, wollte sie wissen.

Patrick nippte bereits an seinem Glas. Er schien einen Moment nachdenken zu müssen.

»Brutto oder netto?«, erinnerte Helena ihn.

»Ich denke, wir wissen beide ganz genau, wie ich das gemeint habe«, entgegnete er und hielt ihr sein Glas entgegen. »Auf unsere nunmehr fast dreizehnjährige Zusammenarbeit, Madame – brutto«, setzte er nachdrücklich hinzu.

Helena wusste tatsächlich genau, was er damit meinte.

»Wissen Sie was? Nach so langer Zeit dürfen Sie mich endlich Helena nennen«, sagte sie.

Sie hoffte, auf diese Weise etwas wiedergutmachen zu können. Natürlich war ihr bewusst, dass sie ihrem Sekretär noch etwas schuldig war, aber es fiel ihr unglaublich schwer, es auch zuzugeben.

Patrick, den sie beinah für immer verloren hätte, stand ihr inzwischen so nahe wie ein eigener Sohn, wenn nicht noch näher. Das Gerede über sie beide war mittlerweile längst verstummt. Unter anderem, weil Patrick niemals ein Hehl daraus gemacht hatte, dass sein erotisches Interesse nicht dem weiblichen Geschlecht galt.

Trotzdem war in Paris einige Zeit gemunkelt worden, dass der junge Ire der Liebhaber der über siebzigjährigen Helena sei. Sie hatte sich eher geschmeichelt gefühlt und nichts getan, um diesen Gerüchten entgegenzuwirken. Was immer geredet, getratscht und geklatscht wurde, Helena betrachtete dergleichen als ihrem Geschäft zuträglich. Allerdings unter einer Voraussetzung: Niemals durfte der geringste Zweifel an der Qualität ihrer Produkte oder an der Bonität ihres Unternehmens aufkommen. Das Privatleben der Unternehmerin konnte ihren Kundinnen doch eigentlich gleichgültig sein. Wenn sie es interessant fanden, sie gar zum Vorbild nahmen, umso besser!

Zehn Jahre später hatte man längst erkannt, dass die Beziehung Helena Rubinsteins zu Patrick O'Higgins eine Mutter-Sohn-Beziehung und kein erotisches Verhältnis darstellte.

Zweimal hatte er ihr die schreckliche Botschaft vom Tode eines nahen Angehörigen überbringen müssen. Zweimal hatte er ihr in der schlimmen Zeit danach treu zur Seite gestanden, sie zuverlässig und geduldig auf ihren unsteten Reisen begleitet, mit denen sie ihrem Schmerz und ihrer Trauer zu entrinnen versuchte. Patrick war stets ein treuer Begleiter gewesen – für Helena eine Selbstverständlichkeit.

Kurz nachdem Horace tödlich verunglückt war, verstarb jedoch Patricks Mutter an Krebs. Er hatte sie innig geliebt, sich aber zu wenig um sie gekümmert, daher erging er sich nach ihrem Tod in den schlimmsten Selbstanklagen, warf sich vor, die eigene Mutter zugunsten von »Madame« vernachlässigt zu haben.

Helena bemerkte sehr wohl die Trauer und den großen Kummer ihres Sekretärs, zeigte jedoch keinerlei Empathie. Mehr als eine gemurmelte Beileidsbekundung konnte sie sich nicht abringen. Zur Beerdigung schickte sie einen protzigen Kranz, der die bescheidenen Gestecke der Familie O'Higgins in den Schatten stellte.

Sie dachte gar nicht daran, Patrick danach einige Tage Urlaub zu gewähren oder ihm genügend Zeit einzuräumen, damit er trauern konnte. Stattdessen verlangte sie knapp eine Woche nach der Beerdigung seiner Mutter, dass er sie nach Paris begleitete.

Und er begleitete sie.

Kapitel 42

Paris 1958

Helena hatte Patrick in ihrer üblichen Art mehr oder minder genötigt, mit ihr in die französische Hauptstadt zu reisen. Sein Widerstreben nahm sie gar nicht wahr oder ignorierte es.

Ihr selbst ging es in dieser Zeit auch nicht gut. Sie fühlte sich nach den schweren Schicksalsschlägen der zurückliegenden Jahre auf einmal alt, unattraktiv, zu dick, hässlich. Und ja, auch wenn sie es niemals zugegeben hätte: ungeliebt und einsam. Obwohl sie unablässig von einer Schar ergebener Mitarbeiterinnen und Mitarbeiter umgeben war, verwandt oder auch nicht, fühlte sich Helena Rubinstein im Grunde genommen immer einsamer. So war sie immer schlechterer Laune, zudem noch ungeduldiger und scharfzüngiger als sonst.

»Sie sind wirklich zu nichts, aber auch zu rein gar nichts zu gebrauchen!«, fauchte sie eines Vormittags ihren Assistenten an, weil er versehentlich einen Brief nicht ausreichend frankiert hatte, der deshalb zum Absender zurückkam. Ein Missgeschick, das jeden Tag passieren konnte, eine Kleinigkeit, aber genug für Helena, um aus der Haut zu fahren. »Zu wirklich überhaupt gar nichts nutze«, bekräftigte Helena ihre Behauptung und entriss Patrick den Umschlag. »Wenn ich mich doch einmal auf Sie verlassen könnte. Alles muss ich selbst machen.«

Patrick wurde leichenblass. Ohne sie einer Antwort zu würdigen, verließ er den Raum und verschwand.

Er kehrte an diesem Abend nicht in die Wohnung am Quai de Béthune zurück, nicht am nächsten und auch nicht am übernächsten Tag. Er war einfach verschwunden, abgetaucht und blieb verschollen.

Helena tat so, als würde es ihr nichts ausmachen, behauptete auf Nachfragen hin, er sei für ein paar Tage nach Südfrankreich gefahren.

Tatsächlich lag er in einem Pariser Krankenhaus. Wochenlang.

Auf der Straße war Patrick mitten im Gespräch mit einem Bekannten zusammengebrochen und hatte einen Weinkrampf erlitten. Der erschrockene Freund hatte ihn sofort in ein Hospital bringen lassen. Diagnose: Nervenzusammenbruch, dem sich eine tiefe Depression anschloss.

All das erfuhr Helena erst Wochen später, als Marie-Louise Bousquet – ihre Freundin, bei der sie einst den Prinzen kennengelernt hatte – unverhofft bei ihr aufkreuzte.

»Was führt dich zu mir?«, erkundigte sich Helena nach dem obligatorischen Vorgeplänkel, das dem eigentlichen Sinn und Zweck eines Gesprächs in Paris immer vorausging.

Jedes Land, jede Kultur hatte da ganz eigene Gepflogenheiten. Wie oft hatte Patrick sie in den vergangenen Jahren davor bewahrt, während ihrer Reisen in Fettnäpfchen zu treten oder gleich mit der Tür ins Haus zu fallen, wie es Helena mit zunehmendem Alter so gerne tat. Gerade in Japan hatte er ihr damit unersetzliche Dienste geleistet.

»Du bist doch nicht ohne Absicht gekommen«, setzte Helena hinzu.

Marie hörte auf, in ihrer Teetasse zu rühren, und schaute ihr direkt in die Augen.

»Wo ist Patrick?«, fragte sie.

Helena zuckte mit den Schultern und murmelte irgendetwas Vages über eine Reise in den Süden.

»Du weißt, dass das nicht stimmt. Warum lügst du mich an?«, erwiderte Marie-Louise. Helena gab keine Antwort, rührte stattdessen umso heftiger in ihrer Teetasse.

»Aber ich weiß, wo er ist«, behauptete Marie-Louise.

Helena fuhr hoch, starrte ihre Freundin an.

»Patrick ist gar nicht mehr in Europa«, fuhr diese fort.

Patrick hatte sie gesagt, nicht »dein Lover«? Ausgerechnet sie, die Patrick mit Wonne und Entzücken immer als *»Madames young love-aire«* bezeichnet hatte?

Marie-Louise benutzte ganz bewusst diesen englischen Begriff mit übertrieben französischem Akzent. Wie oft hatte Patrick die Augen verdreht, wenn er von ihr als *»love-aire«* von Helena vorgestellt wurde. Auf diese Art und Weise gelang es Marie-Louise, die Gerüchte um dieses seltsam einträchtige Paar immer wieder neu zu entfachen.

Ganz zu Anfang hatte Helena wirklich befürchtet, der Prinz könnte eifersüchtig werden …

»Printsessa, mit diesem jungen Mann hast du wirklich einen guten Fang gemacht«, sagte dieser jedoch lediglich, nachdem ihm Patrick offiziell vorgestellt worden war, und küsste sie, wie üblich, auf die Stirn. »Wenn er jetzt auch noch ganz passabel Bridge spielt, passt er perfekt zu dir, aber auch zu mir.«

Ein Zwischenton schwang in seinen letzten Worten mit. Sekundenlang blitzte eine Ahnung, eine vage Vermutung in Helena auf. Sie warf ihrem Mann einen forschenden Blick zu. Die Präferenzen ihres ersten Mannes waren eindeutig gewesen, ein *womanizer* vom Scheitel bis zur Sohle. Aber Prinz Archil Gourielli-Tchkonia?

Bei aller Zuneigung, Sympathie, Freundschaft und Wertschätzung – ja, es war tatsächlich so etwas wie Liebe, was Helena und ihr georgischer Prinz füreinander empfanden –, von einer körperlichen Beziehung waren sie weit entfernt. Dabei war der Prinz ein Mann in den besten Jahren …

Helena erfuhr niemals, wo, ob und wie ihr zweiter Mann sexuelle Erfüllung suchte und fand. Er war diesbezüglich absolut diskret, genauso wie Patrick. Der Gentleman genoss und schwieg. Helena hatte es mit zwei Gentlemen zu tun, grundsätzlich verschieden, aber Gentlemen. Das Einzige, was Helena wusste, war, dass das Bett im prinzlichen Gemach auf der Île Saint-Louis nächtelang unbenutzt blieb, unabhängig davon, wer da gerade logierte. Der separate Eingang wurde von beiden Herren geschätzt und genutzt. Es ging sie nichts an.

»Nicht mehr in Europa?«, wiederholte Helena. »Wo ist er dann?«

»In Marokko«, erwiderte ihre Freundin Marie-Louise. »Um sich zu erholen. Von *dir* zu erholen! Er ist schwer krank gewesen. *Du* hast ihn krank gemacht.« Vorwurfsvoll schaute sie Helena an.

»Ich? Patrick krank gemacht? Wie kommst du denn darauf?« Helena war entrüstet.

»Ach, Helena, du hast offenkundig keine Ahnung, wie sehr du ihn gefordert und überlastet hast. Er war immer für dich da, bei Tag und bei Nacht, hat dich überallhin begleitet, seine persönlichen Interessen hintangestellt, darüber seinen Freundeskreis und die eigene Familie vernachlässigt. Er konnte einfach nicht mehr.«

»Woher weißt du das alles? Hat er sich bei dir beklagt?«

Marie-Louise schüttelte den Kopf. »Das hat er nicht, so etwas würde er niemals tun. Aber ich habe Augen im Kopf – und nicht nur ich. Du hast diesen jungen Mann bis aufs Blut ausgesaugt.«

»So ein Quatsch!«

»Und das, ohne ihm jemals dafür zu danken, ihm entsprechende Wertschätzung und Anerkennung zu bezeugen«, fuhr Marie-Louise unerbittlich fort. »Von angemessener Bezahlung ganz zu schweigen. Bei aller Großzügigkeit, was dein Unternehmen, deine Kunst- und Immobilienkäufe anbelangt, wissen wir alle, was für ein Geizhals du bist, wenn es um die Bezahlung deiner Mitarbeiter und Hausangestellten geht.«

Verblüfft schaute Helena ihre sonst so freundliche, stets

charmante Freundin an. War sie nur gekommen, um ihr die Leviten zu lesen? Was hatte sie plötzlich für ein Hühnchen mit ihr zu rupfen?

»Wer sind überhaupt ›wir‹?«, fragte sie brüsk.

Marie-Louise lachte nur. »Das weißt du selbst am besten. Patrick will dich nie mehr wiedersehen. Nach seiner Genesung plant er, nach London zu gehen, wo ihm sein Freund Cecil Beaton, der weltbekannte Fotograf, schon einen Job angeboten hat.«

»Aber ich brauche ihn doch«, sagte Helena kläglich. »Ich brauche ihn wirklich.«

»Du magst ihn brauchen, aber er braucht dich nicht«, sagte Marie-Louise. »Im Gegenteil!«

»Ich brauche ihn, ich brauche Patrick«, wiederholte Helena. »Er ist unentbehrlich für mich. Niemand kann so gut zuhören, niemand ist so zuverlässig wie er und dabei auch noch so gebildet, mehrsprachig, gut aussehend, gepflegt und fotogen.«

»Hast du ihm das jemals gesagt?«

»Nein«, musste Helena zugeben.

Beschämt schaute sie auf ihre im Schoß gefalteten Hände. Was war das denn? Da tropften ja richtige Tränen auf sie herab. Sie hob den Kopf und sah Marie-Louise an.

»Ich will ihn wiederhaben.«

Wer hatte das soeben gesagt? Doch nicht etwa sie? Und jetzt entwich ihr sogar noch ein tiefer Schluchzer!

Marie-Louise schaute sie prüfend an.

»Ich werde mich bei ihm entschuldigen«, versprach Helena.

Dieses Versprechen war es wohl, das Marie-Louise Bousquet schließlich doch dazu bewog, Helena Patricks Aufenthaltsort in Marokko zu verraten.

Natürlich versuchte Helena sofort, ihn anzurufen, aber Patrick blieb unerreichbar. Er wollte nicht mit seiner ehemaligen Chefin reden, sondern dieses Kapitel für immer abschließen.

Also bombardierte Helena ihn mit Briefen. Sie entschuldigte sich und räumte ein, wie rücksichtslos sie sich ihm gegenüber verhalten hatte, auch wenn ihr dieses Geständnis sehr schwerfiel. Und sie bat um ein Wiedersehen nach seiner Rückkehr aus Marokko.

Nie zuvor in ihrem Leben hatte Helena so um einen Menschen kämpfen müssen. Ja, mit Picasso war es auch ein Kampf gewesen, aber da war es lediglich um ein Bild gegangen. Jetzt ging es um einen Menschen, um einen jungen Mann, der ihr sehr viel bedeutete … Sie wollte lieber nicht darüber nachdenken, wie wichtig Patrick tatsächlich für sie war.

Monate nach seiner Rückkehr war dieser endlich bereit, sich doch noch einmal mit seiner ehemaligen Chefin zu treffen. Als Helena während dieser Begegnung in Tränen ausbrach, war er hilflos. Und als sie ihm vorschlug, ihm fortan doch die Mutter sein zu können, die er verloren hatte, schmolz sein Widerstand dahin.

Patrick kehrte zu Helena zurück. Er war so gerührt, dass er gänzlich vergaß, eine Gehaltserhöhung zu verlangen. Helena erhöhte seine Bezahlung von sich aus, geringfügig, dabei wäre mehr als das Doppelte seines alten Lohns angemessen gewesen.

Aber nach seiner Rückkehr änderte sich etwas zwischen ihnen. Sie befanden sich nunmehr auf Augenhöhe.

Die Familie atmete auf, denn kein Mensch konnte besser mit ihr umgehen, sie so geschickt und unmerklich führen wie dieser junge Ire. Das wusste Helena, und das wusste Patrick, aber sie sprachen nicht darüber.

New York, 31. März 1965

Helena nippte an ihrem Sambuca und unterzog Patrick einer heimlichen Betrachtung. Sie mochte nicht nur schöne Frauen, sondern auch gut aussehende Männer, besonders wenn sie so gepflegt waren wie er.

»Sie könnten sich die Haare ruhig ein bisschen länger wachsen lassen«, entfuhr es ihr.

»Warum das denn?« Verwirrt schaute er sie an.

»Das ist doch jetzt Mode bei den Männern. Überall sieht man diese komischen Pilzköpfe. Wie heißen sie noch mal, diese jungen Männer mit dem ›*Yeah! Yeah! Yeah!*‹?«

»Sie meinen die Beatles, Madame.« Patrick lachte und fuhr sich mit der Rechten über seinen ausrasierten Nacken. »Mit meinen Locken ist so ein glatter Pilzkopf überhaupt nicht möglich«, sagte er und strich sich eine Strähne aus der Stirn. »Wenn ich meine Haare wachsen ließe, würden sie wie Draht in alle Himmelsrichtungen abstehen. Mein

Friseur jammert schon immer, dass meine rote Wolle einfach nicht zu bändigen ist.«

»Lilith hatte auch so eine nicht zu bändigende Lockenpracht«, sagte Helena versonnen und nippte an ihrem Glas.

Es klopfte, die Tür wurde geöffnet, und der philippinische Butler trat ein. Er trug ein Tablett, das er nun vorsichtig neben den beiden Likörgläsern auf dem Tisch abstellte.

»Das haben Sie aber hübsch hergerichtet«, lobte ihn Helena, nachdem sie einen prüfenden Blick auf die säuberlich gestapelten Schnittchen, Gürkchen und Käsewürfel geworfen hatte. »Sogar an meine Krakauer haben Sie gedacht.«

Albert lächelte, verneigte sich und schickte sich an, den Raum zu verlassen.

»Ach, seien Sie doch so gut und bringen uns noch eine Karaffe frisches Mineralwasser«, rief sie ihm hinterher. »Nein, warten Sie, die kann ich mir selbst aus der Küche holen. Ich muss mir noch rasch die Hände waschen.«

»Nein, Madame, das ist meine Aufgabe«, widersprach Albert. »Mit oder ohne Eiswürfel?«

»Bringen Sie ruhig ein bisschen Eis mit, vielleicht gelüstet es Mr O'Higgins ja nach einem Whisky. Oder Whiskey?« Fragend schaute sie ihn an.

»Whisky, aber einen irischen«, erwiderte er grinsend.

Helena erhob sich. »Sie entschuldigen mich, ich bin gleich wieder zurück.«

Patrick nickte.

Helena verließ das Kaminzimmer und marschierte durch den langen, breiten Flur ihres Apartments. Spontan blieb sie vor dem riesigen Porträt von Graham Sutherland stehen. Es wurde mit einem Strahler angeleuchtet, sodass das satte Rot der üppigen Brokatrobe von Balenciaga, die Helena auf diesem Bild trug, effektvoll zur Geltung kam.

Helena hasste dieses Bild, weil sie die Frau, die darauf abgebildet war, nicht mochte.

»Das bin doch nicht ich, das ist eine alte, wilde Hexe!«, hatte sie empört ausgerufen, als sie dieses Gemälde zum ersten Mal gesehen hatte.

Der Künstler war zutiefst gekränkt gewesen und seine Gattin empört über diese Reaktion.

Helena hastete weiter in das große Badezimmer mit dem riesigen Schminkspiegel. Eigentlich wollte sie gar nicht hineinschauen, sondern sich nur kurz die Hände waschen und ein bisschen frisch machen.

Sie warf einen Blick auf ihre goldene Armbanduhr. Es ging mittlerweile auf Mitternacht zu, war weit nach ihrer normalen Schlafenszeit. Kurzerhand beschloss sie, sich doch schon richtig abzuschminken und ihre Abendtoilette zu machen. Patrick war es seit Jahren gewohnt, sie ungeschminkt zu sehen, fanden ihre morgendlichen geschäftlichen Konferenzen doch immer häufiger in einem ihrer vielen Schlafzimmer auf den verschiedenen Kontinenten statt.

Sorgfältig klopfte sie ihre Nachtcreme ein, massierte Stirn, Wangen, Hals und Kinn genau so, wie sie es seit Jahrzehnten ihren Kundinnen eintrichterte. Unvermeidbar blieb dabei der Blick in den Spiegel, den sie bislang gemieden hatte.

Das Bild von Sutherland, das ihr Missfallen erregt hatte, war mittlerweile auch schon wieder acht Jahre alt. Jünger war sie in dieser Zeit nicht geworden. Aber heute Abend fand sie sich nicht so alt und hässlich wie damals, noch vor ihrer ersten Sitzung bei dem britischen Künstler.

Kapitel 43

London 1957

Es war eine ziemliche Überraschung, als Patrick eines Tages zögernd an ihren Schreibtisch trat.

»Ich habe Post von Cecil Beaton«, sagte er und drehte eine Karte in der Hand.

»Wie schön für Sie«, erwiderte Helena.

Ihr Assistent und der berühmte Fotograf waren eng miteinander befreundet, daher hatte sie sich auch schon einige Male von ihm fotografieren lassen. Das Ergebnis hatte ihr stets gefallen.

»Er schreibt, dass Graham Sutherland Sie gerne malen möchte.«

»Wer ist Graham Sutherland?«

»Ein berühmter englischer Maler.«

»Na, wenn ich ihn nicht kenne, kann es mit seiner Berühmtheit nicht so weit her sein«, meinte Helena.

»Vor dem Krieg hat er vorwiegend Landschaften gemalt, sich aber seit den Fünfzigerjahren auf Porträts verlegt«, erzählte Patrick und drehte die Karte um.

»Aha«, machte Helena unverbindlich.

»Er gehörte einmal zu den Surrealisten, malte zwischendurch auch expressionistisch, war ein guter Freund von Matisse und kennt auch Picasso sehr gut.«

Falsches Stichwort.

»Und wie kommt er nun darauf, mich malen zu wollen?«, wollte Helena dennoch wissen.

»Vielleicht, weil Sie eine so versierte Kunstkennerin und bekannte Sammlerin sind«, mutmaßte Patrick. »Ich glaube aber eher, dass Sie ihn als starke Persönlichkeit und daher als Modell interessieren.«

Helena schwieg.

»Winston Churchill, W. Somerset Maugham, Sir Charles Clore, der erste deutsche Bundeskanzler Konrad Adenauer, Lord Beaverbrock …«, las Patrick von der Karte ab. »Schon eine beeindruckende Liste bedeutender Persönlichkeiten, die er bislang gemalt hat.«

Helena schwieg immer noch.

»Sie sind die erste Frau, die Graham Sutherland porträtieren möchte«, lockte Patrick.

Da biss Helena an.

Gemeinsam reisten sie nach London. Helena traf sich zunächst mit dem Maler und seiner Frau Kathleen in ihrem hübschen Haus in West Malling. Dort wurden die Modalitäten vereinbart, so auch, dass die Sitzungen im Londoner *Claridge's*, wo Helena residierte, stattfinden sollten.

Drei Tage vor der ersten Sitzung warf Helena einen prüfenden Blick in den Spiegel, einen verhängnisvollen: Sie fand sich alt, hässlich und »viel zu fett«. So konnte sie doch nicht Modell sitzen! Also unterzog sie sich der von Marlene

Dietrich empfohlenen Rosskur. Drei Kilo in drei Tagen zu verlieren, das musste damit doch möglich sein! Zumindest sollte das sich unschön abzeichnende Doppelkinn so verschwinden.

Abführmittel, Glaubersalz, schwarzer Kaffee, heißer Grapefruitsaft. Gnadenlos mit sich und ihrem Körper, flößte Helena sich all das ein – und wurde auf der Stelle bestraft. Ihr Körper war diesen Zumutungen nicht gewachsen. So verlor sie am zweiten Tag dieser Tortur im Badezimmer ihres Hotels das Bewusstsein. Im Fallen knallte sie auf das Waschbecken und glitt zu Boden.

Wie lange sie bewusst- und hilflos auf den kalten Fliesen gelegen hatte, war im Nachhinein nicht mehr festzustellen. Anstatt jedoch nach einem Notarzt oder zumindest dem Hotelarzt zu rufen, kroch Helena auf allen vieren in ihr Bett zurück und klingelte nach dem Zimmerservice, um nach Eiswürfeln und einem Stapel Servietten zu verlangen. Dem verwirrten Etagenkellner befahl sie, die Vorhänge blickdicht zuzuziehen und kein Wort über ihren Zustand verlauten zu lassen.

Als Patrick gegen Abend von seinem Stadtbummel und dem Treffen mit Cecil Beaton zurückkehrte, fand er Helena mit dicken Kompressen auf Wangen und Stirn im Bett liegend vor. Es gelang ihm nicht, sie zu überreden, einen Arzt zu rufen.

Auf seinen Vorschlag, die erste Sitzung mit Sutherland zu verschieben, hätte sie fast mit einem ihrer üblichen Wutanfälle reagiert, doch sie beherrschte sich.

Drei Tage später saß sie in ihrer Suite dem britischen Maler zum ersten Mal Modell, angetan mit der roten Brokatrobe des spanischen Modeschöpfers Balenciaga, den Helena längst auch für sich entdeckt hatte. Die Schwellungen und Beulen in ihrem Gesicht hatten sich weitestgehend zurückgebildet, und die zahlreichen dunkelblauen, violetten, allmählich in eine grüngelbliche Färbung übergehenden Blutergüsse hatte Helena, so gut es eben ging, überschminkt.

Es musste ihr sehr gut gelungen sein, denn Graham Sutherland war begeistert. Er dachte, das solle so sein, sie wolle es genau so. Seinen Eindruck hielt er fest, ohne etwas zu beschönigen. Er war nicht der Typ Künstler, der seinen Modellen schmeichelte. Genau das war es ja, was ihm weltweite Anerkennung eingebracht hatte.

New York, 31. März 1965

Helena hatte sich mit ihrem Porträt nie anfreunden können – ebenso wenig wie Clementine Churchill mit dem ihres Mannes. Winston Churchills Porträt war nämlich seltsamerweise verschollen. Es wurde gemunkelt, dass es mit Billigung seiner Frau vernichtet worden war. Noch vor seinem Tod, der ja gerade erst zwei Monate zurücklag. Auf Helenas Geheiß hin hatte Patrick der Witwe eine Kondolenzkarte und einen Kranz zur Beerdigung geschickt. Schließlich hatte sie Großbritannien viel zu verdanken.

Der Blick, den Helena jetzt in den Spiegel warf, war

weitaus gnädiger und weniger kritisch als der des britischen Malers. Hatte Phoebe nicht gesagt, sie sehe sehr gut aus, habe sich ihren glatten Teint bis heute bewahrt?

Jedenfalls sah sie gesünder aus als damals in London.

»Mume, du siehst keinen Tag älter als siebzig aus«, hatte Mala noch vor wenigen Stunden behauptet. Immerhin mehr als zwanzig Jahre weniger, als sie tatsächlich zählte …

Helena klopfte sich die letzten Reste ihrer Nachtcreme in die Wangen, löste ihren festen Chignon, um ihn zu einem losen Zopf zusammenzufassen, und kehrte zurück zu Patrick ins Kaminzimmer.

Er hatte den Fernseher wieder angeschaltet und schaute aufmerksam auf den Bildschirm. Ein seltsames Pärchen war darauf zu sehen. Es sang im Duett, musikalisch unterstützt von einer etwas holprigen Instrumentalbegleitung.

»Babe, I got you, babe«, sangen die beiden.

Nach diesem Refrain fiepte eine Oboe etwas kläglich, ehe die anderen Instrumente und das Pärchen wieder einsetzten.

Patrick erhob sich, wollte den Fernseher erneut ausschalten.

»Nein, lassen Sie mal, ich will das sehen«, hinderte ihn Helena auch dieses Mal.

Aufmerksam schaute sie diesem merkwürdigen Paar zu, das sich gerade auf dem Bildschirm zu seiner jungen, umstrittenen Liebe bekannte. Der Mann trug eine dieser Pilzkopffrisuren, die jetzt immer häufiger auch im New Yorker Straßenbild auftauchten. In London war dergleichen schon gang und gäbe.

»Wer ist das?«, fragte Helena

»Sonny und Cher, ein junges Ehepaar aus Kalifornien«, erklärte Patrick. »Sie sind gerade dabei, die amerikanische Hitparade mit ihrem Song zu stürmen, könnten vielleicht *Downtown* vom ersten Platz stoßen.«

»Also diese gestreifte Hose«, sagte Helena missbilligend. »Ein richtige Clownshose, geradezu lächerlich. Würden Sie so eine Hose anziehen?«

Entsetzt wehrte Patrick ab. »Ich? Niemals!«

»Und diese Fellweste der Sängerin, also ich weiß nicht ...« Helena konnte trotzdem den Blick nicht von ihr lösen. Irgendetwas faszinierte sie an ihr.

»Es sind eben Hippies«, sagte Patrick entschuldigend.

»Hippies? Was ist das denn?« Verständnislos starrte Helena ihren Sekretär an.

»Eine neue, gerade in Kalifornien entstehende Jugendbewegung«, erklärte Patrick.

»Noch eine Jugendbewegung? Hat die Jugend nicht genug mit ihrem Rock 'n' Roll und dem Yeah!-Yeah!-Yeah!-Gekreische der Beatles? Jugendbewegung, wenn ich das schon höre! Zu meiner Zeit gab es so was nicht.«

»Wann war denn Ihre Zeit? Ich dachte, es sei immer noch Ihre Zeit«, sagte Patrick. »Ich finde, Sie waren sehr in Bewegung, als Sie damals ganz alleine nach Australien aufbrachen.« Fast liebevoll lächelte er sie an.

Helena schwieg. Darüber musste sie nachdenken. Wieder fiel ihr Blick auf den Fernseher.

»Wie heißen die noch mal?«

»Sonny und Cher.«

»Was für ein Name! Und wer ist wer?«

»Sonny ist der Mann, Cher die junge Frau«, erklärte Patrick.

»Ich hätte gedacht, es sei umgekehrt.«

Patrick lachte.

Irgendwie vermochte sie den Blick nicht von dieser jungen Frau – oder war es noch ein Mädchen? – zu lösen. Was für ein markantes Profil, diese ungewöhnliche Stimme, die rabenschwarzen Haare, die balkendicken Lidstriche um die Augen, die wiederum fast unter dem glänzenden Pony verschwanden. Ein modernes Schneewittchen?

»Typisch amerikanisch sieht sie nicht aus«, stellte Helena fest. »Ganz sicher ist sie keine WASP.«

Sie nahm auf dem Sofa Platz und griff geistesabwesend nach einem der bereitstehenden Snacks, ohne den Blick vom Bildschirm abzuwenden.

»Nein, das ist sie wirklich nicht. Sie ist armenischer Abstammung.« Patrick lachte. »Tatsächlich heißt sie Cherilyn Sarkisian. Ihr Vater ist Armenier. In den Adern ihrer deutsch-englisch-französisch-irischen Mutter soll zudem auch noch Blut der Cherokee-Indianer fließen.«

»Wirklich eine bunte Mischung«, sagte Helena. »Was Sie so alles wissen. Woher überhaupt?«

»Man muss sich eben auf dem Laufenden halten«, erwiderte Patrick lapidar.

Unter der singenden Beteuerung ihrer ewigen Liebe hatten Sonny und Cher ihren Song beendet.

»Jetzt können Sie wieder ausschalten!«, entschied Helena.

Patrick gehorchte und kehrte dann an seinen Platz zurück. Dabei fiel sein Blick auf die Wand mit den vielen Porträts. Er ließ ihn über die verschiedenen Bilder wandern und betrachtete Helena anschließend eine Weile, ehe er wieder zur Bilderwand schaute.

»Frappierend«, murmelte er. »Wirklich frappierend.«

»Was?«

»Es ist wirklich frappierend«, wiederholte er.

»Was denn?«, fragte Helena ungeduldig.

Dabei ahnte sie bereits, was Patrick sagen würde. Er schien genau die gleiche Beobachtung gemacht zu haben wie sie selbst.

»Nun sagen Sie es schon!«, befahl sie.

»Was denn?«, fragte er seinerseits zurück.

»Dass wir uns irgendwie ähnlich sehen«, sagte Helena. »Stellen Sie sich nur einmal vor, man würde ihr den Pony aus der Stirn kämmen, ihre schwarzen Haare zu einem Chignon wie meinem zusammenknoten und sie in ein vernünftiges Kleid stecken, also eine Kreation der Haute Couture, dann …«

»… könnte sie glatt als Ihre jüngere Schwester durchgehen«, vollendete Patrick galant ihren Satz. Gut, dass er nicht Tochter gesagt hatte! »Es stimmt, Sie verkörpern den gleichen exotischen Frauentyp, Madame.«

»Eben keine WASP wie … wie diese Frau!«, bestätigte Helena stolz.

Patrick wusste ganz genau, wer gemeint war, und grinste in sich hinein.

Wenn ich sie als Werbebotschafterin gewinnen könnte …,

überlegte Helena, während sie nachdenklich an ihrer geliebten Krakauer knabberte.

Wirklich schade, dass Albert sie in kleine Scheiben geschnitten hatte, anstatt sie am Stück zu belassen. Helena liebte diesen herzhaften Biss in die harte Wurst, eine Gewohnheit, die sie bis heute beibehalten hatte. Zu gerne hatte sie immer ihre Schwestern damit provoziert, die bei diesem Anblick regelmäßig Zustände bekamen. Mala hingegen nahm es mit damenhafter Gelassenheit hin, wenn ihre Tante unterwegs ihre Hungerattacken bekam, hielt immer nur eine Serviette bereit, mit der sich Mume hinterher den fettigen Mund abwischen konnte.

»Ich habe eine Idee!«, verkündete Helena und richtete sich auf. »Sie setzen sich morgen mit dem Management von diesem Hippie-Pärchen in Verbindung und sondieren …«

»Sondieren *was*?«, erkundigte sich Patrick irritiert.

»Sondieren, ob diese, diese Cher Interesse an einem Werbevertrag mit dem Kosmetikkonzern Helena Rubinstein hat. Ich glaube, sie würde sich gut als Modell für meinen neuen Mascara eignen.«

Erwartungsvoll schaute Helena ihren Sekretär an. Wie würde er reagieren? Sie gab viel auf seine Meinung, denn er hatte einen guten Riecher. Morgen würde sie sich mit Mala beraten, vielleicht auch Nuria befragen. Roys Frau war ein ganzes Stück jünger, und Helena wollte ja die jüngere Generation ansprechen. Wenn es ihr gelang, diese Cher für sich zu gewinnen …

»Vielleicht sollte ich eine neue Serie für Augen-Make-up entwickeln lassen, die verschiedensten Farben für Eyeliner«, überlegte sie.

»Ihnen fällt aber auch immer wieder etwas Neues ein, Madame. Was Sie immer für Ideen haben! Aber ich glaube, diese ist sehr gut«, sagte Patrick beeindruckt.

»So, das genügt für heute«, beendete Helena unverhofft das mitternächtliche Stelldichein mit ihrem Adlatus. »Ich bin satt und müde und will nur noch schlafen. Es geht schon auf zwei Uhr nachts zu. Ich weiß gar nicht, wann ich das letzte Mal so spät ins Bett gekommen bin.«

»Dann ruhen Sie sich morgen früh eben umso länger aus«, schlug Patrick vor.

»Das geht nicht, und das wissen Sie ganz genau. Meine innere Uhr lässt das einfach nicht zu.«

»Stellen Sie sie doch einfach einmal ab!«

Verblüfft starrte Helena ihn an. »Wie soll das denn gehen?«

»Einfach mal versuchen!«

Helena erhob sich und wandte sich zum Gehen. Ihr Schlafzimmer befand sich einige Räume weiter den Gang hinunter.

»Ach, ehe Sie mich für heute verlassen, habe ich noch eine Bitte.«

»Ja?«

»Bitte nehmen Sie doch das Porträt von Sutherland draußen im Flur ab und bringen es in mein Schlafzimmer.«

Verblüfft starrte Patrick sie an.

»Nun machen Sie schon, Sie wollen schließlich auch nach Hause«, fuhr ihn Helena an.

»Es im Schlafzimmer aufzuhängen wird mir aber nicht mehr gelingen«, gab er zu bedenken.

»Das müssen Sie auch nicht. Es genügt, wenn Sie es direkt meinem Bett gegenüber an die Wand lehnen.«

Patrick tat, wie ihm geheißen. Glücklicherweise war er groß genug, um das Bild ohne Leiter von der Wand nehmen zu können. Etwas mühselig schleppte er es in Helenas Schlafzimmer und stellte es – kopfschüttelnd und unter den kritischen Blicken seiner Chefin – an der Wand gegenüber ihres Bettes ab. Helena hatte es sich bereits bequem gemacht.

»Ziehen Sie noch die Stehlampe aus der Ecke ein bisschen näher, damit es besser ausgeleuchtet ist. Und dann können Sie gehen.«

Nachdem Patrick auch das erledigt hatte, verneigte er sich.

»Gute Nacht, Madame, schlafen Sie wohl!«, verabschiedete er sich.

Ihr Angebot, sie Helena zu nennen, hatte er offensichtlich nicht angenommen.

»Gute Nacht, Patrick!«, verabschiedete sich Helena und positionierte sich etwas bequemer.

Vorsichtig zog ihr Sekretär die Schlafzimmertür hinter sich ins Schloss.

Ob er direkt nach Hause ging? Oder vielleicht …? Egal, es ging sie nichts an.

Helena lehnte sich in ihr Kopfkissen zurück, verschränkte die Hände hinter dem Kopf und unterzog ihr Porträt einer intensiven Betrachtung, die schließlich auf eine Zwiesprache mit der darauf abgebildeten Frau hinauslief.

Sie fand dieses Bild immer noch scheußlich. Zum Glück war es ihr in der ersten Zeit dennoch gelungen, ihr Entsetzen gut zu verbergen. Im Gegensatz zu ihr selbst war die Öffentlichkeit nämlich begeistert von dem Werk des britischen Porträtmalers.

Er hatte zwei große Bilder gemalt, Helena einmal stehend, einmal sitzend. Beide Porträts waren nach Fertigstellung in der berühmten Londoner *Tate Gallery* ausgestellt worden und hatten das Publikum in Scharen angelockt.

Helena fand das ganz schrecklich. Tausende von Menschen weideten sich am Anblick dieser alten hässlichen Frau, waren ebenso begeistert wie die Fachpresse?

Der bekannte Verleger Lord Beaverbrock erwarb das Bild, das Helena sitzend zeigte, und Helena fühlte sich geschmeichelt. Als auch noch die junge Königin mit Queen Mum die *Tate Gallery* besuchte und sich die beiden Damen gleichfalls nicht nur angetan, sondern sogar königlich begeistert zeigten, war Helena beeindruckt und sogar fast ein bisschen stolz.

»Ich werde dieses andere scheußliche Bild kaufen«, verkündete sie. Sie meinte das Porträt, das sie in stehender Position darstellte.

Warum denn, wenn sie es doch so scheußlich fand, wurde sie gefragt.

»Um es aus dem Verkehr zu ziehen.«

»Warum hängst du es dann bei dir zu Hause auf?«, hatte

ihre Schwester Stella noch wissen wollen. Sie bezeugte großes Verständnis für Helenas Reaktion, schließlich kämpfte auch sie verzweifelt gegen die unbarmherzig einsetzenden Zeichen des Alters.

»Weil da gerade eine leere Stelle an der Wand ist?«, hatte Helena lapidar erwidert.

Draußen in dem langen Flur war dieses Bild niemals richtig zur Geltung gekommen. Aber jetzt, da es zu ihren Füßen an der Wand ihres New Yorker Schlafzimmers lehnte, wirkte es ganz anders auf sie. War es wirklich eine hässliche alte Hexe, die sie da so würdig aus dem Bilderrahmen anschaute? Oder doch eine rachsüchtige Autokratin oder eine alte Indianerin, wie der ein oder andere Kritiker behauptet hatte?

Helena schaute noch genauer hin. War diese Frau in ihrer prachtvollen roten Robe hässlich?

Sie studierte die hohe Stirn, die dunklen, glatt nach hinten gestrichenen Haare, die fein gezeichneten Augenbrauen, das markante Profil, das energische Kinn, den immer noch schlanken Hals, der sich aus einer fünffach gewundenen Perlenkette heraushob … Dann bemerkte sie die großen Ohren.

Ja, Picasso hatte recht gehabt. Sie hatte große Ohren, die Graham Sutherland auch nicht verkleinert hatte. Aber waren große Ohren ein Makel?

Sutherland hatte nichts beschönigt und trotzdem ein gutes Bild gemalt. Nein, es war nicht nur ein gutes Bild, sondern ein schönes Bild von ihr. Ein sehr schönes, weil zutreffendes Porträt, das offenbarte, was sie darstellte:

Helena Rubinstein. Es war das Bild einer würdigen alten Dame, einer Aristokratin. Das Alter konnte einen Menschen schließlich auch adeln, erkannte Helena. Ein völlig neuer Gedanke, der ihr da durch den Kopf schoss.

Seit fünfzig Jahren hämmerte sie ihren Kundinnen unablässig ein, dass eine Frau über dreißig alt war und alles daransetzen musste, den unbarmherzigen Alterungsprozess aufzuhalten, natürlich am besten mithilfe ihrer Produkte.

Aber konnte eine Frau jenseits der vierzig, fünfzig, sechzig, siebzig, achtzig oder gar neunzig Jahre nicht auch schön sein? Warum gegen das Altwerden ankämpfen, anstatt es zu akzeptieren? Hatte das Alter nicht seine ganz eigene Schönheit?

Eine uralte Frage, die sich Helena niemals gestellt hatte.

Sie geriet ins Grübeln. Dabei bemerkte sie überrascht, wie ein wohliges Gefühl der Wärme in ihr emporstieg. Helena seufzte. Eigentlich ging es ihr doch gut. Sie hatte allen Grund, mit sich und ihrem Leben zufrieden zu sein.

So entspannt, so versöhnlich gestimmt war sie noch niemals zuvor gewesen. Das Alter hatte plötzlich seinen Schrecken für sie verloren. Ganz friedlich, mit sich selbst im Reinen, schlief Helena Rubinstein an diesem Abend ein … und wachte nicht mehr auf.

Die Unternehmerin Helena Rubinstein, Inhaberin eines Weltkonzerns der Schönheitsindustrie, starb in der Nacht vom 31. März auf den 1. April 1965.

Die Antwort auf ihre letzte Frage zu finden überließ die »Jewish Queen Victoria« den nachfolgenden Generationen.